LE SEPTIÈME SANCTUAIRE

DU MEME AUTEUR

AUX EDITIONS BELFOND

Le Nom de la bête, 1994

DANIEL EASTERMAN

Le Septième Sanctuaire

TRADUIT DE L'ANGLAIS
PAR PIERRE LALET

BELFOND

Titre original : *The Seventh Sanctuary*.

Publié pour la première fois par Grafton Books, Grande-Bretagne, en 1987. Grafton Books est une Division de Collins Publishing Group.

Pour Beth, Nancy et Sammy,
la première parce que je l'aime,
la deuxième parce que nous l'aimons
tous deux et le troisième parce qu'il
me mord.

1

« N'as-tu pas vu comment ton Seigneur a traité les 'Ad et Iram, la ville à la colonne, une ville telle que jamais on n'en créa de semblable dans aucun pays ? »

Coran, 89 ; 7.

« Vous vous établirez dans des villes qui soient pour vous des villes de refuge, où pourra s'enfuir le meurtrier... »

Nombres, 35 ; 11.

1. Cambridge, 198...

Un épais brouillard planait sur les berges de la rivière, s'attardait autour du parapet et des piliers du pont, le cernait de plus en plus, vaguement menaçant au fur et à mesure qu'il approchait du grand portail de fer donnant sur Butt Close et la cour est de Clare College, à l'endroit où celui-ci se loge discrètement entre Trinity Hall et King's.

À droite, au-delà de la rivière et s'élevant au-dessus du brouillard, le grand vitrail de la chapelle de King's apparaissait sur la face ouest, dans son encadrement de pierres séculaires.

Il continua son chemin jusqu'à ce que les murs de Clare College lui cachent la vue, limitant son horizon au minuscule cloître. Çà et là de petites lumières brillaient déjà dans des chambres silencieuses.

À l'approche du soir, tandis que les ombres se faisaient plus noires, la vie au sein des collèges s'organisait dans cette sorte de sérénité, d'imperturbable sens du confort. Elle reprenait ses droits, comme elle l'avait toujours fait pour se protéger de la nuit à venir. C'était un de ces moments qui échappent au simple visiteur, où l'université de Cambridge réaffirme paisiblement les privilèges établis qu'elle détient… et ceci tandis que se succèdent les nuits glaciales d'un interminable hiver, que le vent souffle des marais et que gèlent les eaux de la rivière.

Transi de froid, John Gates se sentait seul et sans rapport avec cet univers de lumières scintillantes et de feux dans les cheminées. Il était arrivé à Cambridge quatre ans auparavant, à vingt et un ans, venant de l'université de Manchester avec en poche un diplôme d'archéologie qui lui avait valu la plus haute distinction. Il avait cruellement conscience d'être un provincial, de manquer d'expérience universitaire, d'amour, de détermination et de certitude quant à son avenir. Il avait trouvé l'amour lors de son premier trimestre à King's et, dans une certaine mesure, en avait été réconcilié avec tout ce qui, dans la vie, lui avait paru effrayant. Louise était restée à ses côtés, l'avait supporté plus longtemps que n'importe laquelle de ses compagnes passées, était allée jusqu'à endurer les angoisses qui l'obsédaient, avait apporté à sa vie une chaleur jusque-là inconnue, et finalement l'avait quitté rongée par les doutes grandissants qu'il avait lui-même semés en elle. Il y avait presque un an de cela. Depuis lors, il avait voyagé frénétiquement et, accablé par les regrets et le sentiment de la vanité de son existence, fini la rédaction du dernier chapitre de sa thèse. Ses parents étaient incapables de l'aider; il n'avait pas d'ami proche; son univers n'était peuplé que de livres et de travaux de recherche.

Ce serait bientôt de nouveau Noël ! La neige allait tomber et recouvrir les pelouses, les cours et les allées. Tous les fantômes de Cambridge se rassembleraient dans les rues pour regarder les fenêtres éclairées, écouter les chants religieux qui s'élèveraient à la lueur des bougies.

Tandis que ses pensées vagabondaient à mille miles de là, parmi les ruines d'un empire disparu, il arriva devant la loge du concierge de Clare College, sous l'arche basse de la porte principale, puis il longea Trinity Lane, par-derrière les Old Schools. Là, il prit à droite et passa le petit portail qui donne sur la face ouest de la chapelle de King's. Derrière lui, un professeur, sur une bicyclette d'un autre âge, déboucha joyeusement de Senate House Passage, comme sans doute chaque soir depuis cinquante ans !

La petite grille de fer devant le parvis de la chapelle était fermée aux visiteurs jusqu'à cinq heures et quart. On l'ouvrirait alors pour l'office du soir. Tout d'un coup, sans savoir pourquoi, il sauta par-dessus la grille et poussa un des vantaux de la porte. L'immense nef vide dans laquelle il venait de pénétrer était plongée dans l'obscurité, les larges voûtes au-dessus de sa tête étaient à peine perceptibles. Mais à sa droite, les lumières des bougies scintillaient dans le chœur, leurs flammes et les ombres qu'elles projetaient dansaient doucement comme au rythme de la musique. D'abord un silence empli d'échos, puis aussitôt les voix s'élevèrent, entonnant un air qu'il reconnut immédiatement : c'était l'arrangement de Ravenscroft pour ce cantique du XVIe siècle : *Remember, O Thou Man.*

Souviens-toi, ô mortel…

Son regard s'attarda sur les ornements des piliers qui s'élançaient vers le plafond sombre et il songea à Noël.

Souviens-toi, toi qui es mortel
O toi qui es mortel, ô toi qui es mortel,
Souviens-toi, ô toi qui es mortel,
Que ton heure est venue.

Ce soir-là, il passait son oral. Son destin allait se décider. Jusqu'à ce jour il s'était senti confiant, mais à cet instant précis, oui, ce soir-là, dans l'obscurité mélancolique de la vieille chapelle, il n'était plus certain de sa propre valeur ni de celle du travail de ces quatre dernières années. Tandis que la musique emplissait la nef voûtée et parvenait jusqu'à lui, il eut le sentiment que peut-être, lorsque le dimanche arriverait, il n'assisterait pas à l'office avec les autres, que sa vie à Cambridge risquait d'être brusquement interrompue. Et si tel était le cas, que trouverait-il dans cet ailleurs ?

Il repartit dans la nuit, sauta à nouveau par-dessus la petite grille et se dirigea vers l'appartement de son directeur de recherches, dans Bodley's Building, près de la rivière.

Le Dr Greatbatch lui avait dit de passer vers quatre heures prendre un verre de sherry avec les deux examinateurs avant de s'atteler à une tâche plus ardue : le mettre sur le gril au sujet de sa thèse. À Cambridge, la torture ne se conçoit que dans certaines formes.

Arrivé à Bodley's, il monta en courant jusqu'à l'appartement de Greatbatch, au troisième étage.

Greatbatch était un personnage hors du commun : il était membre du collège depuis vingt ans environ et, selon la rumeur, avait été marié brièvement, puis, après une étrange tragédie, il s'était installé dans cet appartement où il avait vécu depuis. Parfois d'humeur sombre, généralement méditatif et irascible, il avait été pour Gates un guide et un ami. Il était rarement intervenu dans son travail, mais leurs longues conversations l'avaient discrètement aidé dans ses recherches et l'avaient familiarisé avec les subtilités de son champ d'étude.

Pour un homme qui n'avait jamais mis les pieds en Orient, Greatbatch faisait preuve d'une extraordinaire maîtrise de l'arabe, et sa connaissance des sites archéologiques de l'Arabie du Sud était surprenante, vu qu'il n'avait jamais participé à la moindre fouille ou même tenu une pioche entre les mains. Greatbatch ne vivait qu'à travers les découvertes et les livres des autres, mais il en tirait des observations qui avaient échappé à ceux qui avaient une expérience directe du terrain. Gates savait que, sans les remarques et les connaissances de ces auteurs, il serait resté au mieux un universitaire qualifié et besogneux, mais grâce à l'enthousiasme et à l'imagination que son maître lui avait insufflés, il avait éprouvé du plaisir aux textes les plus arides, et la poussière d'un banal champ de fouilles lui était apparue comme la patine même du temps.

Il passa la première porte, puis le panneau matelassé et frappa à la porte intérieure. Greatbatch ouvrit immédiatement. Avec sa haute taille, son air illuminé, ses cheveux en désordre, il était l'image même du professeur débordant d'excentricité. Ce grand homme efflanqué jeta sur Gates un regard amusé puis il le fit entrer avec un haussement de sourcils.

« John, murmura-t-il, comme s'ils échangeaient un secret, entrez vite, on doit geler dehors. J'ai déjà dû recharger le poêle; on va finir par étouffer ! »

Gates se glissa à l'intérieur et referma soigneusement la porte. La chaleur l'enveloppa d'un seul coup et le surprit juste comme, dans un sursaut de timidité, il rougissait en apercevant deux hommes près de la fenêtre, à l'autre bout de la pièce : ceux-ci s'étaient retournés pour le regarder. Sans même lui laisser le temps de se ressaisir, Greatbatch le prit par le bras et le conduisit à toute vitesse vers les deux inconnus. Le premier était brun et pouvait avoir dans les trente-cinq ans. L'autre, un homme d'un certain âge, aux cheveux blancs, parut à Gates étrangement familier.

« John, permettez-moi de vous présenter à vos examinateurs », dit Greatbatch. De la main droite, il désignait le vieil homme : « Évidemment, vous connaissez le professeur Paul Haushofer. Il est arrivé de Heidelberg cet après-midi. Je l'ai persuadé de rester au moins jusqu'à dimanche pour écouter les cantiques de l'office. »

Le vieux professeur avait l'air malade, son visage blême exprimait une extrême fatigue et il était si maigre que ses vêtements semblaient trop grands. Tout en lui tendant la main, John avait du mal à faire le rapprochement entre ce visage aux yeux immenses et fixes et les photos qu'il avait vues. Il se dit que Haushofer avait dû vieillir rapidement pour avoir changé à ce point. La pensée que cet homme allait bientôt mourir lui traversa l'esprit. Pourtant, la main qui serrait la sienne était vigoureuse et ses yeux avaient un regard clair et énergique.

« Eh bien, fit le vieil homme d'une voix faible mais parfaitement audible, je suis honoré de pouvoir enfin faire votre connaissance, Mr. Gates. L'éminent Dr Greatbatch ici présent m'a longuement parlé de vous. Depuis, j'ai lu votre thèse. Un travail admirable. J'en ai parlé à plusieurs collègues. Vous m'avez rendu jaloux ! »

Gates se sentit pris de vertige. Il ne s'était pas attendu à cela. Parmi tous les examinateurs possibles, il avait fallu que Greatbatch s'adressât à Haushofer ! Était-il possible, après tout, que Greatbatch fût vraiment fou ? Comme il se trouvait stupide, là, au milieu de ces gens, avec ses aspirations et ses ambitions grossières !

Il sentit la main de Greatbatch se poser sur son bras et il se tourna pour saluer le jeune professeur.

« John, dit Greatbatch, vous connaissez Peter Micklejohn, mais je ne pense pas que vous vous soyez souvent rencontrés. »

John secoua la tête. « Non, dit-il. Le Dr Micklejohn venait de prendre son année sabbatique quand je suis arrivé, puis je suis moi-même parti faire des recherches sur le terrain et nous ne nous sommes vus qu'à l'occasion de réunions au collège, devant un verre de sherry. »

Micklejohn eut un petit rire. Il était court et trapu et portait une longue barbe broussailleuse. Ses amis le surnommaient « le gnome » et ses ennemis « l'homme de Cro-Magnon ».

« Eh bien ! dit-il, nous aurons peut-être l'occasion de remédier à cela, une fois que ces formalités absurdes seront réglées. Aux prochaines vacances, je pars pour Buraimi et j'aurais aimé avoir votre opinion sur quelques questions avant mon départ. Nous avons largement le temps. Plus tard dans la soirée, il faudra arranger ça... »

Comme il marquait une pause dans son discours, Greatbatch en profita pour intervenir.

« Vous prendrez bien un petit sherry, John ? Avant de passer aux choses sérieuses ! » dit-il en souriant.

Paroles qui n'avaient rien de rassurant pour John : ils voulaient le soûler, c'était ça leur plan !

Sans attendre la réponse, le professeur s'était dirigé à grands pas vers la table basse où se trouvaient une carafe persane, ornée du portrait de Nasir-al-Din Shah, et une demi-douzaine de verres à sherry anciens. Gates sourit nerveusement et soupira. En quatre ans, il n'avait jamais trouvé le courage d'avouer à quiconque et encore moins à Greatbatch, qui insistait toujours, qu'il avait horreur du sherry, surtout du sherry dry que l'on servait invariablement dans les réunions de collègues. Verre en main, ils allèrent s'asseoir autour de la table de la salle à manger. La surface du bois parfaitement polie retenait captifs les reflets des appliques jaunes.

Ils disposèrent en face d'eux les quatre exemplaires de la

thèse de Gates ainsi que leurs notes. Greatbatch marmonna quelques mots en guise d'introduction puis laissa à Haushofer le soin de diriger la réunion. Le vieil homme regarda la table puis leva les yeux et fixa son regard sur John.

« Mr. Gates, dit-il, je vous ai dit que j'ai trouvé votre thèse admirable. Ce n'était pas pour vous flatter. Je n'en ai ni le besoin ni l'envie. C'est la vérité : vous m'avez impressionné. »

Il s'interrompit un instant et aspira profondément. « Je suis vieux, reprit-il, et je suis tombé gravement malade récemment. Vous voyez dans quel état je suis. Je vais bientôt mourir, peut-être même avant Noël. »

Dans un profond silence, il poursuivit : « Mais ce n'est pas là ce qui m'inquiète. Il faut bien que cela arrive un jour, n'est-ce pas ? Toujours est-il que je suis content d'avoir lu votre thèse. C'est grandement prometteur. Mr. Gates, vous irez loin ! Il est réconfortant de penser que je laisserai la recherche en d'aussi bonnes mains… Ça rend les choses plus faciles. Il y a dans ce travail des points tout à fait remarquables. Vous avez fait quelques découvertes intéressantes et développé des théories audacieuses. Je ne partage pas toutes vos idées, bien sûr, mais elles sont à mon avis parfaitement démontrées. Il y a en particulier une découverte qui m'a semblé extrêmement passionnante si elle aboutit à ce que vous espérez. Je suis sûr que vous voyez ce à quoi je fais allusion. Bien, avant d'en arriver là, examinons quelques détails. Voyons, oui, là, à la page quinze, vous faites référence au problème de la poterie kassite de la dernière période dans les tombes d'Umn-al Nar à Abu Dhabi. »

Dans la chaleur de la pièce, bercé par le son des voix et l'incessant mouvement des ombres vacillantes autour de lui, John Gates assistait à la naissance de son propre avenir : sa vie entière prenait forme et s'organisait en l'espace d'une soirée. Il savait qu'on allait lui accorder son diplôme de doctorat, qu'on l'encouragerait peut-être à faire une demande pour devenir membre du collège, qu'on le soutiendrait financièrement, qu'on l'aiderait à aller jusqu'au bout de la découverte qu'il savait être à sa portée si seulement on lui fournissait l'équipe et le matériel nécessaires aux fouilles. Il savait que son nom serait à tout jamais associé à cette découverte comme celui de Schliemann l'était à Troie et celui de Wooley à Ur. Il allait devenir plus qu'un simple artisan de théories de l'histoire, plus qu'un pilleur de ruines obscures : il rendrait à nouveau la vie à tout un pan du passé.

Les questions, les longues réponses détaillées n'avaient pratiquement plus d'importance. Ne comptaient que ce calme, ce sentiment d'appartenance et de sécurité sans complications. John aurait voulu que la soirée ne s'achève jamais et que l'obscurité s'étende sans fin sur Cambridge et le reste du monde, qu'il demeure là, à observer l'éclat des lumières sur les surfaces de bois verni.

Personne n'avait remarqué qu'on ouvrait silencieusement la porte. Dans les collèges, la coutume veut que l'on ne ferme pas la porte à clef quand on est chez soi. On reçoit souvent des visites.

La porte se referma avec un bruit sourd. Un homme se tenait là sur le seuil, immobile ; on le distinguait à peine dans l'obscurité. Greatbatch leva la tête et jeta un coup d'œil vers la porte :

« Qui est-ce ? C'est vous, Jonathan ? demanda-t-il. Écoutez, je suis désolé mais je ne peux pas vous recevoir pour le moment ; nous sommes au beau milieu d'une soutenance et je ne pense pas que nous ayons fini avant une heure ou deux. Nous serons peut-être à l'heure pour le dîner. Je pourrai vous voir à ce moment-là. »

L'homme qui se tenait près de la porte ne répondit pas. Il sortit de l'ombre. Ce n'était pas Jonathan, ni aucun des habitants de l'escalier. C'était un homme jeune, mais son maintien et l'expression de son visage étaient ceux d'un vieillard. Il avait un regard sérieux, distant, dont tout disait qu'il était fermé au monde. Son teint avait la pâleur de l'albâtre. Greatbatch trouva qu'il lui faisait penser à une statuette arabe. Sa taille était au-dessus de la moyenne, sa silhouette mince mais bien faite. Ses yeux qui observaient tout ne laissaient rien transparaître. Il était vêtu d'habits de teintes claires, choisis, aurait-on dit, pour aller avec la nuance de sa peau, ce qui accentuait sa ressemblance avec une statuette. Son imperméable blanc, déboutonné, laissait entrevoir un costume et une chemise dans les mêmes tons. Il n'était pas habillé pour l'hiver mais, malgré sa pâleur, ne donnait en aucune manière l'impression de souffrir du froid. Il portait une grande mallette dans la main gauche.

Greatbatch se leva, la main toujours posée sur le dossier de la chaise. Une étrange sensation s'empara de lui, une sorte de peur que rien ne justifiait.

« Écoutez, dit-il, vous ne pouvez tout de même pas entrer chez les gens comme ça ! Vous cherchez peut-être quelqu'un ? Comme vous le voyez, nous sommes très occupés pour le moment. Vous feriez mieux de retourner à la loge du concierge. »

Ils avaient tous maintenant le regard tourné vers l'intrus. Il les voyait qui l'observaient avec un mélange de curiosité et d'irritation, les yeux ronds d'étonnement. Il posa sa mallette à terre. Elle était noire et paraissait lourde, comme chargée de documents.

Greatbatch se redressa, s'approcha de l'homme ; la colère montait en lui.

« Désolé, mais il faut que vous partiez maintenant ! » dit-il.

Peut-être s'agissait-il d'un touriste étranger venu hors saison et qui ne parlait pas un mot d'anglais.

« Si vous désirez un quelconque renseignement, le concierge se fera un plaisir de vous le donner », dit posément Greatbatch. Décidément, il n'aimait pas le regard de cet homme, empreint d'une arrogance moqueuse, presque glaçante… comme celui d'un chat lorsqu'il se prend d'antipathie pour un humain. Et cette façon de rester là, immobile, à vous fixer sans rien dire, c'était inquiétant. D'un geste lent, l'homme déganta sa main droite, la glissa sous sa veste. Elle en ressortit armée d'un pistolet – un gros engin noir muni d'un silencieux, noir également.

Greatbatch resta stupéfait à le regarder tandis que l'autre tenait son arme pesante à deux mains et l'élevait à hauteur du visage. On aurait dit une farce. Derrière, les collègues de Greatbatch n'en croyaient pas leurs yeux. Micklejohn se leva, repoussa sa chaise d'un geste énergique.

« C'est un vol à main armée ! » songea Greatbatch qui avait

du mal à se rendre à l'évidence. Il faudrait en informer la police, renforcer au plus vite la sécurité dans le collège.

L'homme appuya calmement sur la détente, tira sans effort, d'un geste qu'il avait dû répéter souvent.

Un bruit sourd… et le sang jaillit de derrière la tête de Greatbatch. Le coup imprima au pistolet un léger recul tandis que le tueur relevait son arme au-dessus de sa cible. Le trou, au milieu du front de Greatbatch, devint rouge de sang. Ses yeux fixes lancèrent un dernier regard de stupeur horrifiée, ses jambes fléchirent et il s'écroula, inerte, sur le tapis qu'il tacha de sang.

Les paroles du cantique se mirent à retentir dans la tête de John Gates, obsédantes :

Souviens-toi, ô mortel !

Ce ne pouvait être qu'un cauchemar : un tueur muet, Greatbatch abattu dans son sanctuaire : la mort avait pénétré ici.

Micklejohn s'avança vers l'homme d'un pas incertain, effrayé par le pistolet mais poussé par la peur et la colère.

Il lança : « Bon sang ! Que se passe-t-il ? » Des mots faibles et stupides, le genre de réplique que l'on entend dans les mauvaises pièces de théâtre. Mais que dire à un individu qui vient d'abattre votre ami de sang-froid ? Et qui, de plus, tient encore son revolver d'une main ferme.

L'homme leva à nouveau son arme avant qu'on eût même le temps de penser ou de dire le moindre mot. Il visa Micklejohn. Le barbu poussa un cri incohérent, ultime. Le pistolet fit un petit bruit obscène et la balle pénétra juste entre les deux yeux, à la jointure du nez et du front. Elle traversa le cerveau avant de ressortir, ralentie dans sa course par les os du crâne. Micklejohn tomba comme un arbre.

O mortel ! O mortel !

Et toujours parfaitement sérieux, sans manifester l'ombre d'une émotion, sans laisser transparaître la moindre joie ou la moindre tristesse, l'inconnu poursuivit sa besogne.

Il dirigea son arme vers Haushofer. Un filet de fumée bleue s'échappait du silencieux. Le vieillard était assis, immobile ; il allait mourir, sans raison. Son cancer, il avait fini par l'accepter, mais ça non, il ne pouvait pas ! Le doigt pâle caressa à nouveau la détente et une balle troua le crâne de l'Allemand. Le sang jaillit et coula sur ses cheveux blancs. Il s'affala sur la table.

Souviens-toi, toi qui es mort…

John Gates tentait de réorganiser ses pensées, de trouver un moyen d'échapper. Ce n'était pas possible. Tout cela ne répondait à aucune raison, aucun motif, aucune logique. À peine quelques instants auparavant, il avait vu un grand avenir s'ouvrir devant lui : vaste perspective de recherches et de découvertes.

Et voilà que tout allait être balayé dans un moment de folie. Tout était suspendu au doigt d'un tueur. Le sang lui monta à la tête. Il eut envie de vomir, de pleurer. Il essaya de parler : « Je… » Mais il ne put poursuivre. Les mots s'étranglaient dans sa gorge. D'ailleurs, cette simple affirmation de son existence n'était-elle pas suffisante en elle-même ? Que peut-on dire d'autre, confronté à la mort ? « Je… »

L'homme se tourna vers lui avec un sourire. Curieux sourire, froid et pourtant compréhensif. Il y avait là de quoi espérer, sûrement. Pourquoi ne parlait-il pas ? John se demanda s'il était muet ; peut-être était-ce là la raison pour laquelle on l'avait choisi ? Il n'était que l'homme de main d'un meurtrier assuré ainsi de son silence. John se demanda si tous les assassins étaient muets, si le silence perpétuel auquel vous réduisait le mutisme ne vous qualifiait pas du même coup pour devenir un tueur.

Autant de choses qu'il lui était tout d'un coup devenu important de savoir. Mais maintenant qu'il se trouvait face à face avec son propre assassin, il n'y avait plus guère de temps pour répondre aux questions qui assaillaient son esprit.

Il remarqua la longue cicatrice blafarde qui barrait la joue gauche de l'inconnu. Un tueur avec une cicatrice en travers du visage, voilà qui relevait du cliché ! La cicatrice se contracta sous l'effet du sourire. L'homme plissa les yeux tout en haussant le pistolet à hauteur du visage, puis s'arrêta net dans cette position. John regardait ses mains, fasciné. Elles avaient l'immobilité de la pierre, ne trahissaient aucun signe de nervosité. L'étranger avait déjà accompli tous ces gestes auparavant et il allait les reproduire. John regardait le doigt sur la détente. Son esprit battait la campagne. Il se mit à chantonner intérieurement :

Ton heure est venue.

La balle traversa la tête de Gates qui résonnait encore de son chant. Elle y fit éclater les paroles et les notes des cantiques, les images de crèches, de rennes et de traîneaux, tous les sons, toutes les visions des Noëls passés, présents et à venir, ne laissant derrière elle qu'une masse de chair confuse et morte. Son corps s'écroula sur la table et quelques gouttes de sang semblables à des boules de gui tombèrent sur les pages blanches de la thèse.

2. Ebla / Tell Mardikh, Syrie

La tablette d'argile s'effrita entre ses doigts. Un instant auparavant, il avait tenu dans ses mains un moment d'histoire vieux de quatre mille cinq cents ans. Ce n'était plus maintenant que de l'argile, des fragments humides qui se brisaient en morceaux encore plus petits en tombant au sol, de la poussière qui s'en retournait à la terre ocre, à ses pieds. David Rosen poussa un soupir, laissa retomber sa truelle et se releva péniblement de sa position accroupie. Une pluie légère continuait à tomber. Il avait travaillé sur cette tablette depuis presque une heure, grattant, brossant pour la sortir consciencieusement de la terre où elle avait été enfouie avec des centaines d'autres pendant plus de quatre millénaires. La pluie avait repris la nuit dernière, accablante et impitoyable, et au milieu des averses la tente qui protégeait le champ de fouilles s'était effondrée, laissant à la merci de l'orage toute une partie des tablettes que l'on n'avait pas encore excavées. Au matin, des pans entiers d'histoire s'étaient fondus en une masse informe de boue. Et la pluie tombait toujours.

Les ruines basses d'Ebla s'étendaient autour de lui, voilées par la bruine grisaillante, sombres, humides et sépulcrales.

Il ne les avait vues qu'une seule fois auparavant, en été, quand la chaleur du mois d'août faisait trembler la lumière entre les pierres brûlantes et que le sable du désert de Syrie s'infiltrait dans les fissures des cours, des murs et des portes nouvellement excavés de l'ancienne cité. Maintenant, alors qu'il s'adonnait à ces fouilles dans l'atmosphère sombre de novembre, il tâchait de se représenter l'endroit tel qu'il l'avait vu en plein soleil. Mais depuis le commencement des pluies, en octobre, les ruines avaient perdu leurs contours et s'en étaient retournées à leur condition première de rochers, de sable et de limon.

Cette année, la pluie et le froid avaient été inhabituels, incessants et décourageants. La nécessité de faire ces fouilles à la mauvaise saison avec pour seule compagnie son assistant arabe l'avait empli d'un sourd désespoir. La pluie le rendrait fou si elle continuait à tomber ainsi plus longtemps... C'était une pluie pernicieuse, autant que le froid qui le glaçait jusqu'aux os tandis qu'il travaillait courbé sur ces tablettes, et semblable au paysage sinistre qui n'offrait à la vue que des hommes ternes et des femmes plus ternes encore, des moutons piteux et faméliques et des enfants plus piteux et plus faméliques encore. Et pourtant, le dernier mois, il s'était pénétré d'Ebla et de ses ruines plus profondément que de n'importe quelle autre découverte sur les champs de fouilles où il avait travaillé. Là, en l'absence de collègues, il se sentait entouré de fantômes.

Il voyait la silhouette de l'Arabe à sa gauche, accroupi et las, qui creusait toujours. Il n'aimait pas Rosen, et David pensait même qu'il entretenait certaines suspicions à son égard. On l'avait certainement envoyé d'Alep moins pour aider Rosen que pour l'observer et rapporter ses faits et gestes aux services de sécurité syriens. Ils vivaient ensemble dans une petite cabane blanchie à la chaux et semblable à une énorme ruche, dans le village de Tell Mardikh. Elle était sombre et sans fenêtre, éclairée uniquement par une lampe à pétrole, et pendant les longues nuits d'hiver on s'y serait cru en prison. Ils parlaient peu. Rosen passait les heures de la nuit à reconstituer, étudier, recopier et parfois traduire les tablettes sorties du sol pendant la journée. L'Arabe l'aidait parfois, mais il était bourru et taciturne et David s'adressait peu à lui. Il voulait finir ce travail d'ici à Noël, retourner à Cambridge et se remettre à la rédaction de son livre sur les archives des cours de justice éblaïtes de la période Mardikh IIB1.

Mais auparavant, il lui fallait accomplir une autre tâche en Syrie, dans une installation militaire située à une dizaine de kilomètres à l'ouest de Sefire. Il fallait d'abord fausser compagnie à l'Arabe, ce qui était plus facile à dire qu'à faire.

À trente-quatre ans, David Rosen avait déjà été reconnu comme la célébrité montante des études éblaïtes. Diplômé d'archéologie de l'université de Columbia, son imagination avait été définitivement accaparée par la découverte effectuée au milieu des années soixante-dix, par Paolo Matthiae, de l'empire et de la cité perdue d'Ebla, enfouie sous la colline syrienne de Tell Mardikh où elle était restée dissimulée aux regards des hommes pendant d'innombrables siècles. L'origine d'Ebla remontait à peu près à la fondation de la première dynastie égyptienne, vers la fin du quatrième millénaire avant Jésus-Christ. Elle avait connu son apogée au milieu du millénaire suivant pour être ensuite détruite par Naram-Sin d'Akkad vers – 2300. Elle fut reconstruite et détruite par deux fois, bien avant le règne d'Abraham, puis abandonnée tandis que les années, les mauvaises herbes et le sable recouvraient progressivement ses pierres et ses cendres.

David avait vu le site pour la première fois en 1977, peu après le début de ses études de troisième cycle à Chicago. Entre 1974 et l'arrivée de David en 1977, Matthiae et son équipe avaient trouvé d'importantes collections de tablettes d'argile dans le palais de la deuxième époque. Giovanni Pettinato avait déchiffré la langue éblaïte et un univers nouveau avait révélé ses secrets. David Rosen en fit son monde de peur de voir cette chose disparaître à jamais.

David Rosen n'avait pas l'apparence traditionnelle de

l'universitaire. Il ne portait pas de lunettes, il n'avait pas le dos voûté et il n'avait pas non plus le teint pâle. Quand il n'était pas à la bibliothèque ou à son bureau chez lui, il passait son temps à faire du jogging ou de la musculation dans la salle de gymnastique près du campus. Son épaisse chevelure noire et bouclée encadrait un de ces visages que Burne-Jones aurait aimé peindre, n'eût été l'expression de défi permanent qui allumait son regard et la ligne de son menton pointé en avant, comme s'il cherchait toujours à se porter à la rencontre des ennuis. Son père et son grand-père avaient vécu habillés de noir et s'étaient abîmé la vue à scruter des textes talmudiques dans des *yeshivas* à demi éclairées. David s'était éloigné de tout cela. Chez lui, la passivité, la sombre résignation à la souffrance et à la mort avaient fait place à une confiance dans l'avenir et à une énergie vitale.

L'Arabe toussa. Il toussait beaucoup depuis quelque temps. David espérait qu'il tomberait malade et serait obligé de partir. Il savait qu'on le remplacerait mais ce qu'il avait à faire à Sefire serait de courte durée. Il disposerait peut-être d'assez de temps entre le départ de son ange gardien et l'arrivée de l'autre pour s'y rendre et en revenir sain et sauf. S'il n'était pas capturé et exécuté à Sefire même, bien sûr.

Les services de renseignement israéliens avaient vaguement entendu dire qu'il s'y passait des choses inquiétantes. C'était une base militaire éloignée de toute habitation, et mis à part le personnel permanent, aucun militaire au-dessous du grade de général n'y avait accès, aucune permission n'y était accordée. Aucun conscrit n'y faisait son service militaire, et les affectations duraient un minimum de deux ans interrompus par quelques périodes de repos dans un complexe balnéaire de haute sécurité près de Latakia. Une demi-douzaine d'agents du Mossad avaient été capturés alors qu'ils tentaient de s'infiltrer dans la base et chaque fois la sécurité avait été renforcée. Ils n'avaient pas demandé à Rosen d'y pénétrer – c'eût été du suicide –, mais de prendre des photos des dernières mesures de sécurité. Pour être honnête, cela lui semblait tout aussi suicidaire.

L'Arabe toussa à nouveau. C'était une toux grasse qui lui venait du fond de la poitrine. David se demanda s'il n'avait pas attrapé une maladie mortelle. C'était ce qu'il espérait. Agé d'une trentaine d'années, l'Arabe était anémique, d'un caractère maussade et d'une propreté maladive, se rasant et se lavant tous les matins à l'eau froide, enfilant ses vêtements avec un soin tout particulier sous la djellaba qu'il portait pour les travaux en plein air, et priant avec une régularité exaspérante, après s'être livré à des ablutions plus longues encore. Le deuxième jour, avant même le départ des autres membres de l'équipe, il avait pris Rosen à part.

« Excusez-moi, professeur, avait-il dit d'un ton agacé. Je crois comprendre que Rosen est un nom juif. Est-ce bien exact ? »

David l'avait regardé droit dans les yeux pendant à peu près dix secondes, puis il s'était retourné et s'en était allé à pas lents. Le problème n'avait plus été abordé mais David savait qu'il n'avait pas été oublié et qu'il venait s'interposer entre eux chaque fois qu'ils se trouvaient face à face. Et il savait que l'Arabe n'avait pas été poussé à lui poser la question par simple curiosité. Il allait s'avérer dangereux. David se pencha en avant et lui tapota l'épaule.

« C'est l'heure, il faut y aller. Il ne fera bientôt plus jour. »

L'Arabe se releva et fut pris d'une toux violente. Il se plia en deux, la poitrine agitée de spasmes douloureux, les larmes lui montaient aux yeux. David l'observa jusqu'à ce que la toux s'apaise. L'Arabe avait refusé de voir un docteur.

« Pourquoi n'allez-vous pas voir un docteur ? demanda David pour la centième fois. Vous devriez. Ça va de mal en pis et ça ne s'arrêtera pas comme ça. »

L'autre secoua la tête, s'essuya les yeux du revers de la main et se redressa.

« Non, dit-il. Ça s'arrangera, ce n'est pas la première fois que j'ai une toux.

– Vous risquez de mourir, dit David en le lui souhaitant presque. Je ne vous serais d'aucune utilité. Je serais incapable de vous aider.

– Je n'ai pas besoin d'aide. Ça s'arrangera avec le temps. C'est la volonté de Dieu. Ça ira mieux demain. *Inch'Allah.* »

David se dirigea vers la jeep en portant la caisse qui contenait les tablettes excavées pendant la journée. Il avait remonté la tente et s'était assuré qu'elle tiendrait même contre les pluies les plus torrentielles que la nuit risquait d'apporter. Il ne supporterait pas une seconde journée comme celle-là. L'Arabe le suivait avec une autre caisse. Rosen espérait presque qu'il tousserait et la laisserait tomber, ce qui lui fournirait une bonne excuse pour le renvoyer.

Quelque part dans des champs, au-delà de la colline, une outarde fit entendre son cri, solitaire et désolé comme le paysage. Ils retournèrent au village en silence. Au-dessus d'eux, la lumière désertait le ciel, on aurait dit que les nuages en étaient vidés comme de la pluie. Il jeta un regard de côté vers l'Arabe. Son état de santé avait empiré. Mince consolation. Ils passèrent le camp de base, sur la droite, qui devait rester fermé jusqu'à la courte saison prochaine. Il eût été inutile de le faire fonctionner juste pour David et son assistant.

Vers la fin de la saison, David avait été arraché à la retraite qu'offrait une année sabbatique à Cambridge. Alessandro Bertalloni avait sondé le terrain par une longue tranchée au nord de la cour publique du palais royal, dans l'espoir de trouver la trace des bâtiments sacrés de la période la plus ancienne. En arrivant au niveau de la période IIB1, il était tombé sur les restes d'un bâtiment qui semblait correspondre au temple de l'ère plus tardive IIIA-B. Puis il avait immédiatement mis au jour toute une couche de tablettes étroitement disposées les unes contre les autres. En agrandissant la tranchée, il en avait découvert de nombreuses autres rangées, constituant des archives au moins aussi importantes que celles trouvées en 1975. Il y avait là assez de travail pour les tenir occupés sans interruption jusqu'à la saison prochaine, mais les principaux membres de l'équipe avaient des engagements pour toute la durée de l'année universitaire à venir. Comme il était beaucoup trop risqué de laisser ainsi les archives excavées à la merci des voleurs et des vandales, il fallait trouver rapidement quelqu'un capable de prendre soin du champ de fouilles jusqu'à l'été. David était un choix idéal, il avait accepté sans trop se faire prier. Une année sabbatique, c'était toujours ça de gagné, mais il ne rencontrerait pas de toute sa vie une autre découverte d'une telle ampleur. Le champ de fouilles avait été suffisamment creusé jusqu'à octobre pour qu'il s'adonnât entièrement à la tâche d'indexer et de retranscrire les tablettes sorties du sol. Si ce n'avait été la présence de l'Arabe, il aurait été très heureux.

En chemin vers le village, les roues de la jeep dérapèrent légèrement sur la boue fine qui recouvrait un semblant de route. Ils entendaient tout autour d'eux les bruits de la soirée qui s'amplifiaient. Du balcon de la maison de Hajj Suliman, une radio diffusait la voix d'Oum Kalsoum. Sur la gauche, un petit groupe de jeunes femmes drapées dans leurs longues robes, tête couverte, bavardaient bruyamment devant la boulangerie d'Ahmed al-Khartumi en attendant d'acheter le pain. Au centre du village, une foule de chiens couverts de boue et de jeunes garçons aboyaient et hurlaient en courant après un informe ballon de football. Ici et là, les hommes se tenaient adossés à la porte de leurs maisons ou assis sur le seuil, à fumer, à discuter et à rire à de vieilles blagues mille fois ressassées. Ils tournèrent à peine la tête au spectacle familier de la jeep qui s'arrêtait devant la maison où les deux archéologues s'étaient installés.

David et l'Arabe portèrent à l'intérieur les deux caisses de tablettes, les appareils photo, les trépieds et les instruments de mesure. Il faisait bon à l'intérieur, la température y était maintenue grâce à un petit chauffage au fioul empêchant les tablettes qui s'y trouvaient posées de se fendre sous l'effet du froid. L'Arabe alluma la lampe à gaz sur la table, s'affala dans le seul fauteuil à peu près confortable et se remit à tousser.

Après l'habituel repas de *pitta* rassis et de *ful*, ils s'attaquèrent au travail de la soirée. Deux lampes tempête repoussaient l'obscurité en faisant entendre leurs sifflements. Au-dehors, la pluie s'intensifiait à nouveau. Le village était plongé dans le silence, les habitants étaient cloîtrés chez eux et s'emmitouflaient pour se protéger de l'air glacé de la nuit. L'Arabe toussait de temps à autre, tout en dressant la liste des découvertes de la journée. Son regard était parfois traversé d'un éclair lorsqu'il relevait les yeux vers la lampe pour observer David qui travaillait à l'autre table.

David n'y prêtait pas attention, ses yeux étaient rivés à la tablette posée en face de lui, avec ses caractères cunéiformes au tracé clair et précis, que la lampe tachetait d'ombres épaisses. Il l'avait trouvée deux jours auparavant sous une pile de tablettes plus petites qui s'étaient cassées. Celle-ci était particulièrement grande, trente-sept sur trente-cinq centimètres, comprenant trente-deux colonnes de fine écriture. C'était un genre de tablette généralement réservé aux documents commerciaux. Mais un rapide examen effectué la veille avait immédiatement révélé que le sujet était tout autre. Les quelques lignes qu'il était parvenu à déchiffrer lui avaient donné une envie fébrile de continuer la traduction.

La tablette racontait l'histoire d'Ishme-Adad, *du-zu-zu* ou scribe de sa profession, tombé amoureux d'Immeriyya, une princesse de sang royal âgée de treize ans. Elle avait répondu à ses avances et trois soirs de suite il s'était rendu dans sa chambre ; le quatrième soir, les gardes du palais surprirent les amants et les arrêtèrent. Immeriyya fut emmurée vivante et Ishme-Adad fut emmené au temple de Damu, dieu de la Guérison et de la Magie. Là, il fut tour à tour torturé à mort puis ramené à la vie grâce à la science des prêtres. Il mit une année entière à mourir.

David avait été profondément affecté par cette histoire. Ishme-Adad avait lui-même écrit la tablette peu avant sa mort. Elle contenait également un bref codicille de la main d'un des prêtres de Damu, décrivant les circonstances du supplice d'Ishme-Adad et de sa mort. Tenant toujours la tablette entre ses doigts, David se sentit saisi par une violente agitation qui gagna tout son corps. Ishme-Adad, Immeriyya et leur tragique destin avaient reposé dans la poussière d'Ebla pendant quatre millénaires. Et maintenant, avec sa truelle et son stylo, David venait de les arracher à leur sommeil.

Il s'appuya au dossier de la chaise. L'Arabe s'était endormi sur son travail. Ses légers ronflements se mêlaient au sifflement de la lampe. À l'extérieur, la pluie tombait toujours au même rythme, régulier et envoûtant. Sur la droite, le vieux poêle prodiguait des bouffées de chaleur lourde. La maison empestait l'humidité et la paraffine. Il se sentit accablé, en partie à cause de l'histoire qu'il venait de traduire, en partie à cause de la maison et de la pluie. Et en partie à cause de lui-même, du sentiment de vide et de vanité de son existence qui s'était progressivement emparé de lui depuis maintenant plus d'un an. Il posa son regard sur la tablette et, toujours assis, se mit à boire de l'arak.

3. Ebla / Tell Mardikh

L'aube était pâle et moite. La pluie avait cessé, mais l'air retenait l'humidité comme une éponge froide. Le sol était couvert de plaques de gel comme un fin drap blanc qui craquait sous les pas des fellahs se rendant à leurs champs nus et désolés. Leur haleine se condensait en gouttelettes de glace qui semblaient flotter au-dessus de leurs têtes tandis qu'ils traversaient la brume en s'essoufflant et que l'air glacial brûlait leurs poumons. La clochette d'un mouton un peu plus loin signalait la présence d'un berger qui menait son troupeau au pâturage pour y brouter le peu d'herbe qui s'y trouverait.

David Rosen était déjà debout. Il aimait se lever tôt, pour le plaisir de réveiller l'Arabe. Le petit déjeuner consistait en une tasse de café à peine coloré, du pain frais provenant du magasin d'al-Khartumi et une confiture de prunes liquide qui semblait être le seul article en vente à Alep. Le pain, du moins, était chaud. Pendant le petit déjeuner, ils discutèrent du travail qu'il leur restait à accomplir. David voulait l'achever le plus vite possible. L'humidité et le froid endommageaient les tablettes et il voulait toutes les mettre à l'abri dans les quelques jours à venir. Cela les obligeait à faire un voyage à Alep pour acheter une lampe électrique qui leur permettrait de creuser après la tombée de la nuit.

« Écoutez, dit David, je vais à Alep chercher la lampe et vous resterez ici pour continuer à indexer les tablettes. Nous nous remettrons aux fouilles demain. »

Il aurait peut-être juste le temps de s'approcher de Sefire avant son retour. Son équipement photographique était déjà prêt, emballé dans un sac imperméabilisé attaché au-dessous de la jeep. Les services de renseignement israéliens lui avaient fourni une caméra truquée. La bobine principale contenait une pellicule de 35 mm qui avait été utilisée au site de Tell Mardikh, et qui ne révélerait rien de compromettant si elle était développée. La bobine qui servirait à prendre les photos contenait plusieurs mètres de pellicule miniature cachée dans un compartiment dans le haut de l'appareil photo. Si celle-ci était découverte, il risquait d'être exécuté sur-le-champ.

L'Arabe toussa et secoua la tête. « C'est impossible. Il faut d'abord finir le travail sur la partie qu'on a commencée, hier. Les tablettes mouillées ont peut-être gelé. On pourrait y aller ensemble demain. »

David haussa les épaules. Pour ce qui était des tablettes, l'Arabe avait raison. Mais il savait que ce n'était pas pour cela qu'il voulait empêcher David de partir seul. Un agent professionnel aurait trouvé un moyen de résoudre le problème, de se débarrasser de l'Arabe sans éveiller ses soupçons ou sans inquiéter ses supérieurs. Mais David n'était pas un professionnel. Malgré son entraînement intensif au camp de Bet Eshel, dans le Néguev, malgré les vacances qu'il y passait chaque année en hiver, malgré les fréquentes lectures des manuels du Mossad et du Shin Bet, il était cruellement conscient de n'être qu'un amateur. Le contraste entre cette situation et sa parfaite maîtrise du domaine archéologique lui était particulièrement pénible. Et l'utilisation de ses travaux d'archéologie comme couverture à ses activités d'agent secret le mettait profondément mal à l'aise. Sa conscience était peut-être trop aiguë. Ces deux métiers avaient beaucoup en commun : un archéologue est dans une certaine mesure un détective, une sorte d'agent de renseignement creusant des couches successives d'informations, séparant les pierres des gravats, les cendres des déchets.

Pour effectuer des fouilles dans des pays comme la Syrie, il fallait d'abord que les archéologues gagnent la confiance des autorités, une confiance difficile à obtenir et facilement retirée. Rosen savait que, s'il était découvert, toute l'expédition serait expulsée ou serait interdite de séjour pendant une dizaine d'années, sinon davantage.

Et tout ça pour quoi ? Pour quelques photos minables, une

vague esquisse d'une piste traversant le désert, des photocopies de documents volés chez un fonctionnaire de second ordre, et qui seraient remplacés le lendemain même. Personne ne lui avait jamais dit ce que l'on faisait des renseignements qu'il transmettait à Jérusalem, ou si même ils avaient une quelconque utilisation. Avait-il contribué à sauver des vies humaines, à rétablir des injustices, à arrêter des terroristes ? Il en doutait.

L'Arabe se leva et se dirigea vers la jeep. David le suivit en s'arrêtant pour fermer la porte à clef. Les habitants du village étaient des honnêtes gens, mais les tablettes risquaient d'être une tentation trop forte. Des fouilles clandestines avaient eu lieu avant l'arrivée des Italiens en 1964 et le marché des antiquités à Damas était encore très actif. On pouvait bien sûr forcer la serrure, mais David savait que personne n'essaierait.

David s'assit au volant sans mot dire. Il mit le contact mais le moteur se contenta de produire un toussotement avant de s'arrêter net. D'abord l'Arabe et maintenant cette putain de jeep, pensa David. Il dut s'y reprendre à dix fois avant que le moteur ne s'avoue vaincu et démarre à contrecœur. David appuya sur l'accélérateur et la jeep partit en trombe, une de ses roues passant de justesse à ras d'un des nombreux trous de la rue principale du village. Le froid recommençait à pénétrer sous la peau. De chaque côté de la route, quelques buissons rabougris de tamaris étincelaient de givre. L'Arabe jetait des regards furtifs vers David pendant le trajet. Deux jours auparavant, il avait trouvé la sacoche contenant l'appareil photo en dessous de la jeep, mais il voulait prendre Rosen sur le fait ; ses responsables avaient besoin de savoir ce que les sionistes manigançaient.

La tente avait tenu toute la nuit, mais le sol tout autour était trempé et les tablettes avaient gelé en même temps que la terre sous laquelle elles étaient enfouies. Il fallait faire fondre la glace avec précaution pour éviter qu'elles ne se fendent encore plus. David alla chercher un petit chauffage à air chaud dans la jeep, le brancha au générateur portatif et envoya de l'air sur la surface des tablettes. Il se tourna vers l'Arabe.

« Est-ce que vous pourriez surveiller ça ? Je veux aller voir quelque chose du côté du palais. Appelez-moi quand elles seront sèches mais, pour l'amour du ciel, ne les laissez pas s'effriter. »

Il savait qu'il aurait dû surveiller les tablettes lui-même ; il ne faisait pas confiance à l'Arabe pour faire le travail correctement. Mais il n'avait pas le courage de s'en charger ce jour-là. Le découragement qu'il avait éprouvé la veille ne l'avait toujours pas quitté. Et Ishme-Adad occupait encore le centre de ses pensées.

L'ensemble qui formait le palais principal n'était qu'à une courte distance, un peu plus haut sur la face ouest de l'acropole. Tout autour de lui les couches de basalte, de calcaire et les briques de terre cuite retraçaient de façon saisissante les contours de bâtiments écroulés depuis longtemps. Il glissa sur une dalle de basalte humide et fit une chute maladroite sur le côté. Le terrain était inégal et traître. Il arriva à la salle d'audience en suivant l'étroit escalier de cérémonie de la face nord. Tout était silencieux. Le ciel était si bas qu'il semblait pouvoir toucher les pierres grises.

Il se trouvait certainement dans la cour à laquelle Ishme-Adad faisait allusion au début de son témoignage. Il avait été jugé ici même et condamné par le roi d'Ebla, Ibbi Sipish. L'estrade sur laquelle le trône reposait était toujours là, entourée de trous qui avaient autrefois fourni les fondations de grandes colonnes. On avait trouvé, éparpillés sur le sol de la cour de justice, des yeux sculptés dans le calcaire, des yeux immenses qui avaient autrefois été suspendus aux frises tout au long de la partie supérieure des murs, pesants, menaçants. Représentant les yeux du dieu Dagon, ils avaient hanté Ishme-Adad pendant son enfance, puis de nouveau pendant sa vie d'adulte, après son jugement au pied du trône d'Ibbi Sipish.

David se tenait au milieu de la salle, essayant de se représenter la scène, reconstituant par son imagination les gardes postés à côté des piliers, le roi sous son dais de lin, d'or et de bois de cèdre, les rangs de la cour de justice alignés devant lui, s'inclinant vers le sol de dalles vernies. Mais seul Ishme-Adad retenait son attention, meurtri, couvert de sang tandis qu'on l'emmenait vers son long supplice dans le temple de

Damu. Le premier soir, ils l'avaient mis en présence de la jeune fille, plus belle que jamais, ses petits seins peints au henné et sa chevelure parfumée, et devant son amant, ils l'avaient menée jusque dans un renfoncement et l'y avaient murée, empilant les pierres jusqu'à ce qu'elle disparaisse à ses yeux pour toujours. Droguée aux graines de pavot, elle n'avait pas proféré un son tandis qu'on l'arrachait à l'homme qui avait représenté pour elle le monde entier. Mais il l'avait suivie dans l'obscurité et était passé par une période de folie.

David poussa un soupir et retourna vers l'escalier pour sortir de la cour. Il lui fallait se rendre à Sefire au plus tôt, même au risque d'attirer l'attention. De cet endroit il pouvait voir toute l'étendue du paysage jusqu'à l'horizon qui s'obscurcissait. Quelques oiseaux volaient nonchalamment dans le ciel blanc et froid. Un frisson le parcourut, et il continua son chemin. Alors qu'il arrivait à proximité de la fosse des archives, il remarqua que la tente s'était à nouveau affaissée. Il ne voyait l'Arabe nulle part. Pourquoi cet imbécile n'était-il pas venu le chercher ? Comme il allongeait le bras vers la toile de tente, il remarqua une tache écarlate sur la boue tout autour. Il remarqua également que la tache s'agrandissait et s'assombrissait. Il souleva la toile avec appréhension et la tira vers la gauche. Le corps de l'Arabe était étendu en dessous, tout recroquevillé, comme soudé à la boue et aux tablettes brisées. Il avait la gorge tranchée d'une oreille à l'autre, la tête quasiment détachée des épaules. Ses yeux fixaient le vide avec une expression d'épouvante. David sentit son pouls se mettre à battre à toute vitesse et sa tête tourner dans tous les sens. Il ne s'était pas absenté plus d'un quart d'heure.

Entendant un léger bruit derrière lui, il se retourna tout d'un coup et leva les yeux. Sur le rebord de la fosse, la silhouette d'un homme se dessinait contre le ciel. Vêtu d'un long anorak noir dont il avait relevé la capuche sur sa tête pour se protéger du froid, il se tenait les bras le long du corps en souriant et tenait un couteau dans la main droite. Dans la lumière blafarde, la lame semblait émoussée, presque molle. David pensa qu'il n'était pas syrien. Il avait les yeux bleus, la peau claire et lisse comme celle d'une femme. David nota que ses dents étaient parfaites. Puis il passa sa langue le long de ses lèvres et observa avec détachement qu'il avait la bouche sèche. L'inconnu lui fit signe de sortir de la fosse.

Comme arraché à un rêve, David pivota sur ses talons, enjamba le corps de l'Arabe et se hissa hors de la fosse par le côté opposé. Son adversaire avait anticipé son action et attendait derrière lui alors qu'il sortait de son trou sur les genoux. David se retourna et vit le couteau venant vers lui : une image brouillée, traversée par un éclair métallique. Il fit un bond en se retournant et sentit une violente douleur dans les côtes, tandis que la lame coupait ses vêtements et entrait dans sa chair en glissant sur son épaule alors qu'il roulait sur le côté pour y échapper. Il fit un effort pour se remettre sur pied, toujours accroupi, s'appuyant d'une main sur le sol. L'homme à l'anorak retrouva son équilibre et se jeta sur lui, plongeant, le couteau à la main, mais David parvint à lui donner un coup de pied qui l'atteignit au genou. L'homme grimaça de douleur et le couteau changea à nouveau de trajectoire tandis que David se relevait et sprintait vers le côté opposé de la fosse. Il fallait qu'il rejoigne la jeep, qu'il trouve une arme. Le tueur pivota dans la boue, agitant à nouveau son couteau comme un talisman. Il ne souriait plus. David se mit à courir, mais il avait l'impression d'avancer sur de la glace. Ses pieds glissaient dans la boue, l'air tranchant rendait sa respiration difficile, sa poitrine se soulevait.

Il sentit un bras qui s'enroulait autour de sa gorge, lui faisant perdre l'équilibre, et l'entraînant en arrière. Il perdit pied et pendant sa chute tenta de frapper sur le côté et en arrière avec son coude droit. Il tomba, son assaillant sur lui, cognant toujours des pieds et des poings, tandis que l'autre tentait de le clouer au sol.

Les deux hommes étaient maintenant hors d'haleine, essoufflés par la lutte et le froid. David lança un coup de genou qui atteignit son adversaire à l'entrejambe. Celui-ci poussa un grognement et lâcha prise. Le couteau tomba. David parvint à libérer un bras et se mit à pousser de toutes ses forces sur la tempe du tueur. Par un mouvement de balance, ce dernier enfonça à plusieurs reprises son poing dans la poitrine de David qui poussa un hurlement de douleur ; il n'arrivait plus à respirer. Le visage de son agresseur était à quelques centimètres du sien, il sentait sa mauvaise haleine et il pouvait plonger dans ses yeux fixes et cruels. David comprit aux mouvements de l'autre qu'il cherchait le couteau en tâtonnant : l'instant d'après, il l'avait en main. La lame était contre son flanc, l'homme glissa sur le côté pour trouver l'angle idéal. David eut un sursaut sous l'effet de la douleur, sa poitrine en proie au supplice, il tourna la tête sur le côté pour happer le nez de son adversaire et le mordit de toutes ses forces, sentit la chair et le cartilage qui cédaient. Le tueur poussa un hurlement et laissa de nouveau tomber le couteau. David fit un mouvement brusque en arrière, entraînant une partie du nez de sa victime entre ses dents. Il se sentit mal. En détournant la tête, il cracha tout ce qu'il avait dans la bouche, repoussa l'autre homme et roula sur le côté.

Ils étaient tous deux étendus dans la boue, David essayait désespérément de remplir ses poumons pendant que l'autre hurlait en tenant son visage entre ses mains. Ils étaient couverts d'une boue infecte de la tête aux pieds. Il n'y avait pas de temps pour réfléchir, pas de temps pour se poser des questions. Il s'agissait de rester en vie, et rien d'autre. David se remit sur pied, il sentait une brûlure à l'épaule et sa poitrine lui faisait mal, il courut jusqu'à la jeep en vacillant. Chaque pas augmentait sa douleur et à chaque respiration ses yeux s'emplissaient à nouveau de larmes.

L'autre hurlait derrière lui. Il arriva enfin à son véhicule. Le chauffage marchait toujours, branché au générateur à l'arrière de la jeep. David arracha le fil électrique et le jeta. Il ne pensait qu'à une chose, s'échapper, et avait l'impression que sa tête allait éclater. Il tâtonna jusqu'à la porte du conducteur et tira sur la poignée, ouvrit la porte et s'assit sur le siège. La clef de contact était toujours là. David la fit tourner en s'appuyant sur le volant. Aucun résultat. Il essaya à nouveau, tournant frénétiquement la clef à plusieurs reprises, la tordant dans tous les sens. Pas une étincelle.

La portière de la jeep s'ouvrit violemment et une main puissante le saisit par le bras. L'homme se tenait devant lui. À la place du nez, il n'y avait plus qu'une bouillie ensanglantée. Un flot de sang continuait à couler par la blessure béante. David se jeta en arrière, luttant pour échapper à cette emprise, mais l'inconnu allongea le bras et parvint à attraper son pied gauche. David tenta de s'accrocher au volant mais ses mains glissèrent tandis que l'autre le tirait hors de la voiture. Il se cogna la tête contre la porte puis s'écrasa au sol tandis que ses poumons se vidaient encore une fois. En l'espace de quelques secondes, l'inconnu s'était jeté sur lui et essayait de l'étreindre à la gorge, ses doigts puissants s'enfonçaient, l'empêchant de respirer. À bout de souffle et pris de vertige, David avait la nausée. Tout tournait autour de lui, il se sentait progressivement perdre connaissance. Dans un ultime effort désespéré, rassemblant toutes ses forces, David arracha la capuche de son adversaire et tira d'un coup sec. La cordelette sur le devant était nouée et vint se coincer autour du cou étroit du tueur. Sa tête partit en arrière, l'obligeant à se redresser et à desserrer légèrement son étreinte. C'était la dernière chance qui s'offrait à David qui envoya un coup de genou entre les jambes de l'homme au couteau, et comme celui-ci lâchait prise, il tira sur la capuche aussi fort qu'il pouvait tandis que de l'autre main il tentait de repousser sa tête en arrière. Ses doigts s'enfoncèrent dans la blessure du nez, l'homme poussa un nouveau hurlement et David parvint à se libérer.

Le tueur se tenait maintenant entre lui et la jeep. Il leva les yeux vers David, qui eut une fureur aveugle et une rage incontrôlable – et quelque chose d'autre encore : une intelligence froide qui luttait pour dominer sa colère et sa douleur. Soudain, ses yeux se mirent à scruter le terrain tout autour de lui. Il aperçut une pile d'outils juste à sa droite que David et l'Arabe avaient utilisés pour creuser la fosse. D'un mouvement rapide, l'homme se saisit d'une lourde pelle tranchante qu'il brandit comme une hache. Il la fit tourner au-dessus de sa tête d'un geste précis dans un équilibre parfait tandis que le métal sifflait en fendant l'air. Il avançait vers David, les sifflements de la pelle s'amplifiaient alors qu'elle tournoyait, lourde, mortelle.

David vacilla et se déplaça sur la gauche de l'adversaire, ses yeux ne se détachant pas un instant des mouvements de la pelle. Soudain, l'homme se rua sur lui, tenant son arme au-dessus de ses épaules. David fit un pas de côté tout en avançant vers le danger. Mais il reçut un violent coup sur la hanche. Il sentit sa chair se déchirer. Il passa en courant devant l'autre et se précipita sur la pile d'outils. Sans réfléchir il en retira une pioche à manche court qu'il brandit. L'homme s'était retourné et avançait vers lui en courant. David lança la pioche avec un mouvement de balancier et elle vint heurter les tibias de son poursuivant avec une force à lui briser les os. Il vacilla de gauche et de droite. David se jeta sur lui, saisissant le manche de la pelle et s'y agrippa énergiquement. La lutte continuait. De nouveau ils tombèrent, tenant toujours la pelle entre eux. David lâcha prise et trouva la pioche en tâtonnant.

Le long manche de la pelle rendait son utilisation difficile dans un combat aussi rapproché. Alors que l'autre essayait de lui en assener un coup sur la tête, David frappa avec sa pioche. La pointe pénétra dans le ventre et s'y enfonça profondément. Le tueur poussa un cri angoissé et lâcha la pelle. Tout en hurlant, il saisit la pioche à deux mains. Pendant quelques instants qui parurent une éternité, ils luttèrent pour s'en emparer et sauver leurs vies. Soudain, l'agresseur de David faiblit, et la pioche retomba en arrière. Il y eut un bruit d'os qui craquent et l'énergie de l'étranger se relâcha complètement. En relevant la tête, David vit qu'il avait reçu la pioche en plein visage et qu'elle était entrée dans le crâne juste entre les deux yeux. Il était mort. David relâcha son étreinte et s'effondra sur le cadavre.

4.

Il aurait été incapable de dire combien de temps il était resté allongé là à demi conscient. Quand il reprit connaissance, il lui sembla que la matinée touchait à sa fin. Il regarda sa montre mais elle avait été broyée pendant le combat. Le corps de l'autre était étendu sous le sien, se raidissant sous l'effet du froid et de l'humidité. David se leva péniblement, chancelant, ses blessures le brûlaient. L'endroit était resté désert, personne ne s'était approché.

Qui était cet homme ? D'où venait-il ? David se pencha et arracha la pioche de son crâne tout en détournant les yeux, puis il fouilla les poches du cadavre : rien dans l'anorak, rien dans le pantalon. Il tira sur la fermeture Eclair de l'anorak. L'homme était habillé d'un gros pull-over et d'une chemise. Plus de poche à fouiller. Rien sur lui qui puisse l'identifier ou indiquer qui l'avait envoyé. Sous la capuche il avait des cheveux sombres, mais son visage ne pouvait plus rien révéler maintenant.

C'est bien ma chance, pensa David, de me retrouver au beau milieu de cette hauteur avec deux cadavres à dissimuler. Un site archéologique était sans doute le pire endroit au monde pour se débarrasser d'un mort. D'ici l'été, des dizaines de chercheurs viendraient creuser partout avec leurs pelles, leurs pioches et leurs truelles, aussi avides de vieux os qu'une meute de chiens de chasse. David serait parti, mais s'il lui était donné de survivre, il valait mieux que ces cadavres restent de côté pour un bon bout de temps. Il réfléchit rapidement et se souvint des deux puits profonds dans la cour du palais. Ils avaient déjà été explorés et il était désormais peu probable qu'on les inspecte une nouvelle fois. Voilà qui ferait l'affaire.

Emmener les deux corps jusqu'à la cour était difficile. Il y avait trop de tranchées à traverser pour pouvoir se servir de la jeep. L'un après l'autre, il tira les cadavres sur le sol humide. C'était un travail pénible et, après une telle épreuve, son corps se révoltait contre cette tâche épuisante. Il parvint finalement à la cour avec ses deux fardeaux et fit tomber l'Arabe la tête la première au fond du puits de la face nord. L'inconnu descendit sans peine le long du second puits, du côté est de la cour. David retourna sur le lieu des fouilles qu'il avait effectuées récemment et y ramassa autant de gravats qu'il pouvait en porter dans la toile de tente, les tira derrière lui comme un gros sac et fit deux voyages, déversant la terre et les pierres dans les puits pour recouvrir les cadavres. C'était loin d'être parfait, mais les cavités étaient suffisamment sombres et profondes pour qu'on ne puisse pas se rendre compte du travail prétendument en cours. Il retourna à la fosse avec la toile de tente. Les archives étaient en piteux état, les tablettes écrasées et anéanties, le tout recouvert de sang coagulé. À l'aide d'une truelle, il fit ce qu'il put pour effacer les traces de sang. Pour ce qui était des tablettes, il n'y avait rien à faire, sinon remettre la tente en place dans l'espoir qu'elle arrêterait la pluie, en attendant que quelqu'un d'autre vienne s'occuper du site.

Quand il retourna au village, c'était le début de l'après-midi. La nuit allait tomber d'ici quelques heures. Il souffrait de ses blessures mais, pour autant qu'il puisse s'en rendre compte, elles n'étaient que superficielles. Ses vêtements étaient complètement déchirés. Il devrait se changer en arrivant à la cabane. Il n'avait toujours pas conçu de plan mais il savait qu'il lui fallait quitter Tell Mardikh au plus vite, sans perdre de temps en suppositions sur l'identité ou les motifs de l'inconnu. On pouvait peut-être expliquer les événements de la journée par les rivalités au sein des services de renseignement syriens. Dieu sait si les tensions qui divisaient le pays étaient nombreuses, et celles entre l'élite alawite et la majorité sunnite n'étaient pas des moindres. Mais David n'avait pas l'intention de s'attarder là-dessus. Pourquoi l'homme s'était-il servi d'un couteau plutôt que d'un revolver ? Il ne portait pas de vêtements bon marché et n'était de toute évidence pas un paysan. Avait-il eu l'intention de tuer David et l'Arabe avec un couteau pour mettre leur double meurtre sur le compte des brigands qui écumaient la région ? Mais il arrivait que même les brigands utilisent des revolvers.

Il aurait pu attendre la nuit pour se rendre au village, mais ce n'était sans doute pas dans son intérêt. D'autres étaient peut-être à sa recherche. Peut-être même l'attendaient-ils au village. Il était possible que quelqu'un eût mené l'agresseur de David jusqu'à la colline puis fût reparti se poster au village. Peu importait qui ils étaient tant qu'ils étaient armés de couteaux ou de revolvers. L'estomac noué par l'angoisse et la nervosité, David suivait la route entre les ornières.

Le village était silencieux. Tout le monde faisait la sieste après le déjeuner, même les enfants se taisaient. Un chien poursuivit la jeep en aboyant pendant quelque temps, puis renonça et repartit dans son coin la queue entre les jambes, à l'ombre d'une cabane en ruine. Un coq, confondant la pâle lumière hivernale avec l'aube, fit entendre son chant. Une poule grattait énergiquement dans la poussière. David freina devant la maison et arrêta le moteur. Il n'y avait personne dans les environs. Il descendit rapidement de la voiture, se précipita vers la porte et entra. Il faisait sombre à l'intérieur, comme dans toutes les maisons du village ; on aurait dit que la lumière était un bien trop précieux pour se prêter à un usage régulier. David trouva la lampe tempête et l'alluma. Comme il ajustait la flamme, la lampe poussa un sifflement aigu, monotone comme celui d'un serpent, résonnant dans la petite pièce qu'il détestait.

David savait ce qu'il avait à faire. Si l'homme tué sur la colline était un agent du gouvernement, il allait bientôt être recherché dans tous les aéroports et tous les ports de la Méditerranée. On n'aurait aucun mal à l'identifier dans un pays qui recevait aussi peu de résidents étrangers et quasiment pas de touristes. Il n'avait pas de moyens immédiats pour se déguiser ou obtenir de faux papiers, il ne savait pas où se trouvaient les agents israéliens ni même comment établir un contact avec eux. Il était pris au piège. À moins qu'il ne parvînt à traverser rapidement la frontière en jeep ou à pied. Et il n'y avait pas de choix quant à la frontière à traverser : c'était celle qui séparait la Syrie des territoires contrôlés par l'armée israélienne à l'ouest de Kuneitra. David n'avait qu'une très vague idée de ce qu'était la zone frontalière, mais s'il y avait une chose dont il était certain, c'était qu'aucun être vivant, pas même un lézard, ne pouvait la traverser, dans un sens ou dans l'autre. S'il le tentait, il courait à sa mort. Et aussi s'il ne le tentait pas.

Il enfila rapidement des vêtements propres. Il n'avait pas de temps à perdre, pas même pour soigner ses blessures. En moins d'une minute, il empaqueta tout ce dont il avait besoin. Malgré leur importance, il n'avait pas le temps de s'occuper des tablettes et de ses notes pour le moment.

La rue était toujours déserte. David n'aimait pas cette tranquillité, qui semblait trop parfaite et se prolongeait trop longtemps. Rien ne venait l'interrompre, pas même les aboiements d'un chien. Avait-on prévenu les habitants de rester chez eux, sachant qu'il allait y avoir du grabuge ? Il jeta son sac à l'arrière de la jeep et s'assit au volant. Avec un peu de chance, il aurait suffisamment d'essence pour atteindre sa destination. Ce qui arriverait ensuite n'avait que peu d'importance. Il fit démarrer le moteur, sortant la bourgade de sa torpeur, et partit en trombe dans l'obscurité grandissante de la fin d'après-midi. Alors qu'il atteignait la lisière du village, quelques gouttes d'une épouvantable pluie grisâtre se mirent à tomber.

5.

Les essuie-glaces menaient un combat désespéré contre la pluie et la boue qui recouvraient le pare-brise. David était obligé de plisser les yeux pour voir à travers un écran brun, conduisant au jugé, incapable de suivre la route du regard. La jeep cahotait et dérapait dangereusement, les roues accrochaient à peine la route, tandis qu'il tâchait de diriger la voiture à travers la pluie battante, dans la direction de l'autoroute principale de Damas.

Inutile d'essayer de couper à travers la campagne, par un temps pareil, il se perdrait quelques kilomètres plus loin ou s'embourberait. Une seule route possible menait à Kuneitra *via* Damas, qui n'était éloigné de la frontière que de quelques centaines de mètres. Il y avait à peu près deux cents kilomètres jusqu'à Damas et encore soixante-quinze jusqu'à Kuneitra. En tout, un trajet de trois cents kilomètres. La route de Damas allait grouiller de militaires comme d'habitude. Il allait rencontrer des barrages de soldats. Et il devait traverser deux villes importantes et de nombreux villages avant d'arriver à Damas. Il rejoignit la route principale juste avant Ma'arrat al-Nu'man et tourna en direction du sud, croisant une file de poids lourds qui se dirigeaient vers Alep. Puis une voiture isolée, une vieille Volvo grise, qui prenait la direction de Hama le dépassa avec un coup de klaxon strident, avant d'être engloutie à nouveau par la pluie. Une moto passa à côté de lui en rugissant, déchirant l'obscurité de son unique phare, comme un cyclope enroué, continuant son chemin entre nulle part et nulle part. David alluma les phares de la jeep et appuya sur l'accélérateur. Ses lumières apparurent comme deux rayons magiques étincelant contre l'orage. C'était une route dangereuse. Les voitures risquaient de déraper sur la pluie accumulée sur la route et de rentrer les unes dans les autres. La pluie torrentielle avait nettoyé le pare-brise de sa boue mais la visibilité ne s'était guère améliorée.

Il traversa Ma'arrat al-Nu'man presque sans s'en rendre compte. Les rues étaient désertes. Il dépassa Hama, où il y avait une forte présence militaire depuis l'automne, à la suite de la tentative de coup d'État menée par Mas'ud al-Hashimi. Quelques années auparavant, Hama avait été le centre des Ikhwan al-Muslimiun, les frères musulmans fondamentalistes. Armés par l'OLP d'Arafat, ils s'étaient révoltés contre le régime baassiste de Hafez el-Assad. Celui-ci avait envoyé son frère Rif'at dans la ville, à la tête de troupes contrôlées par les Alawites. Selon certaines sources, le nombre d'habitants massacrés s'élevait à vingt-cinq mille. Toute une partie de la ville avait été rasée. Peu après son arrivée en Syrie cette même année, David avait entendu une rumeur largement répandue selon laquelle les troupes avaient lâché des gaz au cyanure dans les maisons par des tuyaux en caoutchouc. C'était le deuxième massacre perpétré à Hama en l'espace d'un an.

La ville restait à ce jour un lieu possible d'agitation. La tentative d'al-Hashimi et de son parti national du peuple pour renverser les baassistes avait entraîné une grande réaction de joie, mais personne ne savait encore ce qu'il fallait penser exactement du nouveau leader. Il avait la réputation d'être populaire, et jusqu'à présent avait mené une politique libérale. Mais malgré ce que l'avenir lointain pouvait réserver à al-Hashimi, la situation restait tendue. Il valait mieux ne pas prendre de risques.

David rejoignit l'autoroute une quinzaine de kilomètres après Hama. Peu après, il croisa un convoi militaire qui se dirigeait vers la ville : des tanks, des véhicules blindés, des camions, avançant laborieusement sous la pluie, comme une sinistre procession funèbre. Il traversa Homs sans s'arrêter. Dans les rues les lumières étaient allumées. L'obscurité s'épaississait mais la pluie ne faisait pas mine de faiblir. La route était meilleure mais le trafic était plus dense sur le trajet qui le séparait de Damas. La jeep commença l'ascension des collines qui avoisinent le Liban, continuant jusqu'à al-Nebk son chemin à travers cette région élevée et battue par les vents.

Il arriva à Kuneitra au début de la soirée. Il n'y avait pas le moindre mouvement. La ville avait été systématiquement bombardée et détruite au bulldozer par les Israéliens en 1974 avant d'être rendue aux Syriens, selon l'accord de cessez-le-feu signé l'année précédente. Ce n'était plus qu'une ville fantôme, un monument à la folie humaine, qu'il n'avait pas fallu plus d'une semaine pour détruire. La population avait été évacuée et les équipes de démolition avaient pris la relève. Ce n'était plus qu'un terrain dévasté que parsemaient les ruines des bâtiments détruits : une église, une mosquée, un cimetière abandonné.

David trouva à l'entrée de la ville une maison dont le toit était en partie intact. Les troupes de sécurité des Nations unies étaient installées plus au centre, mais il préférait rester à distance. Il alla chercher de la nourriture et des couvertures dans la jeep et s'installa dans un coin de la pièce. La pluie tombait à travers le toit. Un morceau de toile en lambeaux accroché à une fenêtre sans vitre s'agitait dans le vent. David éclaira les murs de sa torche pendant un bref instant. Un papier mural orné de ce qui ressemblait vaguement à un motif floral s'y trouvait encore. Une photo usée pendait à un vieux clou rouillé ; c'était un portrait mais il était impossible de distinguer les traits du visage. David éteignit sa torche. Il s'allongea jusqu'à minuit et se reposa en attendant que l'obscurité soit totale. La pluie n'était plus qu'une bruine légère. Il se leva à contrecœur et sortit dans la nuit. Il se mit en chemin vers l'extrémité sud de la ville en trébuchant sur des amoncellements de débris. Il était inutile de suivre la route, où se trouvaient trois postes militaires séparés de deux cents mètres les uns des autres : un poste syrien, un autre contrôlé par les Nations unies et le troisième par les Israéliens. Impossible de passer par là.

Deux gros rouleaux de barbelés rouillés apparurent, se détachant de l'obscurité comme deux serpents, s'étendant sur une distance difficile à évaluer. David trouva à proximité une grande plaque de tôle. Il la plaça en travers des barbelés, tout en les aplatissant pour s'en servir comme d'un pont qu'il traverserait en rampant. Il apercevait à sa droite les lumières du poste frontalier syrien. Une mitrailleuse lourde y était placée, entourée de sacs de sable, solitaire, servie par une sentinelle qui grelottait de froid.

David se mit à ramper sur le sol trempé et boueux. Une odeur d'humidité et de pourriture empestait l'atmosphère. Il avait l'impression de nager dans une mer de boue. Soudain un projecteur s'alluma au-dessus de la position syrienne. Il tourna dans sa direction, balayant le paysage de son rayon dans un mouvement de balancier, comme une faux, un gigantesque triangle de lumière blanche. David s'aplatit sur le sol, priant pour que la lumière du projecteur passât au-dessus de lui. Le rayon de lumière le frôla, s'éloigna, revint encore une fois, puis s'immobilisa. Une voix grésilla dans l'obscurité, amplifiée et déformée par un haut-parleur. Il entendit quelques mots incompréhensibles en arabe. Le haut-parleur se mit à nouveau à aboyer, plus fort cette fois. Une autre lumière s'alluma depuis le poste des soldats des Nations unies, un peu plus loin. Il entendit le bruit d'une jeep dans l'obscurité qui venait vers lui de derrière les barbelés.

La voix prononça le mot « *algham* ». David ne comprenait pas. Il cria en anglais, vers aucun interlocuteur particulier :

« Je ne comprends pas ! Vous m'entendez ? Je ne comprends pas ! »

Tout cela était absurde. Hier encore il était plongé dans le passé lointain, et aujourd'hui, cette nuit, il se trouvait dans le pire des présents, s'apprêtant à mourir dans un champ de boue à la frontière syrienne. Il se demanda pourquoi ils n'avaient pas encore ouvert le feu.

Un deuxième haut-parleur, provenant cette fois du poste des Nations unies, se mit à émettre. Il entendit des paroles prononcées en anglais avec un fort accent irlandais :

« Ne bougez pas. Vous êtes dans un champ de mines. On va vous sortir. Si vous êtes armé, jetez vos armes. »

La jeep s'était arrêtée à hauteur des barbelés. Il entendit derrière lui une voix qui criait des ordres en arabe. Tout à coup, un autre projecteur vint l'éblouir, depuis le côté israélien. Il croisa le rayon du projecteur syrien et retourna en ligne droite vers le côté israélien de la frontière. Au même moment, une mitrailleuse ouvrit le feu, déchirant le sol boueux en suivant la trajectoire de la lumière. Une mine explosa puis une autre et une troisième.

David entendait des cris derrière lui. Il y eut un coup de fusil suivi du fracas d'une arme automatique. Il se mit à ramper vers l'endroit où la première mine avait explosé, dont il n'était séparé que de quelques mètres, avançant sans quitter des yeux le projecteur israélien immobile de l'autre côté. Il progressait en ligne droite, priant pour que les mines aient été placées de manière régulière et à égale distance les unes des autres. Derrière lui, les mitrailleuses tiraient salve après salve. Le projecteur syrien avait perdu sa trace. Son rayon dansait tout autour de lui en essayant de le localiser. Soudain, il fut découvert. Une voix s'échappant du poste des Nations unies juste derrière lui s'écria :

« Courez, bon sang, courez ! »

Il se releva et se mit à sprinter. La mitrailleuse crépitait derrière lui. Une deuxième mitrailleuse ouvrit le feu depuis le même emplacement. Il essayait d'avancer en zigzaguant, se tenait à la voie que les Israéliens avaient dégagée. Tout à coup, il trébucha et s'écroula sur une masse de fils de fer barbelés. Il se coupa au visage et aux bras, s'entaillant en des dizaines d'endroits. Il entendit des voix, releva la tête. Un soldat israélien se tenait devant lui, dirigeait le canon de son fusil vers David, et il n'avait pas le sourire.

6.

Jérusalem ne peut être que Jérusalem. Une ville penchant en quelque sorte vers la folie, la capitale d'un pays presque irréel qui existe autant dans les esprits que sur les cartes de géographie. David y fut conduit dans une camionnette sans ouvertures, puis on l'enferma dans une petite pièce grise avec des barreaux aux fenêtres et une énorme serrure. La vue des kippas et les sons de l'hébreu étaient rassurants, mais l'attitude de ses gardiens l'était moins. Ils l'avaient laissé seul pendant des heures. Il entendait parfois des pas qui s'approchaient dans le couloir, sans jamais s'arrêter devant sa porte. Parfois David se mettait à frissonner en se demandant quelle règle il avait pu enfreindre pour que ses propres compatriotes l'enferment ainsi. Il avait expliqué tout ce qu'il y avait à expliquer au commandant israélien à Kuneitra, un homme d'une quarantaine d'années avec des cheveux épars et inégalement pommadés. Il s'était un peu attendu à ce qu'on lui tape dans le dos. N'était-il pas, après tout, un soldat qui s'était échappé des lignes ennemies, presque un héros ? Mais l'Israélien s'était contenté de le fixer dans les yeux sans sourciller et l'avait accablé de questions jusqu'au petit matin alors que le soleil se levait.

Il fallut toute une journée à Jérusalem pour que la personne responsable s'assure que l'identité de David était bien celle qu'il disait être la sienne. Aucune de ses connaissances ne vint lui rendre visite. Il avait été recruté en Amérique et entraîné dans le Néguev : à Jérusalem, il n'était qu'un nom et une photo dans un dossier. Le deuxième jour, on lui apporta à manger, on le mit sous surveillance et on le laissa dormir un bon moment.

Le bruit de la porte le sortit de ses rêves. David sentit la présence de quelqu'un avant de l'apercevoir. L'atmosphère de cette pièce vide devenait soudain chargée. Son visiteur était en civil mais il avait le maintien d'un militaire de carrière. Il devait avoir une cinquantaine d'années. Contrairement à la plupart des soldats de son âge qui gardent sur le visage ou sur le corps les marques des embuscades, des escarmouches et des batailles qu'ils ont vécues, cet homme ne devait pas ses cicatrices aux balles ou aux éclats d'obus. David avait déjà vu ce regard, dans les yeux de ceux qui l'avaient initié à l'art de l'espionnage. Ils s'étaient tous battus l'arme à la main à un moment ou à un autre, mais leurs véritables batailles avaient été des aventures plus paisibles, et beaucoup plus destructrices pour eux-mêmes, elles avaient usé le fond même de leur être, que le combat à proprement parler épargne généralement.

« Bonjour, professeur Rosen », dit le visiteur. Sa voix était comme sa chevelure, fine et grisonnante. « Je suis le colonel Scholem, responsable de la section du contre-espionnage chargée des affaires syriennes. Je m'occupe essentiellement d'antiterrorisme, mais on m'a demandé d'examiner votre cas. J'ai étudié les détails de votre rapport ce matin mais je voudrais encore éclaircir quelques questions. Puis-je m'asseoir ? »

Il y avait une chaise branlante à côté du lit. David fit un signe de la tête et Scholem s'assit en tournant légèrement la chaise pour lui faire face.

« Je regrette qu'on ait dû vous enfermer ici si longtemps, reprit Scholem. La suspicion engendre… certaines absurdités. Maintenant, dites-moi ce qui s'est passé. Ne vous inquiétez pas, je ne suis pas ici pour essayer de trouver des contradictions dans votre récit. Je ne mène pas une enquête de police. »

David lui raconta tout, n'omettant aucun détail. Scholem écoutait sans bouger, immobile sur sa chaise. Le teint hâlé, il était de taille moyenne avec des yeux bruns, plissés, et une expression mélancolique dans le regard. À part ses doigts allongés qui tripotaient nerveusement le pli de la jambe droite de son pantalon, il était parfaitement impassible, écoutant d'une oreille attentive le monologue de David, ne posant pas de questions, ne faisant aucun geste. Et pourtant David voyait bien que, derrière ce regard, un esprit vif soupesait les informations qu'il recevait. Quand David eut fini son récit, Scholem eut un bref sourire de circonstance comme un docteur qui compatit avec la maladie de son patient mais qui le soigne comme n'importe quel autre. Puis les questions commencèrent.

Ce n'était pas à proprement parler une enquête judiciaire, mais Scholem allait explorer les moindres détails comme aucun policier n'aurait su le faire. Il ne cherchait pas à trouver un meurtrier, en disposant déjà de deux, l'un mort, l'autre vivant. Et s'il fallait considérer qu'un crime avait été commis, il s'était déroulé en Syrie, et il n'existait rien entre Israël et ce pays qui ressemblât de près ou de loin à un accord d'extradition. Scholem s'intéressait uniquement à la signification que cet incident aurait pu avoir pour les services de renseignement israéliens. Mais plus il cherchait, moins l'affaire semblait avoir de sens.

« Est-ce qu'il aurait pu travailler pour des trafiquants d'œuvres d'art ? » demanda Scholem. Il songeait à l'homme que David avait tué sur la colline. Cela semblait au bout du compte la solution la plus probable.

« Oui, répondit-il, c'est possible. » La rumeur s'était peut-être répandue qu'on avait fait à Ebla une découverte majeure. Les tablettes d'argile n'auraient pas intéressé les marchands d'œuvre d'arts. Mais s'ils pensaient trouver des objets non répertoriés, d'un genre plus commercial, il était logique d'envoyer quelqu'un fouiner dans le coin.

Scholem se leva. Sous sa peau burinée et la lassitude de son regard, David percevait une force paisible et parfaitement contenue.

« Je crois que vous pouvez rentrer chez vous maintenant, professeur. Il n'y a aucune raison de vous garder ici indéfiniment. Si nous avons besoin de vous, nous vous contacterons. Où avez-vous l'intention de vous rendre maintenant ? Vous retournez à Cambridge ? »

David hocha la tête.

« Je vais d'abord aller à Haïfa quelques jours rendre visite à mes parents. Ils vivent là-bas depuis cinq ans maintenant, et je ne les ai pas vus depuis un bout de temps. Il faut que j'aille passer un moment avec eux. Ils vieillissent et on ne se voit plus beaucoup ces temps-ci. »

Scholem lança un regard vers David à l'autre extrémité de la petite pièce. Il semblait las, non par manque de sommeil ou à la suite de quelque activité épuisante ; sa lassitude avait une cause plus profonde, qui provenait de lui-même. Scholem se leva, tendit la main et serra celle de David.

« Vous dites que vous allez rendre visite à vos parents à Haïfa. Nous vous contacterons là-bas si nous découvrons quelque chose, ou si votre présence est nécessaire. Informez-moi de la date à laquelle vous pensez partir pour Cambridge. »

David hocha la tête et se leva à son tour. Il regarda Scholem se diriger vers la porte en silence. Le colonel avait l'air d'un homme qui a essuyé des défaites tout au long de sa vie mais qui refuse de l'admettre et continue à lutter comme si la vie avait un sens, après tout.

Il ouvrit la porte d'un geste qui donnait l'impression qu'elle était de plomb. Il se demandait pourquoi Rosen était là. Il se sentait mal à l'aise, comme s'il avait eu la prémonition d'un malheur futur, d'un danger qui le guettait. Et qui se rapprochait, inévitable. Un frisson lui parcourut l'échine, puis il regarda David qui se tenait devant lui au milieu de la pièce grisâtre. Il ferma la porte doucement, laissant David seul dans le silence.

7.

David arriva à Haïfa de nuit. Il avait partagé le grand taxi commun – une Mercedes noire qui datait de 1975 – avec cinq autres passagers, quatre hommes et une femme qui, pendant les deux heures que dura le voyage, fumèrent et discutèrent entre eux dans leur hébreu volubile. Assis sur le siège arrière à côté de la fenêtre, David regardait l'obscurité défiler devant ses yeux, des kilomètres et des kilomètres se suivant sans fin dans une nuit d'encre. Ils croisèrent plusieurs voitures qui se dirigeaient vers Jérusalem et, par deux fois, des convois militaires qui progressaient bruyamment, gris et informes comme le paysage qu'ils traversaient. Ils passèrent par Ramallah, Naplouse et Jenin, brefs îlots de lumières, de bruits et de gens, avant de s'en retourner dans l'obscurité.

Ils arrivèrent à Haïfa vers huit heures. Depuis le bureau central des Aviv sherut, David prit un taxi jusque chez ses parents, dans le quartier central du Carmel. En quelques années, Haïfa, petit village de pêcheurs au pied du mont Carmel, était devenu un port actif et un centre industriel qui s'étendait tout autour de la montagne et sur ses flancs. Pour se rendre au quartier central du Carmel, il fallait d'abord monter tout en haut de la montagne ; le taxi prenait tous les virages de cette route sinueuse à grande vitesse avant de tourner une dernière fois en arrivant sur la longue surface plane qui formait le sommet. Parvenu à cet endroit, David demanda au chauffeur de s'arrêter. La vue, depuis ce lieu d'observation, était saisissante, un filet de petites lumières blanches, jaunes, rouges et vertes recouvrait toute la montagne et suivait la courbe de la baie.

David pouvait voir sur sa gauche, à mi-pente, les bâtiments sacrés des Baha'i, qui marquaient le centre du monde, inondés de lumières, tandis que le dôme d'or qui surmontait le tombeau dominait toute la ville. De l'autre côté de la baie, il distinguait les lumières plus faibles de Saint-Jean-d'Acre, la ville blanche des croisés. La mer s'étendait entre les deux villes, pourpre et silencieuse ; un bateau se déplaçait lentement, sa silhouette se détachait grâce à ses lumières qui brillaient comme des feux de Saint-Elme.

Ses parents l'attendaient, et une heure à peine après son arrivée, il eut l'impression que le temps s'était arrêté. Si ce n'était que son père et sa mère avaient visiblement vieilli depuis sa dernière visite, trois ans auparavant, il avait l'impression de n'être jamais parti. Ils ne vivaient plus dans leur vieil appartement de New York, mais ils avaient tout arrangé de façon que celui-ci lui ressemble exactement. Mêmes livres alignés le long des murs, les rangées de Talmud, de Midrash, de Mishna et de Haggadah, les commentaires de Rashi et de Maïmonide, et l'exemplaire du XVIIe siècle du *Shulchan Arukh*, la fierté de son père. Il n'y avait pas de tableau, par respect de la loi de la halaka qui interdisait les images, mais son père avait fait une concession au monde extérieur sous la forme d'une photo de son célèbre maître, Moïse Epstein, qui lui-même avait été un élève de Hirsch. On avait omis de replâtrer un pan de mur, en témoignage de deuil et en souvenir de la destruction du temple de Jérusalem, presque deux mille ans auparavant : ce pan de mur paraissait identique à celui de leur appartement à New York. Au moment où il l'aperçut, David comprit ses parents comme il ne les avait jamais compris par le passé : leur besoin de sécurité, leur désir d'ordre et de stabilité dans un monde qui au fil des années semblait s'être décomposé.

Sa mère avait préparé un somptueux repas en l'honneur de son arrivée. Elle présidait à table comme une prêtresse dans son temple, servant, remplissant les assiettes, insistant auprès de David et de son père pour qu'ils se resservent, faisant de l'occasion un événement grave et solennel, presque une cérémonie religieuse. Elle parlait sans cesse, les mots et les phrases se succédaient en un flot incessant, se déversant dans la chaude atmosphère de la pièce, comme pour la préserver d'un silence angoissant. Elle parlait de la famille et des amis, des frères, des sœurs, des tantes, des oncles et des cousins, des anciennes et des nouvelles générations, qui dans son esprit ordonnaient le temps et l'espace.

David l'écoutait en éprouvant à la fois de l'amour et de la pitié. Elle dissimulait ses blessures et sa vulnérabilité en jouant son rôle de mère. Il la regarda, détaillant son visage maigre et doux, ses cheveux gris ramenés derrière la tête en chignon, sa longue robe à fleurs légèrement passée, ses mains nerveuses et agitées se tendant sans cesse vers des objets qu'elle ne saisissait pas. Elle vieillissait ; c'était comme s'il ne s'en était jamais rendu compte, bien qu'il l'ait vue vieillir durant toute sa vie ; il prit conscience qu'il ne la connaissait pas vraiment. Elle lui était étrangère, une vieille femme qui servait des *latke*, une mère sans enfant. Il mangea, lui sourit, répondit à ses questions, mais ses pensées étaient ailleurs. Il songeait à Ishme-Adad et Immeriyya, à l'Arabe et à l'homme qu'il avait tué avec une pioche : comment faire part de ces préoccupations à sa mère ?

Son père ne disait pas grand-chose et David sentait que le temps n'était pas parvenu à combler le fossé qui les séparait. Il ne lui posa pas de questions sur son travail, ne manifesta aucun intérêt pour cet aspect de sa vie qu'il considérait comme n'appartenant qu'à lui. Le vieillard était assis sur sa chaise comme une marionnette désarticulée, se mouvant comme dans un rêve. Son visage était ridé et terne, les yeux enfoncés dans leurs orbites, comme s'il cherchait à se couper du monde. Le père dont David avait des souvenirs lointains était toujours là, dans la personne de ce vieil homme, comme les rainures au cœur d'un vieux chêne témoignent de sa vie de jeune arbre; mais David ne pouvait plus faire le rapprochement entre ces deux personnages. À le regarder assis à cette table à côté de lui, il n'arrivait pas à considérer ce vieillard comme son père ou à voir le jeune homme qu'il avait été.

Il aurait voulu dormir tard dans la matinée, mais sa mère le réveilla en frappant légèrement à la porte. Elle entra dans la pièce, l'air vaguement inquiète; elle tenait un télégramme à la main.

« Ça vient d'arriver, David. J'ai pensé que ça pouvait être important, alors je t'ai réveillé. Tu préfères peut-être te rendormir un moment.

– Non, maman, ça ne fait rien. Je suis réveillé maintenant. J'ai des choses à faire, il vaut mieux que je me lève tôt. »

Il déchira l'enveloppe et en sortit le télégramme presque sans se rendre compte de ce qu'il faisait. Avant son départ de Jérusalem, il s'était arrangé pour faire envoyer un télex au département d'archéologie de Cambridge pour expliquer qu'il avait dû quitter le champ de fouilles en Syrie et qu'il avait le projet de rentrer en Angleterre dans le courant de la semaine. Il tenait la réponse à son télex entre les mains. Et il allait recevoir le deuxième choc de la matinée.

Avons reçu nouvelles de votre départ. Informerons Rome du changement de plan. Avons le regret de vous informer d'un incident tragique à Cambridge. Michael Greatbatch, Peter Micklejohn, Paul Haushofer, John Gates, tous assassinés début semaine dernière. Motif toujours inconnu. Assassin n'a pas été arrêté. Enterrement mois prochain après autopsie. Souhaitons votre présence.

Le télégramme était signé Richard Halstead, directeur du département.

David retint son souffle jusqu'à ce qu'il en ressente une douleur dans la poitrine et que le sang lui monte à la tête. Il connaissait Michael Greatbatch depuis dix ans, Micklejohn et Gates depuis le début de l'été. Il connaissait Haushofer de réputation et avait le plus grand respect pour lui. Tous morts? Comment était-ce possible? Il pensa à Cambridge, aux bâtiments anciens aux lourds portails qui semblaient garantir depuis l'origine des temps une totale sécurité à ceux qu'ils abritaient. Qui avait bien pu s'infiltrer dans ces murs pour massacrer des innocents ?

Et immédiatement, il songea à Tell Mardikh, à ses murs en ruine, à ses portes effondrées et à l'homme qui s'était avancé vers lui un couteau à la main. Était-ce une pure coïncidence ou l'œuvre du destin s'il avait été désigné avec ces quatre autres pour disparaître de mort violente à quelques jours d'intervalle ? Il fallait contacter immédiatement Jérusalem. S'il existait un lien entre ces deux événements, il fallait l'établir et mener une enquête sans plus tarder. Tout en songeant à Jérusalem, il se souvint de quelque chose. Cela s'était passé huit ou neuf ans auparavant, il ne se rappelait plus exactement. Un professeur à l'université hébraïque, Yigael Bar-Adon, avait été abattu dans son bureau tard dans la soirée, par un meurtrier inconnu. On avait volé un certain nombre de papiers tous en rapport avec les recherches que le professeur menait alors, mais personne ne savait exactement ce qu'ils contenaient, et la disparition de ces papiers n'avait pas permis d'établir le motif du crime. Bar-Adon était un homme d'une cinquantaine d'années, marié, avec trois enfants. Il était archéologue. On avait suggéré à l'époque que le professeur travaillait pour les services de renseignement : il s'était rendu dans le Néguev et le Sinaï pour ses fouilles et avait effectué plusieurs voyages en Jordanie. David, moins que tout autre, ne voyait de raison de douter d'une telle supposition. Mais il n'avait pas non plus de raison de croire que Greatbatch ou aucun de ceux qu'on avait tués à Cambridge était dans une situation semblable. À y réfléchir, ça paraissait même totalement improbable. Il devait se rendre à Jérusalem pour éclaircir l'affaire.

Son père était parti à la synagogue pour le service du matin. Il faisait partie d'un *minyan*, un groupe de dix hommes indispensable à la prière. Ensuite, il irait directement à la yeshiva où il enseignait et ne rentrerait pas avant le début de la soirée. Curieusement, David se sentait vexé qu'il ne lui ait pas demandé de l'accompagner à la *shul*. Il pourrait peut-être faire lui-même la proposition à son retour de Jérusalem, ce serait un début.

Après le petit déjeuner, il fit part à sa mère de son intention de retourner à Jérusalem mais qu'il essaierait de revenir à temps pour le sabbat vendredi soir. Il empaqueta quelques affaires et attendit onze heures. Il était neuf heures passées à Cambridge et, avec un peu de chance, il arriverait à joindre Halstead à son bureau. Il parvint à atteindre le standard de l'université en utilisant une ligne directe et de là, on lui passa la secrétaire du département. Quelques instants plus tard, il entendit la voix de Halstead à l'autre bout du fil, une voix typiquement anglaise, grave et traînante, qui dissimulait une formidable énergie.

« Allô, Halstead à l'appareil, qui est-ce ?

– Professeur Halstead ? David Rosen à l'appareil. Je vous appelle de Haïfa. Je viens de recevoir votre télégramme.

– Ah oui, David. Comment allez-vous ? Vous avez reçu mon télégramme ? Pas mal du tout, je l'ai envoyé hier. J'espère que tout est clair.

– Oui, répondit David, très clair. »

Il hésita puis reprit.

« Je ne sais que dire. À propos des assassinats. »

Il y eut un silence à l'autre bout du fil, puis Halstead parla à nouveau, sa voix avait changé, elle était plus monotone, plus sombre.

« À propos des assassinats, oui. Une vilaine affaire, très vilaine affaire.

– J'aimerais connaître les détails, si c'est possible.

– Oui, bien sûr. Il n'y a pas grand-chose à dire, en fait. On ne sait pas grand-chose. »

Sans bavardages inutiles, Halstead informa David de ce qui s'était passé : la découverte des cadavres par la femme de chambre de Greatbatch, l'enquête de la police qui jusqu'à présent n'avait mené nulle part, l'absence d'indices ou d'éventuels mobiles. Personne n'avait remarqué d'inconnu suspect entrer dans Bodley's Building ni en sortir. À l'heure à laquelle le crime avait été commis, les habitants de la ville traversent le collège en grand nombre, prenant un raccourci pour rentrer chez eux après le travail. On avait interrogé tous les membres du département, mais on n'avait trouvé pour l'instant aucune piste ou, s'il y en avait, la police n'en disait rien.

« Est-ce qu'on a emporté quelque chose, demanda David, des papiers, des dossiers, des choses de ce genre ? »

Halstead marqua une nouvelle pause. David se l'imaginait bien, grand, mince, avec ses sourcils broussailleux et sa touffe de cheveux gris en bataille, qu'il coupait une fois par an et coiffait deux fois par semaine.

« Comment l'avez-vous deviné ? demanda Halstead. On pense en effet que certains papiers ont été emportés. Comme tout s'est passé pendant la soutenance de Gates, il devait y avoir des notes sur la table et des exemplaires de sa thèse. Quand la femme de ménage a trouvé les corps, la table était complètement débarrassée, à ce qu'elle dit. Pas de thèse, pas de dossiers, rien. À part un peu de sang. Qui a d'ailleurs endommagé cette très belle table, style Directoire, très élégante. Vous l'avez peut-être vue vous-même ? »

Il y eut un moment de silence, puis la voix reprit, à nouveau transformée.

« Je suis désolé. Je vous prie de m'excuser. Toute cette affaire m'a exténué. Je connaissais très bien ce vieux Greatbatch ; nous étions des amis proches, des amis de longue date. Tout cela est très pénible.

– Je comprends. Ne vous excusez pas. Et l'appartement de Gates ? A-t-il été cambriolé ? Est-ce qu'on y a volé quelque chose ?

– Non, je ne crois pas. La police l'a inspecté, bien sûr, mais ils n'ont pas remarqué que quelque chose y ait été volé. Pourquoi me posez-vous cette question ?

– Eh bien, s'il faut penser que le motif du crime était de s'emparer de ses notes et de sa thèse, il serait nécessaire d'en conclure que le responsable était à la recherche de quelque chose dans les travaux de Gates. Et dans ce cas il aurait pu également emporter quelque chose de son appartement. À moins bien sûr qu'il n'eût déjà trouvé ce qu'il cherchait. »

Halstead se gratta la gorge.

« Oui, dit-il, je vois ce que vous voulez dire. On a bien pensé que les papiers volés pourraient fournir un indice, mais la police, dans sa grande sagesse, a abandonné cette hypothèse et l'a considérée comme une impasse. Il arrive que les universitaires s'excitent un peu trop à propos de leurs travaux ou de ceux des autres, mais ils n'en viennent tout de même pas à s'entre-tuer. Et personne à part un universitaire n'aurait trouvé le moindre intérêt à une thèse de ce genre. Si Gates avait été dans la physique nucléaire ou s'il avait mené des recherches sur de nouvelles formes d'énergie ou quelque chose comme ça qui puisse avoir une utilisation économique ou militaire, c'eût été compréhensible. La police pense avoir à faire à un fou, quelqu'un qui voudrait se rendre célèbre par son crime. Ils ont demandé à la presse de se taire, avec l'espoir que le meurtrier en viendrait à se démasquer, en écrivant aux journaux par exemple.

– Ou en tuant quelqu'un d'autre ? »

Halstead prit longuement sa respiration.

« Il y a toujours ce risque. Mais je ne pense pas qu'il puisse y avoir un motif. J'entends par là une raison logique. À moins que… »

Il y eut une autre pause dans la conversation. Le téléphone grésilla par deux fois avant de laisser place au silence. Halstead reprit :

« David, vous connaissez Israël et vous connaissez la région sur laquelle Gates travaillait. Est-ce qu'il aurait pu tomber là-bas, accidentellement, sur quelque chose de… disons quelque chose d'un peu délicat ? Une découverte qui aurait pu rendre nerveux les services secrets ? »

C'était plausible. David savait que les travaux de Gates l'avaient mené au Sinaï et le long du détroit de Tiran et du golfe d'Akaba. C'était une région à problèmes et Gates avait toujours été un peu naïf.

« Oui, c'est possible, dit-il, mais je ne pense pas que ce soit ça. Je peux me renseigner si vous voulez. Je pars pour Jérusalem aujourd'hui. J'y ai des contacts qui pourraient nous aider. Officieusement, bien sûr.

– Je comprends. »

Les grésillements sur la ligne reprirent et la voix de Halstead lui parvenait faiblement, ses dernières paroles étaient presque imperceptibles.

« Pourrez-vous venir à l'enterrement ?

– Oui, je l'espère.

– Bien, je vous informerai de la date dès qu'elle sera fixée.

Écoutez, il vaut mieux raccrocher pour le moment, cette ligne devient épouvantable. Merci d'avoir appelé.

– Merci, professeur. Je resterai en contact. »

Halstead raccrocha. David entendit un cliquetis à l'autre bout du fil, puis le silence. Il reposa le téléphone et alla prendre son sac. En se dépêchant, il arriverait à Jérusalem en moins de deux heures.

8.

Il loua une voiture et se mit en route le long de la face nord-est du Carmel. Tandis qu'il quittait Haïfa, l'épaisse fumée blanche qui s'élevait de l'usine de ciment à Nesher dissimulait la ville à son regard. Son rétroviseur ne réfléchissait que cette fumée semblable à un nuage pris dans la glace.

Il arriva à Jérusalem juste avant deux heures. Il n'avait pas visité la ville en plein jour depuis de nombreuses années mais il ressentait à nouveau cet étrange frisson où se mêlaient enthousiasme et dégoût, tandis qu'il se promenait dans les rues de la Vieille Ville. Il ne voulait pas se rendre directement au bureau de Scholem. Jérusalem avait plus à offrir que cette petite pièce grise avec son sol en béton.

Jérusalem était comme n'importe laquelle des autres villes saintes qu'il avait visitées ou dont il avait lu des descriptions dans ses livres : la piété religieuse cohabitait avec un mercantilisme éhonté, les cultes s'étaient mis dans les affaires. De partout, on vendait des poignées de Terre sainte, de l'eau de la Terre sainte, de la terre et de l'eau pour cultiver et arroser des nourritures spirituelles. Des rosaires et des crucifix se mélangeaient en un fatras œcuménique avec des tallits, des tefilins et des photos de la mosquée d'Aqsa. Des bibles, des corans, des bréviaires, des haggadah étaient alignés dans les vitrines de vieux magasins tout au long de la Via Dolorosa et même au-delà. Des morceaux de la croix, les clous qui avaient transpercé les pieds et les mains du Christ, les poils de la queue de Buraq, l'animal sur lequel le Prophète s'était rendu de La Mecque à Jérusalem, les pierres du temple d'Hérode – le corps de la ville y était vendu comme celui d'une putain, et les gens continuaient à venir acheter des reliques.

David se sentait oppressé par les siècles de croyances et d'hypocrisie qui l'entouraient de toutes parts. Il marchait au milieu de la foule. Des vieillards dont les visages reflétaient tous leurs souvenirs étaient assis sur le pas de portes plus anciennes encore, à se rappeler l'époque de l'occupation turque. Éprouvaient-ils des regrets, de l'indifférence ? Tout avait changé depuis ce temps-là et tout changerait à nouveau. Les rues sinueuses et les bazars en enfilade avec leur bric-à-brac ne se vidaient jamais de leur foule agitée. David était ballotté comme une épave au milieu des vagues.

Scholem le reçut immédiatement. Il avait l'air encore plus fatigué que la veille et son petit bureau était glacial. David remarqua la photo d'un vieil homme en habits de hassid, accrochée sur le mur à côté du *magen David*. Le soleil se réfléchissait sur le verre de l'encadrement, effaçant les traits du visage ridé qui se trouvait représenté.

« *Shalom*, professeur Rosen. Vous voilà déjà ? J'avais cru comprendre que vous deviez vous rendre à Haïfa. Jérusalem aurait donc encore quelques charmes cachés ? Mais je vous en prie, asseyez-vous. »

David s'assit sans répondre. La chaise était dure ; il sentait le métal froid sur sa jambe à travers le tissu de son pantalon. Il se mit à expliquer d'une voix calme le pourquoi de son retour à Jérusalem. Son histoire paraissait peu crédible alors même qu'il l'exposait, étant donné qu'on n'avait jamais entendu parler d'universitaires assassinés sans qu'il y eût un motif politique ou religieux évident, mais on connaissait des précédents. Il était arrivé que des étudiants expriment avec un revolver leur ressentiment après un échec aux examens. Même si c'était pousser la coïncidence un peu loin que de penser que deux archéologues spécialisés dans le Moyen-Orient fussent impliqués dans deux incidents de ce genre, la région était suffisamment instable et abritait assez de terroristes et de fanatiques pour rendre crédible une telle hypothèse. Pourtant, Scholem resta silencieux pendant tout le récit de David, il ne l'encouragea pas à continuer, mais il ne l'interrompit pas une seule fois non plus. Après tant d'années dans ce métier, il était possible que plus rien ne parvienne à l'étonner ou à le passionner. La croix, les clous et la couronne d'épines n'auraient été à ses yeux qu'un peu de bois, de métal et de branches séchées. David acheva son récit et attendit.

Il y eut une minute de silence. Le visage de Scholem n'exprimait ni impatience ni ironie. Il restait impénétrable. Il avait acquis depuis longtemps l'art de ne rien révéler.

« C'est tout ? »

David hocha la tête.

« C'est intéressant, dit Scholem, mais pourquoi venez-vous vous adresser à moi ? Cette affaire concerne la police britannique, non ?

– J'ai pensé que vous saviez peut-être quelque chose sur Bar-Adon. Il n'a pas été tué pour des raisons de jalousie professionnelle. Ou d'espionnage universitaire. J'en mettrais ma main au feu. Dans notre métier, nous tuons nos ennemis avec des mots. C'est dans le vôtre qu'on le fait pour de vrai. C'est là la raison pour laquelle Bar-Adon a été tué. Et peut-être aussi Gates. La réponse à tout cela ne se trouve pas à Cambridge ou dans le Sinaï, ou dans aucun autre endroit où Gates se serait rendu l'été dernier. Elle se trouve ici, à Jérusalem, et peut-être même dans ce bureau.

– Non, professeur, je ne crois pas. Certainement pas dans ce bureau. Je ne sais rien sur Gates, et je n'ai qu'un très vague souvenir de la mort de Bar-Adon. Je peux vous assurer qu'aucune de ces morts n'a quelque chose à voir avec nos activités.

– Comment pouvez-vous en être aussi sûr ? Peut-être qu'un autre département, une autre section… »

Scholem marqua une pause, et se prit le menton dans la main en caressant une barbe de deux ou trois jours.

« Oui, dit-il, c'est possible, mais les gens parlent, entre ces murs, on entend des rumeurs. Pas cette fois. Je n'ai entendu aucune allusion au nom de Bar-Adon. Nous n'avons pas fait d'enquête.

– Mais il y a peut-être des dossiers. Est-ce que vous ne pourriez pas au moins vérifier ? »

Derrière Scholem, la lumière du soleil s'infiltrait, brouillée, dans la pièce à travers la vitre sale. David apercevait un pan de ciel. Il était d'une couleur pourpre, légèrement pâle. Scholem réfléchissait tout en pianotant d'un geste distrait sur son bureau encombré. Il rapprocha ses mains l'une de l'autre avec un soupir et se mit à se curer les ongles, l'un après l'autre, méticuleusement.

« Pourquoi cherchez-vous à savoir ? Qu'est-ce qu'il y a de si important pour vous là-dedans ? »

David le regardait fixement, observait les mouvements de ses doigts et les papiers sur le bureau.

« Je ne sais pas, dit-il, toutes ces questions me mettent mal à l'aise, et j'ai besoin de trouver des réponses, je suis sûr qu'il y en a. »

Scholem poussa un autre soupir.

« D'accord, dit-il finalement, il y a peut-être quelque chose là-dessous. Je vais chercher. Ça va sans doute prendre un bon moment. Vous avez le temps ? »

David hocha la tête.

« Très bien, attendez-moi ici. Je vais vous faire apporter du café et quelque chose à manger. Je ferai de mon mieux. »

David aurait voulu demander s'il pouvait attendre ailleurs, mais cela aurait pu paraître grossier et il préféra se taire. Scholem s'absenta longtemps. La température de la pièce baissait avec la venue du soir. Une jeune fille lui apporta du café et des *fellafel* dans des *pitta*. Elle était jeune et jolie mais elle ne se laissa pas entraîner dans une conversation. Il se rendit compte qu'ici il n'avait aucune position; il n'était qu'un passant, un informateur, peut-être même un suspect. Une heure plus tard, Scholem n'était toujours pas de retour. La chaise était inconfortable, il était transi de froid, mais il restait assis à attendre, comme gelé sur place. Une autre demi-heure passa.

La porte s'ouvrit et Scholem entra seul. Il tenait plusieurs dossiers dans la main droite et une clef dans la main gauche. Il sourit à David et alla jusqu'à son bureau.

« Il fait froid, ici, dit-il, vous auriez dû mettre le chauffage. »

Il tendit le bras vers un interrupteur sur le mur derrière lui et le releva avec son doigt. Mais David ne sentit pas la chaleur, il entendit seulement les vibrations de la machine.

« C'est bien ce que je pensais, dit Scholem, nous avons bien enregistré le séjour de Gates dans le Sinaï, mais pour ce qui est du contenu du dossier, tout paraît parfaitement normal. Pour autant que nous sachions, il n'a rien fait de suspect, ni à notre égard, ni à celui des Égyptiens. On peut bien sûr aller pêcher quelques informations au Caire. Je vous tiendrai au courant si on découvre quoi que ce soit... Mais très franchement, ça m'étonnerait.

« Bar-Adon n'était pas comme vous, professeur. Nous l'avons contacté bien évidemment, à plusieurs reprises. Il a refusé de coopérer. J'ai quelques-unes de ses lettres dans ce dossier, dans lesquelles il expose très clairement sa position. Je ne vous les montre pas, vous pourriez les trouver perturbantes. Le Shin Bet a mené une enquête sur sa mort, mais ils n'ont rien trouvé... Absolument rien. Et je peux vous assurer que toutes les enquêtes ont été menées méticuleusement, celle du Shin Bet comme celle de la police. Il n'y avait pas d'indice, pas de véritable suspect, et aucun mobile qui ait le moindre sens. Le dossier de la police sur sa mort reste ouvert, mais ils ne pensent pas pouvoir le fermer un jour. Vous perdez votre temps, professeur. »

David s'agita sur sa chaise. Sa jambe gauche était engourdie. Il avait la gorge sèche.

« Puis-je voir les dossiers ? »

Scholem secoua la tête.

« Non, désolé. Il faudrait une permission officielle. Si vous pensez que c'est vraiment nécessaire, si vous insistez, oui, je crois qu'on peut s'arranger pour obtenir cette permission. Mais je peux vous assurer que vous perdriez votre temps. Il n'y a rien là-dedans. S'il y avait la moindre chose, même triviale, je vous le dirais. D'un point de vue personnel, vous m'êtes indifférent. Dans l'organisation que je dirige, vous n'êtes qu'un grain de sable dans le désert. Ce qui est important, c'est de savoir s'il existe des rapports entre ces affaires. Je fais mon travail. Je cherche les liens possibles, j'assemble des pièces dispersées, jusqu'à ce qu'elles fassent un tout cohérent. Vos pièces resteront toujours des pièces, elles appartiennent à différents puzzles : elles ne forment pas un tableau, pas même un motif, elles n'ont en commun qu'une ressemblance fortuite. Rentrez chez vous, professeur, retournez à vos bibliothèques et à vos livres. »

David sentit une colère inhabituelle monter en lui.

« Et s'ils reviennent pour me régler mon compte ? Si en passant la porte de vos bureaux en bas, je tombe entre les mains d'un tueur ou d'un autre homme avec un couteau ? Je recommence... Je le tue et je laisse vos nettoyeurs s'en débarrasser ? »

Il sentit une démangeaison dans la jambe gauche tandis que son sang circulait à nouveau et il ressentit la morsure du froid. Scholem lui lança un regard attristé, comme un père que son fils déçoit. David se souvint que son père serait maintenant rentré chez lui et qu'il aurait dû être à Haïfa pour l'accueillir. Il serra froidement la main de Scholem et se dirigea vers la porte. Un garde attendait pour l'accompagner jusqu'à la sortie. Il faisait froid dans le couloir. Au-dehors, un vent glacial soufflait. Il sortit dans l'obscurité.

Cinq minutes plus tard, David téléphona à Abraham Steinhardt, un professeur à l'université hébraïque qu'il avait rencontré plusieurs fois lors de conférences. Steinhardt avait été un collègue de Bar-Adon. David fut étonné que Steinhardt se souvînt de lui et se sentit soulagé quand il l'entendit dire qu'il était libre ce soir-là.

« Écoutez, marmonna Steinhardt dans le combiné du téléphone, ne venez pas ici. C'est dans un désordre complet. Je n'y reçois personne, pas même mes enfants. Donnons-nous rendez-vous chez Fink pour manger quelque chose, boire un peu et discuter. J'imagine que c'est ce que vous voulez, discuter. Alors chez Fink, à huit heures. »

David arriva dans le petit restaurant de la rue King-George juste avant huit heures. Steinhardt était déjà là. Il reconnut immédiatement le vieil homme : ses cheveux argentés qui lui tombaient sur les épaules, sa barbe en bataille avec encore quelques poils noirs, qu'il taillait une fois par an pour le Yom Kippour, une veste et un pantalon trop grands d'au moins une taille. Même dans un restaurant dont la clientèle comptait un bon nombre d'originaux, il était impossible de ne pas le remarquer. David eut la preuve, tout à son étonnement, que Steinhardt se souvenait de lui quand il se mit à lui faire de grands signes et à crier à pleine voix en lui indiquant de venir s'installer à sa table. Avant même qu'il ait pu s'asseoir, Steinhardt s'était mis à parler dans son anglais précis, mais coloré d'un fort accent.

« J'ai déjà commandé pour qu'on ne perde pas de temps avec le menu. À mon âge, le temps est précieux. Vous arrivez comme ça, de nulle part, David Rosen. Juste un coup de fil : « *Shalom, ma shalom-kha*, Rosen à l'appareil. Je suis à Jérusalem. » Je croyais que vous étiez à Tell Mardikh. »

Il est peut-être vieux, pensa David, mais il a tous ses esprits.

« Comment le savez-vous ? demanda-t-il.

– Bah ! Bien sûr que je le sais. Tout le monde a entendu parler de la découverte des archives, puisqu'on était allé vous trouver à Londres ou quelque part par là et qu'on vous a traîné là-bas. Il faut vous faire soigner : passer l'hiver dans un endroit pareil, alors que vous pourriez être dans une bibliothèque bien chauffée à lire des vieux textes fabuleux ou à écrire des articles que personne ne lira jamais. Qu'est-ce que vous êtes au juste, Rosen, un masochiste ?

– J'étais à Cambridge pour une année sabbatique. »

Steinhardt fit une grimace et se tourna vers un serveur qui passait à proximité :

« *Meltzar, ha-yayin, b'vakasha.* »

Puis, sans laisser le temps au serveur de répondre, il revint à sa conversation avec David.

« Quelle langue épouvantable, dit-il, il n'y a que les sabras qui la parlent correctement, nous les vieux, on se ridiculise. »

C'était étonnant d'entendre de telles paroles dans la bouche d'une des autorités les plus respectées en matière d'anciens textes hébraïques. Steinhardt leva la main comme pour devancer la question de David.

« Non, dit-il, vous n'avez pas besoin de le dire, je l'ai assez entendu comme ça. Pourquoi est-ce qu'Abraham Steinhardt déteste autant l'hébreu ? Bah, bien sûr que je déteste l'hébreu. On m'a appris à le lire, pas à m'en servir pour commander à boire. »

Tandis qu'il parlait, le serveur s'approcha discrètement avec la bouteille de vin et la posa sur la table. Steinhardt lui avait demandé depuis longtemps de lui épargner le rituel qui consiste à verser d'abord quelques gouttes dans le fond du verre.

« Je n'ai pas le sens du goût, dit-il, c'est du vin israélien, et la vie est trop courte. L'*hayim.* »

Derrière le bar, quelqu'un venait d'augmenter le volume de la radio. L'émission de musique avait été interrompue par un bulletin spécial d'informations. Les clients du restaurant se turent tous en même temps sans qu'on ait eu besoin de le leur demander. En Israël les nouvelles et les bulletins d'informations ne sont pas pris à la légère : tout le monde écoute. La moitié des hommes présents étaient des militaires de carrière ou des réservistes, et en cas d'urgence, la radio aurait été la première source d'information de leur mobilisation. L'annonceur s'éclaircit la voix et se mit à lire le bulletin.

« Nous interrompons le concert de l'auditorium Mann pour un bulletin spécial. Le ministre des Affaires étrangères, Yitzhak Avi-Zohar, vient de nous faire parvenir un communiqué officiel. M. Mas'ud al-Hashimi, le nouveau président syrien, qui a pris ses fonctions le 14 septembre à la suite de la déposition de Hafez el-Assad, vient de conclure une série de pourparlers avec les représentants du gouvernement israélien. Ces pourparlers ont fait suite à des négociations secrètes menées par l'ambassade des États-Unis à Damas et à l'intervention personnelle du président américain. M. al-Hashimi a exprimé sa volonté et celle de son gouvernement d'entreprendre des pourparlers avec le Premier ministre israélien et les membres de son cabinet. À partir de dix-neuf heures à la présente date, la Syrie reconnaît officiellement l'existence de l'État d'Israël. L'état de guerre entre ces deux pays est aboli, et des mesures ont été immédiatement prises pour mener à la signature d'un traité de paix au printemps.

Nous ne possédons pas à présent d'informations détaillées sur les termes exacts du traité, mais on a laissé entendre que la Syrie n'a pas avancé de conditions qui puissent mettre en danger la sécurité de l'État d'Israël et de ses frontières. On a également appris que l'ensemble des termes de l'accord provisoire étaient satisfaisants et seront considérés comme acceptables dans ce pays.

Nous interviendrons au fur et à mesure que de nouvelles informations nous parviendront. Nous espérons être en mesure d'interviewer les membres du gouvernement et nos commentateurs politiques dans le studio au cours de la soirée. Le Premier ministre fera une intervention télévisée à neuf heures trente et il s'entretiendra avec Absalom Agam sur le nouvel accord. En attendant, nous rejoignons l'orchestre philharmonique d'Israël à l'auditorium Mann à Tel Aviv...»

Dans le restaurant, personne ne parlait. La musique reprit puis s'atténua tandis que le maître d'hôtel baissait à nouveau le son. Puis, comme si elles avaient été déclenchées par un signal, des conversations animées s'engagèrent à toutes les tables. Personne n'arrivait vraiment à y croire. La Syrie ! David regarda Abraham Steinhardt. Il leva son verre une deuxième fois.

«Je crois que votre toast ne pourrait être plus approprié, Abraham, dit-il. L'*hayim.*»

Ils avaient à peine bu quelques gorgées que la soupe arriva. Encore de la soupe de poulet avec des beignets : David prit son souffle, et en silence demanda à son estomac de lui pardonner.

Ils parlèrent pendant tout le repas, qui fut un long et plaisant moment ponctué de verres de vin rouge. La conversation tournait autour des fouilles, des découvertes récentes à Tell Mardikh, de leurs amis et leurs ennemis communs. Steinhardt ne fit aucune allusion à la soudaine et mystérieuse apparition de David à Jérusalem ; celui-ci avait l'impression qu'il avait totalement oublié la question. On apporta enfin le digestif, des petits verres de calva : il y avait à la cuisine une bouteille spécialement réservée à Steinhardt. C'était le moment de l'interroger sur Bar-Adon. David se gratta la gorge.

«Quand j'étais à Cambridge, dit-il pour commencer, je suis tombé sur quelques livres de Yigael Bar-Adon. Son étude sur les Moabites et ses articles sur les Amorrites rassemblés et publiés après sa mort. J'ai trouvé que c'était un excellent travail mais un peu inachevé. C'est vraiment tragique qu'il ait été tué avant de pouvoir en écrire plus. »

Steinhardt, que tant de vin, sans compter le digestif, avait rendu mélancolique, hocha la tête d'un air d'approbation.

« Un homme admirable, ce Bar-Adon. Je l'aimais bien. Ce n'était pas un imbécile… Je ne peux pas supporter les imbéciles. Un homme d'une grande intelligence, et qui écrivait bien. Même en hébreu. Il faut dire que sa famille était venue en Israël avec la seconde *aliyah*. Ça remonte loin.

– Est-ce que vous savez dans quel domaine il orientait sa recherche avant son assassinat, continua David, et ce que contenaient les papiers qu'on a volés ? »

Steinhardt lança un regard plein de lucidité vers David. Les digestifs l'avaient rendu mélancolique mais n'avaient pas amoindri sa vivacité d'esprit.

« Voilà qui explique pourquoi David Rosen apparaît à Jérusalem tout d'un coup et contacte son vieil ami. Vous voulez des renseignements. »

Il soupira.

« J'ai entendu parler de Greatbatch et des autres, David. La plupart des choses se savent de bouche à oreille. J'ai fait le même rapprochement que vous, mais ça n'a pas été très utile. Je n'arrive toujours pas à voir le mobile.

– Je crois que ce sont ces papiers », s'écria David.

Steinhardt hocha la tête d'un air doctoral.

« Mais bien sûr, c'est évident. Les policiers sont des imbéciles. On m'a dit qu'ils pensaient que les papiers n'avaient rien à voir. Ce n'est pas là l'œuvre d'un fou : c'était propre, efficace. Exactement comme le meurtre de Yigael.

– Qu'est-ce que vous voulez dire ?

– Comment, vous ne savez pas ? Non, vous n'avez peut-être pas eu l'occasion de l'apprendre. Ils ont tous été tués avec une balle de petit calibre dans la tête. Un seul coup de feu. Avec un silencieux. »

Cela rendait le lien plus plausible et même certain. David s'impatientait. Il lui fallait en apprendre plus sur ces papiers. Qu'est-ce que Steinhardt savait ?

« Et les papiers de Bar-Adon, est-ce que vous savez ce qu'ils contenaient ? »

Détectant une note d'impatience dans le ton de son interlocuteur, le vieillard fronça les sourcils.

« Je vous en prie, dit-il, calmez-vous, détendez-vous, je vois que vous avez été éprouvé récemment. Pourquoi tenez-vous tellement à savoir ce qu'il y avait dans les papiers de Yigael ? Pourquoi n'allez-vous pas voir la police pour leur demander de mener une enquête ?

– Je ne peux pas vous l'expliquer. Je suis désolé, mais c'est impossible et il vaut mieux pour vous que vous ne sachiez rien. »

Steinhardt plissa de nouveau le front. Les jeunes adorent les secrets, la vie leur est encore un mystère. Il s'impatientait. Quel était le secret de Rosen ? Pourquoi avait-il tellement peur ?

Il y eut un long silence. David comprit qu'il s'était montré trop insistant et qu'il avait peut-être perdu pour de bon toute chance d'obtenir une réponse. Après tout, il devait peut-être dire la vérité à Steinhardt. Finalement, le vieillard reprit la parole.

« La réponse est que je ne sais pas. Personne ne sait ce qu'il y avait dans ces papiers. Comme je vous l'ai dit, Yigael était un homme formidable, mais très secret, exactement comme vous. Tout ce que je sais, c'est que ces documents avaient à voir avec ses travaux les plus récents. Ça, vous avez bien dû le deviner, ou vous le saviez. Et maintenant vous allez me demander à nouveau quelle sorte de recherches il menait. Là, je peux vous répondre. Il essayait d'identifier les localisations d'un certain nombre de sites auxquels les textes anciens font référence sans en donner la situation exacte. Des lieux bibliques comme Masrekah, Enam et Gittaim. À mon avis, il vaut mieux se chercher une colline, y faire des fouilles et voir si on peut identifier l'endroit. Mais il était sur le point de trouver quelque chose, du moins c'est ce que je crois. Il m'avait dit, juste avant qu'on ne le tue, qu'il avait fait une découverte importante à propos du site exact d'un endroit appelé Iram. Ce n'est pas dans la Bible. Je crois que le Coran y fait référence : *Iram dhat al-'imad*, Iram, la ville à la colonne. Il ne m'a pas dit ce qu'il avait trouvé... Comme je le disais, il était très secret. Mais je voyais bien qu'il mourait d'envie de me le dire. Je crois qu'il avait une sérieuse piste, mais je ne pourrais pas vous dire ce que c'était. Et je serais vraiment très étonné si ça avait quoi que ce soit à faire avec sa mort.

– J'ai entendu parler d'Iram, dit David, ce nom, ou quelque chose de très proche, apparaît dans un texte éblaïte avec quelques autres du Coran : Shamutu et Ad, je crois. Est-ce qu'il travaillait aussi à autre chose ? Est-ce qu'il s'était rendu dans des régions, disons… délicates ? Des zones frontalières ?

– Bien sûr, il se trouvait souvent dans ce genre d'endroits. Il s'était rendu dans le Sinaï et dans le Néguev quelques mois auparavant, et je crois qu'il avait fait un bref voyage le long de la frontière jordanienne. Rien d'inhabituel là-dedans.

– Non, rien. » Ça n'en était pas moins l'explication la plus plausible.

Steinhardt commanda à nouveau du calva et l'atmosphère redevint plus détendue. Ils discutèrent d'autres sujets, de livres, de musique et de l'Amérique, cette autre terre promise, un pays que Steinhardt aimait pour une seule raison, selon ses propres dires : ses *bagel* et ses *lox*. Par comparaison, disait-il, ceux que produisaient les Israéliens n'étaient que des *khalosh*, de la nourriture répugnante, juste assez bonne pour les sabras. Il avait fait un voyage en Amérique mais rien n'aurait pu le persuader de s'y risquer à nouveau. C'était trop mauvais pour sa tension. Mais les *bagel* !

Ils sortirent du restaurant à minuit. David raconta qu'il avait réservé une chambre au King David.

« Ces riches Américains », grogna Steinhardt, puis ils se serrèrent la main. Il expliqua qu'il allait rentrer à pied. Il détestait les voitures depuis que son lapin avait été écrasé quand il était petit. David essaya sans y parvenir de s'imaginer Abraham Steinhardt avec un lapin familier. Il le salua et prit un taxi pour aller à son hôtel.

9.

David se réveilla tard, le lendemain matin. Son lit était confortable, sa chambre était bien chauffée, il avait mal à la tête à cause du vin et des digestifs. Mais son sommeil lui avait fait du bien. Il n'éprouvait plus la nausée de la veille, il se sentait rétabli et en pleine possession de ses moyens. Il prit une douche rapide, s'habilla et commanda le petit déjeuner dans sa chambre. Tout en prenant son repas, il demanda à la réception de l'hôtel de le mettre en contact téléphonique avec Cambridge. Sa note allait lui coûter une fortune, mais ainsi perdrait-il moins de temps.

Cette fois, Halstead mit plus longtemps à se réveiller, et quand finalement il répondit, sa voix trahissait sa fatigue.

« Halstead à l'appareil.

– Bonjour, professeur, c'est encore David Rosen. Je suis à Jérusalem. J'ai fait le voyage dans la journée d'hier pour chercher ces renseignements dont je vous ai parlé. »

Il y avait de la friture sur la ligne et la voix de Halstead s'atténuait ou augmentait de volume par intermittence avant de traverser des milliers de kilomètres pour parvenir jusqu'à David.

« Vous avez fait vite. Et est-ce que vous avez trouvé quelque chose ou vous m'appelez juste pour bavarder au milieu de la nuit ?

– Non, je ne vous appelle pas seulement pour bavarder, mais malheureusement, je n'ai pas non plus grand-chose à ajouter à nos informations. Je ne crois pas que les services secrets israéliens aient quoi que ce soit à voir dans l'affaire. Peut-être que vous pourriez faire mener une enquête du côté de l'Égypte. J'ai quand même découvert qu'avant d'être assassiné, Yigael Bar-Adon s'était rendu dans les mêmes régions frontalières que Gates. Ils sont peut-être tombés sur la même chose, mais je n'arrive pas à voir ce que c'est. Ça ne pouvait pas être une installation militaire, elles sont trop bien gardées, personne ne peut s'en approcher.

– Quels sont vos plans dans l'immédiat ? Il me semble qu'on se heurte à un mur. Est-ce qu'il ne vaudrait pas mieux laisser la police s'en occuper ?

– Non, je crois que je peux dénicher quelque chose. Écoutez, est-ce que vous pourriez apprendre l'endroit exact où Gates s'est rendu lors de son dernier voyage ? Est-ce qu'il y en aurait une trace quelque part ? »

Il y eut un long silence, ponctué pas de faibles bruits de respiration. Puis Halstead parla à nouveau.

« Non, malheureusement pas. Il y aurait peut-être eu quelque chose dans le dossier que ce pauvre Michael tenait sur les travaux de Gates, mais, comme vous savez, ça fait partie de ce qui a été volé. Il y a juste une chance que la commission des bourses pour les étudiants de troisième cycle l'ait noté quelque part. Ils ont financé son voyage en partie et ils ont sans doute demandé qu'il fasse un rapport.

– Bien, tenez-moi informé s'ils trouvent quelque chose. Ou il se pourrait que certains amis de Gates aient une vague idée de son périple. Sinon, la seule autre chose qui pourrait nous fournir des détails serait de regarder dans les recherches de Gates. Je ne parle pas de son sujet en général, mais est-ce que vous avez une idée du domaine précis qu'il était en train d'explorer lors de son dernier voyage ? »

Halstead marqua une nouvelle pause, puis il reprit.

« Pas exactement, non, je ne lui ai parlé qu'une ou deux fois le trimestre dernier. Il était extrêmement occupé en rentrant de son voyage à la fin de mai. Il a fini sa thèse plus vite qu'on ne le pensait, vous savez. Michael avait dit qu'il travaillait le plus vite possible pour intégrer ses nouvelles idées à l'ensemble de la thèse et en remettre ses deux copies reliées au comité des études de troisième cycle. Mais je ne me souviens pas de l'avoir entendu dire ce qu'étaient ces nouvelles idées. »

Il y eut un autre silence, puis David entendit à nouveau cette voix traînante à l'autre bout du fil.

« Attendez une minute. Suis-je bête ! Je viens juste de me rappeler qu'il y avait eu une soirée au début du trimestre et Michael y était présent. Il avait dit que la thèse de Gates avait été envoyée à ses examinateurs et il était certain que cet étudiant recevrait son diplôme de doctorat. Il a ajouté quelque chose à propos d'un chapitre sur une ville arabe. Je n'arrive plus à retrouver le nom, mais il m'a dit que ça ferait de l'effet. Du sensationnel. Avec ça, la carrière de ce garçon était assurée. Je ne comprends pas comment j'ai pu ne pas m'en souvenir plus tôt. Une seconde, je crois que ça y est. Irash… Cet endroit s'appelait Irash. Non, ce n'est pas ça, je pensais à cet autre endroit, voyons, voyons, comment ça s'appelait déjà, Jerahs. Ah, ça y est, ça me revient maintenant ! Iram. Iram, la ville à la colonne, c'est le nom que Michael lui avait donné. Vous en avez entendu parler ? »

Le cœur de David s'était mis à battre à toute allure. Il répondit d'une voix calme :

« Oui, professeur, j'en ai entendu parler.

– Vous pensez que ça peut vous aider ?

– Je ne crois pas, ça ne veut pas dire grand-chose.

– Quoi, Iram ? Non, ça ne me dit rien non plus. Je n'en ai jamais entendu parler, en tout cas pas avant que Michael n'y fasse allusion. J'essaie de me souvenir de notre conversation, voyons si je peux me rappeler autre chose. Je ne crois pas qu'on ait beaucoup parlé de Gates, remarquez. »

David poussa un long soupir. Ce n'est pas trop grave, pensa-t-il. Quel que fût le lien existant, c'était la ville d'Iram qui était au centre. Son problème était maintenant de trouver en quoi il était lui-même concerné. Était-ce à cause de cette obscure référence à l'endroit, qu'il avait un jour trouvée dans un texte éblaïte ? Ce n'était qu'un nom parmi une multitude d'autres oubliés depuis longtemps. Personne ne savait même où Iram se trouvait. Il n'y avait pas là matière à tuer quelqu'un.

« Merci, professeur Halstead, dit David, vous m'avez été d'une aide précieuse. Je vais essayer de fouiller pour trouver de plus amples renseignements, ici, à Jérusalem.

– Pas au sens propre, j'espère. Il y a bien assez d'archéologues comme ça là-bas. La ville va finir par s'écrouler. Faites bien attention à vous, et donnez-moi la date de votre arrivée quand vous le pourrez. On pourrait dîner ensemble un soir dans mon collège. Il y a quelques spécimens intéressants à la table des professeurs et on pourrait bavarder longuement ensuite. Loin de ma femme. Ça vaut mieux. Tous ces événements l'ont terriblement perturbée et elle est encore sous le choc. De toute manière, je ne veux pas vous retenir au téléphone. Attendez un instant, avez-vous reçu le colis que je vous ai envoyé ?

– Un colis ? répondit David, perplexe. Non, je n'ai pas reçu de colis.

– Eh bien ! Vous auriez dû le recevoir maintenant. Je l'ai envoyé en express lundi. Mais vous étiez à Jérusalem, voyons, bien sûr. Je l'ai envoyé à votre adresse à Haïfa. Il vous attend sans doute là-bas.

– Qu'est-ce que c'est ? demanda David.

– Oh, rien de bien excitant. En fait c'est un peu mystérieux. À l'origine, c'est Gates qui vous l'avait envoyé peu après votre départ pour la Syrie. Il y a son nom dessus et le tampon de la poste. Il faut croire que les employés de la poste à Damas ne savent pas lire, parce qu'il est revenu il y a un bout de temps avec la mention : « Mauvaise adresse ». C'est parfaitement ridicule. Ils ne voulaient sans doute pas se donner la peine d'aller vous le livrer à la mauvaise saison. Il était plutôt en triste état quand on l'a reçu, alors la secrétaire a refait l'emballage pour le renvoyer, mais je lui ai dit qu'on ferait mieux de le garder jusqu'à votre retour. Puis j'ai reçu votre télégramme avec votre adresse à Haïfa. J'ai pensé qu'il valait mieux que vous le receviez là-bas au cas où vous voudriez aller voir quelque chose sur place et je l'ai posté lundi matin comme je vous l'ai dit. C'est parti en express. Avec un peu de chance, vous le trouverez quand vous y rentrerez.

– Est-ce que vous savez ce qu'il contenait ?

– Je n'en suis pas sûr. La secrétaire m'a dit qu'il y avait une centaine de pages tapées à la machine. Il faut penser que c'est un chapitre ou deux de sa thèse. »

David resta silencieux.

« Oui, dit-il enfin, peut-être. Il m'avait dit avant mon départ qu'il m'en enverrait un extrait. Il voulait me demander mon avis sur certaines choses qu'il avait écrites à propos des textes éblaïtes. Il a probablement laissé tomber cette idée quand je n'ai pas répondu. J'avais oublié.

– C'est étrange qu'il ne vous ait pas parlé de cette histoire d'Iram.

– Oui, plutôt... Non, à y bien réfléchir, ce n'est pas si étrange. Je crois que Greatbatch s'était montré un peu indiscret quand il vous en a parlé. Gates ne disait jamais rien. Je m'en souviens maintenant, il m'avait fait jurer de ne rien révéler quand j'ai accepté de regarder ces chapitres qu'il voulait m'envoyer. Il ne m'a pas dit un mot de ce que j'allais y trouver. »

Puis tout d'un coup, il comprit ce qui se passait. C'était comme s'il venait de recevoir un coup de poing dans l'estomac, si violent qu'il en restait abasourdi, muet, totalement incapable d'entendre la réaction de Halstead. C'était impossible. Et pourtant, si c'était vrai, il allait encourir un danger terrifiant. Il fallait qu'il parte immédiatement pour Haïfa. Il n'y avait pas un moment à perdre.

« Professeur, dit-il en espérant que le ton de sa voix fût calme, il vient de se passer quelque chose ici. Il faut que je raccroche malheureusement, mais je vous recontacterai dès que j'aurai de nouvelles informations à vous transmettre. Si vous avez besoin de me joindre, je serai à Haïfa.

– Ah, très bien, à bientôt donc, merci d'avoir appelé. »

La communication fut interrompue et David entendit à nouveau un bruit qui ressemblait à celui de branches frottées contre les fils téléphoniques. Sauf que les lignes internationales sont souterraines. Il reposa le combiné puis décrocha immédiatement et demanda la réception.

« Réception. Vous désirez ?

– Professeur Rosen à l'appareil, chambre 529. Je dois quitter l'hôtel le plus vite possible. Est-ce que ma note pourrait être prête d'ici cinq minutes ? Et je voudrais louer une voiture, une voiture rapide. C'est extrêmement urgent. Je voudrais qu'elle soit prête dès que j'aurai réglé ma note. Je signerai les formulaires en bas. »

Il mit ses affaires dans une petite valise, prit les clefs qui étaient restées sur la table de nuit et sortit en courant dans le couloir, où il bouscula accidentellement une femme de chambre les bras chargés de draps et de serviettes. Son fardeau s'envola avant de retomber sur le sol en une longue cascade blanche. Il marmonna quelques excuses, tourna les talons et se dirigea à toute vitesse vers l'ascenseur.

S'il avait vu juste – et il priait pour que le contraire soit vrai –, l'homme qui était venu à Tell Mardikh cherchait le colis envoyé par Gates. Gates avait peut-être laissé une note quelque part, indiquant qu'il avait envoyé une partie de sa thèse à David en Syrie. Il était possible que le téléphone de Halstead fût sur écoute. Et si c'était le cas, il y avait une chance pour que quelqu'un soit déjà en route vers Haïfa pour récupérer le colis chez ses parents.

La réception avait fait vite. En plus de cinq minutes mais

en moins de dix. Il signa les papiers de la voiture, paya avec sa carte de l'American Express et sortit de l'hôtel en trombe, la clef à la main. La voiture l'attendait à l'extérieur, une Volvo 1982. La compagnie de location, BAT, était à deux minutes de là, à Shelomzion Ha-Malka. Il sortit de la cour en accélérant et prit successivement deux virages à angle droit sur la droite. Quelques minutes plus tard, il était sur l'autoroute de Derekh Shekhem, fonçant en direction du nord.

Il prit des risques pendant tout le trajet. Les autoroutes israéliennes sont dangereuses, mais David ne prit aucune des précautions habituelles. Parfois, la route qui le menait à Ramallah semblait se désagréger sous ses roues. À sa gauche, le paysage descendait en pente jusqu'à la mer tandis que sur la droite les collines se succédaient jusqu'à l'étendue désolée de la vallée du Jourdain. Les pneus faisaient gicler des petits cailloux, produisant un bruit de tambourinade ininterrompue tandis que la route continuait à filer en pente. Il dut s'arrêter par trois fois à des barrages militaires mais il ne fut jamais retenu plus de quelques minutes. Naplouse grouillait de monde et les visages des habitants manifestaient leur hostilité tandis qu'il traversait la ville. Les magasins étaient déjà en train de fermer en prévision du jeudi soir, qui marque le début du sabbat musulman. Il entendait parfois des bribes de musique orientale qui disparaissaient aussi rapidement qu'elles étaient venues, des ânes chargés de lourds paniers s'aventuraient sur son chemin, des soldats israéliens, le regard tendu et vigilant, patrouillaient dans les rues avec inquiétude.

La dernière étape du voyage, depuis Jenin jusqu'à Haïfa le long de la plaine de Yisreel, fut la plus rapide et la plus facile. Il traversa Meggido, vit défiler les rues de la ville comme si elles contenaient un mauvais présage. Le mont Carmel apparut à sa gauche, ses longues pentes lui cachaient la mer à quelques kilomètres de là.

À son extrémité nord, le Carmel s'élève en un promontoire abrupt qui s'enfonce dans la Méditerranée comme un coude. En entrant dans Haïfa par le sud-est, David atteignit rapidement le sommet des pentes boisées du mont. Tout autour de lui, les flancs déserts du Carmel faisaient place aux faubourgs de la ville qui s'agrandissaient sans cesse.

En arrivant dans la rue du Lotus, sa visibilité fut bloquée pendant quelques instants et il faillit ne pas voir la Mercedes bleue qui venait droit sur lui à toute vitesse.

Tout s'était passé en l'espace de quelques interminables secondes, qui lui avaient paru de longues minutes. Le grincement des freins lorsque les chauffeurs des deux voitures écrasèrent simultanément la pédale tout en tournant frénétiquement leurs volants, la fumée qui s'élevait des pneus avant, la montée d'adrénaline dans tout son corps, l'expression d'incrédulité sur les visages de l'autre conducteur et de son passager, un homme au physique oriental, puis le choc de la voiture qui s'immobilisait en grimpant à moitié sur le trottoir. Il s'en était fallu de quelques millimètres. Son cœur battait fort, il s'appuya sur son volant, et reprit lentement sa respiration pour retrouver son calme. Il pensa qu'il valait mieux sortir de sa voiture et voir si l'autre conducteur s'en était sorti indemne. Puis il entendit le bruit d'un moteur qui démarrait. C'était la Mercedes qui redescendait sur la chaussée et s'en allait. Il s'effondra à nouveau sur le volant. Les conducteurs israéliens avaient peut-être le sang-froid nécessaire pour affronter de pareilles situations tous les jours, mais il aurait eu besoin pour ça d'un tout nouveau système nerveux.

Il entendit l'explosion à peine trente secondes plus tard. Un bruit à lui faire éclater les tympans, bref et assourdissant, qui ébranla la voiture. Des passants qui s'étaient approchés pour s'assurer que David ne s'était pas blessé se retournèrent et regardèrent autour d'eux effrayés. Un attentat terroriste ? Ou le début d'un nouvel assaut des armées arabes ? David regarda en l'air. Une colonne de fumée commençait à s'élever au-dessus des toits, en face de lui et légèrement sur la gauche. Son cœur fit un bond et il saisit machinalement la clef de contact. Il démarra avec un rugissement qui déchira les entrailles de la voiture, et en se remettant au milieu de la chaussée il appuya à fond sur l'accélérateur jusqu'à ce qu'il arrive dans la rue Vradim.

La rue était couverte de débris. Les gens criaient, hurlaient de douleur ou de panique. La fumée et les flammes sortaient en une masse monstrueuse de ce qui restait de l'appartement de ses parents. La bombe avait entièrement fait exploser le troisième étage, le quatrième et le cinquième s'étaient effondrés par-dessus, les deux étages inférieurs s'arquaient sous le poids des deux autres. Des poutres métalliques pointaient vers le ciel selon des angles impossibles, de minces barres de fer sortaient des pans de béton éclatés. L'appartement de ses parents était situé sur la façade du troisième étage. Dans le jardin, un arbre avait pris feu et brûlait convulsivement, comme une torche.

Il arrêta la voiture et ouvrit la portière violemment avant de sortir d'un bond, en trébuchant à moitié. Sans même se rendre compte qu'il appelait leurs noms, il se précipita vers le bâtiment à la recherche de sa mère et de son père. Tout autour de lui d'autres gens faisaient de même, essayant désespérément de repérer et de secourir les survivants, s'il y en avait. Les flammes les en empêchaient, de furieuses flammes rouges qui surgissaient des fentes des murs et des fenêtres brisées. Est-ce que ses parents se trouvaient chez eux lorsque la bombe avait explosé ? Il se tourna vers une vieille femme à côté de lui. Elle était en robe de chambre et ses cheveux gris et fins tombaient le long de son visage. L'effroi et l'horreur avaient donné à son regard une expression de folie, sa bouche édentée était tout enfoncée entre ses mâchoires. Ses lèvres froides et sans vie s'agitaient comme si elle priait, récitant une litanie secrète et désespérée. David la saisit par les épaules et lui cria dans les oreilles pour couvrir le bruit de l'incendie et de la foule des témoins.

« Les Rosen, au troisième étage ! Vous les avez vus ? Hannah et Aron Rosen. Ils vivaient là-haut. »

Elle lui lança un regard vide, cherchant ses mots, un flot de larmes coulait le long de son visage. Son visage creusé et ridé portait les marques d'un terrible passé mais l'angoisse du moment transformait ses rides en un nouveau masque de douleur. Elle se mit à parler dans un mélange d'hébreu, de yiddish et d'allemand en marmonnant des mots indistincts. Il ne comprenait que quelques-unes de ses paroles.

« Mitzi, cria-t-elle, avez-vous vu Mitzi ? Il était avec moi quand… Ça recommence, les bombes… Toute cette obscurité… Nous n'avons pas le temps… pas le temps…

Qu'est-ce que tu attends ? Va-t'en, va-t'en pendant qu'il est encore temps... On aurait dû partir il y a cinquante ans... Vous avez vu Mitzi ? Elle doit être là. Ils ne feraient pas de mal à Mitzi... Est-ce qu'ils sont toujours là ? Est-ce qu'ils sont partis ? Est-ce qu'ils ont emmené Mitzi ? »

David la tenait fermement par les bras, des bras maigres qui ne pesaient rien, si fragiles qu'il avait l'impression qu'il aurait pu les briser sans effort. Il essaya de fixer son regard qui se mouvait sans cesse de gauche à droite, de la regarder droit dans les yeux assez longtemps pour qu'elle comprenne ce qu'il lui disait.

« Les Rosen, dit-il à nouveau, ils vivaient au troisième étage. Il est rabbin. De vieilles personnes. Vous les connaissiez ? »

Elle était encore en proie à la panique et à ses souvenirs. Les jours sombres qu'elle avait vécus en Allemagne se mêlaient dans son esprit à l'explosion, comme un coup de couteau rouvrant une vieille blessure. Pour la deuxième fois de sa vie elle venait de tout perdre : sa maison, tout ce qu'elle possédait, son chien. Le reste – son mari, ses enfants, ses amis – avait disparu depuis longtemps. Il n'y avait rien d'autre. Et maintenant il ne restait rien du tout. Elle lança un regard plein de folie vers David comme si elle le voyait pour la première fois.

« Les Rosen sont morts, dit-elle d'une voix morne. Ils sont tous morts. Ils n'oublient jamais. Ils sont ici, même en Eretz Israël... Nous n'avons nulle part où aller, nulle part où s'enfuir... Je les ai entendus, je sais.

– Qu'est-ce que vous avez entendu ? demanda David en la harcelant, en l'obligeant à retrouver ses esprits.

– De quoi parlez-vous ? »

Pendant quelques instants son regard retrouva une expression de calme. Elle mit sa main osseuse sur celle de David et l'attira à elle, son visage était si proche du sien qu'il pouvait sentir son haleine fétide.

« Il y avait deux hommes, murmura-t-elle. L'un d'eux avait la peau jaune, comme un Chinois. L'autre venait de l'autre pays. Ils sont venus dans une voiture bleue. Celui qui était jaune est monté dans la maison avec une boîte, une sorte de valise. Puis il est redescendu en courant et ils sont partis. J'ai tout de suite su quand je les ai entendus. J'ai su qu'on était en danger...

– Qu'est-ce que vous avez entendu ? » demanda David d'une voix insistante. Il aurait voulu la secouer comme une machine détraquée jusqu'à ce qu'elle retrouve la raison.

Elle le regarda à nouveau, mais il vit qu'elle était ailleurs, ses yeux avaient retrouvé leur expression de folie. Elle s'accrocha à lui avec plus de force encore.

« Avez-vous vu Mitzi ? » demanda-t-elle, comme une petite fille qui vient de perdre sa poupée favorite et qui n'arrive pas à comprendre qu'elle vient d'être écrasée par un camion. Soudain, elle relâcha son emprise et en se détournant s'enfonça dans la foule d'une démarche incertaine. Sa voix lui parvint au milieu du vacarme, comme échappée de l'enfer. « Mitzi, je suis ici, Mitzi ! N'aie pas peur. »

David, lui, avait peur. Avait-elle une bonne raison de dire que ses parents étaient morts ? Il ne voyait tout autour de lui que folie. Des hommes et des femmes criaient, hurlaient dans un chaos où l'incrédulité se mêlait à l'effroi. Il entendit la voix d'une femme qui appelait désespérément au secours depuis l'intérieur du bâtiment. Il se jeta en avant et essaya de pénétrer dans la maison. Si l'escalier était toujours là, il parviendrait sans doute à atteindre le troisième étage et il pourrait peut-être trouver ses parents s'ils étaient encore là. Il était possible qu'ils aient survécu et que ce fût la voix de sa mère qu'il avait entendue appeler au secours. Il percevait faiblement derrière lui le bruit de sirènes qui s'approchaient comme de nouveaux démons venus se jeter dans cette folie.

Il courut à travers les portes brisées et tordues qui menaient au couloir principal du bâtiment. Quelqu'un cria derrière lui, mais il ne parvint pas à comprendre ce qu'on lui disait. Il continua comme s'il était incapable de rien entendre. Il distingua l'escalier au milieu d'un nuage de fumée, complètement déformé et recouvert de gravats. Il se précipita tout en cherchant sa respiration et se mit à monter les marches en se couvrant la bouche avec le col de sa chemise. Il ressentit une vague de chaleur intense. Au-dessus, les flammes jaunes et rouges menaient leur danse obscène dans l'obscurité. Il entendait leurs rugissements mêlés au bruit des pierres et des poutres qui s'écrasaient en tombant. La fumée s'épaississait, se faisait plus pesante au fur et à mesure qu'il montait, sa gorge et ses poumons s'emplissaient de gaz irrespirables, et il tomba à genoux. Une quinte de toux lui brûla la poitrine. Sa vue se troubla et sa tête se mit à tourner. Il avait l'impression de se noyer dans une eau profonde. Tout son corps s'enfonçait au milieu des fumées. Une voix l'appela dans le lointain, à des milliers d'années-lumière de là, si éloignée qu'elle en avait perdu toute réalité. Il était emporté par une marée de fumée, submergé par ce tourbillon épais, entraîné, après avoir perdu le sens de la vue, du toucher et de l'ouïe, dans de noires profondeurs auxquelles il ne pouvait plus échapper.

10.

C'était un vendredi après-midi, à peu près deux heures avant le coucher du soleil. David Rosen était interrogé par l'inspecteur responsable de l'enquête sur l'attentat à la bombe, au commissariat de Central Carmel dans la rue Elchanan. Il était là depuis la fin de la matinée à expliquer pourquoi il se trouvait à Haïfa, et pourquoi il était reparti à Jérusalem à ce moment précis. Il raconta qu'il était revenu de Syrie en passant par Chypre (comme l'indiquait son passeport trafiqué par le Mossad) après avoir appris la maladie de son père (ce que l'hôpital pourrait confirmer). Il avait dû se rendre rapidement à Jérusalem pour s'entretenir avec le professeur Steinhardt d'une affaire urgente concernant son travail, puis il lui avait fallu se dépêcher de revenir à Haïfa en apprenant les nouvelles tragiques de Cambridge. Il était évident qu'une vérification minutieuse allait contredire la plupart de son compte rendu, mais il espérait être loin d'Haïfa et si possible d'Israël d'ici là.

Il avait passé la nuit précédente chez des amis de ses parents qui s'appelaient Kolek. Il n'avait pas dormi. Il avait été secouru avant que la fumée n'ait eu le temps de causer des dégâts irréparables, mais il souffrait encore d'un terrible mal de tête et sa poitrine était compressée et douloureuse. Le docteur lui avait recommandé de passer au moins une journée entière au lit, mais c'était hors de question.

Le début de la matinée avait été particulièrement éprouvant. Pendant la nuit, après l'extinction de l'incendie, les services de secours avaient sorti plusieurs corps des gravats, dont deux de l'appartement de ses parents. Les cadavres étaient trop brûlés pour qu'on puisse espérer les identifier, et on ne lui demanda pas d'aller les voir. Cependant on lui fit examiner quelques objets qui avaient été trouvés à proximité des cadavres : une alliance en or et un *magen David* en argent sur une courte chaîne.

Bien qu'elle fût très endommagée, il reconnut l'alliance comme ayant appartenu à sa mère, grâce à la fine ligne ondulée qui y avait été gravée. Elle avait été faite à Jérusalem à partir d'alliances récupérées dans le camp de concentration où elle avait été internée avec son mari. C'était un symbole de renaissance, d'espoir, de confiance. Ce n'était plus maintenant qu'un morceau de métal noirci et tordu sur un plateau d'aluminium, comme si l'alliance s'en était retournée à son état premier.

La vue de l'étoile de David l'obligea à détourner les yeux et lui fit ressentir une cruelle douleur. L'image de ce petit pendentif à moitié fondu allait hanter sa conscience pendant les jours et les nuits à venir. Il l'avait offert à son père comme cadeau d'anniversaire quand il avait à peu près quatorze ans : il avait économisé pendant environ deux mois pour rassembler suffisamment d'argent. C'était la première fois que son père l'avait vraiment blessé en refusant de porter le pendentif.

« Un Juif ne doit pas porter de *kemi'ot*, avait dit son père, considérant l'étoile comme un talisman. Ce sont des restes de paganisme. Mon fils devrait savoir ça. »

Ce rejet avait causé à David une peine dont il s'était souvenu pendant des années. Et il avait cru pendant tout ce temps que son père avait jeté le pendentif. Il comprenait maintenant quelque chose qui lui avait toujours échappé : le respect que son père éprouvait envers la Loi et la joie qu'elle lui procurait l'avaient obligé à ignorer et à renier son affection et ses aspirations les plus profondes.

David identifia la bague et l'étoile et signa un papier pour pouvoir les emporter.

« Professeur Rosen, dit l'inspecteur, sortant David des pensées dans lesquelles il s'était laissé emporter.

– Excusez-moi, dit David, j'étais ailleurs.

– Ne vous inquiétez pas, je comprends. »

L'inspecteur s'appelait Ilan Gaon. C'était un homme d'une trentaine d'années, barbu et intelligent. Il s'était montré aimable et compatissant, bien que David pensât qu'il n'avait pas vraiment cru à son histoire.

« Je voulais simplement vous demander si vous aviez l'intention de rester à Haïfa », dit-il.

David secoua la tête.

« Pour l'enterrement, oui, bien sûr, mais après... il faut que je me rende à un autre enterrement, en Angleterre.

– Ah ? »

Il y eut un silence. Gaon joignit ses mains, puis libéra à nouveau ses longs doigts délicats. Des doigts de musicien, pensa David.

« Je préférerais, continua-t-il en insistant sur le verbe, que vous trouviez un moyen de rester ici un peu plus longtemps, professeur. Au moins pendant la durée de l'enquête, si c'est possible.

– Mais pourquoi donc ? Je ne peux pas vous aider plus. Vous savez que je le ferais volontiers si j'en avais le pouvoir, mais je vous ai dit tout ce que je savais. »

Gaon hocha la tête.

« Non, professeur, je ne crois pas. Je ne sais pas pourquoi, mais j'ai l'intention de l'apprendre ; oh, je pense que la plus grande partie de ce que vous m'avez dit est vraie. Mais je ne crois pas que ce soit toute la vérité. Vous en savez plus que ce que vous voulez bien dire.

– Je vous assure...

– Non, ne perdons pas notre temps ainsi. Vous avez rencontré le professeur Steinhardt un soir, il y a deux jours de ça. Vous êtes arrivé à l'hôtel David tard ce même soir, sans réservation. Vous êtes parti en cinq minutes, vous avez loué une voiture et vous vous êtes rendu à Haïfa à une vitesse qui, j'imagine, était bien au-dessus de la limite des quatre-vingt-dix kilomètres à l'heure. La réceptionniste avec laquelle nous avons parlé nous a dit que vous aviez l'air perturbé et que, selon ses propres termes, vous aviez un besoin "urgent" de trouver une voiture. Vous êtes arrivé ici quelques minutes à peine avant que la bombe n'explose. Nous avons de bonnes raisons d'être certains que la bombe a été placée dans l'appartement de vos parents ou à proximité. Et vous voudriez me faire croire que vous ne savez rien de ce qui s'est passé ? Si quelqu'un est au courant, c'est bien vous, professeur. »

David se sentait partagé. Il voulait que l'on trouve les meurtriers de ses parents et qu'on les arrête, et par là même ceux de Greatbatch et les autres, si c'était possible. Mais il lui fallait agir seul. Depuis Tell Mardikh, il en avait fait un combat personnel, autant que celui qu'il avait mené dans la boue gelée du champ de fouilles. Maintenant qu'ils avaient tué son père et sa mère, ils venaient de lui assener un coup plus direct encore. La police mènerait son enquête, mais il avait ses propres méthodes et il allait les suivre tout seul. Il trouverait Iram, ou ce que John Gates en avait découvert, et cette piste le mènerait jusqu'aux tueurs.

Gaon continuait de sa voix basse et implacable. Il était toujours aimable et compatissant mais David décelait derrière ce ton une détermination qu'il valait mieux ne pas mettre à l'épreuve.

« Je ne veux pas vous retenir plus longtemps, professeur. Vous avez dû passer par beaucoup de choses et je crois que vous devriez prendre le temps de réfléchir. Et je vous conseille de bien réfléchir. Restez à Haïfa. Si j'ai la moindre raison de croire que vous n'allez pas suivre ce conseil, je me verrai dans l'obligation de vous en donner officiellement l'ordre. Et je vous prie de ne pas m'y forcer. Je vais vous raccompagner. »

Gaon se leva et repoussa sa lourde chaise en arrière avec un grincement aigu qui perça les oreilles de David comme le bruit d'un ongle sur un tableau. Il frissonna et se leva à son tour. L'inspecteur le reconduisit jusqu'au hall d'entrée et lui serra la main d'un air solennel que David n'avait jamais vu auparavant chez un sabra, puis il tourna les talons.

David avait encore sa voiture, mais il préféra marcher. Où serait-il allé en voiture ? Qu'aurait-il fait ? Il avait besoin d'être seul et de réfléchir, comme avait dit Gaon. Il avait besoin d'organiser ses pensées encore embrouillées et de préparer un plan. Le ciel était clair et la nuit n'allait pas tomber avant une heure ou deux : il avait décidé de marcher et de laisser aux rues le soin de déterminer son trajet pour lui.

Ce qui dans le cas présent n'était pas aussi simple. Haïfa n'est pas une ville qui se prête aux promenades méditatives : ses rues sinueuses s'accrochent aux pentes parfois abruptes de la montagne, négociant les dénivellations et les inclinaisons soudaines du terrain qui donnent à la ville son intensité dramatique et son caractère, et qui causent suffisamment de problèmes aux habitants pour qu'ils en oublient la beauté du paysage. Il y a presque autant d'escaliers qu'il y a de rues, des raccourcis qui vous font tout d'un coup descendre d'une centaine de mètres.

David descendit le long de la colline depuis Yafe Nof. À mi-chemin, il arriva devant la porte richement décorée qui s'ouvre sur les jardins persans entourant le bâtiment sacré de la secte Baha'i. Ils sont ouverts au public et David s'y était souvent rendu. Un chemin de graviers rouges poussiéreux le mena à travers les palmiers et les sombres cyprès jusqu'au cœur des jardins. Entre les haies basses de thym, des vases chinois remplis de fleurs se dressaient sur de grands piédestaux de pierre. Des paons et des aigles de fer regardaient de leurs yeux invisibles dans les recoins ombragés. Il passa sous une porte basse et suivit un autre chemin bordé de grands arbres jusqu'au tombeau de marbre au centre de ce petit paradis. Le tombeau lui-même où était enterré le prophète martyr de cette religion était une construction étrange. Neuf pièces carrées, bâties en pierre, se tenaient en son centre. Elles étaient surmontées par une extension plus récente, dorée et entourée d'une balustrade. L'ensemble était dominé par un dôme élégant fait entièrement de tuiles recouvertes de feuilles d'or. Sous l'éclatant soleil de l'après-midi, le dôme semblait vibrer comme un amoncellement de joyaux incandescents. Mais sous les doigts le marbre était froid comme de la glace.

Aujourd'hui, la porte du tombeau était fermée à clef mais

il contourna le bâtiment jusqu'à la face nord d'où la vue s'ouvrait sur la montagne et la baie de Saint-Jean-d'Acre. À ses pieds, un escalier escarpé flanqué de hauts cyprès descendait jusqu'au boulevard du Carmel et à la mer. Ici, loin au-dessus de la ville, tout était silence, quiétude, au milieu de la verdure inondée de lumière, traversée çà et là de quelques ombres. Là-bas, au loin, la mer semblait se briser en mille fragments, s'éparpillant et se reformant sans cesse. Derrière lui sur sa gauche, le soleil se couchait sur la Méditerranée. Le dôme doré semblait en feu. Dans le port, de petites lumières commençaient à s'allumer et les rayons du soleil déclinant peignaient de rouge les murs blancs des maisons. Tell Mardikh avec ses pierres sombres, ses grandes portes en ruine et ses murs enfouis semblait appartenir à une autre époque et à un autre monde. L'explosion et les cris étaient comme arrachés à sa mémoire et engloutis dans ce vaste et long silence. Il ferma les yeux et respira profondément l'air enivrant des jardins. Quand il rouvrit les yeux, ils s'emplirent de larmes. C'était la première fois qu'il pleurait depuis la mort de ses parents.

Le ciel s'empourprait. Les étoiles étaient apparues, si lentement, avec tant d'hésitation, qu'il ne les avait d'abord pas remarquées alors qu'elles envahissaient maintenant la voûte céleste. Il descendit le premier escalier, passa la petite porte et prit le chemin qui l'amena à travers les terrasses jusqu'au boulevard du Carmel. Il avançait lentement, les pierres semblaient retenir ses jambes. Derrière lui, le mausolée donnait l'impression de s'animer, illuminé par des spots comme un grand fantôme blanc, tandis que le dôme restait invisible depuis l'endroit où il se tenait. En dessous, les lumières vertes et blanches d'Haïfa scintillaient comme des pierres précieuses. La longue baie s'avançait comme un collier jusqu'à Saint-Jean-d'Acre. Il s'arrêta à mi-chemin en descendant l'escalier. Il se sentait à nouveau faible et seul, ne sachant que faire ni où aller quand il arriverait en bas. Comme alerté par un sixième sens, il se retourna et regarda au sommet de l'escalier en direction du tombeau. Une silhouette se détacha contre la masse blanche de l'édifice, une ombre l'observait. David se sentit l'envie de vomir. L'homme était parfaitement immobile, il se tenait là à regarder David, le visage dissimulé par l'obscurité. Ce fut alors que David décida de ce qu'il devait faire. Il tourna le dos à l'inconnu et se remit à descendre les marches lentement, très lentement. Si l'inconnu savait ce qu'il faisait, il fallait qu'il le tue maintenant. David ne lui donnerait pas une seconde chance.

11.

Ils emportèrent les cercueils tôt le lendemain matin, de la synagogue jusqu'au cimetière, plus bas sur la montagne. Les cercueils étaient longs et rectangulaires, recouverts du drapeau israélien, bleu et blanc avec son *magen David*. David regarda arriver par la grille de fer forgé, à travers les arbres, cette longue procession d'hommes en habits noirs et en tallits portant les cercueils sur leurs épaules. Ses frères Benjamin et Samuel étaient parmi eux, ses jeunes frères qu'il avait en partie élevés et qu'il connaissait à peine maintenant, des étrangers qui portaient le corps de son père sur leurs épaules. Sa sœur Sara était à ses côtés, avec ses grands yeux et son air emprunté, sa robe était encore déchirée en signe de deuil.

Quand les cercueils furent dans la tombe, le *hazzan* se mit à chanter en hébreu le *Tziduk ha-Din*; son chant plaintif s'élevait avant de retomber, semblable à un vol d'alouettes. Les hommes et les femmes présents qui n'étaient que des étrangers pour David se tenaient tout autour de lui, le visage impassible ou marqué par le chagrin. La tombe était laide et profonde, une blessure qui déchirait le sol, un gouffre que les cailloux et la terre ne sauraient combler.

Il s'étonna de ne rien éprouver, de ne pas ressentir de douleur, de chagrin ou même de culpabilité. C'était surtout cette absence de culpabilité qui l'étonnait et le troublait. Il s'était attendu à en être rongé de l'intérieur, et pourtant, il ne se passait rien de tel. Il avait accidentellement causé la mort de ses parents mais il n'en était pas moins responsable. S'il avait réfléchi un peu plus, s'il avait été plus prévoyant, ils seraient peut-être encore en vie. Son père aurait bien eu le droit à une année de plus, pour avoir le temps de se réconcilier avec lui-même. Et peut-être aussi avec David. Pourquoi donc n'éprouvait-il rien? Sara, à côté de lui, était désespérée, était-il possible qu'elle se remette jamais de sa douleur? Benjamin s'était effondré la nuit précédente. Samuel avait passé plusieurs heures à prier depuis son arrivée. David semblait être le seul à ne pouvoir rien ressentir.

Au moment de réciter le *Kaddish*, l'aîné s'approcha du bord de la tombe et se mit à lire la prière à haute voix en araméen. Sa voix n'était guère plus qu'un murmure.

Que le nom du Seigneur soit sanctifié...

En relevant la tête, David crut apercevoir quelque chose au-delà des tombes derrière les arbres en bordure du cimetière. C'était un homme qui observait la cérémonie de loin, le visage caché par l'obscurité. Alors même que David portait son regard vers lui, l'homme se faufila entre les arbres et disparut. Il baissa à nouveau les yeux vers la tombe et les cercueils presque entièrement recouverts de terre, puis il se retourna brusquement et s'en alla. Ses frères et ses sœurs le regardaient sans comprendre tandis qu'il s'éloignait à grands pas, solitaire, retirant le tallit de sa tête et de ses épaules.

Plusieurs jours après l'enterrement, il reçut une lettre de Halstead. Elle était accompagnée d'une carte postale trouvée quelques jours auparavant parmi les papiers de Greatbatch. Elle était signée « John », et avait été postée au printemps de l'année précédente, à Jérusalem. Elle décrivait un bref itinéraire à travers le Sinaï pour lequel il avait reçu une permission officielle :

Cher Mike. Vous serez heureux d'apprendre que vos lettres ont eu l'effet désiré. J'ai obtenu un laissez-passer et on a organisé pour moi une série de visites exceptionnelles à Pelusium, Ostracine, Rhinocolorum, Raphia, El-Kuntilla, Ein Kadeirat, Serabit al-Khadim et Dahab. Je suis particulièrement excité à l'idée de voir les inscriptions proto-sinaïtiques à Serabit, sans parler du temple de Hathor. J'ai également reçu vos lettres d'introduction pour Sainte-Catherine et Saint-Nilus à Wadi al-Ruhban. Je ne sais pas combien de temps les moines m'autoriseront à séjourner dans chacun de ces endroits mais j'espère disposer de suffisamment de temps pour étudier un ou deux manuscrits. Ils détiennent peut-être ce que je recherche. Nous nous reverrons dans un mois ou deux. Bien à vous, John.

Il télégraphia immédiatement à Halstead, lui demandant d'obtenir une permission officielle de ses relations au Caire pour qu'il puisse effectuer une visite dans le Sinaï. Le retrait israélien de la péninsule s'était déroulé presque sans accroc et on pouvait circuler sans problème à travers la frontière ; mais David connaissait le Moyen-Orient et voulait prendre ses précautions au cas où quelqu'un au Caire verrait quelque objection à son voyage.

Il demanda également à Halstead de lui envoyer une photo de Gates ainsi qu'une description générale du personnage pour raviver les souvenirs qu'il en gardait. Il n'était plus question maintenant de se parler au téléphone. Il était sûr que la ligne de Halstead était sur écoutes et il lui avait écrit pour l'en informer.

Il savait aussi qu'il ne s'était pas lui-même dégagé de toute surveillance. Depuis sa visite dans les jardins persans, il avait de temps en temps aperçu un homme ou peut-être plusieurs qui le filaient. Il y avait eu notamment cette mystérieuse silhouette à l'enterrement. David savait qu'ils observaient ses mouvements au cas où il leur révélerait quelque chose, ils essayaient de savoir où il allait et qui il rencontrait. Il ne pouvait pas se rendre directement au Sinaï, en tout cas pas sans les emmener tout droit jusqu'à ce que Gates y avait découvert. Il valait mieux qu'ils s'imaginent qu'il ne savait rien et qu'il s'en était retourné à ses études, effrayé après la correction qu'il avait reçue sans avoir rien appris. Pour une fois, il arriverait à les devancer.

La mort de ses parents l'avait transformé : il était définitivement devenu le tueur qu'il avait été momentanément à Tell Mardikh. Toute la douceur de son caractère, tous les raffinements d'une vie universitaire retirée du monde, tout cela avait été détruit en lui. Il avait compris à l'enterrement de son père et de sa mère qu'il affrontait seul des forces sans scrupules qui ignoraient la pitié. Pour survivre, il lui fallait assimiler l'horreur au plus profond de lui-même et la maîtriser. Il parvint à se procurer un revolver avec l'aide d'un ami qui travaillait à Haïfa Technicon, un Sauer automatique noir chargé en permanence qu'il emmenait partout avec lui.

Il prépara son départ de Haïfa dans le détail et longtemps à l'avance. Le 12 décembre au matin, il se rendit au bureau d'El Al et prit un aller simple Tel Aviv-Rome. Il repartit directement à l'appartement des Kolek et s'y engouffra. Il en ressortit un quart d'heure plus tard, deux valises à la main, il monta en voiture et démarra. À cela près que ce n'était pas David qui était ressorti de l'appartement mais son ami Danny Bernstein qui lui avait procuré le revolver. Bernstein était à peu près de la même taille que David, ils avaient la même couleur de cheveux et la même carrure. Quand Bernstein portait les vêtements de David, de loin on pouvait facilement les confondre. Le billet pour Rome avait été établi au nom de Bernstein et il l'avait maintenant dans sa poche : il allait y passer de courtes vacances, s'entretenir avec les collègues de David à l'université et retourner à Haïfa vers la fin de la semaine. Il n'était au courant de rien si ce n'est qu'on avait tué les parents de David et qu'il avait l'intention de se venger. À peu près trente secondes après le départ de Danny, une deuxième voiture apparut lentement au coin de la rue et le suivit.

David ne s'arrêta que le temps de faire ses adieux aux Kolek avant de s'en aller par la sortie de secours à l'arrière du bâtiment. Une jeep l'attendait au-dehors, l'équipement que Danny avait acheté pour le voyage de David au Sinaï y avait déjà été chargé. Un peu plus d'une heure plus tard, il entrait à l'ambassade égyptienne au Hilton de Tel Aviv. Halstead devait avoir des relations haut placées au Caire : en moins de deux heures, les visas et les laissez-passer dont il avait besoin avaient été établis. D'habitude, les démarches de ce genre se prolongeaient pendant des semaines.

Il arriva à Jérusalem vers le milieu de l'après-midi et alla frapper à la porte du patriarche grec orthodoxe sur la Via

Dolorosa dans le quartier ouest de la Vieille Ville. Les mystérieux pouvoirs de Halstead se faisaient sentir jusque derrière ces murs austères. David fut reçu par des moines aux visages souriants et on lui apporta de petits verres de cognac. Des hommes en robe noire et portant de grands chapeaux cylindriques lui parlèrent sur un ton très sérieux des plaisirs qu'offrait une vie consacrée à l'étude. Ses lettres d'introduction auprès du père Nikandros, archimandrite de Sainte-Catherine, et du père Andreas de Saint-Nilus étaient déjà prêtes. Le patriarche de Jérusalem n'exerçait pas d'autorité sur Sainte-Catherine ou le monastère qui en dépendait mais les lettres qu'il avait remises à David lui permettraient d'y être reçu, ce qui était aussi difficile à obtenir à l'époque du tourisme de masse qu'à celle où des bandes de brigands sillonnaient le désert.

Il passa cette nuit-là au Panorama Hotel sur la colline de Gethsémani juste à l'extérieur des murs, à l'est de la ville. Avant de se retirer dans sa chambre, il passa un long moment sur son balcon à regarder la Vieille Ville qui s'étendait à ses pieds. Tout y était silencieux, les pierres antiques de la ville se préparaient à accueillir les foules de pèlerins qui arriveraient une ou deux semaines plus tard en route pour Bethléem. Les lumières scintillaient dans le silence. Il voyait la Porte dorée et la Coupole du Rocher qui se dressait derrière. Les clohers et les toits des églises, les minarets des mosquées étaient à peine visibles dans l'obscurité changeante. Il ne savait pas ce qui l'attendait dans le Sinaï ou ailleurs mais il se sentait libre ce soir-là, et à l'abri des regards qui l'épiaient sans cesse.

Il n'avait pas vu le deuxième homme qui l'avait observé alors qu'il quittait l'appartement des Kolek par-derrière ni la voiture qui l'avait suivi en se mêlant au reste de la circulation sur la route le long de la côte tandis qu'il se dirigeait vers Tel Aviv.

2

« Les enfants d'Israël arrivèrent ce jour-là au désert de Sinaï. »
Exode, 19 ; 1.

12.

Le voyage au départ de Jérusalem avait mal commencé. Quelques jours avant de quitter Haïfa, David avait demandé à Abraham Steinhardt de lui trouver un guide sachant l'arabe et connaissant bien le Sinaï et ses habitants. Arrivé à Jérusalem, il était entré en contact par téléphone avec le vieux professeur. Après avoir longuement marmonné et hésité, Steinhardt lui avait fait savoir que son guide l'attendrait dans le foyer de l'hôtel à huit heures le lendemain matin.

« Comment le reconnaîtrai-je ! avait demandé David.

– C'est lui qui vous reconnaîtra. Soyez dans le foyer à huit heures précises, ces gens n'aiment pas attendre. »

David descendit donc de sa chambre un peu avant huit heures, selon les instructions qu'il avait reçues. Le foyer de l'hôtel était presque désert et il ne vit de guide nulle part. Il se dirigea vers le bureau d'accueil avec un haussement d'épaules et demanda un journal. Il sentit quelqu'un qui s'approchait derrière lui et il entendit une voix qui prononçait son nom. C'était une voix douce et féminine qui s'exprimait en anglais.

Il se retourna et se trouva face à face avec une jeune femme d'environ vingt-cinq ans, petite et brune. Elle était mince comme une sylphide et incroyablement jolie. Son cœur fit un bond, s'arrêta de battre, et il respira profondément pour retrouver son souffle. Il connaissait assez bien Steinhardt pour savoir qu'il avait pu manigancer quelque chose. Et il fallait envisager l'horrible possibilité que c'était bien son guide qu'il avait sous les yeux.

« Je m'appelle Leïla Rashid, dit-elle, le professeur Steinhardt m'a dit que vous aviez besoin d'un guide pour vous emmener dans le Sinaï. Il ne m'a pas dit dans quel but vous désiriez vous y rendre. »

Elle le toisa du regard avant de sourire. À la voir sourire, il se demanda s'il s'était bien réveillé ce matin.

« Ce n'est pas pour faire du tourisme, je crois », ajouta-t-elle sur ce même ton irrésistible.

Il la détailla à son tour. La tentation était trop grande. Il n'arrivait pas à croire que ce vieux renard de Steinhardt lui avait fait ça. Il lui avait demandé un guide expérimenté sachant parfaitement l'arabe pour l'emmener à travers le terrain le plus difficile et le plus dangereux de toute la région, et il lui avait envoyé ce bout de fille habillée comme si elle allait se promener rue du Faubourg-Saint-Honoré, et d'ailleurs c'était certainement là qu'elle avait dû acheter ses vêtements.

« Je suis désolé, dit-il en guise de préambule, mais il doit y avoir erreur. J'ai l'intention de me rendre dans une région extrêmement dure. Il y aura peut-être des dangers à affronter, peut-être même de la bagarre. J'ai besoin de quelqu'un qui connaisse la péninsule de fond en comble, et non pas, si vous m'excusez, un collègue de Steinhardt qui voudrait prendre quelques vacances. D'autre part, j'ai l'intention de me rendre dans des endroits où une femme serait mal accueillie, où elle risquerait d'être en danger. Je suis désolé, mademoiselle… Rashid, mais ce voyage est très important et je n'ai pas de temps à perdre. S'il s'agissait d'une invitation à dîner, croyez-moi, je vous emmènerais n'importe où. Peut-être qu'à mon retour… »

Elle lui lança ce qu'il convient d'appeler un regard glaçant. « N'essayez pas de me prendre de haut, professeur Rosen », dit-elle. Sa voix n'était plus douce ni charmante. « Je ne suis pas un collègue de Steinhardt, comme vous dites, et je ne suis pas non plus un amateur. Je travaille comme guide pour gagner ma vie. À titre de renseignement, je suis anthropologue à l'université hébraïque et je complète mes maigres revenus en emmenant des gens comme vous dans le Sinaï. Je suis palestinienne, mes parents possédaient des terres près de Haïfa. Ils sont partis en bateau en 1948 quand la brigade Carmel de la Haganah est entrée dans la ville. Ils sont arrivés à Port-Saïd et ont été envoyés la même semaine à al-Harish dans le nord du Sinaï. Ils y ont vécu depuis, faisant du commerce avec les marchands Sherafa et avec les bédouins plus au sud. Depuis mon enfance, j'ai voyagé partout dans le Sinaï avec mon père, je suis même entrée dans al-Tih sur un chameau. Je connais toutes les tribus aussi bien que ma famille, Tarabin, Muzeina, Tuwara, Aleigat, Tiyaha, j'ai des amis dans chacune d'elles. Je courrai certainement moins de dangers que vous, professeur. Vous en avez ma parole. Vous n'avez pas besoin de vous en faire pour moi, c'est moi qui vous protégerai. »

Il se sentit rougir.

« Je suis désolé, mademoiselle Rashid. Je... Je n'avais pas compris. »

Que pouvait-il faire, il lui fallait partir le jour même et il avait besoin d'un guide. Il pourrait peut-être la laisser chez ses parents à al-Arish et trouver quelqu'un d'autre une fois là-bas.

« D'accord, dit-il, je vous demande pardon. Vous êtes embauchée. Je dois aller chercher mes bagages là-haut. Vous trouverez ma jeep dans le parking devant l'hôtel. Voilà la clef. »

Elle la prit en silence, tourna les talons et sortit.

Ils quittèrent Jérusalem par le sud, en prenant la route qui traverse Bethléem et Hébron. La situation en Cisjordanie était tendue. Des émeutes avaient éclaté à Hébron quelques jours auparavant, deux étudiants arabes avaient été tués par des soldats israéliens, et l'atmosphère au sein de la population était hostile. Ils roulaient en silence, David au volant et la jeune femme à côté de lui, impassible, regardant la route droit devant elle. Ils dépassèrent les maisons grises et rabougries d'Hébron, serrées les unes contre les autres, complètement délabrées. À l'extérieur de la ville, ils virent défiler les bidonvilles, un camp de réfugiés construit autrefois par l'administration jordanienne. Le spectacle de ces taudis qui s'étendaient sur des kilomètres ne fit rien pour alléger la tension entre David et sa passagère. Il appuya sur l'accélérateur pour s'éloigner rapidement. Ils entendirent derrière eux le cri aigu et angoissé d'un enfant, vite étouffé par le bruit du moteur de la jeep.

La route continuait vers le sud, quittait la Cisjordanie, en direction du Néguev et de Beersheva. Les champs cultivés faisaient place à des étendues de sable parsemées de buissons. On approchait du désert. De temps à autre, ils passaient devant une famille de bédouins se serrant les uns contre les autres sous la tente pour se protéger du vent, tandis que non loin de là, un enfant surveillait les chameaux et les chèvres noires. Ils arrivèrent à Nizana, toujours plus au sud, l'ancien poste frontière entre le Sinaï et la Palestine. Les fers barbelés en spirale rouillaient le long de l'ancienne frontière. Le poste de douane et le poste de police désertés tombaient lentement en ruine pour s'en retourner aux sables du désert. Les geckos et les petits lézards verts s'infiltraient à travers les portes défoncées et en ressortaient à toute vitesse, n'interrompant leur manège que pour regarder la jeep filer sur la route avant de disparaître.

Le poste frontière égyptien était à quelques kilomètres de là. L'idée de traverser la frontière mettait David mal à l'aise, bien qu'il fût muni de tous les documents. Il se demanda si les Syriens avaient communiqué son signalement aux Égyptiens. C'était peu probable compte tenu des relations qu'entretenaient ces deux pays, mais on ne pouvait être sûr de rien. Les officiers du poste de douane se montrèrent renfrognés et peu coopératifs. Ils avaient l'air ennuyés et apathiques, mal rasés, l'uniforme froissé, on voyait que la vie n'avait plus rien à offrir à ces hommes. L'officier qui commandait le poste, un fonctionnaire d'âge moyen avec des lèvres pâles et des yeux rouges, au regard fixe, était du genre à créer des histoires ne serait-ce que pour prouver que c'était bien lui qui commandait. Il était assis derrière un gros bureau en bois sous un ventilateur qui tournait lentement et qui avait pour seul effet de déplacer l'air chaud dans la pièce. Leïla s'occupa des papiers, s'entretenant calmement en arabe avec l'officier tandis que ses assistants fouillaient les bagages. Au poste de garde voisin, les soldats affalés sur leurs chaises la lorgnaient comme des paysans à une vente de bétail, le fusil sur l'épaule, énervés par leurs frustrations et l'ennui des journées et des nuits de service dans ce *no man's land*. David entendit soudain des éclats de voix et il se rendit compte que Leïla était engagée dans un débat animé avec l'homme assis derrière le bureau. Il aperçut ses papiers éparpillés sur le bureau. C'était apparemment le sujet de leur conversation, mais il était incapable de suivre parce qu'ils parlaient trop vite. La dispute s'arrêta presque aussi vite qu'elle avait commencé. Les soldats détournèrent leurs regards. David observa l'officier qui rassemblait les papiers et les tendait à Leïla sans un mot. Elle les prit et retourna à la jeep.

« De quoi s'agissait-il ? » demanda David.

Elle haussa les épaules.

« Un petit contretemps, murmura-t-elle. Il a essayé de me dire que vos papiers n'étaient pas en règle. C'est un nouveau, il vient d'arriver de Tanta. Je l'ai remis à sa place, il ne s'y essaiera plus avec moi. »

Elle monta dans la jeep et ferma la porte. David mit le moteur en marche.

« Et qui est Leïla Rashid, pour qu'il accepte de vous écouter comme ça ? »

Elle le regarda en se demandant s'il fallait répondre à cette question.

« Personne, dit-elle alors que la jeep démarrait. Une Palestinienne. Une femme de vingt-six ans, célibataire. Ici, ça veut dire personne.

– Et pourquoi est-ce qu'un employé des douanes du genre de celui-là s'en laisserait conter par "personne" ? »

Elle haussa à nouveau les épaules. Il trouva son geste séduisant et l'observa un bref instant. Les cheveux courts, le cou allongé, des traits si fins qu'on les aurait dit sculptés. David détourna à nouveau son regard.

« Je ne suis personne, répéta-t-elle, mais mon père est quelqu'un. Et cet homme le savait, il a compris.

– Qu'est-ce qu'il a compris ? »

David fit tourner le volant brusquement pour éviter un buisson de génistes qui avait poussé au milieu de la route.

« Que mon père a de l'influence dans la région. Qu'il valait mieux ne pas faire d'histoires.

– Qui est votre père exactement ? » demanda David.

Elle essuya la manche de sa veste pour en retirer le sable qui s'y était déposé.

« Personne. Mais lui, il est devenu quelqu'un, dit-elle, il s'appelle Ahmad Rashid. C'est un poète. Vous avez sûrement entendu parler de lui. »

David secoua la tête.

« Non, dit-il.

– Mon père est un poète connu. Il écrit sur la Palestine, la terre, le peuple, leurs souffrances. Ils l'appellent *Sawt Filastin*, “la Voix de la Palestine”. Ses poèmes ont été publiés dans la presse arabe, dans *al-Ahram*, ici, en Égypte, dans les journaux libanais avant la guerre civile, au Koweït, en Irak. Partout, sauf en Palestine. »

Il fit à nouveau tourner le volant, autant pour éviter cette dernière remarque que le monticule de sable que le vent avait amoncelé au milieu de la route.

« Ne me dites pas que le type qu'on a vu là-bas est un amateur de poésie », dit-il.

Elle sourit pour la première fois puis elle se rappela ce besoin de rester réservée, et elle prit à nouveau une expression grave. David crut apercevoir, une seconde, une autre personne sous cet aspect glacial.

« Non, mais il aura entendu parler de mon père, répondit-elle. Les Arabes accordent de l'importance aux poètes. Mon père a été maire d'al-Arish pendant un certain temps. Il a de l'influence, il connaît tous les gens importants dans le Sinaï. Il est toujours pauvre, mais on le respecte. Et croyez-moi, ça veut dire quelque chose ici. Si on apprenait qu'un douanier a essayé de faire des ennuis à la fille d'Ahmad Rashid, cet officier pourrait en arriver à se languir du Sinaï comme les gens du Sinaï se languissent des quartiers riches du Caire. »

David regarda rapidement tout autour de lui le paysage désolé dans lequel ils s'enfonçaient.

« Où pourraient-ils bien l'envoyer pour que ce soit pire que ça ? » demanda-t-il.

Elle répondit sans le regarder.

« Il y a des endroits pires que celui-ci, dit-elle, bien pires. Et il le sait. Vous pouvez vous estimer heureux de ne pas le savoir. »

David ne répondit rien. Il prit la direction du sud-ouest vers al-Kuseima, leur première étape. En face d'eux, de hautes montagnes se dressaient contre le ciel tout au long de l'horizon. Elles étaient couleur de caramel, dorées dans la lumière du soleil de l'après-midi. À partir d'Umm Katef, la route se transformait en une piste poussiéreuse, difficile et parsemée de trous. Sur la gauche un immense drap de silex noir recouvrait le sable, donnant l'impression par un effet de mirage qu'il s'agissait d'un grand lac calme et sombre, qui absorbait la lumière du soleil. Ils entendaient les bruits du désert tout autour d'eux, sortant de ce paysage vaste, étrange et vide.

Ils prirent un virage sur la piste. David parvenait à distinguer les palmiers et les acacias d'une oasis. Ils avaient atteint al-Kuseima. Ils étaient dans le Sinaï.

13.

La nuit, le désert devient particulièrement hostile. L'été les nuits sont froides et en hiver elles deviennent tellement glaciales qu'on peut en mourir. Avec le froid, l'obscurité et cette immensité, le désert ressemble à une gigantesque cloche qui vibre au plus profond d'elle-même de sa sinistre note. Le givre scintille au sommet des vagues de sable, comme des diamants broyés et semés par une main de géant. La lune immense et silencieuse est si basse qu'on croirait pouvoir la toucher du bout des doigts.

C'était la quinzième nuit qu'ils passaient dans la péninsule. Ils étaient allongés l'un à côté de l'autre dans leurs sacs de couchage, recroquevillés comme de petits animaux pour se protéger du froid. Inconfortablement installé, David s'agitait, incapable de fermer l'œil, sa hanche gauche lui faisait mal quand il s'appuyait sur le sol rocailleux. Leïla à côté de lui murmurait dans son sommeil. Il sourit, puis fit une autre grimace en se tournant sur le côté pour découvrir la présence d'un autre caillou.

Leïla n'avait cessé de l'étonner et de l'impressionner depuis le jour de leur rencontre. Elle voyageait à travers le désert vêtue à la mode et semblait avoir le don de se préserver de la poussière et de la saleté. Chaque soir, elle enlevait son maquillage, se lavait et se massait le visage ; et chaque matin, elle se lavait les cheveux avant de se remaquiller comme si elle était chez elle dans sa chambre.

« Il y a suffisamment d'eau », disait-elle quand il protestait, et elle avait toujours raison.

Elle connaissait le désert aussi intimement qu'il connaissait les débris de poterie et les tablettes d'argile. Quand il se perdait, elle indiquait la direction à suivre de son doigt manucuré et, quelques minutes plus tard, ils retrouvaient la piste. Les bédouins étaient ses amis et ils l'acceptaient, femme dans un monde d'hommes voyageant le visage découvert. Sa résistance le surprenait. Elle n'était jamais fatiguée, elle pouvait dormir comme une souche sur un sol couvert de pierres, marcher pieds nus sur des cailloux qui le faisaient trébucher dans ses rangers. Et pourtant à la fin de la journée, alors qu'il était épuisé, le menton mal rasé et les yeux cernés, elle était aussi fraîche et aussi jolie que le matin au moment du départ. Son corps gracile le séduisait de plus en plus mais il gardait ses distances. Il la connaissait à peine, elle ne parlait que rarement, posait peu de questions et n'en provoquait aucune. Elle ne savait pas pourquoi David était venu dans le Sinaï mais elle se refusait à l'interroger et il préférait ne pas se confier. Ils en vinrent chacun à apprécier la compagnie de l'autre mais ils se gardaient d'établir une véritable amitié ou de se faire des confidences qui auraient pu y mener.

En quatorze jours, le Sinaï avait transformé David. Il avait eu tout le loisir de réfléchir dans ces grands espaces et ces étendues arides qu'ils avaient traversés en voiture. Le Sinaï est un *no man's land*, un terrain d'épreuves pour les hommes comme pour les bêtes, et c'est le séjour d'un dieu de colère.

David prenait l'endroit très au sérieux, chaque mètre, chaque flanc de colline et chaque ravin. Il n'y avait rien d'autre à chercher dans cet endroit que de la douleur et de la culpabilité. On eût dit, à le regarder, que le vieux dieu de la montagne l'avait façonné à cette fin.

Les premiers moines chrétiens l'avaient compris depuis longtemps. Le désert les avait attirés en troupeau depuis les villes d'Égypte et de Syrie et ils s'étaient retirés dans des cellules solitaires ou des monastères lointains ou s'étaient assis au sommet de colonnes de pierre dans le soleil noir parmi les nomades, à écouter la voix de Dieu. Des ascètes vêtus d'une fine robe de bure, des ermites au regard fou, des groupes d'anachorètes, des stylites, des cénobites, ils étaient tous venus à la recherche de la quiétude et n'avaient trouvé que les supplices qu'ils s'infligeaient eux-mêmes sans accorder le moindre répit à leur âme ou à leur corps. Ils s'étaient aveuglés à force de fixer la lumière du soleil, ils s'étaient lacéré la peau, déchiré la chair en se frottant aux épines des grands acacias. Leurs os s'en étaient retournés à la poussière du désert ou reposaient dans les ossuaires silencieux de Sainte-Catherine et de Saint-Nilus, et aujourd'hui une poignée de leurs successeurs vivait encore dans le Sinaï, de pieux vieillards aux barbes broussailleuses, des novices effrayés qui avaient encore à la bouche le goût de la vie dans le reste du monde et qui s'en étaient coupés par un obstacle plus dur à franchir encore que les murs, les collines et le sable.

David et Leïla avaient passé deux jours à Sainte-Catherine et à Saint-Nilus au pied de Jabal Musa, que les moines et les pèlerins ont longtemps cru être le mont Sinaï. Le père Nikandros les reçut en personne, un vieil homme aimable qui faisait preuve avec ses hôtes d'une douceur sous laquelle se cachait un sens strict de la discipline, et qui dirigeait son monastère avec une poigne de fer. Il avait rencontré Gates et s'était entretenu avec lui à plusieurs reprises lors de la visite du jeune universitaire au printemps dernier. Il était surpris et troublé d'apprendre sa mort mais ne savait rien qui pût éclairer le mystère. David fut présenté au père Spiros, le bibliothécaire, qui se souvenait bien de Gates et aussi des manuscrits qu'il avait consultés.

David passa de longues heures enfermé dans la bibliothèque en compagnie du vieux bibliothécaire à la barbe fournie, portant de grosses lunettes mal nettoyées. Tout autour d'eux, dans la galerie principale où ils étaient assis, les murs étaient couverts d'icônes et de panneaux richement colorés. Le visage du Christ, grave et barbu, les observait sur chaque mur, tenant les Évangiles dans la main gauche, la main droite étendue pour les bénir ou les maudire, il était difficile de savoir exactement.

Derrière un haut grillage, des milliers de manuscrits s'entassaient, le fruit de siècles d'études et de pieuses copies, inaccessibles à tous sauf à un tout petit groupe d'initiés. Il n'était pas étonnant que l'on vienne là dans l'espoir d'y découvrir un texte encore inconnu. David resta à sa table pendant des heures en compagnie du père Spiros, à feuilleter des manuscrits grecs, latins, syriaques et hébreux. Il y avait peu d'indices, peu de références aux lieux auxquels Gates avait pu se rendre. Cloîtré dans cette bibliothèque rarement fréquentée, David se mit à penser qu'il s'était fixé une tâche irréalisable, ses problèmes paraissaient insurmontables. Pourquoi poursuivait-il une chimère ? Comment avait-il pu croire qu'il trouverait ici autre chose que de la poussière et du parchemin ?

Mais vers la fin du deuxième jour, terminant la lecture du dernier manuscrit, le père Spiros montra les trésors de la bibliothèque à David, et lui apprit par une remarque anodine que Gates avait été particulièrement désireux de se rendre à Saint-Nilus. Spiros lui avait parlé d'un manuscrit unique, un récit de voyages arabe intitulé *Al-Tariq al-Mubin min al-Sham ila 'l-balad al-amin*, « Le Droit Chemin de Damas à La Mecque », rédigé au VIIIe siècle par un certain Abu 'Abd Allah' Muhammad ibn Sirin al-Halabi. Gates avait été excité au-delà de toute mesure en apprenant l'existence de ce manuscrit. Il avait trouvé de nombreuses références à ce texte au cours de ses lectures mais il n'y avait pas de trace d'un exemplaire intact. Brockelmann, qui est la plus haute autorité en la matière, n'y fait même pas allusion.

David et Leïla en étaient maintenant au dernier stade de leur expédition. Ils avaient visité tous les endroits dont Gates parlait dans sa carte postale, ils avaient parlé aux gens qu'il avait rencontrés, ils avaient reconstitué ses déplacements à travers la péninsule. Au matin du troisième jour à Sainte-Catherine, ils étaient partis à cheval vers Saint-Nilus, à plus d'une journée de marche au nord dans le Shi'b al-Ruhban, une longue et tortueuse partie de Wadi Beirak. Caché au plus profond de la montagne, le monastère n'était accessible qu'à pied, à cheval ou à dos de chameau. Le défilé lui-même était étroit, flanqué de hautes parois de granit et le sol était constitué d'un dangereux mélange de gros rocs, de gravats et de sable. On y progressait difficilement.

David ne savait pas monter à cheval et il trouva le voyage pénible et fatigant. La selle lui blessait les cuisses et son dos lui infligeait des douleurs intolérables. Ils durent s'arrêter plusieurs fois pour qu'il puisse mettre pied à terre et se reposer. Leïla n'était pas sûre du chemin à suivre et ils furent obligés de ralentir le pas. Ils prirent du retard, et vers la fin de l'après-midi il devint évident qu'ils n'atteindraient pas le monastère avant la nuit. À la tombée de la nuit ils décidèrent de s'arrêter là où ils se trouvaient et d'y établir leur camp.

Il faisait sombre dans le défilé. Les hautes parois de chaque côté empêchaient la lumière d'y pénétrer. Seules quelques étoiles scintillantes prodiguaient une lumière évanescente à travers l'air frais du désert. David s'agitait et se retournait sans cesse, en proie à l'angoisse et aux craintes qui viennent avec l'obscurité. Il était particulièrement inquiet à l'idée que, s'il se mettait à pleuvoir, ils seraient comme morts, coincés là au milieu du ravin. Leïla lui avait dit qu'en hiver, un orage violent pouvait causer une inondation en l'espace de quelques heures. Et ils n'arriveraient peut-être même pas à se rendre compte qu'il pleuvait à quelque distance de là. Le seul avertissement serait le grondement de l'eau en arrivant sur eux dans l'étroit goulot avec la force d'un train lancé à pleine vitesse. En hiver, les bédouins se gardent d'établir leurs campements dans les ravins ou les rivières asséchées. Leïla paraissait anxieuse, bien qu'elle n'ait dit que très peu de chose à David à ce sujet. Toujours troublé à cette pensée, il sombra finalement dans un sommeil agité. Ils se réveillèrent avant l'aube. L'air était frais et ils savaient que la chaleur n'atteindrait pas le fond du défilé même après que le soleil se serait élevé au-dessus des parois.

Alors qu'ils finissaient leur petit déjeuner, une fine lumière grise s'infiltra dans le *shi'b*, projetant des ombres mornes et incertaines sur les rochers, faisant à nouveau apparaître le sinistre défilé devant leurs yeux. Ce n'était qu'une bien pauvre lumière, pâle et sans éclat. Le ciel était gris et menaçant comme un toit d'ardoise au-dessus de leurs têtes. Il semblait s'abattre sur eux et reposer sur les parois du ravin pour les y enfermer. Rien ne bougeait. Un silence angoissant enveloppait tout le paysage. Rien ne pouvait vivre en cet endroit, à part les serpents, les lézards et les scorpions. Leïla avait prévenu David de la présence de serpents, avant de s'endormir la nuit précédente. Cette nouvelle n'avait pas exactement facilité son sommeil. Leïla regarda les murs tristes et sombres du *shi'b* et fut parcourue d'un frisson. Tout était trop tranquille, comme une vallée des morts.

« Je n'aime pas être ici, dit-elle, ce défilé a une mauvaise réputation. Les gens l'évitent. Ces murs, on dirait une prison. Ça me donne la frousse. Vos moines doivent être de drôles de types pour choisir de vivre dans un endroit pareil. Les Tuwara se gardent bien de traîner dans le coin. »

Elle considérait les moines avec un certain dédain poli. À Sainte-Catherine, elle avait passé son temps à discuter avec les bédouins Jabali qui s'y trouvaient en nombre ; ils y étaient employés à toute sorte de tâches et faisaient quelques travaux d'artisanat. Elle ne s'était entretenue que très brièvement avec les moines. Malgré la longue histoire de leur ordre, elle les considérait comme des intrus dans le désert. Quant à eux, ils se sentaient mal à l'aise devant la présence d'une femme parmi eux.

Il était grand temps de se mettre en route. Bien qu'elle ne le montrât pas, David sentait que Leïla s'inquiétait du temps. Le ciel ne s'éclaircissait pas et il pleuvait peut-être déjà sur la montagne. Il valait mieux arriver au monastère le plus tôt possible. Les chevaux refusèrent tout d'abord d'avancer. Ils avaient mangé de mauvaises herbes salées pendant la nuit et ils avaient soif. Mais l'eau qui avait formé des flaques dans les creux du ravin était saumâtre et ils refusèrent de la boire.

Leïla leur parla d'une voix douce, pour les calmer, elle leur caressa l'encolure et leur donna de l'avoine qu'elle tira d'un sac que les moines leur avaient donné. Mais ils n'avancèrent que lentement et à contrecœur.

Pendant plus d'un kilomètre, ils progressèrent difficilement à travers les rochers qui parsemaient le chemin. David avait mal partout et ses cuisses étaient particulièrement douloureuses : il refusa de continuer le voyage à cheval et décida de marcher en tenant sa monture par la bride. La gorge étroite serpentait comme un tire-bouchon, les tournants qui ne leur permettaient pas de voir le chemin devant eux accentuaient ce sentiment d'emprisonnement. Même l'air semblait fétide comme s'il avait été enfermé là pendant des siècles. Ils avaient trop froid pour parler. David était irritable et se mettait facilement en colère. Il avait mal à la tête et il sentait le sang battre dans ses tempes. Leïla se sentait inutile, perdue ; ses connaissances des déserts du Nord et du Centre ne servaient à rien au milieu de ces rochers antiques et hostiles.

Ils prirent un dernier virage, et ils le virent enfin qui se dressait là devant eux au bout du défilé, perché au sommet de la paroi d'un autre défilé plus petit qui coupait le Shi'b al-Ruhban à angle droit. La falaise avait été aplanie et reculée pour permettre la construction du petit monastère. Bâti en pierres prises sur la falaise même, ses murs gris et austères se fondaient au reste du paysage dans la faible lumière. Construit au VIIIe siècle par un groupe de moines de Sainte-Catherine recherchant une paix plus profonde encore pour se consacrer à une vie de prière et de pénitence, il était resté préservé du temps, des guerres et des invasions, témoignage de leur foi et de leur endurance. Le bâtiment principal perché en haut de la falaise ressemblait à un nid d'aigle en équilibre précaire, et pourtant solidement rivé au roc. De chaque côté et au-dessus, plusieurs annexes avaient été construites sur des pans rocheux, communiquant entre elles et avec le bâtiment principal par des chemins étroits et des escaliers. Le monastère était protégé des inondations, des raids de pillards et des simples voyageurs, à plus d'une centaine de mètres au-dessus du ravin. C'était un sanctuaire, une retraite sombre et presque sans aucune fenêtre, qui serpentait dans le rocher et tournait le dos au monde extérieur.

On accédait au monastère par un ascenseur primitif en bois, comme à Sainte-Catherine. Il fonctionnait au moyen d'un treuil à bras. David et Leïla aperçurent cet ascenseur en arrivant au croisement des deux défilés, ce n'était qu'une caisse en bois posée sur une plate-forme branlante. Il n'y avait aucun signe de vie, on ne voyait aucun visage aux minuscules fenêtres qui s'ouvraient sur le Shi'b al-Ruhban, il n'y avait pas d'activité sur les escaliers ou les sentiers, on n'entendait aucun son de cloche, aucune voix humaine. On avait dit à David qu'il ne restait plus que sept moines dans le monastère, des esprits contemplatifs qui se consacraient à une vie retirée du monde. Ils n'allaient pas apprécier cette interruption et il était possible qu'ils refusent l'entrée à Leïla. Après quelques hésitations, il appela en élevant la voix. Trente secondes plus tard, il n'avait toujours pas reçu de réponse. Il appela encore, plus fort, et il entendit l'écho de sa voix qui faisait le tour du défilé. L'écho se tut et le silence s'abattit à nouveau.

Leïla aperçut alors une fine corde qui pendait de la plate-forme où se trouvait le treuil et qui descendait jusqu'au sol. Elle s'en approcha et tira dessus d'un coup sec. Ils entendirent un bruit de métal haut au-dessus de leurs têtes, qui s'éteignit rapidement. Elle attendit puis tira une fois de plus sur la corde deux ou trois fois. La masse imposante du monastère rendait par contraste le son de cette cloche totalement insignifiant. Il semblait se pencher au-dessus d'eux, si proche et si imposant qu'il en devenait menaçant. David appela à nouveau, effrayant les chevaux que l'étroitesse de la vallée avait rendus nerveux. Il se tourna vers Leïla et haussa les épaules, mais sa voix trahissait son angoisse.

« Ils n'ont pas l'air d'apprécier beaucoup les visiteurs. Qu'est-ce que vous en pensez ? »

Elle leva les yeux vers la petite plate-forme, puis vers David.

« Je n'aime pas ça, dit-elle, il y a quelque chose de louche, tout est trop silencieux.

– Vous ne pensez pas qu'ils sont peut-être en plein milieu d'une cérémonie religieuse ? » suggéra-t-il.

Leïla secoua la tête.

« On nous aurait prévenus à Sainte-Catherine. Non, je crois qu'il y a quelque chose qui ne va pas. La maladie peut-être. Quelque chose d'aussi bénin qu'une intoxication alimentaire peut avoir de graves conséquences dans un endroit comme celui-ci. »

Elle tira à nouveau sur la corde, agitant furieusement la cloche. Un des chevaux fit un écart et se mit à hennir. Au-dessus d'eux, un corbeau traversa le ravin ailes déployées, sa silhouette noire se détachant contre le ciel gris. Personne ne répondait à leurs appels. Le monastère restait plongé dans le silence.

« Qu'allons-nous faire maintenant ? » demanda Leïla.

Elle était inquiète. L'idée de retourner à Sainte-Catherine avec la pluie qui menaçait de s'abattre d'un moment à l'autre était peu séduisante.

David ne voulait pas s'en retourner, il avait comme le sentiment que le but de son voyage se trouvait là, à Saint-Nilus, et il refusait de repartir sans avoir trouvé ce qu'il était venu chercher. Il leva les yeux vers le monastère, puis vers les grandes falaises de chaque côté. Il n'y vit aucun chemin qui aurait mené facilement de l'endroit où il était jusqu'à l'un des bâtiments.

« Il faut s'introduire dans le monastère, dit David, nous devons trouver un chemin qui nous mène au-dessus et descendre à l'intérieur le long de la corde. Le défilé doit bien s'arrêter quelque part et il y a sûrement un chemin qui mène au sommet de la paroi. Il faut nous mettre en route immédiatement. »

Leïla hocha la tête pour marquer son approbation. Elle était impatiente de sortir du défilé. La vue de ce monastère et le silence menaçant dans lequel ils avaient été reçus ne firent rien pour accroître son enthousiasme à l'égard de l'endroit.

« Vous pouvez vous remettre à cheval ? » demanda-t-elle.

David acquiesça d'un signe de tête tout en faisant une grimace. Il avait encore mal partout mais il fallait se dépêcher. Il alla jusqu'à son cheval et se hissa péniblement en selle. Leïla se mit à rire en le voyant se débattre maladroitement sur le dos de l'animal. Son rire résonna contre les parois du défilé, renvoyant un écho étrange qui fut ensuite absorbé dans le rocher. Leïla eut un frisson, et elle se remit à cheval, effrayée autant par l'écho que par le silence qui l'avait précédé.

14.

L'étroit défilé s'arrêtait brusquement et s'ouvrait sur une large vallée traversée par une rivière, qui s'étendait sur des kilomètres entre de hautes collines de granit rouge. Le petit ravin avait été, d'une certaine manière, creusé comme une tranchée entre deux collines. David et Leïla n'avaient plus qu'à atteindre le sommet du côté du monastère, puis traverser le terrain accidenté de cette sorte de plateau en suivant le bord de la falaise. Ils trouvèrent un ravin peu profond qui descendait en pente douce avant de mener à une montée abrupte. Tout alla facilement au début, mais la progression devint plus difficile comme ils approchaient du sommet.

En arrivant à l'endroit où le ravin s'arrêtait pour laisser place à la colline à proprement parler, les chevaux ne purent plus continuer.

« Ils refusent d'avancer, David. Et je crois que ce serait trop risqué de les y forcer. Si l'un d'eux se cassait une jambe, nous aurions de sérieux ennuis. Il faut que l'un de nous reste ici pour surveiller pendant que l'autre va voir ce qui se passe au monastère. Je veux bien y aller si vous voulez vous reposer un moment. »

David secoua la tête.

« Non, il pourrait y avoir des problèmes du fait que vous êtes une femme. S'ils sont malades, le spectacle d'une jeune femme glissant le long d'une corde jusque dans leur sanctuaire pourrait tous les achever. Et s'ils ne sont pas malades, ils pourraient vous jeter du haut de la falaise avant que vous ayez eu le temps d'expliquer quoi que ce soit. J'irai seul. J'essaierai de revenir avant la nuit si c'est possible, mais ne vous inquiétez pas si vous ne me voyez pas revenir. Si quelque chose ne va pas, il faudra que je m'occupe de ce qui se passe là-bas. »

Il empaqueta son équipement dans un sac à dos, une corde, un marteau, un grappin et un peu de nourriture. Il éprouvait une inquiétude secrète. Le silence du monastère l'avait empli d'appréhension. Quelque chose s'était passé, il en était sûr.

« Faites bien attention à vous, David », lui dit Leïla comme il se mettait en route. C'était la première fois au cours de leur brève relation qu'elle s'adressait à lui avec un semblant d'affection. Il se tourna vers elle et l'observa, assise à côté des chevaux, petite et féminine. Sa présence au milieu de ce paysage paraissait absurde. Elle avait le visage tendu, fatigué, et il sentit sa nervosité à son regard.

Il atteignit le sommet un quart d'heure plus tard. De là, il pouvait voir le paysage s'étendre de tous côtés sur des kilomètres. C'était le spectacle le plus impressionnant qu'il eût jamais vu, on eût dit un gigantesque champ de bataille, de hautes collines aux contours accidentés succédaient à de longues vallées plates et arides, grises, rouges, brunes. L'ensemble donnait l'impression d'être resté à son état primitif, rude, inachevé. David se sentait minuscule et insignifiant, le seul être vivant dans cette immensité de pierre, vaste cimetière où rien ne pouvait survivre pour bien longtemps.

Il mit plus d'une heure pour atteindre l'endroit de la falaise qui surplombait le monastère. De cette hauteur il était difficile de se faire une idée précise de la configuration des bâtiments, alors que de la gorge on voyait assez clairement l'organisation du monastère. Il était construit sur trois niveaux, chacun correspondant à une avancée de la falaise qui avait été aplanie pour servir de fondement aux bâtiments aux hautes façades. Le bâtiment principal occupait le niveau inférieur, une construction sans caractéristiques particulières de six mètres de haut et douze de large. David devina que ce devait être la maison d'habitation principale, la partie la plus ancienne du monastère, qui s'enfonçait profondément dans la paroi du roc. Il y avait un autre bâtiment allongé à côté, probablement le réfectoire. Au-dessus, une construction isolée avec un toit plat et des fenêtres voûtées qui abritait la bibliothèque. Sur le troisième niveau se dressaient encore deux bâtiments : l'église, qui était une réplique sur une plus petite échelle de la basilique de Sainte-Catherine, bâtie au VIe siècle, puis une structure surmontée d'un dôme peu élevé, blanchie à la chaux et sans fenêtre, l'ossuaire.

Il se rendit compte qu'il pourrait descendre jusqu'à une petite terrasse pavée entre l'ossuaire et l'église. Une fois arrivé là, il pourrait utiliser les escaliers et les sentiers qui reliaient les différentes parties du monastère entre elles. Derrière lui et sur sa gauche se trouvait une oliveraie semblable à quelques autres plantations qu'il avait vues à proximité de Sainte-Catherine. Elle était de toute évidence cultivée par les moines mais il n'arrivait pas à comprendre comment ils y parvenaient. Il alla jusqu'aux arbres et attacha une extrémité de la corde au tronc noueux et solide du premier qu'il rençontra. Il retourna ensuite vers la falaise et enfonça dans le sol un long piquet métallique à cinquante centimètres à peu près du précipice, juste au-dessus de la petite terrasse pavée. Il y enroula sa corde et commença lentement la descente. Il se balançait dans le vide à cause de l'angle de la falaise. La moindre erreur entraînerait une chute sur les rochers en dessous. Se tenant des pieds et des mains à la corde qui tournait et s'agitait comme un serpent, il descendit péniblement, centimètre après centimètre. En ouvrant les yeux, il se rendit compte qu'il était en train de tourner lentement mais dangereusement et qu'il était suspendu à environ deux mètres au-delà de l'endroit qu'il voulait atteindre et deux mètres cinquante au-dessus. Il était trop tard pour remonter et rallonger la corde : il craignait de ne pas avoir le courage de se lancer dans le vide une deuxième fois. À force de bouger les jambes avec précaution, puis le reste de son corps, il se mit à se balancer dans la bonne direction. Mais les mouvements circulaires de la corde s'accéléraient au rythme de ce nouveau mouvement de balancier. Cherchant la surface pavée du regard, il se préparait à y sauter mais il se sentit pris de vertige, comme le sol, les bâtiments et la terrasse tournaient sans cesse en dessous de lui. C'était le moment où jamais, s'il ne sautait pas il perdrait son équilibre et tomberait. Il se lança et atterrit maladroitement sur les dalles du parvis de l'église.

Sa cheville lui faisait mal et il s'écorcha le coude du bras droit. Le souffle court, couvert de bleus, il resta allongé un moment à l'endroit où il était tombé, cherchant à retrouver sa respiration, avant de tâter ses membres pour s'assurer que tout était encore en état de marche. Une fois rassuré, et tout en souffrant toujours de partout, il roula sur le côté et se releva difficilement. Il aperçut à ce moment la corde qui se balançait au-dessus de sa tête à quelques mètres comme pour se moquer de lui. « Impossible de retourner par là », pensa-t-il. Il s'approcha prudemment du bord de la terrasse pavée et regarda en bas. Le fond du défilé paraissait loin et curieusement attirant. Il semblait l'appeler, l'inviter à trébucher et à s'y précipiter.

Sa voix tremblait encore après sa chute, il cria à haute voix :

« Il y a quelqu'un ? M'entendez-vous ? »

Ses paroles s'envolèrent dans la vallée et s'y perdirent. Personne ne répondit. Une légère brise traversa le *shi' b* puis retomba. Il appela à nouveau, en arabe cette fois. Le vent se leva et emporta ses paroles. Froid. Il regarda le ciel et sentit des gouttes de pluie qui traversaient l'air, puis il appela une troisième fois, déchirant le silence. Il ne reçut pour réponse que l'écho de sa propre voix, terne et sans vie. Il s'approcha de la porte de l'église.

Le portail de bois s'ouvrit facilement, le menant au narthex, qui servait d'étape intermédiaire entre le monde extérieur et l'église à proprement parler. Il se trouva face à deux portes richement sculptées de nombreuses incrustations. Elles étaient surmontées d'une petite lampe à huile en cuivre dont la douce flamme jaune envoyait des ombres et des lignes noires et mouvantes tout autour des montants. Des palmiers et des lions, des sycomores et des anges aux traits délicats avaient été sculptés dans les panneaux parfaitement rectangulaires des portes. Le temps et les milliers de mains pieuses qui les avaient touchées les avaient polies et usées, mais à la lumière de cette unique lampe on les eût dites neuves et intactes. David resta longtemps devant ces portes, silencieux et hésitant. Les moines étaient-ils à l'intérieur, priant en silence ? Sa présence inattendue allait-elle les déranger, les choquer ? Il hésita encore un moment, puis saisit la poignée de la porte de droite et ouvrit. La porte tourna sur ses gonds et il entra dans la nef.

Des trésors s'y entassaient. Des christs sur les murs, sur les piliers, des christs en croix au-dessus de l'autel, sur les plafonds. Des lampes pendaient de partout, leurs flammes enveloppaient de lumière en faisant étinceler tout ce qui les entourait. Il y avait des montagnes d'or, une abondance d'argent, des cascades de lumière. L'encens flottait dans l'air comme un voile, se soulevant, s'enroulant sur lui-même, se plongeant dans des flaques de lumière jaune et rouge. Des cierges brûlaient dans de grands chandeliers de cuivre devant l'iconostase. Des œufs d'autruche pendaient à l'extrémité de longues chaînes éblouissantes enchâssées et ornées de cuivre et d'argent en filigrane. Le sol était dallé et recouvert de tapis, le marbre et les riches tapisseries s'y succédaient, se mêlant à des mosaïques aux motifs géométriques et orientaux. L'iconostase se dressait à l'autre extrémité de la nef, dorée, éclatante de couleurs vives, peinte et drapée de rouge, de noir et d'or, recouverte d'icônes protégeant l'autel des regards profanes du reste du monde. Le Paradis sur terre, Byzance au milieu du désert : avec ces ombres profondes et ces lampes aux lumières pâles et vacillantes, on eût dit que le Ciel était descendu sur la Terre. David respirait profondément l'odeur de l'encens, émerveillé.

Peu à peu, ses yeux s'habituèrent à l'étrange lumière parcourue d'ombres. Il voyait maintenant l'ensemble de l'église et il put se rendre compte qu'elle était vide. David se sentait inquiet. Quelque chose n'allait pas. Il regarda à nouveau vers l'iconostase, les grands panneaux dorés qui séparaient la nef du sanctuaire. La porte centrale était entrouverte et une silhouette en robe de bure était agenouillée sur le seuil, priant.

David traversa la nef d'un pas hésitant et léger mais suffisamment bruyant pour prévenir le moine de sa présence. Comme il ne bougeait pas, David s'approcha encore, sans savoir exactement ce qu'il devait faire. Il n'était plus qu'à une vingtaine de pas quand il remarqua quelque chose qui venait rompre l'harmonie de ce tableau. Un liquide rouge et sombre s'écoulait du seuil de l'iconostase, souillant la blancheur des dalles de marbre et brisant leur symétrie. David s'approcha du moine, tout en restant sur ses gardes, il craignait moins maintenant de commettre un sacrilège mais se sentait envahi par une peur bien plus matérielle. Le moine se tenait jambes écartées, les bras tordus et la tête et les épaules étaient coincés dans l'embrasure de la porte. Le flot de sang écarlate qui s'était maintenant coagulé provenait d'une blessure sur le côté de sa tête. David alla jusqu'au cadavre et le retourna sur le dos. Une partie du visage se détacha, là où la blessure s'enfonçait jusqu'au crâne. Il se détourna rapidement, pris de nausée. La violence le poursuivait et il se sentait perdu et effrayé.

Il aperçut un morceau d'étoffe brodée, posé sur une table à sa gauche. Il le prit et en couvrit la partie supérieure du corps du moine pour cacher son visage ensanglanté et coupé en deux. Contournant le mort, il poussa la petite porte de l'iconostase et entra dans le sanctuaire. L'autel richement orné se trouvait devant lui, derrière l'abside couverte de mosaïques. Un deuxième moine était étendu devant l'autel, son sang avait éclaboussé la nappe de l'autel et avait coagulé sur les marches. David s'approcha et vit une blessure sur sa nuque entre l'oreille et l'épaule. Il se pencha pour toucher le corps, c'était celui d'un vieillard à barbe blanche avec une expression de douceur sur le visage semblable à celle d'un saint, que cette plaie béante rendait monstrueuse. Le regard était figé dans une expression d'effroi et d'incrédulité devant l'intrusion de la mort en cet endroit qui pour ce vieil homme avait représenté le plus inviolable de tous les lieux, au centre de cet ultime sanctuaire. David pensa qu'il était mort depuis plusieurs heures, il était difficile d'en juger : le corps était froid, mais il n'était pas encore complètement rigide. Mais il se rappela vaguement que dans le froid cette rigidité n'apparaissait pas avant parfois plusieurs jours. Et n'était-il pas possible qu'elle disparaisse vingt-quatre heures plus tard ? Ce n'était pas le genre de problèmes qui préoccupait habituellement les archéologues. Il regarda le sang. Il semblait frais. Il y passa son doigt avec dégoût, il était encore liquide par endroits.

Sur l'autel, une petite bougie vacilla puis s'éteignit. En se retournant, David remarqua que de nombreuses autres avaient fait de même et que d'autres encore s'étaient presque complètement consumées et allaient s'éteindre d'un moment à l'autre. Les lampes à huile dans leurs riches cages en filigrane prodiguaient toujours une lumière chaude et constante. Le visage du Christ l'observait depuis l'un des panneaux au-dessus de l'autel. Sombre, ascétique, il avait cette expression de douleur, ce visage torturé que l'on ne trouve que dans la tradition orientale. David ne pouvait pas supporter de le regarder et il détourna les yeux. Il aperçut une autre icône, accrochée à un pilier à côté de l'autel. C'était une image étrange et sinistre et, dans ces circonstances, profondément troublante. Un bâtiment blanc surmonté d'un dôme se dressait au milieu de l'icône, rempli d'ossements et de cadavres dans leurs suaires ; c'était un ossuaire : à la porte, les morts étaient emportés par des anges. Certains étaient emmenés au ciel, et se transformaient au cours de leur ascension en êtres de lumière. Les autres étaient jetés au fond d'un puits hanté par des démons hideux, envahi par les flammes. Ceux qui étaient déjà dans le puits se consumaient dans le feu comme des torches vivantes. David resta un long moment à observer cette image effrayante, puis il tourna les talons et se dirigea vers l'iconostase.

En quittant le sanctuaire il perçut dans le lointain comme un son de tambour étouffé : la pluie était arrivée. Elle s'abattait violemment sur le toit de l'église, détruisant le silence, comme si le ciel jetait des milliers de petites pierres pour punir le sacrilège qui venait d'être commis.

Il n'y avait pas de chapelle annexe, pas de sacristie, pas d'endroit secret où un meurtrier pouvait se cacher. David ne pouvait pas rester dans l'église à attendre qu'on le découvre. Il traversa à nouveau la nef puis le narthex, sentant des frissons lui parcourir le dos à chaque pas qui l'éloignait des horreurs qu'il avait découvertes. En ouvrant la porte il déboucha sur un monde rugissant et aveuglant d'eau glaciale. La pluie tombait en biais, fouettant les murs de l'église et se déversant en cascade sur le sol, comme si elle essayait d'accomplir en quelques heures un travail de destruction qui aurait demandé des années. Il fut trempé et frigorifié en l'espace de quelques secondes. Il ne pouvait voir à plus de quelques centimètres devant lui. La pluie l'entourait de toutes parts comme un épais voile liquide. Petit à petit, il avança vers les marches qui le menèrent au niveau inférieur. Le monastère était devenu un piège mortel de plus d'une manière. Un simple faux pas pouvait le faire glisser par-dessus le rebord de la paroi et le faire chuter au fond du défilé. Il aurait peut-être été plus prudent de rester dans l'église, mais s'il y avait un fou qui se promenait dans le monastère, il n'avait pas grand-chose à gagner en restant au même endroit. Il ne pouvait plus s'échapper en escaladant la falaise. Il ne lui restait plus qu'un seul moyen de sortir, et c'était en descendant.

Il trouva les escaliers par hasard. Tout au long de la paroi, l'eau tombait en cascade se déversant sur les marches en un flot ininterrompu. Les pierres étaient lisses et glissantes sous ses pieds, il avait presque l'impression qu'elles se dérobaient. Il commença la descente, une marche après l'autre, avançant de côté, s'appuyant des mains sur l'escalier. La vallée résonnait des rugissements du tonnerre. Le ciel était entièrement bouché et une étrange obscurité crépusculaire recouvrait tout le paysage. Soudain il glissa et tomba à genoux. Il resta là plus d'une minute, risquant à tout instant de sombrer dans le précipice. La pluie lui fouettait le corps, gelait ses doigts qui s'accrochaient difficilement, lui lacérait le visage. Enfin il parvint à se remettre sur pied et il reprit sa descente. Les quarante marches qu'il avait devant lui semblaient être quatre cents.

Après avoir atteint la dernière marche, il se dirigea vers la paroi de la falaise pour atteindre la porte de la bibliothèque. Elle s'ouvrit vers l'intérieur sur une obscurité totale. Il n'y avait pas de fenêtre, pas de lampes et pas de bougies, la lumière qui s'infiltrait par la porte était faible et ne parvenait pas à éclairer la pièce. Une odeur de renfermé et de vieux livres. Silence. Rien ne bougeait, rien ne brillait, il n'y avait aucun signe de vie. David retint sa respiration puis entra. Le tueur était-il là ? Se cachait-il parmi ces vieux livres dans un des recoins ? Tenant la porte ouverte pour laisser entrer autant de jour qu'il pouvait, il chercha des yeux une lumière autour de lui. Une petite lampe à pétrole était posée sur une table en bois à côté d'une boîte d'allumettes. Laissant retomber la porte, il alluma la lampe et la tint à bout de bras. Comme la porte se refermait violemment, la flamme vacilla puis s'immobilisa, prodiguant une lumière jaunâtre. David tâcha de distinguer les détails de l'endroit en levant sa lampe.

Il parvenait à peine à voir le haut plafond soutenu par des poutres. Des ombres antiques et fuyantes se tapissaient comme autant de créatures obscènes et cauchemardesques s'apprêtant à se jeter sur ses épaules et à s'accrocher à lui. Il frissonna et continua d'avancer, tenant la lampe devant lui. Il distinguait vaguement les rangées d'étagères de chaque côté. En approchant la lampe sur la droite, il vit qu'il y avait six rangées d'étagères couvertes d'une épaisse poussière blanche. Ici, les moines ne se consacraient pas beaucoup à l'étude et ne consultaient les livres que rarement. Il continua le long de l'allée centrale, réveillant les fantômes de toutes parts.

Au fond de la bibliothèque, étendu sur le sol devant la lourde table de lecture, se trouvait le corps d'un troisième moine. On lui avait écrasé la tête avec l'un de ces énormes livres reliés en cuir, qui était encore sur le sol à côté de lui : il était taché de sang et quelques cheveux blancs y étaient restés collés. David passa la lampe au-dessus du corps et des débris tout autour, il donna l'impression de bouger, mais ce n'était qu'un effet de la lumière ; il était mort depuis plusieurs heures comme les autres. Quelle force maléfique s'était déchaînée dans le monastère ? David savait maintenant ce qu'il allait trouver.

Le contenu de tout un ensemble d'étagères avait été renversé sur le sol autour du cadavre. Des livres reliés et des pages de manuscrits étaient éparpillés de partout. Ce spectacle rappelait à David la fosse des archives à Ebla et le corps de l'Arabe dont le sang s'écoulait dans la boue. Il se pencha et ramassa un des livres, il était écrit en arabe, c'était un commentaire du Coran par al-Tabari. Il le reposa sur l'étagère la plus proche et en ramassa un autre. Un texte chrétien cette fois-ci, le début des Évangiles, également écrit en arabe. En le mettant sur la même étagère que le précédent, il remarqua un petit signe au-dessus des rayons. Il était écrit en grec et disait simplement « Textes arabes ». Le rayon suivant contenait des manuscrits coptes et celui d'après des ouvrages en syriaque. Les étagères vides étaient les seules qui aient contenu des textes arabes.

Au bout de près d'une heure, David en arriva à la conclusion que le manuscrit qu'il était venu chercher, *al-Tariq al-Mubin* d'al-Halabi, n'était pas là. S'y était-il jamais trouvé ?

Il trouva un épais volume relié en cuir qui contenait un catalogue des livres de la bibliothèque. Tous les titres en arabe y étaient classés ensemble et il trouva le livre d'al-Halabi mentionné parmi les autres. Il n'y avait plus aucun doute, la coïncidence était trop grande. Ceux qui avaient tué John Gates et volé sa thèse, puis tué ses parents et détruit les papiers qui se trouvaient dans leur appartement, ceux-là étaient venus ici et avaient encore tué et avaient emporté avec eux la dernière preuve.

Quand il sortit de la bibliothèque, l'orage s'était apaisé et la pluie n'était qu'une bruine grisâtre qui semblait s'infiltrer lentement dans le ravin au lieu de l'inonder tout d'un coup. Une lumière faible et pâle l'éclairait. David regarda sa montre, il était plus de deux heures. Le soleil allait décliner. Il descendit lentement l'escalier jusqu'au niveau inférieur.

La petite cuisine et le réfectoire étaient vides. La lumière s'infiltrait dans la pièce par quatre ouvertures près du toit et éclairait les grosses tables de bois. Sept couverts avaient été mis à l'une des tables, sans doute pour le déjeuner, mais aucun n'avait été touché. Le même silence menaçant régnait sur le réfectoire que dans le reste du monastère ; les pierres du Shi'b al-Ruhban s'en étaient retournées à leur sommeil après avoir été dérangées par des siècles d'activité humaine.

David referma la porte du réfectoire et traversa jusqu'au bâtiment principal. La porte était entrouverte et la pluie avait laissé une flaque d'eau à l'intérieur en s'y engouffrant. Il tenait toujours la lampe à huile qu'il avait trouvée dans la bibliothèque. Il leva la lampe devant lui et vit qu'il était dans une salle de réception carrée aux murs nus et égaux que longeait un simple banc de bois. La pièce était vide. Au fond, une autre porte menait à un long couloir sombre qui s'enfonçait dans la paroi du roc après quelques mètres. Il y avait de chaque côté du couloir une série de pièces dans lesquelles on entassait la nourriture. Il n'y avait personne.

Le couloir mena David au cœur du bâtiment, de nombreuses allées partaient sur les côtés, s'enfonçant dans l'obscurité. Il faisait froid, et l'air était rare sous ces plafonds bas, comme dans une mine. Il entendait le bruit de gouttes d'eau qui tombaient sur le sol un peu plus loin, là où la pluie avait pu s'introduire à travers de profondes fissures jusque dans ces grottes creusées de main d'homme. La lampe de David scintillait en éclairant faiblement dans cette atmosphère lourde, projetant son ombre sur le sol et sur les murs derrière lui. Il entra dans un des embranchements du couloir menant aux cellules où les moines dormaient; la plupart étaient désertes. Son malaise s'accroissait au fur et à mesure qu'il avançait. Il poussait les portes des cellules en passant devant, effrayé à l'idée de ce qu'il allait trouver et anxieux à la pensée de ce qui le poursuivait sans doute. Le quatrième moine était dans une cellule au fond du couloir. Il avait les mains attachées derrière le dos et on l'avait pendu par le cou à un crochet fixé au plafond de la petite pièce. Lorsque David saisit le corps pour le dépendre, il entendit le son étouffé et lointain d'une cloche qui ébranla le silence. Le moine avait été pendu à la corde de la cloche principale qui y était encore accrochée, derrière le cadavre qui la dissimulait.

Les trois autres moines se trouvaient ensemble dans une petite chambre grise au-delà des cellules, au pied d'un crucifix long et étroit sur le mur du fond. Ils se tenaient debout devant David et le regardaient fixement avec des yeux écarquillés tandis qu'il approchait. Alors qu'il s'apprêtait à prononcer quelques paroles, il comprit ce qu'on leur avait fait. Il laissa retomber sa lampe avec un cri d'effroi et de dégoût, puis il recula en titubant. La lampe s'enflamma, illuminant la scène horrible qui venait de s'inscrire à jamais dans la mémoire de David. S'appuyant au mur pour ne pas tomber, il vomit deux fois, des gouttes de transpiration se formaient sur son front. Derrière lui, les flammes de la lampe s'attaquaient vainement au rocher avant de mourir. Il se releva, poussé aux limites de l'effroi par le spectacle obscène dont il venait d'être le témoin, il sortit de la pièce en trébuchant et s'enfonça dans l'obscurité, il trouva son chemin en tâtonnant dans le couloir, et passa devant les cellules vides. Derrière lui, les flammes produisirent un dernier éclair avant de s'éteindre, ses pas résonnaient sur les dalles usées et il respirait difficilement. Tout n'était qu'une obscurité totale et impénétrable. Il accéléra le pas, égaré, hésitant. Il se cogna au mur à plusieurs reprises et fut obligé de rebrousser chemin. Il ne savait pas combien de temps il avait passé à chercher son chemin dans le noir, mais il s'arrêta finalement et se tint immobile. Quand il se rendit compte qu'il s'était perdu, ce fut comme si une main glaciale enserrait son cœur. Sans lumière, il pouvait errer ainsi pendant des jours, prenant chaque fois le mauvais tournant, se perdant de plus en plus profondément dans les catacombes sous la falaise. Il ne savait absolument pas jusqu'où elles se prolongeaient. Il craignait plus que tout de retourner dans la pièce où se trouvaient les trois moines. Le silence lourd et implacable était plus oppressant que jamais. Il ne s'était jamais senti aussi seul et piégé dans sa vie, il avait l'impression d'être enterré vivant. Il avait envie de crier, de hurler, d'entendre l'écho de sa propre voix résonner à travers les couloirs pour laisser libre cours à la folie qui le guettait. Mais il restait immobile, incapable de bouger, écoutant le silence.

C'est alors qu'il crut perdre la raison. Comme dans un cauchemar, il entendit derrière lui le bruit, reconnaissable entre tous, d'une respiration saccadée.

15.

Quand il ouvrit les yeux, il était toujours dans le noir. Il souffrait d'un terrible mal de tête, et d'étranges petites étincelles dansaient devant ses yeux. Il était allongé sur le dos sur un sol de pierre. Quelque chose de lourd sur ses jambes l'empêchait de bouger et il sentait une odeur particulière de renfermé. Avait-il glissé en se cognant la tête dans le couloir ? Puis il se souvint de cette respiration.

Quelqu'un avait dû s'approcher de lui par-derrière et le frapper, mais il ne se rappelait pas avoir reçu de coup ou s'être battu. Il s'assit et grimaça de douleur, cherchant prudemment de sa main s'il avait une bosse derrière la tête. Ses doigts sentirent quelque chose de poisseux. Le coup avait provoqué une petite blessure derrière son oreille gauche. Il se sentait faible et fut pris de vertiges. Tout lui revenait, maintenant : l'obscurité et son désespoir à l'idée d'être perdu sans lumière pour le guider à travers le labyrinthe que formaient les pièces du monastère.

Puis, se tournant sur le côté, il sentit quelque chose dans la poche arrière de son pantalon. Tâtonnant, il en retira une petite boîte d'allumettes en mauvais état. C'était celle de la bibliothèque qu'il avait instinctivement empochée. La boîte contenait encore quelques allumettes. Il pouvait peut-être s'en servir pour retrouver le chemin de la sortie. Par un mouvement de jambes, il parvint à repousser le poids qui les immobilisait : une lourde masse molle roula sur le sol. Se relevant sur ses jambes tremblantes, et ressentant des douleurs dans tous les os, il gratta une allumette avec un bruit qui lui parut énorme dans le silence.

Il fallut plusieurs secondes avant que sa conscience s'imprègne de toute l'horreur de ce qui lui apparaissait : les ombres dansaient et se tordaient avant de prendre forme devant ses yeux, elles se rassemblaient en de multiples fragments d'un cauchemar. Cette fois-ci, il en était sûr, il avait perdu la raison. Il était au milieu d'un charnier, une chambre basse remplie du sol au plafond du contenu d'un ancien cimetière. Le corps du moine qu'il avait trouvé dans l'église gisait à ses pieds. Les corps des six autres victimes étaient regroupés un peu plus loin. Des cadavres plus ou moins décomposés étaient assis ou couchés dans toutes les postures de la mort.

L'allumette grésilla entre ses doigts et s'éteignit. L'obscurité revint, dérobant l'horrible scène. David restait abasourdi, incapable de bouger, de respirer, de penser. Son esprit refusait de fonctionner. Sa conscience avait reçu plus de chocs qu'elle ne pouvait en supporter, surtout la folie de ce dernier spectacle. Les minutes passaient et l'horreur grandissait en lui jusqu'à en devenir insupportable. L'obscurité était pire que la lumière, sa chair frémissait à l'idée d'un corps revenant à la vie et rampant vers lui.

Il alluma une deuxième allumette. Rien n'avait changé. Ils étaient tous à la même place à le regarder fixement. La petite flamme sautillait, projetant plus d'ombres qu'elle ne prodiguait de lumière, se réfléchissant sur les os luisants. Il regarda tout autour, effrayé à l'idée de ce qu'il risquait de trouver derrière lui. Il eut juste le temps de distinguer difficilement, avant que l'allumette ne s'éteigne, en lui brûlant les doigts, un escalier qui menait à une porte. La peur s'empara de lui et sa panique augmenta comme une fièvre. Sa respiration devint saccadée, spasmodique. Son cœur battait à une vitesse inquiétante. Tout cela ne pouvait pas être vrai. Il rêvait, ou il était fou, ou peut-être couché quelque part, souffrant d'une fièvre attrapée sous la pluie. Mais il avait, en fin de compte, conscience de tout ce que sa situation avait de réel et le froid, l'atmosphère rance et l'obscurité impénétrable l'envahirent. Tout prenait maintenant une nouvelle dimension. Le cauchemar du présent se dissipait pour faire place aux cauchemars de son passé. Les peurs de son enfance à l'égard de la mort et des cimetières, des vampires et des chairs pourrissantes lui revenaient tout à coup comme si elles ne l'avaient jamais quitté. L'obscurité devint celle de sa chambre d'enfant. Son esprit lui indiquait la nature du danger qu'il encourait mais son imagination était assaillie par les angoisses qu'il avait toujours connues.

Il se tourna lentement jusqu'à faire face à l'escalier, alluma une autre allumette qui lui laissa le temps de voir la porte en haut. De nouveau plongé dans l'obscurité, il gravit les marches et appuya sur la porte ; elle ne bougea pas d'un centimètre. Tâtonnant, il trouva une grosse poignée ronde en forme d'anneau et la tourna. La poignée pivotait mais il était impossible de pousser la porte ou de la tirer. Désespéré, il donna de grands coups d'épaule. Les vieilles planches s'ébranlèrent, mais la porte tint bon. Il était enfermé.

Il resta là pendant ce qui lui sembla une éternité, l'esprit engourdi, il était gelé et épuisé. Il lui fallait trouver un moyen de sortir avant de succomber au froid et à la faim. Leïla ne viendrait peut-être pas avant un jour ou deux, peut-être était-elle déjà venue et repartie. Depuis combien de temps était-il là dans l'ossuaire ?

Une pensée fugace lui traversa l'esprit. Découragé, il s'assit devant la porte et se plongea la tête dans les mains. Il ne lui restait qu'une allumette, ce qui ne suffisait pas pour inspecter l'ossuaire et chercher une autre issue. Mais la pensée lui revint et s'ancra dans son esprit. Il avait vu sur un petit pilier, au bas de l'escalier, des bouts de chandelle. S'il parvenait à les retrouver et les allumer, il pourrait continuer ses recherches. Il redescendit l'escalier. Dans l'obscurité, il était facile de se tromper sur les distances et la direction, de passer à côté du pilier et de se perdre au milieu des os et des chairs en décomposition. Et alors il n'aurait plus d'allumette pour retrouver son chemin. Avec mille précautions, cherchant son chemin dans l'obscurité à l'aide de ses mains, effrayé à l'idée de ce qu'il risquait de toucher, il avança centimètre par centimètre dans ce qu'il espérait être la bonne direction, mais ne rencontra que du vide. Il agitait ses mains devant lui, de droite et de gauche, sentant la panique monter en lui. S'il avait raté le pilier, tout était fini. Il avança encore de quelques centimètres et heurta un obstacle. En se baissant, il toucha le pilier, plus court que dans son souvenir. Il tâtonna encore quelques instants, trouva une bougie et la redressa. Retenant sa respiration, il sortit l'allumette de sa boîte. Elle paraissait si petite et fragile entre ses doigts, il était si facile de la laisser tomber ou de la briser en deux. Il la frotta contre la boîte et la renversa pour qu'elle s'enflamme. Puis, d'une main tremblante, il l'approcha de la bougie.

Elle refusa de s'allumer. La mèche s'était fondue dans la cire et ne s'enflammait pas. L'allumette était déjà à moitié consumée. Il chercha à toute vitesse une deuxième bougie, la ramassa et l'inclina contre la flamme mourante. L'allumette crépita puis s'éteignit, laissant sur la mèche une flamme minuscule et incertaine. David n'osait bouger la main ou respirer. Le moindre mouvement, le moindre souffle d'air risquaient de l'éteindre. Faiblement, la flamme se mit à trembler, diminua de nouveau, puis se mit à grandir, s'élargissant et s'allongeant le long de la mèche. En se détournant, David laissa échapper un long soupir puis il s'emplit les poumons d'air. La tension était telle qu'il en éprouvait un vertige. Tremblant toujours, il alluma une deuxième bougie au sommet de la colonne, au cas où la première s'éteindrait accidentellement.

Maintenant, il voyait mieux la configuration du bâtiment dans lequel il était prisonnier. Il était de forme circulaire, surmonté d'un dôme envahi par les ombres. Une étroite allée courait de l'escalier jusqu'au mur opposé, s'arrêtant devant une sorte de cage remplie de crânes jaunis, certains intacts, d'autres ayant perdu la mâchoire inférieure. De chaque côté de cette allée, deux fosses dont David ignorait la profondeur avaient été creusées. Elles débordaient d'un enchevêtrement d'ossements humains. David distinguait des tibias, des clavicules, des vertèbres, des mâchoires, des côtes, des mains toutes blanches et des pieds.

Plusieurs corps décomposés étaient assis ou couchés. David se souvint alors de ce qu'on lui avait dit à Sainte-Catherine sur la façon de disposer des corps. Quand des moines ou des pèlerins mouraient, on les enterrait d'abord dans le petit cimetière du monastère. Après plusieurs années les dépouilles étaient exhumées, car la terre est rare au Sinaï et nombreux sont les croyants qui désirent y être enterrés. Les corps sont transportés du cimetière à l'ossuaire où ils continuent à pourrir jusqu'à ce que leurs os se fondent à ceux des générations précédentes. Les crânes sont transportés et rangés séparément.

David pensa que la même chose devait se produire ici, bien que, d'après l'état de certains corps, il semblât qu'ils eussent été directement mis à l'ossuaire. Sur une douzaine de cadavres, au moins trois avaient été placés là à peine un an auparavant. Leurs têtes étaient tombées en arrière et leurs mâchoires étaient grandes ouvertes comme s'ils hurlaient dans le silence. On voyait encore quelques cheveux accrochés sur la tête et de la barbe sur le menton.

Plusieurs silhouettes vêtues de bure étaient assises devant la cage. En s'approchant, David put se rendre compte qu'il s'agissait des restes momifiés de saints qui montaient la garde devant les autres morts. L'un d'eux tenait un bâton, l'autre un livre et un troisième tenait entre ses doigts décharnés un rosaire grec en laine. Il regardait David par-dessous son capuchon de forme antique, qui dissimulait l'orbite de ses yeux, terribles et menaçants. Au-dessus de la poitrine, il lut « Nilus », en caractères grecs. Ainsi, pensa David, voici le saint d'après lequel on a nommé le monastère. Après mille six cents ans, ses ossements étaient encore l'objet d'une pieuse dévotion.

Malgré une recherche systématique, David ne trouva aucun autre moyen de sortie. Le sol était de roc, sans porte ni fenêtre. Le désespoir le submergea. Il était totalement abattu et toute son énergie l'avait quitté. Il avait perdu la volonté d'agir ou de penser, et éprouvait presque le désir de souffler sur la bougie et de s'étendre dans l'obscurité en attendant de rejoindre les autres morts. N'était-il pas déjà l'un d'entre eux ? À quoi bon tenter l'impossible ?

Déjà il se penchait pour souffler sur la bougie, quand quelque chose bougea. Du coin de l'œil, il avait aperçu un léger mouvement. Un bruissement extrêmement faible, mais perceptible dans ce silence. Il resta assis parfaitement immobile, à écouter. Il entendit une sorte de cliquetis provenant de la gauche. Il ne vit tout d'abord rien, puis remarqua un autre mouvement. Sortant d'un trou noir, entre une mâchoire et un sternum, une énorme araignée noire rampait dans sa direction. Comme une multitude d'autres, elle avait son nid parmi les ossements, et la lumière l'avait attirée à la surface. Elle était aussi grosse qu'une tarentule mais plus pâle et sa partie inférieure était bulbeuse et tachetée. Elle avançait de ses pattes arquées, traversant la surface inégale du tas d'ossements.

David était pétrifié. Il avait horreur des araignées, c'était une phobie qui remontait à son enfance et que ses années de travail d'archéologue n'avaient pas guérie. C'était une peur qui hantait ses pires cauchemars, une chose qu'il craignait plus que la douleur ou n'importe quel autre danger. Tandis qu'il la regardait ramper vers la bougie, il entendit un autre bruit semblable au premier, et un deuxième monstre apparut, produisant un horrible cliquetis avec ses pattes blanches. David s'imagina l'endroit grouillant d'araignées et il sentit une terreur aveuglante s'emparer de lui, pire que tout ce qu'il avait éprouvé jusqu'à présent. Il fallait qu'il sorte. Rien n'allait plus l'obliger à rester assis là dans l'obscurité. Il devait y avoir un moyen.

Comme si sa terreur l'avait soudain réveillé, il envisagea une solution. C'était sans grand espoir, ça n'allait certainement pas marcher mais c'était sa seule chance. Du fond de sa peur, il s'était souvenu de l'icône qu'il avait vue près de l'autel, dans l'église, représentant les corps morts se consumant dans les flammes de l'enfer, comme des torches brûlant entre les mains des démons. Il regarda les cadavres devant la cage contenant les crânes. Comme il l'avait pensé, certains avaient été momifiés, ce qui était un fait inhabituel. David savait que les premiers Pères de l'Église s'étaient violemment opposés à la préservation artificielle des morts, y compris saint Antoine, le fondateur du monachisme. Mais il savait aussi que les chrétiens coptes d'Égypte continuaient d'embaumer leurs morts selon l'ancienne manière. Les momies de la période romaine tardive n'étaient que de pauvres spécimens, tout juste quelques tentatives maladroites pour envelopper les corps de bandelettes. Mais le procédé d'embaumement comprenait l'utilisation de substances qui rendaient les corps inflammables. Déshydratées, les momies étaient parfois enduites de résine et de goudron minéral puis imprégnées de riches huiles. Elles s'enflammaient comme des torches et, encore à des périodes récentes, les Arabes les brûlaient l'hiver pour se réchauffer.

C'était de mauvais goût, mais David n'avait pas le choix. Tout en espérant qu'il ne trouverait pas un animal rampant sous la bure et en priant pour que les membres soient intacts, il souleva le corps de Nilus. Il était étonnamment léger. Tenant les cuisses d'une main et plaçant l'autre sous son maigre cou, David porta le saint jusqu'à l'escalier. Comme il montait les marches, le capuchon tomba en arrière, révélant un crâne chauve auquel étaient accrochées quelques mèches de cheveux desséchés. Sans sa capuche, Nilus semblait moins menaçant, ce n'était plus qu'un pauvre vieillard rabougri. David le porta jusqu'en haut et le déposa contre la porte. Le saint semblait le regarder de ses orbites vides, mortellement offensé de se voir infliger un traitement aussi sacrilège. David tapota son crâne chauve et sec comme du cuir.

« Désolé, mon vieux Nilus, dit-il, mais je n'ai pas le choix, c'est toi ou moi. »

Il replaça le capuchon sur la tête de la momie, redescendit l'escalier et apporta d'autres momies, il y en avait sept en tout, qu'il empila au-dessus de Nilus. Les ossements grouillaient d'araignées sortant de leurs nids pour aller vers cette lumière à laquelle elles n'étaient plus habituées. Il lui fallait plus de combustible. Les corps dans la fosse n'étaient pas momifiés mais ils s'étaient totalement asséchés dans leurs tombes de sable chaud et ils brûleraient bien, une fois le feu allumé. David tendit la main pour en attraper un et le tira à lui. Le bras du mort lui resta dans la main et le reste du corps s'effondra en un amas d'os. S'efforçant de ne pas penser à l'horreur de ce qu'il était en train de faire, il ramassa tout ce qu'il put dans ses bras comme des bûches et le jeta sur le tas devant la porte. Retournant à la fosse, il prit les jambes d'un deuxième corps. Tout le cadavre bougea et vint à lui, il se pencha en avant pour le ramasser et sentit à ce moment-là quelque chose de doux et de velu qui grimpait sur sa main gauche. C'était une grosse tarentule noire. David savait que sa piqûre pouvait être mortelle. Ses jambes devinrent comme du coton, il tremblait de tous ses membres et il avait la chair de poule. Son instinct lui dictait de la rejeter d'un geste brusque, mais il savait que la moindre maladresse pouvait provoquer une piqûre. Horrifié, il la regarda ramper lentement le long de son poignet puis de son avant-bras. Fouillant de la main droite parmi les ossements, il en prit un long et fin. L'araignée avait maintenant atteint son coude et grimpait toujours. Il leva l'os jusqu'à son épaule gauche, puis donna un coup sec le long de son bras, envoyant l'araignée dans les airs.

Tremblant toujours, il se saisit à nouveau du cadavre et l'attira à lui, surveillant attentivement si une autre araignée n'allait pas bouger. Après avoir ajouté ce dernier corps à son tas, il retourna chercher quelques bras et quelques jambes, des morceaux de suaire et de vieilles bures, et la chaise en bois sur laquelle la momie de saint Nilus avait été assise.

David enveloppa un long tibia avec des morceaux d'étoffe pour en faire une torche. Il en approcha la flamme d'une bougie et le tout s'enflamma immédiatement. Il poussa rapidement son tison au bas de la pile des cadavres qui se mirent à flamboyer instantanément, les longues flammes dansant autour des membres tordus. Les orbites vides des crânes le regardaient fixement, les mâchoires riaient et grimaçaient, les mains donnaient l'impression de vouloir agripper la fumée. L'amoncellement glissa légèrement, comme s'ils essayaient d'échapper aux flammes. David fit un pas en arrière, révulsé.

Une fumée épaisse et acide s'échappait du brasier et

envahissait la petite pièce. Étouffant, les yeux irrités, David recula jusqu'à la cage de crânes. Il fallait bien choisir le moment : s'il se lançait trop tôt, la porte risquait de ne pas avoir suffisamment brûlé pour céder sous son coup d'épaule. S'il attendait trop longtemps, il succomberait à la fumée qui emplissait l'ossuaire de gaz toxiques. Chaque fibre de son corps l'implorait de se mettre à courir, de sortir tant qu'il pouvait encore respirer. Mais son esprit résistait à la tentation. La fumée était maintenant partout, comme une épaisse couverture étouffante. Chaque respiration était une torture. Il ne pourrait pas tenir beaucoup plus longtemps. Sortir! Maintenant! C'était le moment ou jamais.

Il se lança en avant en titubant et en se cognant les genoux, suivant l'allée étroite en direction des flammes que l'on percevait à peine derrière la colonne de fumée. Son pied droit glissa et s'enfonça au milieu des ossements. Il tomba, roula sur le côté, se releva, se sentit incapable de continuer. Il monta les marches une à une, traînant les pieds comme s'ils étaient de plomb. Les flammes étaient là, formant maintenant un grand mur de feu. La porte s'était enflammée et brûlait.

Il trébucha sur la pile de cadavres calcinés, et se jeta furieusement contre la porte. Elle produisit un bruit sourd mais ne céda pas. Il fit un pas en arrière et se lança à nouveau. Il l'entendit craquer, mais elle tenait. Sa tête tournait, il n'y avait plus d'air. Dans un dernier effort, il se laissa tomber en arrière contre la porte, il entendit un bruit de bois qui se brisait et il s'affala au milieu des débris en feu. L'air frais entra dans ses poumons comme de la glace. Il roula sur le côté pour échapper aux flammes, aspirant l'air, avant de s'immobiliser. Puis ce fut le trou noir.

16.

Quand David ouvrit les yeux, l'aube pourpre tournait au bleu. Il roula sur le côté, toussa et sentit dans la poitrine une vive douleur qui augmenta rapidement. La douleur passa et il ouvrit de nouveau les yeux. Il avait mal à la tête et sa poitrine était enserrée dans un arceau de fer. Il se releva lentement et s'assit sur le sol, resta sans bouger pendant un long moment à jouir de la lumière et à respirer l'air à pleins poumons. Plus faible que jamais, il avait extrêmement faim et soif. Il lui fallait trouver au plus vite de quoi manger. Il se remit sur pied et tituba jusqu'aux marches. La descente ne lui était jamais apparue aussi abrupte, mais au moins les marches étaient sèches. En descendant à reculons, il devait y arriver.

Même en s'arrêtant souvent, il eut besoin de toute la force qui lui restait pour parvenir jusqu'en bas. Il leva une fois les yeux et vit la falaise s'élancer vers le ciel ; il se sentit pris de vertige. Mais il parvint finalement au bas de l'escalier et se dirigea vers le réfectoire. Rien n'aurait pu le ramener dans le sombre labyrinthe du bâtiment principal. Il pensait que le tueur avait quitté le monastère mais il n'en était pas sûr ; de toute manière, peu lui importait maintenant. Même si le tueur était là, il fallait qu'il mange.

Il y avait d'amples provisions dans la petite cuisine : du pain, des fruits séchés et des céréales. David trouva tout cela délicieux. Ayant bu et mangé tout son soûl, il se laissa aller contre le dossier de sa chaise, il était fatigué mais n'avait pas sommeil. La nourriture et la boisson lui avaient redonné des forces et il pouvait penser plus clairement. Il fallait partir. Il n'avait plus de choix à faire, il n'avait plus de force, et il n'avait plus la volonté de continuer. Il allait quitter le monastère, retrouver Leïla, refaire le chemin vers Sainte-Catherine, et de là, rentrer se reposer en Israël.

Puisqu'il était possible que Leïla ait tenté de le trouver sans y parvenir, il ne pouvait pas compter sur elle et leurs bagages pour leur approvisionnement. Il mit de la nourriture et de l'eau dans un grand sac, y ajouta une petite bouteille de cognac qu'il trouva dans la réserve des moines, et ferma le tout avec une cordelette. Il était épuisé mais n'avait aucune envie de passer la nuit dans le monastère, même en dormant en plein air. Il pouvait peut-être descendre le long de la corde qui servait au vieil élévateur. La plate-forme n'était qu'à quelques mètres sur la droite mais l'élévateur n'était plus là où il l'avait trouvé avec Leïla lors de leur arrivée. Lorsqu'il arriva sur la plate-forme et regarda en bas par le trou central, il vit que la corde avait été coupée et qu'il n'y avait pas trace de la boîte en bois qui servait d'ascenseur.

Il pouvait peut-être entasser les meubles de l'église sous la corde qu'il avait laissée pendre du haut de la falaise. Il remonta les escaliers jusqu'au niveau le plus élevé. En l'espace d'une seconde, ses projets furent anéantis : la corde n'était plus là non plus. Une vieille échelle posée sur la terrasse lui fit comprendre comment le meurtrier était parvenu à la saisir. Il avait dû s'en servir pour sortir de là puis la remonter. David regarda la paroi de la falaise au-dessus de lui. Elle s'enfonçait légèrement en surplombant la terrasse et elle était parfaitement lisse, personne ne pouvait l'escalader sans un équipement. Découragé, il redescendit jusqu'au premier niveau.

Il lui fallut tout son courage pour retourner dans le bâtiment principal du monastère. Il n'y avait plus de danger, le tueur était parti, et il était peu probable qu'il trouve d'autres cadavres, mais rentrer dans cette obscurité avec pour seul éclairage la lampe prise dans le réfectoire exigeait toute la force de caractère dont il pouvait disposer. Dans le troisième entrepôt, il trouva une longue corde enroulée, rangée sous de vieilles boîtes de métal noires. La pièce était petite et sentait le renfermé et, autant qu'il pût en juger, on n'y était pas entré depuis longtemps. Les toiles d'araignée et une épaisse couche de poussière recouvraient le tout comme un suaire. Il frissonna en repensant aux araignées dans l'ossuaire. Mais il fallait absolument qu'il se saisisse de cette corde. Il la tira à lui d'un geste déterminé. La corde sortit de son coin dans un nuage de poussière. Une des boîtes posées sur la corde bougea de quelques centimètres sous la force du geste de David. Il s'apprêtait à partir quand il aperçut quelque chose.

Une autre boîte se trouvait sous la première, identique de taille et de couleur. Mais il n'y avait pas de poussière sur le couvercle de la seconde. David remarqua quelques lettres et quelques insignes, à la fois familiers et déplaisants, mais qu'il n'arrivait pas à reconnaître clairement. Reposant la corde, il saisit les poignées de la boîte qui se trouvait sur le dessus et la souleva doucement. Elle n'était pas très lourde et il la déposa un peu plus loin.

Une grosse araignée s'enfonça dans l'obscurité comme il déchirait la toile. David fit un pas en arrière mais ne quitta pas la pièce. Le couvercle de la deuxième boîte retint toute son attention. Un aigle doré et stylisé déployait ses ailes en travers du couvercle. L'aigle regardait vers la gauche, présentant à David un unique œil rond. Ses serres acérées tenaient une guirlande circulaire. Et au milieu de cette couronne apparaissait un svastika, éraillé et terni, mais parfaitement reconnaissable. En dessous de l'aigle il put lire, écrit en caractères gothiques, les mots : *Expedition Ulrich von Meier : Papiere, Bücher und Filme*, « Expédition Ulrich von Meier : Papiers, livres et films ».

Étonné et perturbé comme s'il venait de découvrir un monstre, David souleva le couvercle. Les gonds rouillés grincèrent, comme furieux d'être réveillés d'un si long sommeil. En approchant la lampe, David regarda à l'intérieur. Quel qu'en eût été le contenu, la boîte ne renfermait que des moisissures. Livres et papiers étaient pourris depuis longtemps. Parfois il rencontrait une page ou deux qui avaient survécu à l'usure du temps, mais l'ensemble n'était plus qu'un fatras illisible. Néanmoins David ne résista pas à la tentation de sauver quelque chose de ce gâchis, exactement comme il avait extirpé de la boue les tablettes de Tell Mardikh. Il se mit à fouiller avec précaution à travers la pile de papier pourrissant : les livres et les pages s'effritaient entre ses doigts. Au fond de la malle, il sentit un objet dur et froid. Il le saisit doucement et le retira : c'était une boîte de métal plate dont le couvercle était entièrement scellé à la cire, renforcée par un solide ruban.

Il lui fallut plusieurs minutes pour parvenir à briser le sceau qui y était resté solidement attaché et parfaitement intact. Il souleva le couvercle et retira un livre relié en cuir rouge d'à peu près huit centimètres sur douze, et une autre boîte métallique contenant un film de 35 mm. Le mot *Tagebuch*, signifiant « journal », avait été tamponné sur la couverture. Il ouvrit celle-ci et regarda la première page : le papier était jauni et fragile et l'encre était passée, mais on pouvait encore lire le reste. Le texte manuscrit était en arabe, en caractères *ruq'a* parfaitement lisibles, mais David n'arrivait pas à en comprendre le sens. Il feuilleta les pages jaunes et rigides. Il y en avait cinquante en tout, de la même écriture appliquée. Il referma le livre doucement et le replaça à côté du film dans la petite boîte, rabattit le couvercle et la posa par terre.

Il essuya la couche de poussière qui s'était déposée sur la malle qu'il avait trouvée posée au-dessus des autres. Un autre aigle apparut, très usé et rongé par l'humidité. Les mots inscrits au-dessous étaient effacés et il était incapable de les lire. Tout d'abord, le couvercle refusa de bouger, comme s'il avait été soudé au reste de la boîte, puis il céda tout d'un coup. Quand il vit ce qui se trouvait dans la malle, David n'en crut pas ses yeux. Une veste d'uniforme d'officier SS, rongée par les mites mais soigneusement pliée, avec tous ses insignes et ses galons. Elle était rangée sous une casquette noire avec un insigne à tête de mort en argent sur le devant. David mit la casquette de côté et sortit la tunique. L'épaulette était bordée de trois fils d'argent tressés. Le propriétaire de cette veste avait été un officier de rang moyen. Le reste de l'uniforme se trouvait en dessous : un pantalon noir, des bottes, une chemise brune avec des boutons de cuir noir, une cravate noire et une ceinture en cuir noir. Encore en dessous, David trouva des vêtements civils qui auraient pu être ceux d'un explorateur des années trente. Les étiquettes indiquaient qu'ils avaient été faits par Richard Schultz, du Kurfürstendamm à Berlin. Il trouva un cadre sous les vêtements, contenant la photo d'une jeune femme; il y avait également un pistolet automatique, une boîte de balles et une boîte à musique. David la prit entre ses mains, elle avait la forme d'une maison bavaroise, avec un long toit en pente d'où sortait une petite manivelle. Il la tourna et immédiatement la pièce s'emplit des notes sinistres de ce chant resurgi du passé, le vieil hymne nazi, le *Horst Wessel Lied*. La mélodie déchirait le silence tandis que les murs de pierre froids semblaient en renvoyer l'écho. David en eut un frisson et s'arrêta de tourner la manivelle. Le silence s'abattit à nouveau.

Il referma le couvercle de la boîte et s'assit dessus. C'était comme si le temps et l'espace autour de lui s'étaient déformés. Là, dans ce monastère obscur, au cœur de nulle part, parmi les pierres qui n'avaient pas connu le moindre changement depuis des siècles, lointain, oublié, sans âge, se trouvaient les reliques d'un culte moderne de la mort et de la haine. Tout cela n'avait pas de sens, les svastikas, les pages manuscrites du journal en arabe, la photo de cette jeune femme fraîche et souriante, le chant qui s'échappait en petites notes claires de cette boîte en forme de maison bavaroise. Les toiles d'araignée et la poussière accumulée avaient dissimulé un mystère plus profond encore que David ne l'avait soupçonné. Était-ce cela que le jeune Gates avait découvert ? Avait-il appris quelque chose qu'il ne devait pas savoir et qu'il risquait de révéler dans ses recherches ?

Deux heures plus tard, après avoir fouillé partout, il en arriva à la conclusion qu'il n'y avait rien de plus, à moins qu'un autre secret ne soit caché dans une partie inaccessible du monastère. Seules des recherches systématiques auraient pu fournir une réponse à cette question. Il avait fouillé une à une toutes les pièces qui servaient d'entrepôt ; quand elles n'étaient pas entièrement vides, elles ne contenaient que des sacs de nourriture, des vêtements, des icônes et les objets indispensables à la vie monacale : des bougies et de l'huile, des ciseaux, des pots de colle à poisson pour durcir les grands chapeaux noirs, des balais, des brosses, du vin pour les cérémonies, un rouleau de tissu noir grossier, des croix en bois, en or et en argent, et de nombreux chapelets. Finalement, il retourna dans la pièce où il avait trouvé les malles. Peut-être pourrait-il revenir un jour. Pour le moment, il n'emporterait que ce qui était susceptible de fournir des informations : la boîte qui renfermait le journal et la pellicule. Il la mit dans son sac et ramassa la corde puis sortit.

La corde était très longue et suffisamment souple, bien que ses fibres se fussent imprégnées de la poussière accumulée pendant des années ; David n'était pas bien sûr qu'elle supporterait son poids. Mais il n'avait pas le choix. Pour être facile, la descente n'en fut pas moins un cauchemar, car il sentait à tout moment la pression qu'il exerçait sur cette vieille corde. Si la moindre section était pourrie, elle se casserait sans prévenir et il ne pourrait rien pour se sauver.

Arrivé en bas, encore tremblant mais soulagé, il se demanda s'il devait récupérer la corde au cas où il en aurait encore besoin. Finalement il décida de l'abandonner. Elle aurait été trop lourde et encombrante à porter sur une longue distance. Il n'en aurait certainement pas besoin et elle lui permettrait de retourner dans le monastère si pour une raison quelconque il était obligé de revenir. Il se demanda où était passé le petit ascenseur et regarda tout autour de lui les rochers encore ruisselants et les flaques d'eau qui s'étaient formées dans chaque trou et chaque crevasse et il comprit qu'il y avait certainement eu une inondation. Éprouvant une inquiétude persistante, il espéra que Leïla fût saine et sauve.

Il se mit en route le long du défilé suivi avec Leïla... Combien y avait-il de jours de cela ? En supposant qu'il ne fût pas resté enfermé longtemps dans l'ossuaire ou ne se fût pas attardé après en être sorti, cela faisait peut-être deux jours, mais il ne pouvait pas en être certain. Sa plus grosse inquiétude était que Leïla fût déjà partie. Il ne pouvait s'attendre à ce qu'elle reste indéfiniment au bout du ravin.

Il faillit passer devant sans le remarquer. Il avait cru que ce n'était qu'un roc d'une forme inhabituelle. Puis il vit que c'était un des sacs de selle qu'ils avaient emportés avec eux de Sainte-Catherine. Il s'était écrasé contre un rocher, trempé et alourdi par l'eau. David sentit son cœur battre à toute vitesse. L'inondation devait l'avoir emporté jusque-là, mais certainement pas depuis l'autre extrémité du défilé.

Le cheval était couché sur le côté, juste après le virage suivant, son corps s'était emmêlé à un buisson qui poussait sur la falaise. Ses lèvres étaient repliées et laissaient voir ses dents jaunes en une grimace macabre. Ses jambes étaient raides, figées dans une position grotesque. Les insectes et d'autres petits animaux s'étaient déjà attaqués à sa chair. David était maintenant très anxieux. Leïla était certainement entrée dans le défilé avec les chevaux et avait été surprise par l'inondation. Il se mit à chercher frénétiquement autour de lui, courant le long du ravin. Il ne la voyait nulle part.

Il continua de remonter le *shi' b*, inspectant le terrain pour déceler un signe de sa présence, espérant qu'elle avait pu trouver un rocher élevé ou une avancée pour s'y réfugier, mais il ne vit rien. Il arriva enfin sur le large plateau et se dirigea vers la pente où il l'avait laissée. Il y avait les restes d'un feu et quelques ustensiles de cuisine, son sac de couchage encore enroulé, mais il ne la vit nulle part. Il aperçut alors un mouchoir blanc sur lequel quelques mots avaient été griffonnés avec du charbon de bois. C'était un court message : « Chevaux volés ; partie en recherche, attendez-moi ici. » Quand avait-elle écrit ce mot ? Il était clair d'après l'état du feu de camp qu'elle avait quitté l'endroit depuis assez longtemps.

Il l'appela par son nom à plusieurs reprises mais seul le faible écho de sa voix traversant les collines lui répondit. Désespéré, il s'assit à sangloter. Puis il ramassa le sac de provisions et le sac de couchage de Leïla, les jeta sur son épaule et se mit en route dans l'étroit défilé.

17.

Il remarqua la présence de la boîte qui servait d'ascenseur en arrivant dans Shi'b al-Ruhban à proprement parler. Elle avait de toute évidence été emportée par les flots à deux cents mètres au-delà du monastère et elle était maintenant couchée sur le côté, à moitié dissimulée par les grosses branches qui l'avaient arrêtée dans sa course. Il vit une forme allongée au-dessus de cet amoncellement, une silhouette familière. Éprouvant à la reconnaître une épouvantable angoisse, il se mit à courir.

Le corps de Leïla était couché sur les planches, un de ses bras pendait inerte, sur un côté de la caisse. David fit un bond et se retrouva à côté d'elle. Ses vêtements étaient mouillés et déchirés, elle était couverte de bleus et s'était coupée en plusieurs endroits. Il se sentit pris de panique et de fureur. Il se pencha et effleura la joue de la jeune femme. Elle était froide comme de la pierre. Il ne pouvait savoir combien de temps elle était restée allongée là, depuis combien de temps elle était morte. Que pouvait-il faire ? Il effleura à nouveau sa joue et ramena sur son front une mèche de cheveux qui lui traversait le visage. Elle poussa un gémissement, du moins le crut-il sans en être sûr, c'était un son tellement faible, inaudible. Puis il l'entendit de nouveau, plus distinctement cette fois. Il lui prit le poignet et chercha son pouls. Il ne sentit rien d'abord, puis il le perçut, faible et irrégulier.

Il comprit immédiatement ce qui avait dû se passer : elle s'était trouvée avec les chevaux dans le défilé et avait été emportée par le torrent jusqu'à cet endroit. Avant d'atteindre le point précis où était la caisse, le torrent avait perdu de sa force, une grande partie de l'eau s'étant alors déversée dans le lit du Shi'b al-Ruhban. Leïla avait dû s'agripper aux planches en passant devant et elle avait tenu bon en laissant le reste des eaux s'écouler. Il fouilla frénétiquement dans son sac et en sortit le flacon de cognac, il le déboucha et le porta aux lèvres de Leïla, laissant un mince filet du pâle liquide s'écouler jusque dans sa bouche. Elle toussa, cracha l'alcool et ses paupières se mirent à battre un bref instant. Elle semblait si petite, si fragile, et si proche de la mort. Il fallait prendre une décision rapide. Elle gémit à nouveau, beaucoup plus fort cette fois. Il versa encore un peu de cognac entre ses lèvres. Sa bouche remua et elle toussa de nouveau, rejetant la tête en arrière. Ses paupières se soulevèrent pendant une fraction de seconde, puis se refermèrent, elle retrouvait lentement ses esprits. Il ouvrit une gourde d'eau et lui en aspergea doucement le visage. Elle ne réagit tout d'abord pas, mais peu à peu reprit des couleurs. Ses yeux s'ouvrirent, son regard était trouble et ne parvenait pas à le fixer. Il lui caressa le front et murmura son nom.

« Leïla, m'entendez-vous ? » dit-il doucement.

Elle toussa et ses yeux s'emplirent d'une expression de douleur. « C'est bon signe », pensa David. Sa douleur prouvait qu'elle reprenait conscience, seuls les morts ne souffrent pas.

« Là, dit-il, essayez de boire encore. » Il porta le cognac à ses lèvres et la fit boire. Elle l'avala, sans tousser, cette fois et sourit. Ce n'était pas vraiment un sourire, plutôt une grimace, mais c'était un pas dans la bonne direction. Elle bougea légèrement sur le côté et son sourire disparut. Un cri de douleur s'échappa du fond de sa gorge et elle ouvrit grand les yeux. Il fallut une bonne minute avant que la douleur ne s'estompe. Quand elle retrouva enfin son calme, il lui donna un peu plus de cognac.

« Où avez-vous mal ? » demanda-t-il. Trente secondes s'écoulèrent avant qu'il ne reçoive une réponse, interrompue par des accès de douleur.

« Mes côtes... je crois... que... j'ai quelque chose... de cassé. »

Il déboutonna précautionneusement sa grosse veste et la retira de ses épaules. Il toucha le côté gauche et elle ne réagit pas, puis le côté droit. Elle grimaça de douleur. Doucement, craignant de lui faire mal et tout en sachant que c'était inévitable, il remonta son pull et sa chemise. En dessous, sa peau n'était qu'une énorme meurtrissure, elle était déchirée en plusieurs endroits. Il passa sa main aussi légèrement que possible autour de ses côtes. Elle était contusionnée et la chair était à vif par endroits, mais il ne sentit pas d'os cassé.

« Je crois que vous n'avez rien de cassé, lui dit-il, mais vous vous êtes blessée et vous avez sans doute une ou deux côtes fêlées. »

Il reboutonna sa veste, souleva de nouveau sa tête et lui redonna du cognac. Elle se remit à parler d'une voix qui n'était guère plus qu'un faible murmure.

« Est-ce... vous... professeur... Rosen ?

– Et qui voulez-vous que ce soit ? Un saint-bernard ? Et pour l'amour du ciel, appelez-moi David, même mes amis m'appellent comme ça. »

Elle sourit.

« Je souhaiterais... », dit-elle.

Il mit un doigt sur sa bouche.

« Ne souhaitez rien. Vous n'êtes pas en état de souhaiter quoi que ce soit. Restez allongée jusqu'à ce que nous puissions bouger.

– Nous... ? »

Il poussa un soupir.

« Non, moi seulement, je vous expliquerai plus tard, reposez-vous en attendant. »

Elle s'allongea sur les planches et ferma les yeux. Son

apparence n'avait rien de rassurant. Elle avait le teint gris, parsemé de taches rouges. Il était hors de question de la transporter sur une longue distance. Et il était également impossible de la laisser là. Elle s'endormit. David lui prit la main pour qu'elle sache qu'elle n'était pas seule.

Elle se réveilla à peu près une heure après le coucher du soleil, tremblante de froid. David l'aida à descendre du haut de la caisse, qui servirait à confectionner un abri grossier. Il enveloppa Leïla dans le sac de couchage et plaça la partie supérieure de son corps sous les planches. Il ramassa quelques morceaux de bois que le torrent avait charriés et alluma un feu. De grandes flammes s'élevèrent, qui leur servirent autant à se chauffer et à s'éclairer qu'à se protéger contre les forces de l'obscurité pour lesquelles il éprouvait désormais une haine violente.

Leïla mangea un peu, du pain et quelques figues, et elle vomit le tout quelques minutes plus tard. Elle ne pouvait même pas digérer l'eau. Elle s'était réchauffée, mais elle tremblait encore. Sans son sac de couchage, David souffrait cruellement du froid, même à côté du feu. Il s'en rapprocha, craignant d'épuiser ses réserves de bois avant la fin de la nuit. Il ne s'endormit que très peu de temps vers minuit et fut réveillé par Leïla qui toussait, d'une toux sèche et profonde.

L'aube n'apporta aucun répit à Leïla. Dans la lumière du soleil, David put voir que son état avait empiré au cours de la nuit. Son cou et son visage étaient extrêmement rouges et sa température avait monté. Tandis que la matinée avançait, sa respiration devint de plus en plus difficile et elle toussait fréquemment. Elle se mit à cracher, un liquide légèrement rose, tacheté de gouttes de sang. De temps à autre, elle se serrait contre lui, comme effrayée. Elle pleurait, de douleur autant que de peur. Elle savait qu'elle était en train de mourir. De toute sa vie David ne s'était jamais senti aussi désemparé. Les secours dont ils avaient besoin n'étaient qu'à une journée de marche, mais s'il avait fallu un mois pour y parvenir, le résultat aurait été exactement le même. Il ne pouvait pas la laisser, elle était terrifiée à l'idée de se trouver toute seule. Il lui fallut plusieurs voyages le long des deux ravins pour rapporter suffisamment de bois pour entretenir le feu.

Il parvint avec d'énormes difficultés à s'introduire à nouveau dans le monastère en s'attachant une extrémité de la corde autour de la taille et il descendit en rappel en se servant de l'autre extrémité. Il mit longtemps avant de trouver les maigres réserves de médicaments du monastère, des pansements, quelque chose ressemblant vaguement à des crèmes antiseptiques, de nombreux pots pleins d'herbes et des flacons de petites pilules blanches dont il n'arrivait pas à déchiffrer les étiquettes. Il prit les pansements et les crèmes et s'en servit pour soigner les blessures de Leïla. Mais il ne trouva rien pour soulager la poitrine et les poumons. Il savait qu'elle avait une pneumonie et il n'y pouvait rien. Les soins qu'il apporta à ses blessures semblèrent dérisoires. L'après-midi, elle se mit de nouveau à cracher, plus souvent cette fois et ses crachats étaient d'une couleur plus foncée. Elle était blanche tout autour de la bouche et tout son corps était brûlant de fièvre.

Le lendemain fut pire encore. Il se demanda si elle n'allait pas mourir ce jour-là. Elle semblait se consumer de l'intérieur. Il n'osa pas s'éloigner d'elle, même pour un bref instant. Il ne restait plus de bois pour alimenter le feu et il n'en voyait pas à proximité, la nuit suivante allait être longue et froide. Leïla s'agita toute la journée, se retournant souvent sans pouvoir se reposer, elle toussait et crachait du sang avant de s'allonger à nouveau sur le dos, épuisée. Dans un moment de lucidité, elle lui demanda quel jour on était et combien de temps elle était restée ainsi.

« Je ne sais pas, dit-il.

– Vous… vous devez le savoir, fit-elle, combien… combien de temps êtes-vous… resté… dans le monastère ? Pourquoi est-ce que… les moines… pourquoi ne viennent-ils pas nous aider ? »

Que pouvait-il dire ? Pourquoi aurait-il menti ? La vérité pouvait-elle la faire souffrir davantage ?

« Ils sont morts, dit-il, ils étaient tous morts quand je les ai trouvés. On les a tués, et on a aussi essayé de me tuer. Je suis resté inconscient pendant un long moment, et je ne sais pas quel jour nous sommes. »

Après avoir entendu cela, elle garda longtemps le silence.

Puis, juste au moment où il croyait qu'elle s'était endormie, il l'entendit dire d'une voix faible :

« J'aimerais... J'aimerais savoir... quel jour nous sommes. »

Puis elle se tut, mais elle était de plus en plus agitée, comme s'il lui était d'une extrême importance de connaître la date.

Vers minuit, la fièvre reprit. La douleur que lui causait sa respiration était insoutenable, elle était couverte d'une sueur à l'odeur âcre. Elle se mit à délirer. Elle tremblait de tous ses membres, elle parlait en arabe et criait le nom d'un homme : « Muhsin, Muhsin, *la tatrukin, la tatrukin*, ne me quitte pas, ne me quitte pas. » David frissonnait à côté d'elle. Son délire l'empêchait de dormir. Il se demandait comment elle pouvait tenir aussi longtemps. Son corps fragile était comme déchiré par les fièvres et les convulsions permanentes. Elle dépérissait d'instant en instant, et pourtant elle tenait toujours.

Au matin, elle était encore brûlante de fièvre, mais elle était maintenant si faible qu'elle pouvait à peine bouger, et il savait qu'elle mourrait avant la fin de la journée. En se réveillant, il crut qu'elle était morte, elle était si silencieuse et parfaitement immobile. Mais elle respirait encore... à peine. Il souhaitait qu'elle meure immédiatement. Il ne pouvait plus supporter de la voir souffrir ainsi, et il se sentait coupable de sa mort. Il l'avait emmenée là, dans cette quête qui n'avait aucune signification pour elle. Il n'était pas responsable des autres morts, sauf peut-être de celle de ses parents, mais il garderait toujours la sienne sur la conscience.

Juste après midi, il entendit le hennissement d'un cheval, un peu plus loin dans la vallée. Il leva les yeux. Le bruit semblait provenir des parages de Saint-Nilus. Il essaya de regarder au loin, mais il ne put rien apercevoir. Puis le bruit se fit entendre de nouveau, plus clairement cette fois. David se leva et se mit à marcher dans la direction d'où le hennissement semblait venir. Leïla lui avait signalé le vol des chevaux. Le tueur avait-il eu une raison de revenir ? David était sûr que c'était lui qui avait pris les chevaux. En approchant de l'entrée du Shi'b al-Ruhban, il entendit le bruit de sabots avançant lentement et les voix de deux hommes. Il s'aplatit contre la paroi et attendit.

Deux chevaux apparurent, montés par deux hommes vêtus de noir, c'étaient des moines. David se précipita vers eux en les appelant. Il reconnut l'un d'eux, le père Gregorios de Sainte-Catherine, un vieux moine bienveillant, connu pour ses sermons et ses confitures. L'autre était un petit homme d'une cinquantaine d'années avec une barbe noire fournie, un visage usé au milieu duquel deux yeux rusés le regardèrent approcher. C'était comme si toutes les fatigues et les tensions des jours passés s'étaient concentrées en lui en une sorte de bombe à retardement qui éclatait à travers ses veines et ses artères comme il approchait des deux moines. Il arriva à la hauteur du cheval du père Gregorios et le saisit par la bride, puis leva les yeux pour regarder le visage du vieillard. Ses yeux s'emplirent de larmes, et tout à coup il éclata en sanglots, écrasé par le poids de l'anxiété qu'il avait dû contenir jusqu'à présent. Le vieil homme mit pied à terre et le prit dans ses bras jusqu'à ce qu'il puisse parler.

Il ne mit pas longtemps à expliquer ce qui s'était passé. Les moines échangeaient des regards étonnés et incrédules, mais aucun des deux ne sembla effrayé par ce que David leur raconta. Ils s'étaient rendus à Saint-Nilus, disaient-ils, pour fêter Noël avec les autres moines. C'était une visite annuelle dont les origines remontaient au xe siècle. David fut tout d'abord pris d'une certaine confusion, il était sûr d'être arrivé le 28 décembre. Puis il se souvint que certaines églises orientales, russes, serbes, quelques-unes sur le mont Athos, celles de Jérusalem et du Sinaï, respectaient le vieux calendrier. Le jour de Noël était le 7 janvier. « C'est aujourd'hui le 2 janvier », lui dirent-ils.

Le plus jeune moine avait déjà mis pied à terre. Il mit la main dans le sac de selle et en retira une petite boîte de cuir.

« Vite, dit-il, où est la jeune fille ? »

David les guida le long du défilé jusqu'à l'endroit où elle était couchée. Sans un mot, le moine se pencha à côté d'elle et l'examina. À la manière dont il agissait, on voyait immédiatement qu'il était médecin. Ce doit être le père Siméon, songea David, le moine médecin de Sainte-Catherine dont il avait entendu parler, mais qu'il n'avait jamais rencontré. Il l'observa se livrer aux habituelles vérifications et répondit à une série de questions détaillées sur l'évolution de la maladie de Leïla. Satisfait des réponses que lui donnait David, le docteur se tourna vers sa serviette et en retira un petit flacon de verre contenant des pilules blanches. Sa sacoche était pleine de flacons semblables à celui-ci, il y en avait peut-être une centaine ou plus. Le père Siméon sortit précautionneusement deux pilules, referma le flacon et les mit dans la bouche de Leïla.

Il donna également à David deux petites pilules sucrées imprégnées de ce que le père Siméon appelait de l'aconit. En moins d'une heure, il se sentit beaucoup mieux et put s'endormir. Quand il se réveilla, il faisait noir. On avait allumé un feu. Le père Gregorios avait dû aller bien loin pour trouver du bois. Il sentit une odeur de nourriture en train de cuire, chaude et épicée. David se rendit compte alors qu'il était mort de faim. Il s'assit et se frotta les yeux. Les deux moines s'étaient installés autour du feu. Le père Gregorios cuisinait tandis que le père Siméon était agenouillé en prière auprès de Leïla. Il lui avait administré les sacrements de l'*euchelaion*, et l'avait ointe d'huile. Ce n'était pas un rite pour les mourants, mais un élément essentiel de la prière pour le rétablissement des malades.

Un peu plus tard, David parlait à voix basse avec Gregorios. Le vieil homme lui souriait. Il avait l'impression d'être au milieu d'un rêve, le vieux moine près du feu, la viande qui rôtissait, le silence chaleureux.

« Cette viande faisait partie de notre repas de Noël, expliqua le père Gregorios d'une voix douce. Nous en apportons tous les ans à nos frères de Saint-Nilus. J'espère que vous aimez l'agneau. » Il tourna la viande sur sa broche et resta assis à regarder les flammes. Puis il se tourna vers David. Il ne souriait plus.

« Vous dites qu'ils sont tous morts ? »

David hocha la tête.

« Vous dites qu'ils ont été assassinés ? »

David répéta son geste.

« Où sont-ils maintenant ? Peut-on les voir ? »

David expliqua ce qui s'était passé dans l'ossuaire. Il hésita en racontant comment il était parvenu à s'échapper.

Maintenant que tout cela lui semblait plus un cauchemar qu'une réalité, il se sentait mal à l'aise quant à la façon dont il avait traité les dépouilles des morts. Malgré lui, il dut raconter à Gregorios comment il avait brûlé la porte.

« Et saint Nilus ? demanda le vieil homme, lui aussi vous l'avez brûlé ? »

David acquiesça, honteux.

À sa grande surprise, Gregorios souriait. David crut percevoir une sorte d'amusement dans les yeux doux et ridés du moine.

« Ne vous inquiétez pas, dit-il, nous avons déjà trop de saints comme ça. Tous ces vieux ossuaires pleins d'ossements et de chairs pourries, tout cela est parfaitement inutile, on ferait mieux de tous les brûler. »

Son sourire disparut.

« Vous avez bien fait, dit-il. Que vaut le corps d'un saint, comparé à une vie humaine ? »

Il regarda Leïla étendue dans l'ombre.

« Deux vies humaines. Elle n'aurait pas survécu si vous n'étiez pas parvenu à vous échapper. Et... »

Il sourit à nouveau avec cette étincelle malicieuse dans le regard.

« Et si vous vous mariez et que vous ayez des enfants, combien de vies humaines cela fait-il ? Et vos petits-enfants ? Le vieux Nilus serait content. Il avait lui-même un fils. »

« Un fils ! s'exclama-t-il, mais je croyais que c'était un ermite, qu'il vivait dans le célibat. »

Gregorios hocha la tête et sourit.

« C'est vrai, mais il n'en a pas toujours été ainsi. Lorsqu'il était jeune, il a épousé une femme de sang royal à Constantinople. Ils eurent deux enfants, un garçon et une fille. Plus tard, ils vinrent vivre dans les monastères d'Égypte, sa femme avec sa fille, et Nilus avec son fils Théodule. Par la suite, le père et le fils partirent rejoindre les moines du Sinaï. Mais Théodule fut capturé par les Arabes païens qui voulurent le sacrifier à leur déesse, Vénus. Il pria Dieu et Dieu le sauva. Alors on le vendit comme esclave dans les marchés de Souk. Enfin, il retrouva son père et vint vivre à ses côtés dans la colonie qu'il avait fondée ici, au Sinaï. Même les saints ont des enfants, David. Vos saints hommes n'avaient-ils pas des fils et des filles, n'aimaient-ils pas leurs familles ? Alors à quoi sert un vieux cadavre ? Si nous trouvons ses cendres, nous pourrons les mettre dans une urne qui fera une relique. Les os calcinés d'un saint peuvent avoir autant de pouvoirs que sa peau. »

Siméon avait achevé sa prière et les avait rejoints. Il les informa que l'état de Leïla s'améliorait rapidement, et qu'ils pourraient la transporter à l'intérieur du monastère le lendemain matin, s'ils arrivaient à réparer l'élévateur. Il examina David de nouveau, lui donna encore quelques pilules et lui dit qu'il pourrait manger une fois qu'il aurait assimilé le médicament, d'ici un quart d'heure.

Ils discutèrent après le repas. On ne parla ni des meurtres ni de ce que David avait vécu dans le monastère. De son côté, il ne mentionna pas la boîte qu'il avait trouvée dans la malle, contenant la bobine de film et le journal, qu'il gardait dans son sac.

L'après-midi suivant, Leïla allait déjà beaucoup mieux. En s'aidant des chevaux, ils purent réinstaller la plate-forme en bois et hisser la jeune femme dans le monastère, où on l'installa confortablement dans la salle de réception du bâtiment principal. Siméon observait tous les symptômes dont elle souffrait, lui parlant avec douceur lorsqu'elle put répondre à ses questions. Il prit note de son humeur et de ses états d'esprit et consultait fréquemment un gros volume intitulé *Materia medica* qu'il trouva dans la bibliothèque du monastère. Il était comme en harmonie avec elle, la soignait avec compassion plutôt que détachement, prenant en considération les plus petites et les plus étranges indications qu'il recevait.

Au bout du troisième jour, Leïla fut en état de parler. David apprit à bien la connaître au cours des jours qu'ils passèrent ensemble dans le monastère. C'est lui qui parla le plus, ils discutèrent de choses insignifiantes, puis il parla de lui-même, révélant des secrets de plus en plus proches de son cœur. Il lui parla de ses parents, de son père et de l'amulette, de sa *bar mitzvah* puis de ses études et il raconta comment il avait perdu la foi. Elle lui parla de son foyer qui n'en avait jamais été un, de l'amour de son père et de ses accès de colère, de ses amours irréconciliables pour le désert et la vie des grandes villes. Ils évitèrent de faire référence à ce qui s'était passé, mais ils savaient qu'ils avaient établi entre eux une intimité plus grande encore que s'ils avaient fait l'amour ensemble.

« Nous n'avons plus besoin d'avoir de secrets l'un pour l'autre », dit-il. Mais il se garda bien d'aborder les sujets les plus délicats, et elle suivit son exemple.

Les deux moines passèrent leur temps à restaurer l'ossuaire, la bibliothèque et la chapelle. La veille de Noël, ils apportèrent les corps des sept autres moines dans la chapelle pour le service funèbre. David et Leïla étaient présents, ils se tenaient à l'arrière, deux incroyants observant la scène de derrière la grande iconostase à travers la Porte royale, écoutant les psaumes et les cantiques qui s'élevaient vers le dôme doré et envahi d'ombres.

Les voix des moines s'élevaient et retombaient dans cette semi-obscurité, alors que l'église s'emplissait d'une étrange et riche musique. Les flammes des cierges scintillaient, illuminant les icônes, redessinant les visages des anges et des saints. Derrière ces voix, David entendait celle du *hazzan* à l'enterrement de ses parents, qui chantait ce passage du Livre de Job :

Mais l'homme meurt et reste inanimé, l'humain expire et où est-il ? Les eaux auront disparu de la mer, et un fleuve sera tari et desséché, cependant que l'homme restera couché et ne se lèvera pas : jusqu'à la disparition des cieux ils ne s'éveilleront pas et point ne se réveilleront de leur sommeil.

Les corps étaient parfaitement immobiles. Leïla se tenait comme une statue, muette, sans bouger, ses pensées voyageaient au loin. David mit son bras autour de ses épaules, mais elle ne sembla pas être consciente de sa présence. Les voix continuaient à chanter leur litanie. Leïla se tourna tout d'un coup et se dirigea vers la porte. David la suivit dans le narthex et dans la nuit. Elle lui fit face, ses émotions se lisaient sur son visage et dans son regard.

« Je suis désolée, dit-elle enfin. Mais quand j'étais malade, je ne pouvais pas m'empêcher de penser à aujourd'hui, je pensais qu'on était déjà aujourd'hui et que j'allais mourir.

– Mais pourquoi aujourd'hui ? » demanda-t-il.

Elle essaya de le regarder bien qu'il ne fût qu'une ombre dans l'obscurité.

« Il y a exactement un an aujourd'hui que Muhsin est mort. »

« Muhsin. » C'était le nom qu'elle avait prononcé à voix basse dans son délire.

Il y eut un moment de silence, puis elle parla à nouveau.

« C'était mon mari. »

David commençait enfin à comprendre, à voir ce qu'il y avait au-delà de ce mur derrière lequel elle essayait de se cacher.

« Comment est-il mort ? » demanda-t-il.

Elle hésita, puis elle lui raconta tout, en murmurant presque.

« Il s'était mis à faire de la politique à l'université de Bir Zeit. Il y avait eu une manifestation l'année dernière, quand l'armée israélienne est venue une fois de plus fermer le campus. Quelques personnes ont jeté des cocktails Molotov sur un véhicule blindé et les soldats ont riposté. Muhsin a été atteint par une balle perdue. Dans le dos. Ils m'ont pris mon foyer puis mon mari. Ils ne m'ont rien laissé. »

À l'intérieur, le chant s'était arrêté, David la serra contre lui. Mais elle n'était pas vraiment là.

18.

Ils partirent le lendemain. En moins d'une semaine, Leïla fut complètement rétablie. Même ses blessures avaient guéri à une vitesse remarquable et elle n'en souffrait plus du tout. Elle était capable de voyager à cheval, mais David préféra marcher à côté d'elle plutôt que de se remettre en selle. Le père Gregorios marchait devant, absorbé dans ses pensées.

David avait remarqué que le vieux moine s'était renfrogné au cours des dernières journées. Sa nature ouverte et affable avait fait place à l'introspection et à une humeur sombre. David pensa qu'il en savait plus qu'il ne voulait l'admettre et que la mort des autres moines avait une signification particulière pour lui. Il l'avait surpris un jour, sortant de la réserve où il avait trouvé la malle, avec une expression d'inquiétude sur le visage.

Le père Siméon, lui, bien que perturbé et intrigué par les assassinats, ne donnait pas l'impression d'en savoir plus que David ou Leïla. David croyait comprendre pourquoi il en était ainsi. Siméon était, en quelque sorte, un nouveau venu, tandis que Gregorios avait vécu dans la région depuis sa jeunesse, de nombreuses années auparavant. Et si David avait vu juste, les événements récents avaient leur origine dans ce qui s'était passé quelque quarante ou cinquante ans plus tôt.

Parfois Leïla marchait en avant en compagnie de Gregorios, engageant la conversation, le distrayant par sa présence. Elle en était venue à éprouver beaucoup d'affection pour ce vieil homme et il le lui rendait bien, plus à la manière de quelqu'un qui connaît le monde que d'un moine qui s'en est retiré depuis longtemps. Pendant ce temps, David s'entretenait gravement avec le père Siméon de ce qui l'avait amené au Sinaï et à Saint-Nilus, et, pour la première fois, il parla de l'homme qu'il avait tué à Tell Mardikh. Le moine écoutait en silence, hochant la tête de temps à autre. Il ne donna pas de conseil, il ne le réprimanda pas et ne porta aucun jugement. Qu'y avait-il là de condamnable ? David n'était responsable d'aucune de ces morts, il avait tort de se les reprocher. Mais d'autre part, son devoir était de ne pas abandonner. Il devait trouver les tueurs par tous les moyens dont il disposait.

« La faiblesse est une force, dit le moine, c'est une chose que les gens avides de pouvoir ne comprendront jamais. Un revolver ne rend pas un homme plus fort, mais plus faible, parce qu'il en devient dépendant. C'est là que réside votre propre force. Ils pensent que vous n'avez aucun pouvoir et ils ne prendront pas de précautions contre vous. Ils vous croient mort, ils ne vous recherchent donc pas. Ils pensent que vous ne savez rien. Mais vous avez déjà identifié le manuscrit manquant et... »

Il marqua une pause.

« Et vous détenez ce que vous avez caché dans votre sac. »

David le regarda en écarquillant les yeux, mais le moine n'y fit pas attention et il reprit :

« Ne vous inquiétez pas, je ne sais pas ce que vous avez trouvé, et je n'ai aucune intention de le savoir. Vous avez été appelé à cette mission et je n'ai aucun rôle à y jouer. »

Il s'arrêta et regarda David droit dans les yeux. Celui-ci décela un trouble dans son regard sombre et ses lèvres étroitement serrées.

« Tout cela est l'œuvre du mal, David. Ce qui s'est passé à Saint-Nilus est un horrible blasphème. Des forces diaboliques sont en train de se déchaîner. Je le sens au plus profond de mon cœur, et Gregorios le sent aussi. Il sait quelque chose, mais il refuse de m'en parler. Il a peur, très peur. Mais tout tourne autour de vous, David. Ce mal vous a trouvé et a essayé de vous détruire. Il a pris la vie de ceux que vous aimiez. Il est encore là, il attend de prendre encore d'autres vies, j'en suis sûr. C'est à votre tour de le trouver maintenant et de faire tout ce qui est en votre pouvoir pour le détruire. »

Ils arrivèrent à Sainte-Catherine tard le second jour, après s'être souvent reposés en route. Leïla voulait continuer directement vers al-Arish, mais le père Siméon l'obligea à rester une semaine entière en convalescence avant d'entamer ce long voyage. Elle explora le monastère en compagnie de David, ils s'asseyaient et discutaient ensemble tandis que les moines s'affairaient à leurs tâches habituelles.

Au matin du dernier jour, elle insista pour monter avec David au sommet du Djebel Musa, la montagne qui surplombait le monastère. Pendant des siècles les pèlerins s'y étaient rendus, pensant qu'il s'agissait du mont Sinaï où Moïse reçut de son Dieu les Tables de la Loi. Ils se mirent en route bien avant l'aube pour voir le soleil se lever au-dessus de la montagne. La montée était difficile et abrupte, le long d'un étroit chemin serpentant sur le flanc du Djebel. Quand ils atteignirent enfin le sommet, leur enthousiasme s'était évanoui et ils n'avaient plus envie que de s'allonger et de se reposer.

Le soleil commença son ascension. Sa lumière s'étendit

depuis l'orient sur tout l'horizon, s'élevant dans le ciel au-dessus de l'immense étendue de sable et de pierre. Sous leurs yeux, les ténèbres reculaient devant la lumière du jour et le monde semblait renaître. Le paysage désolé qui leur avait paru si terne s'animait de couleurs vives et chatoyantes : pourpre, rouge, bleu, vert et jaune. Leïla prit la main de David et regarda émerveillée le Sinaï qui s'étendait à ses pieds.

Ils atteignirent al-Arish vers midi, suivant la route le long de la côte ouest jusqu'à Wadi Sudr, puis obliquant au nord-est à travers Bir Tamada et Bir Hasana. Pendant le voyage, David s'était mis à espérer que Leïla l'accompagnerait jusqu'à Jérusalem. Il n'avait pas de raison de croire qu'elle accepterait, il n'y avait rien de plus que de l'amitié entre eux, mais il l'espérait quand même. Ils arrivèrent enfin à l'embranchement où la route rejoint l'autoroute de la côte qui mène en Eretz Israël à travers la bande de Gaza. David arrêta la jeep et éteignit le moteur.

« C'est ici que nous nous quittons », dit-il.

Elle regardait devant elle à travers le pare-brise. Les rues lui étaient familières, les alignements de maisons lui rappelaient de nombreux souvenirs enfouis dans son inconscient. Ces maisons en torchis qui s'étendaient sur des kilomètres, avec de temps à autre un palmier et le minaret de la mosquée principale qui dominait l'ensemble. Elle sentait l'air marin. Les mouettes volaient au-dessus de la Méditerranée.

« Il faut que je parte aujourd'hui, dit-il, je n'ai pas le temps de m'attarder. Il faut que j'aille à Jérusalem. Je dois faire ces choses dont je t'ai parlé.

– Je sais », dit-elle.

Il y eut une pause. On entendait des cris d'enfants dans les rues, un vieillard sur un âne passa à côté d'eux sans les regarder.

« Ne me demande pas de t'accompagner, plus tard peut-être, mais pas maintenant. Je ne peux pas penser à Jérusalem pour le moment.

– Est-ce que tu n'as pas aussi des choses à y faire ? » demanda-t-il avec insistance. Il savait que la meilleure chose à faire était de démarrer et s'en aller. Un vent frais soufflait de la mer. Il sentait le goût du sel sur sa langue.

Elle regardait toujours à travers le pare-brise, comme sur ses gardes.

« Tout semble si lointain, dit-elle, je ne peux pas expliquer, j'ai deux vies différentes, deux identités. Leïla Rashid l'universitaire, et Leïla Rashid le guide. Il faut que je choisisse. Tout cela semble si irréel maintenant. Mon monde est ici, David. »

Il y eut une longue pause. Le vent soufflait dans ses cheveux et les caressait comme les vagues sur les algues entre les rochers. Il la regarda. De profil, son visage prenait une expression distante, comme s'il possédait deux dimensions différentes.

Un haut-parleur se mit à grésiller dans le silence. Puis on entendit le son métallique de l'appel à la prière, monotone, déformé par l'amplificateur, qui se mêlait aux cris des mouettes.

Allahu akbar, Allahu akbar.

« David », Leïla se retourna sur son siège.

Allahu akbar, Allahu akbar.

« Je ne peux pas venir avec toi, je t'en supplie, comprends. »

Ashhadu an la ilaha illa 'llah.

David tendit la main pour la toucher, mais elle l'évita.

Ashhadu anna Muhammadan rasul Allah.

« Il faut que je parte, David. » Elle retira son sac de l'arrière de la jeep et ouvrit la porte.

Ashhadu anna Muhammadan rasul Allah.

La cassette était vieille et usée et on distinguait mal les paroles. David tourna la clef de contact, faisant rugir le moteur, couvrant l'appel à la prière.

« Au revoir, David, dit-elle, prends bien soin de toi. »

Il sourit et appuya sur l'accélérateur. La jeep s'ébranla et prit de la vitesse tandis qu'il tournait sur la Via Maris.

3

Tes villes saintes sont un désert ;
Sion est un désert,
Jérusalem une solitude.

ESAÏE, 64 ; 9.

19.

Jérusalem se désolait, en état d'attente entre deux fêtes religieuses. Les lumières de Hanoukha s'étaient éteintes. Noël, occidental et oriental, était passé. Purim avec sa joie et son ivresse était à deux mois de là, et Pâque et Pesah étaient encore plus éloignés. Les rues étaient pleines de gens anodins. On ne voyait de processions que pour les mariages et les enterrements, qui parfois s'entrecroisaient. Au mur des Lamentations, des hommes barbus se balançaient d'avant en arrière pour la prière, les immenses pierres les faisaient paraître minuscules. Un peu plus loin, les fidèles musulmans priaient et discutaient dans la Coupole du Rocher et la mosquée d'Aqsa, s'entretenant de l'abomination, de la désolation, des pieds des chrétiens foulant le sol du Temple détruit, piétinant le Saint des Saints.

Quittant le mont du Temple, David Rosen traversa la Via Dolorosa et s'enfonça dans le quartier musulman de la Vieille Ville. Il laissa de côté les magasins pour touristes et évité le souk et sa foule pour se diriger vers les petites rues calmes et les sombres passages. Il se perdit à plusieurs reprises, mais parvint chaque fois à revenir sur ses pas et à reprendre le bon tournant. Il passa devant des vieillards assis aux terrasses des cafés, fumant le narguilé et jouant au backgammon, il était impressionné par la vitesse à laquelle ils bougeaient les pions noirs et rouges. Ils le regardaient, impassibles, l'esprit ailleurs.

C'était un quartier dangereux. Les hôtels borgnes et les magasins louches se succédaient dans des rues peuplées d'oisifs dévisageant les passants. Les enfants ne jouaient pas mais se tenaient en groupes, s'appliquant à déceler les menaces de la rue. David se sentait observé et vulnérable. Il n'aurait pas dû venir seul. Une jeep militaire déboucha dans la rue et passa lentement devant lui. Il sentit la tension monter à son passage ainsi que le ressentiment des gens. Deux jeunes soldats se trouvaient assis à l'arrière, mitraillette en main, prêts à affronter les ennuis, ils avaient le visage tendu. L'un d'eux cria vers David en hébreu :

« Vous vous êtes perdu ? »

David ne répondit pas et continua son chemin. La jeep s'éloigna et disparut dans la foule.

La maison datait de la période ottomane tardive. La façade en granit blanc était couverte de crasse et avait besoin de réparations. Quelqu'un avait uriné contre le mur. On pouvait encore y lire de vieux slogans de l'OLP à moitié effacés, sous des affiches déchirées pour des concerts de musique arabe. Un chien famélique trottina devant lui et alla renifler le mur avant de continuer. David hésita. Les gens lançaient des regards hostiles dans sa direction. Il saisit le lourd marteau de cuivre de la porte et frappa deux coups. Le bois épais absorba le bruit. Il frappa de nouveau et entendit une voix. C'était une voix gutturale de femme arabe. La porte s'ouvrit à peine, révélant le visage d'une vieille femme, desséché et suspicieux.

« *Shu fi* ? Qu'est-ce qu'il se passe ? » demanda-t-elle comme si on ne lui rendait jamais visite que pour apporter des ennuis. Sans même attendre une réponse, elle ajouta :

« Il n'y a personne ici, vous perdez votre temps, allez-vous-en. »

Elle tenta de refermer la porte mais David y avait appuyé sa main pour l'en empêcher.

« Je veux voir Hasan, dit-il.

– Il n'y a personne ici du nom de Hasan. Allez-vous-en. »

Elle repoussa la porte avec une force étonnante. David lui

résista. Il regarda le numéro au-dessus de la porte, une plaque blanche émaillée de bleu. Puis il tourna de nouveau ses regards vers la vieille. Ses petits yeux cerclés de rouge ne se détachaient pas de lui.

« Je suis bien au numéro 10 Shari'al-Najjarin ? » demanda-t-il bien qu'il pût parfaitement s'en rendre compte lui-même.

Elle approuva de la tête en fronçant les sourcils. Même elle ne pouvait pas le nier.

« On m'a dit que je trouverais ici Hasan al-Yunani. Je dois le voir pour affaires. Dites-lui que je m'appelle David Rosen, professeur Rosen, et que je veux lui parler. Il y a de l'argent à gagner. »

La vieille renifla mais ne céda pas d'un pouce.

« De l'argent ? s'écria-t-elle en couinant, je ne vois pas d'argent. Allez-vous-en ! »

David tira de sa poche des billets de cinq cents shekels et les agita devant l'ouverture à la hauteur du visage de la vieille. Une main ridée jaillit et les billets disparurent immédiatement. Le plus vieux truc venait encore de faire son effet avec la monnaie la plus ancienne du monde. La porte s'ouvrit et David entra. Il se retrouva dans un vestibule sombre, au plafond bas, menant à une autre lourde porte cloutée. Le mur sur la gauche avait été creusé à hauteur de la taille pour dégager un banc sur lequel les visiteurs patientaient autrefois. Il était encombré de chiffons, de pots brisés et de vieux bidons rouillés de paraffine.

La vieille femme clopina jusqu'à la porte. Elle souleva la poignée, ouvrit et précéda David dans une cour carrée. La cour était vide. La vieille avait disparu. Il regarda tout autour de lui. Une fontaine couverte de carreaux et entourée de fer forgé se dressait au milieu. Elle était à sec. À en juger par son état, elle n'avait pas connu une goutte d'eau depuis des années, peut-être même des décennies. Les carreaux de couleur, autour de la base et du pilier central, étaient fendus ou cassés, certains s'étaient complètement détachés. C'étaient de petits carreaux turcs dont les teintes éclatantes de turquoise, de cannelle et de safran étaient passées et couvertes de taches. La grille de fer était tordue et rouillée. Tout était envahi de mauvaises herbes poussiéreuses et maigres. Les murs de la maison étaient gris et parsemés de lichen, le plâtre s'effritait par endroits, laissant apparaître des briques croulantes. Les volets étaient fermés à toutes les fenêtres et on ne voyait pas signe de vie. Rien ne bougeait.

David ne comprenait pas. Celui qu'il était venu voir était l'un des hommes les plus riches de Jérusalem. Hasan al-Yunani était un Chypriote, Grec de naissance, son vrai nom était Stavros Kyriakides. Il était arrivé illégalement à Jérusalem en 1946 à l'âge de vingt-trois ans. On disait qu'il avait été obligé de quitter Famagouste à cause d'une rivalité de famille à l'occasion de laquelle il s'était rendu coupable de la mort d'un parent.

À la suite de la fondation de l'État d'Israël, il avait quitté son petit appartement de la rue David, à la lisière du quartier chrétien, et avait emménagé dans une maison du côté musulman de la porte de Damas, à proximité de la mosquée de Mawlawiyya. Au cours des années suivantes, il avait changé d'identité.

En 1951, il s'était converti à l'islam et avait changé son nom pour celui de « Hasan », mais dans le quartier il était toujours connu comme « al-Yunani », « le Grec ». Avec le temps, Hasan al-Yunani était devenu intouchable. Il connaissait tout le monde et les faiblesses de tout le monde. La rumeur disait qu'aucun secret à Jérusalem ne lui échappait. Il avait des oreilles et des yeux partout à écouter, regarder et prendre note. Au fur et à mesure, tout le monde était tombé à sa merci, même les hommes les plus puissants de la ville. Il avait plus d'ennemis que d'amis et il était pourtant l'homme le plus en sécurité de tout Israël, pour la simple et bonne raison qu'il était le plus dangereux. Et s'il était dangereux, il était aussi utile. Il travaillait comme informateur. Il n'avait pas de scrupules ni de loyauté envers qui que ce soit. Pour un bon prix ou un service rendu, il pouvait donner toutes les informations nécessaires à quelqu'un ou lui fournir tout ce qu'il voulait : le pouvoir, l'argent, une femme, un homme, une vie… ou un livre.

David entendit une respiration rauque. Il se retourna tout d'un coup. La vieille était de nouveau là, le regardant fixement à côté d'une porte ouverte.

« Il va vous recevoir, dit-elle, venez. » Son ton n'était pas plus chaleureux et l'expression de son visage n'avait rien gagné en douceur.

David s'avança prudemment sur les dalles de la cour, la vieille fit un pas de côté et le laissa passer. Il entra dans un couloir sombre et étroit éclairé par une unique bougie. Elle alla en boitillant jusqu'à une autre porte sur la gauche.

« Il sera bientôt là, dit-elle, attendez ici. »

Elle se pencha pour ouvrir la porte qui s'ouvrait sur une pièce et le fit entrer. Il y pénétra et entendit la porte se refermer derrière lui.

Les vitres crasseuses filtraient une lumière grise et diffuse. Tout semblait usé et passé. Il y avait de la poussière partout, sur les chaises à haut dossier, sur les tables orientales sculptées, sur les épais tapis persans recouvrant entièrement le sol, sur les lourds rideaux de velours rongés par les années qui pendaient sur le mur de chaque côté de la fenêtre. Les extrémités de la pièce se perdaient dans l'ombre. David remarqua des toiles d'araignée au plafond, alourdies par la poussière. Une odeur de moisi empestait l'atmosphère et le prenait à la gorge. Les murs étaient couverts de haut en bas de vieilles photos encadrées, des visages d'hommes, de femmes, d'enfants, une galerie de portraits aux expressions mornes et aux regards tristes. C'était comme une collection de papillons, des visages épinglés à jamais sur le mur d'al-Yunani. Une grande poupée de porcelaine était assise sur une des chaises, couverte de poussière et en haillons. Ses cheveux autrefois dorés étaient entrelacés de toiles d'araignée. Ses yeux sans vie regardaient David et le suivaient partout tandis qu'il se déplaçait à travers la pièce, examinant les photos. Il entendit un grattement à la porte et un bruit de tissus balayant le sol. David se retourna.

L'homme qui entra était exactement le contraire de tout ce que David attendait. Il s'était imaginé al-Yunani petit et gros, les cheveux plaqués et gominés, des mains grasses couvertes de bagues de jade et de verre, dans un costume de soie et en souliers vernis : un parrain oriental de la vieille école. Le véritable al-Yunani était grand et maigre, peu soigné, et ses cheveux blancs et gras qu'il commençait à perdre tombaient de façon désordonnée sur ses épaules voûtées. Il portait une robe de chambre usée jusqu'à la corde avec de larges revers tachés et une ceinture de soie aux couleurs passées. Mais David ne remarqua d'abord rien de tout cela. Toute son attention se dirigeait vers le visage du nouveau venu et plus particulièrement ses yeux. Le Grec était aveugle. Son œil gauche était fermé en permanence, couvert par une large cicatrice. Il n'avait pas d'œil droit, et l'orbite était bouchée par du coton.

Al-Yunani tendit la main. David s'avança pour la serrer, baissant le regard, pour ne pas voir les yeux de l'autre. Il sursauta et fit un pas en arrière, le sol s'était couvert de fourrure vivante, al-Yunani était entouré d'une nuée de chats de toutes les couleurs et de toutes les tailles. Le Grec s'avançait comme un prêtre suivi de sa congrégation. David se demanda en les observant pourquoi ils étaient tous si silencieux. Il y avait là quelque chose d'anormal et de profondément troublant.

« Bonjour, professeur, dit l'aveugle dans un anglais teinté d'un fort accent, *Ahlan wa sahlan. Marhaba.* Je vous prie d'excuser la présence de mes chats. Ils ne vous dérangeront pas. Asseyez-vous et mettez-vous à l'aise si cela vous est possible. »

David trouva une chaise, enleva quelques oripeaux et s'assit avec dégoût sur le rebord du siège poussiéreux. Al-Yunani fit de même, s'installant dans un fauteuil apparemment très sale, vers lequel il s'était dirigé comme guidé par un radar. Les chats le suivirent, les favoris prirent la liberté de sauter sur ses genoux, d'autres sur les bras du fauteuil, d'autres enfin se couchèrent à ses pieds. Ils restaient toujours silencieux, comme muets.

Al-Yunani parla de nouveau. Sa voix était fine et coulait difficilement, grisâtre mais pointue, comme une vieille lame rouillée mais encore capable de verser du sang.

« Et que me veut David Rosen ? demanda-t-il.

– Vous parlez comme si vous me connaissiez », dit David.

Le Grec hocha la tête.

« Oui, je vous connais, vous avez récemment retenu mon attention. Il y a eu quelques ennuis avec le Mossad, un incident de frontière, un mort. Depuis, vous êtes parti au Sinaï, le désert s'est-il montré favorable envers vous ? »

David se mit à parler mais l'aveugle l'interrompit.

« Je ne veux pas parler des assassinats, ce qui s'est déroulé à Saint-Nilus n'a profité à personne. Mais avez-vous trouvé ce que vous êtes allé chercher au Sinaï ? Les montagnes ont-elles été favorables ?

– Comment en savez-vous tant ? Comment avez-vous appris ce qui s'est passé à Saint-Nilus ?

– Ce n'est pas à vous de poser des questions, professeur. Le désert vous a-t-il fait preuve de sa bonté ? »

David secoua la tête. Il pensait avoir compris.

« Non, dit-il, je n'ai pas trouvé ce que je cherchais si c'est ce que vous voulez dire. C'est pour cela que je suis venu vers vous. »

Al-Yunani hocha la tête. Il avait entendu cette phrase si souvent auparavant : « C'est pour cela que je suis venu vers vous. » Comme le thérapeute vers lequel on se tourne quand tous les autres traitements ont échoué. Il se pencha légèrement en avant.

« Pourquoi êtes-vous allé dans le désert ? Le désert ne vous invite jamais. On ne s'y rend pas par plaisir, vous aviez des raisons.

– C'est mon affaire.

– Vous voulez vous livrer à un duel de paroles. Je ne peux pas travailler comme ça. Bonne journée. »

Il fit mine de se lever. Les chats assis sur ses genoux s'agitèrent. David tendit la main vers lui, mais il était trop éloigné, et il la laissa retomber.

« Je n'essaie pas d'être mystérieux pour le plaisir, monsieur Kyriakides. J'ai de bonnes raisons de rester silencieux. »

Le visage d'al-Yunani se transforma.

« Je m'appelle Hasan, dit-il, souvenez-vous-en. »

Il marqua une brève pause puis il reprit :

« Pourquoi êtes-vous allé dans le désert ? »

David soupira.

« Pour trouver la solution d'une énigme.

– Qu'avez-vous trouvé ?

– D'autres énigmes.

– Et c'est pour cela que vous êtes venu vers moi. »

David se tut quelques instants puis approuva.

« Oui, c'est pour cela que je suis venu vers vous. »

L'aveugle sourit et s'enfonça dans son fauteuil. Il caressait un des chats de sa fine main, une énorme bête avec des yeux verts et un poil fourni. De la main droite, il jouait distraitement avec le coton qui bouchait une des orbites de ses yeux, tirant dessus, jouant avec les fibres pour produire de petites touffes. David se sentit pris de nausée et se mit à craindre que le coton ne sorte de l'orbite. Il se demanda ce qui était arrivé à cet homme. Al-Yunani parla à nouveau, sa voix était plus dure qu'auparavant.

« Très bien, passons-nous des raisons pour le moment. Nous y reviendrons si nécessaire. Comment puis-je répondre aux questions que vous avez trouvées dans le désert ?

– En trouvant un livre pour moi, répondit David. La solution à cette énigme se trouve dans un livre. C'est pour cette raison que je me suis rendu à Saint-Nilus, mais l'exemplaire qui s'y trouvait a disparu. À mon retour à Sainte-Catherine, je me suis entretenu avec le père Spiros, le bibliothécaire, qui m'a dit que de nombreuses années auparavant, un jeune moine avait fait une copie de ce livre et l'avait apportée à Jérusalem. Cet exemplaire est resté pendant de nombreuses années entre les mains du patriarche grec, ici, mais il a disparu avec un certain nombre d'autres livres vers 1930. Spiros avait entendu des rumeurs selon lesquelles le volume avait fini dans une bibliothèque particulière, ici à Jérusalem. Je ne sais pas où est cette bibliothèque ni qui en est le propriétaire. Tout ce que Spiros avait pu lui dire, c'était qu'elle se trouvait quelque part dans le quartier musulman, et on disait que de nombreux livres et manuscrits précieux en avaient mystérieusement pris le chemin pendant les années qui précédèrent la Seconde Guerre mondiale. Selon Spiros, personne n'a jamais pu entrer dans cette bibliothèque ou consulter les livres qu'elle contient. Mais il y avait une chose qu'il savait. Pendant la guerre, tout le contenu de la bibliothèque a été transféré dans une cave sous la Coupole du Rocher. »

Le Grec releva la tête comme pour regarder David, une

vieille habitude devenue inutile. Il joignit les mains sous le menton.

« Je connais cette bibliothèque. Continuez.

– C'est tout, dit David, Spiros ne savait rien de plus. J'ai raconté tout cela au guide qui m'a emmené dans le Sinaï, Leïla Rashid. Elle m'a dit que vous pourriez peut-être m'obtenir le livre, le manuscrit original ou une copie, c'est sans importance.

– Qu'est-ce que ce livre a de si précieux pour que vous risquiez votre réputation en le volant ? »

David secoua la tête. Les chats l'observaient, leurs pupilles paraissaient énormes sous cette faible lumière.

« Je ne risquerai pas ma réputation. C'est pour cela que je suis venu à vous. On m'a assuré que vous savez garder un secret.

– Le secret vous coûtera plus cher.

– Je paierai le prix que vous demanderez. »

Il marqua une pause.

« Pour vous et ceux que vous emploierez. »

Al-Yunani ne dit d'abord rien. Il caressait le chat.

« Savez-vous pourquoi mes chats restent silencieux ? » demanda-t-il.

David les regarda. Ils emplissaient la pièce, formes silencieuses, grises, noires et tachetées, leurs yeux scintillaient dans l'obscurité. Al-Yunani les possédait-il parce qu'ils voient dans le noir ? David secoua la tête, comme si le Grec pouvait le voir.

« Je les ai fait opérer, dit l'aveugle répondant à sa propre question, juste une petite opération des cordes vocales. Moins douloureuse qu'une stérilisation. Leurs corps me donnent du réconfort. Ils sont doux et chauds et ils ne demandent eux-mêmes que du réconfort en échange. Mais leurs cris me rendaient fou, alors je leur ai imposé le silence. On peut toujours s'arranger pour obtenir le silence. Comprenez-vous ?

– Oui, répondit David, je comprends. »

Il regarda les photos accrochées sur le mur, tant de visages inconnus, tous sous l'emprise de al-Yunani, comme les objets de sa magie blanche : des cheveux, des ongles et des poupées de cire. Les chats et les photos, tous silencieux sous le pouvoir de cet homme.

« Comment s'appelle ce livre ? demanda al-Yunani.

– C'est un livre arabe, *Al-Tariq al-Mubin min al-Sham ila' l-balad al-amin*. L'auteur en est Abu 'Abd Allah Muhammad ibn Sirin al-Halabi. »

Al-Yunani hocha la tête.

« Je m'en souviendrai. La cécité aiguise la mémoire. »

Il y eut un silence. L'aveugle se leva.

« Avez-vous vu les ossements ? » demanda-t-il.

David le regarda. Il avait détourné le visage.

« Oui, répondit-il à voix basse, j'ai vu les ossements. »

Al-Yunani tourna la tête distraitement, comme s'il n'avait pas entendu.

« Ces ossements représentent ce qu'il y a de plus important, dit-il, on appelle les moines "les morts vivants". C'est pour ça qu'ils vivent si près des ossements, pour se rappeler leur condition de mortels. J'aurais pu être un moine, autrefois, quand j'étais jeune, j'avais la vocation. Il n'y a pas tellement de différence entre ce que je fais maintenant et... une vie de saint. La trahison de la chair d'un côté, et de l'esprit de l'autre. »

Il se leva et alla jusqu'à la porte. David le suivit comme un acolyte. Ils restèrent côte à côte devant la porte. David essayait de ne pas regarder le visage sans yeux du Grec. Il montra ses orbites du doigt.

« Éprouvez-vous de la pitié pour moi, parce que je ne peux pas voir ?

– Oui, répondit David, bien sûr.

– Vous avez tort. Ce n'est pas une assez bonne raison pour éprouver de la pitié. La vue n'est pas ce qu'il y a de plus important. Il y a pire que d'être aveugle. »

Il se tut quelques instants.

« Le pire, dit-il d'une voix calme teintée d'amertume, c'est de ne pas pouvoir verser de larmes. »

Puis se détournant, il conduisit David à la porte.

« Revenez dans deux jours, dit-il, j'aurai le livre. Apportez cinq mille dollars. »

20.

David referma le petit carnet, découragé, et éteignit sa lampe de bureau. Depuis son retour à Jérusalem quelques jours auparavant, il avait essayé en vain de trouver une signification au journal qu'il avait découvert à Saint-Nilus. Il vivait incognito dans une petite chambre qu'il avait louée dans le quartier de Me'a She'arim près de la porte Mandelbaum. Là, au cœur de l'orthodoxie juive, entouré de synagogues et de *yeshivot*, de talmudistes aux regards perdus et de rabbins barbus, isolé du reste du monde, il n'avait dit à aucune de ses connaissances qu'il se trouvait en ville : les événements d'Haïfa n'allaient pas se reproduire. Il vivait seul, achetait de la nourriture casher dans un petit magasin au coin de la rue et mangeait tout seul dans sa chambre. Il se laissait pousser la barbe et avait coiffé ses cheveux en *pe'ot* devant les oreilles. Il portait une *yarmulka* quand il sortait. Et parfois il l'oubliait et la portait aussi chez lui.

Il était revenu de nombreuses fois sur la première ligne du journal qu'il n'arrivait toujours pas à comprendre, mis à part la date tout en haut qu'il était parvenu à déchiffrer : 30 août 1935. Le mot « août » était écrit comme en anglais, *August*, au lieu de la forme plus courante, *Aghustus*. Mais c'était là tout ce qu'il avait pu obtenir. Il pouvait regarder partout, le journal semblait ne pas avoir de sens. Il connaissait assez mal l'arabe, mais avec l'aide d'un dictionnaire il aurait normalement dû progresser dans sa lecture. Il avait suivi des cours d'arabe écrit pendant deux ans à l'université de Chicago, et il pouvait lire lentement un texte clairement rédigé. Il regarda à nouveau la première ligne. Pour autant qu'il en savait, elle ne voulait rien dire :

Hawat zans wayr in bi-lasfin anjukumanna.

Ce n'était là bien sûr que sa propre tentative d'insérer les voyelles qui n'apparaissaient pas dans le texte arabe. On pouvait également y lire :

Hawit zind wir an bi-lastin injakmin.

Il y avait plusieurs autres possibilités. Mais elles avaient toutes un point commun : aucune n'avait de sens.

Son bureau était couvert de dictionnaires et de grammaires : Wehr, al-Fara'ïd, Wright, et la collection complète des Lane, qu'il avait trouvée dans une petite boutique du souk. Il y avait également acheté des dictionnaires persans et ottomans, mais pour chaque mot qui avait un sens, il en trouvait douze autres qui n'étaient que du charabia. Il reposa le Wehr et prit sa copie usée du Brünnow et Fisher : *Arabische Chrestomathie*, qu'il avait acheté pour quelques shekels dans le même magasin où il avait déniché les Lane. Il avait lu le texte par extraits pour s'entraîner à la lecture, et il se servait du lexique à la fin du livre comme d'un supplément à ses énormes dictionnaires. Le livre s'ouvrit sur la page de titre en arabe de l'édition de 1966. *Tashil al-Tashil* fut la première phrase qu'il eut sous les yeux, « Comment faciliter l'éducation » – le titre arabe comportait un jeu de mots. Puis il regarda quelques lignes plus bas. Il s'arrêta tout d'un coup et relut cette ligne, puis la dernière de la page. Il resta immobile, fixant des yeux la page. Le livre se referma tout seul. Pourquoi n'y avait-il pas pensé tout de suite, se demanda-t-il. Était-ce parce que c'était trop évident ?

La page de titre était rédigée en arabe, mis à part cinq mots : *al-Libsighiyya* (« appartenant à Leipzig »), *ughust* (« Auguste »), *fishir* (« Fisher »), *insiklubidi* (« Enzyklopädie »), et l'orthographe quelque peu inconsistante de *Libzigh* pour « Leipzig ». C'était en fait ces inconsistances entre les orthographes de « appartenant à Leipzig » et « Leipzig », le « s » dans l'un et le « z » dans l'autre, qui lui fournirent la solution. Ce n'était pas un code qu'il essayait de lire, mais une langue étrangère écrite en arabe, avec toutes les incohérences que cela impliquait. Et il était absolument certain que cette langue était de l'allemand. Il rouvrit fiévreusement le journal. Sa main trembla légèrement quand il prit son stylo pour transcrire les lettres qu'il avait devant lui : *Heute sind wir in Palästin angekommen. Aujourd'hui, nous sommes arrivés en Palestine.*

Il se leva, ne pouvant plus se contenir. Il fit plusieurs fois le tour de la pièce puis se dirigea vers le petit poêle installé dans un coin et y posa sa cafetière. Il se versa une grande tasse, ajouta du sucre et retourna à son bureau. Il se mit à lire le journal en le recopiant en allemand.

« Note de l'éditeur : Les extraits suivants ont été choisis à partir du texte manuscrit du journal qui se trouve actuellement à l'Institut für Orientforschung de l'Akademie der Wissenschaften à Wiesbaden, qui a eu l'amabilité de m'en fournir une copie sur microfilm. Les lacunes du texte ont été représentées par des points de suspension.

Les commentaires critiques ont été insérés entre crochets. D. E. »

« 30 août 1935

Aujourd'hui, nous sommes arrivés en Palestine. Notre bateau, l'*Heraklion*, est parti du Pirée à quatre heures il y a deux jours et nous avons atteint Haïfa tôt ce matin. La traversée s'est déroulée sans problème, comme toujours à cette époque de l'année, mais nous aurions tout donné pour une légère brise. Hartmann répétait sans cesse que nous aurions dû attendre en Grèce jusqu'à ce que le temps se rafraîchisse, mais le grand homme a dit non, il était impossible d'attendre plus longtemps. Il est impatient d'arriver à destination et ne permettra à aucun obstacle de nous retarder. Haïfa est une petite ville au pied du mont Carmel, où Élie a autrefois vaincu les prêtres de Baal. C'est un endroit pittoresque mais envahi de Juifs. La ville est bien ordonnée, faite de rues droites qui contrastent singulièrement avec ce que j'ai vu d'habitude en Orient. C'est là l'influence allemande, bien sûr. La colonie des Templiers a fait beaucoup pour établir des règles et donner l'exemple, bien que les Juifs et les Arabes ne donnent pas beaucoup l'impression de le suivre, comme on peut s'y attendre. La Tempel Gesellschaft [la Tempel Gesellschaft ou Société des Templiers était une organisation chrétienne fondée par Christoph Hoffmann dans les années 1850. Son but principal était d'établir des colonies en Palestine pour préparer une seconde venue du Christ en Terre sainte] a été créée au siècle dernier et s'est très bien implantée ici.

Nous nous sommes installés ce soir dans l'une des maisons des Templiers. Elle appartient à un de leurs chefs, Otto Schellenberg. Il a été amené à Haïfa alors qu'il n'était qu'un enfant, et il a connu Christoph Hoffmann, fondateur de cette colonie et de celle de Jaffa. Schellenberg est un membre du Parti, comme la plupart des Templiers ici. Nous les rencontrerons tous ce soir. Le fils de Schellenberg, Rudi, qui est le directeur d'une importante compagnie d'import-export, nous a fait visiter le port cet après-midi. Il nous a parlé de ses problèmes avec la Haavara, une organisation juive qui détient pratiquement le monopole des importations de marchandises allemandes en Palestine. Les colons voudraient qu'on fasse quelque chose à ce propos en Allemagne et j'en ai pris note.

J'aimerais qu'Anna soit avec moi, elle se plairait tellement. Il faut que je lui écrive, c'est ce que je dis tous les jours. J'ai décidé d'écrire ce journal en code, j'utilise l'alphabet arabe pour être le seul de notre groupe à pouvoir le lire. Ça peut être utile quand je rassemblerai toutes mes informations pour mon rapport. Et de cette manière, mon esprit reste alerte. »

«31 août 1935

Herr von Meier était en forme hier soir. Les membres du Parti se sont retrouvés dans la maison de Schellenberg comme prévu. Il y en avait des dizaines, des hommes jeunes pour la plupart. Les Templiers sont un des plus grands avantages du Reich au Moyen-Orient. Si la guerre éclate, comme certains d'entre nous le pensent, ils nous seront extrêmement utiles. La Ausland Organization [la Ausland Organization était une organisation nazie chargée d'établir des sections du Parti national-socialiste en dehors de l'Allemagne] est très active ici. Schellenberg nous a longuement parlé des Templiers et de leur installation en Palestine. Ce vieil homme est impressionnant, et très énergique pour son âge, il a plus de soixante-dix ans, et il est extrêmement cultivé. Ses parents venaient de Ludwigsburg, où Hoffmann faisait ses discours dans leur salon. Ils sont arrivés ici en 1868 et séjournaient avec un homme du nom de Hardegg, pendant que Hoffmann fondait la colonie de Jaffa. Schellenberg affirme que la Tempel Gesellschaft a été fondée pour préparer le retour du

Christ en Palestine. En plus des colonies, certains voulaient rebâtir le Temple de Jérusalem. Von Meier semble trouver l'idée très intéressante. Il y a maintenant presque deux mille templiers. Ils restent en contact avec la Patrie et quelques-uns d'entre eux y sont retournés depuis 1933...

Reçu un télégramme de la mère d'Anna aujourd'hui. Anna est très malade. Le docteur pense qu'elle risque de perdre l'enfant. J'ai demandé à von Meier l'autorisation de repartir. Il m'a répondu que c'était hors de question, que ma présence est essentielle à notre mission. Je sais qu'il a raison, mais je souhaite de tout mon cœur être avec Anna. Je prie pour qu'elle guérisse... »

L'inscription suivante est datée du 3 septembre 1935.

« Nous avons eu des ennuis avec les laissez-passer. Les autorités britanniques ici nous ont dit qu'il nous fallait aller à Jérusalem si nous voulions d'autres papiers. Nous avons expliqué qu'il s'agissait uniquement d'une expédition archéologique, mais ils ont fait semblant de ne pas comprendre. Von Meier est parti en compagnie de Schellenberg, ils pensent être absents un jour ou deux. Nous avons télégraphié à l'Auswärtiges Amt [l'Auswärtiges Amt était le ministère des Affaires étrangères allemand, dont le bureau politique VII s'occupait à cette époque des affaires de Palestine], et avec un peu de chance, ils pourront exercer des pressions sur le High Commissioner. Le Führer sera furieux s'il y a un retard, mais il ne peut pas s'impliquer directement.

Toujours pas de nouvelles d'Anna, je suis extrêmement inquiet. »

« Jérusalem, 5 septembre 1935

Nous avons tous dû partir à Jérusalem pour régler nos papiers. Nous avons passé la journée au secrétariat britannique à l'hôtel King David. Dohle, notre consul général, est venu en personne, mais il nous a quand même fallu plusieurs heures pour résoudre tous les problèmes administratifs. Je suis épuisé, mais von Meier veut se mettre en route dès demain...

Envoyé un télégramme à Berlin ce soir. »

« 10 septembre 1935

Je n'ai pas eu l'occasion d'écrire depuis des jours. Nous avons quitté Jérusalem le 6 et nous avons voyagé en voiture. Nous les avons ensuite laissées à Eilat où nous nous sommes procuré des chameaux pour la suite du voyage. Nous avons suivi la côte jusqu'à Ain al-Fugarta, où nous avons passé la nuit, puis nous nous sommes rendus en pays montagneux en passant par Wadi Ghazala. Les guides arabes prétendaient connaître le chemin, mais nous nous sommes perdus et le voyage est parfois devenu difficile.

Je crois que je ferais bien d'écrire quelques notes sur les autres membres de l'expédition. Notre chef est le professeur Ulrich von Meier, du département d'archéologie de l'université de Munich. Cette expédition était son idée et il exerce une autorité totale, bien qu'officiellement il ne soit chargé que de l'aspect archéologique. C'est un homme de grande taille, aux épaules carrées, et il semble très fort. Il a des traits raffinés avec des yeux tombants et tristes, un peu comme un cocker. Il me fait penser à Otto Gebühr dans le rôle de Frédéric le Grand. Il doit avoir une quarantaine d'années. Hartmann m'a dit que von Meier appartenait à une vieille famille de Hanovre. C'est un véritable aristocrate. Apparemment, il n'est pas membre du Parti, bien qu'on le dise très proche du Führer. Un drôle de personnage, cependant. Il est plutôt secret, bien qu'il semble s'entendre à merveille avec Keitel et Lorenz.

Walther Keitel est un épigraphiste de Saarbrücken, un petit homme d'une quarantaine d'années, tout rabougri, qui ne pense qu'à manger sainement. Il transporte toujours avec lui des petits paquets de *Heil Erd* et *Heil Tee* [deux aliments à la mode en Allemagne dans les années trente]. Et il fait constamment des histoires à propos de l'eau. Tout son travail jusqu'à présent s'est fait dans une petite pièce de l'université de Leipzig et c'est là sa première expédition. C'est un spécialiste des inscriptions hébraïques, ce qui m'est d'abord apparu suspect, mais il est apparemment protestant et il a étudié la théologie à Tübingen, d'où son intérêt pour les langues bibliques. Son travail consiste à repérer les inscriptions proto-sinaïques, comme celles découvertes à Serabit al-Khadim en 1904. Il a déjà travaillé depuis plusieurs années sur ces inscriptions et prépare un ouvrage pour réfuter le livre de Grimme : *Althebraïsche Inschriften vom Sinaï*. Il conteste l'affirmation selon laquelle les inscriptions sont en hébreu, ce qui est bien sûr une des théories essentielles à l'expédition. Keitel et von Meier sont amis depuis qu'ils ont fait leurs études ensemble à Tübingen. Ils passent de longs moments à discuter ensemble. Il y a à peu près deux jours, je suis entré dans la tente de von Meier et je les ai trouvés plongés dans l'étude d'un vieux document. Ils avaient l'air très surpris et Keitel a essayé de dissimuler le papier. Von Meier eut tout d'abord une réaction de colère, mais il parvint à se contrôler rapidement et à éviter une scène. Il faudra que je les surveille. Cet incident figurera bien évidemment dans mon rapport.

Notre anthropologue est le docteur Felix Hartmann, de Breslau. Je m'entends bien avec lui. C'est un homme très grand, qui mesure plus de deux mètres, plein d'énergie et d'une intelligence brillante. Et il ne s'en vante pas. Il n'est pas de ces universitaires arrogants, ces "Graeculi" comme les appelle Walter Frank. [Walter Frank était un éminent historien nazi, à la tête de l'Institut de recherches sur la question juive à Litzmannstadt. "Graeculi" ("les petits Grecs") était un terme de mépris qu'il réservait aux universitaires professionnels.] Hartmann avait fait un discours lors de la cérémonie de la destruction des livres par le feu à Breslau en 1933. J'y étais moi-même et c'est après cet événement que j'ai particulièrement tenu à le rencontrer. Il a collaboré étroitement avec le professeur Hirt de l'Institut anatomique de Strasbourg dont les travaux sur les dimensions des crânes des Juifs et autres *Untermenschen* ont été fort instructifs. Je suis sûr qu'il fera ici des découvertes passionnantes.

Le reste de notre groupe se compose de Hans Fläschner, de Berlin, le photographe de l'expédition, Hans Neumann, dont le travail est d'établir les archives, et Heinrich Lorenz qui ne semble avoir aucune activité à part se plaindre. Lorenz est un banquier, un membre du Vorstand de la Deutsche Bank et un partenaire dans la banque privée Delbruch-Schickler. Mon oncle Hjalmar m'a parlé de lui. Il m'a dit que Lorenz était un homme très habile, qui a fait beaucoup d'argent grâce au programme de réarmement. Mais il pense qu'il s'agit là de roublardise plutôt que d'une réelle intelligence et je suis tenté de partager son opinion. Il prétend être un membre des Amis du Reichsführer-SS de Kranefuss [c'était un club formé par des riches financiers et industriels qui voulaient ainsi prouver leur loyauté envers Himmler et les SS. Fritz Kranefuss en était le secrétaire], et je crois qu'il doit l'être effectivement. Ce qui d'ailleurs me semble une véritable honte. C'est lui qui a rassemblé la plupart de l'argent nécessaire à l'expédition, et von Meier lui a donc permis de nous accompagner. Personnellement, je le trouve stupide, il est typique du bourgeois, gras, grossier et suffisant. Il est riche, bien sûr, mais je ne pense pas que ce soit une raison suffisante pour lui donner une place dans une expédition scientifique. Le plus étrange, c'est qu'il est très proche de von Meier et Keitel avec lesquels il n'a rien en commun. J'ai demandé des informations sur lui au quartier général, mais je ne pense pas qu'on pourra me les faire parvenir ici. L'idée d'être ainsi éloigné de tout m'inquiète, surtout depuis que j'ai reçu ces terribles nouvelles d'Anna. L'un des guides acceptera peut-être de jouer le rôle de messager.

Les paysages ici sont éblouissants. J'aimerais qu'Anna puisse les voir. Les montagnes sont fendues et comme brisées, et elles on l'air d'être très vieilles. On a parfois l'impression qu'elles vont s'effondrer sous l'effet de la chaleur. Ain al-Fugarta où nous sommes restés il y deux jours était un endroit superbe. C'est une immense oasis au milieu d'une vaste plaine, avec des palmiers, de l'eau, un véritable paradis ! Les bédouins y entretiennent de petits jardins, qu'ils arrosent grâce à des canaux creusés à partir d'un étroit ruisseau. Il y eut un moment de tension entre eux et nos guides, une sorte de dispute à propos de l'eau, mais von Meier a résolu le problème tandis que je servais d'interprète. Cet homme produit un étrange effet sur les gens autour de lui, presque hypnotique. Par la suite, les bédouins ont voulu qu'il reste avec eux. Ils semblent le considérer comme une sorte de prophète.

Avec un peu de chance, nous arriverons à Sainte-Catherine demain. Je suis très impatient. Je me sens loin de tout et très seul ici. »

« 11 septembre 1935
Sommes arrivés à Sainte-Catherine juste avant midi. Les moines se sont d'abord montrés peu accueillants et ont refusé de nous laisser entrer. Mais von Meier leur a montré nos lettres d'introduction, y compris celle du patriarche de Constantinople. Ils nous ont autorisés à rester trois nuits, la période réglementaire pour tout visiteur, mais von Meier espère pouvoir parvenir à un accord pour prolonger le séjour. Sinon, il nous faudra camper dans les collines et c'est une idée qui ne réjouit aucun d'entre nous. Lorenz voulait offrir de l'argent aux moines, mais von Meier s'est opposé catégoriquement à cette proposition. Et à mon avis, il a eu tout à fait raison. Toutefois, on lui a permis d'aller voir l'archimandrite avec von Meier, contrairement aux autres membres de l'expédition, y compris moi-même. Quelle est donc la position de Lorenz dans cette expédition ? »

David referma le journal, et s'appuya au dossier de sa chaise en se frottant les yeux. Il était fatigué et perplexe. Il n'avait jamais entendu parler d'une expédition archéologique allemande dans le sud du Sinaï dans les années trente. Qu'étaient-ils allés chercher ? Et qui était au juste ce professeur Ulrich von Meier ? David n'avait jamais entendu parler de lui non plus. Qui était l'auteur de ce journal ? Un arabisant, de toute évidence, mais aussi quelqu'un de plus important et un nazi convaincu. David n'aimait pas cela.

Il se leva et se mit à arpenter la pièce. Il se faisait tard et il devait se coucher, mais il savait aussi qu'il ne trouverait pas le sommeil. Il y avait trop de questions auxquelles il voulait des réponses. Il se servit une autre tasse de café et retourna s'asseoir à son bureau.

21.

Le lendemain après-midi, David alla chercher le livre chez al-Yunani. Le Grec semblait irritable et inquiet. Il était assis dans la pièce sombre et envahie par les chats, jouant nerveusement avec un chapelet.

« J'ai eu du mal à vous procurer ce livre, dit-il en le tendant à David. Je ne peux pas vous le laisser. Faites-en une copie, je vous prie, et ramenez-le-moi le plus tôt possible. Demain si vous pouvez. »

David le prit et l'examina. C'était un volume relié en cuir d'à peu près deux cents pages écrites avec soin en style *nashki* et avec très peu de voyelles. L'encre et le papier étaient récents. Il y avait sur la page de garde le sceau du patriarche grec et en dessous un sceau arabe plut petit. David crut pouvoir déchiffrer sur le second sceau le nom de « Amin al-Husayni ». Était-ce le propriétaire de la bibliothèque ? Ce nom lui semblait familier, il l'avait déjà entendu quelque part, mais il ne savait plus où.

Il paya al-Yunani et le remercia.

« J'aurai une copie dès aujourd'hui, dit-il, ne vous inquiétez pas, j'en prendrai bien soin. Et je vous le rapporterai demain. »

L'aveugle le raccompagna à la porte. Comme il s'apprêtait à partir, al-Yunani lui posa la main sur l'épaule.

« Soyez très prudent, dit-il d'une voix angoissée, ne vous mêlez pas de ça. Contentez-vous de satisfaire votre curiosité et de trouver une solution à l'énigme qui vous obsède. Mais n'allez pas plus loin. Vous ne savez pas quel danger vous encourez. Vous ne savez pas tout ce qu'il y a là. Gardez vos distances si vous voulez rester en vie.

– Que savez-vous ? » lui demanda David.

Al-Yunani détourna ses yeux aveugles.

« Je ne peux pas vous le dire. J'ai pris assez de risques en vous procurant ce livre. Il faut partir maintenant. Faites bien attention à vous et regardez derrière vous. »

Il n'ajouta rien d'autre et referma la porte en la verrouillant. David entendit ses pas s'éloigner dans la cour envahie de mauvaises herbes.

Il alla photocopier le livre à Qiryat Shmu'el près de l'avenue Jabotinsky. C'était un vieux modèle, très lent, et il lui fallut tout l'après-midi pour photocopier l'ensemble du texte. Il était déjà six heures du soir quand il arriva dans sa chambre.

Il mit le livre et les photocopies dans une enveloppe de papier kraft et rangea le tout dans le tiroir de son bureau. Il irait remettre le livre à al-Yunani le lendemain et se mettrait à l'énorme tâche de rechercher dans le texte les informations dont il avait besoin. Il pensait avoir maintenant compris à quoi ces informations se référaient, mais il allait quand même mettre longtemps à les trouver. Et quelque chose lui disait qu'il ne disposait que de peu de temps.

Pendant toute la matinée, il avait retranscrit le journal en le traduisant en anglais. Si seulement la moitié de ce qu'il y avait lu était vrai, des événements extrêmement troublants s'étaient déroulés dans le Sinaï pendant les derniers mois de l'année 1935. Il prit sa traduction sur la petite étagère bleue au-dessus du bureau. Il ne l'avait pas encore achevée, mais il voulait relire ce qu'il avait fait avant de continuer.

« 14 septembre 1935

Sommes à Sainte-Catherine depuis maintenant quatre jours. L'archimandrite nous a autorisés à rester à condition que nous ne troublions pas la vie quotidienne du monastère. Nous avons accepté en échange de faire quelques travaux de restauration dans la bibliothèque. Fläschner a annoncé qu'il prendrait en photo les icônes les plus importantes.

Nous avons eu une réunion pour établir nos plans ce matin. Von Meier a défini les deux objectifs principaux de notre mission et nous a assigné des travaux individuels. C'est le moment de noter les objectifs tels qu'ils ont été fixés.

Premièrement : découvrir la preuve du bien-fondé de la théorie du professeur von Meier, selon laquelle les prétendus "Enfants d'Israël" entrés au Sinaï sous la conduite de Moïse n'étaient en fait qu'une bande d'esclaves égyptiens évadés et que les Juifs sont les descendants de ces esclaves. Si cela est vrai, von Meier affirme que les véritables descendants d'Abraham sont les Arabes, par son fils aîné Ismaël. Les théories de Keitel qui tendent à démontrer que les inscriptions du Sinaï ne sont pas hébraïques seront le point de départ de notre enquête qui se déroule essentiellement autour du Djebel Musa.

Deuxièmement : poursuivre des recherches anthropologiques sur les caractéristiques raciales des Arabes Jabaliyya de Sainte-Catherine et des environs. Ces Arabes, dont nous avons vu de nombreux exemples, sont plus grands que les autres bédouins de la région et beaucoup d'entre eux ont les cheveux blonds et les yeux bleus, on dit qu'ils sont les descendants d'une centaine d'esclaves envoyés au Sinaï par l'empereur Justinien pour y aider les moines de Sainte-Catherine, ce qu'ils font toujours, mais Hartmann pense qu'ils sont en fait d'origine germanique.

Je suis presque certain que von Meier a d'autres objectifs que ceux-ci et qu'il est le seul avec Keitel et peut-être Lorenz à les connaître. Lorsque nous avons décidé la distribution du travail aujourd'hui, von Meier nous a dit qu'il travaillerait avec Keitel sur le Djebel Musa. Ma tâche consiste à obtenir la coopération des Jabalis avec l'aide de Hartmann, pour mener à bien notre étude. Fläschner a déjà commencé son travail photographique sur la bibliothèque, et Neumann sera occupé pendant un ou deux jours à rédiger nos divers rapports. Le gros Lorenz ne fait rien d'autre que discuter avec les moines. Je me suis rendu compte qu'il parle couramment le grec. Ce qui n'a à mon goût rien de rassurant quant à ce personnage et ne fait qu'augmenter le malaise que j'éprouve à son égard. »

« 20 septembre 1935

Dispute avec von Meier cet après-midi. À propos de Lorenz bien sûr. J'ai demandé franchement à von Meier quel était le rôle de Lorenz dans cette expédition. Je lui ai dit que j'avais le droit de le savoir puisque je dois faire mon rapport à l'Auslandnachriechtendienst [le service de renseignement chargé des pays étrangers, bureau VI du département central de la Sécurité du Reich (RSHA), dirigé par le service de sécurité SS (SD) et le Reichsführung (haut commandement SS). Il s'est montré d'une grossièreté inqualifiable. Il m'a répondu que j'étais peut-être un SS Sturmbannführer au pays, mais que je ne suis ici qu'un interprète arabe. Je l'ai informé que mon autorité s'étendait au-delà des limites du Reich et qu'il était de ma responsabilité de m'assurer que tous les membres de l'expédition se conforment aux règles du Parti en toutes circonstances. Il s'est contenté de me rire au nez. Il s'est moqué de moi et il m'a ordonné de sortir. Je l'ai revu plus tard ce même jour en compagnie de Lorenz et de Keitel, ils étaient tous trois en train de s'entretenir gravement dans une des chambres réservées aux visiteurs. J'enverrai dès demain un rapport complet à l'aide d'un des Jabalis, un jeune garçon nommé Ahmad qui semble digne de confiance. Il faudra qu'il y ait une enquête et des comptes à rendre.

«27 septembre 1935

Je n'ai pas écrit dans ce journal depuis plusieurs jours. Le 21, un messager m'a apporté un télégramme de Jérusalem. Anna est morte à la suite de complications. L'enfant est mort également. Je n'arrive plus à penser ou à agir convenablement. Rien n'a plus de sens ici, dans cette chaleur, perdu dans cette maudite étendue désertique, où rien ne vit à part les mouches et les scorpions et les morts vivants, comme disent les moines à propos d'eux-mêmes.

Ma première pensée fut de retourner à Berlin. Mais c'est impossible. Il se passe quelque chose de louche ici. Von Meier et Keitel partent ensemble dans la montagne tous les jours. Lorenz quitte le monastère seul ou avec un guide arabe pour unique compagnie. Il faudra que je trouve le moyen de les suivre sans attirer l'attention. J'ai l'impression d'étouffer dans ce monastère, malgré les grands espaces qui nous entourent. Je me sens piégé, inutile. Je veux Anna, je n'arrive pas à croire que je ne la trouverai pas à mon retour. Si jamais il y a un retour. Je me suis mis à douter même de ça…»

«28 septembre 1935

On a trouvé le corps de Ahmad tôt ce matin au pied du Djebel Musa. Il a été découvert par des Jabalis qui cherchaient du bois pour faire cuire le pain. Ils disent que son corps a dû rester là pendant à peu près une semaine. Il était complètement broyé, tous ses os étaient cassés, ils pensent qu'il a fait une chute du haut de la montagne, du côté opposé au monastère. Mais pourquoi serait-il allé là-haut? Je l'ai envoyé à Jérusalem le matin du 21, en lui donnant l'ordre de s'y rendre directement et en lui promettant plusieurs livres égyptiennes à son retour. Il n'avait aucune raison de se rendre alors au sommet de la montagne, ni à aucun autre moment d'ailleurs. J'ai demandé aux hommes qui l'ont découvert s'il avait des papiers sur lui. Ils m'ont répondu que non, il n'avait rien sur lui. Ce qui explique tout : on l'a poussé. Mais comment savaient-ils qu'il avait mon rapport sur lui ?

Autre découverte plus tard. Keitel et von Meier sont revenus avec une petite stèle couverte d'inscriptions proto-sinaïtiques. Ils s'étaient rendus à Wadi Beirak sur le chemin du temple d'Hathor à Serabit al-Khadim. Keitel semble très excité, von Meier est imperturbable comme d'habitude. »

« 30 septembre 1935

Nous devons tous quitter Sainte-Catherine. L'ordre est venu aujourd'hui de von Meier et nous nous sommes mis à courir dans tous les sens comme des marionnettes pour tout empaqueter et faire nos préparatifs de départ. Je ne suis pas fâché de partir. Cet endroit me déprime avec ces grandes montagnes toujours menaçantes. Il me rappelle trop la mort d'Anna. Mais je ne crois pas que je vais aimer pour autant notre nouvelle destination. C'est un autre monastère, du nom de Saint-Nilus, dans un étroit défilé non loin d'ici, le Shi'b al-Ruhban, le défilé des Moines... »

« 2 octobre 1935

Nous sommes arrivés hier à Saint-Nilus. Et je commence à regretter d'avoir quitté Sainte-Catherine, qui par comparaison semblait gai, aéré et spacieux. Nous sommes entourés de parois à pic, nous ne pouvons entrer ou sortir sauf en utilisant un élévateur rudimentaire qui ne supporte pas le poids de plus de deux personnes. Le monastère lui-même est un lieu étrange, construit sur trois niveaux. Nous avons été logés au rez-de-chaussée qui est à trente mètres au-dessus du fond du défilé, dans un labyrinthe sombre et tortueux de cellules qui s'enfoncent profondément dans la falaise. Il y a une bibliothèque au niveau supérieur, et une chapelle avec un ossuaire encore au-dessus.

Von Meier a passé une sorte d'accord avec les moines. Je ne sais pas comment. Il y en a neuf en tout, six d'entre eux ont une trentaine d'années, un autre est d'âge moyen et il y a deux moines plus vieux qui sont les guides religieux des sept autres. Les plus jeunes se dévouent avec passion à la vie spirituelle, avec leurs barbes noires, leurs yeux noirs ils forment un groupe d'ascètes reclus qui ont définitivement renoncé au monde. Nous sommes considérés comme des intrus, je le sens à chaque fois que je croise l'un d'entre eux. Quelle pression von Meier a-t-il bien pu exercer sur eux pour qu'ils nous permettent de séjourner parmi eux ? »

« 3 octobre 1935

Hartmann partage mes soupçons. Il pense également qu'il se passe quelque chose, mais il n'en sait pas plus que moi-même. Je lui ai parlé d'Ahmad pour qu'il comprenne que nous sommes en grand danger. Il ne comprend pas pourquoi nous sommes venus à Saint-Nilus, son propre travail auprès des Jabaliyya est resté inachevé et je n'ai aucun rôle à remplir ici, puisque les moines parlent le grec et non l'arabe. Et par une conséquence ironique, Lorenz s'avère plus utile que moi.

Von Meier et Keitel sont partis ce matin à la recherche d'autres inscriptions, du moins c'est ce qu'ils ont dit. J'ai décidé de saisir cette chance pour inspecter leur chambre. Je me suis d'abord rendu dans celle de von Meier et j'ai fouillé parmi ses affaires personnelles et ses papiers. Je n'y ai rien trouvé d'intéressant, pour autant que je sache. Mais juste avant de partir, j'ai jeté un coup d'œil sous le lit et j'ai vu une petite mallette de cuir. Je l'ai sortie de sa cachette et j'ai essayé de l'ouvrir, mais elle était fermée à clef et je ne voulais pas prendre le risque de casser la serrure. Je l'ai remise à sa place en espérant que je pourrais peut-être voler la clef à von Meier. En sortant de la chambre, j'ai cru apercevoir une silhouette au bout du couloir. Je suis presque certain que c'était Lorenz.

J'emporte désormais partout mon Lüger, même si je ne suis pas en uniforme. »

« 5 octobre 1935

On n'a rien dit à propos de ma visite dans la chambre de von Meier, mais je suis sûr qu'il est au courant. Je ne le vois pas souvent, mais quand je le rencontre, il me regarde avec l'air de dire : « Je sais ce que tu manigances. »

Lorenz passe maintenant la plupart de son temps dans la bibliothèque à lire des livres en grec. Il semble chercher quelque chose, mais chaque fois que je l'interroge il me répond qu'il établit le catalogue de l'ensemble des ouvrages. Comment un banquier comme Lorenz peut-il connaître si bien le grec ?

Cet endroit me donne des frissons. Le monastère est toujours sombre et sinistre même quand le soleil brille. Je suis frigorifié, c'est comme si le froid avait pénétré à l'intérieur de mes os. Je passe mes journées à lire des textes en arabe dans la bibliothèque et à m'entretenir avec Hartmann. Nous nous sommes mis d'accord pour suivre von Meier et Keitel quand ils sortiront demain. Il a remarqué que le moine qui s'occupe de l'élévateur devient paresseux et le laisse en bas en attendant leur retour, au lieu de le remonter sur la plate-forme. Hartmann a l'intention de descendre le long de la corde quand le moine sera parti. »

« 6 octobre 1935

Hartmann est mort. Von Meier et Keitel l'ont ramené au monastère tard dans l'après-midi d'aujourd'hui. Ils disent l'avoir trouvé étendu sur le sol du défilé, là où le petit ravin débouche sur la plaine, à l'ouest de l'endroit où nous nous trouvons. On lui avait volé ses vêtements et tranché la gorge, l'œuvre de brigands. Mais les moines prétendent qu'il y a peu de brigands dans la région en ce moment, et je les crois volontiers.

Je me suis confectionné un verrou pour ma porte, avec deux morceaux de bois, un sur le battant et l'autre sur l'encadrement et un troisième bout de bois entre les deux. On le briserait facilement, mais comme ça personne ne peut pousser la porte pendant la nuit. Je regarde souvent la photo d'Anna et je l'embrasse. Il vaut peut-être mieux qu'elle soit morte. De toute manière, je ne vois pas comment je pourrai sortir d'ici vivant. »

David entendit qu'on frappait à sa porte. Il sursauta et fut pris d'inquiétude. Personne ne savait qu'il était là. Le reste de la maison était occupé par les étudiants de la yeshiva et un vieux rabbin. Ils ne l'avaient jamais dérangé auparavant.

On frappa de nouveau. Il souleva la tablette de son bureau et en retira son revolver, puis il se leva. Il traversa la pièce jusqu'à la porte et posa son arme sur le large et vieux linteau, puis il saisit la poignée. Il entendit un troisième coup. Il ouvrit la porte.

Leïla Rashid se tenait là, devant lui, souriante. Elle était habillée en noir et elle portait un sac de voyage sur l'épaule. Il la regarda sans en croire ses yeux. Elle se mordit la lèvre et poussa un bref soupir. Aucun des deux ne parla.

On entendit la voix du vieux rabbin à l'étage supérieur.

« Qui frappa à la porte ? Qu'est-ce qu'il se passe ?

– Ce n'est rien, répondit David, c'est un ami, je ne l'ai pas entendu frapper, j'étais endormi. »

Le vieil homme marmonna quelques paroles et referma sa porte.

« Eh bien, dit Leïla, est-ce que je peux entrer ?

– Je crois que ça vaudrait mieux », dit David encore abasourdi.

Il fit un pas de côté pour la laisser passer.

« Alors, la voilà, ta cachette », dit-elle.

Elle regarda tout autour d'elle, le lit étroit et défait, le petit évier sale, les murs sombres sans la moindre décoration, les vieux meubles abîmés, le tapis usé jusqu'à la corde au milieu du sol recouvert de linoléum qui partait en lambeaux, le bureau branlant recouvert de livres et de papiers.

« On ne peut pas dire que ce soit brillant.

– Ça n'essaie pas de l'être », répliqua-t-il en tâtonnant pour trouver son revolver sans qu'elle s'en rende compte. Elle se retourna et l'aperçut.

« Qui croyais-tu que c'était ? demanda-t-elle en souriant. La Gestapo ? »

Il la regarda.

« Tu n'es pas aussi éloignée de la vérité que tu le crois. Comment m'as-tu trouvé ?

– Tu ne vas pas m'inviter à m'asseoir et m'offrir un café ? J'ai fait un long voyage. Tu n'es pas content de me voir ? »

Il la regarda à nouveau. Oui, il était content. Et inquiet.

« Qu'est-ce qui ne va pas, David ? Je n'aurais pas dû venir ? »

Elle s'assit sur la chaise la plus proche. Un des pieds étant plus court que les autres, elle s'inclina en arrière quand Leïla s'assit.

Il rangea le revolver dans un tiroir avant de se tourner vers elle.

« Je suis heureux que tu sois ici, dit-il, très heureux. Mais tu n'aurais pas dû venir, tu es peut-être en danger.

– Ça, je le sais déjà », dit-elle.

Son visage était devenu sombre.

Il s'assit à côté d'elle.

« Pour l'amour du Ciel, dis-moi comment tu es parvenue à me trouver. Personne ne sait que je suis ici. Personne. »

Elle eut à nouveau un sourire, ce sourire mystérieux et exaspérant qu'il lui avait déjà vu plusieurs fois.

« Il y a quelqu'un qui sait, dit-elle, Hasan al-Yunani le sait. Je suis allée lui rendre visite ce soir pour savoir s'il t'avait vu. Il m'a répondu que oui, que tu lui avais demandé de te trouver quelque chose. Je devine de quoi il s'agit. De toute manière, il t'a fait suivre quand tu es parti de chez lui aujourd'hui. Il m'a donné ton adresse. Et il m'a demandé de te dire encore une fois que tu encourais un danger, un très grave danger. Il m'a dit que certaines personnes impliquées dans cette affaire devaient être gardées à distance. Il a refusé de dire qui, mais il avait l'air inquiet… et effrayé. Il veut que tu lui ramènes le livre demain matin, David, le plus vite possible. Je crois qu'il regrette de te l'avoir procuré. »

David était furieux à cause de ce qu'il voyait comme une trahison de al-Yunani et une indiscrétion de Leïla. Comme il allait ouvrir la bouche pour le lui reprocher, il la vit sourire et il fut incapable de prononcer le moindre mot.

« Ne dis rien, David, dit-elle, c'est inutile. Il avait besoin de savoir où tu te trouvais et ce que tu faisais. Il ne s'inquiète pas pour toi mais pour lui-même. »

Elle marqua une pause puis elle ajouta :

« Et moi aussi, j'avais besoin de savoir, je suis désolée d'avoir été aussi…

– Ça ne fait rien », dit-il.

Il regarda son sac.

« Tu es venue d'al-Arish aujourd'hui ? »

Elle hocha la tête.

« Tu as mangé quelque chose ? »

Elle fit non de la tête. « Je n'ai pas grand-chose à t'offrir, dit-il.

– Quand nous nous sommes rencontrés pour la première fois, dit-elle en souriant, tu m'as dit que tu aimerais m'emmener au restaurant. Et si c'était moi qui t'emmenais ? »

Elle regarda d'un œil accusateur son petit réchaud et les quelques assiettes cassées tout autour.

« On dirait que tu n'as pas pris un repas convenable depuis un bon moment. »

Il secoua la tête.

« Merci, mais je ne peux pas me rendre dans un restaurant. Je ne peux pas prendre le risque d'être vu à Jérusalem. »

Elle haussa les épaules.

« Très bien, nous dînerons ici, dit-elle, montre-moi comment on fait marcher ce truc-là. »

Elle se leva et alla jusqu'au réchaud. Il l'alluma pour elle et elle se mit à préparer un repas.

Ils mangèrent dans son unique assiette, mélangeant la viande avec du *houmous* et des morceaux de *pitta*.

Quand ils eurent lavé l'assiette et les casseroles, David se tourna vers Leïla.

« Où est-ce que tu dors ce soir ? »

Elle le regarda en haussant les sourcils. Elle avait espéré que les choses ne se dérouleraient pas aussi rapidement.

« Dans ma chambre à l'université, répondit-elle, ou ailleurs ?

– Je ne sais pas. Toi non plus. Tu ne peux pas rester ici. Ces gens, quels qu'ils soient, savent que tu t'es rendue dans le Sinaï avec moi. On ne peut pas prendre de risques, si l'un d'eux surveille ta chambre. Tu as entendu ce qu'a dit al-Yunani. Ça pourrait être dangereux.

– C'est ce que répète tout le monde. Peut-être qu'un jour tu m'expliqueras ce qui se passe. En attendant, si ça ne te dérange pas, je vais rester ici. »

C'était horrible. Elle s'était bien imaginé qu'elle resterait, mais pas de cette façon.

Il secoua la tête.

« Leïla, dit-il en l'implorant, je crois que tu ne comprends pas. Il n'y aurait aucun problème pour que tu restes n'importe où ailleurs, mais ici nous sommes à Me'a She'arim. Et ça équivaut à des ennuis pour quelqu'un comme toi. Les filles comme il faut ne se promènent pas ici sans être accompagnées. Elles ne portent pas de maquillage et de jolies robes. Et une chose est sûre, elles ne passent pas la nuit dans la chambre d'un inconnu.

– Tu n'es pas un inconnu, dit-elle, nous nous connaissons maintenant depuis plusieurs semaines. Tu m'as même déshabillée. Bien sûr, j'avais perdu connaissance. À bien y réfléchir, je n'ai pas la moindre idée de ce que tu as pu faire.

– Cesse de plaisanter avec ça », répliqua David. D'une certaine manière, il se sentait blessé par ses remarques.

« Ces gens prennent ces questions très au sérieux. Ce sont des fondamentalistes, des puritains. Des Juifs qui y croient. Ils sont très attachés à la Torah… et ils rendent la vie très difficile à toux ceux qui les choquent. Je m'étonne que tu sois arrivée jusqu'ici sans ennuis. »

« Très bien, dit-elle finalement. Je m'en vais. Je m'étais imaginé que tu voulais que je te rejoigne à Jérusalem. De toute évidence, je me suis trompée. »

Elle se leva, prit son sac, et le jeta par-dessus son épaule. David la regarda s'avancer vers la porte, puis l'ouvrir. Elle sortit sur le palier. Il se leva à son tour et la suivit. Elle se retourna et le fixa des yeux. Elle avait le visage rouge et les yeux humides.

« Leïla, dit-il d'une voix douce, à peine un murmure, je suis désolé, dit-il, je suis tendu, inquiet. Mais tu peux rester si tu veux. »

Il y eut une pause, puis il ajouta :

« Je t'en prie, reste. »

Elle s'arrêta net et se retourna encore une fois, lentement.

« À une condition, dit-elle.

– Laquelle ?

– C'est moi qui prends le lit. »

22.

David se mit en route tôt le lendemain matin vers le quartier musulman. Leïla était restée dans la chambre et avait reçu l'ordre de ne sortir sous aucun prétexte. Comme la veille, il laissa sa *yarmulka* chez lui et coiffa ses cheveux derrière ses oreilles. Le soleil brillait mais il avait l'esprit ailleurs, parmi les ombres du Shi'b al-Ruhban. Il aurait aimé savoir le nom de l'auteur du journal. Il y avait attaché de l'importance. Il savait que sa femme s'était appelée Anna, qu'il était un arabisant et un SS Sturmbannführer, c'est-à-dire l'équivalent d'un major dans l'armée américaine ou britannique, mais il ne savait rien de plus.

Il arriva au Shari'al-najjarin. Il serrait contre lui son *Tariq al-Mubin* comme s'il craignait qu'on ne le lui arrache. La rue était presque entièrement déserte. On ne voyait pas d'enfants jouer sur les trottoirs, ni de vieilles se pencher aux fenêtres. Seuls quelques hommes passaient le temps sans rien faire, comme d'habitude. Il entendit une fenêtre qui se fermait au-dessus de lui. Un peu plus loin, un vieillard vint boitiller devant lui, en s'appuyant sur un bâton. Il portait un *tarbush* et un vieux costume froissé et gris. Son visage était de la même couleur de cendre. Il s'arrêta et regarda David.

David frappa à la lourde porte de la maison d'al-Yunani et attendit. Personne ne répondit. Il frappa à nouveau et remarqua que la porte était ouverte. Il la poussa doucement et regarda dans la cour. Personne. Il marcha jusqu'à la cour, la porte intérieure du couloir aussi était grande ouverte. Les carreaux bougeaient légèrement sous ses pieds. Il traversa la cour silencieuse vers la porte qu'il avait traversée deux fois auparavant. Où était donc la vieille femme ?

Il frappa à nouveau à la porte intérieure. Toujours pas de réponse. À l'étage, un volet grinçait en s'agitant dans la légère brise. La maison semblait déserte, envahie de fantômes, morte. David poussa la porte, elle s'ouvrit sans offrir de résistance. Il sursauta : un chat blanc fila le long de ses jambes et disparut dans la cour. S'il avait miaulé comme le font normalement les chats, il n'aurait pas été aussi surpris. Le couloir était plongé dans l'obscurité. À son extrémité se tenaient d'autres chats qui le regardaient de leurs yeux luisants et sinistres. Il ouvrit la porte de la chambre dans laquelle il avait rencontré al-Yunani par deux fois. Une faible lumière s'infiltrait à travers les fenêtres, mais à part les meubles la pièce était entièrement vide.

Il en était de même pour toutes les autres pièces. David y entra l'une après l'autre, s'attendant à tout moment à trouver le corps d'al-Yunani et de sa domestique. Mais il ne trouva que de la poussière et des chats.

Chaque pièce s'était comme immobilisée à une époque de la vie d'al-Yunani avant qu'il ne perde la vue. Les rideaux, les tapis et les meubles étaient enveloppés dans un linceul de poussière et de toiles d'araignée, donnant l'impression que le temps s'était arrêté. David avait le sentiment d'avoir pénétré dans un tombeau encore jamais profané mais dont le corps avait disparu, ne laissant derrière lui que les objets que l'on avait enterrés avec lui.

David aurait préféré trouver un cadavre plutôt que ce vide ambigu. Al-Yunani était-il parti de son propre gré ou avait-il été enlevé ? David n'avait aucun moyen de le savoir. Mais il était conscient d'une chose, le Grec connaissait son adresse. Si on l'obligeait à parler, la cachette de David deviendrait un piège mortel. Il fallait repartir, et vite. Il laissa le livre dans la première pièce. Il n'en avait plus besoin maintenant, et si al-Yunani revenait, il voudrait sans doute le reprendre.

Il mit du temps à trouver un taxi. Pendant le court voyage jusqu'à Me'a She'arim, sa nervosité augmenta. Leïla était seule dans sa chambre. Si quelqu'un venait, il l'y trouverait. Et David n'avait pas besoin de beaucoup d'imagination pour deviner ce qu'il lui arriverait, il avait déjà vu de quoi ces gens étaient capables. Il poussa le chauffeur, chaque minute semblait infinie.

Elle était toujours là, à lire sa traduction du journal du major SS, calmement et tranquillement absorbée par la tragédie qui se déroulait dans les pages qu'elle avait devant elle. Elle n'avait pas entendu David arriver car il avait monté les escaliers silencieusement et avait tourné tout doucement la poignée de la porte. Il resta un moment à la regarder, à observer ses cheveux qui retombaient sur sa nuque, les jeux de la lumière sur son cou et sa joue, soulignant par les ombres la finesse de ses traits. Il frappa et entra. Elle leva les yeux vers lui et lui sourit. Mais son sourire s'évanouit quand elle vit l'expression grave de son visage.

« Que se passe-t-il, David ? » demanda-t-elle.

Il ne répondit pas immédiatement, alla jusqu'à son bureau et ouvrit le tiroir. Il sortit le revolver, s'assura qu'il était bien chargé et le referma. Il le glissa dans sa poche et se tourna vers Leïla.

« Le Grec est parti. On l'a peut-être enlevé. Il faut partir d'ici immédiatement. »

Leïla comprit tout de suite la gravité de la situation. Elle ne dit rien, se contenta de hocher la tête et se mit à faire son sac. David empila ses papiers et les mit dans une grosse valise. Il n'avait pas grand-chose d'autre.

« David, maintenant il faut que tu me dises ce qui se passe. Je viens de me rendre compte que je te connais à peine, nous nous sommes rencontrés il y a juste quelques semaines, et depuis, il s'est déroulé des événements plutôt étranges. Je suis venue ici parce que... parce que j'aurais aimé mieux te connaître. Je pensais que tous les ennuis que nous avons affrontés dans le Sinaï étaient passés. Mais je ne sais pas qui tu es et j'ai besoin de savoir. »

Il s'avança vers elle et la prit par les épaules. Il la regarda droit dans les yeux. Il aurait voulu l'embrasser, mais ce n'était ni le moment, ni l'endroit.

« Je te le dirai, Leïla, je te dirai tout ce que je sais. Mais d'abord allons-nous-en d'ici. Il faut que je trouve un lieu où tu seras en sécurité, puis une autre cachette pour moi. »

Une fois sortis, ils tournèrent à gauche et marchèrent rapidement le long de la rue, passant devant les étals du marché, traversant des foules houleuses sous les regards curieux des passants. David demanda à Leïla :

« Tu connais Jérusalem mieux que moi. Quelle direction faut-il suivre maintenant ? »

Elle ne répondit pas et continua de marcher en silence, son visage était tendu comme si elle se débattait avec une décision difficile à prendre. Comme ils débouchaient sur Haneviim, elle s'arrêta net et regarda David, avec une expression étrange.

« Bon, dit-elle, je vais te faire confiance encore un moment, mais après, je veux des explications. D'accord ? »

Il hocha la tête.

« Et je veux que tu me fasses confiance en échange. Penses-tu que ce soit possible ? »

Il hocha à nouveau la tête, avec moins d'assurance.

« Alors suis-moi. Je connais un endroit. »

David se mit à chercher un taxi mais Leïla lui fit signe de la tête que c'était inutile.

« Allons-y à pied, ce n'est pas loin.

– Où allons-nous ? demanda-t-il.

– Abu Tur, dit-elle, tu y es déjà allé ?

– Non, répondit-il, mais j'en ai entendu parler. Qu'est-ce qu'il y a là-bas ? »

Elle ne répondit pas. Ça valait mieux. Ils traversèrent les quartiers ouest, puis est, de la Vieille Ville, et arrivèrent à Abu Tur, un village arabe qui faisait maintenant partie du grand Jérusalem. Les maisons étaient d'anciens abris de campagne depuis longtemps délabrés. Abu Tur était surpeuplé, pauvre, et l'atmosphère y était extrêmement tendue, ses habitants étaient des laissés-pour-compte.

Ils traversèrent des rues étroites qui tombaient en ruine avant d'arriver à l'une des extrémités de la ville, où les masures laissaient place à un sordide terrain vague. David regarda autour de lui et pensa qu'il y avait une certaine ironie à se retrouver là en compagnie de Leïla. Tur est le nom arabe pour le mont Sinaï.

Leïla s'arrêta devant une maison. Elle avait l'air abandonnée, on n'avait pas repeint depuis au moins une génération, les fenêtres étaient couvertes de crasse et brisées par endroits, la porte de bois, fendue et rongée par les vers, tenait à peine aux vieux gonds rouillés. David regarda Leïla avec perplexité mais ne dit rien.

Avant de frapper à la porte, Leïla se tourna vers David. Son visage avait une expression de trouble et d'incertitude.

« David, dit-elle, avant d'entrer, je veux te demander quelque chose.

– Vas-y.

– Plus tard, quand tout ça sera fini, quand tes ennuis... quand ce sera terminé, tu oublieras que tu as vu cette maison, comme si tu n'y étais jamais venu. Tu comprends ? Tu me le promets ? Nous ne pouvons pas rester ici à moins que tu n'acceptes ce que je te demande. Je prends un grand risque, David. Je te fais confiance, mais il faut me promettre.

– D'accord, répondit-il, je ne comprends pas tes raisons, mais je te donne ma parole. Je ne dirai rien. Tu peux me faire confiance. »

Elle lui lança un regard d'une intensité qu'il n'avait encore jamais remarquée chez elle, puis elle se mordit la lèvre et se tourna vers la porte. Elle frappa, produisant un son creux dans la rue déserte. David s'étonnait que quelqu'un puisse vivre dans un tel endroit. Il entendit des pas à l'intérieur. Puis une voix qui murmurait en arabe derrière la porte.

« Oui, qui est-ce ? »

Leïla répondit à voix basse.

« C'est Leïla, Leïla Rashid. Ouvre, Tawfiq. »

Ils entendirent des marmonnements incompréhensibles et la porte s'entrouvrit. David parvenait à distinguer, dissimulé par les ombres, un visage et deux yeux luisants qui l'observaient. La porte s'ouvrit un peu plus. Un jeune Arabe se tenait là. Il avait à peu près vingt-cinq ans, était de taille moyenne et solidement bâti. De longs cheveux noirs et sales lui tombaient sur les épaules et son menton était couvert de poils drus. Il tenait un énorme revolver dans sa main droite.

« Qui est-ce ? »

Il s'adressait à Leïla mais ses yeux ne quittaient pas David, qu'il détaillait d'un air soupçonneux.

« Il s'appelle David Rosen. C'est un ami. Nous...

– Un Juif ! »

La main qui tenait le revolver se releva légèrement.

« Je t'expliquerai plus tard, dit Leïla. Écoute, Tawfiq, nous avons besoin d'un endroit où rester, un endroit sûr. Il n'y a rien à craindre de David. Tu ne cours aucun danger. »

L'Arabe secoua violemment la tête. Il y avait de la colère dans sa voix. De la colère et de la peur. Un mélange effrayant. David commençait à s'inquiéter, l'homme qu'il avait en face de lui n'était pas tout à fait maître de lui-même.

« C'est impossible, dit-il, et tu le sais. On ne peut pas utiliser cet endroit comme ça. Tu ne devrais pas amener des inconnus ici, des Juifs inconnus. Pas sans permission. Pas avant d'en avoir parlé au conseil.

– On n'avait pas le temps », répliqua Leïla.

Elle commençait à perdre patience. Elle poussa la porte, obligeant Tawfiq à reculer dans l'obscurité du couloir.

« Pousse-toi, Tawfiq, je vais parler à Fatma. »

Elle s'engouffra à l'intérieur, passant à côté de lui, et appela le nom de Fatma. Tawfiq leva son revolver à deux mains et le pointa vers elle. Il tremblait légèrement.

Une voix sortit de l'obscurité, une voix de femme cultivée, précise et sévère.

« Qui est là ? »

Leïla lui répondit. La femme s'adressa à Tawfiq.

« Baisse ton revolver, Tawfiq. Leïla ne viendrait pas ici si elle n'avait pas de bonnes raisons. Du moins, je l'espère. Entre vite et amène ton ami. Il y a déjà eu trop d'agitation. »

David ramassa leurs bagages et passa la porte. Tawfiq la referma violemment derrière lui. Il se retrouva dans un passage sombre au bout duquel une porte s'ouvrait sur une pièce mal éclairée. Une femme se tenait dans l'entrée. David avança le long de ce couloir, suivi de près par Tawfiq toujours armé.

La pièce ne dépareillait pas le reste de la maison. Les murs étaient humides. Des taches de moisissure apparaissaient dans les coins et décoraient le plafond. Quand David se retourna, il put voir la femme pour la première fois. Elle offrait un contraste saisissant avec Leïla. Grande, bien bâtie, elle portait un pantalon de treillis et une chemise de style militaire. Son visage était dur, presque comme celui d'un homme, mais lisse. Elle détailla David d'un regard glacial. Il remarqua qu'elle portait également une arme. Mais contrairement à Tawfiq, ses mains ne tremblaient pas. Elle se contrôlait parfaitement.

« Tu connais nos règles, Leïla, dit-elle, personne n'a le droit de venir ici sans l'autorisation du conseil, sauf en cas d'urgence.

– Ceci est une urgence, Fatma. Je suis désolée mais il ne m'est pas facile de dire pourquoi.

– Je crois que tu ferais mieux d'essayer.

– Voici David Rosen, dit Leïla, c'est un Américain, ce n'est pas un Israélien. Nous sommes amis. Il m'a sauvé la vie il y a quelques semaines dans le Sinaï. Je lui dois ça. Maintenant il a besoin de mon aide. Sa vie est en danger et il doit se cacher quelque part. Tout ce qu'il demande, et tout ce que je demande, c'est d'être en sécurité, ici dans cette maison. »

La femme lança à Leïla un regard froid et calculateur, dénué de la moindre trace d'émotion.

« Tout ça n'a rien à voir avec nous, Leïla. Cet homme est un Juif, un inconnu. Tu n'avais aucun droit de l'amener ici, peu importent les circonstances. Ta conduite est impardonnable. Je pourrais te faire exécuter pour ça, tu t'en rends compte ? Pour le moment, il devra rester ici jusqu'à ce que je reçoive les instructions du conseil.

– Ne sois pas idiote, Fatma, protesta Leïla. Il ne représente aucun danger pour nous. Je le connais. C'est un professeur d'archéologie, il vient d'Amérique. Il ne s'intéresse pas à la politique. Mais sa vie est en danger et nous pouvons l'aider. Il faut parfois faire confiance aux gens. Il a promis de ne pas révéler l'existence de cette maison. »

Fatma parla d'une voix lente et dure.

« Ne me traite jamais d'idiote, Leïla. C'est toi qui es une idiote. La première règle que tu dois retenir est de ne jamais faire confiance à personne. Même pas à un ami, un parent, un amant. Et surtout pas un Juif. Les promesses d'un Juif ne valent rien. Moins que rien. Tu devrais savoir ça, Leïla. »

Leïla ne répondit pas, mais son visage trahissait ses sentiments, la colère et l'humiliation, comme si Fatma l'avait délibérément giflée de toutes ses forces.

Fatma se tourna vers Tawfiq.

« Emmène-les en haut, Tawfiq. Mets-les dans la petite chambre à côté de la mienne. Et monte la garde à la porte. »

Le taciturne Tawfiq ne répondit pas. On venait de lui donner raison.

David et Leïla montèrent les escaliers devant lui, s'appuyant sur la rampe cassée. Arrivés au sommet, ils marquèrent un temps d'hésitation.

« À droite, murmura Tawfiq, la troisième porte au bout du couloir. »

La pièce était minuscule, elle faisait à peu près deux mètres sur deux. Les murs étaient recouverts de motifs que l'humidité y avait dessinés depuis longtemps. La seule fenêtre était une petite lucarne près du plafond, rendue opaque par la saleté et hors de portée, laissant passer une lumière chiche.

Tawfiq inspecta rapidement la pièce puis il leur ordonna d'entrer. Il examina leurs bagages et les fouilla tous deux. Il ne semblait pas avoir remarqué que Leïla était une femme : ses mains passaient sur son corps avec des gestes précis et professionnels, sans le moindre signe de gêne. Il prit le revolver de David et sortit sans un mot, fermant la porte derrière lui. Il n'y avait pas de verrou, mais David et Leïla savaient qu'il était derrière la porte à surveiller.

Ils s'assirent sur le sol et se turent pendant un long moment. Finalement, Leïla rompit le silence.

« Je suis désolée, David. Je suis vraiment désolée. J'ai pensé que... J'ai été naïve, j'ai cru que je pourrais convaincre quelqu'un comme Fatma de nous permettre de rester ici. Peut-être que le conseil se montrera plus accommodant. Ils ne sont pas tous comme elle. »

David releva les yeux et la regarda fixement.

« Qui sont-ils, l'OLP ? »

Sa voix était à peine plus qu'un murmure.

Elle secoua la tête.

« FPLP, dit-elle, Front populaire pour la libération de la Palestine. »

Il baissa à nouveau les yeux, pensif et silencieux. Finalement il se remit à parler, toujours en regardant le sol poussiéreux.

« Est-ce que tu en es membre ? demanda-t-il, est-ce que tu appartiens à ce groupe ? »

Elle hocha la tête.

« Et depuis que tu es arrivée à Jérusalem, tu as travaillé pour eux ? Une terroriste ? C'est bien ce que tu es, Leïla, une terroriste ?

– Oui, dit-elle, je suis une terroriste. Si c'est comme ça que tu veux appeler les choses. Je n'ai jamais tué personne, je n'ai jamais posé de bombe ou tiré un coup de feu. Mais je fais partie du FPLP et je fais tout ce que je peux pour les aider à atteindre leur but.

– Et qu'est-ce que tu fais au juste, Leïla ? »

Son ton montait sous l'effet de la colère et le sentiment d'avoir été trahi.

« Je t'en supplie, David, essaie de comprendre. Je fournis des informations. Je suis acceptable aux yeux des Israéliens, je suis une "bonne Arabe", quelqu'un en qui ils peuvent avoir confiance, alors ils me révèlent des choses, et je rapporte ce que j'ai appris au groupe. Parfois je sers de messager, parfois j'aide des gens à passer la frontière par le Sinaï, parfois j'écris des articles dans nos publications.

– Et quelle différence y a-t-il ? dit-il avec une expression ironique, ce n'est pas toi qui appuies sur la détente ou qui prépares la bombe, mais tu es tout autant responsable des meurtres que commettent les gens comme Tawfiq. Est-ce que tu ne penses jamais à ça ?

– Bien sûr que j'y pense, répliqua-t-elle avec colère, j'y pense tous les jours. Et je pense aussi à Gaza et à la Cisjordanie et aux soldats sur le campus de Bir Zeit et aux massacres de Sabra et Chatila.

– Peut-être n'es-tu pas une terroriste comme les autres. Peut-être ne fais-tu que rendre des services et passer des informations. Et alors, qu'est-ce que ça veut dire ? Que tu es une espionne, c'est tout. Une espionne pour un groupe terroriste. Tu utilises ta position à l'université pour récolter des informations. Tu trahis la confiance de ceux qui t'entourent. Est-ce que tu peux en être fière ? Est-ce que... ? »

Il se tut. Il l'avait traitée d'espionne. Et lui-même, qu'était-il donc ? Il avait fait de l'espionnage pour Israël. Il avait trahi la confiance qu'on avait placée en lui en tant qu'archéologue. Il était probable que des gens avaient péri en conséquence des informations qu'il avait transmises. De quel droit condamnait-il Leïla ?

Il leva la tête et regarda son visage, ses yeux et ses larmes. Il ne trouvait rien à dire, rien qui ne l'aurait pas blessée encore plus. Tout ce qu'il aurait pu lui dire, c'était qu'il l'aimait, et comment était-ce possible après une telle journée ? Il détourna son regard vers la petite lucarne en haut du mur et la lumière grisâtre qui la traversait.

23.

Le soir, un représentant du conseil du FPLP arriva dans la maison. C'était un homme d'une quarantaine d'années, mince, le front dégarni et l'air d'un intellectuel. On avait apporté une lampe à gaz dans la pièce. Elle était posée dans un coin et prodiguait une lumière blafarde tout en produisant un sifflement aigu. Le visiteur se présenta.

« Je m'appelle Qasim. Mlle Rashid me connaît déjà. Je représente le conseil du FPLP à Jérusalem. On m'a dit que vous aviez besoin de trouver un refuge, professeur Rosen, et que Mlle Rashid vous a conduit ici, pensant que vous pourriez y rester. Pourquoi avez-vous besoin de vous cacher quelque part, professeur ? De qui vous cachez-vous ? »

Assis par terre, David était nerveux. Tout allait dépendre de l'impression qu'il ferait sur cet homme. Il se leva.

« Je ne sais pas de qui je me cache, dit-il.

– Je vois, fit Qasim, je crois que vous devriez essayer de m'en dire plus. Commençons au début. Dites-moi qui vous essayez de fuir. »

David lui raconta son histoire. Quelle autre solution avait-il ? Raconter ce qu'il lui était arrivé ou rester là indéfiniment et plus probablement se faire exécuter ? Il avait déjà promis à Leïla de tout lui dire, mais leur conversation s'était prolongée dans l'après-midi, s'était apaisée, puis avait redoublé de violence, s'était conclue par un long silence. Il était temps de tout lui dire.

Quand il fut arrivé à la fin de son récit, personne ne parla. Leïla paraissait effrayée et Qasim profondément plongé dans ses pensées. Il se tourna finalement vers David, posant sur lui un regard calme et sérieux ; David n'y aurait pas vu les yeux d'un terroriste. Il était sûr que Qasim était un penseur, un écrivain, pas un tueur. La pensée et les mots lui servaient d'armes, plutôt que les bombes.

« Je vous crois, dit Qasim. Si vous mentiez, vous inventeriez un meilleur mensonge. C'est ce que ferait n'importe qui. J'ai décidé de vous croire, professeur, vous allez rester ici jusqu'à ce que je puisse vérifier votre histoire. Ça ne devrait pas être trop difficile. Si l'on découvre quoi que ce soit d'autre, que vous êtes un espion, par exemple, vous savez ce que nous ferons. »

Il se retourna brusquement et sortit comme il était entré. Ils l'entendirent parler derrière la porte. Tawfiq entra et leur fit savoir qu'ils devaient se rendre dans une autre pièce. Ils ramassèrent leurs sacs et le suivirent dans le couloir où il ouvrit deux portes, l'une à côté de l'autre, sur la droite.

Cinq minutes plus tard, on frappa à la porte de David et Leïla entra. Elle referma la porte derrière elle et se tint devant lui. Il était assis sur le seul meuble de la pièce, un vieux lit en fer recouvert de deux fines couvertures usées.

« Je suis désolée, David, dit-elle.

– Il n'y a pas de raison d'être désolée », répondit-il.

Il ne souriait pas. Ça lui était trop difficile.

« Si, dit-elle, je t'ai mis dans cette situation sans réfléchir. Tu avais des ennuis, et à cause de moi tout n'a fait qu'empirer. Tu t'enfuyais et maintenant tu es pris au piège, tu ne peux plus aller nulle part. »

David haussa les épaules.

« Peut-être. Peut-être pas. Ce n'est pas une prison, tu sais. C'est une vieille maison avec juste deux personnes pour nous surveiller. Ils vont devoir se reposer, dormir. En attendant un jour ou deux, nous pourrons nous échapper. Ou... »

Il se tourna sur le lit et regarda vers la fenêtre.

« Nous pouvons essayer de passer par la lucarne. On peut partir maintenant, si tu veux. »

Leïla secoua la tête.

« Non, David, c'est impossible.

– Qu'est-ce que tu veux dire ?

– Va voir à la fenêtre. »

Intrigué, il se leva et traversa la pièce. Il regarda à travers la fenêtre le terrain vague couvert de mauvaises herbes derrière la maison. Un homme se tenait là, tournant le dos à la maison tout en la surveillant. Il n'aurait pas été facile de s'échapper par là.

« Je vois, dit-il en se retournant à nouveau, comme tu dis, je suis pris au piège. Mais je ne comprends pas pourquoi ils veulent te retenir prisonnière toi aussi. Tu es l'une des leurs, tu devrais pouvoir sortir d'ici comme tu veux. »

Elle lui renvoya un étrange sourire.

« Pour un homme de ton âge, David, tu es plutôt naïf. Je viens d'amener dans un de leurs lieux sûrs un homme qui est peut-être un espion israélien et qui leur raconte une histoire que l'un d'eux ne croit qu'à moitié. »

David hocha la tête.

« Leïla, dit-il – les mots lui venaient difficilement –, nous sommes tous corrompus, et moi autant que toi. J'ai été malhonnête avec vous deux, dans la pièce là-bas. En tout cas, je n'ai pas été franc. Je suis un espion israélien. J'ai travaillé pour le Mossad en Syrie depuis plusieurs années, par intermittence. Je ne crois pas que ça ait quoi que ce soit à faire avec ce qui se passe maintenant. Mais quand je t'ai condamnée cet après-midi pour être une espionne, je ne réfléchissais pas, je n'arrivais pas à penser calmement. Moi aussi, j'ai trahi. Je suis désolé. Je devrais te demander pardon, je te demande pardon. »

Elle resta silencieuse un long moment. Quand elle parla enfin, sa voix avait changé, plus monotone, plus mélancolique.

« Ça ne fait rien, David. Je pense que tout cela n'aura bientôt plus aucune importance. Oublions-le. »

Elle s'arrêta brièvement puis changea de sujet.

« J'aurais aimé que tu me dises plus tôt ce qui s'est passé, tous ces détails. Tout devient plus clair maintenant, les morts dans le Sinaï, la disparition d'al-Yunani. Je veux t'aider. Est-ce que je peux faire quelque chose ? »

Il resta silencieux un instant. Puis tout d'un coup, l'expression de son visage changea.

« Oui, dit-il, il y a une chose que tu peux faire, tu peux lire le *Tariq al-Mubin* pour moi. Il me faudrait des semaines, peut-être même des mois. Mais toi tu peux le lire en quelques jours, prendre des notes détaillées sur tous les passages importants, établir un index rudimentaire. L'exemplaire est dans ma mallette, attends, je vais le chercher. »

Cette pièce, le danger dans lequel ils se trouvaient, Fatma et son besoin de tuer, tout fut oublié quand David sortit les photocopies de son sac et les tendit à Leïla. Elle les feuilleta, vérifia la qualité des copies. Il y avait à peu près deux cents pages de vingt-cinq lignes chacune, en caractères arabes finement recopiés, d'une écriture moderne, parfaitement lisible. La lecture ne posait pas de grande difficulté à moins que le style lui-même ne fût compliqué.

« Voilà du papier et un stylo, dit David, et maintenant rendez-vous utile, mademoiselle Rashid.

– Que veux-tu que je cherche ? demanda-t-elle.

– J'aimerais le savoir moi-même, dit-il, mais ce n'est malheureusement pas le cas. Ça peut être toute sorte de choses. J'ai le sentiment, mais c'est peut-être un espoir totalement vain, que mon journal allemand va nous l'indiquer. Sinon il faudra le deviner nous-mêmes. Et le pire c'est que nous aurons peut-être la réponse sous les yeux tout au long et qu'elle sera si évidente que nous ne la remarquerons même pas. Prends ton temps et vérifie chaque fois que tu as une hésitation.

– Et vous, professeur Rosen, qu'allez-vous faire pendant que j'accomplirai cette lourde tâche ?

– Ne t'inquiète pas, je travaillerai, moi aussi. Il faut que je sache ce que notre Sturmbannführer anonyme a fait. J'ai presque fini ma lecture. »

Il se pencha et sortit du sac le journal et son dictionnaire Langenscheidt. Il était temps de reprendre son voyage dans le passé.

« 8 octobre 1935

Les moines ont ramené Hartmann hier. Son corps est resté dans l'église toute la nuit, on l'a ressorti ce matin pour l'enterrement. Ils ont un petit cimetière à l'extrémité du défilé dans le large wadi sur lequel il débouche. Tous les moines nous ont accompagnés, à part les deux plus âgés. Von Meier, Keitel et Lorenz étaient là, c'était insupportable.

Ils m'ont dit que la dépouille de Hartmann sera exhumée

dans quelques années pour être ramenée au monastère et placée dans l'ossuaire. Mais je jure de revenir le chercher un jour et de ramener son corps dans notre patrie pour qu'il soit enterré sur le sol allemand. J'ai vu cet ossuaire, c'est un charnier, une masse de vieux ossements indigne d'un membre de la race supérieure. Mais je me demande maintenant si je poserai à nouveau le pied sur le sol allemand. Je tire toujours le verrou de ma chambre avant de me coucher, et j'ai le sommeil léger. »

«9 octobre 1935

J'ai enfin vu la lumière dans toute cette obscurité. Je ne sais toujours que très peu de chose sur ce qui se passe. Mais j'ai fait une découverte. Je me félicite plus que jamais d'avoir écrit ce journal en code. Keitel est le seul que je redoute. Il serait capable de le lire s'il en prenait le temps.

Hier, après l'enterrement, nous sommes tous retournés au monastère. Je suis allé dans ma chambre pour mettre à jour mon journal et réfléchir aux événements. Vers cinq heures, je suis sorti dans le couloir. J'ai entendu des voix qui provenaient de la chambre de Meier, et je suis allé jusqu'à sa porte aussi discrètement que possible. Keitel était en train de parler, puis il s'interrompit, et j'entendis Lorenz. Finalement, von Meier lui-même prit la parole. Ils étaient tous là et on avait l'impression à les entendre qu'ils débattaient une question grave. C'est alors que je me souvins que la chambre de Hartmann était juste à côté de celle de von Meier, et qu'elle était inoccupée. Sans plus attendre, je m'introduisis dans la chambre et fermai la porte. En collant mon oreille contre le mur, je parvenais à distinguer la plupart des propos qui s'échangeaient dans l'autre pièce. Une chose était sûre, ils étaient au milieu d'une conversation animée. J'entendis d'abord la voix de Lorenz. Il disait :

"Je vous répète pour la centième fois, Ulrich, que ce n'est pas ici. J'ai lu tous les ouvrages d'histoire en grec qui se trouvent ici, j'ai longuement parlé avec les moines, et je n'ai rien pu découvrir, pas la moindre indication. Ces livres n'en savent rien, et les moines encore moins. Je vous dis que nous aurions dû rester à Sainte-Catherine."

Keitel l'interrompit à ce moment-là, il était déjà très en colère.

"Nous avons perdu notre temps à Sainte-Catherine, et vous le savez. Nous avons examiné l'endroit de long en large, et nous n'y avons rien trouvé. Cette région a été traversée pendant des siècles par des milliers de gens et personne n'a jamais rien vu. Et vous savez que les textes paraissent plus cohérents quand on les lit en référence à cet endroit-ci. Nous n'en avons même pas exploré la moitié avec Ulrich. Nous avons besoin de temps.

– Le temps !"

C'était Lorenz qui avait repris la parole.

"Vous avez eu tout le temps que vous vouliez. Combien vous en faut-il encore ? Vous êtes à la recherche d'une cité. Bon Dieu, ça ne devrait pas être si difficile que ça à trouver."

Ce fut von Meier qui répondit cette fois. Il parlait d'une voix beaucoup plus basse et plus calme que Keitel, mais j'entendis tout de même ce qu'il disait.

"Écoutez, Heinrich. Walther a raison. D'un point de vue archéologique, nous n'avons fait que gratter la surface. Une cité se perd facilement. Personne en Occident ne soupçonnait l'existence de Pétra avant que Burckhardt ne tombe dessus par hasard en 1912, mais quand vous voyez Pétra vous vous demandez comment une ville pareille a jamais pu se perdre ! De toute manière, je vous ai déjà dit que je ne pense pas qu'Iram soit une ville, en tout cas pas comme vous vous l'imaginez. C'était sans doute un endroit assez petit, même pas de la taille de Petra et peut-être en partie troglodyte. Le reste devait être composé de tentes ou de constructions en bois. Un endroit pareil peut facilement rester inconnu dans cette étendue sauvage et désertique. Et le texte dit clairement, sans laisser l'ombre d'un doute : *La Ville d'Iram est dans le Défilé des Moines, près du Djebel Musa dans le Sinaï. Je l'ai vue là-bas de mes propres yeux. Que celui qui veut la voir s'y rende lui-même.*" »

David arrêta sa lecture et reprit sa respiration. Il remarqua que ses mains tremblaient légèrement et il reposa le livre. Après d'aussi longues recherches, il lui paraissait presque incroyable de trouver enfin la confirmation dont il avait besoin. Iram, Iram, la ville à la colonne. La ville sur laquelle Yigael Bar-Adon avait fait une découverte juste avant sa mort et à laquelle John Gates avait consacré un chapitre de sa thèse qui avait depuis disparu. Le lien dans cette chaîne d'événements était là.

Il reprit le journal et recommença sa lecture. De l'autre côté du lit, Leïla était plongée dans son *Tariq al-Mubin.*

« Je ne parvins pas à comprendre quelques mots prononcés à voix basse, puis Keitel prit à nouveau la parole.

"Écoutez, Heinrich, il a raison. Franchement. Nous pensions que le Défilé des Moines doit être une référence au wadi al-Dair où se trouve Sainte-Catherine. Vous étiez d'accord avec nous. Mais quand nous avons appris l'existence de Saint-Nilus, nous avons compris qu'il s'agissait en fait du véritable nom du défilé, Shi'b al-Ruhban. Tout cela est parfaitement logique. La découverte de cet endroit est bien la preuve que le texte est précis. Nous le trouverons, vous verrez. Et nous trouverons aussi ce que nous cherchons. Il faut avoir de la patience dans ce genre d'entreprise. Il faut agir lentement au cas où d'autres apprendraient ce que nous cherchons vraiment. Encore une quinzaine de jours, c'est tout ce que nous demandons."

Il y eut une brève pause, puis j'entendis à nouveau la voix de Lorenz.

"Très bien, dit-il, encore quinze jours. En attendant, que va-t-on faire du Sturmbannführer Schacht ? Peut-on se débarrasser de lui ?"

Ce fut von Meier qui répondit :

"Non, dit-il, il faut le laisser tranquille si c'est possible, il ne sait rien, il est juste soupçonneux. Nous pouvons expliquer la mort de Hartmann, mais pas une deuxième disparition. Il en résulterait trop de questions. Il faut laisser Schacht dans l'ignorance, c'est tout. Surveille-le, Heinrich."

À ces mots, ils se séparèrent. Von Meier resta dans sa chambre et je pus sortir de la cellule où je me trouvais pour regagner ma chambre sans être vu. C'était presque l'heure du dîner, et je me rendis au réfectoire comme d'habitude. Mais j'étais déjà décidé à mettre la main sur la mallette de von Meier et à découvrir ce qu'elle renfermait…

L'occasion se présenta le lendemain matin, lorsqu'il partit en exploration en compagnie de Keitel. J'avais prétendu auprès de Lorenz que je ne me sentais pas bien et que je voulais rester dans ma chambre me reposer. Quand la voie fut libre, je me dirigeai vers la chambre de von Meier. Je cherchai sa mallette partout, mais elle n'était plus là. Puis juste au moment où je m'apprêtais à repartir, j'aperçus quelque chose sur le mur. C'était une icône tout à fait banale, représentant la Vierge et l'Enfant Jésus, parfaitement semblable à celle qui se trouve dans ma chambre. Mais elle n'était pas droite, elle était accrochée selon un certain angle sur le mur. Cette observation ayant attisé ma curiosité, je la décrochai.

Von Meier, car il faut croire que c'était là son œuvre, avait creusé une petite niche derrière l'icône où il avait dissimulé ce qui semblait être un rouleau de papyrus.

Je le sortis de sa cachette, le déroulai et me mis à l'examiner. Il s'agissait d'un manuscrit ancien, en très mauvais état, en alphabet kufique primitif, remontant peut-être au VIIIe siècle. Le kufique étant extrêmement difficile à lire dans les meilleures conditions, même sous une forme élaborée, la transcription des douzes lignes de ce texte ne fut pas une tâche aisée. J'ai encore quelques hésitations quant à certains mots, mais j'ai fait de mon mieux. Je crois comprendre maintenant comment Keitel en est venu à être impliqué dans tout ça. Le kufique est un alphabet épigraphique, utilisé à l'origine pour les inscriptions sur le roc, et bien qu'il ne soit pas un arabisant, je le soupçonne d'en savoir assez pour se débrouiller avec les inscriptions en kufique.

J'ai replacé le rouleau en faisant de mon mieux pour le remettre dans la position exacte où je l'avais trouvé. J'essaierai ce soir de traduire le texte. »

« 10 octobre 1935

Dans son ensemble, ce papyrus n'est pas d'un immense intérêt. Il semble faire partie d'une œuvre plus importante traitant des peuples et des cités antiques dont parle le Coran. Ce n'est pour l'instant qu'une vague intuition, mais d'après le style et le contenu du papyrus, je crois qu'il s'agit d'un commentaire ancien du Coran, parmi d'autres dont on connaît les titres sans en avoir jamais découvert d'exemplaires. Le passage que von Meier citait hier se trouve juste vers la fin. C'est tout ce qu'il y a, mais le texte original devait être beaucoup plus important.

Je peux comprendre pourquoi von Meier est à la recherche d'Iram. Trouver une cité perdue est le rêve de tout archéologue. Mais pourquoi tout ce secret ? Veut-il être le seul à en retirer toute la gloire ? Peut-être. Mais pourquoi aller jusqu'au meurtre d'Ahmad et d'Hartmann ? Et qu'est-ce que Keitel voulait dire, quand il affirmait qu'ils trouveraient ce qu'ils cherchaient à Iram ? Quelles sont donc les autres informations que le papyrus ne fournit pas ?

Il faudra que je reste attentif. À moins d'en apprendre plus, les informations dont je dispose pour le moment sont pratiquement inutiles. Pourtant quelque chose me trouble. Quelque chose à propos du texte. Il semble parfaitement clair, mais je ne peux pas m'empêcher de penser que j'ai fait une erreur, que j'ai mal lu. Il faut que je revoie l'original de von Meier. »

24.

« 11 octobre 1935

J'ai découvert mon erreur et celle de Keitel. Ils croient être à la recherche d'une ville. En fait, ils cherchent un livre mais ils ne le savent pas. La ville existe bien quelque part, mais il est pratiquement certain qu'elle ne se trouve pas dans le Sinaï.

Je suis retourné ce matin dans la chambre de von Meier, j'ai pris le papyrus et je l'ai rapporté dans ma chambre. J'ai relu chaque ligne lentement, en faisant particulièrement attention aux passages traitant d'Iram, ainsi que les lignes qui les précédaient ou les suivaient immédiatement.

J'ai tout d'abord remarqué que le passage sur Iram n'était

pas complet. Après le commentaire sur al-Hijr et Thamud venaient les versets coraniques se référant à Iram. "N'as-tu pas vu comment ton Seigneur a traité les Ad, et Iram, la ville à la colonne, une ville telle que jamais on n'en créa de semblable dans aucun pays ?" Cette phrase était suivie par le texte du commentateur : "Ad était un peuple d'incroyants, qui vécurent après l'époque de Noé et s'installèrent dans les dunes de sable à Iram. Le prophète Hud fut envoyé vers eux, mais ils se tournèrent contre lui, et Dieu les affligea d'inondations et de sécheresses. Ils périrent tous sauf les hommes pieux, et ils disparurent de la surface de la Terre. Iram..." Le texte s'interrompait, la ligne suivante était trop abîmée pour être lisible.

La section que j'avais recopiée auparavant débutait par "la Cité d'Iram se trouve dans le Défilé des Moines", et commençait au bord de la page immédiatement à la suite du passage cité, mais quelques mots au tout début de la ligne étaient effacés.

En relisant les autres extraits du commentaire, j'avais remarqué que, dans la plupart des cas, le commentateur avait mentionné la situation d'une ville ou de personnes en faisant suivre cette indication par une référence à un livre ou un traité qui s'y rapportait. Ainsi après le passage sur al-Hijr, il avait écrit : "Le Livre d'al-Hijr se trouvait chez Ibn 'Abbas à Médine, mais on ignore aujourd'hui où il se trouve." Le terme arabe pour livre, utilisé dans ce paragraphe et de nombreux autres, est *kitab*. Mais les écrivains arabes, surtout de l'époque des débuts de l'islam, utilisaient généralement d'autres termes pour désigner un livre, et dans cette perspective, le mot *kurrasa* apparaît dans le passage. *Kurrasa* est un mot extrêmement obscur et j'étais surpris de ne pas le trouver plus souvent. Mais je me demandai pourquoi je n'avais pas rencontré de référence au "Livre d'Iram" et si le mot "cité" n'était pas une erreur du manuscrit, là où on aurait dû trouver le mot "livre". Cela paraissait improbable, mais certainement pas impossible dans un texte qui traitait autant de livres que de villes. C'est alors que la solution m'apparut dans toute sa clarté.

Le kufique est une forme d'alphabet primitif. Des lettres

parfaitement distinctes en arabe courant s'écrivent souvent de la même façon ou d'une manière très proche en style kufique. Des lettres qui devraient se trouver liées sont souvent disjointes et vice versa. Je regardai de plus près le mot que j'avais pris pour *medina*, ville. Il me semblait maintenant évident que ce que j'avais pris pour un *m* était en fait un *s*, le *d* un *h* aspiré et le *n* un *f*. Il n'était pas étonnant que Keitel ne s'en soit pas rendu compte. Pour un novice, *medina* était le mot évident à cause de la ressemblance avec ce que je pouvais maintenant voir. Mais, le lien ayant été établi et le besoin psychologique de lire le mot "ville" ayant été écarté, il ne restait plus aucun doute. Le mot *sahifa* remplaçait communément le mot "livre" et le passage prenait la forme suivante : "Le Livre d'Iram se trouve dans le Défilé des Moines qui est près du Djebel Musa, dans le Sinaï. Je l'ai vu (ou lu) de mes propres yeux ; quiconque veut le voir (ou le lire), qu'il s'y rende lui-même." »

David reposa le journal et regarda Leïla. Elle lisait toujours, penchée sur son livre, immobile. Les bruits avaient fini par se taire, la pièce était chaude et silencieuse.

« Leïla », dit-il doucement.

Il se sentait envahi par une étrange sensation.

Elle releva la tête et se tourna vers lui.

« Oui, David ?

– Est-ce que tu as pu dégager le thème général du livre ? »

Il se demanda si elle pouvait percevoir l'agitation dans sa voix.

Elle lui lança un regard étrange.

« Oui, répondit-elle. Veux-tu que je t'en parle maintenant ? »

Il hocha la tête.

« Eh bien, dit-elle, c'est assez simple. Il s'agit du récit par cet al-Halabi d'un pèlerinage de Damas à La Mecque. Ce qui est curieux, et même très curieux, à y bien réfléchir, c'est que la plupart du livre, en fait plus de la moitié, consiste en la description d'un seul endroit qu'il a visité au cours de son voyage.

– Iram », dit David.

Sa voix était à peine audible. Elle le regarda fixement.

« Oui, dit-elle, Iram. Comment le savais-tu ? »

Tandis que Leïla reprenait la traduction du long passage sur Iram dans son *Tariq al-Mubin*, David retourna au journal de Schacht, impatient de savoir ce qui allait se passer après la découverte du fait que le livre d'Iram se trouvait certainement dans la bibliothèque de Saint-Nilus.

Le major SS avait rapporté son rouleau de papyrus dans la chambre de von Meier une seconde fois sans se faire remarquer. Pendant les quelques jours qui suivirent, il passa tout son temps dans la bibliothèque à vérifier systématiquement le contenu de tous les livres qui s'y trouvaient. Il n'en avait bien sûr trouvé aucun avec un titre ressemblant à *Sahifa Iram* ou *Kitab Iram*, et il s'était mis à lire tous les ouvrages, des centaines, qui pouvaient avoir un rapport avec ce qu'il cherchait. Dans un volume qui semblait peu prometteur et qu'il avait déjà feuilleté rapidement et rejeté, le *Tariq al-Mubin* par al-Halabi, il avait été intrigué par la date qui y figurait : 10 Ramadan 574 (19 février 1179), trop récente pour qu'il y ait eu une référence à cet ouvrage dans un papyrus qui de toute évidence datait de la période primitive. Mais en regardant de plus près il s'était rendu compte que ce volume du XIIe siècle était en fait la copie d'un original qui se trouvait dans la bibliothèque du monastère, mais qui risquait de tomber en poussière par suite de la négligence des moines, des vers et de l'humidité.

Mais Lorenz commençait à se méfier. Schacht n'avait pu lui dissimuler sa curiosité alors que l'autre cherchait toujours dans les textes grecs à l'autre bout de la bibliothèque. Quelques jours après la découverte du *Tariq al-Mubin*, les événements prirent un tour inhabituel et plutôt désagréable.

« 17 octobre 1935

Von Meier m'a dit ce matin que nous attendions d'importants visiteurs de Jérusalem. Il faisait beaucoup de mystère et a ajouté qu'il ne pouvait rien me dire tant qu'ils ne seraient pas là. Je ne comprends pas comment il a pu apprendre la nouvelle : je n'ai pas vu de messager entrer ou sortir du monastère depuis des semaines. Von Meier et Keitel ont-ils des contacts à l'extérieur qui leur permettent de faire passer des messages lorsqu'ils partent en expédition dans les collines ?

Les visiteurs sont arrivés vers midi et, à ma plus grande surprise, j'ai immédiatement reconnu A. H. et l'un des membres de son entourage que j'avais rencontré voilà quelques années. Les moines n'étaient pas très heureux de recevoir chez eux de hauts dignitaires musulmans, ce qui se comprend, mais A. H. leur a assuré qu'il ne rendait qu'une visite de politesse à ses amis allemands. Il souriait et parlait beaucoup de son amour pour "la sainteté de Jésus, le Fils de Marie", puis il évoqua la petite mosquée au centre de Sainte-Catherine, qu'il avait visitée auparavant. Je n'avais jamais vu un homme dont l'allure et les paroles trahissaient autant l'hypocrisie.

A. H. se rappelait notre rencontre lors de ma visite à Jérusalem, à l'occasion du Congrès musulman de 1931 où je m'étais rendu à titre officieux et où nous lui avions fait notre première présentation. Nous parlâmes un moment, il exprima à nouveau son admiration pour le Reich et le Führer et réaffirma qu'il partageait nos sentiments sur la racaille juive en Europe et en Palestine, mais à part ça, il ne dit rien de nouveau. Il n'était de toute évidence pas venu à Saint-Nilus pour parler avec moi. Une heure après son arrivée, il s'enferma dans la chambre de l'archimandrite en compagnie de von Meier, Keitel et Lorenz. Même son propre secrétaire et son entourage furent tenus à l'écart. Je ne sais pas comment ils ont pu communiquer sans interprète.

J'étais certain que A. H. était l'homme qu'il nous fallait, mais j'ai des doutes, maintenant que je l'ai vu si proche de von Meier et de ses amis. Toute cette affaire va apparemment beaucoup plus loin que je ne le pensais. La recherche d'une cité perdue et de tout ce qui va avec – un trésor, peut-être – est une occupation bien innocente. Mais ces rencontres avec des membres importants d'autres nationalités sont bien autre chose et il faudra que je rapporte tout cela au quartier général. Mais Dieu sait comment faire parvenir un message en Allemagne. »

Avant de passer à la page suivante, David se demanda qui les initiales A. H. désignaient. Il les avait déjà rencontrées une fois, au début du journal. Schacht avait écrit les noms complets de tous les autres personnages, mais il n'avait jamais fait allusion à A. H. que par ses initiales. Puisque le journal était entièrement écrit en code, il semblait inutile d'utiliser un code supplémentaire pour ce nom. À moins que… C'était tout à fait évident, à bien y réfléchir. A. H. était un Arabe, le contexte le montrait clairement. Si Schacht avait écrit son nom en alphabet arabe sur la page, il serait devenu lisible au premier coup d'œil. C'était agaçant pour David qui pensait qu'il était important de savoir qui était exactement A. H., mais Schacht avait eu ses raisons de préserver le secret, et il était peu probable que le reste du journal fournisse suffisamment d'informations sur l'identité de cet homme.

« 18 octobre 1935

A. H. et ceux qui l'accompagnent ont passé la nuit dernière au monastère et sont repartis tôt ce matin après que Fläschner nous eut tous alignés pour prendre une photo de leur visite. Les moines ont tout d'abord refusé d'être photographiés, mais les Arabes s'y sont prêtés très volontiers. Von Meier semblait contrarié mais il n'a rien dit.

Il s'est passé quelque chose de grave. Je suis retourné dans la bibliothèque après le départ des Arabes. Von Meier et Keitel n'étaient visibles nulle part, mais j'avais compris qu'ils n'étaient pas partis en expédition comme d'habitude. Lorenz n'était pas dans la bibliothèque, ce qui me parut également inhabituel. Dans le monastère, l'atmosphère semblait tendue.

Le livre n'était pas à sa place. Je cherchai frénétiquement sur toutes les étagères, pensant que je l'avais sûrement remis au mauvais endroit. Mais il ne se trouvait nulle part. Je regardai partout, derrière les autres livres, dans des endroits couverts de poussière. J'en parlai au bibliothécaire, un homme d'âge moyen du nom de Gregorios. Il parle mal l'arabe mais je suis parvenu à lui faire comprendre ce que je voulais. Il était très silencieux, très réservé. Il secoua la tête à plusieurs reprises pour m'indiquer qu'il ne comprenait pas, mais je savais qu'il savait où se trouvait le livre. Je finis par abandonner. Il était inutile d'insister : j'avais compris où était le livre. »

« 19 octobre 1935

J'ai encore à l'esprit l'horreur de la nuit dernière, ma main tremble tandis que j'écris. Mais il faut que je mette sur le papier ce qui s'est passé, tout ce que j'ai vu, même si rien ne pourra jamais effacer cette scène de ma mémoire.

Commençons au début. Après avoir découvert que le livre avait disparu, j'essayai de trouver von Meier et les deux autres pour avoir une explication. J'avais l'intention de demander, en ma qualité de représentant officiel du Schutzstaffel auprès de l'expédition, ce qui se passait exactement et la raison pour laquelle il avait gardé secrète leur recherche d'Iram. Je ne les trouvai nulle part. Je cherchai partout, mais il était impossible de les trouver et personne ne les avait vus. Le moine qui s'occupait de l'élévateur m'apprit qu'ils n'étaient pas partis avec leurs visiteurs ni après. J'allai au réfectoire, dans la bibliothèque, dans l'église, ils n'étaient nulle part. On eût dit qu'ils s'étaient évaporés. Mais je crois savoir maintenant où ils se trouvaient vraiment.

Le soir j'étais dans ma chambre, quand j'entendis dans le couloir une porte qui s'ouvrait et se refermait. Je sortis sans un bruit et allai dans la cellule voisine de celle de von Meier. Ils étaient tous là à parler à voix basse, et je n'arrivais pas à distinguer leurs paroles. Soupçonnaient-ils que quelqu'un les écoutait ?

Il commençait à se faire tard. Je décidai de remettre au lendemain la confrontation prévue et je retournai discrètement dans ma chambre. J'étais fatigué et inquiet. Le sentiment de mon isolement était plus fort que jamais, et je me sentais menacé. Je restai longtemps éveillé dans l'obscurité, peut-être une heure ou deux. Puis j'ai dû m'assoupir, mais pour très peu de temps. Je fus réveillé par le bruit de ma porte que quelqu'un essayait d'ouvrir. Elle s'ébranla mais mon verrou résista, et l'inconnu abandonna sa tentative et s'éloigna. J'étais désormais complètement éveillé, je sautai du lit et traversai la pièce jusqu'à la porte puis je tirai le verrou.

À l'extérieur je vis la silhouette d'un homme qui s'enfuyait dans le couloir prolongeant celui dans lequel nous nous trouvions. Seule une petite lampe à pétrole au mur éclairait la scène. Quand je regardai à nouveau, il était parti, absorbé par l'obscurité. Il n'y avait pas un bruit. C'était tôt le matin, tout était sombre et silencieux. À cette heure tout le monde dormait, même les moines. J'empochai rapidement mon Lüger, fermai la porte derrière moi et je m'enfonçai à la poursuite de cette silhouette silencieuse.

Dehors, il faisait sombre, on avait d'abord l'impression d'être plongé dans une obscurité totale, mais comme mes yeux s'y habituaient, je pus distinguer les étoiles sur la bande de ciel qui apparaissait entre les parois du défilé.

C'est alors que j'aperçus une lumière au-dessus de moi, très haut sur la falaise. Je l'observai quelques instants, elle ne bougeait pas. Je décidai de monter les escaliers. La lumière disparut pendant mon ascension, mais je savais qu'elle devait se trouver quelque part au sommet. Ma plus grande peur était que celui qui se trouvait là-haut décidât de descendre et que nous nous trouvions face à face dans l'escalier. Mais j'aurais préféré ça à ce qui s'est passé.

La lumière réapparut comme j'arrivais en haut. Je mis un certain temps à m'orienter dans l'obscurité et je vis enfin la lumière qui brillait à travers la porte ouverte de l'ossuaire, à côté de l'église. J'étais resté éloigné de cet endroit tout au long de mon séjour. Il exerçait sur moi une horrible fascination, mais quelque chose, une sorte de superstition peut-être, m'obligeait à garder mes distances. Cette morbidité me troublait et m'effrayait. Lorsque je vis que la lumière provenait de là, je voulus tourner les talons et m'enfuir.

Mais je rassemblai mon courage et me hissai au niveau supérieur. J'étais presque certain qu'on ne pouvait pas me voir de l'ossuaire, ma silhouette ne se détachait pas contre le ciel. En arrivant au coin de l'ossuaire je m'arrêtai net, retenant ma respiration. Je vis deux silhouettes assises ensemble devant la porte, sous la lumière des étoiles et celle qui provenait de l'intérieur du bâtiment. En me serrant contre le mur, j'observai la scène pendant un long moment, en essayant de voir qui étaient ces deux personnages. L'un d'eux parlait à voix basse, et je me rendis compte qu'il s'agissait de von Meier, même si je n'arrivais pas à distinguer ses paroles à cette distance. L'autre ne disait rien, il écoutait, immobile.

On voyait mal leurs contours dans cette lumière sépulcrale, mais le compagnon de von Meier avait quelque chose d'indéfinissable, d'extrêmement troublant. Était-ce sa façon de se pencher vers von Meier, la rigidité avec laquelle il était assis, ou sa silhouette penchée, aux contours qui m'apparaissaient comme déformés. J'aurais été incapable de le dire. Mais je l'observais attentivement.

Les choses en restèrent là un bon moment. Comme aucun des deux ne bougeait ou ne regardait dans ma direction, je m'enhardis et avançai d'un pas pour pouvoir les entendre. J'entendais von Meier distinctement, mais je n'arrivais pas à comprendre ce qu'il disait. Il ne parlait pas en allemand, et j'étais sûr de n'avoir jamais entendu auparavant la langue dans laquelle il s'exprimait. Puis il se tut et l'autre se mit à parler dans la même langue incompréhensible. Il parlait plus fort. Et je m'approchai encore un peu. Je fus alors saisi par la pensée que j'avais déjà entendu cette langue, et même souvent. Quand je parvins enfin à l'identifier, un frisson me parcourut la colonne vertébrale. Von Meier et son interlocuteur s'entretenaient en latin, en latin vulgaire de la période romaine tardive et de l'Église médiévale. En l'entendant je me souvins du latin pendant la messe quand j'étais enfant et adolescent, mais il était, sous cette forme, plus haché et saccadé. Il n'était pas vraiment étrange d'entendre von Meier, dont la spécialité était la fin de l'Empire romain, parler latin. C'était un exercice qu'il avait sans doute pratiqué à l'école, peut-être aussi avec ses étudiants à l'université. Mais qui d'autre parmi nous qui vivions au monastère, moines ou visiteurs, pouvait parler avec une telle aisance une langue morte depuis tant de siècles ?

Cette question trouva sa réponse au moment même où je la formulais car, avec un tremblement d'effroi, palpable et aveuglant, je me rendis compte que le compagnon de von Meier n'était aucun d'entre nous, mais un cadavre qu'il avait sorti de l'ossuaire. Hartmann m'avait parlé des corps de saints parfaitement préservés dans l'extrémité du bâtiment, et en regardant bien, je ne pouvais plus avoir le moindre doute : c'était une de ces momies grotesques qui était assise là à s'entretenir avec von Meier. La terreur faillit me faire perdre la raison, c'est ce qui serait sans doute arrivé si je n'avais compris à l'instant suivant que ce n'était pas la momie qui parlait mais von Meier lui-même, projetant sa voix sur une note plus haute, comme l'aurait fait un ventriloque avec sa marionnette. Même si cela apaisait mes craintes quant à la possibilité d'être confronté à des événements surnaturels dépassant mon entendement, je n'en éprouvais pas moins une horreur indescriptible devant pareil spectacle.

Mais le pire était à venir.

J'entrepris de battre en retraite pour m'éloigner de l'ossuaire, retourner au niveau inférieur et m'enfermer dans ma chambre pour le reste de la nuit, avec la lumière allumée. Comme je me mettais en mouvement, mon pied accrocha quelque chose, une pierre sans doute, ce qui produisit un léger bruit. Von Meier se retourna, surpris, et je vis avec horreur qu'il y avait juste assez de lumière pour qu'il m'aperçoive. Je crus un instant qu'il allait se lever et se mettre à parler, mais il n'en fit rien. Il resta assis à sa place, posa la main sur le bras de la momie et la brandit vers moi, les yeux grands ouverts, me regardant fixement. Il ne fit rien de plus, il me fixa du regard en silence, sans faire un geste, comme s'il me regardait de très haut. Pendant une minute ou deux, je restai comme hypnotisé jusqu'à ce que mes nerfs lâchent, et je me retournai puis m'enfuis à toutes jambes dans l'escalier. Dans ma fuite, je tombai et m'écorchai sévèrement en plusieurs endroits.

Je passai le reste de la nuit terrifié sans fermer l'œil, certain que von Meier et ses amis allaient venir me régler mon compte. Je m'assis sur mon lit, le Lüger chargé et dirigé vers la porte. Mais personne ne vint, il n'y eut pas un bruit à l'extérieur jusqu'à ce que les moines se lèvent avant l'aube, pour aller prier dans l'église.

J'ai décidé de rendre visite au moine Gregorios dans la bibliothèque et de me confier à lui. Il écrit bien l'arabe et j'espère pouvoir lui expliquer la situation. Je suis sûr maintenant que von Meier a profané la dépouille d'un de leurs saints, ils vont prendre des mesures contre lui et ses complices. »

« 19 octobre 1935 (soir)

Je croyais que le pire était passé. Je m'étais trompé. Après avoir écrit dans mon journal ce matin, j'ai trouvé Gregorios dans la bibliothèque et lui ai longuement parlé, prenant parfois des notes pour compléter ce que j'essayais de lui dire. Il m'a très bien compris, a-t-il dit, car lui-même et certains autres moines avaient vu ou soupçonné les activités auxquelles von Meier se livrait et dont je lui avais parlé. Mais il leur avait été impossible de prendre des mesures, car von Meier exerçait apparemment un certain pouvoir sur l'archimandrite qu'il avait connu de nombreuses années auparavant à Thessalonique. À mon avis ce pouvoir va encore plus loin que Gregorios ne le pense mais, sans entrer dans les détails, il paraît évident que von Meier a de l'influence et que les moines n'osent pas se dresser contre lui.

Gregorios était profondément choqué et effrayé aussi, je crois, lorsque je lui ai décrit le sacrilège de von Meier dans l'ossuaire.

Je suis revenu très découragé de mon entretien avec Gregorios. Au moment même où j'ouvrais la porte de ma chambre, je compris que quelque chose n'allait pas. J'allumai la lampe à pétrole et sortis la mèche jusqu'à ce que la clarté se répande dans toute la pièce. Allongé sur le lit, non sur la couverture mais bien entre les draps, se trouvait le corps auquel von Meier parlait hier soir. Je le reconnus à sa forme recourbée, au cou et aux épaules noueuses. Il semblait me lancer un regard complice et se moquer de moi de tout son visage plissé et rabougri. En un horrible instant de folie, je crus qu'il allait me parler.

J'ai dû pousser un hurlement car à ce moment précis, je sentis une présence derrière moi comme ma porte s'ouvrait et que quelqu'un entrait. C'était von Meier. Il regarda le corps puis il tourna ses yeux vers moi. Il ne dit d'abord rien, il restait là dirigeant ses regards tour à tour vers moi et vers le cadavre.

“Ceci n'est qu'un avertissement, Herr Schacht, dit-il finalement : si vous continuez à vous mêler de mon travail, ce corps vous sera un éternel compagnon, là-haut, où il a sa place.”

Je m'étais laissé aller à la panique, mais ces paroles me permirent de retrouver mon calme. Je me rappelai que j'étais un officier SS, que politiquement j'étais son supérieur et que, comme moi-même, son ultime allégeance était au Führer.

"Et en quoi consiste votre travail au juste, Herr Meier ?" demandai-je.

Il me regarda pendant un long moment sans répondre, avec une expression de mépris dans les yeux, puis se mit à parler sur le ton de la dérision, qu'il devait généralement réserver à ses étudiants les moins doués.

"Même si je vous l'expliquais, Herr Sturmbannführer, vous ne pourriez pas en comprendre le moindre mot. Ni vous ni votre précieux Heinrich, ni même votre ridicule Führer."

Il s'interrompit, jeta un coup d'œil en direction du cadavre et reprit :

"J'espère que vous dormirez bien ce soir. Ça ne devrait pas être trop difficile, vous aurez de la compagnie. Je suis sûr qu'il sera un meilleur compagnon de lit que votre chère Anna."

C'est alors que je l'ai frappé. Je l'ai frappé au visage, sur la poitrine et dans le ventre, de toutes mes forces, les coups pleuvaient, et il s'écroula avant même d'avoir pu se défendre. J'arrêtai d'un seul coup et je le regardai, recroquevillé à mes pieds, je me sentais envahi par la haine et le dégoût. Je l'enjambai, ouvris la porte et sortis respirer l'air frais de la nuit. Je restai longtemps assis à regarder les étoiles qui parsemaient l'étroite bande de ciel pourpre au-dessus de ma tête. Quand je retournai dans ma chambre, von Meier avait disparu, ainsi que le corps qu'il avait placé dans mon lit. Je me demandai si je n'avais pas rêvé. Mais mes phalanges étaient écorchées en raison des coups que je lui avais assenés.

Je surveillerai ma porte ce soir. Je n'ose pas m'endormir. »

Mais il avait dû finir par s'endormir, pensa David, car le journal de Schacht s'arrêtait là. Il y avait une courte inscription en grec à la page suivante, signée par le moine Gregorios. David connaissait mal le grec mais il parvint à lire le passage sans trop de difficulté.

« J'ai trouvé ce livre parmi les autres papiers et les affaires de l'Allemand Schacht, le lendemain du jour où on l'a trouvé dans l'ossuaire. Il avait été cloué au sol par des piques métalliques qui lui traversaient les bras, les jambes et l'aine. De grosses araignées recouvraient entièrement son corps. Il mourut deux jours plus tard dans des souffrances atroces et une indescriptible terreur, malgré mes tentatives de lui apporter du réconfort. J'ai placé les objets lui appartenant dans deux malles rangées dans un dépôt où elles resteront jusqu'à ce que quelqu'un vienne les chercher. Les autres Allemands sont partis. Ils voulaient emporter le livre que Schacht avait trouvé dans la bibliothèque, mais je m'y suis opposé. Finalement, ils l'ont photographié. Que Dieu nous protège d'eux et de leurs machinations. Que le Seigneur Jésus-Christ prenne pitié de nous et nous pardonne nos fautes. Gregorios. »

David fixait la page sans la voir. Ses pensées se tournèrent à nouveau vers Ishme Adad et son destin incertain dans l'ancienne cité d'Ebla. De nombreux siècles s'étaient écoulés depuis et peu de choses avaient changé, juste l'identité des victimes et des bourreaux.

25.

David eut le sommeil agité cette nuit-là. Il se réveilla couvert de sueur, criant des paroles incohérentes. Il lui fallut du temps pour retrouver ses esprits et vaincre sa peur, enfin il vit Leïla debout à côté de lui, qui le regardait avec inquiétude.

« Je t'ai entendu appeler, dit-elle, tu criais dans ton sommeil.

– J'ai rêvé, répondit-il, c'était un horrible cauchemar. »

Il avait la tête lourde et la bouche pâteuse. On leur avait donné du mouton trop gras et du pain rassis pour le dîner et son système digestif lui faisait clairement part de son dégoût.

« Quelle heure est-il ? » demanda-t-il.

Elle regarda sa montre.

« Presque quatre heures. »

Elle se tut un instant puis elle ajouta :

« Ça va, David ? »

Il acquiesça d'un signe de tête.

« Oui, ça va mieux maintenant, ce n'étaient que des images, rien de concret. J'ai rêvé que tu étais morte. Comme lorsque je t'ai trouvée dans le ravin et que je t'ai crue noyée. »

Leïla le regarda d'un air songeur. La pièce était sombre. La seule lumière provenait du couloir, une lumière terne et jaunâtre qui finissait par se fondre dans l'obscurité en arrivant jusqu'à la pièce. Il n'y avait pas un bruit dans la maison, mais Leïla pensait que Fatma devait être éveillée, écoutant et surveillant.

Ils passèrent le lendemain à travailler sur la traduction du *Tariq al-Mubin*. Leïla notait rapidement la version anglaise tandis que David la corrigeait et la recopiait. Le texte était clair et simple, sans mystère et sans piège, le récit d'un voyage vers un lieu perdu et oublié. Al-Halabi s'était rendu à Iram. Au moins de Shawwal de l'année 75 – qui correspond au mois de février 697 après Jésus-Christ –, il s'était mis en route pour Damas en se joignant à la caravane *hajj* qui avait l'intention de se diriger directement vers le sud jusqu'à La Mecque pour le grand pèlerinage annuel.

Un raid de bédouins mené juste au sud du Wadi Sihran avait isolé al-Halabi et plusieurs pèlerins du reste de la caravane. En se perdant, ils arrivèrent dans une avancée du Nafud où ils rencontrèrent une tribu de bédouins plus paisibles qui les emmenèrent plus avant dans le désert pour tenter de surprendre les maraudeurs sur leur flanc. Lors d'une tempête de sable, al-Halabi fut séparé de ses compagnons, sans espoir de pouvoir les retrouver. Voyageant seul, il s'était enfoncé de plus en plus profondément dans le désert, croyant à tort qu'il devait se diriger vers l'est. Alors que son chameau était à bout et que ses réserves d'eau s'épuisaient, il arriva à Iram.

Il trouva là un peuple étrange, vivant dans la splendeur

éteinte de ce qui avait été autrefois une grande cité. Ils parlaient une langue qui ressemblait vaguement à l'arabe, mais qu'il lui fut trop difficile de comprendre, et ils ne le comprenaient pas non plus quand il s'adressait à eux. Il apprit plus tard qu'il était le seul étranger à être jamais venu dans cette ville et que ses habitants ignoraient l'existence d'autres hommes. Puis il se rappela que les bédouins avaient parlé à voix basse d'un secteur du désert dans lequel ils ne s'aventureraient jamais, même si leur vie en dépendait.

Al-Halabi comprit que les habitants d'Iram étaient un peuple primitif, sans culture ou tradition. Leurs riches vêtements, qui tombaient en lambeaux, avaient été volés aux momies qui reposaient dans les immenses catacombes sous la ville. Ils ignoraient totalement qui étaient leurs ancêtres, il n'y avait pas de légende d'Iram ou de ses origines, pas de religion ni de loi, ni même de système politique. Il passa trois mois en leur compagnie, au cours desquels il apprit suffisamment leur langue pour leur poser les questions qui lui venaient à l'esprit, bien qu'il reçut la plupart du temps des réponses insatisfaisantes.

Finalement, il s'était lassé de l'endroit et de ses habitants qu'il avait essayé en vain de convertir à l'islam. Il était reparti dans le désert, bien que les habitants de la ville l'eussent prévenu qu'il était sans fin, et on l'avait retrouvé, errant au hasard, délirant, plusieurs jours plus tard. Personne ne voulait le croire quand il parlait d'Iram, on attribuait son histoire à la chaleur du soleil. Quand on lui apprit que c'était le mois de Safar, c'est-à-dire le début de juin, il sut que son aventure était vraie car il n'aurait pas pu s'expliquer autrement comment il avait survécu : trois mois seul dans le désert.

26.

Ce soir-là, vers neuf heures, Leïla reçut la visite d'un jeune homme d'environ vingt-cinq ans, aux yeux noirs et au regard sérieux et mélancolique. Il s'appelait Suhayl et il regarda David avec l'air d'un homme fatigué de la vie. Ses yeux donnaient l'impression qu'il était comme hanté, qu'il avait intériorisé tout ce que la vie autour de lui avait de sombre, et qu'il passait son existence dans un désespoir permanent. Il demanda à parler avec Leïla, seul dans sa chambre. Il repartit une demi-heure plus tard aussi silencieusement et tristement qu'il était venu.

Quand Leïla retourna dans la chambre de David après le départ de Suhayl, elle lui parut fatiguée et pensive. Son enthousiasme l'avait quittée.

« Qu'est-ce qui ne va pas ? » demanda David, dès qu'elle entra.

Elle ne répondit pas, se contentant de traverser la pièce pour s'asseoir sur le lit.

« Mauvaises nouvelles ? »

Elle hocha la tête.

« Eh bien, dit-il, dis-moi de quoi il s'agit. »

Elle respira lentement et profondément avant de se mettre à parler.

« Suhayl est un vieil ami. C'est un membre de ma famille, un cousin au troisième degré. C'est pour ça qu'il est venu ce soir. Parce qu'il s'inquiète pour moi. Il n'est pas membre du conseil mais il a des liens étroits avec eux. Il a appris tôt dans la soirée que le conseil allait sans doute voter notre exécution. Ils ont appris que tu es impliqué avec les services de renseignement israéliens, Suhayl dit qu'ils n'ont pas encore pris une décision définitive mais qu'il y aura une autre réunion ce soir. Ils enverront sans doute un peloton d'exécution ici juste après, vers minuit, peut-être un peu plus tard. Il nous reste deux ou trois heures. »

David ne répondit pas, mais il alla jusqu'au lit et il se mit à rassembler les papiers éparpillés, les photocopies du *Tariq al-Mubin*, le journal de Schacht et les traductions que Leïla avait préparées. Il remit le tout dans le grand sac dont il s'était servi pour les amener jusque-là et les posa à terre.

« Leïla, dit-il, quoi qu'il arrive, ces papiers doivent être remis en lieu sûr. Tu peux t'en sortir. Fais parvenir un message à Suhayl, dis-lui que tu acceptes toutes ses conditions mais assure-toi qu'il te sorte de là. Une fois libérée, tu lui fausses compagnie et tu apportes les papiers au colonel Scholem dans les bureaux du Mossad, sur Haneviim. J'imagine que tu sais où ils se trouvent. Dis-lui que c'est moi qui t'envoie. »

Leïla secoua la tête.

« Je n'en échapperai pas sans toi, David. Ne me le demande pas. Bon Dieu, je t'aime. Tu ne t'en es pas encore rendu compte ? »

Il resta longtemps à la regarder sans rien dire. Elle était incapable de deviner ce qu'il pensait. Elle n'avait pas voulu le lui dire comme ça, ce n'était ni le bon moment ni le bon endroit. Mais y aurait-il jamais un bon moment, maintenant qu'ils allaient mourir d'ici quelques heures ?

Finalement, il se mit à parler d'une voix dans laquelle il ne voulait laisser paraître aucune de ses émotions.

« Je t'en supplie, Leïla, ne discute pas. Nous n'en avons pas le temps. Emmène immédiatement ces papiers dans ta chambre, cache-les et reviens ici. En temps voulu, tu les emporteras avec toi. »

Il se pencha, prit la mallette par la poignée et la lui tendit. Elle la prit, impassible, sans se soucier de ce qu'elle renfermait ou de la raison pour laquelle elle la prenait. Puis elle sortit sans mot dire.

Comme cinq minutes plus tard elle n'était toujours pas revenue, David partit la chercher. Elle était assise sur le lit dans sa chambre, tenant son sac sur ses genoux, le visage couvert de larmes. Il s'arrêta à la porte et la regarda. Quel réconfort pouvait-il lui donner ? Elle savait aussi bien que lui qu'il n'y avait que très peu de chances pour qu'ils s'en sortent.

À ce moment on entendit des pas dans le couloir. En se retournant, David vit Fatma qui s'avançait suivie de Qasim. Elle avait l'air tendue, nerveuse. Elle tenait un revolver à la main.

« Venez avec moi, professeur Rosen, dit-elle en s'arrêtant juste devant lui.

– Et Leïla ? demanda-t-il. Nous voulons rester ensemble. »

Le demander aussi directement était sans doute le meilleur moyen pour qu'on le leur refuse.

Fatma secoua la tête. Qasim, derrière elle, ne disait rien.

« Elle reste ici pour le moment, dit Fatma, les ordres ne concernent que vous. Le conseil veut vous voir, Qasim va vous y emmener. »

David regarda Qasim. Aucune réaction. Pas le moindre signe de reconnaissance, pas l'ombre de ce lien ténu mais réel que David croyait avoir instauré entre eux.

« Professeur ! »

C'était la voix de Qasim, impersonnelle, froide, il n'avait même pas la passion qu'exprimait Fatma par sa haine.

« Où sont les papiers que vous m'avez montrés hier ? Ceux dont nous avons parlé ? Le conseil voudrait les voir. »

David réfléchit rapidement, comme un boxeur abruti de coups mais qui tient toujours. Il se rendit compte grâce à un rapide coup d'œil que Leïla avait réussi à cacher la mallette sous le lit. Il devait décider immédiatement de ce qu'il allait dire. S'il y avait la moindre chance pour que le conseil change d'avis à son égard en voyant le contenu des papiers, alors il fallait les montrer. Mais si Suhayl avait dit vrai et que la décision de les exécuter avait déjà été prise, son seul espoir était que Leïla s'en sorte avec les papiers.

« Désolé, dit-il, je les ai donnés au cousin de Leïla, Suhayl, quand il est venu ce matin. Si j'avais su que le conseil voulait les voir, je les aurais gardés ici. J'ai demandé à Suhayl de les mettre en lieu sûr jusqu'à ce que Leïla et moi-même sortions d'ici. Vous les avez vus, ne pouvez-vous expliquer au conseil ce que je vous ai dit ? »

Qasim se mordit la lèvre. David se rendait compte que tout cela ne l'intéressait plus, qu'il n'était plus concerné. Le conseil avait pris sa décision, et pour Qasim cela suffisait.

« J'ai vu les papiers, dit Qasim, mais je ne les ai pas lus. Nous les obtiendrons de Suhayl s'ils présentent le moindre intérêt. Suivez-moi maintenant. »

David regarda dans la chambre de Leïla. Elle était toujours assise sur le lit, toute droite, son visage était maintenant impassible. Il aurait voulu lui dire adieu mais il aurait eu l'impression de se résigner. Alors il lui sourit, mais elle ne lui rendit pas son sourire. Il se retourna une dernière fois avant de s'en aller. La porte se refermait dans son dos, après que Fatma fut entrée dans la chambre de Leïla. Alors qu'il avançait le long du couloir et en descendant les escaliers, il s'attendait à tout instant à entendre un coup de feu. Mais il n'en fut rien et il sortit sans savoir ce qui se passait là-haut.

À l'extérieur, Qasim fut rejoint par un deuxième homme. Un personnage au visage glacial, solidement bâti, une sorte de petit géant qui semblait avancer sur des ressorts, comme s'il était incapable de se tenir tranquille de peur que l'immobilité ne le tue, comme un requin qui doit nager sans cesse sans jamais s'arrêter, même pour dormir. Qasim ouvrit la portière d'une voiture puis se mit au volant. Puis David monta, suivi par le sinistre homme-requin, s'attendant à ce qu'on lui mette un bandeau sur les yeux. Il se trompait. On le laissait voir où on l'emmenait. Ce simple fait lui indiqua que Suhayl avait dit vrai, on ne s'attendait pas à ce qu'il revienne de l'endroit où on le conduisait.

Le voyage ne fut pas long. Ils passèrent devant la gare jusqu'à Rehavya où ils s'arrêtèrent devant une maison rue Ibn Gevarol, pas loin, comme David le remarqua, de l'Agence juive sur King George. À l'intérieur, David fut immédiatement introduit dans une pièce au rez-de-chaussée à l'arrière de la maison. Le mobilier consistait en une douzaine de chaises alignées le long des murs parfaitement blancs où il n'y avait même pas une photo accrochée. Un local purement utilitaire.

« Je croyais que je devais comparaître devant le conseil », dit David inquiet, malgré sa connaissance du déroulement prévu des événements. Une exécution exigeait des formalités à suivre. Il fallait observer la procédure. Il eut peur de mourir sans formalités. D'une certaine manière, elles auraient facilité les choses.

« Ce ne sera pas nécessaire, répliqua Qasim, nous avons discuté la question dans les moindres détails. J'ai fait de mon mieux, je peux vous l'assurer, mais vous savez quels secrets importants sont maintenant en votre possession. Nous ne pouvons pas vous permettre de vivre. Vous pourriez nous révéler quelque chose d'important avant de mourir, quelque chose que nous ne savons pas encore. Marzuq ici présent va s'en occuper. »

Il indiqua d'un geste de la main le géant qui se tenait à côté de lui.

Comme Qasim avait juste fini de parler, on entendit un bruit et la porte s'ouvrit. David se retourna. Un gros homme avait fait son apparition et le regardait fixement. Qasim fit un pas en arrière pour s'effacer, mais celui-ci n'y prêta pas attention et demeura dans l'embrasure de la porte, ne s'adressa à personne et se contenta de faire signe à Marzuq en sortant une main de la manche de son ample robe. Marzuq tira un revolver de la poche de son costume gris, un lourd revolver noir avec une crosse oblique, que David ne parvint pas à identifier. David se sentit défaillir. La nausée l'envahit et un frisson lui parcourut la peau, comme si chaque poil de son corps venait de se dresser.

Marzuq leva son arme. David vit Qasim ouvrir la bouche comme pour protester mais il avait un sifflement dans les oreilles, il n'entendait pas les paroles qui s'échangeaient. Tout se déroulait au ralenti. Il aurait voulu courir, mais où ? Seule la pièce semblait exister. Le gros homme se tenait entre lui et la porte. Les jambes de David étaient comme du plomb.

Marzuq pointa son arme vers Qasim et tira à deux reprises, deux coups propres et précis qui l'atteignirent en pleine tête, éclaboussant toute la pièce avec sa cervelle. Qasim se tenait parfaitement rigide, comme figé par la balle qu'il venait de recevoir, puis il vacilla et s'écroula sur le sol en une masse informe. Une flaque de sang se mit à couler rapidement de derrière la tête.

David s'attendait à ce que Marzuq se tourne et le mette en joue, mais il n'en fit rien. Il remit le revolver dans sa poche. Tout cela n'avait été pour lui d'aucune importance, un travail rapidement accompli.

« Tu peux nous laisser maintenant, dit le gros homme à Marzuq. Emporte-le. »

L'homme-requin » obéit, heureux de pouvoir rendre service. Il souleva le corps de Qasim avec une facilité qui prouvait que ce genre d'exercice lui était familier. Il ouvrit la porte et traîna le corps derrière lui en le tenant sous son bras, puis il sortit. Tout ce qui manque, pensa David, c'est un bossu et une cloche à sonner.

Le gros homme se tenait immobile en face de David. Il était de petite taille et avait démesurément grossi, il avait de petites mains, de petits pieds, une petite tête pointue, surmontant un torse grotesque de taille gargantuesque. Ses extrémités étaient comme absorbées par son énormité, on avait l'impression que cette poitrine, ce ventre et ces énormes fesses allaient les faire disparaître. Il était habillé d'une djellaba brune et volumineuse tissée dans une laine de chameau de la meilleure qualité. Elle l'enveloppait comme une tente et on discernait en dessous une *farwa* d'hiver, richement brodée.

Son teint était mat, jaunâtre, et son visage était creusé de toutes parts par les rides. David pensa qu'il devait avoir au moins soixante ans, peut-être beaucoup plus. Il resta à l'entrée de la pièce un bon moment, regardant David de ses petits yeux aux lourdes paupières. Une intelligence aiguisée se cachait derrière ces yeux. Comme si la terreur des moments précédents n'avait été qu'une illusion, David se mit à éprouver une peur réelle. Une menace plus grande semblait se dégager de l'apparence de cet homme, plus terrifiante que tout ce qu'il avait connu jusqu'à présent.

Le gros homme enfonça une main dans sa poche et en sortit un large mouchoir blanc.

« Tenez, professeur, dit-il, vous avez du sang sur la joue, essuyez-vous. »

Sa voix s'élevait des profondeurs de son ventre, c'était une voix creuse qui semblait sortir des intestins, pleine de menaces. Quand il parlait, ses grosses lèvres rouges semblaient savourer et humecter les mots avant de les cracher. Il tendit le mouchoir.

« Asseyez-vous, je vous en prie », dit le gros homme.

David prit la première chaise qu'il trouva. Qui était cet homme ? Que lui voulait-il ? Que se passait-il au juste ?

Le gros homme traversa la pièce et s'affala sur un énorme fauteuil de cuir qui, de toute évidence, avait été construit et placé en cet endroit spécialement pour lui.

« Alors, professeur, dit-il enfin en s'agitant sur le fauteuil comme s'il cherchait son centre de gravité, on m'a dit que vous déteniez un exemplaire d'un livre intitulé *al-Tariq al-Mubin*. Si je ne me trompe, on vous l'a obtenu dans une bibliothèque qui appartenait autrefois à l'un de mes amis. Il n'est plus en vie mais de nombreux amis seraient très choqués d'apprendre que vous avez volé un de ses biens. »

Ses petites mains disparurent à l'intérieur des grandes manches. On ne voyait plus que sa tête minuscule, une tête de vieillard qu'on eût dite posée sur une pile de linge. Ses lèvres s'agitaient sans que l'on puisse faire le rapport entre ce mouvement et les paroles qu'il proférait, cette suite de mots parfois indistincts qui s'élevaient de ses profondeurs.

« Où se trouve le livre, professeur ? Qu'en avez-vous fait ?

– Je l'ai déjà dit à Qasim, l'homme que vous venez de tuer, répondit David, je l'ai donné avec mes autres papiers à quelqu'un du nom de Suhayl. »

Le gros homme secoua la tête de droite et de gauche.

« Non, professeur, vous mentez, dit-il, nous avons déjà parlé à Suhayl. Nous l'avons intercepté alors qu'il revenait de chez Abu Tur. Il n'avait pas de papiers sur lui. C'est toujours la fille qui les détient, n'est-ce pas ? »

David ne répondit pas. Il était inutile de nier.

« Peu importe, dit le gros homme, on est allé les chercher. La fille et les papiers seront bientôt ici.

– Alors pourquoi toutes ces idioties ? protesta David. Si vous savez où se trouvent les papiers, pourquoi prenez-vous la peine de me le demander ? Pourquoi ne me tuez-vous pas tout de suite comme vous avez tué Qasim, et qu'on en finisse ? »

Le gros homme fit un sourire grimaçant.

« Allons, allons, professeur Rosen, me prenez-vous donc pour un imbécile ? Je veux savoir qui est au courant de toute cette affaire. Al-Yunani, je sais, on s'est occupé de lui. Qui d'autre ?

– Pourquoi vous le dirais-je ? De toute manière, je serai bientôt mort. Je n'ai aucune raison de vous aider à vous sortir du pétrin dans lequel vous vous êtes fourré.

– Mais bien sûr que si, monsieur Rosen, l'espoir est éternel. Peut-être que vous vivrez, après tout. Peut-être que j'épargnerai également la fille. Si vous acceptez de coopérer, de me dire ce que je veux savoir, vous pouvez peut-être me persuader que vous ne représentez aucun danger pour mes amis et moi-même.

– Je ne vous crois pas. Lorsque vous posséderez les

papiers, vous n'aurez plus besoin de moi. Ni de Leïla. D'ailleurs, qui êtes-vous? Et pourquoi ce livre est-il si important pour vous?»

Le gros homme regarda David en plissant ses yeux froids. Il se tourna encore une fois dans le fauteuil pour y redistribuer le poids de son corps.

«J'y étais, professeur, murmura-t-il, j'étais alors un jeune homme, un membre du groupe qui rendit visite à von Meier dans le Sinaï, ce n'est que plus tard que j'appris l'existence du livre. En lui-même il n'a aucune importance, ce sont les informations qu'il contient qui comptent. Même ces informations ne nous intéressent plus, l'important, c'est qu'elles restent secrètes. Nous avons été imprudents, l'original n'aurait pas dû être laissé au monastère, c'est von Meier qui a commis cette erreur. Il pensait éviter ainsi des questions difficiles. Mais aujourd'hui, après des années de silence, trop de gens ont appris ce que contenait le *Tariq al-Mubin*, des gens qui n'ont pas le droit de savoir ces choses. Le jeune Anglais en avait entendu parler et il avait recopié des extraits du livre, son professeur en a été informé, puis ses examinateurs. Heureusement, l'un de ceux-ci en a touché un mot à un ami qui se trouvait être un de nos plus proches associés. Ensuite, nous avons découvert qu'il vous avait envoyé un chapitre de sa thèse concernant le contenu du livre. Puis, après l'échec de notre tentative pour vous éliminer, nous avons entendu dire que ce chapitre se trouvait à Haïfa. La mort de vos parents fut un incident regrettable… mais nécessaire. Et pourtant, vous vous êtes entêté, vous vous êtes rendu au Sinaï, vous avez retrouvé le titre du livre, vous êtes revenu ici et vous vous en êtes procuré un exemplaire. Félicitations pour votre persévérance. Mais maintenant c'est fini. Il nous faut le silence. De grandes choses sont en train de se faire et vous nous mettez tous en danger. Tout cela est terminé.»

David se leva, sa colère l'emportait sur la peur.

«Pourquoi la mort de mes parents était-elle nécessaire? Ils ne savaient rien. Même si ce chapitre se trouvait dans leur appartement, ils ne savaient absolument rien. Les hommes qui les ont tués ne savaient même pas si le colis avait été délivré.»

Le gros homme secoua la tête.

« Je peux vous assurer du contraire.

– Et les moines, quelle sorte de menace pouvaient-ils bien représenter pour vous ? Eux non plus ne savaient rien. Aucun d'entre eux n'avait lu le livre, ça j'en suis sûr. »

Son interlocuteur haussa les épaules.

La fureur de David s'accrut, puis s'évapora tout d'un coup. Il se sentait perdu, ses sentiments ne servaient à rien devant cet homme à la présence menaçante qui méprisait totalement la vie humaine.

« Dites-moi au moins une chose, demanda David. Le FPLP n'existait pas en 1935, quel intérêt un groupe comme le vôtre peut-il porter à des documents archéologiques découverts il y a une cinquantaine d'années ?

Au moment même où il prononçait ces mots, David commençait à comprendre ce qui se passait vraiment. Le gros homme le regarda étrangement, avec sa petite tête ronde et chauve, parfaitement immobile.

« Le FPLP ? Il ne s'intéresse absolument pas à ça. D'ici demain matin, tout le conseil sera mort. Vous rencontrerez ailleurs ceux qui s'intéressent à cette affaire. Ils désirent faire votre connaissance, professeur, ils voudraient vous parler et utiliser vos talents d'archéologue. Je crains que nous n'ayons un long et difficile voyage à faire. Vous verrez ce que vous avez tant désiré voir, professeur. C'est plus étonnant encore que vous ne le pensez. Considérez-vous comme privilégié, vous allez voir ce que peu d'hommes ont vu jusqu'à présent. Des choses que vous ne pouvez même pas imaginer.

« Dès que j'aurai retrouvé les papiers que vous avez volés, je ferai le nécessaire pour votre départ. En attendant, d'autres affaires pressantes m'attendent. Marzuq va vous tenir compagnie. Je vous conseille de vous reposer, professeur. Nous n'en aurons pas souvent l'occasion dans les semaines à venir. Nous ne voyagerons pas en jeep ou en avion. Nous attirerions trop l'attention, là où nous nous rendons. J'espère que vous avez déjà voyagé à dos de chameau, sinon il faut craindre que vous ne soyez très incommodé. »

Le gros homme sourit et se leva.

« Marzuq ! cria-t-il. *'Udkhul wa khallik hawn.* »

La porte s'ouvrit et Marzuq entra. Le gros homme s'avança vers lui, murmura quelques ordres à son oreille et se tourna pour partir. À ce moment-là, un autre homme apparut à la porte. Il était plus jeune et David remarqua qu'il n'était pas arabe et qu'il ressemblait à l'homme qu'il avait tué à Tell Mardikh. Il semblait inquiet.

« Pardonnez-moi, mais j'arrive juste de la maison d'Abu Tur.

– Et alors, dit le gros homme, as-tu les papiers ? Où sont-ils ? »

Le jeune homme hésitait, visiblement mal à l'aise.

« Ils n'y étaient pas. La… La fille que vous nous avez ordonné de ramener était partie. Je crois qu'elle a emmené les papiers, on a cherché partout. »

La température de la pièce chuta d'un seul coup. L'aura menaçante qui entourait le gros homme devint presque palpable. Son ton, quand il prit la parole, avait quelque chose de tranchant comme de l'acier, que David n'avait pas encore entendu.

« Comment cela a-t-il pu arriver, comment a-t-elle pu s'échapper ?

– C'est Suhayl. Apparemment, il est revenu en disant qu'il avait reçu l'ordre du conseil d'emmener la fille avec lui. Fatma l'a cru. Il l'a emmenée une vingtaine de minutes avant qu'on n'arrive.

– Je vois. »

Le gros homme marqua une pause. David sentait qu'une terrible colère montait en lui.

« Qu'avez-vous fait de Fatma et de ses subordonnés ?

– On s'en est occupés.

– Très bien. Je veux qu'on trouve ce Suhayl et la fille aussi. Mais surtout, je veux qu'on trouve les papiers. Compris ?

– Oui, oui.

– N'épargnez rien ni personne, il faut les trouver et vite. Faites tout ce qui est nécessaire. Vous avez mon autorisation pour tout ce dont vous aurez besoin.

– Bien, monsieur, nous vous remercions.

– Et alors, qu'attendez-vous ? Il n'y a pas de temps à perdre. »

Le jeune homme se retourna brusquement et partit. Il y eut un long silence puis le gros homme fit demi-tour en direction de David.

« Je suppose que vous allez me dire que vous ignorez où elle se trouve. »

David acquiesça.

« C'est la vérité. C'est moi qui lui ai dit de s'échapper, mais c'est elle qui décide de sa destination. Si j'avais connu une cachette sûre, croyez-vous que je l'aurais laissée m'emmener au FPLP ? »

Le gros homme semblait réfléchir.

« Très bien, dit-il, on la retrouvera. Nous en avons les moyens. Je ne peux pas retarder notre départ. Nous partirons quand tout sera prêt. Bonne nuit, professeur. Marzuq vous trouvera une chambre où vous pourrez dormir. Souvenez-vous de ce que je vous ai dit à propos du repos. Vous regretterez de ne pas avoir dormi alors que vous le pouviez encore. »

Il tourna les talons et sortit, laissant David seul avec Marzuq.

27.

Un orage se préparait. De lourds nuages noirs se rassemblaient au-dessus des toits, l'atmosphère était dense, irrespirable, oppressante. Leïla jeta une cigarette à moitié fumée qui alla rejoindre une douzaine d'autres mégots. Leïla était nerveuse, agitée, irritable. Sa peau était collante de sueur, elle était comme parcourue par des frissons à cause de l'électricité dans l'air. Elle aurait voulu se lever et partir, marcher à l'infini, quitter cette rue, Jérusalem et s'enfoncer dans l'orage. Le visage pâle et tiré, elle avait d'affreux cernes noirs sous les yeux. Ses lèvres avaient perdu leur couleur et leur charme. Elle n'avait pu dormir convenablement depuis deux jours et succombait à la fatigue. La pesanteur de l'atmosphère absorbait son énergie comme une éponge. Elle alluma une autre cigarette.

Elle avait passé toute la journée, la veille, devant la maison du FPLP à Ibn Gevarol. Le soir, elle était partie à la recherche de Suhayl, et ne l'avait trouvé nulle part. Elle n'avait pas non plus rencontré de connaissances et n'osait rendre aucune visite. C'était comme s'ils s'étaient tous cachés. Leurs magasins étaient fermés, les cafés qu'ils fréquentaient étaient vides. Elle sentait des frissons qui lui parcouraient le dos. David les avait-il tous trahis, après tout ? Elle avait froid et elle était inquiète. Reviendrait-il jamais ? La nuit commençait à tomber, la lumière changeait de minute en minute. L'orage allait éclater.

La porte en face d'elle s'ouvrit et un homme en sortit. Elle hésita tout d'abord, n'étant pas sûre que c'était lui, puis il se pencha pour relacer sa chaussure et elle aperçut son visage. Elle se raidit et concentra toute son attention sur l'homme. Ses doigts serrèrent la cigarette, l'écrasant sans y réfléchir. Il se releva et se remit à marcher. Elle regarda s'éloigner dans la rue sa silhouette grise dans le crépuscule, puis elle traversa la rue et le suivit à une vingtaine de mètres. Juste derrière elle, la portière d'une voiture s'ouvrit et se referma sans bruit.

Il descendit vers Shivte Israël, prit la direction du sud puis tourna sur Hamalka dans la direction de la place de Sion. Il portait un long imperméable gris serré à la taille qui laissait voir un pantalon gris et de grosses chaussures brunes. Le tonnerre gronda quelque part dans le lointain. Le ciel avait l'air malsain. Elle marchait à son rythme, se mêlant à la foule ; sans voir qu'elle était elle-même suivie. Il s'arrêta brusquement pour donner de l'argent à un mendiant au coin de Keren Hakayemet. Le mendiant marmonna quelques paroles. Leïla s'arrêta pour regarder une vitrine, et y vit son propre reflet, le regard creux dans les yeux cernés.

Il laissa derrière lui son mendiant nocturne et continua. Il portait une petite mallette noire dans la main droite, dont le cuir était râpé et fendu par endroits. Tout autour de lui, la rue fut soudain prise sous un déluge d'eau comme les nuages éclataient. Il releva son col et accéléra le pas. Leïla le suivait de près, craignant de le perdre de vue. Les gens se mettaient à courir dans toutes les directions, sous les porches, à travers la chaussée, à la recherche d'un abri.

Il s'arrêta devant la porte ouverte d'un marchand de tabac. Leïla regarda autour d'elle. C'était le seul endroit où aller. Leïla avait peur de ne plus le retrouver. Elle se glissa à côté de lui, trempée, ses cheveux étaient collés, la pluie avait traversé ses vêtements. Il y avait trois autres personnes devant la porte, deux hommes et une femme d'âge moyen. Ils se plaignirent de la pluie et entamèrent sous leur abri une conversation anodine. Leïla tourna la tête, anxieuse à l'idée qu'il ait pu se rendre compte qu'elle l'avait attendu devant son bureau. Il regardait la pluie tomber sans se soucier d'elle. La pluie s'abattait sans cesse en un torrent qui se déversait à leurs pieds.

Leïla sortit son paquet de cigarettes. Il était vide. Elle le froissa entre ses doigts et le jeta sous l'orage. La pluie l'emporta et l'entraîna dans le caniveau. L'homme à côté se tourna et la regarda. Il mit la main dans la poche de son imperméable et en sortit un paquet de Nelson encore neuf. Il enleva l'enveloppe de cellophane de son autre main et ouvrit le paquet, puis il le lui tendit.

« Tenez », dit-il.

Elle détourna son visage et regarda le paquet. Elle prit une cigarette, balbutia un remerciement.

Leïla regardait dans l'obscurité tout en réfléchissant. Il avait été facile de s'échapper. Suhayl était revenu de son propre chef et peu après qu'on eut emmené David. Fatma avait d'abord refusé de le croire mais il lui avait rappelé son rang et l'avait effrayée par des menaces de représailles si elle se mettait en travers de son chemin. Finalement, Fatma et Tawfiq l'avaient laissé emmener Leïla et ils étaient partis en voiture et il l'avait conduite jusqu'à son appartement. L'évasion avait été plus facile encore qu'elle n'avait osé l'imaginer. Plus tard dans la soirée, il avait voulu lui faire l'amour, ce dont elle s'était montrée outrée. Comme il s'était vexé, elle avait quitté l'appartement en s'assurant bien qu'elle emportait les papiers avec elle. Après avoir longtemps marché, elle avait trouvé un taxi et s'était rendue chez Abraham Steinhardt, qui l'avait reçue chaleureusement. Ils avaient discuté tard dans la nuit, elle lui avait expliqué ce qu'elle avait découvert avec David. C'était maintenant Steinhardt qui détenait les papiers et il était en train de les lire, dans l'espoir d'y trouver de nouveaux indices, quelque chose qu'elle ou David n'avaient pas vu. Il avait déjà donné la pellicule à développer à un ami à l'université, quelqu'un en qui il avait confiance.

Steinhardt voulait que Leïla reste chez lui se reposer mais il fallait qu'elle trouve David ou qu'elle sache ce qui lui était arrivé. Tout ce qu'elle avait pu découvrir jusqu'à présent, c'était qu'il se passait des choses étranges. Tout le monde se cachait, ou on les avait enlevés. La pensée lui venait sans cesse que David les avait peut-être trahis, mais aucune explication ne lui paraissait appropriée. Son instinct lui disait de chercher ailleurs.

C'est pourquoi elle suivait Scholem. D'abord réticente à accepter les instructions de David et à remettre les papiers au colonel – elle connaissait bien Scholem de réputation, et pensait qu'il était plus probable qu'il la fasse arrêter plutôt que d'écouter son histoire et la croire –, elle avait conclu que si Steinhardt pouvait bien découvrir des informations supplémentaires dans les papiers que David avait trouvés, il n'avait pas les moyens d'agir en conséquence, contrairement à Scholem. Il fallait donc qu'elle convainque celui-ci de l'aider.

Mais elle avait décidé de ne pas se rendre à son bureau : une section du Mossad était bien le dernier endroit au monde où elle serait entrée de son plein gré. Elle s'interrompit dans ses pensées et tira longuement sur sa cigarette.

L'orage s'apaisa enfin. Les gens se mettaient en marche et certains s'aventuraient déjà dans la rue. Elle laissa Scholem partir en premier. Les choses allaient se compliquer. Il l'avait vue. Il y avait maintenant moins de gens dans les rues et il faisait trop sombre pour qu'elle le laisse s'éloigner. Elle se glissa dans la rue. Le ciel était encore couvert de nuages épais. Elle vit un éclair. Une minute s'écoula, puis on entendit le tonnerre, plus proche et plus effrayant cette fois.

Elle le distinguait à peine, là-bas, au loin, alors qu'il passait sous un réverbère qui dessina sa silhouette l'espace d'un instant. Une ombre se mut derrière elle avant de s'immobiliser à nouveau.

Elle était inquiète à l'idée qu'il montât dans un bus ou un taxi. Mais il marchait toujours tout droit, le long de Ben Yehuda. Puis il tourna dans une rue sur le côté et elle le perdit de vue. Prise de panique, elle courut jusqu'au coin, craignant qu'il ne fût entré dans un bâtiment ou qu'il n'ait pris une autre rue. Comme elle tournait à son tour au coin de la rue, un éclair illumina la scène et elle le vit en train d'ouvrir la porte d'un vieil immeuble. L'instant d'après, il avait disparu, comme si tout cela n'avait été que magie. Leïla plissa les yeux et attendit le bruit du tonnerre.

Leïla descendait la rue jusqu'à la porte de Scholem, le bruit du tonnerre couvrait celui des pas de l'homme qui la suivait. La porte du rez-de-chaussée était ouverte et le nom de Scholem figurait sur une vieille boîte aux lettres rouillée au pied de l'escalier. Elle s'était attendue à ce qu'il vive dans un endroit plus bourgeois, et se mit à monter les marches lentement. Il habitait au huitième étage. Sa porte était comme toutes les autres portes devant lesquelles elle s'était tenue, vieille, usée, peu accueillante. Elle frappa trois fois, entendit un bruit de pas, on tourna la serrure et la porte s'ouvrit.

Il tenait un revolver à la main, un colt automatique, petit, métallique, mortel.

« Entrez, mademoiselle Rashid, dit-il, je vous attendais. Vous devez être trempée. C'était un bel orage. »

Leïla regarda le revolver, puis Scholem. Elle n'avait plus le choix, elle entra.

« Vous me reconnaissez », dit-elle, comme il fermait la porte.

Il secoua la tête.

« Non, votre visage m'était familier, mais c'est tout. Mon téléphone a sonné au moment où je suis arrivé. C'était un de mes gardes du corps, qui vous a suivie depuis Haneviim. C'est la procédure habituelle. Il vous a vue attendre devant les bureaux. Il est maintenant en bas, mais je ne lui demanderai pas de monter. À propos, êtes-vous armée ? »

Elle fit non de la tête.

« Comment connaissait-il mon nom ? demanda-t-elle.

– Il ne le connaissait pas. Quand vous avez frappé, je venais de trouver votre photo, j'ai des fichiers ici. Le vôtre n'est pas très gros mais il y a une très bonne photo. Asseyez-vous », ajouta-t-il.

Il était plus vieux que sur la photo qu'elle avait vue de lui trois ans auparavant. Ses yeux semblaient doux et bons, mais ils étaient entourés de rides et tristes, on eût dit qu'un voile terne les recouvrait.

Ils s'assirent l'un en face de l'autre, Scholem tenait toujours son arme. Leïla encore mouillée par la pluie frissonnait de froid. À l'extérieur, on entendait encore le tonnerre qui grondait par-dessus les toits. Il avait allumé le chauffage, un petit radiateur électrique avec deux infrarouges qui produisaient une morne lumière rougeâtre. Il le souleva d'une main et le rapprocha. Leïla aurait voulu se blottir dans la chaleur et tout oublier.

« Pourquoi me suiviez-vous ? » demanda-t-il.

Il parlait d'un ton neutre, sans la moindre trace de colère ou de curiosité. Un interrogatoire de plus. Tout cela l'ennuyait. Il la ferait bientôt arrêter.

« Je voulais vous parler, dit Leïla, j'ai besoin de votre aide. »

Il haussa légèrement les sourcils.

« Pourquoi n'êtes-vous pas venue à mon bureau ?

– Si vous avez ma photo et un fichier, vous connaissez la réponse. »

Il hocha la tête, c'était juste.

« Et alors ?

– Je ne comprends pas.

– De quelle sorte d'aide avez-vous besoin ? Avez-vous des ennuis avec vos amis du FPLP ? »

Elle se mordit les lèvres.

« Ce n'est pas pour ça que j'ai besoin d'aide. Je veux retrouver quelqu'un, quelqu'un qui est peut-être important pour vous. »

Il l'interrompit.

« Pour moi personnellement, ou pour les gens avec lesquels je travaille ?

– Je ne sais pas, peut-être ni l'un ni l'autre, mais il faut que quelqu'un m'aide.

– Qui est-ce ? David Rosen ?

– Comment le savez-vous ? »

Il sourit.

« Nous savons qu'il s'est rendu au Sinaï avec vous. Et après ça nous avons perdu sa trace. Il ne nous intéressait plus. J'imagine qu'il est retourné à ses occupations d'archéologue.

– Vous ne saviez pas qu'il était de retour à Jérusalem ? »

Il secoua la tête.

« Non, je ne le savais pas, je vous ai dit que nous ne nous intéressions plus à lui. Il n'est pas venu me voir. Je crois qu'il n'avait plus confiance en moi. Il avait des ennuis. Il a eu des problèmes en Syrie, puis ses parents se sont fait tuer. Il pensait qu'il y avait un lien entre ces événements. Pour moi, tout cela n'avait aucun sens. Vous dites qu'il a disparu ?

– Il est aux mains du FPLP. Quelque part ici, à Jérusalem. Ils vont l'exécuter. »

Le visage de Scholem devint grave. Le tonnerre grondait toujours au-dehors.

« C'est par votre faute ? »

Elle baissa la tête. La pièce paraissait étouffante, elle sentait le renfermé.

« Oui, mais je ne l'ai pas fait délibérément. On avait besoin d'un endroit pour nous cacher.

– Je crois que vous feriez mieux de tout me raconter, dit-il, en commençant par le Sinaï. Que s'est-il passé là-bas ? »

Elle lui raconta tout ce qui s'était passé, les moines morts à Saint-Nilus, les papiers que David avait découverts là-bas et à Jérusalem. Puis elle lui décrivit ce qui s'était passé dans la maison d'Abu Tur et ces deux derniers jours.

Quand elle eut fini, il se contenta de la regarder, perplexe. C'était hors de son domaine, hors des horreurs habituelles de sa profession, qui n'en manquait pas. Une ancienne cité, de vieilles pierres, un désert : il laissait à d'autres ce genre de chose.

« Pourquoi êtes-vous venue ici ? demanda-t-il, en essayant de ne rien laisser paraître de ses doutes. Est-ce que vous vous rendez compte que je pourrais vous faire arrêter, interroger, mettre en prison..., que je pourrais même vous faire tuer, comme ça, si je le voulais ? »

Elle acquiesça en silence.

« Et pourtant, vous êtes venue vers moi ?

– Oui. »

Elle avait parlé si bas qu'il l'avait à peine entendue. Il l'observa un long moment.

« Vous devez l'aimer beaucoup », dit-il enfin.

Il avait rarement de telles intuitions dans ce domaine. Mais il savait qu'il avait vu juste.

« M'aiderez-vous ? » fit-elle d'une voix implorante.

Il se leva et alla jusqu'à la fenêtre.

« Il y a eu une exécution, dit-il d'une voix détachée, en regardant toujours à travers la fenêtre. Une exécution multiple. Ce sont des écoliers qui ont trouvé les cadavres ce matin en jouant sur un chantier sur le mont Scopus. Sept hommes amenés là, alignés et tués l'un après l'autre par une balle dans la tête à bout portant. Il y avait une fosse. Une fosse d'argile. Les corps ont été jetés dedans. On les a identifiés, j'ai la liste. »

Leïla crut qu'elle n'aurait jamais le courage de poser la question. Sa voix ne fut qu'un murmure, son cœur battait de plus en plus vite :

« Et David... Était-il parmi eux ? »

Scholem faisait toujours face à la fenêtre. Il regardait les lumières de la ville scintiller à travers les gouttes de pluie qui descendaient le long de la vitre.

« Non, ils étaient tous palestiniens, soupçonnés d'appartenir au FPLP. Certains étaient peut-être même des membres du conseil. Vous pourriez peut-être le savoir.

– Peut-être », dit-elle.

Elle fut tellement soulagée qu'elle ressentit un vertige.

« Quels sont les noms ? » demanda-t-elle.

Scholem se détourna de la fenêtre et alla jusqu'à son bureau. Sa mallette était encore posée dessus, comme il l'avait laissée en arrivant. Il l'ouvrit et en tira une pile de papiers qu'il feuilleta en silence, puis en retira une feuille qu'il tendit à Leïla.

« On me l'a préparée cet après-midi. »

La feuille était couverte de caractères hébreux soigneusement tapés à la machine. Leïla eut du mal à déchiffrer les noms arabes sous cette forme, mais elle finit par les reconnaître, l'un après l'autre, comme s'ils ressortaient de leur fosse en pleine lumière. Sept noms. Sept visages. Elle ne connaissait aucun d'eux intimement, mais elle les avait tous rencontrés et, autrefois, les avait admirés. Ces noms faisaient partie de son passé. Elle relut la liste.

« C'est tout ? » demanda-t-elle.

Scholem hocha la tête.

« Oui, jusqu'à présent. Vous les connaissiez ?

– Oui, ce sont les membres du conseil. Quelqu'un a fait votre travail à votre place. Vous devriez être reconnaissant. Peut-être que les communications entre vos différents départements ne sont pas aussi bonnes que vous le pensez. »

Il fit un signe négatif de la tête.

« Ce n'était pas notre travail. Je peux vous l'assurer. Nous préférons une exécution à la fois. Une mort isolée est plus efficace qu'une foule de martyrs. Ce n'était pas notre travail. »

Leïla lui lança un regard sans expression. Fallait-il le croire ? Disait-il la vérité ? Tout cela était sans importance.

« Elle n'est pas complète », murmura-t-elle.

Il haussa les sourcils.

« La liste, expliqua-t-elle, celui qui a commis ces meurtres n'a pas fini le travail. Il y a sept noms. Et tous les sept étaient des membres du conseil. Mais ils étaient huit en tout. Il manque un nom. »

Le visage de Scholem changea d'expression.

« Qui est le huitième ? » demanda-t-il.

Elle lui renvoya son regard.

« Je ne sais pas, dit-elle, j'ai entendu parler de lui, je sais qu'il joue un rôle important mais je n'ai jamais appris son nom et je ne l'ai jamais vu. Tout ce qu'on m'a dit, c'est qu'il est vieux. Et qu'il est gros. Extrêmement gros. »

Scholem agrippa le dossier d'une chaise à côté de lui et le serra si fort que sa main en devint blanche. Il ne dit rien, restant là à fixer Leïla, tout son corps s'était raidi. Sans un mot, il alla à son bureau et décrocha le téléphone. Il fit un numéro et parla immédiatement.

« Scholem à l'appareil. Passez-moi Kahan à la section D. »

Une courte pause, puis il parla à nouveau.

« Arieh ? *Shalom*. Chaim à l'appareil. Est-ce que tu as eu d'autres rapports depuis l'affaire de Scopus ce matin ? D'accord, j'attends. »

Il y eut un moment de silence, et le combiné grésilla de nouveau.

« Rien ? Tu es sûr ? Je vois. »

Il se tut à nouveau.

« Écoute, Arieh, mettez-vous en état d'alerte pour al-Shami. Il est peut-être mort, mais il est peut-être vivant et en pleine action à Jérusalem. »

Scholem se tut pendant un long moment tandis que son interlocuteur parlait à l'autre bout du fil. Au fur et à mesure, son visage changeait d'expression. Ses joues avaient pâli et ses yeux luisaient sous l'effet de la concentration.

« Tu en es sûr ? Il est là maintenant ? Non, continue. »

Il écouta pendant plus d'une minute, et plus le temps passait, plus son agitation augmentait. Quand l'autre se tut, il prit de nouveau la parole.

« Est-ce qu'on a arrêté Hasan Bey pour le questionner ? Oui, ce soir, à l'instant même. Gardez Ahmad là-bas. Ne lui dites rien. Donnez l'ordre aux patrouilles de se tenir sur leurs gardes. J'arrive tout de suite, attends-moi. *Shalom.* »

Il raccrocha et se tourna vers Leïla. Il était surexcité, sur les nerfs.

« L'homme qui manque sur la liste, le huitième homme, s'appelle 'Abd al-Jabbar al-Shami. C'est un des hommes les plus recherchés en Israël. Il n'a jamais tué lui-même mais il est responsable de plus de meurtres que vous ne pourriez l'imaginer. Et malgré ses dimensions, il échappe à tout le monde. Je ne l'ai rencontré qu'une fois, il y a dix ans. »

Il s'arrêta comme s'il allait ajouter quelque chose. Son regard donnait l'impression que de sombres souvenirs venaient tout d'un coup de refaire surface. Il plissa les yeux et reprit.

« On ne sait pratiquement rien de lui, et le peu qu'on sait ne sert pas à grand-chose. J'ai vécu pendant des années avec sa photo dans la tête, à rêver de le prendre. Maintenant il y a peut-être une chance.

« Ce matin, l'un de nos informateurs nous a signalé qu'il avait vu al-Shami hier vers midi dans le quartier de Shaikh Jarrah. Al-Shami était avec un truand du nom de Marzuq, un perpétuel candidat à la prison qui gagne sa vie en tuant sur commande mais n'a jamais pu être inculpé pour meurtre. Ils étaient en train d'acheter suffisamment de provisions pour un long voyage. Notre agent de renseignement les a suivis jusqu'au magasin d'un certain Hasan Bey. Nous connaissons bien Hasan. Il tient le titre de bey de son père, qui représentait le gouvernement turc avant l'époque du mandat britannique. Cela dit, Hasan a hérité de plus que le titre de son père. Il dispose d'un réseau de contacts à travers tout ce qui composait l'ancienne Palestine. À ce qu'on dit, il peut acheter ou vendre n'importe qui. Il pourrait même vous acheter, vous, mademoiselle Rashid, et j'imagine que ce serait pour un bon prix. Probablement en chameaux. »

Il se tourna et regarda Leïla. Ses yeux luisaient malicieusement, et l'ombre d'un sourire passa sur ses lèvres. Il était redevenu un jeune homme l'espace d'un instant, puis le poids des années et toute sa mélancolie s'étaient à nouveau abattus sur lui. Il reprit la parole.

« Hasan Bey choisit ses chameaux sérieusement. Il en vend aussi loin que Najd et le Qatar. 'Aniza, 'Utayba, Shammar, ils font tous des affaires avec lui. Il a un entrepôt à Ma'an en Jordanie et garde ici les meilleurs. Les bédouins lui amènent les femelles pour des saillies. Selon la coutume on ne devrait pas payer, mais il demande toujours un prix. Les bédouins ne l'aiment pas, mais il a les meilleurs chameaux, Sharariyya, Hutaymiyya, 'Umaniyya. Toutes les meilleures races. Je m'y connais, je l'avais embauché autrefois pour le faire travailler pour nous. Jusqu'au jour où je me suis rendu compte qu'il travaillait toujours pour lui-même. J'aurais dû le savoir. Mais j'étais jeune à l'époque.

– Et quel rapport entre ces histoires de chameaux et ce dont nous venons de parler ? » dit Leïla en l'interrompant.

Scholem haussa les épaules.

« Je ne sais pas exactement, si ce n'est qu'al-Shami lui a acheté cinq chameaux. Trois pour être montés, des *dhalul*, et deux solides mâles avec des *misama*, des sacoches pour la nourriture et l'équipement. Je ne sais qui est le troisième voyageur, mais notre homme a entendu al-Shami demander une monture facile pour quelqu'un qui n'avait jamais monté auparavant. »

Leïla essaya de contenir son excitation. Elle lança un regard vers Scholem à l'autre extrémité de la pièce. Il la regarda à son tour.

« N'y mettez pas trop d'espoir, ça pourrait être n'importe qui.

– Où se rendent-ils ? Est-ce qu'ils l'ont dit ?

– Non. Tout ce que je sais, c'est qu'ils vont chercher les chameaux à Ma'an ce soir ou demain.

– Ne pouvez-vous les en empêcher ?

– J'en doute. Ils y sont sûrement, maintenant. Il y a une douzaine d'endroits possibles pour traverser la frontière jordanienne, même pour un homme vieux et gras comme al-Shami. J'ai demandé à mon assistant d'alerter nos patrouilles à la frontière, mais je ne crois pas qu'ils trouveront quoi que ce soit. Il traversera en jeep ou en camion, probablement sans même se cacher. Je pourrais envoyer quelqu'un à leur poursuite, mais j'aurais besoin d'une autorisation officielle. Mes supérieurs me demanderont des explications, il faudra les convaincre que la capture d'al-Shami vaut la peine de prendre le risque de s'aventurer en terre arabe. Rosen n'a pas la moindre importance à leurs yeux. C'est une victime, c'est tout. Les victimes ne nous manquent pas, alors une de plus ou une de moins… Nous ne savons même pas s'il est vraiment avec al-Shami, ce ne sont que de vagues suppositions. »

Il y eut un autre silence. Scholem se tourna à nouveau vers la fenêtre. Il regardait la pluie former de petites rigoles le long de la vitre. À l'extérieur, on entendait le bruit de l'eau dans les caniveaux. Combien de nuits était-il resté à cette fenêtre, à regarder dans le vide, à essayer de ne plus penser à rien, pour s'oublier dans l'obscurité ?

Leïla rompit le silence et parla d'une voix morne et basse.

« Dans ce cas, j'irai moi-même. Je monte un chameau aussi bien qu'un bédouin, je sais suivre une piste dans le désert, pas à la perfection mais suffisamment pour m'en sortir. Je les retrouverai, même si je dois mettre une année entière.

– Que ferez-vous si vous les trouvez ?

– J'ai un revolver, je sais m'en servir.

– Comment pourrez-vous suivre leur piste dans le Nafud ? Vous pensez que c'est là qu'ils sont allés, non ? Ce n'est pas un désert comme les autres. Rien que du sable, des kilomètres de sable, c'est le pire des déserts. Vous n'y arriverez pas toute seule.

– Je prendrai un guide, un Shammar *rafiq*. Il m'y emmènera.

– Une femme? Seule?»

Elle ne répondit pas.

Il voulait al-Shami avec autant d'intensité qu'il aurait désiré une femme. Pendant des années il avait rêvé de mettre la main sur ce gros homme, de le sentir entre ses mains, enfin hors d'état de nuire. Il regarda les lumières dans la rue. Al-Shami était là-bas maintenant, en train de voyager, s'éloignant de lui, peut-être pour toujours. S'il le voulait, c'était le moment de le trouver et de le prendre.

«Vous ne pouvez pas y aller seule, dit-il, il faut que quelqu'un vous accompagne.»

Il s'interrompit et pesa les paroles qu'il allait prononcer, sans vraiment savoir s'il avait raison de les dire.

«Moi, je peux y aller. J'ai des jours de congé à prendre. Je veux trouver al-Shami, mais si j'attends l'autorisation de mes supérieurs pour me lancer à sa poursuite, il va m'échapper. Il doit déjà être à Ma'an, comme je vous le disais. Demain, il sera en route vers le Nafud, si ce que vous supposez est vrai. Pour avoir une chance de le capturer, il faut partir demain. Il nous fournira des chameaux et des provisions. Je m'arrangerai avec les gardes-frontières, nous pourrons nous glisser sans difficulté en Jordanie. Je trouverai des guides. Nous partirons demain soir.»

Leïla regardait Scholem avec des yeux écarquillés, sans savoir que dire. Elle l'observait dans l'encadrement de la fenêtre, songeant à la passion qui brûlait cet homme dégingandé.

«Et que ferez-vous, demanda-t-elle, quand vous aurez trouvé al-Shami?»

Il ne dit rien. Il avait déjà pris sa décision. Maintenant al-Shami représentait tout pour lui. Cette femme l'avait perturbé, avait réveillé en lui quelque chose qu'il gardait enfoui depuis longtemps. Il voyait Leïla dans la vitre, la peau rougie à cause des infrarouges du chauffage, les yeux fixés sur lui. Puis une grosse goutte descendit le long de la fenêtre, coupant son image en deux.

28.

Leïla se traîna dans l'escalier le long des cinq étages, jusqu'à l'appartement d'Abraham Steinhardt, comme si elle était soudain devenue vieille et lourde ou comme si la pluie l'avait pénétrée par tous les pores de la peau pour la rendre grise et lasse.

Elle frappa trois fois, lentement, comme prévu. Il n'arriva pas immédiatement et elle crut qu'il s'était passé quelque chose. Puis elle entendit des pas, les pas posés d'un homme qui n'est pas encore âgé mais qui a perdu sa jeunesse. Il portait une vieille paire de pantoufles, avec des trous aux extrémités. Les pas s'arrêtèrent, et elle entendit un bruit de verrous et de clefs qui tournaient dans de nombreuses serrures. Il avait fait mettre ces verrous la veille, avec un judas pour pouvoir voir ses visiteurs. Il ouvrit et recula pour la laisser entrer.

« Vous avez l'air fatiguée, dit-il.

– Je suis épuisée, et j'ai mal partout.

– Vous avez besoin de sommeil. »

Il marqua une pause puis ajouta :

« Vous avez mangé ? »

Elle secoua la tête.

« Non, dit-elle, je n'ai pas d'appétit, je vous en supplie, n'insistez pas. »

Steinhardt fronça les sourcils sans rien dire. Il connaissait trop bien Leïla pour l'obliger à faire quoi que ce soit contre sa volonté.

« Entrez, dit-il, je vais vous montrer quelque chose. »

Il était étonné et inquiet de son abattement.

Quand elle fut assise dans son bureau, il alla jusqu'à sa table de travail et sortit un petit paquet de son tiroir. Autour d'eux les livres s'empilaient jusqu'au plafond en colonnes poussiéreuses, les immenses étagères étaient presque menaçantes. Les livres, Leïla en avait plus qu'assez, les livres, les papiers, les manuscrits.

Il se leva et se dirigea vers une petite table sur laquelle étaient posés des verres et une bouteille de calvados. Il en servit deux doses généreuses et en tendit une à Leïla.

« Si vous ne mangez pas, dit-il, buvez, au moins. »

Il s'assit, ramassa le paquet et le tendit à Leïla.

« Tenez, dit-il, jetez donc un coup d'œil là-dessus. »

Elle l'ouvrit et en sortit une pile de petites photos noir et blanc. Elles étaient de taille standard, mais très nettes.

« Mon ami de l'université m'a dit que la pellicule s'était remarquablement bien conservée vu son âge et les conditions dans lesquelles elle se trouvait. Il était curieux de savoir de quoi il s'agissait, mais il n'a pas posé de questions. Il saura se taire. »

Leïla examina les photos, qui ne suscitèrent chez elle que peu d'intérêt. Que pouvait-elle y voir ? Ce n'étaient que de vieux clichés pris cinquante ans auparavant, où figuraient des gens et des événements obscurs.

Il y avait des moines, petits hommes nerveux qui avaient peu l'habitude de se faire photographier mais qui avaient eu peur de vexer leurs hôtes en refusant. L'archimandrite avait un air solennel et mélancolique. Puis, un éclair lui traversa l'esprit, elle reconnut le visage d'un homme plus jeune, d'une quarantaine d'années. Ce visage lui était familier, c'était celui de quelqu'un qu'elle avait connu. Puis ce fut évident : c'était Gregorios, le bibliothécaire qui était allé vivre à Sainte-Catherine par la suite, le vieux moine qui l'avait secourue quand elle était malade.

La photo suivante représentait un groupe d'Européens. Elle pouvait les reconnaître d'après les descriptions dans le journal de Schacht. Il y avait von Meier, de petite taille mais doté d'une carrure de joueur de football américain, le visage triste et des yeux de cocker. Keitel se tenait à sa droite, petit et desséché. L'homme à la gauche de von Meier était sans doute Lorenz, il était gros, avec un sourire idiot et il était revêtu d'un riche costume bavarois. L'homme qui se trouvait à côté de lui était immédiatement identifiable : le Sturmbannführer Schacht dans son élégant uniforme SS, les bottes cirées, la casquette bien droite sur la tête, et une expression indéchiffrable sur le visage. Leïla se demanda quelles pouvaient être ses pensées tandis qu'il posait tout en sachant que sa vie était en danger.

Sur la photo suivante, on voyait un groupe important

composé d'Européens et d'une douzaine d'Arabes. C'étaient des Arabes citadins, presque certainement des Palestiniens. D'aucuns portaient des *tarbush* et étaient vêtus à l'européenne, d'autres portaient des vêtements traditionnels d'excellente qualité. Elle regarda rapidement les autres photos, toutes plus ou moins semblables à la première. Sur la dernière figuraient quatre hommes en gros plan : von Meier, Keitel, Lorenz et un Arabe, que Leïla reconnut comme étant l'homme au centre de toutes les autres photos de groupe. Il était de petite taille, vêtu de l'habit de chef religieux, une robe noire et un *tarbush* entouré d'un turban blanc conique. Son visage était fin et barbu et il avait une expression malicieuse accentuée par ses petits yeux très rapprochés.

Quelque chose dans le visage de cet Arabe troubla Leïla. Elle plaça la photo sur ses genoux et se mit à l'étudier de près. Sa concentration se lisait dans ses yeux. Steinhardt, voyant que son attitude venait soudain de changer, l'observait. Quelque chose la perturbait, de toute évidence. Elle regarda encore la photo et sentit un frisson lui parcourir tout le corps. Elle avait déjà vu ce visage, elle en était sûre. Oui, il était impossible de se tromper. Elle le reconnaissait, mais elle ne savait plus qui il était.

Elle finit par conclure qu'il devait être A. H., et d'une certaine manière, ces initiales faisaient appel à sa mémoire. A. H. ? Elle était presque certaine de connaître son nom.

« Quelque chose ne va pas, Leïla ? » demanda Steinhardt.

Elle releva la tête. Elle l'avait complètement oublié, elle avait oublié où elle était et ce qu'elle faisait. Mais tout lui revint d'un coup, comme les symptômes d'une maladie qui continue de rôder : David, Scholem, les piliers d'Iram.

« Non, dit-elle, tout va bien. Mais regardez... »

Elle lui tendit la photo en gros plan, montrant l'Arabe du doigt.

« Je le connais, dit-elle, j'ai déjà vu ce visage plusieurs fois, j'en suis sûre, mais je n'arrive pas à retrouver son nom. Est-il célèbre ? C'est peut-être un visage qu'on voit dans les livres d'histoire ? »

Steinhardt étudia la photo. Il crut vaguement qu'elle lui

rappelait des souvenirs, mais ce visage ne lui disait rien de précis.

« Oui, dit-il, peut-être, je vais le montrer à certaines personnes à l'université, peut-être que quelqu'un le reconnaîtra. Mais je ne vois pas en quoi ça pourrait nous être utile.

– Je crois, dit Leïla en parlant lentement, qu'il s'agit de A. H. Il est au centre de toutes les photos. David pensait que c'étaient les initiales d'un nom arabe. Et quelque chose me dit qu'il avait raison. »

Steinhardt s'était plongé dans un silence. Une ride profonde lui traversait le front. Il se sentait vieux. La vie était un enfer, quoi qu'on fasse. Il se leva en soupirant et alla jusqu'à son bureau. Il prit un bout de papier et s'assit face à Leïla.

« Il y a autre chose que j'ai pensé à vous dire », dit-il.

Sa voix était terne. Il n'était pas encore certain de ce qu'il allait dire.

« J'ai longtemps hésité à vous en parler, ce n'est peut-être qu'une simple coïncidence. Mais… je crois savoir qui est A. H. »

Il se tut à nouveau. Ses doigts jouaient nerveusement avec le papier qu'il avait posé sur ses genoux.

« Dites-moi, demanda-t-il, David vous a-t-il révélé la provenance de son exemplaire du *Tariq al-Mubin*, celui qu'al-Yunani lui a procuré ? »

Elle lui lança un regard perplexe.

« Non, dit-elle, il m'a seulement dit qu'il venait d'une bibliothèque quelque part à Jérusalem. C'est tout. »

Steinhardt hocha la tête.

« Je vois. Oui, il venait effectivement d'une bibliothèque ici à Jérusalem. Cette bibliothèque appartenait à Hajj Amin al-Husayni. Vous voyez de qui je parle ? C'était une bibliothèque privée qui est restée à Jérusalem après son expulsion de Palestine en… Je ne me rappelle plus exactement.

– 1937, murmura Leïla.

– C'est ça, répéta Steinhardt, 1937.

– Comment le savez-vous ? » demanda Leïla.

Steinhardt lui présenta la feuille de papier. C'était une photocopie d'une page du *Tariq al-Mubin* portant le sceau de son propriétaire, sur lequel figurait le nom : Amin al-Husayni.

« C'est ce que j'ai trouvé en fouillant les papiers de David. J'avais entendu parler de cette bibliothèque et j'ai pensé que nous avions à faire à un des livres du patriarcat grec qui s'étaient retrouvés là. »

Leïla resta un moment silencieuse.

« A. H. », murmura-t-elle d'une voix à peine audible.

4

« … dans un chaos de hurlements sauvages. »
Deutéronome, 32 ; 10.

29.

Une brume glaciale s'était abattue sur le tout le paysage, c'était comme si le monde tout entier avait disparu. Rien ne bougeait.

On entendait au loin un léger tintement qui résonnait faiblement dans l'air froid. Le silence revenait, suivi de nouveau du son de cette cloche de chameau. Puis la tête et le cou du chameau apparurent et l'énorme animal s'avança comme une créature grotesque sortant d'une épaisse nappe de brouillard, une ombre grise montée par une autre ombre. Le chameau et son cavalier passèrent en silence, l'espace de quelques secondes avant d'être engloutis. Un second chameau suivait, puis un troisième et un quatrième, sept en tout. Cinq portaient des hommes, les deux autres les bagages.

Le brouillard s'était abattu peu avant l'aube. La moitié de la matinée s'était déjà écoulée, et il n'allait sûrement pas se dissiper. Le froid était perçant et enveloppait tout. La température était bien en dessous de zéro. La brume formait du givre sur les vêtements des voyageurs et les poils des chameaux. L'humidité perçait la peau et s'infiltrait jusqu'aux os.

Un cri aigu perça le silence comme le chamelier de tête tirait sur ses rênes pour arrêter son chameau. Il observa attentivement le sol. Un à un les autres arrivèrent à sa hauteur. Sans un mot, il mit pied à terre. C'était un homme de grande taille, plus d'un mètre quatre-vingts, avec des yeux perçants comme ceux d'un faucon. Il portait des vêtements légers, une fine *dishdasha* de coton et une vieille *aba* usée, mais semblait ne pas souffrir du froid. Un *ghotra* à carreaux rouges et blancs était entouré autour de sa tête et maintenu par une cordelette. Il s'accroupit et se mit à examiner le sol gelé. Il se pencha précautionneusement, retira le *ghotra* de devant sa bouche et souffla sur la pellicule de givre. Il malaxa la terre entre ses doigts, ramassa une motte gelée et la tint entre ses mains, la roulant et la réchauffant. Une minute plus tard, il la brisa, l'examina attentivement puis la rejeta sur le côté. Il releva la tête.

« Cinq chameaux, dit-il, trois *dhalul* avec leurs chameliers et deux *fahal* avec les bagages. Ce sont des Batiniyya d'Oman, pas des bêtes d'ici. Je n'ai jamais vu ces animaux auparavant.

– Ils sont passés il y a combien de temps ?

– Je n'en suis pas sûr. Le sol est dur, mais les crottes sont fraîches. Cinq jours peut-être. Le chameau a été abreuvé il y a six jours. Il a été nourri à Ma'an.

– Et ceux qui les montaient ? »

Il y eut un silence. Le guide se pencha à nouveau.

« Celui-là, dit-il en pointant du doigt des traces, était un homme lourd, extrêmement lourd. Il monte le plus fort des chameaux. Celui-là est de taille moyenne, soixante-dix, peut-être quatre-vingts kilos. »

Il se redressa.

« Et le troisième ?

– Le troisième n'a jamais voyagé à dos de chameau. Il glisse sur la selle, il a mal au dos. Le voyage sera long pour lui.

– C'est tout ? »

Le guide sourit, ses dents étincelèrent dans la brume.

« L'un des chameaux est noir, dit-il, ils transportent du riz irakien et de la farine d'Amman. La plus petite des *dhalul* est enceinte, d'à peu près trois mois. Je pourrai vous en dire plus quand nous trouverons leur camp. »

Leïla ne demanda pas comment il pouvait savoir tout cela mais ne songea pas un seul instant qu'il ait pu l'inventer.

En tirant la tête du chameau à l'aide de la longue corde attachée au licol, et en s'aidant du long cou de l'animal, l'Arabe remonta en selle. Se retournant et s'agenouillant en équilibre sur la peau de mouton, il murmura quelques mots et le chameau se mit en mouvement. Il disparut de nouveau dans la brume et tout retomba dans le silence tandis que le petit groupe se remettait en route dans le froid matinal.

La brume se leva peu avant midi. Le soleil qui brillait par intermittence révéla un univers de terre jaunâtre, desséchée et de pierres noires sur d'immenses étendues plates, une gigantesque contrée sauvage. Ils se trouvaient sur les contrebas rocheux du *badiat* al-Sham, le grand désert syrien qui sépare les terres fertiles de l'est, le long du littoral méditerranéen, de la vallée du Tigre et de l'Euphrate. Le véritable désert, les sables du Grand Nafud, était encore devant eux à cinq cents kilomètres, après avoir traversé les collines d'al-Tubayq. Le chemin jusqu'à la lisière du désert allait être rude, et une épreuve bien plus pénible encore les attendait dans le Nafud même.

Ils avaient quitté Ma'an la veille et pris la direction du sud avant la fin de la nuit, cinq inconnus, quatre hommes et une femme habillée en homme. Si l'on avait posé des questions à leurs propos à Ma'an, on aurait répondu qu'ils étaient partis vers al-'Aqaba, transportant des marchandises destinées aux touristes, ainsi qu'à Eilat en Israël. Arrivés près de Naqb Ashtar, ils avaient tourné vers l'est et s'étaient enfoncés dans le désert. Ce jour-là, ils avaient enfin trouvé la trace de la petite troupe d'al-Shami, et voyaient devant eux le chemin suivi par celle-ci dans le désert.

Le groupe était formé de Leïla, Scholem et de trois Arabes *rafiq*, des guides connus des tribus dont ils allaient traverser les territoires, qui pouvaient garantir leur sécurité. Le guide principal marchait en tête de leur colonne, il s'appelait Ali, c'était un Huwaytat, les tentes de sa tribu étaient plantées à Wadi Rumm, plus au sud. Scholem l'avait rencontré deux ans auparavant alors qu'il voyageait parmi les Huwaytat, et il était plus que content de l'avoir retrouvé à Ma'an. Scholem avait confiance en lui. Agé d'une quarantaine d'années, Ali était un des meilleurs guides de la région et un des plus expérimentés, capable de les mener en bordure du Nafud aussi vite que possible sans se faire remarquer.

Sur les conseils d'Ali, ils avaient embauché Suwailim et Zubayr, deux amis qui s'étaient rendus à Ma'an pour l'hiver, à la recherche de travail. Suwailim appartenait aux Bani Atiya qui avaient établi leur campement à l'ouest de la route qu'ils avaient prévu de suivre. Le peuple de Zubayr, les Shararat, vivait dans la région du nord-est. Ali voulait les sortir de Ma'an pour qu'ils échappent à leur triste travail dans les entrepôts des chemins de fer ou dans l'empire commercial d'Hasan Bey. Alors qu'ils voyageaient à travers la région au sud de Ma'an, qui pose relativement peu de problèmes, Ali donna des signes d'inquiétude. Il les regardait frissonner dans la brume en songeant que la vie des villes leur avait ôté toute endurance.

Ali et ses deux compagnons avaient accepté de guider Leïla et Scholem seulement jusqu'à la lisière des sables. Ils ignoraient tout de la raison qui les poussait à se rendre là, si ce n'est qu'ils suivaient d'autres voyageurs qui s'y rendaient également. Ils étaient assez bien payés pour ne pas poser de questions, et de toute manière ils avaient bien assez de soucis, entre le froid et les patrouilles saoudiennes. Les trois *rafiq* rebrousseraient chemin une fois arrivés au désert, là un guide shammar prendrait le relais.

Vers deux heures de l'après-midi, ils s'arrêtèrent pour manger. Suwailim et Zubayr voulaient allumer du feu pour se réchauffer, mais Ali ne le leur permit pas. Ils avaient besoin de tout le bois dont ils disposaient pour la nuit, quand la température baisserait encore, et une heure ou deux de chaleur pouvaient faire la différence entre la vie et la mort.

Quand ils se remirent en route, le soleil se mit à taper fort. Ils retrouvèrent immédiatement leur enthousiasme. Suwailim et Zubayr ouvraient la marche, Ali, Leïla et Scholem restaient à l'arrière à bavarder. Ils parlaient arabe plutôt qu'hébreu pour entretenir l'illusion que Scholem était un Arabe du Sinaï comme Leïla. S'ils apprenaient que Scholem était juif, les conséquences pouvaient être fatales. Il était possible que les trois *rafiq* y soient indifférents, mais s'ils venaient à se montrer indiscrets d'autres pouvaient s'en offenser et les tuer. Chaque fois qu'ils s'arrêtaient pour la prière, Scholem se tournait avec les autres vers La Mecque, il connaissait les paroles et les gestes du *salat* aussi bien que n'importe quel *badu*. C'était le seul moment où Leïla s'éloignait du reste de la troupe, ils refusaient sa présence pendant la prière. Le reste du temps elle se présentait comme le fils de Scholem, imberbe, mince et taciturne, ses petits seins dissimulés par les plis amples de son *dishdasha* et l'épaisse peau de mouton *farwa* qu'elle portait pour se protéger du froid.

« Pourquoi tenez-vous tant à capturer al-Shami ? demanda-t-elle à Scholem. Pourquoi lui en particulier ? »

Il chevaucha quelques instants à côté d'elle avant de répondre.

« Al-Shami n'est pas comme les autres, dit-il finalement, ce n'est pas un tueur ordinaire. La plupart des gens tuent parce qu'ils y sont obligés, on leur en a donné l'ordre ou leur honneur l'exige, ou encore ils se sentent menacés. Puis il y a ceux qui tuent par avidité ou poussés par le désir, pour de l'argent ou pour une femme, et si le seul moyen d'obtenir ce qu'ils veulent est le crime, ils n'hésitent pas. Et puis il y a certaines personnes qui tuent pour une cause, leur pays, leur foi, ou même une simple idée politique. Vous devez être capable de comprendre ça. Mais je crois qu'al-Shami n'appartient à aucune de ces catégories. Pour lui les raisons sont plus profondes, l'acte et le besoin de tuer font tellement partie de sa personne qu'il mourrait s'il en était privé. Le plus étrange, c'est qu'il est une sorte de sadique qui déteste infliger de la douleur à autrui. Il le fait parce que ça lui est nécessaire, et je peux vous assurer qu'il le fait bien. Mais il éprouve le besoin de soulager ses victimes de leurs souffrances. Et comme la mort est le meilleur moyen qu'il connaisse, il les fait tuer. Il a horreur de tuer de ses propres mains, du moins c'est ce qu'on m'en a dit. Mais il peut voir sans broncher un homme se faire trancher la gorge. Il peut s'asseoir et manger son repas tout en regardant un de ses acolytes arracher les yeux de quelqu'un. C'est un monstre, Leïla. Si nous le trouvons, il ne faut lui laisser aucune chance. Tuez-le s'il y a le moindre risque qu'il s'échappe. »

Ils continuèrent à chevaucher dans cet immense silence que seul le bruit des sabots des chameaux et les voix de leurs guides venaient troubler.

« Comment savez-vous tout cela sur lui ? » demanda Leïla après un bref instant.

Scholem répondit sans la regarder. Il fixait le désert droit devant lui au-dessus de la tête du chameau.

« J'ai passé un long moment avec lui, dit-il, cinq jours. » Il aspira profondément l'air froid que le soleil n'avait pas pu réchauffer. « Et cinq jours au contact d'al-Shami vous semblent des siècles. Il voulait que je lui fournisse des informations. C'était devenu comme une obsession, et il les voulait vite. »

Il s'interrompit à nouveau pour reprendre sa respiration.

« Je les lui aurais données. Au bout du deuxième jour, je crois que je lui aurais dit n'importe quoi, je lui aurais révélé tout ce qu'il voulait. Je n'ai pas honte de l'admettre. Mais je n'avais rien à lui dire. Je ne détenais pas les informations qu'il voulait. J'ai cru que ça n'allait jamais s'arrêter, la douleur, le désespoir. Je n'ai jamais eu autant envie de mourir, je n'aurais jamais cru qu'on puisse espérer mourir comme ça. Au bout du cinquième jour, j'ai été délivré. Un de mes amis avait retrouvé ma trace.

Puis Scholem garda le silence jusqu'au coucher du soleil. Ils établirent leur camp pour la nuit. Ils plantèrent leurs tentes à proximité des collines Tubayq qu'ils traverseraient pour entrer en territoire saoudien. La pluie se mit à tomber pendant la nuit, une pluie torrentielle à laquelle leur petite tente résistait difficilement. Après minuit, le bois manqua. Ils s'allongèrent en tremblant entre leurs couvertures trop fines pour les protéger du froid mordant, et ils écoutèrent la pluie tomber sans relâche.

Ils se levèrent avant l'aube et se serrèrent autour d'un petit feu de camp pour se réchauffer. Le ciel était gris et la pluie était devenue une bruine régulière. Le désert n'était plus qu'une étendue de boue grisâtre qui s'avançait à l'horizon. Les chameaux allaient trouver le voyage difficile jusqu'aux collines.

Après le petit déjeuner, ils se mirent en route, marchant à côté de leurs chameaux pour alléger leurs charges. La pluie alourdissait les vêtements et la boue collait aux semelles, transformant chaque pas en un effort considérable. Devant eux, les collines Tubayq étaient noyées dans une brume épaisse. Ils y pénétrèrent juste avant midi.

Cette nuit-là, la température tomba à –25°. Ils ne trouvèrent nulle part où planter leur tente et durent se pelotonner contre leurs chameaux. Un vent glacial soufflait le long du ravin dans lequel ils s'étaient installés vers minuit, hurlant comme une tribu de loups à travers les fissures dans le roc au-dessus d'eux, se faufilant à travers les collines.

« Ceci n'est qu'un petit vent, dit Ali ; quand vous arriverez dans le Nafud, ce sera autre chose. Le vent du désert peut vous détruire. Reposez-vous maintenant. Gardez vos forces. Le Nafud va vous pousser jusqu'à vos limites. »

Au matin, le vent était retombé mais le brouillard s'était à nouveau formé au sommet des collines, retenant les rayons du soleil.

Au début de l'après-midi, Ali se porta à la hauteur de Scholem et de Leïla. Au cours des heures précédentes, il s'était parfois rendu à l'arrière, restant par moments hors de vue. Il s'était arrêté à une ou deux reprises pour grimper au sommet d'un escarpement ou s'enfoncer dans un ravin sur le côté. Lorsqu'il arriva près d'eux, ils lui virent une expression d'inquiétude peu habituelle.

« Nous sommes suivis par un homme, dit-il. Il avance très silencieusement, il a attaché le museau de son chameau. Mais j'ai entendu quelque chose ce matin et je suis allé voir. Il suit notre piste. Je crois même qu'il est à notre poursuite depuis Ma'an. Quelqu'un là-bas a dû lui parler de nous.

– Comment le sais-tu ? demanda Scholem.

– Il y a de la boue sur ses vêtements et sur les pattes de son chameau. La boue vient en partie du désert, mais il y a aussi des traces plus rouges d'une boue qui ne peut provenir que des alentours de Ma'an.

– Nous n'avions vu personne alors.

– Il nous suivait, de très loin. J'en suis sûr.

– À quelle distance est-il ?

– Il n'est pas très loin. »

Leïla prit la parole.

« Peut-on l'attendre et lui demander pourquoi il nous suit ? »

Ali fit un signe négatif de la tête.

« Il est armé et n'a pas l'air d'être du genre à rater sa cible.

– Alors, que faire ?
– On pourrait lui tendre une embuscade et le prendre par surprise. »
Scholem approuva.
« Pars en avant, Ali, nous te rejoindrons quand tu auras trouvé l'endroit idéal et nous l'y attendrons. »
Ali s'enfonça dans le ravin, prenant Suwailim et Zubayr avec lui. Scholem et Leïla restèrent ensemble, faisant avancer les chameaux qui portaient les bagages. Leïla se retournait de temps à autre, s'attendant à voir leur poursuivant, mais son regard ne rencontrait rien d'autre que du roc et des nappes de brouillard.
Ali les attendait deux kilomètres plus loin, là où une large gorge permettait de cacher les chameaux tandis qu'ils pourraient se poster sur une avancée du roc à quelques mètres audessus du sol. Suwailim gardait les chameaux, immobilisés, avec des morceaux de tissu autour du museau pour les empêcher de blatérer.
Scholem et Leïla grimpèrent tandis qu'Ali attendait avec Zubayr à l'entrée du ravin. Ils étaient tous armés, prêts à tirer au premier signe. Un lourd silence s'abattit sur le paysage alors qu'ils étaient allongés à attendre. Il n'y avait pas d'autre issue et leur poursuivant devait nécessairement passer devant eux. Quand il arriverait ils le prendraient au piège : Ali et Zubayr se jetteraient devant lui tandis que Leïla et Scholem lui couperaient la retraite.
Les minutes s'écoulèrent lentement, minant leur tension. Personne ne parlait. Au bout d'une demi-heure, l'autre n'était toujours pas là. Ils attendirent encore, souffrant toujours du froid. Au bout d'une heure ils comprirent qu'il s'était passé quelque chose d'anormal. Ali fit signe à Scholem. Ils redescendirent au fond du défilé où Ali et Zubayr les attendaient.
« Il doit savoir qu'on l'a vu, dit Ali, je ne sais pas qui c'est mais lui sait ce qu'il fait. Il est encore plus dangereux maintenant. »
Ali se retourna pour regarder dans le défilé.
« Il ne viendra plus. Nous avons perdu assez de temps comme ça, allons-y. »
Ils retournèrent dans le petit ravin où Suwailim attendait

avec les chameaux. Les animaux étaient tranquillement assis, immobiles et bâillonnés tels qu'ils les avaient laissés, mais ils ne virent Suwailim nulle part. Ils l'appelèrent mais il n'y eut pas de réponse. Leïla remarqua alors que l'un des chameaux reniflait quelque chose sur le sol. Elle s'approcha pour mieux voir, et son estomac se souleva quand elle se rendit compte que c'était une main dans une flaque de sang. Un filet de sang coulait le long du ravin. Ils suivirent cette piste laissée par une traînée de sang et ils trouvèrent l'autre main de Suwailim, puis un pied, puis son pénis, un autre pied, ses deux oreilles, avant de découvrir le reste de son corps derrière un tournant dans le ravin. Il était encore vivant et mourut peu après sans avoir pu dire ce qui était arrivé.

30.

David était allongé sur le sol dur et glacial, tous ses membres lui faisaient mal et il souhaitait mourir à ce moment précis, pour renaître dans un autre. Mais le rêve disparut et le désespoir revint lécher ses blessures. Il grelottait de froid. Et cela depuis plusieurs jours, depuis qu'ils avaient quitté Ma'an. Al-Shami et Marzuq, l'homme-requin, étaient chaudement habillés pendant la journée et avaient de quoi dormir confortablement la nuit, tandis que David ne portait que les vêtements légers qu'il avait sur lui en arrivant à la maison du FPLP. Ils mangeaient bien, al-Shami remplissait son estomac gargantuesque de mets alléchants que lui préparait Marzuq sur un feu de bois de *ghada*. Mais ils ne donnaient à David que du pain, en quantité insuffisante. Al-Shami ne laissait jamais de restes dans son assiette et David en était arrivé au point où il les aurait acceptés si on les lui avait offerts.

Chaque jour était une répétition de la veille. Cette monotonie accablait David, lui engourdissant l'esprit comme le froid et la faim éprouvaient son corps. Il avait essayé de s'échapper à deux reprises, mais Marzuq l'avait toujours rattrapé et ramené au campement. Ils progressaient à une vitesse étonnante. Malgré son poids, al-Shami montait très bien à dos de chameau et supportait les longues étapes bien plus facilement que David qui sentait ses muscles se froisser et se tordre sous l'effet du perpétuel mouvement de bascule que produisait l'animal.

À plusieurs occasions, al-Shami vint se mettre à côté de David pour engager la conversation. Il lui dit que Marzuq était un imbécile et qu'il ne supportait pas de parler avec lui. Il s'entretenait avec David de questions d'archéologie, faisant preuve d'une étonnante culture sur l'histoire du Proche-Orient. Il s'intéressait tout particulièrement à l'histoire de Jérusalem. David avait beau essayer de lui expliquer que l'archéologie de la Palestine n'était pas son fort, al-Shami insistait pour ramener la conversation autour de la Ville sainte. Al-Shami faisait parfois preuve d'une vive curiosité, posant à David des questions extrêmement précises sur certains aspects des fouilles (auxquelles David avait été présent sans jamais y participer), mais il perdait soudain son intérêt et se refermait totalement sur lui-même, chevauchant en solitaire silencieusement ou allant rejoindre Marzuq à la tête du groupe pour discuter avec lui.

Plusieurs fois, David essaya de retourner la situation. Il interrogea al-Shami sur Iram, sur la route à suivre et sur le but de leur voyage. Mais le gros homme se montrait peu coopératif et répondait que David saurait tout en temps voulu, du moins ce qu'on l'autoriserait à savoir. Le destin de David n'avait pas encore été décidé, disait al-Shami, tout dépendrait de l'aide qu'il était prêt à leur apporter, et de la période au cours de laquelle il se révélerait utile.

Il pleuvait parfois et on traversait à l'occasion des nappes de brouillard. David se sentait mal. S'ils l'autorisaient à s'asseoir près du feu pendant la nuit, c'était pour le surveiller de plus près. Quand les autres dormaient, on l'attachait, avec efficacité et cruauté. La nuit, le froid et l'insomnie le torturaient, dans la journée, il devait supporter sa fatigue tout en restant éveillé, ainsi que les mouvements de sa monture.

« Où se trouve Iram ? demanda-t-il à al-Shami.

– Dans le Nafud. Vous avez lu al-Halabi, vous devez bien le savoir.

– Comment y parvient-on ?

– En traversant les sables. Vous verrez. Vous verrez tout. »

Le voyage était devenu un cours de catéchisme entre lui et le vieil homme. Ils se faisaient tour à tour prêtre et catéchumène.

David pensait souvent à Leïla, s'inquiétait pour elle, et il savait qu'il ne la reverrait jamais. Il n'avait même pas la certitude qu'elle était encore en vie. La brutalité d'al-Shami semblait sans limites. Parfois il s'entretenait avec David de la mort. Il en était comme obsédé, il paraissait la connaître mieux encore que la vie. David s'imaginait qu'il en portait l'odeur sur lui, comme une femme portant son parfum préféré. Il en était amoureux et terrifié à la fois. Il en parlait avec un mélange de plaisir et de dégoût.

« Qui a bâti Iram ? demanda David.

– Ses bâtisseurs », fut l'unique réponse d'al-Shami.

Iram était un mystère et l'identité de ses bâtisseurs devait l'être également. Mais David était plus préoccupé de savoir qui habitait maintenant cette ville que d'apprendre qui l'avait construite. Il voulait aussi savoir pourquoi le secret de l'existence d'Iram était aussi jalousement gardé.

31.

Leïla, Scholem et leurs deux guides sortirent des collines par un défilé connu sous le nom de Shi'b al-Asad. Ils traversèrent des plateaux et débouchèrent sur un paysage ouvert à l'est de la ligne de sommets des Tubayq. C'était deux heures avant le coucher du soleil. Ils devaient progresser contre un vent puissant et fatigant, soufflant de l'est.

Le soleil se coucha enfin, une grosse boule de feu qui luisait dans le ciel et disparut derrière d'épaisses couches de nuages chargés de poussière. Ils ne trouvèrent pas d'abri pour planter leur tente et l'installèrent contre le vent, puis ils allumèrent un feu avec du petit bois ramassé lors de la dernière étape. Le meurtre du guide les avait inquiétés, et ils n'étaient pas sûrs de pouvoir retrouver la trace d'al-Shami. Ali devait aller inspecter le pied des collines le lendemain matin et essayer de trouver les signes du passage de la troupe qui les précédait. S'il attendait trop longtemps, sa tâche risquait de devenir impossible.

Cette nuit-là, ils montèrent la garde. L'inconnu qui était à leur poursuite pouvait se trouver n'importe où, caché dans l'obscurité à attendre qu'ils oublient sa présence, ne serait-ce qu'un bref instant. Ali se porta volontaire pour le premier tour de garde jusqu'à minuit. Emmitouflé dans la *farwa* de Scholem, il s'assit à l'extérieur devant le feu et s'occupa à l'entretenir pendant les longues heures sombres de la nuit.

Leïla discutait avec Scholem sous la tente. On avait l'impression qu'il pouvait très bien se passer de dormir. Elle l'avait vu s'assoupir une ou deux fois, mais jamais longtemps.

« Vous ne dormez donc jamais, Chaim ? » demanda-t-elle.

Il resta silencieux un long moment. Quand il parla, sa voix sortit de l'obscurité en un murmure à peine audible.

« Ça fait cinq ans que je n'ai pas dormi convenablement, dit-il. J'ai essayé, mais je me réveille toujours. Ça a commencé quelques jours après… après les moments que j'ai passés avec al-Shami. Je ne vous ai pas tout dit à ce sujet.

– Pourquoi ne me le diriez-vous pas maintenant ? demanda Leïla.

– Quand j'étais à l'hôpital, ma femme et ma fille ne sont pas venues me voir. On m'a dit au début que c'était pour des raisons de sécurité, mais il est devenu très vite évident qu'on me cachait quelque chose. Finalement, ils me l'ont appris le deuxième jour. Pendant que j'étais avec al-Shami, ses hommes les avaient kidnappées, avec l'intention de les utiliser pour exercer des pressions sur moi. Puis il y a eu l'attaque. Al-Shami a réussi à s'échapper, bien sûr. Comme je n'étais plus là, Hannah et Ruth leur étaient devenues inutiles, et il les a fait tuer. On les a… on les a tuées avec un revolver et leurs corps ont été jetés sur un tas d'ordures à la sortie de la ville.

J'ai juré alors que je trouverais al-Shami et que je le tuerais. Même si je dois en mourir moi-même. »

À minuit, Scholem remplaça Ali. Il vit qu'il restait encore beaucoup de bois. Ali n'en avait utilisé que très peu pour lui-même. Juste avant l'aube, il entra dans la tente pour éveiller les autres. Il n'y avait pas eu le moindre problème, les chameaux n'avaient pas bronché de toute la nuit.

Mais il sentit quelque chose d'anormal au moment même où il entrait dans la tente. L'endroit était trop calme. Il avança silencieusement jusqu'à la place d'Ali, couché sous sa couverture qu'il avait tirée jusqu'au menton. Il posa sa main sur son épaule et le secoua. Mais celui-ci resta immobile, comme s'il était plongé dans un profond sommeil. Scholem sentit son cœur se serrer sous l'effet de la peur. Il tendit la main pour tirer la couverture d'Ali. En la touchant, il sentit quelque chose d'humide et de collant sous sa main. Ali ne bougeait pas.

Scholem fit rapidement quelques pas jusqu'à l'endroit où se trouvait Leïla. Il la saisit par le bras et lui murmura à l'oreille :

« Réveillez-vous. »

À son plus grand soulagement, elle marmonna quelques paroles et se redressa.

« Que se passe-t-il ? fit-elle d'une voix endormie.

– Je ne sais pas exactement, répondit-il, levez-vous, vite. J'ai essayé de réveiller Ali mais il ne bouge pas. Je crois que j'ai senti du sang sur ma main, mais je ne vois rien dans l'obscurité. Vous avez des allumettes ? »

Elle fouilla dans la poche de sa *farwa* et en sortit une vieille boîte toute cabossée qu'elle gardait là avec ses cigarettes. Scholem prit la boîte, l'ouvrit et alla vers Ali. Il gratta la première allumette.

Ali était allongé sur le dos, les yeux grands ouverts, la gorge tranchée d'une oreille à l'autre en une horrible plaie béante. La terre autour de lui était trempée de sang. Scholem entendit derrière lui le cri étouffé de Leïla, puis il entendit sur la gauche Zubayr qui se mettait à bouger.

Il alla jusqu'à lui.

« Ça va ? demanda-t-il.

– Oui, qu'est-ce qui se passe ? »

Il avait déjà été terriblement effrayé par la mort de Suwailim la veille.

« Ali est mort. Je viens de le découvrir. On lui a tranché la gorge. Bon Dieu, on lui a tranché la gorge et je n'ai rien entendu. »

Scholem sentait la colère monter en lui, cette haine de soi qu'il ne connaissait que trop bien et qui lui venait de son passé. Pourquoi n'ai-je rien fait pour l'empêcher ? Pourquoi n'ai-je pas fait ce que j'avais à faire ?

Il gratta une autre allumette et montra à Zubayr ce qu'il avait vu. À la lumière vacillante de la flamme, Zubayr put distinguer une fente sur le côté de la tente : un long coup de couteau parfaitement droit avait permis au tueur d'Ali de s'introduire sous couvert de l'obscurité tandis que tout le monde dormait. Scholem jura à haute voix et sortit.

Zubayr à son tour le suivit et vint rejoindre Leïla et Scholem. On voyait clairement dans la faible lumière qu'il était terrifié. Il tenait une poignée de pièces dans la main droite qui correspondait à la somme qu'il avait gagnée pour être leur guide.

« Voici votre argent, dit-il. Je ne vais pas plus loin. Vous pouvez revenir en arrière avec moi si vous voulez, mais je n'irai pas plus loin.

– Tu peux garder ton argent, dit Scholem. Tu as déjà fait tout ce chemin, nous n'allons pas t'obliger à continuer. Donne-nous la route à suivre, c'est tout ce dont nous avons besoin. La route la plus directe jusqu'au Nafud. »

Il était inutile de discuter avec Zubayr. Il ne pouvait plus leur être utile. Il valait mieux continuer sans lui.

Après son départ Scholem et Leïla enterrèrent Ali.

Leïla apporta des brindilles pour recouvrir le corps. Elle récita quelques versets du Coran, la sourate *al-fatiha* et la *Ayat al-nur*. Puis ils jetèrent de la terre dans la tombe jusqu'à ce qu'elle dépasse du sol d'à peu près trente centimètres selon la tradition. C'était tout. Dans le désert les monuments funéraires ne tiennent pas longtemps.

Ils trouvèrent des traces tout autour de leur campement, mais sans pouvoir les interpréter. Ils n'avaient pas de temps à perdre pour poursuivre le tueur. Ils devaient absolument atteindre le Nafud et trouver un guide shammar qui puisse les faire traverser. L'idée de « traverser » le désert avait-elle un sens, dans ces circonstances ? Où donc se trouvait Iram dans cette immensité désertique ? Sans pouvoir suivre les traces d'al-Shami, ils étaient comme des marins à la dérive, sans rame ni voile ou compas, flottant au hasard vers Dieu sait quel rivage. À supposer qu'il y ait un rivage.

32.

Al-Shami, Marzuq et David étaient attendus à la limite du Nafud par six hommes silencieux vêtus de longues robes noires, qui traitèrent le gros homme avec respect, Marzuq avec indifférence, et ignorèrent totalement David. Ils parlaient l'arabe et montaient leurs chameaux avec l'aisance naturelle aux bédouins, beaucoup mieux qu'al-Shami qui avait toujours vécu dans les villes, et que son compagnon qui, la plupart du temps, se traînait péniblement. Mais quand David put les observer de près, il remarqua qu'ils n'étaient pas arabes. Ils lui rappelaient une fois encore l'homme qu'il avait vu à Tell Mardikh. Il crut même en entendre quelques-uns parler dans une langue qui ressemblait à de l'allemand, mais quand ils virent qu'il les écoutait ils se mirent immédiatement à se parler en arabe.

Tout le monde trouva le voyage à travers les sables excessivement difficile, surtout al-Shami dont le poids énorme ralentissait la marche. Ils prirent un détour pour éviter les dunes les plus hautes. Il y avait largement assez d'eau pour les hommes et les bêtes mais David n'en reçut que très peu. Il fut pris par la fièvre et se mit à délirer. Son corps et son esprit avaient atteint les limites de l'épuisement et il se sentait proche de la mort. Il l'aurait accueillie avec autant de soulagement et de plaisir qu'un verre de vin, doux et chaud. La faim était intolérable, aiguisée chaque jour par les odeurs de cuisine qui s'échappaient du feu d'al-Shami, qui se montrait tour à tour aimable et distant, et dont l'humeur devint de plus en plus changeante tandis que la fatigue du voyage augmentait. Une fois, David lui ayant posé une question embarrassante, il le fouetta de son *misha'ab*, la fine cravache qu'il tenait dans la main droite pour faire avancer son chameau. Le coup ouvrit sur la joue de David une blessure qui le fit souffrir pendant plusieurs jours avant de se transformer en une douleur sourde et omniprésente.

Maintenant qu'il était entouré, al-Shami se montrait plus prudent dans ce qu'il disait à David, mais celui-ci parvint à le coincer en lui posant une question sur Ulrich von Meier.

« Von Meier était-il un universitaire aussi brillant qu'on le dit ? demanda-t-il.

– C'était un génie, répliqua vivement al-Shami, un visionnaire. Sans lui, nous… »

Il s'interrompit et regarda David comme s'il s'apprêtait à le frapper à nouveau, mais il abaissa son bâton en ricanant. Puis il tomba dans le silence et ses yeux prirent une expression indéfinissable.

« Vous avez trouvé un journal ? » dit al-Shami.

C'était plus une affirmation qu'une question.

« Oui », répondit David.

À quoi bon le cacher ?

« Qui en était l'auteur ? Que contenait ce journal ?

– Un Allemand, dit David, un major SS, le Sturmbannführer Schacht. »

Les yeux d'al-Shami s'illuminèrent.

« Ah oui, dit-il en marmonnant, le SS Schacht, dites-vous ?

– Oui.

– Que lui est-il arrivé ?

– Il est mort, dit David. Il a été assassiné par votre ami von Meier.

– Évidemment », répliqua al-Shami en souriant, sans paraître se formaliser de ce que David fît de nouveau allusion à von Meier.

Il y avait donc un lien entre von Meier et al-Shami, entre l'expédition du Sinaï et ce voyage à Iram. Et ces bédouins qui ressemblaient à des Allemands et parlaient l'allemand entre eux ? Quel était leur rôle ? Ils étaient beaucoup trop jeunes pour avoir connu von Meier dans le temps ou même pour avoir participé à la guerre. Comment étaient-ils arrivés dans le Nafud et que faisaient-ils là exactement ?

Les autres bédouins les évitaient soigneusement. À une ou deux reprises, un groupe de cavaliers s'approcha, mais en arrivant plus près ils hésitèrent puis se détournèrent pour s'en aller le plus vite possible. Aucun doute : dans le désert, on connaissait les compagnons de David. On les connaissait et on les craignait. Peut-être même les haïssait-on.

Cette traversée des sables semblait devoir durer éternellement. Malgré toutes ses souffrances, David se sentait par moments gagné par une étrange excitation qu'il avait parfois du mal à contenir : il allait enfin voir Iram. Il était en route vers un lieu que les sables du Nafud avaient recouvert pendant des siècles et qu'aucun archéologue avant lui n'avait vu. À part Ulrich von Meier. David ne doutait pas que l'Allemand ait trouvé Iram, comme il se l'était promis. Ce qui en soi représentait un succès extraordinaire. Mais pourquoi en avait-il gardé secrète l'existence ? Qu'avait-il trouvé là-bas qui justifiât toutes ces années de silence et tous ces meurtres ? Ces questions en imposèrent une autre à son esprit : Qu'avait-il trouvé là-bas ou... qu'y avait-il apporté ?

33.

Leïla et Scholem mirent cinq jours à atteindre le Nafud, progressant difficilement à travers la pluie et le vent pendant la journée et montant la garde à tour de rôle à côté du feu pendant la nuit. Ils aperçurent par deux fois des campements de bédouins au loin. Ils ne savaient pas si on les avait vus mais personne n'était venu s'inquiéter d'eux ou leur poser des questions.

Ils ne voyaient jamais leur poursuivant mais savaient

qu'il était là. Il laissait des signes à leur intention, des témoignages de sa présence qu'on ne pouvait ignorer, semblables à des offrandes. Tous les matins, quand ils se mettaient en route, ils trouvaient son présent, à environ un kilomètre ou deux de l'endroit où ils avaient campé. Il construisait un petit amas de pierre ocre de forme ovale sur lequel il plaçait son offrande. La première fois ils trouvèrent une balle bien polie, dressée au sommet des pierres : le second jour ce fut un poignard *huardi*, dont le tranchant était encore rouge du sang d'un animal ; le troisième une outarde dont la gorge avait été tranchée ; le quatrième, une gazelle avec un petit trou sur le côté de la tête, là où la balle lui était entrée dans le cerveau. Le lendemain, un crâne de chameau séché et blanchi par le soleil de l'été précédent. Il jouait avec eux, comme un faucon bien dressé qui tourne autour de sa proie en attendant que le chasseur vienne achever la besogne.

Ce fut le sixième jour, comme ils arrivaient en vue des sables, qu'il leur offrit l'ultime et le plus horrible de ses trophées. Ils avançaient en direction du soleil levant qui prodiguait une lumière rougeoyante, et ils s'attendaient à voir apparaître les sables devant leurs yeux d'un moment à l'autre, comme des touristes impatients de voir la mer. Lorsqu'ils arrivèrent au haut d'une côte, ils virent le Nafud à l'horizon, comme une bande de terre rose à l'est. Ils descendirent le long d'une pente rocheuse à travers une région où le grès affleurait, sculpté par le vent créant des formes grotesques et diaboliques. Puis les sables vinrent s'étendre à leurs pieds, à une limite précise, comme si un vaste océan rouge avait été immobilisé en l'espace d'un instant. Les hautes dunes dominaient les deux voyageurs comme d'immenses vagues. Et là, à l'endroit précis où le désert de roc faisait place aux sables, ils trouvèrent le dernier monticule de pierre.

Ils approchèrent, redoutant ce qu'ils allaient y découvrir et sentant que ce serait sans doute là son dernier avertissement, leur enjoignant de renoncer au Nafud et de retourner sur leurs pas. Un vent glacial faisait flotter leurs robes qui claquaient dans le silence. L'objet posé apparut plus clairement jusqu'à ce qu'ils le reconnaissent enfin. Des oiseaux sautillaient tout autour, qui s'enfuirent à leur arrivée. Leïla sentit les battements de son cœur s'accélérer et dut lutter pour ne pas céder à l'envie de vomir le café qu'elle avait bu une heure auparavant. Scholem mit pied à terre et s'approcha du monticule.

Le dernier présent était la tête d'Ali, encore enveloppée dans son *ghotra* rouge et blanc ; les yeux n'étaient plus que deux trous, après le passage des oiseaux qui les avaient picorés dès le lever du soleil. La tête avait été proprement coupée au niveau des épaules et le cou qui était resté accroché avait servi de socle, elle regardait vers l'ouest, à l'opposé des sables.

« Il a dû retourner à la tombe et déterrer le corps », dit Scholem.

Elle mit pied à terre et s'avança.

« Qui peut faire une chose pareille ? » dit-elle, incapable de contrôler le tremblement de sa voix.

Le visage d'Ali était encore couvert de la poussière de la tombe.

Ils enterrèrent de nouveau dans le sable la tête toujours enveloppée dans son *ghotra* et placèrent des pierres par-dessus pour la protéger des charognards. Quand ils eurent achevé, Leïla se tourna vers Scholem.

« Qu'est-ce qu'on fait ? demanda-t-elle. Cet avertissement ne laisse pas de doute, dès que nous serons dans le désert, il pourra nous surprendre sans problème. Les dunes le dissimuleront et lui fourniront des douzaines d'endroits pour nous tendre une embuscade.

– Et que voulez-vous faire, dit-il, repartir ? »

Elle secoua la tête.

« Nous n'avons pas le choix, continua-t-il. Nous pouvons repartir et laisser David aux mains d'al-Shami, ou nous pouvons continuer. »

Leïla approuva d'un signe de la tête.

« Il nous faut d'abord trouver un guide. »

Ils se remirent en selle et prirent la direction du sud. Presque deux heures plus tard, ils virent au loin une série de petites bosses noires se dessiner sur l'horizon, des tentes en peau de chèvre. Ils furent accueillis au campement par les fils du cheikh du clan, Fahd ibn Fawwaz.

On prépara le café en leur honneur, le fils aîné du cheikh faisait sonner le mortier dans lequel il écrasait des grains de café, attirant les hommes des autres tentes venus voir les nouveaux arrivants. Ils s'assemblèrent dans la partie de la tente réservée aux invités, buvant leur café et demandant des nouvelles du reste du monde. Ils appartenaient aux Al-Zubayr, sous-groupe d'un des principaux clans de la famille Sinjara de la tribu Shammar. Fahd ibn Fawwaz était un homme d'une cinquantaine d'années, élancé, avec un visage de faucon ; son corps et son esprit avaient été façonnés depuis la naissance par les vents du Nafud.

Ali avait fait l'éloge des Al-Zubayr et avait fourni de nombreuses informations sur eux à Scholem et à Leïla. Se souvenant de ce qu'il leur avait dit, ils purent s'enquérir de la santé des membres les plus importants du clan. Ils parlèrent peu d'eux-mêmes mais dirent à Fahd qu'ils connaissaient les Huwaytat, dont ils venaient de traverser le territoire. Après les avoir laissés parler quelque temps, le cheikh se tourna vers eux et demanda :

« Et quelles nouvelles apportez-vous d'Ali ibn Sa'd ? Se porte-t-il bien ? »

Scholem regarda Fahd sans répondre. Le cheikh put lire dans ses yeux ce qu'il ne disait pas, et il baissa le regard vers le feu.

« *Rahimahu 'lah*, fit-il à voix basse. Que Dieu prenne pitié de lui. C'était un vieil ami, un excellent ami. »

La nouvelle se répandit à toute vitesse dans la tente, chaque homme la répétait à son voisin.

Fahd détacha son regard des flammes.

« Comment est-il mort ? demanda-t-il.

– Très rapidement, répondit Scholem à voix basse. Il a été assassiné. Je voudrais vous parler en privé à ce sujet. »

Le cheikh le regarda sévèrement, puis il fit de même envers Leïla.

« Quand nous aurons bu le café, dit-il, mes fils et moi-même écouterons ce que vous avez à dire. »

Selon la coutume, personne ne resta après la troisième tasse. Quand il ne resta plus dans la tente que Fahd, ses six fils, Scholem et Leïla, ils racontèrent leur voyage et les circonstances dans lesquelles Ali et Suwailim avaient trouvé la mort. Arrivés à l'épisode de la matinée et à la découverte qu'ils avaient faite à la limite des sables, Fahd laissa échapper un cri et cracha devant lui.

« *Astaghfiru 'llah* ! hurla-t-il. J'implore la miséricorde de Dieu ! Aucun être humain ne peut faire une chose pareille. Couper un homme en morceaux, déterrer un mort et lui trancher la tête, ce n'était pas un être humain. Vous avez été suivi par un djinn, un esprit envoyé par Satan pour vous perdre. Dieu devait être votre guide. »

L'un des fils de Fahd, qui approchait de la trentaine et qui portait une longue moustache noire, se tourna vers son père.

« Père, dit-il, je demande la permission de parler. »

Fahd, qui lançait toujours des imprécations contre l'outrage que l'on avait infligé à son ami Ali, releva les yeux.

« Oui, Nazzal, tu as ma permission. »

Nazzal se tourna vers Scholem.

« Pardonnez-moi, mais est-ce que votre fils ou vous-même avez gardé le *huardhi* que vous avez trouvé il y a quatre jours ? »

Scholem fit un signe affirmatif.

« Oui, dit-il, je l'ai ici. »

Il mit la main à l'intérieur de sa robe et en sortit un petit couteau à lame recourbée dont les chasseurs se servent pour tuer des oiseaux, une sorte de miniature du *khusa*. Il le tendit à Nazzal qui l'inspecta sous tous les angles avant de le passer à son père.

« Ce n'était pas un djinn, père. Ali a été tué par al-Gharib. »

Leïla se demanda ce que signifiait ce nom, si c'en était bien un. « Al-Gharib » veut dire « l'Étranger ». Nazzal parlait-il vraiment d'un étranger, quelqu'un qui venait d'au-delà de leur territoire ? Puis elle regarda les visages des frères de Nazzal et comprit à leur expression qu'ils savaient de qui il s'agissait.

Fahd rendit le poignard à Scholem.

« Vous voyez les marques sur la lame ? » demanda-t-il.

Scholem regarda et put voir, sous le sang séché, de fines incrustations qui ressemblaient à des lettres totalement illisibles. Elles n'appartenaient à aucun des alphabets qu'il connaissait.

« Que sont-elles ? demanda-t-il.

– Ce sont ses marques, dit Fahd. Si vous aviez regardé les pierres de près, vous en auriez trouvé d'autres. Il les laisse partout où il passe. »

Le cheikh se tut et regarda fixement les flammes.

Nazzal reprit la parole.

« Nous l'appelons al-Gharib, dit-il. Mais son vrai nom est Talal ibn Qasim. Ce n'est ni un bédouin ni un Arabe. Depuis son enfance, on le connaît sous le nom d'al-Gharib. Il vit dans les sables. Certains disent qu'il est un compagnon des loups.

– D'où vient-il s'il n'est pas un Arabe ? demanda Scholem. Est-il iranien, africain, solubba ? »

Nazzal secoua la tête.

« Rien de tout cela. Nous ne savons pas d'où il vient. Personne n'a jamais vu quelqu'un comme lui auparavant.

– À quoi ressemble-t-il ?

– Il est plutôt petit, et sa peau est de la couleur d'une amande et il a peu de poils sur le visage. Mais ce sont ses yeux qui sont particulièrement étranges. Ce ne sont pas ceux d'un être humain. »

Nazzal leva ses doigts à hauteur de son visage et tira sur ses yeux pour les allonger. Leïla et Scholem échangèrent un rapide regard.

« Il existe des races d'hommes qui ressemblent à ça, dit Scholem. Très loin, à l'est. Les Chinois, les Coréens, les Japonais. »

Un murmure parcourut la tente.

« Sont-ils musulmans ? » demanda Fahd.

Scholem hocha la tête.

« Certains le sont, oui. Il y a beaucoup de Chinois musulmans. L'Indonésie est le plus grand pays musulman du monde. Votre étranger est peut-être un Indonésien. »

Nazzal parla à nouveau.

« Les Indonésiens ont-ils des épées ? »

Scholem secoua la tête.

« Peut-être, mais je n'en ai jamais entendu parler. Pourquoi ?

– Al-Gharib a une épée, c'est une épée comme on n'en a encore jamais vu en Arabie. »

Il se pencha en avant et, prenant le bâton qui avait servi à remuer le café, il dessina sur le sol à côté du foyer. La forme de cette épée à longue poignée ne laissait plus de doute. Scholem se redressa et regarda Nazzal.

« Il est japonais, dit-il.

– Sont-ils musulmans ? demanda Fahd.

– Non, répondit Scholem, ils ne sont pas musulmans.

– Comment est-il arrivé jusqu'ici ? demanda Leïla en les interrompant. Et quand ? Il connaît le désert comme un *badu*. Il sait monter à dos de chameau, suivre une piste et chasser. Tu as parlé de son enfance, a-t-il grandi ici ? »

Fahd lui répondit à voix basse, pour que les femmes de l'autre côté du rideau ne puissent pas l'entendre. Ces questions ne les concernaient pas. Ce qu'il ne savait pas, c'est qu'elles étaient aussi bien informées que lui sur al-Gharib.

« Il y a de nombreuses années, dit-il, un homme de Palestine est venu parmi les Shammar. Il voyageait d'un campement à l'autre en apportant des lettres de Hajj Amin al-Husayni, le mufti de Jérusalem. Hajj Amin n'était pas à Jérusalem à ce moment-là, bien sûr. Les infidèles anglais l'avaient envoyé en exil. Que Dieu les maudisse.

– À quelle époque cela se passait-il ? » demanda Leïla.

Fahd réfléchit longuement avant de répondre.

« Avant la naissance de Farhan. J'étais un jeune homme. Je n'étais pas encore marié. Je me souviens que mon jeune frère venait d'être circoncis. Il a maintenant quarante-sept ans. C'était à l'époque où les Anglais menaient une grande guerre dans leur pays et où leurs bateaux sont venus à Aden.

– Je comprends », dit Scholem.

Si le frère de Fahd avait été circoncis à l'âge de sept ans, les événements dont il parlait avaient dû se dérouler vers 1944 ou 1945.

« Je vous en prie, continuez, dit-il.

– Les lettres du mufti me demandaient au nom de l'islam d'accueillir des enfants dans mes tentes, des garçons. On nous a demandé d'en prendre deux ou trois dans chaque campement. Les cheikhs furent d'accord et, peu de temps après, on nous amena les enfants. Nous n'avions pas le droit de demander d'où ils venaient et qui étaient leurs vrais parents. Nous devions les élever comme nos propres enfants, comme des bédouins. Nous leur avons appris la vie dans le désert, toutes les difficultés et les souffrances qu'elle comporte. Certains moururent. Les autres survécurent et devinrent des jeunes hommes très robustes. Lorsqu'ils atteignirent l'âge de quatorze ans, des hommes vinrent et les emmenèrent sans donner d'explications. Ces hommes détenaient également des lettres de Hajj Amin. Peu après, on nous amena encore d'autres enfants. Il y en a eu beaucoup depuis, mais on est toujours venu les reprendre avant qu'ils aient fini de grandir.

– Et al-Gharib était l'un d'eux ? demanda Scholem.

– Oui, l'un des premiers. Tout juste un bébé. Il a été élevé par les Al-Shiba.

– Alors tous ces enfants étaient comme lui ? »

Fahd secoua la tête.

« Non, dit-il. Il était le seul. C'est pour ça qu'ils l'appelaient al-Gharib. Les autres étaient moins étranges, ils étaient comme des Européens. Beaucoup d'entre eux étaient blonds et les autres avaient les cheveux foncés. Mais aucun n'était arabe, je crois qu'ils venaient d'Europe.

– Tous ? demanda Scholem, intrigué et excité par cette curieuse histoire. Même ceux qui sont arrivés plus tard ?

– Je ne sais pas, dit Fahd, on nous les a amenés de l'extérieur et on nous les a repris sans que l'on sache où ils allaient.

– Mais al-Gharib, lui, est toujours là.

– Oui. »

C'était Nazzal qui avait repris la parole.

« Il vit quelque part dans le désert, mais on le voit de temps à autre quand il va rendre visite aux Al-Shiba. Certains reviennent parfois comme ça, tout d'un coup, pour rendre visite aux clans qui les ont hébergés, ils restent un jour ou deux puis disparaissent à nouveau. Mais al-Gharib, c'est différent. Les gens ont peur de lui. Ils disent qu'il est le fils du Diable. Certains l'appellent comme ça : Ibn Iblis, “Fils de Satan”. Il a commis plusieurs meurtres et toujours avec une grande cruauté, mais personne n'ose se venger. Ils croient qu'ils recevraient une malédiction s'ils s'attaquaient à lui. Il est entièrement libre de ses mouvements. Il connaît les sables mieux que n'importe quel être vivant.

– Pourquoi veut-il nous empêcher de pénétrer dans les sables ? Qu'est-ce qu'il s'y trouve ? Pourquoi a-t-il laissé la tête d'Ali à la lisière du désert, comme un avertissement ? »

Les six frères échangèrent un regard. Personne ne parlait, le cheikh Fahd regardait fixement les flammes, comme s'il pouvait y lire des messages cachés.

Scholem ne fit pas attention à ce silence et continua.

« Mon fils et moi-même sommes venus de Jordanie, à la recherche de trois hommes. Nous pensons qu'ils se sont enfoncés dans le Nafud. Au centre, au cœur des sables. Que se trouve-t-il au cœur des sables ? L'un de vous y est-il déjà allé ?

Tout le monde gardait le silence. Scholem sentait que l'atmosphère à l'intérieur de la tente devenait de plus en plus tendue. Il sentait la peur qui planait au-dessus de leur petite assemblée. Il parla à nouveau.

« Mon fils et moi-même avons trouvé un vieux livre dans al-Quds, à Jérusalem. On y parle d'une cité dans le Nafud, une ancienne cité. L'auteur du livre dit que cette cité s'appelait Iram, Iram, la ville à la colonne dont il est question dans le Livre de Dieu. »

Finalement Fahran prit la parole.

« Vous vous trompez, dit-il, il n'y a rien que du sable dans le Nafud. Du sable à l'infini, il y en a assez pour engloutir des cités et tous les livres du monde. Ce que vous avez lu sur Iram, ce ne sont que de vieux contes. La ville que vous cherchez est ailleurs.

– Êtes-vous allé là-bas ? demanda Scholem, êtes-vous allé au cour des sables pour avoir vu qu'il n'y avait que du sable ?

– Dans le Nafud, dit Fahran, le soleil se lève et se couche sur le sable. Peut-être que l'auteur de votre livre a vu un mirage. »

Les flammes vacillaient dans l'âtre, tandis que le feu mourait. Personne ne bougea pour l'entretenir ou ajouter du bois. Fahd leva les yeux, toute vie semblait s'être retirée de ses pupilles comme si le feu avait absorbé toute sa volonté. Il regarda Scholem d'un air embarrassé.

« Vous pouvez rester ici cette nuit, dit-il. Vous êtes nos hôtes et vous êtes les bienvenus. Mais demain il vous faudra partir, retourner en Jordanie. N'entrez pas dans le désert, même pour vous venger. Vous n'y trouverez que le malheur, d'effroyables malheurs. Les hommes qui s'enfoncent dans les sables se perdent et on ne les revoit jamais. Oubliez al-Gharib. Il a déjà tué par le passé, et il tuera à nouveau. Nous venons tous de Dieu et nous retournerons à lui. Laissez Dieu accomplir la vengeance. Oubliez les hommes que vous poursuivez. S'ils ne connaissent pas le désert, ils sont comme morts, vous ne les trouverez jamais. S'ils sont maintenant au cœur du désert, vous ne pourrez jamais les rejoindre. Ne parlons plus de tout cela. Je vais faire tuer un mouton. Nous ferons un festin ce soir, à la mémoire d'Ali. »

Le cheikh se leva, il paraissait plus vieux que lorsqu'ils l'avaient vu assis. Un poids énorme semblait peser sur ses épaules, tandis qu'il se redressait difficilement. La chaleur et la convivialité qu'ils avaient d'abord trouvées sous la tente avaient disparu et le feu qu'on avait allumé pour les recevoir était sur le point de s'éteindre en ne laissant que des cendres. L'atmosphère du repas à venir allait être sombre.

34.

Le lendemain matin, Scholem et Leïla quittèrent les tentes des Al-Zubayr et retournèrent sur leurs pas en direction du nord, longeant la bordure écarlate du Nafud. Les sables semblaient les inviter, vastes, silencieux et impénétrables. On n'avait plus abordé le sujet de leur quête au campement et ils connaissaient tous deux suffisamment les règles du savoir-vivre chez les bédouins pour comprendre qu'il était inutile de s'attarder sur la question. Leur seul espoir était de trouver un autre campement plus au nord, où ils pourraient sous un prétexte quelconque trouver un guide qui les emmènerait dans le désert, et qu'une fois en route ils pourraient le persuader de les conduire là où ils voulaient. Les Shammar connaissaient Iram, du moins ils connaissaient l'existence de quelque chose dans le désert qui les inquiétait et les effrayait, dont ils ne voulaient pas parler.

Ils étaient à peu près à cinq kilomètres du campement des Shammar quand ils entendirent derrière eux le bruit d'un chameau qui s'approchait au galop à travers les rochers. En se retournant, ils virent un homme qui venait vers eux, habillé de noir, sa monture était d'un brun sombre avec un harnachement rouge. Scholem saisit le fusil qu'il avait en travers de sa selle et se tint prêt. L'homme s'approcha en ralentissant l'allure, tira sur les rênes de son chameau alors qu'il n'était plus qu'à quelques mètres et retira le *ghotra* de devant son visage. C'était Nazzal, le plus jeune fils de Fahd, celui qui leur avait parlé la veille. Il était couvert de sueur et sa respiration était saccadée. Il parla sans s'encombrer des formalités habituelles.

« Il y a quelque chose là-bas, dans les sables, dit-il, mes frères ne veulent pas en admettre l'existence parce qu'ils ont peur. Mon père se fait vieux et lui aussi a peur. C'est partout la même chose, dans toutes les tentes des Shammar.

– De quoi ont-ils peur ? demanda Scholem. Est-ce un endroit, une ville ?

– Je ne sais pas, répondit Nazzal. Personne ne le sait, on ne s'y rend jamais et on n'en parle jamais. Il y a au milieu des sables une région dans laquelle un *badu* ne s'aventure jamais. On dit parmi les Shammar que l'endroit est hanté, que les esprits des morts et les djinns malfaisants s'y meuvent et attendent le voyageur sans méfiance pour le détruire. D'autres disent qu'il y a une cité où séjournent les djinns.

– Cette ville s'appelle-t-elle Iram ? » demanda Leïla.

Nazzal acquiesça d'un signe de tête.

« Oui, c'est le nom que j'ai entendu. On raconte que la cité a été enfouie dans le sable et que c'était un châtiment de Dieu.

– Quelle est l'étendue de cette région ? demanda Scholem.

– Elle est très vaste. Un voyageur mettrait douze heures par jour pendant dix jours pour en faire le tour. »

Scholem se livra à un rapide calcul, puis se tourna vers Leïla.

« Ça fait un rayon d'une cinquantaine de kilomètres, disons mille cinq cents kilomètres carrés. C'est une énorme superficie. »

Puis se tournant vers Nazzal, il demanda :

« Est-ce que tu connais quelqu'un qui pourrait nous emmener au moins jusqu'à la limite de cette région ? »

Nazzal eut un sourire.

« Oui, dit-il, moi, je vous y emmènerai. Je ne crois pas aux djinns et aux fantômes. Je n'ai pas peur d'y aller.

– C'est dangereux, dit Scholem. Il y a parfois plus dangereux que les djinns. »

Nazzal n'hésita pas. Ses yeux brillèrent tandis qu'il répondait :

« J'ai pris ma décision la nuit dernière. Après votre départ, j'ai parlé avec mon père et je lui ai fait part de mon projet. Il était très en colère mais il ne m'a pas interdit de vous suivre. Il s'est souvenu des jours où les tribus s'attaquaient entre elles, quand nous faisions des raids contre les campements des Aniza ou des Mutayr et que nous prenions leurs moutons et leurs chameaux. Maintenant que le gouvernement nous contrôle avec ses jeeps, ses avions et ses armes, il n'y a plus d'aventures. Emmenez-moi avec vous. Je soulèverai les sables et les déverserai entre vos mains. Croyez-moi, je vous mènerai à destination. »

Un vent froid soufflait du désert. Au-dessus d'eux, de lourds nuages noirs s'étaient formés, ils s'approchaient comme d'énormes prédateurs venus chasser sur les vastes étendues de sable.

35.

Les sables les engloutirent totalement, silencieusement, sans le moindre effort. Le Nafud était comme un océan dont les eaux rouges se déchaînaient autour d'eux, formant ces grandes dunes en forme de croissant dont la plus petite faisait quinze mètres de haut et la plus grande dépassait cent mètres. Ils progressaient lentement et difficilement. Il est impossible de suivre une ligne droite à travers les sables.

Les nuages éclatèrent soudain peu avant midi. Nazzal leur fit mettre pied à terre, il était inutile d'essayer de continuer sous l'orage. Ils se mirent à l'abri sous une tente rapidement installée au pied d'une dune, tandis que les chameaux frissonnaient de froid sous les rafales de pluie glaciale que le vent transportait à travers le sable.

Nazzal leur dit tout ce qu'il savait d'Iram, les histoires que racontaient son père et les vieux du clan. Les hommes disaient que la ville avait été bâtie au temps de Salomon par un *ifrit* qui s'appelait le sultan Mansour. Les murs avaient été érigés avec les crânes des Infidèles, les rues étaient parsemées de fosses où leurs âmes se trouvaient emprisonnées trois jours et trois nuits avant d'être emportées en enfer. Certains affirmaient que c'était un avant-poste de l'enfer et que de grandes flammes y rugissaient, sortant des profondeurs. On y entendait constamment des gémissements et des lamentations.

« Depuis combien de temps cette région est-elle demeurée fermée à ton peuple ? demanda Leïla. En a-t-il toujours été ainsi ? »

Elle se souvenait que dans le livre d'al-Halabi il était mentionné que les bédouins avaient peur de s'aventurer à l'intérieur du désert.

Il fit un signe affirmatif.

« Oui, les vieux disent que leurs pères le savaient déjà, et leurs pères avant eux. C'est une très vieille cité. Mais mon père m'a dit un jour que, de nombreuses années auparavant, le désert autour d'Iram avait changé et qu'il s'était peuplé de djinns et de créatures malfaisantes qui ne s'y étaient jamais trouvées par le passé.

– Quelles sortes de créatures ?

– De grands djinns dans de longues robes noires, qui sentent la mort. Des lumières qui scintillent dans la nuit. Rouges et vertes. On entend des bruits qui sortent du sol, et d'autres choses encore dont personne ne veut parler.

– Il y a combien d'années que ces choses sont arrivées dans le désert ? »

Nazzal fronça les sourcils.

« Je n'en suis pas sûr. Je crois que c'était à l'époque où al-Gharib a été amené parmi nous, quand il n'était encore qu'un enfant. Par la suite, de nombreuses personnes ont associé ces événements à sa venue. »

Leïla se tourna vers Scholem.

« Il y a à peu près quarante ans », dit-elle.

La pluie était devenue plus dense puis s'était transformée en bruine. Les nuages continuèrent vers l'ouest, se dirigeant vers les montagnes Shifa et la côte. Ils replièrent la tente et se remirent en route, le sable humide était dur sous les sabots des chameaux. Ils avaient l'impression de tourner sans cesse en rond, contournant des gouffres de sable, mais ils se maintenaient en fait dans la direction de l'est, et chaque fois qu'ils passaient une dune ils se rapprochaient de leur but.

Là, à la lisière des sables, ils pouvaient encore trouver de l'eau dans des puits que connaissait Nazzal, mais après, leurs sources d'approvisionnement allaient diminuer rapidement, et à moins de trouver un puits à proximité d'Iram, ils risquaient de se retrouver dans une situation difficile. Même en hiver, quand la pluie tombe et que les pâturages se regarnissent, les sables peuvent être mortels pour le voyageur inexpérimenté. Scholem et Leïla ne se faisaient aucune illusion : sans Nazzal, ils mourraient dans le désert.

Ils campèrent cette nuit-là dans le creux d'une haute dune et montèrent la garde à tour de rôle, mais personne ne parvint à dormir si ce n'est par intermittence, malgré la chaleur du feu. Ils savaient qu'al-Gharib se trouvait quelque part dans les dunes à regarder les flammes brûler dans la nuit, à les observer, à attendre qu'ils s'enfoncent plus profondément dans sa tanière.

Nazzal leur parla du désert, des choses qu'il y avait vues et de ce qui les attendait.

« Nous allons traverser plusieurs séries de hautes dunes, dit-il. Les pires sont les Kuthub Iblis, les collines du Diable. Elles sont très élevées, comme de petites montagnes, le sable y est glissant et traître. Vos chameaux sont déjà épuisés, ils ne pourront peut-être pas tenir.

– Peut-on les contourner ? demanda Leïla.

– Ça nous ferait faire un détour beaucoup trop long, je préfère les traverser, si c'est possible.

– Il faut compter combien de temps ? »

Il haussa les épaules.

« Ça dépend. Le temps a été très mauvais. Ça m'inquiète. Avec un peu de chance, six jours, peut-être même moins.

– Jusqu'à la limite de la région d'Iram ?

– Oui, et peut-être trois jours de plus pour atteindre Iram même. Je ne sais pas exactement. Tout dépend du terrain et du temps.

– Et l'eau et la nourriture ? » demanda Leïla.

Il réfléchit longuement avant de répondre.

« Nous avons assez de nourriture si nous mangeons frugalement. Et en comptant que les conditions à l'intérieur du désert ne changent pas trop, nous trouverons assez de pâturages pour les chameaux. L'eau pose un plus gros problème. Il n'y aura plus de puits. Nos réserves nous permettront de tenir jusqu'à Iram, mais si là-bas nous ne trouvons pas d'eau, nous mourrons tous. Quand nous aurons traversé les Kuthub Iblis, il nous sera impossible de revenir sur nos pas.

– Et si nous ne parvenons pas à les traverser ?

– Alors il faut s'en retourner immédiatement. Sinon, nous mourrons tous. »

Ils arrivèrent deux jours plus tard en vue de collines qui ressemblaient à de petites montagnes. Ce n'étaient d'abord que des monticules de sable qui devenaient de plus en plus hauts au cours de la journée pour atteindre des dimensions impressionnantes. Elles étaient d'un rouge sombre et leur allure était effrayante. Il fallait obliger les chameaux à grimper, en poussant, en tirant et en jurant copieusement. Ils ne pouvaient pas voyager sur le dos de leurs montures à peine capables de supporter le poids des bagages. Ils escaladèrent les dunes pendant de longues heures tout en ayant l'impression qu'ils ne progressaient pas. Ils avaient beau avancer, il y avait toujours une autre dune à franchir. Leurs jambes étaient douloureuses et affaiblies au point qu'ils avaient peine à se tenir debout. Ils ressentaient des douleurs dans chaque muscle, des souffrances incessantes et lancinantes.

Épuisés au-delà de toute mesure, ils se reposèrent vers midi. Nazzal ne leur permettait pas de s'arrêter plus d'une heure. Il avait ses raisons, disait-il, et il les obligeait à se lever quand l'heure s'était écoulée. Les chameaux refusaient d'abord de bouger et tentaient de les mordre quand ils s'approchaient. Au milieu de l'après-midi, un épais brouillard vint s'abattre sur les régions basses et s'étendre à leurs pieds tandis qu'ils continuaient leur ascension. Dès qu'ils redescendaient, le brouillard leur bouchait la vue, leur faisait perdre tout sens de l'orientation.

Leïla marchait comme dans un rêve, son esprit semblait s'être détaché de son corps, ses jambes se mouvaient comme par réflexe. Elle tomba à plusieurs reprises et on l'aida à se relever, mais elle n'arrivait pas à comprendre comment elle pouvait continuer.

Les kilomètres commençaient à éprouver les forces de Scholem, sa respiration était devenue difficile et son cœur battait à un rythme inquiétant. La tête lui tournait quand il arrivait sur un sommet et il suffoquait dans le brouillard au pied des dunes. Seule sa volonté lui permettait de continuer, sa volonté et ce besoin de vengeance qui le rongeait depuis si longtemps.

Enfin le cauchemar sembla toucher à sa fin. Ils descendirent le long d'une de ces gigantesques dunes jusque dans une vaste plaine et Nazzal leur annonça que c'était fini. Ils pouvaient maintenant établir le camp et se reposer pour le reste de la nuit. Leïla se laissa tomber sur le sol de pierre comme si c'eût été un matelas de plumes. Elle regarda Nazzal allumer le feu avec le bois qu'il avait ramassé au cours de la journée, et elle lui sourit faiblement.

« Qui monte la garde ce soir, Nazzal ? demanda-t-elle, nous avons tous besoin de dormir. Que se passera-t-il si al-Gharib est par ici ? »

Nazzal secoua la tête.

« S'il est ici, il est au moins aussi fatigué que nous. Nous pouvons dormir en toute tranquillité. »

Leïla poussa un soupir et se retourna, puis elle releva la tête et s'adressa à nouveau à Nazzal.

« Tu avais raison, Nazzal. Les collines du Diable sont un enfer. Mais nous les avons surmontées. Rien ne peut plus nous arrêter maintenant. Rien. »

Nazzal la regarda avec une expression de surprise sur le visage. Il fronça les sourcils et lui répondit sans la regarder :

« Les collines du Diable ? Tu croyais que nous étions dans les collines du Diable ? Ça, ce n'était rien, juste des dunes ordinaires. Nous atteindrons les Kuthub Iblis demain. Tu auras besoin de toutes tes forces pour les affronter. Dors maintenant, il faudra se lever avant l'aube. »

36.

Les collines du Diable n'avaient pas usurpé leur nom. Il leur fallut sept heures pour les traverser, qui passèrent comme sept jours de cauchemar. Ils perdirent à mi-chemin un chameau de bât qui s'était effondré au haut d'une dune et avait refusé d'avancer. Ils essayèrent tout pour le remettre sur pied mais il ne broncha pas et Nazzal, décidant que c'était sans espoir, mit fin à son supplice avec le tranchant de son *khusa*. Ils redistribuèrent son chargement et en prirent eux-mêmes une partie pour ne pas accabler les autres chameaux dont ils étaient entièrement dépendants. Écrasés par le poids qu'ils avaient à porter, assoiffés malgré le froid et ne pouvant puiser dans leurs réserves d'eau, ils continuèrent sans répit, comme Sisyphe poussant son rocher. Scholem et Leïla implorèrent Nazzal de les laisser souffler, mais il était inflexible et ignora leurs supplications.

« Il faut traverser, dit-il. Si les chameaux s'arrêtent, ils s'affaibliront. Il n'y a pas de pâturages ici, sur les hauteurs. Nous risquerions de tous les perdre, et si cela devait arriver nous serions morts. »

Ils continuèrent donc. Le sable avait séché depuis que la pluie était tombée et ils s'y enfonçaient jusqu'aux genoux. Chaque fois qu'elle faisait un pas, Leïla pensait qu'elle ne parviendrait jamais à dégager sa jambe, qu'elle resterait coincée là pour toujours, prisonnière des sables jusqu'à ce que ses os se désagrègent et deviennent eux-mêmes du sable. Nazzal se sentait gagné par la peur. Il se savait capable de traverser les Kuthub, mais ces étrangers n'avaient aucune expérience et risquaient de ne pas y parvenir. Si c'était le cas, il se sentirait obligé de rester parce qu'il leur avait donné sa parole, et, si besoin était, de mourir avec eux. Et le temps l'inquiétait. Il allait se passer quelque chose de grave, il le sentait dans l'atmosphère. Et il aurait voulu que les Kuthub Iblis fussent derrière lui avant que cela ne commence.

Malgré tout, ils arrivèrent de l'autre côté et établirent leur campement au creux d'une dune en pente douce. Ils burent avidement, mais ils n'avaient pas d'appétit. À peine quelques minutes plus tard ils étaient enroulés dans leurs couvertures. Sans se soucier du froid mordant, ils s'endormirent immédiatement.

Un calme presque anormal vint avec le matin. Il n'y avait pas de vent et la température semblait avoir légèrement monté. Il n'y avait pratiquement pas de nuages dans le ciel, mais il demeurait d'une étrange couleur de cendres, presque jaunâtre par endroits. La lumière était malsaine. Les chameaux gardaient un silence inhabituel et semblaient tendus, comme s'ils craignaient quelque chose. De plus, il en manquait un.

Nazzal réveilla Leïla et Scholem en catastrophe. Son visage trahissait l'anxiété. Il leur parla à voix basse sans pouvoir dissimuler sa nervosité.

« Quelque chose ne va pas, dit-il. Un des chameaux a disparu, le deuxième *fahal*. Les bagages ont également disparu et la plupart de ceux que portaient les autres chameaux également. Il ne nous reste que quelques gourdes d'eau et un peu de nourriture.

– Comment est-ce arrivé ? demanda Scholem, nous aurions certainement entendu quelque chose.

– Pas la nuit dernière, nous dormions trop profondément. Un *badu* n'aurait jamais fait une chose pareille. Personne n'oserait voler des hommes qui font la traversée des sables, personne ne leur volerait leur eau et leur nourriture. Ce ne pouvait être qu'al-Gharib. Lui seul a pu témoigner tant de mépris pour nos anciens codes de conduite. Et lui seul aurait eu l'idée de laisser suffisamment d'eau et de nourriture pour que nous nous battions entre nous au bout d'un moment.

– Est-ce très grave ? demanda Leïla.

– Ça ne pouvait pas être pire, répondit-il. Nous avons juste assez d'eau et de nourriture pour tenir quelques jours. Il n'y a plus de problèmes pour les chameaux maintenant, nous rencontrerons de nombreux pâturages partout sur notre route. Mais s'il n'y a pas d'eau à Iram, nous ne ressortirons pas vivants des sables.

– Pourrions-nous retourner sur nos pas en nous mettant en route maintenant ? »

Nazzal secoua la tête.

« Vous avez vu les Kuthub Iblis. Vous savez ce qui se trouve au-delà. Ce serait du suicide que d'essayer. Et puis, quel que soit notre choix, je ne vous ai pas tout dit. »

Ils le regardèrent avec anxiété.

« Avez-vous remarqué le temps ? » demanda-t-il.

Scholem hocha la tête.

« Qu'est-ce que c'est ? demanda-t-il, qu'est-ce qui ne va pas ?

– Une violente tempête de sable se prépare. Il se peut que nous y échappions, mais j'en doute. Il est impossible de savoir combien de temps elle durera : une heure, une journée, trois jours. Si elle se prolonge pendant plus d'une journée, nous sommes finis. Nous ne pouvons pas nous permettre de perdre tout ce temps. »

Il marqua une pause. Leïla remarqua que son visage était devenu gris et il regardait de gauche à droite en parlant, comme un homme qui a quelque chose à cacher ou qui cherche à s'échapper.

« Vous êtes-vous déjà trouvés au milieu d'une tempête de sable ? »

Leïla fit un signe de tête affirmatif. « Une fois, dans le Sinaï, c'était une petite tempête.

– Alors tu n'as rien vu. Dans le Nafud, les bédouins les redoutent plus que tout le reste. Notre pire cauchemar est d'être surpris par une de ces tempêtes tandis que nous voyageons à travers les sables. Tout va disparaître, le ciel, la terre, la lumière. Tous les sons seront couverts par les hurlements du vent. On ne peut rien sentir, on ne peut rien voir, on peut à peine respirer. Quand elle viendra, vous connaîtrez vraiment ce qu'est la peur. »

Leïla sentit un frisson lui parcourir le dos, comme si une créature venait de se réveiller à l'intérieur de son corps. Al-Gharib avait bien choisi son moment. Même les éléments lui venaient en aide, comme s'ils conspiraient avec lui, comme s'il était vraiment le fils de Satan. Et elle s'inquiétait à propos de Nazzal. Elle avait le sentiment qu'on ne pouvait plus compter sur lui, qu'il avait atteint ses limites et qu'il se mettait à paniquer.

Ils étaient trop abattus pour avoir envie de manger, ils sellèrent et chargèrent les chameaux, puis ils se mirent en mouvement. Le voyage leur parut facile au début, par comparaison avec les deux jours précédents. Nazzal voulait atteindre un coin rocheux situé à une dizaine de kilomètres pour y trouver un abri quand la tempête se déchaînerait. Ils forcèrent l'allure, ressentant à chaque instant la pesanteur de l'atmosphère annonçant la furie qu'ils allaient devoir affronter.

Ils arrivaient en vue de leur abri rocheux quand Leïla poussa un cri. Elle était assise sur sa selle, tendant le bras et pointant du doigt droit devant elle. À l'est l'horizon tournait au rouge comme s'il s'embrasait, on eût dit que de grandes flammes s'élevaient du sol. Soudain, un vent froid vint leur cingler le visage, totalement différent de ce qu'ils avaient connu auparavant. D'épais nuages sombres se formaient au-dessus de l'horizon rougeoyant, comme de la fumée s'élevant des flammes dans le lointain. Les chameaux s'agitaient, gagnés par la terreur, tandis que le vent devenait de plus en plus violent et que ces nuages s'abattaient sur eux.

Nazzal leur cria de mettre pied à terre et d'obliger les chameaux à tourner le dos au vent. La tempête se ruait vers eux avec la vitesse d'un train lancé à pleine puissance. Ils pouvaient la voir clairement : de gigantesques nuages de poussière noire tourbillonnant dans le ciel à des centaines de mètres au-dessus de leurs têtes, soutenus par d'immenses colonnes de sable rouge qui se tordaient en prenant de la force et en absorbant tout le désert autour d'eux. Des éclairs éblouissants de lumière tombaient çà et là parmi les nuages et les colonnes de sable rouge comme des flammes blanches s'attaquant à leur chair enflée.

On entendait une sorte de rugissement tandis que le vent prenait encore plus de vitesse. Quelques secondes plus tard, ils se trouvèrent en plein milieu de la tempête qui hurlait, les accrochait, les jetait au sol, les obligeait à s'aplatir sous les chameaux.

On avait l'impression que ce fracas ne cesserait jamais. Seules la faim et la soif leur indiquaient que le temps passait, mais la tempête ne semblait avoir ni commencement ni fin. Il n'y avait plus ni jour ni nuit, il ne restait plus que cette lumière trouble dans laquelle hommes et bêtes étaient réduits à des silhouettes indistinctes. Ils restaient immobiles à écouter la tempête faire rage ou s'endormaient pour se réveiller au bruit du vent et du tonnerre.

Nazzal rampa jusqu'à l'endroit où se trouvaient Scholem et Leïla, leur apportant de l'eau et de la nourriture qu'il avait prises dans son sac. Il leur parlait pour les rassurer, mais lui aussi était totalement épuisé, au-delà de ses limites et ils percevaient dans ses paroles murmurées d'une voix rauque une angoisse qu'il dissimulait de plus en plus mal.

« C'est mauvais ? lui demanda Leïla quand il s'approcha d'elle.

– Oui, répondit-il, très mauvais, c'est la pire tempête que j'aie jamais vue. Ça peut durer pendant des jours. Nous sommes entre les mains de Dieu. »

Leïla était assaillie par des rêves de démence, des visions semblables à des hallucinations. Rien n'existait plus. Elle s'endormait, rêvait puis se réveillait dans l'obscurité au milieu d'un autre cauchemar.

Elle ne savait pas ce qui l'avait fait relever la tête. Elle s'était à nouveau assoupie et avait rêvé de David et d'al-Shami, un rêve horrible dans lequel le gros homme se voyait pousser quatre paires de bras et se transformait en une gigantesque araignée blanche emprisonnant David dans sa toile sale et complexe. Lorsqu'elle ouvrit les yeux, la tempête continuait à faire rage mais elle sentait en plus quelque chose d'anormal. Elle fit un effort désespéré pour voir à travers le sable et put juste distinguer la silhouette de Nazzal à quelques mètres de là, à côté de son chameau. Comme elle l'observait, il se prit la tête dans les mains comme un homme qui souffre terriblement. Malgré les hurlements aigus et plaintifs du vent, elle était sûre d'avoir entendu un cri. Soudain Nazzal agita furieusement la tête de gauche et de droite et se mit à courir, s'éloignant d'elle et de Scholem pour se précipiter tout droit dans la tempête. En quelques secondes il disparut complètement, englouti par l'épaisse poussière rouge.

Leïla se leva difficilement. Une fois debout, elle ne pouvait plus échapper aux bourrasques de vent chargées de sable. Elle en était giflée et fouettée, sa robe flottait dans l'air comme si une main de géant essayait de l'arracher. Le sable blessait toutes les parties de son corps à découvert, la cinglant avec toute la fureur d'une créature qui frappe aveuglément pour satisfaire sa soif de vengeance. Elle respirait difficilement, et il lui était presque impossible de rester debout. Elle avança en titubant jusqu'à l'endroit où Scholem était allongé contre le flanc de son chameau. Elle l'agrippa par l'épaule. Il sursauta en sentant sa main et la regarda avec des yeux écarquillés.

« Qu'est-ce qui se passe ? » cria-t-il.

Elle entendait à peine ses paroles dans le fracas de la tempête. Elle se pencha pour lui parler à l'oreille.

« Nazzal, dit-elle, il est parti.

– Qu'est-ce que vous voulez dire, parti ?

– Il a paniqué. Je l'ai vu, il y a à peine une minute. »

Elle s'arrêta pour reprendre sa respiration.

« Où est-il ? cria Scholem.

– Je ne sais pas ! Il hurlait, comme dans une crise. Il s'est enfui en courant, il faut le rattraper !

– C'est impossible, ce serait du suicide...

– Nous ne pouvons pas l'abandonner, il a besoin d'aide. Je vais le chercher ! »

Leïla savait que c'était de la folie, mais elle était elle-même au bord de la panique et seule l'action pouvait l'empêcher de basculer. Elle se releva et se mit à courir dans la direction que Nazzal avait suivie, du moins le croyait-elle.

Scholem essaya de la retenir mais il fut trop lent. Il la vit s'enfoncer en courant dans la tempête, puis elle disparut. Il n'y avait plus que des tourbillons de sable à l'endroit où elle s'était tenue quelques secondes auparavant. D'un bond il se mit sur pied et se lança à sa poursuite. Il avait peut-être une chance de la rejoindre avant qu'elle ne s'éloigne trop.

Leïla titubait comme un ivrogne, basculant en arrière et trébuchant tandis que le vent la poussait en tous sens. Elle ne voyait pas Nazzal mais elle continuait dans la direction qu'elle avait choisie, bien qu'elle sût qu'elle ne menait nulle part : dans cette démence, il n'existait plus de directions. Il était même possible qu'elle allât exactement à l'opposé de Nazzal.

Scholem faisait tout ce qu'il pouvait pour la suivre d'après les traces qu'elle laissait avant que le vent ne les balaie. Il l'appela, mais le vent lui renvoya son nom en plein visage. Soudain il distingua une silhouette sur la gauche, un point plus sombre dans l'obscurité environnante. C'était Leïla, accroupie sur le sable et creusant frénétiquement avec ses mains. Elle était en sanglots. Il la secoua par les épaules et elle tourna vers lui des yeux rougis et inondés de larmes.

« C'est sans espoir, cria-t-elle, nous n'en sortirons jamais, nous ne pouvons aller nulle part, nulle part ! »

Il lui prit les mains et les serra fort dans les siennes.

« Calmez-vous Leïla, restez ici avec moi, ce sera bientôt fini. »

Elle secoua violemment la tête.

« Non, cria-t-elle, regardez ! »

Et elle brandit un *ghotra* devant les yeux de Scholem.

« C'est son *ghotra*, dit-elle. J'ai pensé qu'il était peut-être tombé, mais c'est tout ce que j'ai trouvé. Il est passé par là. Il n'est peut-être pas loin. Il faut essayer de le retrouver. »

Inutile de discuter. Peu importait maintenant : Nazzal était parti, les chameaux étaient Dieu sait où, ils avaient peu de chances de retrouver leur chemin, même si la tempête cessait immédiatement. Scholem l'aida à se relever et continua à la soutenir, tandis qu'ils avançaient en titubant.

Ils ne trouvèrent rien. Le vent prit finalement le dessus et les obligea à tomber à genoux et à chercher un maigre refuge derrière un buisson de *ghada* déchiqueté.

Ils s'endormirent là, épuisés, avec le sentiment que la tempête allait leur faire perdre la raison. Quand ils s'éveillèrent, plusieurs heures plus tard, la tempête était finie. Les sables s'étendaient tout autour d'eux comme précédemment, silencieux et immobiles, on eût dit que rien n'avait changé. La matinée touchait à sa fin, une journée entière s'était écoulée depuis le début de l'ouragan.

Leïla et Scholem ne savaient pas quelle direction ils avaient suivie au cours de la nuit. Il ne restait aucune trace, aucun point de repère, ils ne voyaient plus autour d'eux que du sable parfaitement lisse. Sans les chameaux le voyage serait lent et ils allaient bientôt se trouver désespérément à court d'eau et de nourriture. Mais en attendant, ils n'avaient pas le choix.

Ils trouvèrent le corps de Nazzal peu après au pied d'une pente abrupte le long de laquelle il avait dû faire une chute au cours de la tempête. Il s'était brisé le cou. Ils l'abandonnèrent là et entamèrent la dernière étape de leur long voyage.

5

Et il habite des villes détruites,
Des maisons abandonnées,
Sur le point de tomber en ruine.
Job, 15 ; 28.

37.

Il se trouvait dans une chambre minuscule, éclairée uniquement par une lampe à huile placée au-dessus de sa tête. Les murs, le sol et le plafond étaient entièrement taillés dans le roc, inégaux, sans la moindre décoration. C'était maintenant une cellule, mais d'après les niches qui s'enfonçaient dans la paroi, David pensa que cet endroit avait autrefois été une tombe. Il y faisait assez froid pour remplir une telle fonction, et David craignait que la pièce ne retrouvât sous peu son premier usage. Il y avait passé plus d'une heure, seul avec ses pensées. On l'avait emmené là, les yeux bandés, immédiatement après son arrivée à Iram, et il avait perdu tout sens de l'orientation. On lui avait bandé les yeux bien avant d'arriver dans la ville, et il était incapable de dire où se trouvait sa cellule par rapport au monde extérieur, s'il en existait toujours un, ce dont il se prenait à douter.

Soudain il entendit un crissement et la porte s'ouvrit. Un homme de grande taille, aux cheveux roux délavés et aux lèvres lippues entra dans la pièce.

« Belle matinée, professeur Rosen, dit-il dans un anglais clairement articulé et presque sans accent. Je suis le docteur Felix Mandl, de Genève. On m'a envoyé ici pour vous examiner. On m'a dit que vous étiez très mal en point. »

C'était donc le matin. David avait perdu la notion du temps. Il resta assis dans un coin de la cellule, sans se soucier du docteur Mandl et de ce qu'il était venu faire. Maintenant, tout lui était égal. Mandl devait avoir à peu près soixante-dix ans; il avait les joues pâles, un visage sinistre, l'air sévère, avec un regard aigu qui semblait sonder David jusqu'au plus profond de sa personne. Il avait les cheveux très courts et une moustache barrait son visage comme une cicatrice. Il alluma un petit poêle à essence au fond de la pièce et demanda à David de se déshabiller. David, apathique, obéit lentement. Ses vêtements étaient crasseux et en lambeaux, il savait que son corps était horriblement sale et qu'il exhalait une odeur épouvantable, mais il ne s'en souciait plus. Mandl l'examina de ses mains glaciales, semblables à de la cire, palpant et effleurant sa peau par des contacts légers et délicats qui donnaient à David des frissons de dégoût.

« Il vous faut d'abord prendre un bain, dit-il, et on va vous apporter des vêtements propres. Ensuite, j'enverrai quelqu'un panser vos plaies. En attendant, je vous ferai une préparation médicale. Vous avez été extrêmement maltraité, de façon barbare, j'en parlerai à mes supérieurs.

– Qui sont vos supérieurs ? » demanda David.

Mandl ignora sa question, et se retourna pour ranger ses affaires dans sa serviette.

« Pourquoi m'a-t-on amené ici ? Que voulez-vous de moi ? »

Le docteur leva les yeux tout en fermant son sac.

« Vous le saurez demain. D'ici là, reposez-vous. Je ne suis qu'un médecin et je ne peux pas vous donner d'explications, mais rassurez-vous, il n'y a pas de quoi être effrayé.

– Et quand vous en aurez fini avec moi ? Quand je ne servirai plus à rien ? »

Mandl ne répondit pas. Il prit son sac et s'avança vers la porte. Il frappa deux coups légèrement et on lui ouvrit de l'extérieur. Il sortit sans se retourner et la porte se referma brutalement.

Tôt le lendemain matin, du moins à ce qu'il semblait, David fut réveillé par le bruit de la lourde porte de bois qui s'ouvrait. Mandl lui avait fait boire une série de médicaments au goût désagréable et lui avait fait une piqûre qui l'avait assommé pour le reste de la nuit. Il ne se rappelait plus où il était et se croyait de nouveau à Saint-Nilus. Les murs de pierre grossiers et le lit dur sur lequel il était allongé lui rappelaient tout à coup le monastère. Puis son geôlier entra, un homme dont le visage semblait de ciment, et qu'il avait à peine aperçu la veille.

« Levez-vous, dit le geôlier. On vous demande. »

David se sentait faible et la tête lui tournait, il trouva difficilement son équilibre et dut faire des efforts pour ne pas retomber inconscient.

« Suivez-moi », dit le garde.

David eut un choc en se rendant compte qu'il parlait anglais.

Il le suivit à travers un petit couloir bas de plafond, mal éclairé et qui empestait. Un deuxième garde attendait et, tandis que David suivait le premier, le second ferma la porte de la cellule et vint se mettre derrière lui.

Au bout du couloir, ils commencèrent à monter. De chaque côté de la paroi d'autres niches et d'autres couloirs s'enfonçaient. Le passage était éclairé par intermittence à l'aide de lampes à huile aux flammes vacillantes qui semblaient produire plus d'ombre que de lumière. Ils traversèrent un pont étroit au-dessus d'un précipice d'une centaine de mètres. David crut apercevoir dans les profondeurs des flammes rougeoyantes et il se souvint qu'al-Shami lui avait dit qu'Iram était construite au-dessus d'une vaste nappe de pétrole. C'était ce pétrole qui avait permis à ses fondateurs de rendre la ville habitable telle qu'elle était, creusée dans le roc, car il fournissait une source constante de combustible.

Ils s'enfoncèrent de plus en plus profondément dans le roc à travers un labyrinthe de grottes et de tunnels. Une légère odeur de parfums anciens et d'épices corrompues depuis longtemps se répandait à travers les chambres et les passages qu'ils empruntaient. David se sentait complètement désorienté, plus qu'il ne l'avait jamais été dans les vastes étendues désertiques, sans le moindre repère, sans la moindre piste.

Ils passèrent devant de gigantesques porches plongés dans le silence. Certains, d'une taille impressionnante, étaient ouverts. D'autres, plus petits, étaient fermés. Des escaliers de pierre disparaissaient dans une obscurité impénétrable, les marches usées par les générations. Ils passaient de temps à autre devant d'immenses piliers, certains isolés, d'autres regroupés, tellement élevés qu'on n'en voyait pas le sommet. À l'entrée d'un passage sur le côté, David vit une toile d'araignée qui s'étendait du sol au plafond comme un rideau, elle semblait aussi vieille que la ville elle-même. Les toiles d'araignée étaient partout, comme des guirlandes s'entrecroisant aux ouvertures des niches et des portes.

Mais rien n'impressionna David autant que la découverte d'un fait étonnant et profondément troublant : Iram était une ville juive. Il en voyait les signes partout, des lettres hébraïques d'une forme archaïque et étrange, pourtant reconnaissable pour son regard entraîné, ciselées depuis longtemps sur les parois des passages qu'il traversait. Des textes bibliques, familiers et pourtant différents de tout ce qu'il avait vu jusqu'à présent, des noms hébreux, creusés dans la pierre en souvenir des morts, trépassés depuis des siècles, des représentations de la menora à sept branches, le chandelier qui avait autrefois orné le Temple de Jérusalem, les Tables de la Loi que Moïse avait rapportées du Sinaï et qui avaient disparu en même temps que l'Arche lors de la première destruction du Temple par les Babyloniens.

Iram possédait encore un autre aspect, sinistre et plus troublant même que le fait qu'elle eût été bâtie par des Juifs : David aperçut, dans les niches le long des murs ou sur de hauts piédestaux aux croisements, d'étranges silhouettes, des statues ailées. Certaines avaient des visages humains, d'autres des têtes d'animaux ou d'oiseaux, la plupart avaient des formes grotesques, certaines ressemblaient même à des démons. Était-ce le péché du peuple d'Iram, pour lequel leur dieu de colère les avait détruits, parce qu'ils avaient gravé et sculpté des images ? L'art de la statue sous toutes ses formes est strictement interdit dans le judaïsme ; pourtant là, dans cette ville juive, des êtres de pierre grimaçaient dans l'ombre.

Tandis que David et ses gardes progressaient, la nature du décor changea, d'abord imperceptiblement, puis de façon évidente : il y avait plus de lumière, les murs des couloirs étaient moins grossiers et mieux entretenus, les toiles d'araignée avaient disparu. Ils croisèrent de plus en plus de gens, des hommes vêtus à l'arabe semblables à ceux qui s'étaient portés à la rencontre de David et d'al-Shami dans le désert, des femmes portant d'amples habits blancs resserrés à la taille par de grosses cordelettes de diverses couleurs, les cheveux tressés et ornés de rubans blancs. Tous ceux qu'ils croisaient paraissaient être d'origine européenne, mais les femmes étaient plus pâles que les hommes, comme si elles avaient passé leur vie enfermées.

Personne ne s'attarda à les observer tandis qu'ils approchaient ou que David se retournait pour mieux regarder. Ils semblaient tous absorbés par leurs tâches dont David ne put déterminer en quoi elles consistaient ; certains portaient des fardeaux sur leurs épaules, d'autres poussaient des brouettes ou des petites charrettes bâchées, d'autres encore se hâtaient, portant des livres et des papiers.

David crut tout d'abord avoir sous les yeux une succession de scènes dans une étrange œuvre de fiction, mais au fur et à mesure qu'il s'enfonçait à l'intérieur de la ville la sinistre réalité d'Iram commença de s'imposer à lui : tout un peuple vivait et travaillait là, dans les ruines d'une civilisation disparue, des gens qui à leur manière n'étaient pas plus étranges que les bédouins qui erraient dans les profondeurs du désert au-delà de la ville. Il vit un dortoir, un réfectoire, un gymnase équipé avec du matériel ancien mais toujours en état, une série de petits bureaux meublés de tables de travail et de classeurs, et une boulangerie dont les fours avaient été creusés dans le roc. Des hommes couverts de sueur travaillaient aux fourneaux.

Ils arrivèrent enfin devant deux imposantes portes de bronze, tournant sur d'énormes gonds et décorées de couronnes de fruits et de fleurs qui ne venaient pas d'Arabie, mais de la lointaine Palestine : la casse, la coriandre, le myrte et le genièvre, l'hysope et le nard. Deux gardes se tenaient de chaque côté, un court fusil sur l'épaule. Ils firent un signe de tête tandis que David et son escorte approchaient : on les attendait. Quelques instants plus tard, la porte s'ouvrit et on les fit entrer.

Il fallut un certain temps avant que David puisse distinguer la pièce. Elle était de forme circulaire sans être un cercle parfait, son diamètre était d'à peu près vingt mètres. Le plafond était bas et voûté, le mur blanc avait la porte pour seule ouverture, et des bannières de couleurs vives étaient accrochées tout autour à intervalles réguliers. David reconnut qu'il s'agissait de *thangkas*, des tentures de temples tibétains représentant des dieux et des démons dans une danse cosmique. Une lampe était allumée sous chaque bannière, et des flammes brûlaient dans des assiettes de bronze disposées dans la pièce sur des trépieds, renvoyant des ombres sinueuses sur le plafond et les murs. Une longue chaîne pendait au centre de la pièce, au bout de laquelle tournait une énorme boule de verre. Juste en dessous de cette boule se trouvait un lit carré couvert de draps de lin blancs. Aux quatre coins du lit, quatre statues d'anges aux ailes repliées et étincelantes. L'un d'eux soufflait dans une trompette de ses lèvres métalliques et repliées, l'autre brandissait une épée à deux tranchants, le troisième tenait une lance flamboyante et le quatrième un livre.

David eut d'abord du mal à voir s'il y avait quelqu'un dans le lit mais, comme ses yeux s'habituaient à la semi-obscurité, il finit par distinguer la tête et les épaules d'un vieillard reposant sur des coussins de fine dentelle, sur lesquels ses longs cheveux d'argent tombaient en cascade. Le vieillard n'était pas la seule personne présente, David aperçut le docteur Mandl, avec quatre hommes en noir et deux assistants en blouse blanche.

Mais c'étaient le lit et la silhouette qui s'y trouvait allongée qui attirèrent son attention. Sans lui, l'organisation de la pièce n'aurait eu aucun sens : les anges aux quatre coins du lit, les dieux himalayens et leur danse enivrante, la boule de verre, les hommes silencieux se tenant autour de lui, toutes ces choses tiraient leur harmonie et leur signification de sa présence. Cet homme emplissait la pièce d'une manière indéfinissable. Il lui donnait vie. La boule de verre tournait lentement au-dessus de sa tête, réfléchissant toutes les lumières, comme une boule de feu qui ne produirait pas de flamme. David se tint immobile et observa le vieillard. Derrière lui, la porte se referma avec un bruit étouffé. La pièce était plongée dans un silence total. Personne ne parlait. Personne ne bougeait. Comme pétrifié, David attendait à l'entrée.

Il entendit un léger toussotement, une toux sèche qui venait du fond de la poitrine. Puis le vieillard s'adressa à David comme s'il le connaissait depuis de nombreuses années et comme s'il reprenait simplement une conversation interrompue peu auparavant.

« Le temps n'existe pas ici, professeur. Ici, à Iram, il n'y a pas de matin, pas d'après-midi, pas de soir. Cela fait maintenant quarante ans que je n'ai vu ni soleil ni lune. Il n'y a pas eu de saisons ni d'années. Et pourtant j'ai vieilli. Mes cheveux ont blanchi, mes dents ont pourri et sont tombées, ma peau se ride. Comment est-ce possible ? Approchez-vous, continua-t-il en changeant brusquement de sujet, approchez-vous, que je puisse vous voir. »

David s'avança en hésitant jusqu'au pied du lit, du côté où se tenait l'ange à la lance flamboyante. Il resta là à regarder fixement le vieillard et à observer les ombres que les flammes vacillantes faisaient danser sur les traits pâles de son visage. Il fut agité d'un tremblement qu'il ne parvint pas à contrôler, comme si la froidure du roc sous lequel ils étaient enfouis pénétrait son corps par tous ses pores.

« Le temps passe ici comme de la soie entre les mains d'un tisserand. Il est fait d'une seule et même matière, un vêtement tout d'une pièce que nous portons tous. Vous aussi, professeur, vous devrez le revêtir. Approchez-vous, montrez-moi votre visage, je veux voir vos yeux. »

David avança vers la tête du lit. Il voyait nettement le vieillard, les taches qui parsemaient sa peau repliée, le crâne taillé à la hache, les lèvres renfoncées, la pâleur bleutée, les veines sur ses tempes, le nez épaté, les yeux pâles où se lisait une intelligence acérée et constamment curieuse, des yeux qui ne cessaient pas de fixer David. Ses lèvres fendues s'ouvrirent de nouveau. Le vieillard parlait maladroitement l'anglais, avec un accent allemand, comme s'il n'avait pas pratiqué cette langue depuis longtemps.

« Savez-vous où vous vous trouvez, professeur, et quel est cet endroit ? Il n'y a que très peu d'hommes encore en vie qui ont pu voir notre cité, très peu d'hommes depuis sa fondation. Je sais que vous êtes curieux, que vous voulez en savoir plus. Vous êtes un archéologue et ce lieu est un véritable paradis. Même dans vos rêves les plus fous vous n'auriez pas envisagé une chose pareille. Mais tout cela est bien réel, je peux vous l'assurer. Chaque pierre est réelle, croyez-moi. Nous vous montrerons la ville pendant que vous demeurerez ici. Je regrette de ne pas pouvoir vous autoriser à vous déplacer à votre guise, mais quelqu'un s'occupera de vous. Il y a beaucoup à voir. Vous ne serez pas déçu. »

David l'interrompit, exaspéré par le discours du vieillard.

« Pourquoi m'avez-vous amené ici, demanda-t-il, que voulez-vous de moi ? »

Le visage du vieillard se durcit et un éclair passa dans ses yeux humides.

« Ne parlez pas avant que j'aie fini. Je veux votre respect et non vos questions. Quand j'en éprouverai le besoin, je vous ferai savoir pourquoi je vous ai fait amener ici. En attendant, écoutez ce que j'ai à vous dire. »

Sa voix avait de nouveau perdu son agressivité, son visage s'était radouci et ses yeux avaient retrouvé leur pâleur.

« Vous savez que vous êtes à Iram, continua-t-il, on m'a dit que vous aviez fait par vous-même de nombreuses découvertes sur l'endroit : un journal tenu par un homme du nom de Schacht, un livre en arabe par un écrivain connu sous le nom d'al-Halabi, et enfin l'existence même de la ville. Je vous félicite. Voyez comme votre persévérance a été récompensée, vous êtes maintenant ici en personne, à Iram, la ville à la colonne. »

Le vieillard marqua une pause pour reprendre sa respiration. L'un des assistants en blouse blanche s'avança, prit un verre sur une table auprès du lit et l'aida à boire. Les autres demeuraient silencieux, dans une attitude de respect, comme si la présence de cet être rabougri allongé entre ses draps leur inspirait une sorte de terreur sacrée. David se demandait qui il pouvait bien être. Une suggestion lui vint à l'esprit, une possibilité qu'il rejeta immédiatement.

« Malgré tout ce que vous avez lu et tout ce que vous avez vu, vous ne savez pratiquement rien de ce qu'est cet endroit et de ce qu'il a été. Même moi, après toutes les années que j'ai passées ici, je ne connais qu'une infime partie de l'histoire d'Iram. Il y a ici une bibliothèque qui contient douze mille parchemins, tous magnifiquement conservés, je n'en ai lu que quelques-uns. Il y a partout des inscriptions dans la pierre, la ville entière est un livre gravé dans le roc. On y trouve des objets appartenant à chaque période de l'histoire de la cité, il y a des kilomètres de tunnels dans lesquels se succèdent des niches funéraires, abritant des corps intacts, des sections entières de la ville sont restées intouchées depuis qu'elle a été abandonnée, il y a des siècles de cela. Iram est le plus grand trésor archéologique jamais découvert et le plus précieux qu'on découvrira jamais. »

Il s'arrêta de nouveau. L'effort qu'il avait dû déployer pour parler avait rendu sa voix plus rauque.

« Mais vous savez déjà tout cela. Vous l'avez vu ou deviné. Vous voulez en savoir plus, vous voulez les réponses à ces questions qui ont hanté votre esprit depuis que vous avez entendu le nom d'Iram pour la première fois. Dans cette pièce vous voyez des choses qui font naître en vous d'autres questions. Je vais essayer de répondre à quelques-unes d'entre elles.

« Comme vous l'avez sûrement compris, Iram fut construite par votre propre peuple. Ils ont trouvé, il y a bien longtemps, cette formation rocheuse ici, dans le désert, et ils en ont fait une des villes les plus grandioses que le monde ait jamais connues.

« Ils sont venus ici pendant l'exil à Babylone au cours du VIe siècle avant Jésus-Christ. Je suis sûr que vous savez que Nabonide, le dernier roi de Babylone, avait établi un moment sa capitale en Arabie à Tayma, à l'ouest du Nafud. Ce que l'on ne sait pas, bien que certains chercheurs l'aient deviné, c'est qu'il y avait des Juifs parmi ceux qui l'accompagnèrent jusqu'ici. Il amena des maçons juifs, des menuisiers, des artisans de toutes corporations. Il avait le projet de construire une ville immense. Mais ce projet n'aboutit pas. Après sa mort, les Babyloniens qui l'avaient suivi retournèrent en Mésopotamie et y subirent la conquête de Cyrus le Perse qui prit Babylone en – 538. Mais les Juifs qui étaient venus à Tayma n'éprouvèrent aucun désir de retourner dans un pays qui n'était pour eux qu'une terre d'exil. Donc ils restèrent à

Tayma mais, la dixième année, une tribu nomade mena une expédition contre l'oasis. Les pillards leur prirent tout puis détruisirent les palmiers et empoisonnèrent les puits. Les exilés furent obligés de partir à la recherche d'un endroit où ils pourraient vivre en sécurité.

« C'était l'hiver et ils s'enfoncèrent dans le Nafud. Déjà à cette époque les Arabes qui vivaient à la lisière du désert étaient effrayés à l'idée de s'y aventurer, ils en éprouvaient une crainte superstitieuse. Mais les Juifs ne s'en souciaient guère. Ils avaient leur dieu et ils avaient… »

Le vieillard s'arrêta un moment, ses yeux regardèrent autour de lui, comme s'il avait été sur le point de révéler à David quelque chose qui devait rester secret. Il respira avant de continuer.

« Ils avaient la foi, ils avaient le souvenir des longues années passées par leurs ancêtres au désert avec Moïse, ils étaient poussés par le désespoir des exilés Et ils trouvèrent un endroit qui leur parut avoir été placé sur leur chemin par leur dieu. Il y avait là de profonds puits remplis d'eau sous le rocher et d'inépuisables réserves de pétrole pour leur fournir de quoi se chauffer et s'éclairer, et le plus important était que des régions souterraines entières étaient constituées du sol primitif, avant que l'endroit ne devienne désertique. Les premiers hivers ils purent s'abriter dans les grottes, mais avec le temps leurs tailleurs de pierre creusèrent de plus en plus profondément au cœur du plateau. Ils construisirent une petite colonie et l'appelèrent Iram. Après deux générations, elle était devenue une petite ville fortifiée imprenable, se suffisant à elle-même. La troisième génération, ils avaient établi des relations commerciales avec Bahreïn et le Yémen. Il y avait de l'argent à Iram, de l'argent et des pierres précieuses. Ils devinrent plus nombreux et la ville s'agrandit en même temps que sa population, ils creusèrent le roc, sculptèrent les pierres, décorèrent leurs habitations et embellirent le grand temple de la ville.

« Mais personne ne vint jamais à Iram. Comme La Mecque ou Lhassa, elle était devenue une cité interdite. Les gens d'Iram transportaient leurs marchandises vers les ports de Bahreïn et les villes d'Hadramaout et vers le Yémen, ils en rapportaient des étoffes de Perse et des Indes, des épices et des parfums du Sud, du fer et du cuivre du Nord. Ils n'établirent aucun contact avec les autres Juifs de Palestine et ils ignoraient totalement que l'exil à Babylone avait pris fin depuis longtemps. Après un certain temps, ils oublièrent leur foi, imitèrent les peuples qu'ils rencontraient lors de leurs expéditions commerciales, importèrent des dieux et des déesses et vénérèrent, en même temps que Yaveh, Manat al-Uzza, Hubal, Dhu'l-Shara.

« Pendant un temps, Iram prospéra. En fait, plus longtemps que la plupart des autres villes. Elle offrait un environnement artificiel et ses habitants menaient une vie étrange, étonnamment bien ordonnée. Seuls les hommes avaient le droit de quitter la cité pour en protéger l'accès au cas où des envahisseurs venus d'au-delà des sables eussent été attirés par ses richesses devenues réputées. Les femmes, elles, ne voyaient jamais le soleil. De la naissance à la mort elles restaient parmi les ombres et la lumière des lampes à huile. Elles étaient des êtres pâles et délicats, comme des spectres dans un monde de grottes et de passages souterrains. Comme nous-mêmes, professeur, exactement comme nous-mêmes. »

Il s'interrompit et regarda autour de lui, comme s'il sentait dans la pièce la présence de ces femmes pâles du passé d'Iram. Il poussa un soupir et reprit.

« Presque dès le début, ils placèrent des rois à leur tête, une lignée de monarques qui prétendaient descendre de Salomon et régnèrent sur leur nouveau royaume juif comme si Jérusalem n'avait jamais existé. C'est bien sûr l'une des raisons pour lesquelles ils ne cherchèrent jamais à retourner en Palestine.

« Mais l'isolement d'Iram causa sa chute. Le commerce avec la région de Bahreïn déclina rapidement, et si la ville continua à prospérer grâce aux échanges avec l'Arabie du Sud, tout cela prit fin avec l'écroulement de celle-ci au VIe siècle. Puis il se passa quelque chose à Iram même. Pour autant que je sache, c'était vers la fin de ce même siècle, mais il est possible que ces événements soient survenus un peu plus tard, les sources ne donnent pas d'indications précises. Je ne sais pas exactement ce qui s'est passé, probablement une épidémie de peste ou quelque chose de ce genre. En tout cas ce fut soudain et une majorité de la population fut anéantie. Ceux qui ne furent pas enterrés furent abandonnés à l'endroit même où la mort les avait surpris. Leurs os sont toujours là où on les a laissés.

« Il semblerait qu'il n'y ait pas eu de survivants, s'il faut croire ce que nous dit al-Halabi, et je ne vois aucune raison d'en douter. En deux ou trois générations, la ville et son histoire furent entièrement oubliées. Il n'existe pas de documents ultérieurs au VIe siècle. Au bout d'un certain temps, même les descendants dégénérés des Iramites s'éteignirent. Et Iram resta à l'abandon pendant de nombreux siècles, jusqu'à ce que je la retrouve et lui redonne vie. »

Il se tut et le silence s'abattit sur la pièce. La boule de verre tournait toujours. Personne ne bougeait. Puis le vieillard fit un léger signe de la tête et l'assistant lui apporta de nouveau le verre d'eau.

« Eh bien ? » fit-il, murmurant presque.

David avait du mal à entendre et il se pencha en avant pour mieux percevoir ses paroles.

« Avez-vous jamais connu quelque chose de comparable ? reprit le vieillard, y a-t-il jamais eu une chose pareille ?

– Non, dit David en secouant la tête, je n'ai rien connu de tel. Comment l'aurais-je pu, tout cela semble être un rêve. Mais comment avez-vous appris tout cela sur la ville ?

– Je vous ai dit, murmura le vieillard, qu'il y a une bibliothèque, des inscriptions où l'on trouve l'histoire d'Iram, depuis sa fondation presque jusqu'à sa chute. Mes collègues et moi-même avons traduit plusieurs de ces ouvrages d'histoire. Vous pourrez les lire pendant votre séjour, je vous assure que vous les trouverez passionnants.

– Combien de temps vais-je rester ici ? »

Le vieillard plissa les yeux.

« Cela dépend de beaucoup de choses. Il est trop tôt pour que je puisse vous donner une réponse précise. Mais ne me dites pas que vous êtes impatient de partir, je ne le croirais pas.

– Pourquoi m'avez-vous amené ici ?

– Pour que vous compreniez.

– Que je comprenne quoi ?

– Ce qu'on va vous exposer.

– Et si je ne parviens pas à comprendre ?

– Vous y parviendrez. Votre vie en dépend. Vous y parviendrez.

– Vous n'aviez aucun droit de m'amener ici. Et vous n'avez aucun droit de me retenir contre ma volonté. »

David avait haussé le ton. Il se sentait nerveux. La colère montait en lui comme un poison :

« Restez calme, professeur, murmura le vieillard. Quand vous aurez compris vous ne vous soucierez plus de droit mais de volonté. Vous serez heureux d'avoir été amené ici. Vous me remercierez. Mais vous êtes fatigué maintenant. Et moi aussi. »

Le vieillard ferma les yeux. David lança un regard tout autour de lui. Le garde attendait à côté de la porte. Quelle signification pouvaient avoir de tels événements ? David sentit la colère s'emparer de lui.

« Qui êtes-vous ? » demanda-t-il sèchement, contrôlant difficilement le ton de sa voix.

Le vieillard releva ses paupières molles et pâles. La lumière dansait dans ses yeux clairs comme le reflet d'un feu brûlant au plus profond de son être.

« Vous avez certainement compris qui je suis », dit-il.

Il prenait plaisir à la confusion dans laquelle David était plongé.

David secoua la tête. Il ne comprenait pas. Cet étrange vieillard au fond de son lit lui faisait peur.

« Alors je dois me présenter. Je m'appelle Ulrich von Meier. Professeur Ulrich von Meier. Enchanté de faire votre connaissance, professeur Rosen. »

38.

Un profond silence envahit la pièce. Le cœur de David battait à tout rompre. Il se sentait perdu comme s'il était entré dans les pages du journal de Schacht et qu'il s'y fût empêtré, il essayait de se libérer de cette encre et de ce papier, de les trouer pour s'échapper vers le monde réel.

« Professeur ! » La voix sèche et l'élocution précise de von Meier traversaient encore ses pensées et les dissipaient comme un essaim de mouches. « Je ne sais pas ce que vous avez lu dans le journal du Sturmbannführer Schacht, mais j'imagine que c'était peu flatteur pour mes collègues et pour moi-même. Je ne pense pas que vous croirez ce que je vais vous dire, maintenant que votre esprit a été empoisonné par ses opinions. Mais réfléchissez, exercez froidement votre sens critique sur vos préjugés. C'est votre métier. Vous savez ce qu'était Schacht, vous connaissez l'organisation à laquelle il appartenait. Dès 1935, il avait entrepris avec ses camarades la destruction de votre peuple, leur "solution finale". Ils n'étaient que des voyous dans des uniformes d'une extrême élégance, des tueurs en tenue immaculée. »

S'il n'avait pas lu le journal de Schacht, David aurait pu trouver valable la défense de von Meier ; il y aurait entendu une justification ou du moins une raison suffisante pour ne pas porter de jugement. Mais il avait lu le journal et le commentaire que Gregorios y avait ajouté.

« Je ne vois pas là une raison suffisante pour le tuer comme vous l'avez fait, interrompit David. Il ne représentait aucun danger pour vous. »

L'espace d'un instant von Meier prit un air agacé, puis il retrouva immédiatement son expression naturelle.

« Mon cher professeur, dit-il, je ne vous comprends pas bien. Je n'ai pas lu le journal du Sturmbannführer, mais je suis sûr qu'il vous a induit en erreur. Et vous m'accorderez que même un officier SS ne saurait décrire sa propre mort. Schacht n'est pas mort de ma main ni de celle de mes compagnons. Nous n'étions pas des assassins. Sa mort fut un accident. Un accident regrettable sans doute, mais je dois vous avouer que nous n'y avons pas trouvé de raisons de nous en lamenter. Aucun d'entre nous n'aimait cet homme. C'était un nazi typique, un fanatique vulgaire et orgueilleux, s'affairant à rectifier le monde selon les désirs de son parti. Il s'opposait par principe à notre travail. Et il était exaspéré par le fait que certains membres de notre groupe soient juifs. C'est sur mon insistance qu'ils avaient été embauchés, des gens en qui je pouvais avoir confiance. Nous en sommes presque venus aux mains, et ce à plusieurs reprises, pour régler cette question. J'ai refusé de céder. Pour aggraver la situation, il découvrit que la cité que je cherchais avait été construite par les Juifs. Il faillit mourir d'apoplexie en l'apprenant. Vous commencez sans doute à comprendre pourquoi la situation était problématique entre nous. »

David se demanda pourquoi von Meier prenait la peine de mentir et déployait tant d'ingéniosité pour inventer cette histoire ridicule. Était-ce simplement parce qu'il n'avait pas lu le journal de Schacht et la note de Gregorios sur la mort de ce dernier ?

« Et vous voulez également que je réserve mon jugement sur la mort de mes parents ? Sur les assassinats à Cambridge ? Sur la tentative de me supprimer à Tell Mardikh ? Ai-je mal compris ces événements ? Vous pourriez peut-être m'enseigner comment je pourrais trouver cela tout à fait raisonnable, le résultat d'une méprise de peu d'importance. »

Le visage de von Meier prit une expression douloureuse et ses yeux perdirent de leur éclat, comme si un souvenir qu'il aurait voulu oublier lui revenait à la mémoire.

« Je vous en supplie, professeur, vous m'humiliez, vous me faites honte. Vous parlez de choses que je préférerais oublier. L'un de mes lieutenants a commis une erreur, non... plusieurs erreurs dans le choix des hommes qu'il a employés. Je voulais simplement obtenir certains documents pour éviter que le reste du monde n'apprenne l'existence d'Iram. Nous ne sommes pas encore prêts pour une telle révélation. La vie de nombreuses personnes dépend du secret de notre présence ici. Je ne vous demande pas de comprendre ou de pardonner les torts qui vous ont été faits, à vous et votre famille. Tout ce que je peux dire, c'est que les responsables seront sévèrement châtiés, dès que nous les aurons localisés. Je vous en donne ma parole. »

David regarda fixement le vieillard. Il sentait son haleine lourde et fétide. Il n'y avait aucun air frais dans cet endroit, tout ici avait une odeur de moisi et de renfermé, comme si rien n'était jamais sorti de ces tunnels et de ces passages depuis des siècles. Von Meier le prenait-il pour un imbécile ? Pourquoi perdait-il autant de temps à de tels subterfuges ?

« Pourquoi tenez-vous tant à ce que votre existence reste un secret ? demanda-t-il, pourquoi êtes-vous prêt à tuer pour que l'on ignore l'existence d'Iram ? »

Von Meier sourit.

« Nous avons besoin du secret, répondit-il, comme nous avons besoin d'eau et de nourriture, de chaleur l'hiver, et de lumière dans cette perpétuelle obscurité. Chaque jour, nos jeunes hommes vont puiser l'eau dans les puits qui se trouvent sous la ville, ils remplissent les lampes à pétrole et entretiennent les mèches, ils surveillent nos troupeaux. Nos jeunes femmes s'affairent à moudre la farine et à cuire du pain dans des fours qui furent utilisés pour la première fois deux mille cinq cents ans avant leur naissance. Nous vivons ici au jour le jour sans savoir s'il fait nuit ou jour à l'extérieur. Nous avons créé une communauté spéciale, une façon de vivre unique. Si le monde venait à l'apprendre, tout cela partirait en fumée. Vous n'avez encore rien vu de cette vie, de cette communauté. Vous ignorez tout de nos raisons et du but que nous voulons atteindre. Vous finirez par comprendre. Nous vous aiderons. Le temps ne manque pas. »

Von Meier s'arrêta de parler et l'assistant s'approcha encore une fois, verre en main. Malgré son apparente faiblesse, le vieillard ne semblait pas se fatiguer, et David pouvait percevoir en ce personnage une endurance et une force de volonté en contradiction avec la fragilité de ses os et la transparence de sa peau.

« Vous pourriez commencer par me dire, dit David, comment cette communauté en est venue à s'installer ici. Et d'abord m'expliquer ce que je fais ici. »

Une expression d'impatience passa à nouveau rapidement sur le visage de von Meier.

« Tout sera dit en temps voulu, professeur. Quand vous serez resté assez longtemps, vous comprendrez que le temps n'a pas la moindre importance. Nous sommes sortis du temps, du cycle des existences normales. Mais je vais trop vite. Vous ne savez encore rien. Il y aura beaucoup de choses à vous dire quand vous serez prêt. Laissez-moi d'abord vous dire comment nous sommes arrivés ici. »

Von Meier marqua une pause. Ses mains s'agitèrent un instant sous la couverture.

« Nous étions nombreux avant la guerre, toute une communauté dévouée à l'étude des questions spirituelles, cherchant à nous retirer du monde. Je jouais un rôle actif dans le groupe. Nous évitâmes de nous mêler aux nazis quand ils arrivèrent au pouvoir, nos buts différaient totalement des leurs. Nous voulions créer une communauté d'esprit au sein de laquelle les hommes vivraient en paix. Ils voulaient une nation forte qui puisse faire la guerre aux autres nations. Beaucoup d'entre nous furent envoyés dans les camps et y trouvèrent la mort. Pendant la guerre, nos jeunes hommes furent enrôlés et envoyés sur le front russe où beaucoup moururent.

« Quand la guerre prit fin nous n'étions plus très nombreux, et nous savions que nous avions une tâche à accomplir. L'Europe était écrasée physiquement, mentalement, et surtout spirituellement. Ce n'était plus qu'un terrain vague.

« C'est alors que je songeai à Iram. J'avais trouvé la ville l'année qui suivit notre expédition au Sinaï. Mon intention avait été de rendre publique la découverte dès qu'un accord avec le roi d'Arabie saoudite aurait été trouvé. Mais le temps d'évaluer l'ampleur de cette nouvelle, la situation en Allemagne s'était tellement détériorée que j'ai jugé plus prudent de garder secrète l'existence de la ville. Il eût été plus que dangereux, à cette période de l'histoire allemande, d'annoncer qu'il existait une ville juive ancienne. Qu'en pensez-vous ? En tout cas mes collègues étaient d'accord avec moi.

« À la fin de la guerre, la plupart d'entre eux étaient morts. Ceux qui survécurent se joignirent à notre petit groupe, et nous pûmes bientôt prendre discrètement toutes les dispositions nécessaires pour faire passer Iram de son état de découverte archéologique à celui de communauté active. Nous avions des amis arabes qui nous aidèrent à réaliser notre projet et qui s'engagèrent à garder secrète l'existence de la ville. Ils nous aident toujours à nous procurer les produits que nous ne pouvons pas fabriquer ou faire pousser nous-mêmes.

« Iram allait devenir notre sanctuaire. Le septième sanctuaire. L'ultime forteresse d'une civilisation menacée de destruction.

– Désolé, l'interrompit David, mais je ne comprends pas ce que vous voulez dire par "le septième sanctuaire". »

Von Meier se recueillit avant de répondre.

« Il y a eu sept sanctuaires, dit-il, sept lieux sacrés dans lesquels la longue nuit de la barbarie n'est jamais entrée. Les deux premiers se trouvèrent à Jérusalem, le temple de Salomon et le temple d'Hérode, le troisième Rome, la nouvelle Jérusalem. Et à l'est, Byzance, la nouvelle Rome, berceau de l'Église d'Orient, pour le quatrième. Puis il y eut La Mecque, la cité interdite. Berlin devait être le sixième, on y parlait d'une nouvelle civilisation, d'un ordre nouveau. Mais avant qu'il fût achevé, l'orgueil d'un homme causa sa destruction. Et nous sommes venus ici, dans le septième sanctuaire.

« Au début, notre société se composait largement d'orphelins, d'enfants qui auraient péri en Europe ou seraient devenus victimes de toutes les corruptions. Nous avons assuré leur éducation, nous leur avons enseigné les idéaux qui étaient les nôtres, nous les avons aidés à se développer physiquement et spirituellement. Nous avons envoyé les garçons vivre quelque temps avec les tribus arabes à la frontière du désert, pour qu'ils acquièrent les vertus de la vie nomade. Les filles restaient ici et apprenaient les arts qui font les civilisations, peinture, littérature, musique. Ils eurent des enfants alors qu'ils étaient encore très jeunes. Nous en sommes maintenant à la troisième génération et dans certains cas à la quatrième. »

Von Meier s'arrêta à nouveau de parler, David sentait qu'il y avait encore beaucoup de choses qu'il ne lui avait pas révélées, qu'il s'était contenté d'un vague aperçu de la vie de la communauté d'Iram. Von Meier ne disait pas tout, c'était évident, la question était de savoir pourquoi.

« Vous comprendrez facilement, reprit von Meier, que ces gens n'ont aucune envie de vivre dans le reste du monde, ils en seraient de toute manière totalement incapables. Mais nous avons nos ambitions, nos buts. Vous les comprendrez en temps voulu, et lorsque vous les aurez compris vous les partagerez avec nous. Mais il faudra du temps. N'en parlons plus jusqu'à ce que vous soyez prêt. En attendant, je vais vous demander d'accomplir d'autres tâches. Je vous ai choisi parce que vous êtes un archéologue, vous comprendrez donc mes motifs. Pendant votre séjour chez nous, je veux que vous étudiiez la ville et ses archives. J'ai déjà préparé un compte rendu archéologique détaillé sur la partie centrale de la ville. Vous commencerez par vous pencher là-dessus, vous gagnerez beaucoup de temps et cela vous épargnera de nombreux efforts inutiles. Lorsque vous aurez achevé cette étude, je veux que vous la complétiez en utilisant vos connaissances des techniques modernes. Dites-moi de quel équipement vous aurez besoin et je me chargerai de vous le faire parvenir.

« Finalement, le moment viendra, peut-être longtemps après votre départ, mais de votre vivant j'en suis bien certain, où il sera possible de révéler au monde l'existence d'Iram. Je ne parle pas de sa situation géographique, qui doit rester à jamais secrète, mais du simple fait qu'elle existe. Quand cette heure viendra, je veux que vous révéliez au monde tout ce que vous savez, que vous publiiez un rapport signé de nos deux noms accompagné d'objets et de documents. J'avais de bonnes raisons pour cacher l'existence d'Iram au moment de sa découverte, et de meilleures raisons encore par la suite. Mais l'archéologue en moi éprouve une certaine honte à l'idée d'avoir laissé le monde dans l'ignorance d'une découverte de cette ampleur. C'est le plus grand trésor archéologique qu'on ait jamais trouvé, plus précieux que les pyramides d'Égypte, que Troie, Ur et Pompéi réunies. Aucun archéologue avant moi n'a vu de telles merveilles, pas même dans ses rêves.

« Mais je vis ici depuis quarante ans maintenant dans une totale obscurité. Mon nom est complètement oublié. Mes livres et mes articles amassent la poussière dans des réserves de bibliothèque. Je ne suis qu'un vieillard qui passe ses derniers jours dans une cité inconnue. J'ai une bonne raison de postuler à la gloire et on ne pourra pas l'ignorer ; c'est moi qui ai découvert Iram. Le nom d'Ulrich von Meier mérite de figurer à côté de ceux de Schliemann, Carter et Wooley, et c'est à vous qu'il revient d'accomplir cette tâche, professeur. Ma réputation est entre vos mains. Après mon nom, le vôtre sera à jamais gravé dans la mémoire des hommes comme celui de l'archéologue qui aura révélé les secrets d'Iram. Le découvreur et l'historien, nos deux noms seront gravés à jamais dans le panthéon des archéologues.

« Il y a aussi une tâche mineure que je voudrais vous voir accomplir au cours de votre séjour ici. Vous trouverez dans la bibliothèque des photostats des tablettes d'Ebla, ainsi que certaines publications importantes sur le sujet par Matthiae et Pettinato. Je voudrais que vous fassiez une étude approfondie de ces matériaux pour déterminer l'étendue de l'empire d'Ebla à son apogée. Selon ma théorie, ses limites s'étendaient très au sud, jusqu'à l'actuelle Palestine... ou Israël si vous préférez. Mais je ne suis pas un expert et n'ai pas de réelles connaissances sur les Eblaïtes. J'ai été plus que ravi d'apprendre qu'il existait un véritable spécialiste qui puisse vérifier ma théorie. Êtes-vous prêt à faire tout cela pour moi ? Je vous en prie, dites-moi oui.

– Et si je refuse ? » demanda David.

Von Meier sourit à nouveau, avec moins de chaleur que précédemment, si toutefois il était possible de manifester moins de chaleur.

« Ce serait dommage, professeur. Il vous faut comprendre quelle est votre situation ici. Tout le monde travaille, à Iram. Nous ne pouvons tolérer les paresseux. Une bouche supplémentaire à nourrir serait un fardeau trop lourd. L'étendue de nos terres cultivables à l'extérieur de la ville est extrêmement limitée, seule une population peu nombreuse peut se permettre de vivre ici sans importer de la nourriture. Les Iramites d'autrefois pouvaient le faire plus librement, mais il y a une limite à ce que nous pouvons faire venir ici. À Iram, ceux qui ne travaillent pas ne mangent pas. Même les malades ne mangent pas s'il y a peu de chances de guérison. Et ceux qui ne mangent pas meurent. Je dois vous avertir que la discipline est stricte. Ce qui peut paraître un délit mineur dans le monde extérieur est ici sévèrement puni. La semaine dernière nous avons exécuté un homme et une femme parce qu'ils avaient conçu un enfant sans en avoir eu la permission. C'était une bouche de plus à nourrir, voyez-vous. Ce n'était pas planifié. Il faut être prudent. L'un de mes assistants vous expliquera tout. Il vous faudra un certain temps pour vous adapter. Nous nous montrerons indulgent au début, mais nous vous demandons d'apprendre rapidement. Votre survie ici en dépend.

« Il est temps pour moi de dormir. Vous avez fait la connaissance du docteur Mandl. Je crois que je l'autoriserai sous peu à vous présenter ses collègues de l'extérieur. Nous nous rencontrerons de nouveau d'ici quelques jours, quand vous aurez eu le temps de vous remettre de votre voyage. Au revoir, professeur. Je suis enchanté d'avoir fait votre connaissance. »

Von Meier se tut et ferma les yeux. Mandl s'avança et prit David par le bras. Un assistant éteignit les lampes. L'obscurité envahit la pièce. Seule une lampe continuait de brûler, semblable à une petite flamme devant un autel. David sortit, flanqué de Mandl et du garde.

39.

Au bout de trois jours qui ne furent qu'une alternance de lumière et d'obscurité ponctuée par de courtes périodes de sommeil et de maigres repas, David fut conduit pour la première fois dans la partie centrale de la ville. On lui avait donné des vêtements arabes noirs pour ne pas attirer l'attention au cours de ses déplacements, mais les gens le regardaient curieusement de temps à autre comme s'ils se rendaient compte qu'il était un étranger, dont la présence était incompréhensible. Il n'avait le droit de parler avec personne, mais il pouvait observer et écouter les habitants de la ville se consacrant à leurs tâches. L'atmosphère était partout profondément grave. Il ne vit personne sourire et n'entendit pas le moindre rire. Les gens travaillaient ou se reposaient, une fois leur devoir accompli, ils mangeaient dans de vastes et mornes réfectoires. Mais il semblait n'y avoir nulle occasion de s'amuser ou de se distraire. Personne ne se livrait à des gestes affectueux, hommes et femmes, adultes et enfants ne témoignaient les uns aux autres aucune tendresse. Ils ne se tenaient pas la main, ne s'embrassaient jamais. Lorsqu'on saluait quelqu'un, on le faisait brièvement et plutôt sombrement. Tout le monde était habillé de la même manière, des robes noires pour les hommes, blanches pour les femmes. Même les enfants arboraient un air sérieux et réservé. Ils le regardaient passer avec des yeux écarquillés, contrôlant parfaitement leur curiosité, s'interdisant de murmurer entre eux ou de rire.

Il apprit que ces gens n'avaient pas de vie de famille. À Iram il n'y avait ni mariage ni amour. Les relations sexuelles étaient autorisées à partir de quinze ans pour les filles et dix-sept ans pour les garçons, mais il était formellement interdit d'établir des liaisons, qu'elles fussent temporaires ou stables. On changeait régulièrement de partenaire selon un programme établi par un haut personnage connu sous le nom de *Geschlechtsverkehrsleiter*, le contrôleur des relations sexuelles. Toute tentative d'enfreindre la règle était traitée avec une extrême sévérité. Une grossesse non planifiée devait immédiatement être rapportée au *Geburtenbeschränkungsleiter*, le responsable du contrôle des naissances. Dans la plupart des cas, ces grossesses étaient interrompues à moins qu'une mort récente parmi la population enfantine n'ait pas encore été compensée.

Les femmes étaient autorisées à avoir un maximum de trois enfants, après quoi elles étaient automatiquement stérilisées. Tous les enfants appartenaient à la cité et étaient élevés ensemble, dans des nurseries puis dans des dortoirs. D'ailleurs tout le monde dormait en dortoir où hommes et femmes étaient séparés. Les rencontres pour faire l'amour étaient strictement réglementées et il fallait en demander l'autorisation à l'avance. Les femmes qui n'avaient pas encore été stérilisées étaient surveillées de très près. On informa David que les femmes fertiles étaient soumises à des règles précises dans leurs relations sexuelles pour que leurs rejetons se conforment à une certaine norme, mais on ne lui expliqua pas sur quels critères ces règles étaient fondées. À certaines remarques il comprit que tout enfant handicapé mentalement ou physiquement était tué à la naissance et que l'on pratiquait l'euthanasie quand une anomalie devenait apparente à un stade ultérieur de la vie de l'enfant ou en cas d'infirmité résultant d'un accident, même longtemps après la naissance.

Il apprit également que les vieux étaient exécutés sans douleur s'ils ne pouvaient justifier leur existence par leur travail, ce qui libérait une place pour un nouveau-né. Cette exécution et cette nouvelle naissance étaient parfois prévues un ou deux ans à l'avance. En trois occasions, David aperçut un vieil homme ou une vieille femme peinant pour suivre le rythme d'une équipe de jeunes ouvriers acheminant des provisions aux magasins centraux. Il ne vit pratiquement personne audelà de l'âge de cinquante ans.

Il eut très peu l'occasion d'observer les enfants. Les plus jeunes étaient gardés dans une nursery faiblement éclairée près de la chambre de von Meier, où un groupe de femmes sévères s'occupaient d'eux avec une efficacité dénuée du moindre sentiment. Leurs cheveux étaient tirés en arrière et coiffés en chignon, leurs visages arboraient une expression permanente de dédain. Les enfants commençaient l'école à l'âge de quatre ans, filles et garçons étaient alors séparés en préparation de leurs vies futures. David ne fut pas autorisé à visiter les salles de classe, on lui expliqua qu'il n'était pas prêt à comprendre les principes sur lesquels Iram était construite et qui faisaient l'essentiel du programme des écoles.

David eut cependant l'occasion de s'entretenir brièvement avec un enfant, une petite fille qui devait avoir à peu près huit ans et qui passa devant lui tandis que son garde s'était éloigné. David appela l'enfant qui paraissait sérieuse et réservée dans sa robe blanche, coiffée de tresses dorées, puis il se présenta.

« Bonjour, dit-il, je m'appelle David Rosen. Et toi ? »

Elle lui lança un regard où se lisait la curiosité. Elle était tentée de s'enfuir en courant mais était intriguée par cet inconnu qui lui parlait en allemand avec un accent étrange.

« Je n'ai pas de nom, idiot, dit-elle, tu sais bien qu'on n'a pas de nom quand on est un enfant.

– Excuse-moi, dit David, abasourdi par cette dernière révélation. Il y a beaucoup de choses que je ne sais pas, je suis nouveau ici, je suis venu travailler pour le professeur von Meier. »

Le visage de la fillette, si sérieux qu'il avait une expression d'adulte, se plissa comme si les paroles de David lui étaient totalement incompréhensibles.

« Qu'est-ce que tu veux dire, "nouveau" ? demanda-t-elle. Personne n'est nouveau, nous sommes tous nés ici. Et nous mourrons dans la cité. Les seuls nouveaux sont les petits bébés dans la nursery. Je ne suis plus un bébé et toi non plus.

– Mais moi je ne suis pas né dans la cité, lui expliqua David. Je viens de l'extérieur. On m'a amené ici, sur un chameau. »

Elle plissa à nouveau le front, comme si David était fou.

« De l'extérieur ? demanda-t-elle. Il n'y a rien à l'extérieur. Il n'y a que l'obscurité et pas de lampes. »

Il préféra abandonner ce sujet délicat.

« Je t'expliquerai quand tu seras plus grande, dit-il, mais d'abord j'aimerais en savoir plus sur ton nom. Si tu n'as pas encore de nom, comment est-ce que les gens t'appellent, comment te disent-ils ce que tu dois faire ? Comment sais-tu si le professeur veut que tu répondes en classe, par exemple ? »

Elle sembla presque choquée par ce que la réponse à la question de David avait d'évident, comme s'il lui avait demandé quelle était la couleur du blanc.

« Je n'ai pas besoin de nom pour ça, fit-elle, outrée. Nous faisons tous la même chose au même moment. Personne ne fait quoi que ce soit que les autres ne font pas. Quand nos professeurs nous disent ce qu'il faut faire, ils nous le disent à tous en même temps. Et en classe nous répondons tous ensemble. Pourquoi quelqu'un voudrait-il répondre tout seul ? Ce serait bête, ce serait une erreur. Nous n'avons raison que lorsque nous répondons ensemble. Alors seulement nous connaissons la bonne réponse. On ne t'a pas appris ça à l'école ?

– Alors pourquoi es-tu toute seule aujourd'hui ? » demanda David changeant de sujet, troublé par les images que cette petite fille avait fait naître en son esprit, d'une classe pleine d'enfants répétant des réponses comme des perroquets.

« Parce que c'est le jour de l'examen, idiot. Est-ce que tu ne sais rien du tout ? »

L'ignorance de David quant aux faits les plus simples de la vie quotidienne commençait à l'irriter.

« Et qu'est-ce que tu fais le jour de l'examen ?

– Tu ne sais rien du tout, toi. Il faut aller dans le tunnel et trouver notre chemin tout seul jusqu'au pilier central. C'est un examen important, au cas où l'un de nous se retrouverait un jour isolé des autres. Certaines personnes se perdent dans les vieux tunnels et meurent dans le noir. C'est arrivé à une petite fille dans ma classe l'année dernière. Je suis sûre que c'est horrible.

– Est-ce que tu as peur dans le noir ? » demanda David pour savoir si elle admettait au moins une des émotions habituelles à l'enfance.

Elle secoua la tête.

« Bien sûr que non, pourquoi est-ce qu'on aurait peur du noir ? On a du mal à trouver notre chemin si notre lampe s'éteint, mais les gens raisonnables ne vont pas dans les tunnels sombres. J'aime le noir surtout quand on passe à travers les Anciens avec nos lampes.

– Les Anciens ? demanda David, qu'est-ce que c'est ?

– Tu es un drôle d'homme, dit-elle en fronçant de nouveau les sourcils. Les Anciens Tunnels bien sûr, où les morts sont enterrés. J'adore aller les voir. Tout est tranquille là-bas. J'irai quand je serai morte, ce sera formidable. »

La conversation prenait un tour inquiétant, David essayait de dissimuler son horreur grandissante.

« Quand vas-tu visiter les morts ? demanda-t-il.

– Tous les matins, bien sûr », dit-elle.

Il savait maintenant que « le matin » ne signifiait ici que cette période de la journée qui succédait immédiatement au réveil. Le temps se calculait uniquement par les horloges. Sinon c'était comme von Meier l'avait dit, il n'y avait ni jour ni nuit à Iram.

« Toutes les écolières se rendent à la visite, continua-t-elle. J'aurais pensé que tu savais au moins ça. Nous allons au temple, parfois avec des fleurs, pour chanter devant le grand autel, puis nous partons par la porte des Morts et nous nous rendons dans les Anciens. Nous apportons des fleurs et nous éparpillons les pétales sur les corps. Ça sent bon.

J'aime beaucoup les morts, ils sont si tranquilles, si paisibles. Les femmes sont jolies avec leurs longues robes et leurs bijoux. Les plus vieux sont complètement décomposés, bien sûr, mais les autres sont exactement comme les vivants, comme s'ils dormaient. Tu ne les as jamais vus ? »

David secoua la tête. Oui, il avait vu des morts, mais pas ceux-là, pas les morts d'Iram. Pas encore.

À ce moment-là, il entendit un cri. La petite fille se retourna. C'était le garde de David qui était revenu et qui lui criait de s'éloigner. Elle regarda David encore une fois et partit en courant vers un tunnel proche.

« Qu'est-ce qu'il vous prend de parler avec n'importe qui, vous savez très bien que c'est interdit, cria le garde en s'avançant vers lui à grands pas. Je serai obligé de faire un rapport sur cet incident à Herr von Meier. »

David haussa les épaules. Que lui importaient leurs lois et leurs réglementations ? De toute manière, ils finiraient par le tuer, ça, il en était sûr.

Son garde était un personnage étrange, nommé Talal. Il parlait parfaitement l'arabe mais il était japonais. C'était le seul Asiatique que David ait vu dans la ville, mais il refusait de raconter comment il était arrivé là, si ce n'est qu'il avait été amené à Iram par von Meier alors qu'il était encore enfant. Il avait autour de quarante-cinq ans, du moins c'était ce qu'il disait, mais, élancé et vigoureux comme un jeune homme de vingt-cinq ans et d'une maigreur d'ascète, il paraissait beaucoup plus jeune. Chaque muscle, chaque fibre, chaque bout de peau de son corps semblaient contenir une énergie brute que seule une volonté extraordinaire pouvait maîtriser. Il cachait sous ses paupières lourdes un esprit vif et un contrôle de lui-même tels que David n'en avait jamais rencontrés auparavant.

D'un naturel taciturne, il répondait toujours aux questions que lui posait David en traversant les parties de la ville qu'ils visitaient ensemble. Ils se séparaient rarement l'un de l'autre quand David ne dormait pas. Mais cette intimité forcée ne les aidait pas à se rapprocher ou à se comprendre. Parfois, quand David le poussait à parler, Talal en révélait suffisamment sur lui-même pour permettre à David de se faire une image plus complète de son compagnon. Du fait qu'il parlait l'arabe aussi couramment que l'allemand David conclut qu'il avait dû passer un temps considérable parmi les tribus arabes qui vivaient à l'intérieur et en bordure du désert, ce que Talal confirma quand il lui posa directement la question. Il devint vite évident que Talal avait une plus grande expérience du monde extérieur que les autres habitants d'Iram. Il avait longtemps vécu avec une branche de la tribu des Shammar à la lisière du Nafud, mais il avait également voyagé en Extrême-Orient où il avait appris le japonais et plusieurs arts martiaux. Il semblait qu'il subissait moins de restrictions que les autres habitants de la ville. Il pouvait par exemple décider de quitter Iram à peu près quand il le voulait et passait des mois entiers à errer dans le Nafud, seul et affamé, s'interrogeant sur les complexités de son être et surmontant les difficultés qui lui venaient du plus profond de lui-même.

Quand il partait, il emmenait avec lui une longue épée japonaise, dans un fourreau laqué noir orné d'un nœud de soie et incrusté à chaque extrémité de fins motifs d'argent. C'était le seul sujet sur lequel il aimait s'attarder. Il apprit à David qu'elle avait été forgée spécialement pour lui à Kyoto par un maître forgeron nommé Gassan Sadakazu. La lame avait été forgée et reforgée pendant quarante jours jusqu'à ce qu'elle tinte comme une cloche. Talal se décrivit lui-même comme l'épée de von Meier, vivant dans l'obscurité d'Iram puis brandie étincelante quand le vieillard lui assignait une mission. Mais quand David lui demanda la nature de ces missions, il refusa de donner la moindre information. Ce ne fut qu'après avoir passé plus d'une semaine en la compagnie de Talal que David se souvint brusquement du visage de l'Asiatique qu'il avait vu dans la voiture juste après la mort de ses parents à Haïfa.

Lorsqu'on ne lui faisait pas visiter la ville, David passait son temps à la bibliothèque. De toute sa vie, il n'avait jamais travaillé dans un endroit plus étrange. La pièce était basse de plafond, mal éclairée et d'une largeur qui n'excédait pas trois mètres, mais elle semblait s'étendre à l'infini et son extrémité se perdait dans l'obscurité, comme si le passé même y était enfoui entre la nuit et la lumière. De chaque côté le long des murs, des rangées sans fin de petites ouvertures d'une douzaine de centimètres de diamètre s'enfonçaient dans le noir où elles semblaient se rejoindre avant d'être avalées par une insatiable créature des ombres. Profonde de cinquante centimètres environ, elles allaient du sol jusqu'au plafond et n'étaient séparées que par de petits espaces. Après les avoir inspectées, David se rendit compte que chacune de ces ouvertures abritait un rouleau de parchemin enveloppé dans un tissu somptueux ou modeste. L'excellent état de préservation des rouleaux parut à David tenir du miracle. Après y avoir passé une heure seulement, David comprit que cette bibliothèque représentait la plus importante découverte dans toutes les annales de l'archéologie. Une grande plaque de pierre, contre le mur, à l'entrée de la pièce, mentionnait les titres gravés des ouvrages les plus importants. Cette bibliothèque contenait les plus anciens exemplaires des principaux textes bibliques écrits avant l'exil, en 586 avant Jésus-Christ. Il trouva également des textes considérés comme perdus depuis longtemps, l'Histoire de Salomon, les Annales des Rois d'Israël et les Annales des Rois de Judas, qui avaient servi de sources à certains des livres historiques qui deviendraient la Bible. David savait que s'il pouvait publier les résultats de six mois de travail seulement parmi ces rouleaux il changerait à jamais la direction des études bibliques, confortant ou réfutant avec des preuves tangibles toutes les théories et toutes les hypothèses avancées depuis le siècle dernier et même avant.

Mais il devait d'abord assurer sa survie. Il lisait chaque jour un extrait de l'étude de von Meier sur Iram, un travail gigantesque, une description de la ville qui s'étendait sur deux mille pages. Von Meier avait exploré la ville presque entièrement tout seul, sauf pour les premières étapes de sa découverte, et son rapport représentait un travail étonnant par son ampleur, sa profondeur et l'attention qu'il portait au détail. Tout en lisant, David comprit mieux von Meier et se mit à l'aimer encore moins, si c'était encore possible. Son obsession d'Iram avait pris de telles proportions qu'il ne supportait pas qu'un autre puisse étudier à son tour la ville et fasse connaître le résultat de ses recherches. Il n'avait accepté aucun collaborateur et refusait de partager la gloire qui, croyait-il, allait être la sienne. David ne prêtait aucune confiance à l'honnêteté de von Meier quand il disait vouloir partager cette gloire avec lui.

Le soir, David travaillait sur les documents concernant Ebla, s'attardant longuement sur les références susceptibles de lui indiquer l'importance de l'empire que cette cité avait bâti à l'époque de son apogée, en 2400 avant Jésus-Christ. Mais David se lassa rapidement des documents sur Ebla. Il les avait vus si souvent et y avait tellement travaillé qu'il n'en éprouvait plus aucune fascination, surtout là, à Iram, où la moindre découverte se montrait immédiatement plus vivante et plus poignante que tout ce qu'Ebla aurait jamais pu lui apporter. Personne ne le surveillait. Talal n'entrait jamais avec lui. Un des gardes qui l'avaient conduit dans la chambre de von Meier se postait dans la bibliothèque quand il s'y trouvait, mais il se rendit compte qu'il jouissait d'une liberté totale pour lire ce qu'il voulait et prendre autant de notes qu'il le désirait.

Quand la lecture des tablettes d'Ebla finissait par l'ennuyer, il se levait et allait se promener devant les casiers où se trouvaient les rouleaux de parchemin, il en prenait un au hasard et l'examinait puis le remettait dans sa niche, émerveillé par les révélations qu'il contenait. La bibliothèque était éclairée sur toute sa longueur par de curieuses lampes, différentes de celles qu'il avait vues dans le reste de la ville. Elles étaient creusées dans le roc, de telle sorte qu'il eût été impossible de les déplacer, et chacune d'elles était alimentée par un réservoir qui aboutissait à un trou d'écoulement supposé recevoir l'huile qui risquait de se renverser et d'enflammer les précieux parchemins qu'elle devait illuminer. David découvrit au bout de quelques jours que certaines ouvertures vers le milieu de la bibliothèque étaient encore couvertes de toiles d'araignée, et que donc von Meier et ses assistants n'y avaient pas encore touché. Bien qu'il eût à peine défriché les innombrables rouleaux à l'autre bout de la pièce, il se trouva intrigué par ces rangées de papyrus que personne n'avait lus depuis tant de siècles.

Surmontant le dégoût qu'il éprouva tout d'abord pour ces épaisses toiles d'araignée alourdies par la poussière, il dégagea les ouvertures. Craignant que les niches ne fussent occupées par des cadavres, il parvint à sortir les rouleaux l'un après l'autre. Au bout du huitième soir, il eut la surprise de s'apercevoir, en enlevant les toiles d'araignée devant l'ouverture qui se trouvait aux trois quarts du mur de gauche, qu'elle avait été bouchée par une épaisse plaque de cire posée de nombreux siècles auparavant. Dans cette faible lumière, il eut d'abord du mal à déchiffrer l'inscription sur le sceau fendu et poussiéreux, mais il apporta une lampe et une loupe de la table où il travaillait et il parvint à lire les mots suivants :

« Que la main de celui qui brisera ce sceau de cire se dessèche et que ses yeux perdent la vue s'il vient à regarder ce qu'il renferme. Scellé sur les ordres du Grand Prêtre Mattathias au douzième jour du mois de Tishri de la cinquième année du règne de Jeohaz d'Iram. Que le Tout-Puissant l'assiste et le protège. »

Il hésita un bref instant. Aucun archéologue n'est à l'abri des superstitions quant aux malédictions portées sur les tombes et les objets funéraires, mais aucun archéologue ne peut non plus se permettre de les prendre trop au sérieux. La cire était devenue friable. Il n'eut aucun mal à enlever le sceau, mais comme il le retirait il se brisa en une multitude de fragments. Il se souvint alors des tablettes qui s'étaient effritées à Ebla et des événements effroyables survenus le lendemain. Ce n'était qu'une coïncidence, une simple coïncidence pensa-t-il, mais il ne pouvait s'empêcher d'en éprouver une certaine inquiétude.

David tendit la main. Tremblant légèrement, conscient de faire là une découverte de toute première importance, il enfonça son bras au fond du trou et se mit à tâtonner fébrilement pour se faire une idée du contenu. Il sentit que ses doigts touchaient une enveloppe de lin. Se servant de ses deux mains, il sortit le rouleau puis il l'apporta précautionneusement jusqu'à sa table de travail.

La fine enveloppe de lin était la mieux préservée de toutes celles qu'il avait vues jusqu'à présent, ayant été protégée par le sceau de cire. Elle était brodée de fils d'or et attachée par un ruban qui semblait être de la soie. David défit le nœud du ruban en retenant sa respiration. Le tissu se déroula aussi facilement que s'il avait été placé la veille autour du parchemin et David sortit le rouleau à la lumière. Prenant toutes les précautions possibles, craignant à chaque instant qu'il n'en vienne à se fendre, il l'étala sur sa table. Ce ne fut pas une feuille de parchemin qu'il trouva, mais trois.

40.

Il ne fallut pas plus d'une demi-heure à David pour arriver à une conclusion quant à ce qu'il avait sous les yeux. Il y avait trois feuilles de papyrus datant chacune d'une période différente. La plus ancienne, qui était également la plus petite, se trouvait enroulée entre les deux autres, et était moins bien préservée. Elle semblait dater d'un an ou deux avant la déportation des Juifs à Babylone par Nabuchodonosor, autour de 584 avant Jésus-Christ. La seconde, un parchemin de meilleure qualité, bien que les inscriptions fussent effacées par endroits, pouvait facilement être datée grâce à une référence dans le texte à la mort du roi Nabonide de Babylone et Tayma, survenue l'année précédente. La plus récente, enroulée autour des deux autres, avait été rédigée à Iram « dans la cent vingtième année de l'existence de la cité », c'est-à-dire probablement au début du IIIe siècle avant Jésus-Christ.

Il passa le reste de la soirée à travailler sur le premier texte, le plus court mais le plus difficile à déchiffrer à cause des conditions dans lesquelles se trouvait le papyrus et de l'aspect inhabituel des caractères. Quand il eut achevé sa lecture, il replaça les rouleaux dans leur enveloppe de lin et les remit dans le trou où il les avait trouvés, il faisait de son mieux pour rester calme et ne pas trahir son agitation, de peur que le garde n'aille le rapporter à von Meier. Il alla se coucher peu après mais ne trouva pas le sommeil avant plusieurs heures, repensant sans cesse, avec une excitation qu'il ne pouvait plus contenir, à ce qu'il venait de lire. Il finit par s'endormir, complètement épuisé.

Il était enthousiasmé, troublé et perplexe. Ce texte était un bref compte rendu de la main d'un prêtre du Temple de Jérusalem nommé Benjamin bar Hilkiah. Pendant le siège de Jérusalem, lorsqu'il devint évident à ses amis et à lui-même que le roi Zedekiah ne pourrait pas résister beaucoup plus longtemps aux Babyloniens, ils avaient pris des mesures pour enlever certaines pièces des trésors du Temple et les dissimuler dans le reste de la ville. Quand Nabuchodonosor prit celle-ci et que les déportations en masse commencèrent, Benjamin et ses compagnons parvinrent à cacher l'un des objets sauvés et à l'emporter avec eux. Malheureusement, à chaque endroit du texte où Benjamin mentionnait cet objet, une main avait rayé le mot, comme s'il eût été obscène ou blasphématoire de faire référence à cette chose. Ce simple fait avait fait frissonner David de tout son corps. Benjamin et les autres prêtres étaient arrivés à Babylone avec leur précieux fardeau et l'avaient caché dans une cave. La dernière partie du texte contenait une description de l'endroit où se trouvait la cave et une prière pour que celui qui recevrait cette lettre puisse être guidé par Dieu pour retrouver le trésor, « quand les fautes de notre peuple auront été expiées par les souffrances de l'exil et quand la colère que le Seigneur éprouve à notre égard se sera apaisée ».

Tout le jour suivant, David attendit impatiemment le soir et la révélation qu'il pensait avoir en lisant les deux autres documents. Mais il ne devait pas prendre le risque de laisser paraître son zèle et fut obligé de se contenir pendant la visite d'une autre partie de cette ville sans fin. Peu après le déjeuner, qui consistait en pain noir et en fromage de chèvre, il fut convoqué dans la chambre de von Meier.

Le vieillard l'attendait, assis sur son lit sous la boule de verre qui tournait lentement, assisté par ses deux aides et soigné par ses deux infirmiers. Quand David entra, il était en train d'écrire dans un gros livre relié en cuir et il ne leva pas immédiatement la tête. David patienta en regardant le vieillard qui prenait ses notes.

« Je tiens un journal, dit von Meier, comme notre ami Schacht, mais celui-ci n'est pas codé. Tout le monde pourra le lire quand je serai mort. J'y écris quelque chose tous les jours. Des pensées, des souvenirs, des remarques. Vous y figurez maintenant, avec Schacht, Hartmann et tous les autres, vous faites désormais partie de l'histoire, partie d'Iram. En êtes-vous heureux ? »

David ne répondit pas, il avait l'impression de n'appartenir à rien et de n'être attaché à personne.

« Eh bien, dit von Meier, parlez-moi un peu de ce que vous avez vu, des conclusions auxquelles vous êtes arrivé. Iram est-elle à votre goût ? Est-elle à la mesure de ce que vous en attendiez ? »

Rassuré à l'idée que von Meier ne voulait apparemment qu'un premier rapport sur son aperçu de la ville, David oublia toutes ses autres pensées et donna un compte rendu détaillé de ses premières impressions. Ils passèrent l'après-midi ensemble et David comprit alors la raison pour laquelle on l'avait conduit à Iram. Depuis plus de quarante ans, von Meier mesurait, cataloguait, évaluait et décrivait les pierres et les objets trouvés dans la ville, inscrivant le résultat de ses recherches dans l'énorme rapport que David était en train de lire. Pendant tout ce temps, il n'avait trouvé personne capable de discuter avec lui des problèmes techniques que posaient ses travaux, personne autour de lui ne pouvait apprécier ou admirer l'œuvre incontestable qu'il avait accomplie. Von Meier était avide d'éloges et voulait être reconnu par un autre archéologue.

Ce soir-là il dîna tôt avec von Meier, on lui apporta une table et une petite chaise qu'on plaça à côté du lit du vieillard. On lui servit du vin, un médoc 1945 qui avait survécu au voyage jusqu'en Arabie et était arrivé à maturité dans les caves d'Iram. Von Meier expliqua à David que l'année 1945 avait été particulièrement bonne pour les vins du Médoc, mais il ne lui révéla pas comment il s'était procuré ces bouteilles qui vieillissaient quelque part au cœur de la ville.

Pendant le repas, von Meier se souvint de ses jeunes années, il raconta le début de ses études à Hanovre, les grands professeurs dont il avait suivi les cours. Il expliqua comment il en était venu à découvrir le parchemin arabe qui faisait référence à Iram, dans une collection de manuscrits musulmans de la première période, que Karl Friedrich Hauser, le célèbre islamologue de la fin du XIXe siècle, avait apportée à la bibliothèque de l'université de Tübingen. Malgré des circonstances adverses en Allemagne, il était parvenu à organiser cette expédition au Sinaï qui s'était si mal terminée et au cours de laquelle tant de ses collègues avaient trouvé la mort. Une fois que Schacht eut localisé Iram, von Meier avait pu organiser une seconde expédition avec l'aide d'amis arabes et dans l'automne de 1936 il avait trouvé une ville correspondant exactement à la description d'al-Halabi.

David essaya d'interroger von Meier sur son retour à Iram après la guerre, mais celui-ci se montrait fort discret sur ce sujet, répétant sans cesse que cette ville était un sanctuaire, un refuge de l'espoir où les blessures et les souffrances infligées par la guerre et ses conséquences immédiates pouvaient être soignées pour que de nouvelles générations grandissent dans un monde préservé de la civilisation et des maux dont elle était la source.

La soirée était avancée quand von Meier mit fin à leur conversation. Le garde de David l'attendait comme toujours et lui demanda s'il désirait retourner à sa chambre. Il était fatigué, mais comme il avait attendu toute la journée pour retourner à l'étude des rouleaux, il informa le garde qu'il voulait retourner à la bibliothèque pour finir un travail qui l'y attendait. L'autre haussa les épaules et le mena jusqu'à la bibliothèque. Quelques minutes plus tard, David avait retrouvé ses parchemins et les étalait sur la table.

Le second rouleau était plus lisible que le premier et David put facilement en tirer le sens général, bien qu'il ne parvînt pas à identifier certains mots. Ce texte avait été écrit par un prêtre nommé Baruch, demeuré à Tayma après la mort de Nabonide. Baruch avait été un élève de Benjamin bar Hilkiah et c'était à lui que Benjamin avait adressé sa lettre peu avant sa mort. Quand le roi Nabonide décida de quitter Babylone pour se rendre dans les étendues désertiques de l'Arabie après avoir établi son fils Belshazzar comme vice-roi, Baruch et sa famille s'étaient trouvés parmi les volontaires pour le suivre, peut-être avec l'espoir de pouvoir retourner en Palestine quand l'aventure s'achèverait. Avant le départ, Benjamin était allé dans la cave avec son père et ses trois frères pour retrouver le trésor du Temple de Jérusalem. Là encore, David eut la déception de voir que celui qui avait effacé le mot désignant la nature de ce trésor dans la lettre de Benjamin avait fait de même avec le témoignage laissé par Baruch.

Le scribe et sa famille avaient transporté le trésor de Babylone à Tayma tout en en cachant l'existence, même aux autres Juifs qui les accompagnaient, et ils l'enterrèrent dans l'oasis, au pied d'un amoncellement de rocs. Baruch avait écrit cette lettre à l'intention de son fils pour qu'il puisse récupérer le trésor au moment propice.

Vers la fin du testament de Baruch se trouvait une note rédigée d'une autre écriture, celle de son fils Ephraïm qui affirmait avoir déterré le trésor près de Tayma pour le transporter ensuite à Iram où il l'avait transmis aux prêtres et aux lévites comme un objet sacré de la cité de leurs pères.

Le troisième rouleau donnait la fin de la saga. L'auteur s'appelait Elihoreph, un prêtre qui avait été employé comme scribe auprès du roi Jehoahaz, le troisième roi d'Iram. À l'époque où il écrivait, la ville était menacée par des pillards arabes qui s'étaient aventurés au cœur du Nafud pendant une saison où les pluies avaient été faibles, d'où le fait que le roi avait décidé de mettre le trésor en un lieu plus sûr. En progressant dans sa lecture, David sentait son excitation grandir car Elihoreph décrivait la façon dont il avait caché l'objet et son exacte localisation. Mais, comme les autres, le texte d'Elihoreph avait été modifié. Il débutait sans préambule :

*« Au onzième jour du mois de Tishri de cette année, après le jour du Grand Pardon, et quand le grand prêtre fut sorti du Temple, le roi Jehoahaz, roi d'Iram et Maître des Sables de l'intérieur, fit apporter le *****. Il appela en sa présence le grand prêtre Amariah bar Malluch et Shemaiah bar Rahum, prêtre du Temple et descendant d'Aaron, puis il appela Joiakim bar Johanan, Johanan bar Kadmiel, son père, et Judah bar Mattaniah qui sont des lévites. Puis il me*

convoqua, Elihoreph, fils de Jozadak, pour que j'inscrive leurs paroles.

Le roi Jehoahaz parla de la faim qui s'était abattue sur le pays et du malheur qui s'ensuivit, puis il dit qu'il craignait que les Bene Qedem ne se soulèvent contre nous et que leurs armées ne nous écrasent. En prévision de ce jour funeste le père du roi, le roi Abishalom, avait fait creuser un endroit profond, sombre et secret, sous la cité, une pièce prise dans le roc. Quand tous eurent juré solennellement de garder le secret, et moi aussi Elihoreph, me remettant entre les mains du Très-Haut, le roi nous décrivit l'endroit où nous devions le garder. C'était un endroit où personne n'irait de sa propre volonté et dont les Bene Qedem se tiendraient éloignés.

*Le même jour, alors que de nombreux habitants de la ville dormaient encore en raison du jeûne qu'ils avaient observé la veille, les prêtres et les lévites (j'étais parmi eux) apportèrent le ***** du Temple et l'enveloppèrent d'une couverture d'or, d'une couverture d'argent et d'une couverture de soie. Nous l'emportâmes du Temple et traversâmes la Grande Porte pour nous enfoncer dans les souterrains où reposent les morts. Au passage qui se trouve être le troisième du côté gauche du tunnel, nous tournâmes, portant toujours le *****. Amariah bar Malluch était un vieillard très digne, il marchait devant nous en portant la lampe et Johanan bar Kadmiel, lui aussi un vieillard, fermait notre marche en portant une lampe semblable à celle d'Amariah. Il y avait une ouverture sur la droite au bout de deux cents pas et nous tournâmes pour nous enfoncer de plus en plus profondément dans l'obscurité. Au bout du tunnel dans lequel nous marchions nous arrivâmes devant un mur. Là nous ne pûmes continuer notre chemin.*

Suivant les ordres que nous avait donnés le roi quand il nous avait convoqués, Amariah bar Malluch se pencha et chercha dans la poussière un anneau de fer placé de telle sorte qu'aucun homme ne le trouve sans en avoir été instruit auparavant. Nous le vîmes en vérité comme le roi l'avait dit, habilement dissimulé dans la pierre par un maître maçon qui avait également construit la pièce qui se trouvait en dessous.

Le plus jeune prêtre, Shemaiah bar Rahum, essaya de soulever la dalle de pierre qui recouvrait l'entrée de cette pièce.

La pierre avait été placée si adroitement qu'il lui fallut un grand effort pour la soulever, à la force de ses bras, car elle avait été ainsi faite qu'un homme seul puisse la soulever pour se réfugier en dessous, même s'il était le dernier des siens et que personne ne puisse le secourir.

*Alors nous apportâmes le *****, le déposâmes dans la petite chambre et scellâmes l'entrée, puis nous y inscrivîmes le nom d'Amariah et le nom de Jehoahaz. Puis nous fîmes une prière pour que le Seigneur nous accorde sa protection et nous repartîmes dans le tunnel après avoir replacé la lourde pierre et l'avoir recouverte de poussière comme nous l'avions trouvée.*

J'ai achevé la rédaction de ce texte au douzième jour du mois de Tishri, dans la cinquième année du règne de Jehoahaz, que le Dieu de l'Univers le protège et prolonge son règne.»

Comme il reposait le parchemin, David sentit son cœur battre à toute vitesse, il était sûr que son garde pouvait entendre ses battements, dans le silence pesant de cette antique bibliothèque. Mais le garde était assoupi sur sa chaise et se souciait peu de David ou du reste. David posa ses mains sur la table pour contrôler son tremblement et essaya tant bien que mal de se calmer. Il avait compris qu'Amariah, le vieux prêtre, était responsable des ratures dans les trois documents. Mais il pensait aussi savoir maintenant ce qu'était cet objet qu'on ne nommait jamais. S'il avait deviné juste et si cette chose était encore là, cette découverte suffirait par elle-même à faire oublier celle d'Iram.

Il y avait en tout cas une chose qu'il pouvait immédiatement vérifier, pensa-t-il en se levant de sa chaise et en se dirigeant vers la plaque de pierre où les titres des principaux manuscrits étaient gravés ainsi que l'endroit où ils avaient été rangés. Le rapport de von Meier mentionnait avec une insistance particulière une histoire détaillée de la ville organisée selon les règnes de ses quinze rois. David trouva rapidement le titre sur la plaque et put localiser le rouleau dans sa niche. C'était un rouleau épais en excellente condition, d'une écriture lisible à l'encre noire.

Le règne de Jehoahaz, le troisième roi d'Iram, apparaissait au début du rouleau. David reçut un choc en voyant qu'il n'avait régné que cinq ans. Peu après la fête des Tabernacles qui prenait place entre le 15 et le 23 du mois de Tishri, une confédération de sept tribus arabes venues des régions montagneuses au sud des sables (probablement ce qu'on appelle aujourd'hui le Djebel Shammar) attaquèrent Iram et furent vaincues bien que les défenseurs eussent subi de lourdes pertes, parmi lesquelles le roi Jehoahaz lui-même et Amariah, le grand prêtre. La mort de Jehoahaz et l'instabilité de la ville furent à l'origine d'une terrible confusion et d'une situation anarchique au cours de laquelle un forgeron du nom d'Abishai tua le jeune fils de Jehoahaz, Jerimoth, et prit sa place, puis entreprit d'exécuter tous ceux qui avaient appartenu à la cour de l'ancien roi, y compris, selon ce qu'on disait, les prêtres et les lévites. Le chroniqueur rapportait qu'à la suite de ces événements Abishai fut puni de ses blasphèmes par une terrible maladie qui le terrassa et l'emporta à peine un an plus tard. Ce fut un autre fils de Jehoahaz, du nom de Naphtali, sauvé par son tuteur du massacre perpétré par Abishai, qui monta sur le trône d'Iram. L'ordre fut alors rétabli dans la cité.

Perplexe, David alla replacer le rouleau dans sa niche. Il était tout à fait plausible que tous ceux qui avaient participé au transfert du trésor depuis le Temple de Jérusalem pour ensuite le cacher aient trouvé une mort soudaine peu après cet événement, le roi et le grand prêtre dans la bataille contre les tribus nomades, les autres à la suite du coup d'État d'Abishai. Ce n'était pour le moment qu'une hypothèse mais cela valait la peine de le vérifier. S'il était toujours à sa place il allait trouver cet objet. Et s'il avait deviné juste quant à sa nature, il ne fallait pas que von Meier en apprenne l'existence. Il le trouverait donc tout seul.

41.

David devait fausser compagnie à son garde, ce qui, pensait-il, ne serait pas très difficile. Le plus dur serait de revenir sans éveiller les suspicions. Il croyait connaître un moyen et décida de le mettre à l'épreuve le soir même en profitant de la somnolence du garde.

Il remit les rouleaux en place puis rassembla ses papiers et vérifia plusieurs données dans le rapport de von Meier, recopiant certains détails sur une feuille. Quand il eut fini, il referma son dossier et alla réveiller le garde.

« Il se fait tard, dit-il en faisant semblant de bâiller, je n'arrive plus à travailler, reconduisez-moi à ma chambre. »

À moitié endormi et impatient de retourner à son dortoir, le garde hocha la tête.

Ils quittèrent la bibliothèque, le garde ouvrant la marche avec la lampe. Presque à angle droit, partant sur la droite au bout du premier couloir, il y avait un tournant immédiatement suivi par un autre qui, lui, allait sur la gauche. Avant d'arriver au premier tournant, David s'était attardé. David alors se retourna et se mit à courir aussi rapidement et aussi silencieusement que possible jusqu'à ce qu'il trouve sur la gauche un tunnel qui n'était pas éclairé. Il s'arrêta juste le temps de prendre une lampe sur le mur d'en face et s'enfonça dans le noir. À partir de là, il dut deviner le chemin à suivre, aidé sur le plan sommaire qu'il avait pu établir grâce aux croquis de von Meier. Il connaissait maintenant suffisamment bien la ville pour en avoir compris l'organisation générale, mais il savait aussi qu'Iram était un endroit complexe, fait de tunnels et de couloirs s'entrecroisant et s'ajoutant aux centaines de kilomètres de passages souterrains.

Le tunnel dans lequel David s'enfonçait en courant n'était rien de plus qu'un boyau sans lumière, creusé dans le roc, et qui servait de raccourci entre deux voies principales. Il n'apparaissait sur aucune des cartes de von Meier, mais on devinait facilement quelle était son utilité. Les vrais problèmes ne surgiraient que plus tard, lorsqu'il se trouverait dans le quartier de la nécropole au-delà du temple, car c'était là une partie de la ville sur laquelle von Meier ne donnait pratiquement aucune indication.

Comme il s'y attendait, il déboucha dans un couloir éclairé et qui à cette heure-là était vide. Il n'était plus qu'à une courte distance du temple, une immense fosse aux proportions d'une cathédrale, une caverne naturelle au cœur du roc, raffinée par le travail humain et dont la voûte était renforcée au centre par un unique et gigantesque pilier. Seule la première moitié du temple était éclairée en permanence, grâce à des flammes brûlant dans des réservoirs de pétrole placés sous le sol luisant à travers les fentes qui y avaient été pratiquées. La seconde moitié, dans laquelle David venait d'entrer, était encore plongée dans son obscurité première, donnant une impression de religiosité sinistre, comme celle d'un panthéon des dieux des enfers.

Quand il arriva dans la partie illuminée de cette grande caverne, sa respiration devint plus aisée, comme si l'obscurité lui avait en quelque sorte bouché les poumons. Il se savait en danger, à se trouver là alors que la plupart des habitants de la ville dormaient, et il n'aurait eu que de maigres explications à donner si on l'avait découvert dans le temple. Talal n'y avait emmené un bref instant David qu'à contrecœur, comme s'il s'y trouvait quelque chose qu'il eût mieux valu lui cacher, et il n'avait pas autorisé David à aller au-delà de la première moitié. Maintenant qu'il se trouvait là, il était tenté d'explorer l'endroit, mais le temps pressait.

Il sortit du temple par une grande porte de pierre sans battants et se retrouva dans un large passage sans lumière, avec des niches de chaque côté, où reposaient des restes momifiés, du sol au plafond. À la faible lumière de sa lampe, David ne pouvait voir que des lambeaux d'étoffe, des chairs desséchées, des os, des cheveux tressés, couverts de toiles d'araignée.

D'après la taille et la qualité des fresques qui ornaient les niches, David pensa qu'il se trouvait dans le Grand Tunnel auquel le texte d'Elihoreph faisait allusion. Il chercha précautionneusement les ouvertures sur la gauche et s'enfonça dans la troisième. L'obscurité paraissait encore plus dense, bien qu'il sût que c'était impossible. Les niches qu'il rencontrait étaient maintenant moins bien construites, plus resserrées. Une étrange odeur de moisi se mêlait à celle des épices et lui montait aux narines. Le sol était dur et inégal, il lui était difficile de garder son équilibre, il craignait de trébucher et de voir sa lampe s'éteindre.

Tout d'un coup, il le trouva, là devant lui, étroit et plongé dans une obscurité totale, comme la bouche grande ouverte du Sheol, le séjour des morts.

Il entra dans le tunnel en évitant les toiles d'araignée. Tout autour de lui, des bruits de rats et d'insectes fuyant à son approche, et dont la présence de David venait perturber l'univers.

Il arriva enfin devant le mur qui marquait l'entrée du tunnel. Le sol était recouvert d'une épaisse couche de poussière, qui semblait avoir été remuée mais il y avait bien longtemps de cela. David posa sa lampe par terre, s'agenouilla et se mit à gratter la poussière. L'anneau était là, logé dans la pierre, comme l'avait dit Elihoreph. David le saisit et se mit en position pour soulever la dalle. Il tira de toutes ses forces : rien.

Le mécanisme qui permettait de faire pivoter la pierre s'était bloqué au cours des siècles. David poussa un soupir. Il aurait sans doute fallu plusieurs hommes et un levier pour pouvoir la faire bouger. Il se pencha de nouveau pour tirer une seconde fois. Toujours rien. C'est alors qu'il vit près de l'anneau un petit orifice. Balayant la poussière de sa main, il remarqua que l'orifice se trouvait à l'extrémité d'une courte ornière inclinée. Peut-être que... Prenant toutes les précautions, terrifié à l'idée que sa flamme s'éteigne, il renversa lentement sa lampe vers le petit canal creusé dans la pierre. Un mince filet d'huile coula le long de la rigole jusque dans le trou.

Il attendit que l'huile se répande sur le mécanisme d'ouverture, fit une nouvelle tentative et sentit un léger mouvement. Prenant un instant de repos et relâchant son emprise pour se dégourdir les doigts, il prit appui sur ses jambes pour tirer en arrière d'un coup violent. Cette fois, il y eut un grincement et la pierre bougea sous ses pieds. Redistribuant le poids de son corps, jambes écartées, il tira encore. Cette fois la pierre ne fut pas freinée dans son mouvement et la dalle céda d'un coup. Maintenant elle pivotait facilement sur son axe et il sentait en dessous quelque chose qui faisait contrepoids.

David appuya la dalle contre le mur sur le côté et ramassa sa lampe. À ses pieds, un étroit escalier s'enfonçait dans une caverne obscure. Il se tourna difficilement et descendit les marches à l'envers, tâchant de se maintenir en équilibre. Il y avait en tout dix-neuf marches aboutissant à un sol de pierre. L'ouverture devenait beaucoup plus large au pied de l'escalier, et lorsque David se retourna et leva sa lampe, il vit qu'il se trouvait dans une sorte de vestibule devant une porte de métal à double battant d'à peu près deux mètres de haut.

La porte était en cuivre et richement décorée de caractères hébraïques incrustés d'or et d'argent. Les lettres étaient anciennes et difficiles à déchiffrer, mais il traduisit sans peine le célèbre verset de la Bible : « N'approche pas d'ici, ôte tes souliers de tes pieds, car le lieu sur lequel tu te tiens est une terre sainte. »

C'étaient les paroles adressées par Dieu à Moïse sur le mont Horeb, quand il vit le buisson ardent et entendit la voix de Dieu pour la première fois. Au centre de la porte, juste sous l'inscription, se trouvaient deux sceaux de cire. L'un portait le nom du grand prêtre Amariah, l'autre celui du roi Jehoahaz ainsi que des malédictions destinées à quiconque les briserait et ouvrirait la porte pour pénétrer dans la chambre.

David éprouvait une sorte de terreur qui l'incitait à battre en retraite, comme s'il allait violer la loi la plus sacrée de la religion de son père, mais en même temps il était gagné par une excitation qui le poussait à ouvrir la porte. Il tendit la main droite et toucha le sceau de Jehoahaz. Il l'enleva facilement et le posa. Il fit de même avec celui d'Amariah qui, comme pour un mauvais présage, tomba en s'effritant au moment même où il l'effleurait. Ses mains tremblaient. Tout son corps tremblait. Il sentait un mélange d'angoisse et d'excitation, son cœur battait à toute vitesse. Il avait la bouche sèche et haletait. Le vestibule sentait le renfermé, l'air était pesant, à peine respirable. La flamme de sa lampe, privée d'oxygène, diminuait de façon inquiétante. Il la posa de côté et poussa la porte.

Les gonds rouillés protestèrent en produisant un bruit perçant, la porte s'ouvrit lentement. Elle s'était affaissée au cours des siècles, et le bas frottait contre le sol. David attendit quelques instants que l'air devienne plus léger, puis il ramassa sa lampe et éclaira l'ouverture.

La chambre qui s'offrait à ses regards était petite, comme Elihoreph l'avait décrite : six coudées de long sur quatre de large et cinq de haut, ce qui représentait deux mètres sur un mètre quatre-vingts et deux mètres soixante de haut. Il n'y avait pas la moindre décoration, pas une peinture, pas une fresque, pas une sculpture. On voyait encore la marque du burin avec lequel on avait creusé le roc, autant de blessures que le temps n'avait pas soignées. Le temps ne peut pas tout guérir, après tout, songea David. Sa lampe vacillait dans l'air rance, projetant des ombres étranges sur le rocher informe.

Un objet enveloppé dans des étoffes précieuses était posé sur un socle de pierre à cinquante centimètres environ au-dessus du sol. C'était un peu plus petit qu'il ne l'avait pensé, un mètre vingt de long, soixante centimètres de large et un mètre vingt de haut. Il sut ce que c'était avant même de s'en approcher pour enlever les étoffes. Sans plus éprouver de crainte, il souleva la première étoffe qui était de soie, puis une autre étoffe brodée de fils d'argent, et en dessous encore une troisième, décorée de fils d'or pur.

Il retira la troisième étoffe d'une main tremblante et la laissa tomber avec les autres. Sa gorge et sa poitrine se serrèrent, ses yeux clignèrent en se posant sur l'objet qu'il venait de découvrir. Il n'avait pas besoin de se demander ce que c'était. Ce ne pouvait être qu'une chose, une seule chose. Il avait l'impression d'avoir cessé de respirer et que son cœur venait de s'arrêter de battre. C'était beau, effrayant et lourd du poids des siècles. Il pensa n'avoir jamais vu un objet empreint d'une telle ancienneté. C'était comme s'il avait là devant lui la chose la plus vieille du monde, qui pourtant semblait totalement nouvelle, comme si elle renaissait devant lui dans cette minuscule chambre : l'Arche d'Alliance et au-dessus le propitiatoire.

La lumière sembla se démultiplier, sauter et danser, se briser en une rivière d'or. Dans son fond reposait l'Arche elle-même, un coffret étincelant d'or dans lequel se trouvaient les Tables de la Loi. Le propitiatoire était placé au-dessus, un ange se tenait de chaque côté avec ses ailes déployées. Les anges se faisaient face comme des amants à jamais séparés, et leurs ailes couvraient d'ombre le coffret comme les branches d'un grand arbre ombrage le sol qui s'étend à ses pieds.

Il n'aurait pas pu dire combien de temps il était resté là, hypnotisé. Des heures peut-être, des jours : il avait perdu la notion du temps et de l'espace, il avait perdu la conscience de lui-même. Plus rien n'existait à part l'Arche, elle était tout son monde, tout son être, son passé, son présent et son avenir. Il vit son reflet dans l'or, son corps amaigri, ses cheveux emmêlés, ses yeux fixes, et pourtant il n'était plus conscient de sa propre existence, comme s'il était fondu dans l'Arche, comme s'il en faisait partie, se perdant dans l'éclat de ses profondeurs translucides.

Ce fut la lumière qui le ramena à la réalité. Elle s'était mise à trembler, ce qui signifiait que l'huile avait atteint un niveau dangereusement bas. S'il partait immédiatement, il lui en restait assez pour retourner dans les quartiers éclairés en permanence. À contrecœur, il recouvrit l'Arche des étoffes qui l'avaient protégée, replaçant d'abord l'or et finissant par la soie. Puis il se retourna pour quitter cette pièce qui pendant tant de siècles avait été le Saint des Saints ignoré et inviolé.

Arrivé en haut des escaliers, il se demanda s'il devait refermer la dalle de pierre. Il craignait que le mécanisme d'ouverture ne marche pas une seconde fois et que l'Arche ne se trouve enfermée à jamais dans sa tombe, à moins qu'il ne puisse revenir avec toute une équipe d'archéologues pour soulever la pierre. Et qui pouvait bien venir ici ? songea-t-il. Il conclut qu'il valait mieux laisser la dalle telle qu'elle était.

Il se retourna pour partir et glissa sur une flaque d'huile qu'il avait déversée là en remplissant le trou dans la pierre. Il tomba en avant, la lampe lui échappa, tomba à terre et se brisa en mille morceaux, comme le sceau d'Amariah. La flamme crépita quelques instants avant de s'éteindre. L'obscurité se déversa dans la pièce et les couloirs, le recouvrant comme un linceul.

42.

Quand le désert attaque, il le fait cruellement. Il n'y a là rien de doux, de facile, il n'y a aucune consolation. Le désert est sans merci parce qu'il est sans vie et sans âme. Rien n'y entre ou n'en sort sans être altéré, lui-même pourtant reste étranger à tout changement. Il n'offre jamais une seconde chance, à peine vous en offre-t-il parfois une première.

Il leur fallut trois jours pour arriver jusqu'à la limite d'Iram. Trois jours de souffrances ininterrompues, à subir le froid, la soif et la faim. Ils avaient chacun quelques dattes, rescapées des maigres provisions que Nazzal leur avait apportées pendant la tempête. Ils les économisaient avec avarice, n'en mangeant qu'une toute petite quantité une seule fois par jour, juste assez pour en retirer un peu d'énergie, pas assez pour apaiser les douleurs que leur infligeait la faim. Ils trouvèrent une petite *khabra*, une flaque d'eau de pluie au pied de quelques rochers, recouverte d'une fine croûte de sable rouge. L'eau était amère et légèrement salée, mais ils la burent avidement jusqu'à n'en plus pouvoir. Ils n'avaient pas de récipient pour emporter le reste, ils l'abandonnèrent donc et reprirent leur route, se traînant vers l'est à travers des étendues de sable mort.

Le troisième jour, ils se réveillèrent, blottis l'un contre l'autre, sales, leurs corps empestaient, ils étaient couverts de plaies et de cloques. Ils se remirent à marcher comme des automates, heure après heure, à travers cette sombre monotonie. D'épais nuages se déplaçaient dans le ciel ce jour-là, tout prenait un air morne, comme délavé, transparent. Il était presque midi quand Scholem s'arrêta et regarda autour de lui pour inspecter le désert.

« Leïla », appela-t-il d'une voix faible et brisée.

Elle s'arrêta à quelques pas de lui.

« Oui ?

– Regardez, Leïla, regardez ! Ça y est ! C'est ça, j'en suis sûr ! »

Elle jeta un regard alentour : le paysage avait changé. À la place d'une maigre végétation il n'y avait plus rien, pas même des *ghada* ou des *arfaj*. Au lieu de buissons, des rochers escarpés sortaient des sables. Les dunes avaient laissé place à une région plate, parsemée de monticules rocheux et d'étendues de sel. Un vent léger soufflait à la surface du sable, le soulevant comme une fine fumée. Il n'y avait pas un seul oiseau dans le ciel, pas même un de ces sinistres charognards. Tout était enveloppé dans un silence menaçant, plus profond encore et plus effrayant que le silence à la lisière des sables.

Leïla se tourna vers Scholem. Il était toujours à scruter le paysage, incapable de détourner son regard de la désolation qui les entourait de toutes parts.

« On a l'impression de quelque chose d'extrêmement ancien, murmura-t-elle.

– C'est ici que tout a commencé, le sable, le désert, tout. »

C'était un lieu antique, plus usé par le temps que tous ceux qu'ils avaient jusqu'alors traversés. Ils sentaient au plus profond d'eux-mêmes la sombre antiquité de cette désolation originelle.

« Voici l'endroit dont parle al-Halabi, murmura Leïla, il disait qu'Iram se trouve au cœur d'un endroit mort, la vallée de Barhut, où les âmes des incroyants sont rassemblées avant d'être jetées en enfer. C'est bien ici, Chaim. Iram est quelque part, tout près. Il ne nous reste qu'à trouver la ville. »

Ils reprirent leur marche, se sentant alors plus légers, guettant un signe, quelque chose, un indice sur l'emplacement exact d'Iram. Mais ils ne voyaient que du sable, du roc et du sel. Ils passèrent à nouveau la nuit dans les bras l'un de l'autre. Il n'y avait rien de sexuel dans ce rapprochement, car le désert avait éliminé tout ce qui n'était pas indispensable à leur survie. Ils se remirent en route avant le lever du soleil.

Ils trouvèrent l'avion vers le milieu de la matinée, et crurent d'abord que ce n'était qu'un autre amoncellement de rochers rouges, puis, en s'approchant, ils distinguèrent clairement la queue d'un avion dressée vers le ciel. Il y avait quelque chose qui semblait anormal à propos de la forme de cet avion. Ils s'en approchèrent précautionneusement, à l'affût de toute trace de vie. Il n'y en avait pas. Ils approchèrent encore. L'avion s'était écrasé, l'avant était en partie enfoncé dans le sable et la queue se dressait, presque perpendiculaire au sol. Une aile avait été arrachée par l'impact et se trouvait à plusieurs centaines de mètres de là.

Quand ils ne furent plus qu'à une cinquantaine de mètres de la carcasse, ils se rendirent compte qu'elle était rouillée et s'avancèrent jusqu'à l'épave un peu rassurés. À une dizaine de mètres, Scholem s'immobilisa tout d'un coup et fixa l'arrière de l'appareil. Leïla arriva à sa hauteur.

« Qu'est-ce qui se passe, Chaim ?

– Vous ne voyez pas ? dit-il, là-haut, sur la queue de l'avion ? »

Elle suivit du regard la direction qu'il désignait du doigt. Malgré les années d'érosion par le sable et la pluie, on pouvait voir un insigne presque effacé. Il était impossible de se tromper malgré l'usure et la rouille : c'était une croix gammée noire, légèrement inclinée et entourée d'une ligne blanche. Un peu en dessous, sur le fuselage, on distinguait une large croix noire et carrée.

« Je ne comprends pas du tout, dit Scholem. Je reconnais cet avion. C'est un BV 144 servant au transport de passagers et de marchandises, un modèle développé par Bhlom et Voss, en… disons vers 1943. Ils en ont construit quelques prototypes en France sous l'Occupation, mais ils n'ont pas été plus loin, les Allemands ont été obligés d'abandonner l'usine en 1944. La présence de cet avion ici est totalement inexplicable. Il n'y a pas eu de combats ici ni même à proximité de la région, sauf en Irak pendant le coup d'État de Rashid Ali, et cet avion n'était alors qu'un projet. »

Ils firent le tour de l'appareil. Les hublots étaient intacts mais couverts de crasse et d'une épaisse couche de sable. Scholem se hissa sur l'aile qui était restée accrochée et rampa jusqu'au fuselage à l'endroit où se trouvait la porte. Leïla le suivit.

La porte était hermétiquement fermée et les gonds étaient rouillés. Ils la soulevèrent, tirèrent, mais elle résista à tous leurs efforts. Leïla redescendit et trouva une petite pierre. Elle alla jusqu'au hublot le plus proche et le fit voler en éclats.

Lorsque la poussière et le sable furent retombés, elle jeta un coup d'œil à l'intérieur. Elle ne vit que des silhouettes sombres, mal définies, et que l'absence de lumière rendait méconnaissables. Elle remonta sur l'aile, tenant toujours sa pierre, et rejoignit Scholem qui essayait en vain d'ouvrir la porte. Elle lui tendit le caillou et se laissa glisser à terre pour aller en chercher un autre plus gros.

Ils martelèrent ensemble la porte jusqu'à ce que leurs mains leur fassent mal et qu'ils aient le souffle court. Finalement, les coups firent céder la porte qui s'ouvrit lentement vers l'intérieur, bloquée par quelque chose qui se trouvait derrière.

Un nuage de poussière s'éleva avant de retomber, laissant la lumière inonder l'intérieur de l'avion. Scholem entra, immédiatement suivi par Leïla. Une odeur lourde et fétide le prit à la gorge, l'obligeant à se couvrir le visage. L'air était rare et irrespirable comme dans une tombe restée fermée pendant des siècles. Il respirait plus lentement, aspirant un peu d'oxygène grâce à l'air qui s'engouffrait par la porte ouverte. Ses yeux s'habituèrent progressivement à la faible lumière. Il prit sa pierre et fit éclater quelques autres hublots près de la porte. C'était un peu mieux.

Comme il s'enfonçait dans la carcasse, il aperçut sur le sol, juste derrière la porte, un squelette dans les restes d'un uniforme allemand, allongé et cassé par la poussée qu'il avait dû donner à la porte. Il passa rapidement devant et s'enfonça dans le fuselage de l'appareil. Leïla le suivit en tâchant de maîtriser la panique qui commençait à s'emparer d'elle, le désir de ressortir dans le désert, où l'air était malgré tout plus pur.

Ils étaient d'une certaine manière soulagés par le manque de lumière, car la semi-obscurité leur dissimulait autant de choses qu'elle leur en laissait voir. L'appareil avait été luxueusement équipé. Ils purent distinguer une table et des chaises à l'arrière, un bureau, un lit et des fauteuils fixés au sol, recouverts d'une fine couche de poussière. Le reste du fuselage était meublé par des sièges ordinaires, espacés. Il y en avait une vingtaine. Tous sauf un étaient occupés. Tout était resté comme le jour de l'accident. Rien n'avait été touché. Les lanières de cuir pendaient du plafond, comme si la main d'un passager allait s'en saisir d'un moment à l'autre.

Il y avait deux rangées de lampes le long du couloir, recouvertes de verre, intactes comme s'il suffisait d'appuyer sur un interrupteur pour les allumer. Un tapis s'étendait entre les deux rangées de fauteuils, prêt à être balayé. Un verre qui avait dû se trouver dans la main d'un passager juste avant sa mort gisait là, intact lui aussi.

Scholem marcha lentement le long du couloir central. Il y avait dix sièges de chaque côté, alignés deux par deux. Les cadavres des passagers y étaient vautrés, retenus par de larges ceintures de toile. L'air du désert les avait bien préservés. Une peau tendue et ressemblant à du cuir habillait les squelettes, leurs crânes étaient encore recouverts de cheveux secs semblables à de la ficelle. Les vêtements avaient pourri mais on pouvait encore en reconnaître l'origine. Il y avait trois femmes en robes de coton passées, le corps tordu sous l'effet de la douleur. Tous les autres étaient des hommes, plusieurs appartenaient à la Wehrmacht, certains portaient des uniformes SS, trois ou quatre étaient en civil. Scholem avait autrefois participé à une mission dont le but était d'arrêter d'anciens nazis, et il connaissait un peu les uniformes et les insignes du Troisième Reich. En arpentant l'allée, il arriva rapidement à la conclusion, d'ailleurs évidente vu le mobilier et l'aménagement de l'avion, qu'il s'agissait de personnages importants.

Leïla le trouva à l'avant de la cabine, regardant comme subjugué les cadavres d'un homme et d'une femme. L'homme était en uniforme, mais il ne portait aucune des décorations ou des insignes habituels, sauf une simple croix de fer entourée de deux insignes ronds. Une aigle aux ailes déployées avait été cousue sur la manche gauche. Scholem ne pouvait détacher ses yeux de ce spectacle. Leïla le rejoignit, intriguée par son attitude, puis en regardant à son tour, elle comprit pourquoi il le fixait ainsi, elle comprit qui étaient cet homme et cette femme, pourquoi il restait comme cloué sur place. Un seul homme, sous le Troisième Reich, avait porté cet uniforme, d'une simplicité étudiée qui caractérisait le pouvoir absolu. Ils restèrent longtemps côte à côte sans faire un geste. Puis Leïla mit son bras autour des épaules de Scholem et le serra contre elle.

« Il faut partir, Chaim, dit-elle d'une voix douce. Ils sont morts maintenant. Il n'est plus qu'un cadavre, comme il l'aurait été à Berlin. Ça ne change rien. »

Il hocha la tête et sortit de sa rêverie.

« Je veux d'abord regarder le poste de pilotage », dit-il en se retournant pour ouvrir la porte qui séparait le cockpit de la partie réservée aux passagers.

Il faisait sombre dans la cabine, qui ne bénéficiait pas de la lumière qui s'infiltrait par l'arrière de l'appareil. Scholem avança prudemment sur l'épaisse couche de poussière qui recouvrait le sol. Les vitres avaient volé en éclats avec l'impact et laissé entrer le sable. Le pilote et le copilote étaient courbés comme s'ils essayaient de redresser l'avion. Scholem retourna au centre de l'appareil, jusqu'à l'endroit où se trouvait Leïla.

Elle avait ramassé des papiers sur le sol à côté du bureau et les mettait dans les plis de sa robe. Comme Scholem approchait, elle lui fit signe de venir voir quelque chose dans le compartiment réservé aux repas.

« Regardez, dit-elle, la table était mise. Ils venaient de finir leur dernier repas. »

Une nappe en lambeaux couvrait la table. Plusieurs assiettes sales et moisies s'y trouvaient encore, mais l'essentiel de la vaisselle était tombé pendant l'accident et formait un amoncellement de débris : des verres en cristal, de la porcelaine, de l'argenterie, le tout complètement écrasé et couvert de la poussière rouge du Nafud.

Scholem se fraya un chemin au milieu des débris et alla ouvrir la porte qui se trouvait tout à fait à l'arrière.

« Il doit y avoir une cuisine là-dedans », dit-il.

Il força la porte. Tout était chaotique. Quatre squelettes étaient allongés au milieu des casseroles, des pots et des ustensiles de cuisine. D'après ce qu'il restait de leurs vêtements, Scholem devina qu'il s'agissait d'un cuisinier et de ses assistants. Il alla jusqu'aux placards sur le côté et les ouvrit l'un après l'autre.

La nourriture, comme les chairs, avait pourri ou séché depuis longtemps. Mais dans le troisième placard, Scholem trouva ce qu'il cherchait : cinq bouteilles de vin avec deux autres bouteilles qu'il avait espéré trouver : de l'eau minérale Apollinaris. Depuis qu'il avait vu le cadavre à l'autre bout de l'appareil, il se demandait s'il trouverait de l'eau minérale à bord. Le mort en prenait toujours pendant ses repas.

Dans le placard suivant il trouva quelque chose à quoi il n'avait pas pensé, une pile de boîtes métalliques de quinze centimètres sur vingt et d'une profondeur de cinq centimètres. Il put lire le mot *Notproviant* sur le couvercle : « Rations de secours », surmonté d'un aigle stylisé tenant une croix gammée entre ses serres. Les boîtes étaient fermées sous vide et n'avaient jamais été ouvertes. Scholem en prit une et tira sur le mécanisme d'ouverture. Il trouva à l'intérieur divers aliments pourris, sauf quelques biscuits emballés séparément, qui avaient résisté aux années sans se détériorer.

Il en goûta un : il avait goût de sciure, du moins s'imaginait-il ainsi le goût de la sciure, mais c'était mangeable. Il sortit les boîtes, les ouvrit et en sortit les paquets de biscuits. Puis il transféra sa petite réserve dans deux boîtes vides.

Il trouva dans un tiroir un tire-bouchon rouillé, mais qui pouvait encore servir. Il l'empocha, puis emporta les boîtes et les bouteilles dans la partie de l'avion où Leïla l'attendait. Il les lui tendit puis retira la nappe de la table et la déchira en deux. Elle était pourrie mais elle était encore suffisamment robuste pour ce qu'il voulait en faire. Il prépara deux balluchons pour transporter les boîtes et les bouteilles, en tendit un à Leïla et prit l'autre.

« Attendez-moi ici », dit-il, et il retourna dans l'allée centrale, fouillant de nouveau parmi les débris. Quelques minutes plus tard, il revint avec une petite boîte d'allumettes et deux couteaux rouillés.

« Ils ne sont pas très affûtés, mais ils pourront faire office d'armes.

– Est-ce que les allumettes vont marcher ? demanda Leïla.

– Je ne sais pas. En tout cas, elles sont sèches. »

Il ouvrit la boîte, sortit une allumette, et la frotta contre le grattoir. Elle s'enflamma immédiatement, éclairant brièvement l'intérieur de la carcasse et renvoyant une multitude d'ombres dans toutes les directions. Scholem regarda la scène autour de lui. Il se sentit soudain mal à l'aise, gagné par un frisson. Il était un intrus parmi les morts.

« Je crois qu'on devrait partir », dit-il tandis que l'allumette finissait de brûler.

Quand ils se furent éloignés de l'avion, Leïla demanda à Scholem :

« Comment croyez-vous qu'ils ont péri ?

– Je ne sais pas exactement, répondit-il. Pas au cours de l'accident, c'est évident. Ils étaient tous assis, à part l'homme à côté de la porte. Ils volaient peut-être trop haut et sont morts par manque d'oxygène. Il y a peut-être eu des émanations de fumée toxique lors de la chute. L'homme à côté de la porte était peut-être en train d'essayer de l'ouvrir.

– Mais pourquoi ici, dans le Nafud ? Tout cela n'a aucun sens. Rien n'a plus aucun sens. »

Scholem s'arrêta et la regarda.

« Au contraire », dit-il. Sa voix était grave et tendue. « Tout commence à s'expliquer. Et plus je comprends, moins j'aime ça. »

43.

Ils mélangèrent le vin à l'eau et burent lentement. Ils économisaient leurs bouteilles, conscients du nombre des kilomètres qui les séparaient à coup sûr du prochain puits, s'il en existait un. Ils étaient en présence de la mort, ils avançaient en silence avec la plus grande circonspection, de peur d'attirer son attention. Ils n'utilisaient jamais les allumettes, il n'y avait du reste de bois nulle part pour faire un feu, et même s'ils en avaient trouvé, cela aurait pu s'avérer dangereux et attirer des indésirables.

Vers la fin du second jour, ils arrivèrent devant une sorte de piste. C'était ce qu'il y avait de plus ressemblant à une route depuis qu'ils avaient quitté Ma'an. On l'utilisait visiblement depuis un certain temps, on y voyait des traces de sabots et de pas. Le sable l'avait recouverte par endroits, probablement pendant la tempête, mais elle était trop bien tracée pour disparaître totalement.

« C'est la route enchantée », dit Leïla.

Scholem sourit puis fronça les sourcils.

« Oui, dit-il. Mais quant à ce qui nous attend au bout, je ne crois pas que ce soit le Magicien d'Oz.

– Je crois qu'on devrait la suivre quand même. »

Il approuva d'un signe de tête.

« D'accord. Nous n'avons pas vraiment le choix. »

Alors qu'ils suivaient la piste, le voyage devint plus facile. Plus facile mais aussi plus dangereux : n'importe qui suivant le même chemin, dans un sens ou dans l'autre, les aurait vus. La route était pratiquement droite et ne prenait de virages que pour contourner des obstacles majeurs, comme des dunes ou des creux. Elle était plus ancienne qu'ils ne l'avaient d'abord cru. Ils passaient de temps à autre devant des colonnes de pierre usées par le temps, au sommet desquelles se tenaient des silhouettes sculptées, si abîmées qu'ils eussent été incapables de dire s'il s'agissait d'hommes, d'anges ou de démons.

Cette nuit-là, ils se pelotonnèrent l'un contre l'autre dans un creux à une soixantaine de mètres de la route. La lune brillait, ronde et pâle comme la mort au milieu d'un ciel d'encre, mais ils étaient trop fatigués pour continuer. Scholem serrait Leïla contre lui, respirant difficilement, sans trouver le sommeil. Au matin, ils mangèrent et burent un peu avant de se remettre en route le long de cette piste à chameaux. Vers midi, Leïla aperçut quelque chose dans le lointain. Depuis quelque temps ils traversaient de nouveau un paysage de dunes, et elle crut tout d'abord qu'il ne s'agissait que d'une colline un peu plus haute que les autres. Puis elle disparut pendant un moment, la route sinuant à travers une succession de grandes dunes, puis elle réapparut, plus grande et plus distincte. Elle savait maintenant que ce n'était pas une colline et que ce n'était pas non plus du sable. De loin, on eût dit une immense masse noire.

Les colonnes le long de la route étaient de plus en plus nombreuses. On pouvait apercevoir des ailes repliées sur certaines silhouettes, mais on ne distinguait les traits du visage sur aucune d'elles.

Ils marchaient toujours, guettant des bruits de pas ou de voix qui auraient pu les avertir à temps qu'un groupe approchait. De temps à autre, les colonnes disparaissaient et la piste virait brusquement à gauche ou à droite, preuve que le sable s'était déplacé au cours des siècles.

Comme ils approchaient, Scholem suggéra de quitter la route et de continuer en prenant une voie moins directe à travers les dunes. Ils seraient obligés de progresser plus lentement, mais ils commençaient à être inquiets. L'endroit qu'ils cherchaient à atteindre était peut-être gardé.

Il l'était effectivement. Comme ils contournaient une dune, Scholem saisit Leïla par le bras et la jeta violemment à terre avant de s'aplatir juste derrière elle.

« Qu'est-ce que… ? fit-elle en se dégageant, ayant vu l'expression sur le visage de Scholem.

– Chut », dit-il, indiquant d'un geste de la main le sommet de la dune à côté. Il rampa jusqu'à elle et chuchota :

« Il y a quelqu'un là-haut. Je crois qu'il ne nous a pas vus. Restez là, j'y retourne. »

Il rampa jusqu'au coin de la dune, puis il forma dans le sable un creux d'où il pouvait observer. L'homme, de profil, se détachait sur l'horizon. Il était habillé en bédouin, tout en noir, portait une mitraillette sur l'épaule et tenait dans la main gauche un talkie-walkie dans lequel il parlait. Il paraissait calme. Scholem était sûr de ne pas avoir été vu. Il se laissa glisser au bas de la pente où l'attendait Leïla.

« C'est une sorte de garde, fit-il à voix basse, il est armé et il a une radio. À mon avis, il y en a un sur chaque colline à partir d'ici. Si nous sommes bien à Iram, il y a un cordon de sécurité tout autour de la ville.

– Vous avez pu la voir ?

– Pas encore, mais elle ne doit pas être loin.

– Comment éviter les gardes ? »

Leïla était fatiguée. Elle voulait arriver immédiatement à Iram, elle voulait voir la fin du voyage. Et même si cela signifiait la mort, elle l'aurait accueillie avec soulagement.

« Attendons la nuit, dit-il. Si al-Halabi a dit vrai, nous ne pourrons jamais approcher la ville en plein jour. »

Leïla poussa un soupir. Elle voulait avoir la ville sous les yeux. Elle en était obsédée depuis si longtemps.

« Est-ce que nous ne devrions pas d'abord faire une reconnaissance ? » demanda-t-elle.

La proposition paraissait raisonnable. S'ils se perdaient ou tombaient sur un obstacle imprévu, ils risquaient la mort. Ils n'avaient pour l'instant aucun plan, aucune idée de ce qu'ils devaient faire, sinon trouver le moyen de pénétrer dans Iram, de retrouver David et d'essayer de l'en sortir. Leurs armes s'étaient perdues dans les sables avec leurs chameaux. Ils n'avaient aucun moyen de locomotion qui leur aurait permis de s'évader. C'était un pari sans espoir. Mais que pouvaient-ils faire d'autre ?

« D'accord, dit Scholem, on va aller voir. Vous avez une idée ?

– On pourrait éliminer le garde, répondit-elle. Mais il faudra nous infiltrer dans la ville avant que l'alarme soit donnée.

– Trop risqué. Pourrions-nous détourner son attention ? »

Leïla réfléchit. Ça paraissait impossible, mais il devait bien y avoir un moyen. Puis elle se souvint de quelque chose qu'elle avait vu faire dans le Sinaï, un truc qu'utilisaient les petits garçons. Il y avait un risque, mais ça pouvait marcher.

« Vous avez vu un chameau ? demanda-t-elle.

– Non, répondit Scholem. S'il est venu sur une monture, il l'a laissée au pied de la dune.

– Je vais faire le tour, vous avez toujours les allumettes ?

– Oui, dit-il, un peu intrigué. Voilà. » Il mit la main dans un des plis de sa robe et en ressortit la boîte.

Leïla la prit.

« Attendez-moi ici, dit-elle. S'il me voit, partez. »

Elle s'éloigna comme une ombre, contournant la dune, avançant avec mille précautions. Il était peu probable que le garde soit sur le qui-vive. Il était du reste curieux qu'il y en eût un à un endroit où personne ne passait jamais. Elle contourna la dune. Le chameau était là comme elle s'y était attendue, attaché, assis tranquillement sur le sol, mais elle fit à peine attention à lui, car elle s'arrêta clouée sur place : là, devant elle, Iram s'étendait au milieu d'une grande plaine. La ville était plus vaste, plus haute et plus cruelle d'aspect qu'elle ne l'aurait imaginé. Elle se força à détourner les yeux, craignant de perdre du temps.

Elle approcha en silence derrière l'animal, sortit les allumettes de leur boîte et les attacha ensemble à l'aide d'un long fil qu'elle avait arraché à son *ghotra*. Elle toucha le chameau à la croupe. Bien qu'elle eût pris soin de ne pas l'effrayer, il tourna la tête et la regarda un peu inquiet. Elle défit le nœud de la corde nouée à sa patte arrière gauche. Puis, levant la queue du chameau d'un coup sec, elle enfonça les allumettes dans l'anus. L'animal grogna mais resta immobile. Leïla prit la dernière allumette de la boîte et la frotta contre le grattoir. Elle refusa de s'allumer, elle essaya de nouveau, toujours rien. Le chameau se mit à pousser des cris assourdissants. Leïla saisit fermement la boîte et en frotta le côté contre le bout des allumettes qui dépassaient sous la queue du chameau. Trois ou quatre prirent feu, enflammant rapidement les autres. Elle les laissa brûler un moment puis lâcha la queue du chameau. Comme celle-ci touchait les flammes, la bête se mit à hurler et se redressa. Leïla lui donna une tape vigoureuse sur le côté et se précipita derrière la dune.

Le cœur battant, elle s'allongea sur le sol et regarda par-dessus le sommet du monticule.

« Cours, mon salaud ! murmura-t-elle. Cours ! »

Le chameau se mit à galoper, relevant la queue pour échapper aux flammes, hurlant et ruant tout en fonçant à travers le sable.

Un instant après, le garde courait le long de la pente en agitant les bras. Les allumettes allaient s'arrêter de brûler, mais le chameau continuerait à fuir. S'il était assez effrayé, il viderait ses intestins, faisant disparaître toute trace des allumettes.

Leïla retourna en courant vers Scholem.

« Ça a marché, dit-elle.

– Qu'est-ce que vous avez fait ? demanda-t-il.

– Je vous le dirai plus tard. Venez, nous n'avons pas beaucoup de temps. »

Un léger brouillard flottait à la surface du sol. Le vent se leva et le répandit dans la plaine, cette plaine de sel qui s'étendait devant eux sur plus de trois kilomètres, grise, plate, froide, et au centre de laquelle se dressait Iram. Une anomalie de la nature, une formation rocheuse battue par les vents, qui s'élevait à mille deux cents mètres. Elle faisait peut-être deux kilomètres de long et la moitié de large, silhouette irrégulière et d'une hauteur inégale, fendue et fissurée par endroits, d'un âge incalculable. Dans un passé lointain, des inondations avaient érodé la partie inférieure, sculptant de grossières colonnes d'une circonférence qui atteignait parfois plusieurs mètres, d'autres étaient plus fines et paraissaient plus fragiles. C'étaient les colonnes d'Iram.

Même de loin, ils pouvaient voir comment le travail humain avait transformé le roc, par des terrassements, des contreforts, des porches, des corniches, des pilastres. Des grottes creusées par le vent avaient été enrichies de portes et de passages. Des escaliers s'enroulaient autour des piliers les plus épais, montaient et descendaient le long de la façade ou s'enfonçaient profondément au cœur du rocher, escarpés et dangereux. Le style était un mélange complexe de babylonien ancien et d'hellénistique, sorte de ziggourat gigantesque et raffinée.

La plaine autour du rocher central d'Iram était parsemée de petites constructions érigées avec les pierres récupérées pendant le creusement des tunnels de la ville même. La plupart étaient en ruine, en partie recouvertes par des tas de sable que le vent avait amoncelés. La piste à chameaux allait tout droit vers la ville et aboutissait au pied d'un immense escalier flanqué de chaque côté d'énormes lions en pierre. Là où elle traversait la plaine, la route était bordée de statues d'anges, semblables à celles qu'ils avaient rencontrées plus tôt, mais en meilleur état, ailes déployées. Une brume grise flottait à leurs pieds, ils donnaient l'impression d'être suspendus comme s'ils planaient de leurs grandes ailes immobiles. Au-delà de ces silhouettes, Scholem et Leïla distinguèrent des rangées de fosses qui semblaient être des puits ou des excavations. Des pylônes se dressaient çà et là à proximité, dont ils ne purent deviner l'usage. Quelques chameaux y paissaient nonchalamment.

Ils observèrent attentivement la plaine, repérant la disposition des fosses, des pylônes et des bâtiments ainsi que la configuration du rocher même. Seule une observation plus rapprochée aurait pu leur indiquer les entrées les moins fréquentées, les plus aisées et les plus sûres pour s'infiltrer dans la ville. Quant à en ressortir, le Diable peut-être les y aiderait. Le garde avait rattrapé son chameau et revenait au galop. La bête semblait nerveuse et blatérait. Leïla et Scholem se mirent rapidement à couvert derrière une dune plus éloignée, à bonne distance de la plaine.

Ils n'avaient pratiquement plus d'eau, et le vin qui avait tourné au vinaigre était trop fort pour être bu pur. Ils devaient se priver de boire avant d'entrer dans Iram.

La nuit tomba rapidement et complètement, les entourant de son obscurité humide et étouffante. Ils prièrent pour que la lune ne brille pas et attendirent pendant des heures jusqu'à ce que l'activité d'Iram s'apaise. Vers minuit, ils se mirent en mouvement. Prudemment, ils retournèrent derrière la dune de laquelle ils avaient observé la plaine. Un garde était toujours là, silhouette noire se détachant à peine sur le ciel noir. Leïla se glissa sur le flanc de la dune pour évaluer la situation. Sur toute l'étendue de la plaine, des feux brûlaient au sommet des pylônes, rouges, verts, blancs, projetant une lumière sinistre et surnaturelle sur l'ensemble, donnant l'illusion que les silhouettes ailées prenaient vie et que la grande étendue de sel s'animait d'une colère infernale.

Ils n'avaient pas le choix : il fallait courir le risque. En suivant un trajet sinueux, ils pouvaient peut-être échapper à la lumière des pylônes et passer inaperçus. L'un derrière l'autre, ils sortirent dans l'obscurité rougeâtre et s'engagèrent dans la dernière et la plus dangereuse étape de leur voyage, progressant mètre après mètre parmi les lumières vacillantes. Le cœur de Leïla battait à toute vitesse et sa bouche était sèche.

Comment ils réussirent, aucun des deux n'aurait su le dire, mais, après ce qui leur parut une éternité, ils atteignirent un pilier vers l'extrémité nord de la ville et purent se dissimuler dans son ombre. Iram se dressait au-dessus d'eux, sa masse noire obstruant le ciel. L'escalier auprès duquel ils se trouvaient n'était pas éclairé et montait vers une obscurité totale, plus menaçante que la lumière de la zone qu'ils venaient de traverser.

Scholem montait devant. L'ascension de ces marches de pierre était difficile, elles avaient été creusées dans le pilier même, il n'y avait ni rampe ni appui d'aucune sorte. Il fallait s'aplatir contre le pilier et monter au jugé, comme des alpinistes aveugles. Au sommet, une trappe de bois barrait le passage. Scholem la poussa, craignant qu'elle ne soit verrouillée de l'intérieur. Elle ne l'était pas. Elle céda sous la poussée, grinça sur ses gonds rouillés et se redressa. Un rayon de lumière passa par l'ouverture au-dessus d'eux, une lumière jaunâtre, comme morte. Scholem passa la tête à travers l'ouverture. Il vit un long passage de chaque côté, éclairé à de larges intervalles par d'étranges lampes creusées dans le mur. Il grimpa à travers l'ouverture et se retrouva sur un sol de grandes dalles lisses. Le passage semblait désert. Il s'arrêta net. Il entendit des bruits de pas derrière lui et une voix qui cria en déchirant le silence :

«*Was machen sie da ?*»

Un frisson parcourut le cœur de Scholem. Les sombres souvenirs enfouis de son enfance rejaillirent et le clouèrent sur place. Lui demander ce qu'il faisait là, sur ce ton, et dans cette langue ! La même voix reprit.

«*Drehen Sie sich herum* !*»

Il vit des lumières le long d'un couloir semblable à celui-là, glacial, couvert de carreaux blancs, au bout duquel sa mère avait disparu à jamais. La voix criait un ordre : il obéit et se retourna.

Un homme dans une robe de bédouin noire lui faisait face, un revolver à canon court dans la main. Son habit tombait avec une précision inhabituelle, il ressemblait plus à un uniforme qu'aux robes que portent les habitants du désert. Et ses cheveux étaient blonds, d'un blond sale abîmé par le soleil, mais il était impossible de s'y tromper. Ses yeux bleus le regardaient fixement. L'homme s'approchait, serrant nerveusement son arme dans son poing. Il sentit un vague tremblement dans la joue gauche qui passa rapidement.

* Tournez-vous.

« *Woher kommen sie ? Sprechen Sie mal, schnell*.* »

Leïla sortit la main par la trappe et saisit la cheville de l'inconnu, tirant d'un coup sec. Il trébucha en avant, s'affalant avec un grognement sur Scholem qui, momentanément abasourdi retrouvait ses esprits. Il tendit la main pour prendre le revolver de l'autre et le saisit par le barillet. Son adversaire reprenait sa respiration pour appeler au secours. Sans lui en laisser le temps, Scholem lui enfonça la main dans la bouche. Le garde se débattait de toutes ses forces pour se relever.

Leïla se hissa à travers l'ouverture et se jeta sur les jambes de leur adversaire. De taille moyenne, il était doté d'une force et d'une énergie qui la prirent par surprise. Son visage se tordait de douleur et de colère.

« Votre couteau, dit Leïla, pour l'amour du Ciel, servez-vous de votre couteau. »

Scholem n'avait jamais tué un homme au corps à corps. Trois ou quatre fois, il avait tué au cours de batailles à l'arme à feu des terroristes, il avait parfois tué au cours d'infiltrations ennemies sur la frontière, et il avait souvent tué en temps de guerre, mais comme ça, avec un couteau, au corps à corps, jamais. Fouillant dans les plis de sa robe, il en sortit le couteau. Son adversaire vit l'arme et redoubla d'efforts, donna des coups de pied et essaya désespérément de crier. Il mordit la main droite de Scholem, ses dents s'enfoncèrent dans la chair, Scholem posa la lame du couteau sur sa gorge. L'inconnu donna un coup de genou qui atteignit Leïla dans les côtes. Elle roula sur le côté mais continua à l'immobiliser en appuyant sur son corps de tout son poids. L'homme, qui hurlait comme un cochon qui a compris qu'on va le tuer, mordait frénétiquement la main de Scholem qui commença à trancher la gorge de son adversaire, mais la lame était rouillée et émoussée, pratiquement inutile. Il ouvrit une plaie sur le côté du cou, à peine plus qu'une égratignure d'où un mince filet de sang se mit à couler. Le visage de sa victime s'empourpra, une expression de panique dans ses yeux écarquillés. Il parvint à entailler plus profondément, bien que toujours très

* D'où venez-vous ? Expliquez-vous, vite.

lentement. Le couteau glissait sur la peau lisse sans parvenir à pénétrer. Le sang se mit à couler sur les doigts de Scholem qui maudissait en même temps son arme et sa victime.

« La pointe ! » cria Leïla, sachant qu'elle ne pourrait tenir longtemps. Scholem posa la pointe du couteau sur le cou de l'autre, cherchant un appui suffisant, et appuya de toutes ses forces.

Ils restèrent allongés sur le corps pendant ce qui leur parut une éternité, en fait une ou deux minutes. Quand Leïla releva les yeux, elle vit Scholem penché sur le cadavre comme s'il l'embrassait. Elle le prit par les épaules et l'aida à se relever. Sa main saignait abondamment à cause de la morsure qu'il avait reçue. Leïla déchira un bout de tissu du bord de sa *dishdasha*, et en fit un pansement rudimentaire.

« C'est tout ce que je peux faire, dit-elle, est-ce que vous pouvez bouger la main ?

– Pas très bien, mais je pourrai toujours m'en servir.

– Débarrassons-nous de ça », dit-elle en prenant le corps par les jambes et en le tirant vers l'ouverture par laquelle ils étaient entrés dans la ville. Scholem l'aida de son bras gauche. Ils laissèrent tomber le garde par la trappe puis remirent en place le couvercle de bois. Avec un peu de chance, on ne découvrirait pas le corps au moins avant le lendemain matin.

Scholem ramassa le couteau puis prit la mitraillette.

« Tenez, dit-il en la tendant à Leïla. Vous feriez mieux de prendre ça. Ma main ne peut plus servir pour ce genre de chose. »

Leïla prit l'arme et regarda le long du couloir.

« Sortons de ce passage », dit-elle.

Ils se dirigèrent vers la droite pour s'enfoncer au cœur de la ville. Ils étaient maintenant dans Iram, mais il leur fallait trouver David. Et ressortir.

44.

Leïla et Scholem traversaient de longs couloirs déserts, leurs pieds nus ne faisaient aucun bruit sur les pierres froides.

S'attendant à être interpellés à chaque tournant, ils ne rencontrèrent personne. Il y avait de toute évidence des gardes à toutes les entrées mais nulle part ailleurs... du moins pour le moment. Vue de l'extérieur, Iram semblait une cité imprenable. Maintenant qu'ils y avaient pénétré, ils se trouvaient dans un labyrinthe de couloirs obscurs dans lequel ils étaient perdus. Sans la présence du garde à l'extérieur, ils se seraient crus seuls.

Heureusement qu'ils avaient pris des lampes à huile accrochées au mur à l'endroit où ils étaient entrés, car, comme le remarqua Leïla, les lampes sur les murs étaient de plus en plus espacées. Ils étaient sans doute dans une partie peu fréquentée de la ville.

Finalement, sans savoir quand ou comment, ils se retrouvèrent plongés dans une pénombre que seules leurs lampes éclairaient faiblement. Le passage dans lequel ils venaient d'entrer était plus ancien et plus étroit que tous ceux qu'ils avaient traversés et ils sentaient un froid humide. Leïla leva sa lampe et inspecta l'endroit. C'était une sorte de marché antique, avec des magasins de chaque côté, simples ouvertures creusées dans le roc et légèrement surélevées, comme dans n'importe quel marché arabe traditionnel. Leïla s'approcha du premier magasin qui se trouvait sur sa gauche et poussa un léger cri de surprise : il était rempli de grands pots, d'amphores, de plats, de petits flacons d'huile ou de parfum, de lampes de terre cuite, tous les articles que l'on trouve chez un potier. Le tabouret du marchand était encore là, légèrement abîmé mais encore en état, avec à côté un narguilé. Il n'y avait presque pas de poussière. Tout était en excellent état et semblait avoir résisté au travail du temps et des hommes. Les magasins suivants étaient semblables au premier, tous regorgeaient de marchandises, comme si le propriétaire allait revenir et reprendre son activité. La lumière vacillante de leurs lampes éclairait d'une lumière incertaine cet assortiment de marchandises – figurines, bijoux, instruments pour écrire, paniers –, projetant des ombres fantomatiques. Leïla fut parcourue d'un frisson. Elle vit dans l'un de ces magasins des figurines représentant des animaux, des hommes, des femmes, des petites maisons et des toupies de couleurs vives, jouets pour des enfants morts depuis longtemps.

Leïla se tourna vers Scholem.

« Je n'aime pas cet endroit. Il me donne la frousse, dit-elle.

– Moi aussi, répondit-il, c'est comme ces musées où tout donne l'impression que l'on est dans le passé, dans une vieille demeure ou un magasin... Sauf qu'ici, c'est pour de vrai. »

Il prit un des jouets, un chameau en miniature avec des sacs de selle en cuir. Sa fille Ruth avait autrefois possédé un zoo miniature avec des lions, des tigres et un long crocodile vert qui ouvrait les mâchoires. Il y avait aussi un chameau.

Ils se remirent en marche en hâte, veillant à ce que leurs lampes ne s'éteignent pas dans un courant d'air. Un peu plus loin, les magasins firent place à ce qui ressemblait à un quartier d'habitation, avec çà et là une porte défoncée devant de sombres ouvertures. Ils pénétrèrent dans une maison avec le sentiment d'être des intrus. Comme dans les magasins, tout était intact, les chaises, les tables et les lits bas richement ornés. Leïla était fascinée par cette pièce et par son contenu, comme si elle venait d'entrer directement dans le passé, comme si le XXe siècle et tout ce qu'il représentait avait été brusquement anéanti. Elle se dirigea à l'autre extrémité de la pièce et ouvrit une porte basse.

Les derniers habitants de la maison étaient là, recroquevillés, comme s'ils avaient lentement péri serrés les uns contre les autres. Leurs chairs s'étaient décomposées depuis longtemps mais des morceaux d'étoffe pendaient encore à leurs squelettes. Une forte odeur de pourriture régnait dans la pièce. Leïla referma la porte et s'éloigna pour échapper à l'horreur.

Ils pénétrèrent dans une demi-douzaine de maisons et trouvèrent partout les témoignages poignants d'une vie quotidienne que le temps avait interrompue sans pourtant altérer les objets, comme s'ils étaient indégradables. Ils trouvèrent les ossements des anciens habitants et l'odeur aigre de la mort flottant comme une essence dans l'air vicié. Le sentiment d'un vide menaçant les écrasait. De quoi les gens d'Iram étaient-ils morts ? De la peste ? Un virus était-il entré dans la ville en même temps qu'une cargaison d'encens, la répugnante maladie était-elle tapie sous des amoncellements de parfums de résine ? Un suicide collectif ? Toutes ces familles avaient-elles bu en même temps un poison fatal ? Leïla se sentit abattue. La ville n'était qu'une immense nécropole dans laquelle ne se trouvaient plus que des ossements. Que pouvait-elle espérer d'un tel endroit ? Quelle importance pouvaient bien prendre ici ses actions ?

Ils quittèrent sans tarder les quartiers d'habitation et se retrouvèrent dans un monde plus étrange encore, fait de tunnels et de grottes agrandis sans raison apparente. Avant la catastrophe, l'endroit était peut-être destiné à des quartiers d'habitation. Ils entendaient des bruits furtifs et lugubres, vagues échos déformés qui semblaient lointains mais devenaient parfois extrêmement proches et inquiétants. Leïla se sentait au bord de la panique, elle craignait que leurs lampes ne s'éteignent et qu'ils ne soient perdus à jamais. Il eût été plus sage d'éteindre une des lampes pour économiser l'huile. Mais ils ne voulaient pas prendre le risque de continuer avec une seule lampe pour se retrouver finalement dans une obscurité totale. Ils se tenaient par la main, plus pour se réconforter que par nécessité.

Ils découvrirent soudain des niches creusées dans le mur sur le côté, divisées en plusieurs compartiments jusqu'à un plafond qu'ils ne voyaient pas. D'après la taille et la forme, ils devinèrent immédiatement la sinistre utilisation qu'on en avait faite. Leïla découvrit le premier cadavre un peu plus loin, momifié et vêtu d'un linceul blanc. Ils passèrent devant des rangées entières de morts couverts de toiles d'araignée, créatures sans yeux qui s'entassaient à l'infini. Certains cadavres tenaient encore entre leurs mains desséchées de petits bouquets de fleurs. D'où provenaient-elles, au milieu des profondeurs hostiles des sables ? Elle vit un enfant avec une poupée de bois, le visage déformé par l'angoisse, comme pris dans un cauchemar sans fin. Il rappelait à Leïla des momies mexicaines vues en photo.

Soudain Leïla se raidit et pressa la main de Scholem.

« Une lumière, murmura-t-elle. Là, devant nous.

– Je ne vois rien.

– Elle est très faible, mais je suis sûre de l'avoir vue. Continuons. »

Ils accélérèrent le pas, indifférents aux foules de dormeurs silencieux de chaque côté. Scholem finit lui aussi par distinguer une lumière dans le lointain, une pâle lueur rougeâtre à peine perceptible. La lumière devint plus intense alors qu'ils progressaient jusqu'à ce qu'ils distinguent ce qui semblait être une porte monumentale à travers laquelle brillait ce rayon rougeâtre. Redoublant de prudence, ils approchèrent, aussi effrayés par cette lumière qu'ils l'avaient été par l'obscurité. La grande porte s'élevait jusqu'à se perdre dans l'ombre. Elle était haute, flanquée de deux piliers couverts de dalles de céramique et surmontée d'une énorme tablature dont ils ne discernaient pas les détails. Les dalles étaient décorées de motifs de taureaux, de dragons et de créatures ailées semblables à celles qu'ils avaient vues dehors. Leïla prit sa mitraillette et se tint prête à ouvrir le feu. Ils passèrent la porte, silhouettes minuscules pareilles à des soldats de plomb entre ces immenses colonnes.

La pièce dans laquelle ils pénétrèrent était totalement disproportionnée à tout ce qu'ils avaient vu jusqu'à présent. La porte ne leur avait donné qu'une vague idée des dimensions du reste. Ils comprirent aussitôt qu'il n'existait rien de comparable dans tout le monde antique, et David, s'il avait été là, aurait pu confirmer ce point. Une énorme colonne s'élevait au centre, d'un diamètre d'à peu près quatre mètres, comme un tronc d'arbre gigantesque. De grandes colonnes nues se dressaient le long des murs. Au pied de chacune se trouvait une ouverture circulaire d'où s'échappait une lueur dorée provenant des profondeurs. La lumière vacillait et se modifiait, projetant des ombres folles sur les murs, révélant et dissimulant tour à tour de petites statues dans des niches à hauteur du regard. Des visages apparaissaient et disparaissaient au hasard, des regards se portaient sur eux avant d'être engloutis par l'obscurité, c'était un cauchemardesque théâtre d'ombres.

Un escalier d'une douzaine de marches leur permit de descendre au niveau du sol. Ils se sentaient de plus en plus petits au fur et à mesure qu'ils descendaient, la disproportion de l'endroit rempli d'échos leur donnait un sentiment d'insignifiance. Leïla éprouvait comme un vertige quand elle levait la tête, elle se sentait plus abandonnée encore que dans les rues désertes ou les couloirs habités de cadavres. L'endroit était glaçant. Les murs, salis par le temps et la suie, semblaient les observer.

Plus ils avançaient dans cette vaste salle, plus la lumière devenait faible, seules leurs petites lampes leur indiquaient un chemin. Ils discernaient maintenant un second portique en face d'eux, et comme ils s'approchaient, ils virent une étrange construction semblable à un petit temple qui sortait du mur et s'élevait jusqu'à trois mètres. De grosses pierres de taille formaient une sorte d'autel, avec des inscriptions et des formes taillées sur les côtés. Leïla crut sentir sous ses doigts la texture d'une étoffe posée en travers de l'autel. Scholem leva sa lampe et ils s'approchèrent.

Soudain Leïla entendit un bruit très faible, puis le son devint plus distinct, des voix aiguës s'élevaient à l'unisson. Elle serra plus fort la main de Scholem, si fort qu'elle lui fit mal.

« Chaim, murmura-t-elle, effrayée par le son de sa propre voix, vous entendez ? »

Il s'immobilisa et écouta. Son ouïe n'était pas aussi perçante, il était plus âgé, mais il parvint lui aussi à entendre les voix et frissonna. Il faisait froid, mais ce n'était pas cela qui le faisait frémir. Dans la sombre immensité d'Iram, il entendait chanter de jeunes enfants, leurs voix s'élevaient et retombaient, parfois à faux, entonnant un chant vibrant. Il se souvint du chameau miniature qu'il avait vu, des squelettes minuscules serrés les uns contre les autres dans les maisons, de la momie et de sa poupée de bois. Les frêles fantômes de ces jeunes enfants hantaient-ils ces sinistres couloirs, chantant en chœur comme s'ils appelaient leurs parents ? Les voix enflaient de volume, leur parvenant par une petite porte sur leur droite.

Leïla tira Scholem par le bras.

« Nous ne pouvons pas rester ici », dit-elle. Sa voix était pleine de peur et d'incertitude. L'étrange chant se rapprochait de plus en plus.

« Vite, murmura Scholem, retournons à l'autre bout de la salle. »

Ils entendaient distinctement, maintenant, s'échappant

par la porte, des voix d'enfants murmurant une mélodie plaintive qui donnait la chair de poule à Leïla. Arrêtés à la hauteur du mur sur le côté, ils se retournèrent et virent à travers la porte une lumière semblable à l'éclat d'une perle, qui s'approchait de l'ouverture en devenant plus intense. Soudain, ils virent un rayon de lumière jaune et une silhouette apparut dans l'embrasure de la porte. C'était une petite fille qui tenait une longue bougie dans la main droite. La lumière entourait l'enfant et semblait la bercer doucement. Elle devait avoir cinq ou six ans, avec de beaux cheveux blonds qui lui tombaient sur les épaules en cascade dorée. Elle portait une couronne de fleurs autour du front. En plein hiver, au cœur du désert, dans une cité taillée dans le roc, elle était coiffée de fleurs printanières fraîches comme une jeune mariée. Elle était habillée d'une longue robe blanche qui lui tombait jusqu'aux chevilles, laissant dépasser ses petits pieds, chaussés de sandales légères. Ses yeux étaient mi-clos et son visage était pâle, la peau presque translucide. Elle avançait, illuminant l'obscurité, tenant sa bougie devant elle, suivie par un autre enfant du même âge, habillé de façon identique et qui chantait également.

Une trentaine d'enfants passèrent la porte l'un après l'autre, les plus jeunes devaient avoir cinq ans et les plus âgés quatorze ou quinze ans. Il n'y avait que des filles, presque toutes blondes, toutes habillées de la même façon avec des fleurs dans les cheveux. Elles tenaient chacune une bougie et répétaient sans cesse le même chant, comme un mantra. Arrivées devant le temple, elles formèrent un demi-cercle devant l'autel en se balançant légèrement. Le chant s'interrompit, laissant place à un sinistre silence. Les enfants se tenaient bien droites, immobiles comme des statues, même les plus jeunes, puis elles enlevèrent leurs couronnes et les posèrent sur l'autel. De chaque côté, une des jeunes filles parmi les plus âgées s'approcha et alluma une lampe suspendue à côté de la plaque de pierre. Puis d'autres lampes s'allumèrent, donnant l'impression que l'autel flottait doucement dans une nappe de lumière.

Les enfants placèrent leurs cierges devant l'autel, firent un pas en arrière, se donnèrent la main et se remirent à chanter.

C'était un nouveau chant, lent et pesant, dont elles commencèrent par murmurer les paroles de façon indistincte. La mélodie était néanmoins troublante, puis les voix s'élevèrent et les paroles devinrent compréhensibles. Scholem ne put s'empêcher de frémir : elles chantaient une sorte de poème lyrique en allemand :

Nous sommes tous les enfants du monde des rêves,
Nous avons été créés dans l'obscurité, de fer et de chair,
Nous nous levons baignés d'or dans le jour naissant
Avec des fleurs pour les morts et les nouveau-nés.

Elles enchaînaient un couplet après l'autre, enfants ravissantes noyées dans un cauchemar. Leurs voix aiguës réveillaient des souvenirs chez Scholem : les voix de jeunes filles en uniforme brun chantant les chansons du Parti, les membres de la Bund Deutscher Mädel défilant dans les rues. Il se souvenait de leurs cheveux blonds bouclés ou coiffés en tresses, de leurs visages souriants, de leurs yeux étincelants. Et derrière elles venaient leurs frères en uniforme des Jeunesses hitlériennes, marchant au pas cadencé vers leur destin d'adultes. Et derrière les chansons, il entendait le bruit des bottes sur le pavé et le rugissement des locomotives.

Il leva les yeux et à ce moment la flamme grandissante d'un des cierges éclaira une forme à peine perceptible derrière l'autel : une croix gammée brillante comme une torche se dessinait dans l'obscurité. Au milieu de cette salle à moitié en ruine, parmi les ombres antiques et les lumières tremblantes, son message dominait le passé et le présent. La bougie crépita, la flamme diminua, les ombres revinrent et enveloppèrent la croix gammée comme des ailes noires.

Scholem se tourna vers Leïla et serra sa main dans la sienne.

« Vous avez vu ? demanda-t-il en approchant les lèvres de son oreille.

– Oui. »

Sa voix était presque imperceptible. Elle se demandait si elle n'était pas morte dans le désert et s'ils n'étaient pas en train de vivre un cauchemar venu avec la mort.

Près de l'autel, le chant s'achevait. Une fille se pencha et ramassa un petit panier en forme de corne d'abondance qu'elle remplit des fleurs qui recouvraient l'autel. Puis elle s'éloigna du groupe, se tourna vers l'autre extrémité de la pièce et attendit que les autres reprennent leurs cierges et se placent en rang derrière elle. Elles s'avancèrent vers les murs de chaque côté de la pièce. Leïla et Scholem, fuyant la lumière, s'enfoncèrent de nouveau dans l'obscurité du temple. Les filles soulevèrent les longs cierges et allumèrent deux lampes à huile accrochées aux murs à environ deux mètres de hauteur, et tout au long de la salle allumèrent d'autres lampes. Revenues au centre, les jeunes filles entonnèrent un nouveau chant, un hymne funèbre, lugubre et pesant.

Nous apportons des fleurs aux morts
Et la lumière au cœur des ténèbres.

Scholem se tourna vers Leïla, agrippa son bras nerveusement. Il y avait une note de panique dans sa voix.

« Il faut sortir d'ici, dit-il. Si nous restons, elles vont finir par nous trouver. »

Avançant sur la pointe des pieds ils longèrent les murs, dissimulés par l'obscurité, puis se dirigèrent vers le centre du hall et avancèrent jusqu'à la porte. L'immense pilier central se dressait entre eux et les enfants qui chantaient en rang. Comme ils approchaient de l'entrée, l'une des jeunes filles s'approcha du pilier, suivie d'une deuxième qui brandissait sa lampe.

À l'extérieur du hall, tout n'était qu'obscurité. Ils n'osèrent pas rallumer la lampe de Scholem, mais ne pouvaient pas se risquer sans lumière dans ces couloirs sinueux. S'ils se perdaient ne serait-ce qu'une fois, ils ne retrouveraient jamais leur chemin et erreraient durant des jours dans ces tunnels obscurs jusqu'à ce que la soif et la faim les couchent à côté des morts.

« Où aller ? demanda Leïla désespérée. Nous ne pouvons pas rester ici. Peut-on suivre ce passage ?

– Non, répondit Scholem. Le chant parle d'apporter des fleurs aux morts. Elles viennent par ici, j'en suis sûr. »

Affolé, il lança un regard autour de lui. Seul s'offrait à sa vue un passage qui s'enfonçait dans l'obscurité avec pour seules ouvertures de chaque côté les niches où les morts reposaient.

« Vite, murmura-t-il, entrez dans cette niche et cachez-vous derrière le cadavre. Je vais entrer dans celle-là. »

À la lumière qui provenait du temple, Leïla distingua un vieux cadavre rabougri, une peau desséchée sur des os desséchés, qui menaçait de se décomposer au plus léger contact. Elle était incapable de faire le moindre mouvement, mais les voix des enfants étaient toutes proches.

« Dépêchez-vous, fit Scholem, elles seront là dans à peine quelques secondes. »

Si elle n'agissait pas immédiatement, elles allaient les trouver recroquevillés à côté de la porte. Elle se hissa dans la niche et ferma les yeux, sentant sous ses doigts la peau friable comme du parchemin. Une odeur d'épices la prit à la gorge. Les vêtements du mort se décomposèrent à son contact, un membre se détacha tandis qu'elle le heurtait de son bras. Elle fut enveloppée de toiles d'araignée poussiéreuses. À la porte, le chant des enfants résonnait entre les pierres.

Nous apportons de la musique dans le silence
Et un souffle à ceux qui ne respirent plus.

Leïla s'allongea et sentit quelque chose bouger le long de sa jambe. Elle entendit des pas à côté d'elle et le chant aigu des enfants qui lui parvenait comme dans un rêve. La lumière des bougies emplit l'obscurité, il y eut un mouvement à l'extérieur de la niche et elle sentit pendant un bref instant un frétillement semblable à un battement d'ailes : on avait parsemé son corps de pétales blancs. Les voix résonnaient entre les niches tandis que les enfants passaient de l'une à l'autre pour jeter leurs fleurs sur les morts. Leïla ferma les yeux pour ne pas voir le spectacle de la décomposition à côté d'elle, retenant le cri qui lui montait dans la gorge. Elle sentit un autre mouvement le long de sa jambe.

45.

Les pas et les voix s'éloignèrent puis disparurent. Tout retomba dans une obscurité complète.

C'était le pire : attendre, pour avoir la certitude que les jeunes filles étaient toutes parties et qu'on pouvait de nouveau s'aventurer sans risque dans le passage. Leïla s'essuya le visage et le cou d'une main tremblante. Les araignées – si c'était bien cela qu'elle avait senti et non quelque chose de pire – rampaient toujours sur sa peau. Elle s'était écrasée contre le mur au fond de la niche pour être aussi loin que possible du corps allongé à côté du sien. Elle se demanda si elle aurait la force de passer de nouveau au-dessus du cadavre, ou si elle resterait là, paralysée, incapable du moindre mouvement.

« Leïla, vous pouvez sortir maintenant, elles sont parties. »

Elle se glissa sur le côté, maîtrisant son dégoût. Scholem l'attendait à côté de la porte grande ouverte. Elle put voir, dans la faible lumière qui venait de l'intérieur, les toiles d'araignée dans ses cheveux, passa nerveusement la main dans sa chevelure et l'essuya sur sa djellaba.

Les feux brûlaient toujours, à l'autre extrémité de la nef. Quel que fût l'objet du rituel auquel les petites filles s'étaient adonnées, il semblait évident qu'il préparait la visite d'autres fidèles. Si Scholem et Leïla ne voulaient pas être obligés de passer de longues heures dans l'obscurité des niches consacrées aux morts, il leur fallait quitter l'endroit au plus vite.

Ils revinrent dans le temple. Il fallait rester au milieu, là où les ombres étaient plus denses et où ils risquaient moins de se faire repérer. Leïla marchait devant, soulagée de se mouvoir de nouveau, mais le spectacle de ces petites filles et de leur étrange cérémonie l'avait troublée.

Ils atteignirent l'autre extrémité de la nef. Aucun bruit ne leur parvenait par la petite porte sur le côté, dont ils s'approchèrent prudemment. De l'autre côté il y avait un couloir éclairé par des lampes à huile, mais au lieu de niches, des portes de part et d'autre. Il n'y avait personne, mais à en juger par la propreté de ce couloir, on devinait que les quartiers habités commençaient là, comme si le temple avait été à la jonction du monde des vivants et de celui des morts.

Ils n'avaient pas le choix. Les habitants d'Iram allaient bientôt se réveiller et la ville serait grouillante d'activité. Leïla s'enfonça dans le couloir l'arme au poing, tout en sachant qu'il lui serait impossible de s'en servir s'ils venaient à rencontrer quelqu'un. Scholem la suivait, encore abasourdi, comme s'il venait d'entrer dans l'un de ces cauchemars par lesquels son enfance revenait le hanter. Ils avançaient furtivement, attentifs au moindre mouvement et au moindre bruit.

À la moitié du couloir, ils entendirent des voix et des bruits de pas dans le lointain, comme si un groupe de gens venait dans leur direction.

« Vite, dit Scholem, entrons là-dedans. »

Il poussa une porte sur la gauche en priant pour que la pièce sur laquelle elle donnait ne fût pas occupée. Leïla le suivit et ferma doucement la porte. Elle crut un instant qu'elle était devenue folle : à la lumière de sa lampe, des yeux la regardaient fixement, des visages tordus, monstrueux, des bouches grimaçantes, un attroupement d'êtres qui ressemblaient à des démons et se tenaient là immobiles à les observer. Elle sursauta et faillit laisser tomber son arme dans un moment de panique, mais Scholem la prit par le bras.

« J'ai eu peur moi aussi, mais ce sont des statues. »

La pièce était pleine de statues semblables à celles qu'ils avaient vues sur le chemin de la ville, monstres difformes d'une imagination religieuse perverse, habitants d'un enfer particulier à un individu qui avait fixé ses visions dans la pierre. Leïla se sentit parcourue d'un frisson, puis reprit sa respiration. Dehors le bruit des pas était arrivé à hauteur de la porte, mais les voix s'étaient tues en approchant du temple.

Leïla et Scholem s'accordèrent pour trouver que leur asile était assez sûr. Il était peu probable que quelqu'un entre ici au cours d'une journée toute remplie d'activités habituelles. Les statues étaient couvertes de poussière et donnaient l'impression que personne n'y avait touché au cours des années. Pour diminuer au maximum le risque d'être découverts, ils se faufilèrent néanmoins jusqu'au fond de la pièce, où ils trouvèrent suffisamment de place pour s'allonger sans être vus par un éventuel visiteur qui viendrait à ouvrir la porte par hasard pour jeter un coup d'œil.

Ils décidèrent de prendre un moment de repos et s'enfoncèrent dans un sommeil agité. Scholem ne regardait plus sa montre depuis longtemps, le temps était devenu sans importance dans le désert où seule importait l'alternance du jour et de la nuit. Mais avant de s'endormir, il mit sa montre à six heures et la remonta.

Selon cette indication arbitraire, il se réveilla au début de l'après-midi. Leïla dormait toujours profondément. Il resta assis quelques instants, plongé dans ses pensées, puis mangea quelques biscuits secs. En remettant la boîte dans le sac, il remarqua les papiers que Leïla avait ramassés dans l'avion. Ils étaient en très mauvais état, froissés, déchirés, mais encore lisibles. Il prit une lampe derrière l'aile d'un démon et l'éloigna de Leïla pour que la lumière ne la dérangeât pas.

Il se mit à lire, n'éprouvant au début qu'une simple curiosité, mais celle-ci fit place à un vif intérêt qui se changea bientôt en un véritable état d'excitation. Lorsqu'il eut fini sa lecture, il recommença depuis le début, perdu dans les complications de ce qu'il avait sous les yeux. Iram et la pièce dans laquelle il se trouvait n'existaient plus et après sa relecture il resta là, immobile, à fixer l'obscurité, assailli de pensées qui le laissèrent plus inquiet que jamais. Ce qu'il venait de lire l'emplissait d'une angoisse dévorante qui lui tordait l'estomac.

La voix de Leïla rompit soudain le silence.

« Qu'y a-t-il, Chaim ? murmura-t-elle, qu'avez-vous découvert ? »

Il lui tendit les papiers.

« Les papiers que vous avez trouvés dans l'avion. Je viens de les lire.

– Vous avez relevé quelque chose d'intéressant ? Vous paraissez troublé. »

Il hocha la tête lentement, d'un air pensif.

« Oui, dit-il, ils révèlent des choses troublantes. J'aimerais... »

Il détourna le regard et baissa les yeux vers le sol de pierre.

« Qu'est-ce que vous aimeriez ?

– J'aimerais ne jamais être venu, ne jamais avoir entendu parler de cet endroit et de ces gens. J'aurais aimé ne jamais tomber sur cet avion et ne jamais avoir trouvé ces papiers. Tout cela a un sens, une logique. Et le tableau qui est en train de se former sous nos yeux... » Il s'interrompit, cherchant une comparaison. « Ce tableau ressemble à ces statues, grotesque, dément.

– Pourquoi ne me dites-vous pas ce qu'il y a dans ces papiers ?

Il sortit de la pile deux feuilles de papier tapées à la machine.

« Commençons par là. C'est le plus important, une lettre d'Heinrich Himmler à Adolf Hitler en personne, dans laquelle il donne les détails d'une réunion qui s'est tenue au début de l'année 1944. Je vais vous en faire une traduction approximative.

« Elle est datée du 28 avril 1944 et porte comme en-tête *Reichsführung SS*, commandant en chef des SS. Juste en dessous, quelqu'un a ajouté à la main "*Schloss Wewelsburg*". C'est le château de Wewelsburg, l'ancienne retraite de Himmler en Westphalie. Il s'en servait comme d'une sorte de temple dédié à l'ordre des SS, consacré à toute sorte de cérémonies, des cérémonies très spéciales. En haut à droite, on lit "*Geheime Reichssache*", ce qui indique qu'il s'agit d'un document officiel top secret. Après les formules habituelles comme "Führer bien-aimé", on passe aux choses sérieuses. »

Il marqua une pause, approcha la lampe et lança un regard à Leïla. Ils ressentaient presque une impression de confort, serrés l'un contre l'autre à la lueur de cette petite lampe qui repoussait l'obscurité autour d'eux. Scholem se mit à lire.

« *Comme je vous en ai fait part dans ma dernière lettre, j'ai été convoqué récemment par le professeur von Meier qui voulait me consulter à propos d'une affaire de la plus haute importance. Je…* »

« Un instant, fit Leïla en l'interrompant, je croyais que vous aviez dit que c'était une lettre d'Heinrich Himmler. »

Scholem fit un signe affirmatif de la tête.

« Alors je ne comprends pas, dit-elle. Vous venez de lire "j'ai été convoqué". Est-ce que ce ne serait pas plutôt von Meier qui aurait été convoqué ? »

Scholem secoua la tête.

« C'est ce que j'ai d'abord pensé moi aussi, mais il n'y a aucun doute : "*war ich auffordert*", lit-on ici, "j'ai été convoqué". La suite de la lettre le confirme, comme vous allez le voir. Je continue.

« *Je suis maintenant en mesure de vous révéler le contenu*

de notre entretien. Il m'a demandé, en ma qualité de Reichsführer SS, responsable du RuSHA, *de...* »

Leïla allait l'interrompre mais Scholem devina sa question et lui répondit avant qu'elle ait eu le temps de parler.

« *Rasse und Siedslungshauptamt*, le bureau des affaires raciales. C'était l'une des administrations principales des SS, chargée d'assurer le respect de la pureté raciale au sein du groupe. Je continue.

« Il m'a demandé, etc., de déterminer s'il était possible, en cas d'un retournement dans l'évolution de la guerre, de s'assurer de l'avenir de notre race en fournissant à un groupe d'élite formé des meilleurs spécimens un sanctuaire hors de la patrie, pour fournir une base où il serait possible d'attendre que les circonstances redeviennent propices au rétablissement du Reich. Je lui ai répondu que je ne voyais aucun obstacle à un tel projet, mais j'ai exprimé des doutes quant à la possibilité de trouver un lieu suffisamment éloigné qui puisse servir de refuge pendant une longue période. Il s'est contenté de sourire et m'a répondu que le Bund avait déjà quelque chose en tête.

« Je suis retourné au rapport le mois dernier et je lui ai fait part des principaux problèmes que présenterait la sélection. J'ai suggéré des solutions. Le critère racial de base établi par le professeur Schultz utilisé jusqu'à ce jour pour le recrutement dans la SS reste fondamentalement valable, j'ai toutefois suggéré pour cette entreprise un choix plus strict, pour lequel il faudrait se contenter de la première catégorie établie par Schultz, du pur type nordique sans la moindre trace d'abâtardissement. J'ai suggéré d'autre part à von Meier la possibilité de faire un choix parmi les enfants qui se trouvent actuellement au sein du Lebensborn, *pour obtenir immédiatement une réserve de gènes racialement purs pour la prochaine génération.* »

« Excusez-moi, fit Leïla, je n'ai jamais entendu parler de ce *Lebensborn*. Qu'est-ce au juste ? Un orphelinat ? »

Scholem secoua la tête.

« Pas exactement, plutôt une sorte d'institution consacrée

à la reproduction de la race, et qui offrait aux officiers SS la possibilité d'avoir des rejetons racialement purs. L'étonnant est que très peu d'entre eux se sont portés volontaires. Ces salauds qui tuaient de sang-froid étaient d'une grande rigidité dans tout ce qui touchait au sexe. Essentiellement, le *Lebensborn* était une institution pour mères célibataires, qui leur fournissait gratuitement un logement où elles pouvaient vivre avec leurs enfants dans un environnement agréable. Le mariage était parfois un obstacle à la reproduction de la race, mais il fallait préserver les apparences. Les filles devenaient enceintes pour servir l'État et si le père était jugé acceptable, elles n'avaient aucun problème. On s'occupait très bien d'elles et de leurs enfants. Je reprends. »

« Von Meier a transmis ma suggestion au conseil général du Bund, et je n'ai plus eu de nouvelles quand, il y a quelques jours, il m'a demandé d'organiser une réunion ici à Wewelsburg. La réunion s'est tenue hier soir dans mon bureau. Von Meier était présent ainsi que Lorenz et Schmidt qui représentaient le conseil. Il y avait aussi le grand mufti venu de Berlin avec von Meier, apparemment à titre personnel mais je soupçonne qu'on l'a fait membre du conseil. Soyez prudent la prochaine fois que vous le rencontrerez.

« Voici comment la réunion s'est déroulée. Il est de mon devoir de vous dire, puisque vous l'avez sans doute entendu vous-même, qu'il règne un terrible mécontentement quant à la façon dont la guerre est menée, ainsi qu'un grand pessimisme quant à son résultat final. Ils ont déjà commencé à rappeler les membres du Bund à Munich avant de les envoyer à l'étranger. Le saviez-vous ? Ils sont inquiets et ils paniquent. Le projet de sanctuaire n'est qu'un aspect de cette panique organisée.

« Le sanctuaire de von Meier est prêt depuis toujours. Il s'agit d'une ville située quelque part au milieu du désert du Nafud en Arabie, un endroit découvert après de longues recherches en 1936. Il prétend qu'un millier d'habitants pourraient y trouver refuge pendant une période de temps indéterminée. Il y a des puits artésiens qui s'enfoncent profondément sous terre, et du pétrole qui affleure. On peut

y faire pousser des légumes et il y a de vastes magasins dans lesquels on peut stocker suffisamment de nourriture pour tenir dix ans ; Le mufti nous assure que ses gens pourront ravitailler la ville sans mettre le secret en danger. En retour, il veut la création d'un Reich arabe dont il serait le chef avec ses descendants. Von Meier le lui a promis.

« Nous avons établi un plan pour la création de ce sanctuaire. Les dirigeants les plus importants seront choisis parmi les membres du conseil actuel. Ils seront secondés par des officiers SS de rang supérieur à Obersturmbannführer ainsi que par des membres du gouvernement du Reich comprenant Goebbels, Bormann, Speer et moi-même. Vous resterez bien sûr notre Führer, sous certaines conditions, surtout si les circonstances venaient à se modifier.

« Nous emmènerons un groupe important de femmes du plus pur type racial qui auront été approuvées par le RuSHA, *et qui enfanteront la prochaine génération. De plus, les foyers du Lebensborn recevront l'ordre de fournir deux cents jeunes garçons dont les pères auront été des officiers SS et que l'on élèvera comme une élite pour former la première génération de la nouvelle race. Lorsqu'ils atteindront l'âge adulte, certains seront envoyés dans le monde pour poser les fondations du nouveau Reich. Ils seront l'avant-garde de l'ordre nouveau, et pour assurer la victoire travailleront main dans la main avec mes unités Walkyrie. Je crois que le mufti aura un rôle à jouer dans leur entraînement des premiers temps, mais je n'en ai pas encore le détail.*

« Von Meier est convaincu, et je partage cette opinion, que les Britanniques finiront épuisés par cette guerre. Il prédit leur rapide déclin économique et politique dans les années qui suivront leur prétendue victoire, ils perdront leurs colonies et leur prestige dans le monde s'évanouira, tandis que le pouvoir de leur allié principal les États-Unis ne fera que croître. C'est donc vers ce pays qu'il faudra diriger notre attention dans les années à venir et c'est là que, dès la fin des hostilités, nous envoyons et que nous enverrons la majorité des membres du Bund. Von Meier pense qu'il n'y aura aucun obstacle à la circulation des gens dans l'Europe de l'après-guerre, et je suis de son avis. Nos renseignements nous

apprennent que ni les Anglais ni les Américains ne sont prêts à se lancer dans un vaste programme de recherche des criminels de guerre après la fin du conflit. Les Russes, pour des raisons qui leur sont propres, sont beaucoup plus susceptibles de se livrer à des purges, nous devrons donc faire tout ce qui sera en notre pouvoir pour que nos hommes se trouvent dans les zones contrôlées par les puissances occidentales au moment du cessez-le-feu. L'histoire de nos activités antisoviétiques leur offrira la meilleure protection ainsi que la possibilité d'entrer dans les services de renseignement britanniques et américains.

« La raison d'être du sanctuaire est de fournir une plus grande protection pour élaborer nos projets et les mettre à exécution sans crainte de perpétuelles interférences, pour former les générations futures aux attitudes, théories et méthodes qui serviront au Reich et leur permettront de travailler pour le Bund.

« À ce sujet, nous n'avons pas le choix. Le conseil s'est déclaré en faveur du projet de sanctuaire. Ils nous demandent simplement de les aider à sa réalisation en les assistant matériellement et financièrement. J'ai déjà organisé le transfert d'une somme d'argent suffisante au financement initial de l'opération. Von Meier vous contactera directement pour vous fournir ses instructions sur le rôle qu'il vous destine dans cette affaire. Si je puis me permettre de vous donner un conseil, tâchez de le convaincre que même si la Wehrmacht vous abandonne ainsi que tous ces fonctionnaires minables, vous êtes toujours maître de vous-même et de votre destin. Après tout, vous êtes l'homme qu'ils ont choisi et je place moi-même toute ma confiance en vous, en ce que vous pouvez faire et en ce que vous allez accomplir. Quoi qu'il arrive, que le Götterdämmerung *survienne, que la guerre se déchaîne et détruise tout sur son passage : le peuple allemand s'est montré indigne du destin auquel il était appelé. Une autre génération l'accomplira, une génération racialement parfaite qui amènera cette glorieuse ère de perfection morale et physique dont nous avons si souvent rêvé. Nous nous rendrons dans le désert, comme Abraham, comme Moïse, comme le roi Heinrich qui construisit ses forteresses aux frontières de la*

civilisation, et nous poserons les fondations d'un nouveau Reich, un Reich qui durera toujours.

Reichsführer SS und Chef der Deutschen Polizei,
Heinrich Himmler.

Il y eut une longue pause, puis Scholem se pencha en arrière, se frotta les yeux et cligna les paupières à plusieurs reprises.

« Ce document est-il authentique ? demanda Leïla d'une voix hésitante, reculant devant les implications de ce qu'elle venait d'entendre.

– Je ne vois aucune raison de penser le contraire. L'endroit où nous l'avons trouvé semble en confirmer l'authenticité. Le style est bien celui de Himmler. Il y a même une référence au roi Heinrich. C'était son héros, Heinrich Ier. Heinrich était un roi saxon qui a vaincu les Slaves au Xe siècle. »

Scholem prit deux autres feuilles, un peu plus petites que les autres.

« Ceci aussi vous intéressera. »

Leïla haussa les sourcils.

« Il s'agit apparemment d'un extrait d'une lettre ou d'un rapport écrit par le mufti, adressé à Hitler lui-même. Tenez. »

Il lui tendit la feuille du dessous. On pouvait y lire la signature du mufti, avec les initiales A. H. au-dessus de « Amin al-Husseini Grossmufti von Palästina ».

« Les initiales signifient « Al Husayni », c'est ainsi qu'il écrivait son nom pendant son séjour en Allemagne.

– Je vois, dit-elle en lui rendant le papier.

– Vous voulez que je vous le lise ? »

Elle fit oui de la tête.

« Voyons, ça commence au milieu d'une phrase. La première partie doit manquer. »

Il se mit à lire.

« ... au cours de notre longue et glorieuse histoire. Le peuple arabe est promis à un grand destin, un destin dont l'accomplissement s'est vu jusqu'à présent empêché par les machinations de peuples inférieurs, par les juifs et les chrétiens de la Méditerranée. Autrefois, nous étions les maîtres du plus grand empire du monde, et nous le redeviendrons tandis qu'un

empire germanique s'établira au nord. Vous avez vous-même dit à plusieurs reprises qu'il aurait mieux valu que le peuple allemand soit converti à l'islam plutôt qu'au christianisme, puisque l'islam est une religion de guerriers et que la victoire par l'épée y est sanctionnée par la Loi.

« Je ne saurais trop insister sur la noblesse d'une telle idée. Aussi je propose que les enfants qui seront amenés d'Allemagne en Arabie soient élevés dans la foi musulmane et apprennent à servir Dieu et l'État dès leur naissance. Les enfants mâles seront confiés aux bédouins de l'intérieur des sables pour être entraînés à la vie dans le désert. Il y a une grande sagesse dans ce choix. Vos propres écrivains völkisch *ont souvent affirmé que les villes sont des lieux de corruption, tous les vices s'y rassemblent, des races entières y dégénèrent. Nous autres Arabes avons reconnu ce fait depuis les premiers temps de la conquête de l'islam, lorsque les plaisirs de Damas et de Ctésiphon attirèrent nos jeunes hommes. Depuis, nous avons l'habitude d'envoyer nos enfants quelque temps dans le désert pour y vivre avec les tribus, respirer l'air pur des sables, s'endurcir et revenir prêts à résister aux plaisirs et aux vices des villes.*

« C'est ce que nous ferons avec ces hérauts de la race des seigneurs. Ils se purifieront le corps et l'esprit comme les bédouins. Ils seront allemands par le sang, bédouins par l'esprit, capables de résister à toutes les épreuves, loyaux à leur tribu jusqu'à la mort, à leur race, à leur sang. Ils seront capables de tuer sans merci et sans compassion et de mourir sans peur et sans regret. Personne n'aura jamais vu de tels êtres de par le monde, ils seront parfaits de corps et d'esprit, prêts à accepter la charge de maîtres du monde. Seul un homme capable de se maîtriser lui-même peut dominer les autres. Seul... »

Chaim s'arrêta de lire et posa le papier.

« Ça continue comme ça pendant un paragraphe ou deux, dit-il, mais je crois que vous commencez à saisir l'idée générale. »

Leïla fit un signe de tête affirmatif.

« Il y a encore une ou deux choses, continua Chaim.

Certains documents sont signés du Dr Gregor Etner, le chef du *Lebensborn*, qui affirme avoir personnellement sélectionné les enfants pour ce qu'il appelle "les placements spéciaux". Je ne crois pas qu'il ait connu leur véritable destination. Il y a une lettre de von Meier informant Hitler que l'heure est venue de sortir tout le monde d'Allemagne et de les conduire dans le sanctuaire. Elle est datée du 10 avril 1945, donc vingt jours avant le suicide supposé d'Hitler. Il y a une liste de noms, sans doute la liste des passagers du vol. C'est très intéressant, à croire que certains d'entre nous ont passé des années à chercher des gens dont le cadavre était en train de pourrir dans le Nafud depuis quarante ans. »

Il se tut et prit un dossier bleu fermé par une ficelle, contenant une douzaine de feuilles agrafées. Les agrafes étaient rouillées et elles avaient laissé des taches sur le papier, mais le dossier avait protégé les pages qui étaient encore relativement propres et lisibles. Scholem tendit sans mot dire les feuilles à Leïla qui les regarda en fronçant les sourcils, sans comprendre de quoi il s'agissait. Ce n'était qu'une liste de noms suivis de numéros, rien de plus. Elle se mit à lire la liste.

Adler, F. (Walk. III) : 12944/D 7139 W
Abshagen, H. (Walk. III) : 12944/BE 9412 W
Angren, K. (Walk. IV) : 121044/D 7294 W
Auerbach, J. (Walk. I) : 12544/A 7381 W
Abetz, P. (Walk. III) : 12944/BE 9843 W
Ampletzer, K. (Walk. II) : 12844/D 7157 W

Les noms se suivaient, page après page, tous différents et pourtant tous semblables les uns aux autres, déshumanisés par les numéros qui les suivaient. Leïla les rendit à Scholem avec un regard perplexe.

« Vous comprenez ce que cela signifie ? »

Il secoua la tête.

« Des noms. Des numéros. Il y en avait tant dans le IIIe Reich. On a parfois l'impression qu'il n'y avait que ça, des listes interminables de noms accolés à des numéros. Des cartes d'identité, des laissez-passer, des registres de camps de concentration, des tatouages sur des avant-bras… Tout le monde portait un numéro. Et ces numéros servaient à compter les morts : ceux-ci au front, ceux-là dans les fours. Tout était régimenté. Si une telle chose devait se reproduire... »

Il poussa un soupir.

« Imaginez un peu, dit-il, avec des ordinateurs, des banques de données, des décodeurs d'empreintes digitales... Les nazis ne disposaient que de moyens primitifs en comparaison de ce qu'ont les gouvernements aujourd'hui. Mais ils se sont déjà bien débrouillés avec ce qu'ils avaient. »

Il rassembla les papiers et les replaça dans le dossier.

« Ils se sont même très bien débrouillés. »

Il poussa un soupir et regarda Leïla. Ils avaient été des ennemis, cela leur semblait maintenant ridicule, infantile. Leïla regardait fixement la petite pile de papiers sur le sol. Tout ce qui lui était resté obscur commençait à prendre un sens. Elle comprenait dans quelle sorte d'endroit elle se trouvait et ce que signifiait Iram. Elle releva les yeux vers Scholem.

« Vous voulez repartir ? »

Il ne répondit pas mais elle vit qu'il hochait la tête.

« Pour révéler tout ça ? »

Il hocha à nouveau la tête et elle resta silencieuse un moment.

« Je comprends, dit-elle, mais je ne peux pas vous suivre. Je suis venue ici pour David. Tout ce que j'ai enduré jusqu'à présent, je l'ai enduré pour cette seule raison, je ne peux pas repartir maintenant.

– Il n'est peut-être pas ici, répondit Scholem sans la regarder.

– Non, fit-elle, il est inutile de me dire ça. Il est ici. Je le sais. Je veux le trouver, Chaim. Vous pouvez partir, vous devez partir. Je resterai, je retrouverai David et nous essaierons de sortir. Je garderai la mitraillette si c'est possible. »

Scholem resta assis un long moment sans rien répondre. Enfin, il releva les yeux et croisa le regard de Leïla. Deux larmes coulaient le long de sa joue, traçant deux lignes pâles dans la poussière qui recouvrait son visage. Il lui prit la main.

« Vous avez raison, dit-il, nous devons rester. Nous sommes venus pour David. Et quoi que nous fassions, ce sera du suicide. Nous pouvons au moins essayer d'achever ce que nous sommes venus faire. N'en parlons plus. Mangeons un peu. Nous reparlerons ce soir de ce que nous devons faire. »

Il avait décidé de rester, mais sa décision l'effrayait. Il fallait qu'il prévienne quelqu'un. Himmler avait fait référence à ses unités Walkyrie. Sur la liste de noms on trouvait l'abréviation Walk. Il avait entendu parler de ces unités. Des rumeurs, des racontars. Mais cela avait suffi à l'effrayer au plus profond de lui-même. Et maintenant il avait la preuve que les unités Walkyrie n'étaient pas nées d'une imagination folle mais avaient bien existé. Et s'il fallait prendre ce qui s'était passé récemment pour un signe, elles allaient sous peu passer à l'action.

46.

L'obscurité était totale. Il croyait parfois apercevoir des lumières, mais quand il regardait de nouveau, il comprenait qu'elles étaient dans sa tête. Il était parvenu à traverser tant bien que mal le premier tunnel puis en avait suivi un autre qui l'avait éloigné du premier, et il se perdait un peu plus à chaque pas. Il luttait de tout son être pour maîtriser sa panique, sachant qu'elle serait fatale s'il y cédait. Il était fatigué et il avait besoin de dormir mais il craignait de se retrouver plus désorienté encore au réveil. Tandis qu'il marchait en essayant de retrouver ses pas, il se servait des niches comme points de repère pour avancer en ligne droite. La chose la plus importante, se disait-il, c'était de ne pas s'enfoncer plus profondément dans le labyrinthe. Il n'était sans doute pas loin du principal tunnel mortuaire qui devait le ramener au temple. S'il pouvait l'atteindre, il serait sauvé.

Mais l'obscurité et le silence infligent d'étranges épreuves aux sens et à l'esprit. David se sentait coincé entre les parois de pierre, comme si elles se resserraient vers lui et il ressentait en même temps l'immensité sans fin du labyrinthe dans lequel il était perdu. Il s'endormit finalement, épuisé par les efforts de la veille et de la longue nuit qui avait suivi.

En se réveillant, il ne sut pas combien de temps il avait dormi. Peut-être plusieurs heures, peut-être une journée entière. Il avait froid, ses jambes et ses bras étaient raides, il avait mal partout. D'horribles douleurs l'élançaient à la tempe gauche, et il éprouvait une faim terrible qui lui brûlait l'estomac et lui donnait des nausées. Il vomit par deux fois, remplissant le tunnel dans lequel il était assis d'une odeur aigre. Sa tête tournait et pendant un long moment il n'osa pas se lever. Mais rester assis là, c'était mourir, et il décida de se remettre en marche, en essayant de ranimer ses membres.

Son sommeil lui avait fait perdre toute notion de sa position. Tout ne lui paraissait plus être qu'un long tunnel empli d'ossements rongés par les araignées.

Il se fatiguait rapidement, ses pieds ne le soutenaient plus et il devait s'arrêter souvent pour se reposer. Il se rappela alors que lorsqu'il était enfant il adorait jouer à colin-maillard, trébuchant à la poursuite de ses petits camarades, un bandeau sur les yeux, prenant plaisir à l'étrangeté d'un monde qui n'était plus fait que de sons, de sensations tactiles et d'odeurs, tout en se rassurant à la pensée qu'il lui suffisait de lever son bandeau pour retrouver la lumière et les couleurs. Il se souvint aussi des jeux auxquels il se livrait dans des labyrinthes, traçant au crayon le chemin que le héros devait suivre pour sortir de la forêt enchantée, et il se souvint des carrefours de ces routes qui menaient au trésor enfoui. Ici, il avait mis la main sur le trésor mais il ne trouvait plus le chemin de la sortie.

Perdu ? L'était-il vraiment ? En une fraction de seconde, un autre souvenir lui revint, quelque chose qu'on lui avait dit quand il avait à peu près douze ans, une méthode pour sortir de n'importe quel labyrinthe. C'était simple et efficace, il l'avait essayée à plusieurs reprises et perdu tout intérêt pour les labyrinthes par la suite parce qu'ils ne représentaient plus de difficulté. Il suffisait de garder la main sur un mur, mettons celui de gauche. Où que vous alliez, il ne fallait jamais enlever sa main de ce mur, et finalement, même si vous empruntiez toutes les impasses et retraciez vos pas plusieurs fois, vous trouviez toujours la sortie.

Il se rendait bien compte qu'il lui serait difficile d'appliquer ici une telle méthode. Il n'avait aucune idée de la longueur des tunnels et du nombre de tournants qu'il rencontrerait. Mais c'était sa seule chance et il fallait la tenter. Se servant de sa main gauche, il suivit le mur de pierre entre deux niches et avança d'un bon pas. Arrivé rapidement à un tournant, puis à un autre, il ne s'arrêta pas, la main toujours contre le mur. Un peu plus loin, il buta sur un obstacle qui bouchait le passage. Après un examen rapide, il vit qu'il s'agissait d'un cadavre, sans doute celui d'un homme perdu dans les tunnels et y ayant trouvé la mort. Malgré ce sinistre rappel de la gravité de sa situation, la décision qu'il venait de prendre l'aida à retrouver son courage et ses forces.

Lorsqu'il aperçut de la lumière, il se demanda s'il n'était pas victime d'une hallucination et si ses yeux fatigués n'étaient pas en train de se jouer de lui. Mais il ferma les yeux et les rouvrit à nouveau lentement : la lumière était toujours là devant, une faible lueur dans le lointain qui l'attirait à elle.

Il était allé un peu plus loin le long du tunnel principal qui menait au temple. Le reste était facile. Il retrouva son chemin, traversa le temple et prit les corridors silencieux qui repartaient de l'autre côté. De là il retourna à sa chambre sans difficulté. Elle était vide, comme quand il l'avait quittée... Il y avait combien de temps ? La veille ? deux jours auparavant ? Il n'en avait pas la moindre idée. Il n'avait rencontré personne en revenant et il en conclut que c'était à nouveau « la nuit ». Il se sentait totalement épuisé. Il se laissa tomber sur son lit et s'endormit dans un profond sommeil.

Il fut réveillé brusquement par quelqu'un qui lui secouait l'épaule. Il entrouvrit les yeux, aveuglé par une lampe. Talal se tenait à côté du lit, son visage avait une expression cruelle, il ressemblait à un bouddha fâché d'avoir été dérangé dans sa contemplation de l'infini.

« Depuis combien de temps êtes-vous revenu ? » demanda-t-il.

David secoua la tête, encore abruti de sommeil et de fatigue.

« Je ne sais pas, dit-il, je ne sais même pas combien de temps je suis parti. Ni quelle heure il est. »

« C'est la première période qui suit le réveil. Vous avez disparu il y a deux nuits. »

David hocha la tête, ce n'avait pas été aussi long qu'il l'avait craint. Il se sentait extrêmement mal.

« Je veux manger, dit-il, et boire. »

Talal ne fit pas attention à ses paroles, son regard était implacable et sa voix dure comme le roc contre lequel elle résonnait.

« Où êtes-vous allé ? Qu'avez-vous fait ? Qu'avez-vous vu ? »

David s'impatienta.

« Est-ce qu'on ne pourrait pas parler plus tard ? Je suis fatigué, j'ai soif, ma gorge me fait terriblement mal. »

Talal insista.

« Je veux savoir où vous êtes allé et ce que vous avez fait. Pourquoi vous êtes-vous enfui ? »

Sa voix était comme une lame étincelante.

« Je ne suis allé nulle part, répondit David d'un ton agressif. Je me suis perdu, j'ai pris un mauvais tournant. Le garde m'a laissé en arrière et j'étais fatigué. Je me suis perdu dans les catacombes. Mais bon Dieu, vous ne voyez pas dans quel état je suis ? J'ai besoin de repos, pas d'un interrogatoire.

– Je ne vous crois pas, dit Talal sèchement.

– Eh bien tant pis, parce que c'est vrai. J'ai glissé et ma lampe s'est éteinte, j'ai de la chance d'être en vie. »

Talal lui lança un regard à la fois calme et étrange.

« Peut-être pas », dit-il.

David s'assit sur le bord du lit.

« Que voulez-vous dire ? »

Talal ne répondit pas.

« Désolé, fit David, mais je n'ai pas envie de parler de tout ça pour le moment. Je veux juste un peu de nourriture et qu'on me laisse le temps de me reposer. Après ça, je vous dirai tout ce que vous voulez… si c'est possible. Où est Boris (c'était le nom du garde qui surveillait David), je veux qu'il m'apporte mon petit déjeuner.

– Heinz est mort, répondit Talal, c'est moi qui serai votre garde désormais. Nous allons passer beaucoup de temps ensemble, vous et moi. »

David regarda Talal dans les yeux, comme s'il espérait y lire quelque chose. L'autre lui renvoya un regard impénétrable.

« Mort ? Comment cela, mort ? Je ne comprends pas.

– Il avait l'ordre de vous surveiller de près, de contrôler tous vos mouvements. Il vous a laissé échapper. Herr von Meier a donné l'ordre de l'exécuter. »

David resta bouche bée. Il éprouvait soudain une profonde répulsion pour cet endroit, comme s'il venait d'en comprendre la cruauté.

« Mais c'est absurde, dit-il enfin. Il n'est rien... Mon absence n'a causé aucun dommage. Ce n'est pas sa faute si j'ai pris un mauvais tournant.

– N'en parlons plus. C'était un soldat et il avait reçu des ordres. Il savait quelle serait la sanction en cas de faute. Maintenant, ça suffit. »

Talal marqua une pause, comme s'il hésitait à aborder un autre sujet.

« Vous dites que votre absence n'a causé aucun dommage, reprit-il finalement. Jusqu'où êtes-vous allé dans les tunnels ? À quel endroit êtes-vous arrivé exactement ? »

David haussa les épaules.

« Comment voulez-vous que je le sache ? Ils se ressemblent tous et je n'avais pas de lumière. Dieu sait où je suis allé. Pour autant que je sache, il est probable que j'ai tourné en rond pendant tout ce temps.

– Est-ce que vous ne vous trouviez pas hier soir à l'extrémité ouest de la ville ? demanda Talal.

– Je vous ai dit que je ne savais pas où j'étais. Peut-être.

– Si vous vous êtes perdu, comment avez-vous trouvé le chemin ?

– C'est plus facile à expliquer qu'à faire. J'ai suivi le mur, j'ai gardé la main sur ce putain de mur et j'ai avancé. Vous devriez essayer un de ces jours. Ça marche, mais ce n'est pas particulièrement agréable.

– Alors vous ne savez rien sur le cadavre ?

– Le cadavre ? J'étais entouré de cadavres. De quoi parlez-vous exactement ? »

Talal regarda fixement David, comme s'il pouvait détecter ses mensonges en le scrutant ainsi.

« Le cadavre du garde, dit-il. Celui qu'on a trouvé pendant la relève à l'entrée ouest de la ville.

– Vous voulez dire que vous croyez que j'ai tué un garde ? »

Talal hésita un bref instant.

« Oui.

– Et je serais revenu ici vous attendre ?

– Je ne sais pas quelles étaient vos raisons, mais vous êtes revenu.

– Et je n'ai pas essayé de m'échapper? Vous dites que j'étais à l'entrée. Là, j'ai tué le garde... puis je suis rentré tranquillement dans ma chambre ?

– Vous n'aviez nulle part où aller. À l'extérieur, il n'y a que le désert, vous savez ce que c'est. Vous n'avez ni eau ni nourriture.

– Alors pourquoi aurais-je tué un garde ?

– Je ne sais pas. Il vous a peut-être surpris en train de faire quelque chose et aura essayé de vous en empêcher. C'est à vous de me le dire.

– Et si je vous disais que je n'en sais rien ? Que j'ai passé les deux derniers jours à me traîner dans l'obscurité et que la compagnie était plutôt désagréable. Il y a peut-être un traître parmi vous. Vous avez vérifié si quelqu'un manquait ? »

Talal secoua la tête.

« Ce sera fait, ne vous inquiétez pas. En attendant, Herr von Meier veut vous voir. Ces événements l'ont beaucoup troublé. Faites bien attention à tout ce que vous allez dire. Il ne vous tolère que parce que vous lui êtes utile et... parce que vous l'amusez. Mais après ce qui vient de se passer, il vous trouvera sans doute beaucoup moins amusant. Je vous conseille de vous montrer extrêmement prudent. »

Sans un mot de plus, Talal se dirigea vers la porte et l'ouvrit, puis il attendit David, qui resta encore un moment au bord du lit, fixant l'autre du regard, refusant de se lever. Il était toujours épuisé, physiquement et moralement. Une entrevue avec von Meier était bien la dernière chose qu'il désirât pour le moment.

Talal fit alors un mouvement si vif que la vue de David fut troublée, et il ressentit une vive douleur. Il vit la main de l'autre saisir la poignée de son arme, changer de position, se jeter sur lui, et lui labourer d'un trait la poitrine, laissant sur son passage un jet de sang. Sous l'effet de la terrible douleur, David porta la main à sa poitrine, leva les yeux et vit Talal essuyer sa lame puis, d'un mouvement lent et étudié, remettre l'épée au fourreau.

« Ne m'obligez pas à vous entailler plus profondément », dit Talal en faisant signe à David de se diriger vers la porte.

Sa blessure le brûlant cruellement, David se leva en silence. Il fallait donc affronter von Meier. Après avoir passé la porte, il tourna vers la gauche et prit la direction de la chambre de von Meier, mais Talal le prit par le bras et le poussa dans la direction opposée. Étonné, il regarda Talal, qui resta silencieux et se contenta d'indiquer le chemin, le suivant à quelques pas en arrière. David marcha en silence le long du couloir puis descendit un escalier qu'il n'avait jamais vu auparavant.

Ils atteignirent un niveau inférieur, dans lequel David ne s'était encore jamais rendu. Tout y semblait plus sombre et plus vieux, moins entretenu, primitif. Ils étaient au cœur de la partie la plus ancienne d'Iram. Chaque ville a son cœur obscur, ce terrain délaissé qui fut autrefois son centre de vie, avec ses rues désertées, ses hangars humides et décrépits, un lieu abandonné à l'ombre de sa propre monstruosité. La monstruosité d'Iram était là, dans ces sinistres passages, avec ses statues difformes et ses décorations en ruine, attaquées par une lèpre qui rongeait la pierre. Ils entrèrent dans un dernier tunnel bordé de statues ailées, rongées par les années, qui menait à un petit escalier. La lumière se frayait un chemin dans le boyau, rougeâtre et effrayante, comme David n'en avait encore jamais vu dans la ville, sauf au fond du temple. Talal le poussa dans le dos et il se mit à descendre, marche après marche, craignant de tomber dans des profondeurs inconnues. Ils arrivèrent dans une caverne basse de plafond qui s'étendait sous la partie centrale de la ville. L'air était étouffant, le sol de la caverne était parsemé de flaques d'huile brûlante, à quelques centimètres d'un énorme réservoir de presque douze mètres de long. Des siècles auparavant, au début de l'établissement de la première colonie d'Iram, le réservoir brûlait tout l'hiver puis était éteint lors des longs mois d'été. Au moment de la visite d'al-Halabi dans la ville au VIIIe siècle, les descendants des premiers habitants ne connaissaient plus l'existence des réservoirs de pétrole et se chauffaient en hiver avec du bois ramassé dans le désert pendant l'été. Depuis plus de quarante ans les réservoirs brûlaient de nouveau en hiver. Nul n'en connaissait la profondeur, ils semblaient inépuisables, on avait l'impression qu'ils étaient éternels, comme la ville elle-même.

Un homme de haute taille, tournant le dos à David et Talal, se dressait au bord du réservoir le plus proche, vêtu d'une longue robe noire. C'était von Meier, mais rien ne rappelait plus cet air de moribond que David lui avait vu. Il se tenait légèrement penché en avant avec ses cheveux blancs qui lui tombaient sur les épaules, en pleine méditation comme un vieux roi solitaire dans les entrailles de son château abandonné. Sa silhouette passait de l'ombre à la lumière, il était perdu dans ses rêves, rebâtissait le monde avec ses enfants qui enveloppaient les monuments de Washington, de Londres, de Paris, d'immenses voiles blancs, gravaient des runes sur les piliers des cathédrales, défilaient sur les avenues des grandes capitales, nettoyaient et purifiaient des nations entières.

Une momie était posée à côté de lui contre une colonne, les flammes et les ombres dessinaient des motifs sur sa peau desséchée et son linceul en lambeaux. David se souvint de l'histoire que Schacht avait rapportée dans son journal, la conversation nocturne de von Meier avec les morts.

David détourna son regard de von Meier et de la momie vers le fond de la caverne. Une statue ailée que les flammes léchaient se dressait sur une île de pierre, son visage impassible comme celui d'un ange déchu. Dans un coin obscur de la caverne, une créature molle et blanche se mit en mouvement. Il y eut un second mouvement puis un troisième. Par un trou dans le mur à droite de David, de pâles créatures semblables à de gigantesques vers se mirent à apparaître. Il n'arrivait pas à voir ce qu'étaient exactement ces apparitions, mais la façon dont elles se mouvaient le dégoûtait. Von Meier et Talal semblaient ne leur accorder aucun intérêt. David fit un effort pour voir plus clairement : c'étaient des cochons, d'énormes cochons blancs qui fouillaient avec leur groin le sol de la caverne.

Von Meier se tourna d'un coup, bien que David ne fût pas sûr qu'il l'eût entendu arriver. Il resta un moment immobile, observant David, puis leva une main et lui fit signe de s'approcher.

« Ils viennent parfois par ici à la recherche de la chaleur, dit-il. Ils ne cherchent pas la lumière, voyez-vous, ils sont aveugles. Nous les avons trouvés quand nous avons découvert Iram, une race de cochons blancs vivant dans l'obscurité des grottes. Ils mangent n'importe quoi, même les restes des cochons morts. Ils sont l'ultime abomination d'Iram. Le grand blasphème. De temps en temps, nous en tuons un et le mangeons, la viande est pâle mais très tendre. »

Von Meier marque une pause, et tourna les yeux vers les cochons qui léchaient la pierre de leurs lèvres molles et obscènes.

« Pourquoi ne vous tuerais-je pas ? » demanda-t-il.

David ne répondit pas. Il savait que von Meier pouvait le tuer aussi facilement que l'un de ces cochons. Avait-il besoin d'une raison ?

« Allez-vous me répondre ? » dit von Meier en se retournant. Sa voix était menaçante.

« Que voulez-vous que je vous dise ? »

David regarda ce vieux visage couvert de rides au milieu duquel brillaient deux yeux de glace.

« Votre homme ici, Talal, m'a dit ce dont vous m'accusiez. Je ne peux pas le nier, je n'ai pas de preuves pour ça. Je voulais être libre de visiter la ville sans être suivi par un gardien, alors j'ai faussé compagnie à celui qui me surveillait. C'est comme cela que je me suis perdu. Presque définitivement. Mais je ne sais rien sur votre cadavre, celui que vous avez trouvé à l'entrée. Pour autant que je sache, je n'étais pas là-bas. C'est peut-être l'un des vôtres qui est responsable. Vous prenez un risque en ne me croyant pas. Il y a un tueur parmi vous, ou quelqu'un a disparu.

– Qu'avez-vous vu ? Où êtes-vous allé ?

– Je n'ai pratiquement rien vu. J'ai traversé le temple mais il était presque entièrement dans l'obscurité. J'ai pris le troisième, non, le quatrième tournant dans les catacombes. J'ai dû aller assez loin, puis j'ai glissé sur quelque chose et ma lampe s'est éteinte. J'ai essayé de revenir en arrière mais j'ai dû prendre un mauvais tournant à un certain moment et je me suis perdu. Personne ne m'a vu. Croyez-moi, je ne mens pas. »

Il savait que bien peu de chose le séparait de la mort. L'homme qui avait forgé une épée coupante comme un rasoir était capable de lui trancher la tête d'un seul coup. Von Meier observa longuement David, le visage parfaitement immobile, seuls ses yeux inquisiteurs bougeaient. Il était comme le roi d'Iram, songea David, un Salomon régnant sur un royaume d'ombres.

« Très bien, dit von Meier au bout d'un moment, on va vous ramener dans votre chambre et vous y serez sous stricte surveillance. Nous mènerons une enquête. Si quelqu'un manque ou si on découvre parmi nous quelqu'un qui ne puisse pas rendre compte de ses déplacements, je vous tiendrai pour innocent jusqu'à ce que nous trouvions d'autres preuves. Vous serez quand même puni pour avoir tenté d'échapper à votre garde. Mais je ne vous crois pas. J'ai déjà donné mes ordres, vous serez exécuté demain, au cours de la première période après le réveil. Ce ne sera pas une fin rapide ni sans douleur. Je réserve ce privilège à mes gens, comme Heinz dont vous avez causé la mort. Vous allez souhaiter mourir comme Schacht et regretter d'avoir retrouvé votre chemin à travers les catacombes. Ensuite votre corps sera coupé en morceaux et donné en pâture à ces cochons. »

Il agita une main en direction de David comme pour le repousser, puis se retourna pour admirer son royaume souterrain.

« Laissez-moi, murmura-t-il, vous ne m'êtes plus d'aucune utilité. »

David tourna les talons et suivit Talal. Il jeta un rapide regard alentour et vit von Meier immobile devant les flammes, contemplant ses répugnantes créatures.

47.

À l'entrée du temple se trouvait une niche verticale qui avait autrefois abrité une statue. Leïla était restée cachée dans la niche pendant un moment qui lui avait paru bien long, attendant que quelqu'un passe. Peu après qu'elle se fut postée là, un groupe d'une dizaine de personnes était entré dans le temple et y était resté à peu près une demi-heure avant de repartir par le même chemin. Elle voulait quelqu'un seul si possible et commençait à croire que plus personne ne viendrait.

Quand elle entendit un bruit de pas dans le passage, Leïla se pencha légèrement, espérant que l'ombre la dissimulerait. Un homme approchait seul, qui apparemment n'était pas armé. Il était un peu plus grand qu'elle et solidement bâti, mais elle avait l'avantage de la surprise. Scholem lui avait appris ce qu'il fallait dire en allemand et elle se le répétait, recroquevillée au fond de la niche, attendant que l'homme arrive à sa hauteur.

Tout à coup elle le vit, là, devant elle, et l'instant d'après il était passé. S'avançant furtivement derrière lui le couteau à la main, elle le rejoignit et le bâillonna d'une main tout en lui mettant son couteau sur la gorge.

« Pas un geste », murmura-t-elle.

Il resta pétrifié par cette attaque qui semblait venir de nulle part, sentant la pointe du couteau sur sa gorge. Leïla respirait profondément derrière lui, il sentait sur sa nuque son haleine chaude. Elle murmura un autre ordre :

« Retournez-vous lentement ! »

Il obéit, tandis qu'elle le tenait toujours, appuyant sur le couteau dont la pointe avait entamé la peau de son prisonnier.

« Avancez ! » ordonna-t-elle. Lentement, il marcha à reculons le long du passage. Le premier choc passé, il réfléchissait à la façon de prendre le dessus. Il avait les mains libres et, s'il choisissait bien son moment, il pouvait passer à l'attaque avant qu'elle n'ait le temps de lui porter un coup. Mais il fallait qu'il endorme sa méfiance jusqu'à ce qu'elle se sente en sécurité et que son attention se relâche, ne serait-ce qu'une fraction de seconde. Mais où l'emmenait-elle ? Qui était-elle ? Et que voulait-elle ?

Ils atteignirent une porte à l'extrémité du passage, et il reconnut un ancien dépôt que l'on utilisait rarement.

« Ouvrez la porte ! » fit-elle.

Il mit la main sur la poignée et poussa le battant. La porte s'ouvrit. Une lampe brûlait à l'intérieur, un homme était assis sur une caisse, une mitraillette à la main. Trop tard pour tenter de se libérer.

Leïla le poussa à l'intérieur et referma la porte. Elle retira sa main de la bouche de l'inconnu et recula brusquement hors de portée. Scholem regarda l'homme dans les yeux pendant un long moment.

« Approchez ! » cria-t-il en allemand.

L'homme s'avança.

« Stop, arrêtez-vous là ! »

L'homme s'arrêta devant Scholem, les bras le long du corps.

« Où est l'Américain, l'homme qu'ils ont amené récemment ? »

Le prisonnier ne répondit pas, regardant fixement le mur derrière Scholem. Celui-ci se leva et appela Leïla d'un signe de la main. Elle vint se mettre à ses côtés et prit la mitraillette. Scholem s'approcha de l'homme à le toucher.

« Où retiennent-ils l'Américain prisonnier ? »

Pas de réponse. Scholem frappa l'inconnu au visage du revers de la main.

« Où est-il ? »

Pas de réponse. Un autre coup. Il résonna dans la pièce comme un coup de feu.

« Où ? »

Rien. Un troisième coup, suivi d'un quatrième. Scholem était dégoûté par ses propres actes mais il n'avait pas le temps d'être patient.

« *Wo ist der Amerikaner ?* »

L'homme encaissait en serrant les dents et restait silencieux. Scholem le frappa à nouveau avec le plat de sa main, le giflant pendant au moins trente secondes ; sa victime titubait sous chaque coup. Scholem s'arrêta et reposa sa question. Le prisonnier ouvrit la bouche et cracha du sang, un long filet de sang où se mêlait sa salive.

« Je ne sais pas », dit-il en toussant.

Scholem frappa encore.

« Je ne sais pas », répéta-t-il, criant presque.

Scholem releva son bras.

« Je vous jure que je ne sais pas ! » dit l'homme d'une voix implorante en se recroquevillant sur lui-même pour éviter le coup suivant. Scholem le frappa deux fois encore. L'homme répéta en pleurant ce qu'il avait dit.

« Il dit la vérité, Chaim, ne frappez plus. »

Scholem, prêt à frapper de nouveau, se retint.

« Très bien », dit-il, puis, s'adressant à l'homme :

« Enlevez vos vêtements. »

Le prisonnier regarda Scholem, puis Leïla. Il hésitait.

« Faites ce que je vous dis », ordonna Scholem.

L'homme se déshabilla. Il ne portait rien sous sa robe noire. C'était son seul vêtement, été comme hiver.

« Lancez-la-moi ! aboya Scholem. Leïla, tenez-le en joue pendant que j'enfile son vêtement. »

« Qu'est-ce qu'on fait de lui ? » demanda Leïla.

Scholem se tourna vers elle et dit, d'un ton presque détaché :

« On le tue. »

Leïla lui lança un regard horrifié.

« Comme ça, de sang-froid, comme eux ? »

Scholem s'avança et la prit par le bras.

« Qu'est-ce que vous suggérez ? dit-il. Nous n'avons rien pour l'attacher. Cette porte ne ferme pas à clef. Faut-il le laisser sortir d'ici pour qu'il donne l'alerte ? Autant ne pas se fatiguer, et aller leur dire que nous sommes ici. »

Il avait raison, mais il lui était impossible de tuer un homme ou de le laisser tuer. Elle en avait assez vu pour savoir qu'à leur place leur prisonnier n'hésiterait pas une seule seconde à les tuer tous les deux.

« Je ne peux pas faire ça, dit-elle d'une petite voix. Et je ne peux pas non plus vous laisser faire. Est-ce qu'on ne pourrait pas simplement l'assommer ?

– Et pour combien de temps ? Une heure ? deux heures ?

Combien de temps nous faudra-t-il pour trouver David et sortir d'ici ? Moins que ça ? Ou plus longtemps ?

– Alors attachons-le, dit-elle, passez-moi votre cordelette. »

Scholem hésita.

« Ça ne suffira pas à l'immobiliser.

– Ça suffira, j'en fais mon affaire, ne vous inquiétez pas. »

Scholem se tut, jetant un coup d'œil vers le prisonnier, puis vers Leïla.

« Tenez », dit-il, en dénouant la corde, que Leïla prit, et elle fit signe à l'homme de s'approcher et de se tourner.

Elle lui attacha les poignets derrière le dos en serrant fort, puis elle défit le nœud de la cordelette qu'elle portait autour de la taille.

« Allongez-vous », ordonna-t-elle.

Il la regarda sans comprendre.

« *Niederlegen Sie sich* », répéta Scholem.

Leïla lui lia les chevilles, noua les deux cordes ensemble en faisant un nœud dans le dos, là où il ne pouvait pas l'atteindre. C'était une technique qu'elle avait apprise autrefois dans un camp d'entraînement de l'OLP. Elle savait qu'il ne pourrait pas s'échapper à moins que quelqu'un ne le découvre.

« Satisfait, Chaim ? » demanda-t-elle après avoir achevé son travail.

Scholem se pencha, examina les nœuds, et hocha la tête en se redressant.

« Parfait, dit-il, il ne nous fera plus d'ennuis. Excusez-moi si je vous ai paru cruel.

– Vous le faisiez exprès », répliqua Leïla.

Ils sortirent, Leïla marchant devant comme une prisonnière, Scholem la suivant avec la mitraillette.

Ils passèrent devant des portes ouvertes, mais toutes les pièces étaient plongées dans l'obscurité et on ne voyait rien à l'intérieur. Puis ils virent une porte fermée sur laquelle un mot était inscrit en lettres rouges. Scholem s'arrêta et attira l'attention de Leïla sur les caractères, lui expliquant à voix basse quelle en était la signification. C'était ici qu'il fallait revenir, si possible, après avoir trouvé David. Leïla approuva d'un signe de tête, et ils reprirent leur chemin.

Seul le passage central dans lequel ils marchaient était éclairé, faiblement. Ils arrivèrent à une intersection immédiatement suivie par une autre, mais restèrent dans le couloir principal. Tout était silencieux. Apparemment il n'y avait personne dans les parages.

Au tournant suivant, Leïla crut entendre quelque chose, quelqu'un faisant une vaisselle. Ils s'approchèrent de l'endroit d'où venait le bruit, leurs sens en alerte. D'une porte sur leur droite, une pâle lumière éclairait le passage. Ils s'avancèrent, prêts à se battre ou à fuir. Les bruits de ménage leur parvenaient maintenant amplifiés, venant de la pièce éclairée. Leïla atteignit la porte et regarda à l'intérieur.

Une femme se tenait seule dans une cuisine devant un évier en pierre. Elle avait lavé à peu près la moitié d'une énorme pile d'assiettes et de casseroles. De l'eau chauffait dans une bouilloire sur un feu juste à côté d'elle. Leïla se retourna et fit signe à Scholem d'approcher. Ils entrèrent ensemble dans la pièce à pas feutrés et s'approchèrent de la femme, qui continuait sa vaisselle, sans se douter de leur présence.

Scholem se mit derrière elle et lui pressa sa main sur la bouche, à l'instant où elle venait de se rendre compte qu'il y avait deux intrus dans la pièce.

« Pas un bruit », murmura-t-il, en la faisant se tourner face à lui. C'était une jeune femme de dix-sept ou dix-huit ans, on lisait une terrible frayeur dans ses yeux grands ouverts.

« Êtes-vous seule ? » demanda Scholem, en approchant sa bouche de son oreille. Elle sentait les épices. Elle répondit en hochant la tête frénétiquement.

« Je vais enlever ma main, vous comprenez ? N'essayez pas de crier ou je me verrai forcé de vous en empêcher. Vous comprenez ? »

Elle hocha de nouveau la tête. Scholem retira sa main et elle reprit sa respiration, puis elle se mit à pleurer. Ses mains étaient encore mouillées.

« Je ne vous ferai pas de mal, dit Scholem, sauf si vous essayez d'appeler au secours ou de vous échapper. Répondez à mes questions et il ne vous arrivera rien. »

Leïla le regardait sans rien dire.

« Avez-vous vu l'homme qu'ils ont amené ici il y a quelque temps, l'Américain ? » demanda Scholem.

La jeune femme secoua la tête, les larmes coulaient toujours le long de ses joues.

« Savez-vous où ils le détiennent, où il se trouve maintenant ? Dites-le-moi, n'ayez pas peur. »

Elle avala sa salive et essaya de parler. Sa voix tremblait sous l'effet de la peur.

« Il... Il vient ici à chaque déjeuner. C'est moi... C'est moi qui l'ai servi... plusieurs fois.

– Où dort-il ? Près d'ici ?

– Oui, murmura-t-elle, près du quartier des dirigeants.

– Où est-ce ? » fit-il d'une voix pressante.

Elle reprit son souffle et s'essuya les yeux. Elle commençait à se calmer mais avait toujours peur. Qui étaient ces inconnus ? D'où venaient-ils ? Elle ne les avait jamais vus.

« C'est là-bas, pas loin...

– Où, bon Dieu ? »

Scholem l'avait prise par les épaules et la secouait violemment. Elle se remit à pleurer. Leïla tira brusquement Scholem sur le côté.

Scholem se tourna à nouveau vers la fille et lui parla d'une voix plus douce.

« Je vous promets que je ne vous ferai pas de mal, dit-il, mais c'est très important, il faut que vous nous disiez où il se trouve.

– Vous sortez d'ici, dit la fille, et vous tournez... à droite. Au bout du passage, prenez à gauche. C'est l'une des premières portes dans le passage suivant. Je ne sais pas laquelle. Il y a peut-être un garde à l'extérieur. Je ne sais pas.

– Merci, dit Scholem en souriant pour la rassurer. Maintenant, vous dites que David... l'Américain... vient manger ici tous les jours. Où est-ce que vous gardez la nourriture ? Est-ce qu'il y a un garde-manger ou une réserve de nourriture ici ? »

La jeune fille désigna un grand placard du doigt.

« Là, dit-elle, nous gardons les provisions pour la semaine, puis nous sommes réapprovisionnés par les réserves qui se trouvent dans un autre niveau en dessous de celui-ci. »

Scholem traduisit ce que la fille venait de dire. Leïla hocha la tête et se dirigea vers le placard, ouvrant la porte la plus grande et découvrant tout un garde-manger creusé profondément dans la pierre. Il y avait à l'intérieur des sacs de jute et des pots de terre cuite de toutes tailles. Elle en ouvrit plusieurs et trouva du riz, de la farine et tout un assortiment de légumes.

Leïla se tourna vers Scholem.

« Demandez-lui où ils plantent tout ça, Chaim. Ils ne peuvent pas faire pousser leurs propres aliments dans un endroit pareil. »

Scholem posa la question à la jeune fille qui répondit par un signe de tête affirmatif.

« Si, dit-elle, nous faisons pousser tout ce que nous mangeons. Que pourrions-nous faire d'autre ? Où donc fait-on pousser les récoltes ailleurs qu'ici ? On nous dit qu'il n'y a que du sable à l'extérieur. Le sable s'étend sur la longueur de milliers de couloirs dans toutes les directions. Ils mentent peut-être, je ne peux pas m'imaginer une étendue aussi vaste que ça. Mais en dessous de la ville, il y a six champs et de nombreux dépôts pour l'hydro... je ne sais pas le mot exact.

– Les cultures hydroponiques ? *Wasserkultur ?* »

Scholem traduisit à Leïla ce que la jeune fille venait de dire.

« Et d'où viennent les fleurs ? » demanda-t-elle.

Scholem posa la question.

« Des cultures hydro... poniques. Une pièce spéciale leur est consacrée. Ils ne font pousser qu'une seule fleur, ils l'appellent edelweiss, je crois. C'est pour les morts. Et notre chef. »

Scholem transmit toutes ces informations à Leïla puis ajouta :

« L'edelweiss était la fleur préférée de Hitler. »

Il tourna de nouveau son attention vers la jeune fille et demanda :

« Qui est ce chef dont vous parlez ? Comment s'appelle-t-il ? »

Elle secoua la tête.

« Il n'a pas de nom. Il est le chef, c'est tout. Il a toujours été parmi nous, il était là avant ma naissance et avant celle de tous les autres, à part les plus vieux peut-être. Nous ne le voyons que rarement, il vit principalement dans sa chambre, mais il vient parfois nous rendre visite. Il est très vieux, personne n'est aussi vieux que lui à Iram. Mais ils disent qu'il ne mourra jamais. Pas avant que le monde ne se soit renouvelé. Il mourra alors et reviendra réincarné dans un corps jeune. »

« Qu'est-ce qu'on fait d'elle ? » demanda Leïla.

Cette fois, ils n'avaient pas de corde pour attacher leur prisonnière.

Scholem lança un regard vers le placard.

« On va l'enfermer là-dedans. Quelqu'un finira bien par l'en sortir et avec un peu de chance nous serons partis d'ici là. »

Il ordonna à la fille de faire de la place dans le garde-manger et lui fit signe d'y entrer, puis il ferma la porte.

Leïla l'attendait sur le seuil, l'arme serrée entre ses mains.

« C'est le moment », dit-elle.

Il approuva d'un signe de tête. Le moment était venu de passer à l'action.

48.

David ne dormait qu'à moitié, dans l'obscurité de sa cellule. Il y avait une lampe à côté de lui, mais il trouvait plus de réconfort à rester dans le noir. La lumière lui aurait rappelé sa situation, il aurait fixé le plafond, allongé sur sa banquette, puis aurait regardé les murs et pleinement ressenti la présence d'Iram. Il avait l'impression d'entendre la ville respirer à travers ces longs tunnels sans lumière, resserrant son emprise jusqu'à l'en étouffer. Sa pensée se troublait, il était hanté par l'idée de sa mort qui ne serait suivie d'aucune paix, d'aucune résurrection, et se demandait pourquoi von Meier s'embarrassait de lui et ne le tuait pas tout de suite. Il se demandait aussi qui avait tué le garde à l'entrée ouest.

Il entendit un léger bruit à sa porte, puis il la vit s'ouvrir et al-Shami entrer, gras, sinistre et menaçant, tenant une lampe à la main. Des ombres vacillantes dansaient sur son visage. Il paraissait fatigué et nerveux, il avait perdu de cet élan que lui donnait sa cruauté et que David connaissait si bien. Il avait maigri. Après quelques hésitations, il entra dans la pièce. Il y avait un petit tabouret à côté du lit étroit, sur lequel il s'assit avec précaution. Le siège paraissait ridiculement petit comparé à la masse de son corps, on eût dit un tabouret d'enfant.

Depuis son arrivée à Iram, David n'avait vu al-Shami que deux fois et s'était senti mal à l'aise en chacune de ces occasions. Al-Shami, qui avait peut-être reçu des remontrances pour la façon dont il avait traité David au cours du voyage jusqu'à Iram, avait essayé de se montrer aimable mais David avait été incapable d'entretenir avec lui une relation détendue. Il se méfiait du gros homme et en avait peur, il n'aimait pas sa compagnie et percevait la profonde cruauté de cet individu aussi fortement que lors de leur première rencontre. Mais surtout il se rendait compte qu'al-Shami n'était pas tout à fait sur son terrain, ici à Iram, qu'il n'aimait pas l'endroit et même qu'il en éprouvait certaines craintes. Pour cette raison, on ne pouvait pas lui faire confiance. David sentait que le gros homme espérait tirer un avantage de lui et qu'il avait plus ou moins essayé de le vendre à von Meier en échange d'un service dont David ne pouvait deviner la nature. Et il était sûr que, quel que fût l'arrangement auquel ils étaient parvenus, al-Shami n'en était pas entièrement satisfait.

Al-Shami posa sa lampe par terre et regarda David.

« Vous dormiez ? » demanda-t-il.

David secoua la tête.

« Non, dit al-Shami, vous ne pourriez pas dormir. Je trouve moi aussi qu'il est difficile de dormir ici. Malgré l'obscurité. Ou peut-être à cause de l'obscurité. J'ai appris ce qui s'est passé. »

David ne dit rien, se contentant de garder un silence prudent.

« Est-ce vous qui avez tué le garde ? » lui demanda finalement al-Shami.

David secoua la tête. Al-Shami était-il venu simplement

pour lui arracher une confession, quelque chose qu'il pourrait monnayer à von Meier ?

« Je crois que vous dites vrai, continua al-Shami. Cette mort est un mystère. Quelqu'un a peut-être essayé de quitter la ville. On dit que ce n'est jamais arrivé. Mais je comprendrais une telle tentative. »

Il s'arrêta de nouveau et tira d'une de ses poches un petit chapelet d'ambre avec un anneau d'argent au bout. Il se mit à jouer avec les perles de ses gros doigts, les faisant cliqueter le long de la ficelle.

David restait silencieux. Il ne voulait rien dire à al-Shami, même si l'Arche devait rester un secret enfoui après sa mort. Elle était sous terre depuis deux millénaires et demi et attendrait bien un peu plus longtemps. C'était peut-être mieux ainsi. Il se souvint de la malédiction qu'il avait lue sur le sceau de cire et des avertissements gravés sur la porte devant l'Arche. Il se souvint de la lampe qui lui avait glissé des mains dans le tunnel, lors de sa descente dans l'obscurité.

« Vous êtes bien silencieux, reprit al-Shami. Vous ne voulez pas parler ? Je vous dérange ?

– Pourquoi êtes-vous venu ? demanda David.

– Pour vous parler. Pour vous tenir compagnie. S'ils ne trouvent pas d'autre suspect, von Meier vous fera exécuter demain matin. » Il marqua une pause. « Mais si vous vous montrez franc avec lui, si vous lui dites où vous vous êtes rendu et ce que vous avez vu, il se peut qu'il revienne sur sa décision. Vous lui êtes utile. Il vous a fait venir ici pour une fin précise.

– Alors je crois que je vais le décevoir. Il faudra qu'il trouve quelqu'un d'autre.

– Oui, dit al-Shami, il y aura quelqu'un d'autre.

– Qu'est-ce qu'il craint de me voir découvrir ? Quelle importance y a-t-il à ce que je vois ici ? Je ne peux pas partir et je ne peux le dire à personne. Pourquoi tant de secret, encore maintenant ? »

Al-Shami jouait nerveusement avec son chapelet.

« Il n'y a pas de secret, dit-il en chuchotant presque. Seulement... il y a certaines choses qu'il vaut mieux que vous ne voyiez pas. Si vous l'aidez, si vous coopérez comme il vous le demande, tout vous sera expliqué. Il serait si facile de se méprendre sur ce qui se passe ici. Nous en avons trop souvent fait l'expérience par le passé.

– Et vous, que représentez-vous pour lui ? »

Al-Shami parut surpris de la question et hésita sur la réponse.

« Je suis son ami, répondit-il enfin.

– Vous avez des amis, vous ? demanda David.

– Je le connais depuis longtemps. Je l'ai aidé, je l'ai protégé, j'ai menti pour lui. »

Il marqua une pause avant d'ajouter :

« J'ai tué pour lui.

– Est-ce que vous me tuerez demain, s'il vous le demande ?

– Oui, bien sûr.

– Ce sera rapide ?

– Je ne peux pas vous le promettre, fit-il, comme s'il s'excusait.

– Quand l'avez-vous rencontré ? demanda David en revenant à von Meier.

– Il y a longtemps, nous étions jeunes alors. Comme je vous l'ai dit, je faisais partie du groupe qui s'est rendu dans le Sinaï en 1936. À l'époque, j'étais l'un des lieutenants d'Hajj Amin al-Husayni, le grand mufti de Jérusalem. »

David hocha la tête, il commençait à comprendre.

« Je suis venu en Palestine au début des années trente et j'ai commencé à m'intéresser à la politique. Ma famille était plus ou moins reliée à celle de Hajj Amin et je me suis engagé auprès de lui. Il avait rencontré von Meier plusieurs années avant notre voyage au Sinaï. Ils étaient liés, il y avait… une sorte d'arrangement entre eux. Encore aujourd'hui, je ne sais pas exactement ce que c'était.

« Hajj Amin a aidé von Meier à trouver Iram en 1937, juste avant que les Britanniques ne le forcent à quitter la Palestine. J'ai été mêlé à ça aussi. Juste avant la fin de la guerre, quand von Meier décida de créer son sanctuaire, il en parla à Hajj Amin. Le mufti était alors à Berlin. J'y étais moi aussi avec lui. Lorsqu'ils sont arrivés à un accord, ils m'ont envoyé ici pour rendre une partie de la ville habitable, organiser l'approvisionnement, créer pour les chameaux des pistes que personne d'autre ne connaîtrait. Nous étions obligés d'utiliser des chameaux : des avions ou des véhicules motorisés auraient été tout de suite repérés.

« J'étais mince à l'époque et je pouvais voyager dans le désert pendant des journées entières sans me fatiguer. J'ai établi un refuge ici. Von Meier est arrivé le premier, avec les enfants et quelques autres personnes. D'autres plus nombreux sont arrivés par la suite. Nous avons toujours gardé l'accès ouvert et nous le faisons encore.

– Et qu'avez-vous reçu en retour ? » demanda David.

La réponse fut simple et sans équivoque :

« L'espoir.

– L'espoir de quoi ?

– D'un avenir pour mon peuple ! »

Le gros homme poussa un soupir.

« Vous me voyez comme un homme cruel, une brute, un tueur. C'est peut-être vrai. Les années m'ont rendu ainsi, je me suis endurci. Mais je n'ai pas toujours été comme ça. Et tout ce que j'ai fait l'a été pour mon peuple. Pour lui rendre sa liberté.

– Mais vous êtes libre, répliqua David, tous les États arabes ont leur indépendance.

– Pas les Palestiniens, votre peuple occupe toujours ce qui était autrefois leur pays. Quant aux Arabes, ils ne sont pas libres. L'Occident en a fait des prisonniers, des vassaux, comme s'il possédait encore leurs territoires. Vous nous prenez pour des enfants immatures et fanatiques, incapables de se gouverner eux-mêmes, tout juste bons à vous fournir du pétrole. Alors vous voyez, professeur, nous ne sommes pas vraiment libres. Vous nous tenez en laisse, avec un peu de jeu mais quand nous allons trop loin, vous tirez sur la corde pour nous rappeler nos limites, des limites que vous avez vous-mêmes établies.

– Vous ne m'avez toujours pas dit ce que von Meier vous donne en échange, insista David, comment il entretient votre espoir. Est-ce que vous n'attendez pas quelque chose de plus concret ? »

Al-Shami continuait à fixer les ombres du regard comme s'il y cherchait quelque chose de perdu.

« Si vous restez en vie, dit-il, vous l'apprendrez en temps voulu. Son peuple nous a aidés de plus d'une façon. Avec de l'argent, des hommes, du matériel. Le jour venu, nous lui rendrons tout cela. Il n'y en a plus pour longtemps. Je pars demain pour Jérusalem. Je veux être là quand cette laisse par laquelle vous nous tenez vous glissera des mains. J'ai attendu longtemps, mais ma patience va être bientôt récompensée. »

David percevait l'excitation et l'impatience d'al-Shami. Celui-ci ne rêvait plus, il mettait sur pied un plan d'attaque.

« Que va-t-il se passer à Jérusalem ? » demanda David, conscient que ce qu'on lui apprendrait serait sans conséquence.

– Vous le verrez si vous restez en vie. Et si vous mourez, quelle importance ? »

Le gros homme fut parcouru par un frisson.

« J'en ai assez de cet endroit. C'est ma dernière visite ici, je suis trop vieux. »

Il ramassa sa lampe et se leva en regardant David. La lumière jaunâtre renvoyait son ombre gigantesque sur le mur derrière lui, comme celle d'une bête préhistorique.

« Au revoir, professeur, fit-il d'une voix calme. Je ferai ce que je peux pour vous. Je lui demanderai de vous infliger une mort rapide, propre. Ce sera le dernier service que je vous rendrai. »

Il se tourna vers la porte qui s'ouvrit au même moment. Le garde entra, un homme auquel on avait confié la surveillance de la cellule de David pendant la nuit. Il entra, suivi d'une femme en habit arabe à moitié déchiré, une mitraillette à la main. Un homme vêtu de noir venait juste derrière elle.

49.

L'homme ferma la porte derrière lui et sourit à David, qui se leva lentement, fixant la femme du regard, incapable de réfléchir ou même de trouver son souffle. C'était Leïla et pourtant ce n'était pas elle. Elle avait changé : son corps, son visage, ses yeux. Surtout ses yeux. Son regard était détaché et douloureux. En quelques semaines, elle était redevenue une étrangère. Il essaya de lui sourire et n'y parvint pas.

Scholem parla le premier.

« David, dit-il, fouillez al-Shami et confisquez toutes les armes que vous trouverez. Comme vous voyez, je me suis blessé à la main droite. »

Comme dans un rêve, David fit ce qu'on lui demandait. Il se retourna et fouilla le gros homme qui gardait le silence. David trouva un Lüger automatique dans une poche de la djellaba d'al-Shami, une arme ancienne mais bien entretenue et toujours mortelle. Il le prit et le tendit à Scholem. L'Israélien secoua la tête.

« Prenez-le, David, je veux garder les mains libres. »

Al-Shami gardait les yeux fixés sur Scholem, mais il était évident qu'il ne le reconnaissait pas. Il savait qu'il l'avait vu quelque part, mais où, quand, dans quelles circonstances, il était incapable de s'en souvenir. Scholem s'avança jusqu'à ce qu'il soit juste en face de lui. Son couteau rouillé était encore dans une de ses poches. Il l'avait gardé pour al-Shami qui se tenait enfin devant lui, plus gros encore qu'il ne se le rappelait, huileux, suant, effrayé, le regard hanté par les fantômes des milliers d'êtres qu'il avait torturés. « La vengeance m'appartient, dit le Seigneur. » Scholem avait attendu sa vengeance d'année en année, sans fin. Cette simple pensée l'avait aidé à vivre, l'avait empêché de désespérer, l'avait soutenu dans le désert. Mais il se rendait compte qu'il ne servirait à rien de tuer maintenant al-Shami. Pas comme ça, de sang-froid, après tant de morts dans l'obscurité glaciale.

Il s'adressa à Leïla.

« Leïla ? »

Elle secoua la tête d'un geste las sans regarder autour d'elle. Al-Shami la laissait indifférente, elle aussi. Elle ne ressentait en cet instant aucune passion, et comprit qu'elle était venue là pour David et non pour se venger.

« Passez-moi votre arme, Leïla, dit Scholem, et faites des cordes avec David pour nos amis. »

Il prit la mitraillette et mit les deux hommes en joue contre le mur de la pièce. David mit le Lüger d'al-Shami dans sa poche et aida Leïla à déchirer des morceaux de la couverture qui recouvrait la banquette. C'était un tissu de mauvaise qualité, mais en le tordant, et avec quelques nœuds solides, il les retiendrait assez longtemps.

Ils attachèrent al-Shami et le garde de la même façon qu'ils avaient attaché l'homme dans l'entrepôt de nourriture et ils les bâillonnèrent solidement. Avec un peu de chance, ils auraient le temps de sortir de la ville avant qu'on ne découvre la disparition de David. Quand ils eurent fini, David et Leïla se regardèrent de nouveau. Ils ne s'étaient toujours pas parlé.

« Alors, tu y es arrivée », dit David.

C'était tout ce qu'il pouvait dire. Leïla hocha la tête. Elle parvint à lui sourire, faiblement peut-être, mais c'était toujours un sourire. Scholem, qui se tenait à côté de la porte, prit la parole.

« On échangera nos souvenirs plus tard, il faut d'abord sortir d'ici. Allez, Leïla connaît le chemin, elle passera devant. »

Il entrouvrit la porte et jeta un coup d'œil furtif à l'extérieur. La voie était libre. David suivit Leïla jusqu'à la porte en se demandant s'il n'était pas en train de rêver. Arrivé sur le seuil, il se retourna et lança un dernier regard vers al-Shami allongé sur le sol, comme une baleine échouée.

Ils sortirent rapidement et fermèrent la porte derrière eux en utilisant la clef que Leïla avait prise au garde. Leïla ouvrit la marche le long du couloir désert, reprenant dans l'autre sens le chemin qu'elle avait suivi avec Scholem. Ils marchaient en silence, cœur battant, bouche sèche, certains qu'on allait les remarquer d'un instant à l'autre, mais ils ne rencontrèrent personne. David tenait la lampe qu'al-Shami avait apportée dans sa cellule et Scholem celle qu'ils avaient trouvée en réserve dans l'autre pièce.

Ils entrèrent dans le passage qui menait au temple. À mi-chemin, Leïla s'arrêta brusquement, face à la porte qu'elle avait empruntée avec Scholem un peu plus tôt ce soir-là. Scholem fit un signe de tête et Leïla essaya d'ouvrir. La porte était fermée à clef. David vit une notice sur la porte. Elle était claire : *Sprengstoffe*. « Attention, explosifs », suivie d'un avertissement : « Éteignez toutes les lampes. »

La discipline était stricte à Iram et la serrure était surtout là pour rappeler la règle aux habitants. Scholem donna un coup de pied, la porte céda immédiatement. La pièce était éclairée par une rangée de lampes à huile dans une vitrine de verre encastrée dans le mur, on y accédait par une petite chambre juste à côté. Scholem et Leïla posèrent leurs lampes et entrèrent dans la pièce. David les imita, refermant la porte derrière lui. Des caisses étaient rangées le long des murs, soigneusement entassées les unes sur les autres. David reconnut des containers de TNT, de nitroglycérine et de nitrate d'ammonium. Il y avait aussi des petites boîtes avec des détonateurs et des systèmes à retardement, qu'on avait pris la précaution de ranger à distance des explosifs.

« Je ne comprends pas, dit David, pourquoi sommes-nous venus ici ? Ils se rendront compte rapidement qu'al-Shami a disparu et que le garde n'est plus à son poste. Nous n'avons pas beaucoup de temps. »

Scholem se tourna et hocha la tête.

« Je sais, dit-il, il faut faire vite. Écoutez, David, nous en avons parlé longuement avec Leïla et elle est d'accord avec moi. Nos chances de sortir d'ici vivants sont plutôt maigres, comme vous le savez. Et même si nous parvenons à sortir d'Iram, je ne pense pas que nous ayons de grandes chances de survivre à une autre traversée du désert, sans moyen de locomotion et avec pour seule provision le contenu de ces deux sacs. Ce qui veut dire qu'il est possible que nous ne puissions pas révéler ce que nous savons et il n'y a pas moyen d'envoyer un message. Il n'y a donc qu'une seule solution : détruire tout ce qu'on peut. Si nous nous en sortons, tant mieux. Quelqu'un pourra revenir ici et finir le travail si nécessaire. »

David secoua la tête, il avait du mal à saisir ce que lui disait Scholem.

« Excusez-moi, dit-il, mais je ne comprends pas. Détruire quoi ? »

Scholem le regarda fixement.

« Mais Iram, bien sûr ! Que voulez-vous détruire d'autre ? J'y ai bien réfléchi. Je crois avoir trouvé un moyen de faire beaucoup de dégâts, et peut-être plus encore. Cela vaut le coup d'essayer. »

David lui renvoya son regard, il commençait à voir la réalité derrière ce que Scholem était en train de dire.

« Vous ne parlez pas sérieusement », dit-il.

Leïla s'approcha et vint se placer à côté de Scholem.

« Si, David, dit-elle, il parle très sérieusement. Et moi aussi. Il m'a tout expliqué et je crois qu'il a raison. Je ne m'y connais pas beaucoup en explosifs, mais je crois que c'est faisable. Et Chaim a raison quand il dit qu'il faut agir immédiatement. Nous ne pouvons pas prendre le risque de mourir tous les trois. Si cela arrive alors que la ville reste intacte, Dieu sait ce qui se passera. »

David avait l'impression qu'ils avaient perdu la raison : ils voulaient détruire la plus grande découverte archéologique de tous les temps. Ce qu'il avait vu était au-delà de ses rêves les plus fous. La bibliothèque à elle seule était plus importante à l'histoire de l'humanité qu'une douzaine d'autres deux fois plus riches. Il y avait des statues, des fresques murales, des objets provenant de toutes les époques de l'histoire d'Iram, des trésors appartenant à toutes les cultures avec lesquelles la ville s'était trouvée en contact, des habits, des bijoux, des armes, des ustensiles de cuisine, toute une société préservée. Il y avait assez de matériaux pour que des milliers de savants y consacrent leur vie entière, trouvant les réponses à des milliers de questions auxquelles personne n'avait répondu. Et ils voulaient réduire tout cela en cendres, l'enterrer à jamais sous des montagnes de poussière et de sable !

« Je n'arrive pas à y croire, dit-il, vous songez sérieusement à détruire cet endroit ? Est-ce que vous vous rendez compte de ce que vous avez sous les yeux ? Nous n'avons pas le droit de détruire Iram, tout ce qui s'y trouve appartient à l'humanité. Quel mal y a-t-il à épargner la ville ? Von Meier et sa clique sont inoffensifs. Cette histoire ne durera pas plus d'une génération ou deux. »

Scholem lança un regard vers Leïla puis vers David.

« Von Meier ? Il est ici, à Iram ? »

David hocha la tête.

« Il doit être très vieux, dit Leïla.

– Oui, répondit David, mais il règne toujours, comme un roi.

– Le chef, murmura Leïla.

– Raison de plus pour faire ce que je suggère, dit Scholem.

– Quoi, à cause d'un vieux fou entouré de pauvres gens complètement ignorants de tout ce qui se passe, vous voulez tout faire sauter ? »

David marqua une pause puis demanda :

« Vous vous rendez compte de ce qui est là-dessous et qui est resté caché si longtemps ?

– Désolé, David, mais ça ne fait rien. Peu importe ce qui est là-dessous. Vous ne comprenez pas. Von Meier et son peuple représentent un danger réel. Cet endroit est une menace pour l'humanité. »

David soutint le regard de Scholem. Il était essentiel de lui faire comprendre quel désastre représenterait la destruction d'Iram.

« Chaim, dit-il – c'était la première fois qu'il appelait Scholem par son prénom –, écoutez-moi, je vous en prie. Même si le reste d'Iram vous indiffère, vous devez vous intéresser à cela. Je l'ai vue il y a un jour ou deux. C'est difficile à croire, mais c'est ici qu'ils ont apporté l'Arche, Chaim, après Babylone. L'Arche d'Alliance. »

On eût dit qu'un vent glacial venait de souffler à travers la pièce. Le visage de Scholem devint gris. Bien qu'il ne fût pas religieux et que le respect des traditions l'agaçât, détruire l'Arche était un acte auquel il ne pouvait pas se résoudre. De tous les objets saints, c'était le plus saint, et il ne pouvait être l'instrument de sa destruction. Il regarda Leïla. Elle avait les yeux fixés sur lui et semblait ne pas comprendre.

« Qu'est-ce que c'est ? demanda-t-elle, de quoi parlez-vous ?

– De l'Arche, dit Scholem, le Tabut al-'Ahd, c'est comme ça que vous l'appelez en arabe, non ? Elle contient les Tables de la Loi. Elle a été perdue depuis la destruction du Temple, il y a deux mille cinq cents ans. David a raison, nous ne pouvons pas la détruire. Il faut faire autre chose.

– Vous ne parlez pas sérieusement, Chaim, protesta Leïla, vous voulez laisser cet endroit intact, simplement parce que David a trouvé un vieux trésor juif ? Vous savez ce que nous avons découvert sur cet endroit. Dites-le à David. Il a passé un certain temps ici, lui aussi, mais je ne crois pas qu'il sache exactement ce qui s'y déroule. »

Scholem la regarda puis détourna les yeux vers David.

« Qu'est-ce que vous savez sur Iram, David ? » demanda-t-il.

David se mordit les lèvres.

« Pas grand-chose, avoua-t-il, la ville est un sanctuaire fondé par von Meier après la dernière guerre. Je ne sais pas exactement pourquoi, ils n'ont pas voulu m'en donner la raison. Je crois que c'est une sorte de communauté religieuse.

– Vous ne pensez pas qu'ils soient dangereux ? »

David hésita.

« Si, dit-il, il faut croire qu'ils le sont. Mais je ne pense pas qu'ils représentent un danger suffisamment grand pour que nous détruisions cet endroit. Nous n'en avons pas le droit. Nous avons une responsabilité. »

Scholem échangea un regard avec Leïla et se tourna de nouveau vers David en secouant la tête.

« Vous avez raison, David, nous portons là une responsabilité. »

Il s'interrompit. Ce n'était pas facile à expliquer.

« Iram est un sanctuaire, comme vous dites, mais ce n'est pas exactement une communauté religieuse. C'est un projet élaboré à la fin de la guerre par von Meier en collaboration avec Heinrich Himmler et d'autres dignitaires du Troisième Reich. Amin al-Husayni, le grand mufti, y a pris part. Ils ont amené ici des enfants provenant des foyers du *Lebensborn*, ainsi que des professeurs pour leur enseigner l'idéologie nazie. Cet endroit est une serre, David, où sont cultivées les graines transplantées de l'Allemagne nazie. Je ne sais pas exactement quels sont leurs plans ni comment ils comptent les mettre en œuvre, mais je sais que cet endroit a été fondé dans un but précis. Si von Meier est toujours en vie, comme vous le dites, alors je suis sûr que ce but n'est pas tombé dans l'oubli. »

Abasourdi, David regarda Scholem.

« Comment… Comment savez-vous tout cela ? demanda-t-il. Je n'en ai vu de signe nulle part. »

Mais il songea alors à toutes les parties de la ville qu'il ne connaissait pas, à l'interdiction d'avoir le moindre contact avec les habitants ou de visiter les salles de classe.

« Nous avons trouvé des documents, David. Je n'ai pas le temps de vous expliquer. Plus tard, si nous sommes toujours vivants. Les documents sont dans le sac de Leïla. »

Leïla prit la parole à son tour, calmement.

« Juste à côté d'ici se trouve une espèce de temple avec une énorme croix gammée. Il s'agit d'une sorte de religion qui aurait pris la croix gammée comme symbole. Il faut nous croire, quelque chose d'extrêmement dangereux se trame dans cet endroit. Il faut les mettre hors d'état de nuire d'une façon ou d'une autre. Il faut le faire absolument. »

Il comprenait enfin. Le temple. La raison pour laquelle Talal était si mal à l'aise. L'extrémité de la longue caverne plongée dans l'obscurité. Il se remémora les paroles d'al-Shami : « Je pars demain pour Jérusalem. Je veux être présent quand la laisse par laquelle vous nous tenez vous glissera des mains. »

David reprit son souffle et hocha la tête.

« Très bien, dit-il, je comprends. Vous avez de la chance, vous n'avez pas vu cet endroit, vous ne savez pas ce qu'il recèle de trésors. Mais si ce que vous dites est vrai, nous n'avons pas le choix. »

Scholem secoua la tête.

« J'aimerais pouvoir vous dire : "Laissons tout comme ça, et espérons que tout ira pour le mieux", mais c'est impossible. Nous risquerions de le regretter toute notre vie, si toutefois nous restons en vie.

– Et l'Arche ? demanda David. Est-ce qu'on ne pourrait pas faire quelque chose pour la sauver ? On pourrait peut-être l'emporter avec nous, elle n'est pas très grande.

– Cela nous ralentirait beaucoup, dit Leïla.

– Elle a raison, David », renchérit Scholem.

David les regarda, comprenant l'énormité de ce qu'il leur demandait. Il voulait qu'ils risquent leurs vies pour une chose à laquelle il ne croyait pas lui-même.

« C'est à vous que revient la décision, Chaim », dit-il finalement.

Scholem gardait le silence, perdu dans ses pensées. Après un moment, il se tourna vers Leïla.

« Partez la première, dit-il, je vais rester avec David et placer les charges de façon à ce que tout explose… disons dans une heure. Puis nous irons chercher l'Arche et nous verrons bien si nous pouvons la sortir. Et si c'est impossible, eh bien, nous la laisserons là. »

Leïla fit un signe négatif de la tête.

« Nous repartons tous ensemble ou pas du tout. C'est moi qui vous ai amené ici. Je suis venue pour retrouver David. Est-ce que vous pensez vraiment que je vais m'en aller en vous laissant tous les deux ? »

Elle marqua une pause puis elle demanda :

« Est-ce vraiment si important, cette Arche ?

Scholem ne savait comment le lui expliquer.

« Oui, dit-il, je crois. C'est un symbole. Cela veut dire quelque chose. Je ne crois pas que je serais capable de la détruire consciemment.

– Très bien, dit-elle calmement, je viens avec vous, n'essayez pas de me convaincre du contraire. »

Scholem sourit.

« Dans ce cas, allons-y. Il n'y a pas de temps à perdre. La dynamite ne manque pas. Une boîte chacun devrait nous suffire.

– Je ne comprends pas, dit David, que va-t-on faire de ces trois boîtes de dynamite ? Il n'y a pas assez d'explosifs dans cette pièce pour causer de sérieux dégâts à Iram. Il se fait tard, il y aura bientôt des gens partout. Nous n'avons pas le temps de placer des explosifs dans un nombre suffisant d'endroits. »

Scholem mit la main sur l'épaule de David.

« Est-ce que vous avez bien observé le pilier central dans le temple ? » demanda-t-il.

David secoua la tête.

« Je ne l'ai vu qu'une ou deux fois, continua Scholem, mais si je ne me trompe, une charge bien placée suffira à le couper en deux. Une fois le pilier détruit, le temple s'effondrera. Et si le temple s'effondre, le reste suit, ça ne marchera peut-être pas, mais c'est notre seule chance. »

50.

L'obscurité couvrait le temple comme un linceul. Des rayons de lune s'infiltraient par des fissures sur la voûte près du pilier, dont le haut était baigné dans une lumière aquatique. Entre l'ombre et la lumière, le grand pilier évoquait Yggdrasil, l'Arbre du Monde dans le mythe nordique, le pilier cosmique joignant la Terre au Ciel.

David l'examina avec l'œil expert de l'archéologue, admirant la précision avec laquelle les pierres avaient été taillées et placées les unes sur les autres. Parfaitement horizontales, elles semblaient appartenir à un organisme. Scholem avait raison, pensa-t-il. Tout reposait sur ce pilier. Les murs du temple, le toit, et finalement toute la ville d'Iram. La ville avait été creusée dans le grès. La pierre était vieille et usée, elle s'était fendue et craquelée au cours des siècles. Le Nafud avait soumis la ville à de terribles changements de température entre le jour et la nuit et de saison en saison. Si le pilier cédait, détruisant l'équilibre précaire au cœur de la ville, le grand temple s'effondrerait sans aucun doute. Et si une telle chose se produisait, David, de ce qu'il avait vu et lu, savait qu'Iram tout entière s'effondrerait.

Ils ouvrirent les boîtes et sortirent prudemment la dynamite, puis la disposèrent autour de la base du pilier. Leïla et Scholem savaient ce qu'ils faisaient, ils avaient tous deux appris à se servir d'explosifs, dans des camps opposés. Et maintenant ils travaillaient ensemble, rapidement, en experts, tandis que David montait la garde. Tout fut prêt en quelques minutes.

Quand ils eurent fini, ils partirent dans la direction de la grande porte, la grande porte d'Elihoreph, la porte des Morts dont la petite fille avait parlé à David. Ils se dirigeaient vers les passages mortuaires et la salle où l'Arche était cachée. Comme ils sortaient, David jeta un regard sur la longue nef du temple, illuminée par les feux qui brûlaient en dessous, avec sa voûte modelée par la lumière lunaire s'efforçant de pénétrer l'intérieur d'Iram. Il crut alors apercevoir un mouvement dans un coin du temple. Il fit signe aux autres de s'arrêter et s'avança prudemment, tenant sa lampe devant lui. De son autre main, il chercha son Lüger dans sa poche, plissant les yeux pour essayer de distinguer quelque chose dans l'obscurité, mais les tapisseries et les gargouilles produisaient un effet trompeur, laissant voir des mouvements là où il n'y en avait pas, mêlant leurs ombres à celles que renvoyaient les feux. Il était impossible de dire s'il y avait quelqu'un, et ils n'avaient pas le temps de s'en assurer. Il tourna les talons et rejoignit les autres à la porte.

« J'avais cru voir quelqu'un, dit-il, mais c'est peut-être la lumière qui nous joue des tours. »

Scholem répondit par un hochement de tête, et ils sortirent rapidement en empruntant le tunnel central de la nécropole. David, agité, marchait en tête. Il se demandait si après tout quelqu'un caché dans le temple ne les avait pas vus. Il fallait se dépêcher.

Ils arrivèrent à l'intersection qui les emmènerait plus profondément dans les couloirs mortuaires. David s'arrêta pour s'adresser aux autres :

« C'est par là, nous ne sommes plus très loin, mais pour l'amour du ciel, soyez prudents avec vos lampes. Si nous nous retrouvons coincés ici, nous n'aurons pas la moindre chance d'en sortir. »

Ils hésitèrent, puis Leïla et Scholem suivirent David dans l'obscurité. Malgré leurs trois lampes, la nuit permanente qui envahissait le tunnel était étouffante. David les menait entre les rangées d'habitants endormis dans un noir d'encre, jusqu'au tournant qui menait à l'Arche. Personne ne disait mot. La dalle était ouverte, exactement comme David l'avait laissée. Il y avait un filet d'huile sur le sol, là où David avait laissé tomber sa lampe. Il en avertit Leïla et Scholem pour qu'ils ne glissent pas. L'un derrière l'autre, David devant et Scholem fermant la marche, ils descendirent l'escalier et se retrouvèrent dans la pièce minuscule.

David ouvrit la porte. Rien n'avait changé, l'Arche était toujours couverte, comme si elle les attendait. Il entra dans la pièce et enleva les étoffes une à une jusqu'à ce que l'Arche leur apparaisse. À la lumière de leurs trois lampes, elle brillait d'un éclat plus impressionnant que lorsqu'il l'avait vue pour la première fois. Scholem était incapable d'avancer, pétrifié, anéanti par le spectacle qu'il avait devant lui et les émotions qu'il ressentait.

David lui tendit la main et l'invita à le rejoindre devant l'Arche. Ils étaient tous deux côte à côte, des enfants écrasés par le poids de leurs ancêtres.

« Comment est-elle arrivée jusqu'ici, David ? Le savez-vous ? » demanda Scholem à voix basse. David expliqua brièvement comment il avait découvert les parchemins dont il résuma le contenu. La connaissance des pérégrinations de l'Arche et la façon dont elle était parvenue à Iram n'enlevait rien au mystère. Lorsqu'il eut fini de parler, il se tourna vers Scholem et suggéra de soulever l'Arche. Scholem hésita puis s'approcha. La structure paraissait dans son ensemble un peu encombrante et donnait l'impression d'être trop lourde pour être transportée, mais ils parvinrent aisément à la soulever. Leïla se mit sur le côté tandis que Scholem entamait la montée de l'escalier, suivi par David. Leïla jeta le sac de Scholem sur son épaule et ramassa la lampe qu'il avait posée par terre.

Il n'était pas facile de monter l'Arche et de la faire passer par l'étroite ouverture. Arrivés au sommet, ils la posèrent et attendirent Leïla qui remontait avec les lampes. Elle avait dû laisser la lampe de David, qui brûlait toujours là où s'était trouvée l'Arche, comme pour en commémorer la présence. David se pencha pour remettre la dalle de pierre en place, il lui aurait semblé commettre une faute en la laissant ouverte. Juste à ce moment, son sang se glaça : une voix résonnait dans l'ombre du tunnel, dure, celle d'un vieillard impitoyable.

« Ne vous fatiguez pas, professeur Rosen, j'examinerai moi-même ce qu'il y a là-dessous. Veuillez dire à cette jeune femme de poser son arme par terre. Mon revolver est pointé sur sa tête, ne m'obligez pas à m'en servir. »

David supplia Leïla :

« Il vaut mieux lui obéir. »

Elle enleva la lanière de la mitraillette de son épaule, et fut tentée un instant de tirer.

« Je ne vous le conseille pas », dit la voix.

Leïla regarda David, il secoua la tête et elle laissa tomber son arme juste à côté de l'ouverture.

« Très bien. Maintenant, professeur, veuillez mettre les mains sur la tête et demander à vos amis d'en faire autant.

– Ce ne sera pas nécessaire, dit Scholem en allemand. Je comprends très bien ce que vous dites. Je n'ai jamais oublié comment on obéit aux ordres donnés dans votre langue. »

Il mit les mains sur la tête lentement, avec insolence. David murmura quelques mots à Leïla et ils l'imitèrent. Une allumette s'enflama dans l'obscurité, éclairant soudainement la scène. Les ombres dansaient sur les visages des morts qui les entouraient. Ils virent alors von Meier, sa lampe dans la main gauche et un Mauser dans la main droite, accompagné de son lieutenant japonais Talal.

Leïla s'arrêta de respirer. Elle regardait fixement Talal, ayant immédiatement deviné qui il était. Elle sentait que quelque chose de terrible allait se passer là, dans cette obscurité. Là-bas, dans le temple, la minuterie continuait de tourner.

À la lumière, von Meier distinguait maintenant ce que David et Scholem avaient sorti de la chambre souterraine. Il regarda, étonné, ne prenant que progressivement conscience de ce qu'il voyait, tentant de saisir la réalité de cet objet qui s'était trouvé à Iram tout ce temps sans même qu'il en soupçonne la présence. Quand il parla, ce fut d'une voix sèche qui semblait avoir vieilli d'un seul coup.

« Je vous félicite, cette découverte dépasse toutes celles que j'ai faites, je l'admets en toute honnêteté. À côté, Iram n'est… qu'un tas de cendres. Je m'en étais un peu douté, bien sûr. On y lisait des allusions dans plusieurs ouvrages. Mais pas le moindre indice quant à l'endroit où elle était. Vous arrivez ici et en moins de quelques jours vous la trouvez. Je suis très impressionné. Je ne m'étais pas trompé en vous faisant venir. »

Il garda le silence quelques instants, les yeux fixés sur l'Arche.

« Bien, dit-il finalement, j'aurai tout le temps de l'observer plus en détail. Pour me livrer à cet exercice, je préfère être seul avec mes pensées, comme vous l'avez été avec les vôtres. Mais je suis extrêmement curieux de voir ce qu'il y a en bas de ces escaliers. Auriez-vous l'amabilité de nous montrer le chemin ?

– Comment nous avez-vous trouvés ? » demanda David.

Il ne pouvait se résoudre à croire que von Meier était venu là par hasard ou qu'il les avait suivis tout le temps.

« Un homme qui travaillait dans le temple vous a aperçus et vous a suivis grâce à la flamme de vos lampes, puis il m'a conduit jusqu'ici. »

David poussa un soupir, il ne s'était pas trompé : il y avait bien quelqu'un dans le temple.

Von Meier fit un geste de la main qui tenait le revolver. Leïla était juste à côté de l'escalier. Elle entreprit à contrecœur de descendre les marches, suivie de David, Scholem venant en dernier. Talal tira son épée du fourreau et s'avança vers l'ouverture. La lame scintillait à la lumière des lampes.

Comme Talal atteignait la quatrième marche, Scholem se retourna, tenant à la main le couteau rouillé qu'il avait trouvé dans l'avion. Poussant un cri de fureur, il se rua sur Talal. Le Japonais fit un saut en arrière et donna en même temps un grand coup de son épée. La lame atteignit Scholem à l'épaule et lui traversa la poitrine en diagonale.

Pendant une seconde, Scholem sembla pétrifié sur les marches. Son couteau tomba avec un bruit métallique. Puis la partie supérieure de son torse, avec sa tête et son bras droit, se détacha et se renversa sur David, tandis que le reste du corps s'effondrait sur l'escalier. Des torrents de sang écarlate se déversèrent partout, tombant en cascade. Leïla poussa un hurlement. David tomba en arrière renversé par la tête de Scholem, puis il tourna sur son épaule, sortit son Lüger et se mit à tirer aveuglément vers le haut de l'escalier.

Les balles atteignirent Talal en pleine poitrine, le projetant en arrière. Von Meier fit un bond en avant pour le rattraper mais à ce moment, l'épée de Talal, sous l'effet d'un spasme qui lui secoua le bras, alla trancher la corde qui retenait l'énorme dalle de pierre. Tandis que von Meier se jetait en avant, il glissa sur l'huile répandue sur le sol, trébucha en avant et la dalle, s'écrasant sur l'ouverture, l'atteignit au milieu du dos en lui brisant la colonne vertébrale.

David repoussa la tête et le bras de Scholem. Leïla était terrifiée. L'escalier était plongé dans un chaos total. Les parties du corps de Scholem étaient éparpillées et tout était recouvert de sang. Talal s'était empalé sur son épée. La partie supérieure du corps de von Meier pendait dans le vide au-dessus du Japonais. Du sang tombait de l'entrée. David se sentit gagné par la nausée et détourna son regard. Ils restèrent longtemps, Leïla et lui, dans les bras l'un de l'autre dans cette semi-obscurité, incapables de parler ou de bouger. L'explosion les surprit au moment où ils s'y attendaient le moins.

51.

Ils étaient parvenus à sortir de la chambre souterraine mais risquaient d'être enterrés vivants dans les tunnels. On entendait partout des craquements, les pierres s'effondraient, les murs gémissaient sous le poids de la voûte que le pilier avait autrefois supportée. Soudain, ils sentirent le sol trembler sous leurs pieds. De petits morceaux de rocher se détachèrent du plafond et tombèrent juste à côté d'eux.

David s'accroupit à côté de l'Arche. Il n'y avait plus moyen de l'emporter même s'ils parvenaient à sortir, ce qui lui paraissait peu probable. Mais peut-être que…

« Leïla, dit-il, aide-moi, vite.

– David, il faut sortir. Nous n'avons pas le temps.

– Je t'en supplie, c'est très important. »

Elle le rejoignit à côté de l'Arche. Sur ses ordres, elle l'aida à soulever le propitiatoire avec ses chérubins et ils le détachèrent du reste de la structure. En dessous se trouvait un couvercle plat tout en or. David poussa et le couvercle glissa sans résistance. David prit sa lampe et éclaira l'intérieur de l'Arche. Elle lui parut vide à première vue, puis il distingua un bout de tissu soigneusement enroulé, attaché par des lacets de cuir. Il tendit la main pour sortir cc paquet. Le cuir complètement desséché céda au premier contact. Il déroula le tissu d'une main tremblante. Il contenait deux pierres d'à peu près un kilo chacune. Elles n'étaient pas travaillées et ressemblaient en tous points à celles qui se trouvaient tout autour, mais chaque pierre avait été taillée sur une face pour la rendre plus plate, il y avait des caractères gravés. David reconnut l'ancien alphabet sinaïtique.

Il prit les pierres dans ses mains et les approcha de la lampe au bord de l'Arche. Les Tables de la Loi, deux cailloux grossièrement taillés, ramassés sur le sol et placés là en symbole d'un Dieu de feu et de destruction qui avait conclu un pacte avec une troupe de nomades misérables traversant le désert. C'étaient des pierres sacrées, le séjour de la divinité, les dépositaires de ses commandements, la forme la plus ancienne de la religion sémitique.

Il tendit une des pierres à Leïla.

« Est-ce que tu peux prendre ça ? demanda-t-il.

– Je pense que oui », dit-elle.

Elle prit un des sacs qu'elle portait sur l'épaule et y rangea la pierre. Pour elle cela n'avait aucun sens, mais elle le fit quand même.

« Je prends l'autre sac », dit David.

Leïla le lui passa et il y plaça la deuxième pierre. Plus loin, des rocs s'effondraient dans les gouffres.

« Il faut y aller », dit David.

Ils repartirent dans la direction du passage principal. Ils avaient à peine fait quelques mètres qu'ils entendirent un fracas suivi par le rugissement de la voûte qui s'effondrait. Des tonnes de pierres étaient en train de tomber, bouchant le passage dans lequel ils couraient. Leïla se laissa tomber et enfouit sa tête dans ses mains. Un destin hostile les poursuivait à travers ces couloirs, décidé à anéantir leur volonté avant de les enterrer pour l'éternité dans les profondeurs d'Iram. David glissa à côté d'elle, lui aussi se sentait vaincu. Il avait fait tout ce qui avait été possible, maintenant il était arrivé au bout.

Soudain un léger bruit l'obligea à relever les yeux. Il se souvint alors de quelque chose qu'il avait lu dans le rapport de von Meier. Au cours de l'exploration de la ville, von Meier avait découvert une série d'ouvertures derrière les tunnels mortuaires. Il avait d'abord cru qu'il s'agissait de cheminées pour la crémation des morts mais un examen plus attentif lui avait prouvé qu'il s'agissait d'autre chose. Une référence à ces passages dans une des histoires d'Iram lui avait révélé plus tard que ces ouvertures avaient été creusées pour permettre aux âmes des morts de s'élever, des passages qui leur permettraient d'échapper à la nuit perpétuelle pour atteindre l'autre monde.

Leïla soupira quand David lui apprit l'existence de ces ouvertures et leur fonction. L'idée de se remettre en mouvement lui paraissait en elle-même un trop grand effort. Il était beaucoup plus facile de rester assis là dans une semi-obscurité et de laisser la ville décider de leur destin. David la tira à lui et l'obligea à lui faire face. Un nouvel espoir venait de naître en lui.

« C'est notre seule chance, dit-il, nous n'avons rien à perdre, viens, je t'en supplie. »

Elle le regarda dans les yeux, observa son visage blême et anxieux, et lui effleura les lèvres de sa main. « D'accord », dit-elle.

David passa devant et s'enfonça dans l'obscurité. Ils entendaient partout le bruit des roches. Tout s'effondrait. Ils couraient en protégeant leurs lampes, cherchant un chemin à travers l'obscurité. Le sol trembla avant de s'immobiliser à nouveau. Une pluie de pierres s'abattit derrière eux, leur coupant toute retraite. D'épaisses toiles d'araignée pendaient des murs et leur bouchaient le chemin. Personne n'était venu là depuis des siècles, peut-être même depuis que le dernier mort avait été placé dans sa niche. S'ils s'étaient trompés de passage, s'il n'y avait pas d'ouverture au bout de celui-ci, ils ne sortiraient jamais vivants.

Tout à coup ils arrivèrent devant un mur. Ils ne pouvaient pas aller plus loin. Ils étaient dans un cul-de-sac, coincés. Ils se trouvaient sans doute dans un des plus anciens passages mortuaires, les corps dans les niches n'étaient plus que des squelettes et semblaient avoir été placés là dès l'origine des temps. Pourtant il y avait de la fraîcheur dans l'air. David leva sa lampe et sur le mur, haut au-dessus de sa tête, distingua quelque chose qui ressemblait vaguement à une ouverture, étroite mais assez large pour laisser passer un être humain.

« C'est sans doute un de ces puits dont parlait von Meier, dit-il.

– Comment peux-tu en être sûr ? demanda Leïla, ça pourrait être un trou dans le roc et nous nous retrouverions coincés.

– Nous sommes déjà coincés, répliqua David. Il y a forcément une ouverture là-haut, je sens de l'air qui vient de quelque part. Et c'est la seule ouverture que je vois.

– Est-ce qu'elle ne devrait pas être droite ? Est-ce qu'on ne devrait pas voir la lumière ?

– Je ne sais pas. Leurs ouvertures n'étaient peut-être pas verticales. Il faut essayer. C'est la seule solution. »

Le passage fut secoué par un tremblement.

« Comment est-ce qu'on monte ? demanda Leïla.

– En utilisant les niches, dit-il. Suis-moi. »

Ils posèrent leurs lampes, désormais inutiles. Mais elles continuaient à brûler en donnant un peu de lumière. Il plaça son pied sur le bord de la première niche puis se lança en essayant d'agripper le rebord de la niche supérieure. Il sentit sous ses doigts des étoffes pourries et des os, se hissant jusqu'à l'intérieur de la niche. Il ne savait pas ce qu'il y trouverait et préféra ne pas y penser. Il se mit à genoux et tendit la main à Leïla. Elle grimpa jusqu'à lui et mit les deux pieds sur le bord. La flamme mourante de leur lampe faisait danser les ombres autour d'elle. Se penchant en avant, il posa un baiser sur ses lèvres tremblantes légèrement entrouvertes. Elle serra sa main dans la sienne et se retourna pour continuer l'escalade.

Il l'aida à se hisser jusqu'à l'autre niche, puis elle le tira à elle, tandis que sa main fouillait tout autour du cadavre pour trouver une prise. Ils reprirent leur souffle et recommencèrent. Un bruit sourd parcourut tous les couloirs, une portion du mur en face d'eux disparut. Il restait cinq niches à escalader avant l'ouverture, il s'agissait bien d'une ouverture faite de main d'homme.

« Je passe le premier », dit David.

Il lui fallut tout son courage pour passer la main dans l'ouverture. Il passa les épaules et hissa le reste de son corps à travers l'étroit passage. L'ouverture se présentait à angle fermé, ce qui l'obligea à ramper, les bras en avant, avançant centimètre par centimètre comme un serpent. Il faisait un noir d'encre. Il sentait les murs du tunnel de chaque côté de son corps, des milliers de tonnes de roc menaçant de s'effondrer à tout instant.

Il fit de son mieux pour maîtriser son angoisse et se hissa en avant. Derrière lui, Leïla l'avait déjà suivi et le serrait de près. Tout se mit à trembler autour d'eux, les tunnels s'emplirent d'un bruit qui leur rappela celui d'un train lancé à pleine vitesse. Le cœur de David battait à toute vitesse. Leïla ne pouvait pas le voir, mais elle savait qu'il était là, quelque part devant elle. Elle entendait, rapide et saccadée, le bruit de sa respiration dans l'obscurité. Elle songea qu'il était en train de céder à la panique, qu'il se sentait étouffer. S'il se laissait aller, ils étaient tous deux perdus.

« David, dit-elle, respire lentement et plus profondément. »

Sa voix lui parvenait comme si elle se trouvait à des dizaines de mètres. Il respira plus profondément, retint son souffle puis il recommença à plusieurs fois. Il se remit à ramper. Il entendit encore un bruit d'effondrement, plus proche cette fois.

« David ! »

La voix de Leïla l'appelait de nouveau.

« Ça venait de derrière ! Je crois que l'entrée du boyau s'est effondrée. Il faut sortir d'ici. »

David commençait à se rendre compte qu'ils risquaient d'être écrasés par la voûte du tunnel. Même s'il y avait une sortie, elle était peut-être bouchée. Il se remit à ramper avec la force du désespoir, s'agrippant dans l'obscurité aux pierres pour se rapprocher de cette lumière qu'il espérait finalement trouver.

Tout à coup, il sentit quelque chose sous ses doigts. Son cœur s'arrêta de battre. Il se glissa en avant et allongea le bras. Il venait de toucher le roc. Il se mit à racler frénétiquement devant, au-dessus, en dessous, partout. Que du roc, solide, impénétrable. Le boyau s'arrêtait là, ce n'était plus une sortie, ils étaient désormais dans leur tombeau.

52.

« Que se passe-t-il, David ? Pourquoi t'arrêtes-tu ? »

Il venait d'entendre la voix de Leïla juste derrière lui et essaya de retrouver son calme pour lui répondre.

« Je suis devant un mur, dit-il. Je ne peux pas aller plus loin. Je crois que nous sommes perdus. »

Ses paroles furent suivies par un silence, puis Leïla ajouta :

« Tu en es sûr ? Est-ce que ce ne serait pas simplement un petit obstacle ?

– Non, c'est une paroi.

– Et l'air ? demanda Leïla juste derrière lui.

– Quoi, l'air ?

– L'air, ici. D'où vient-il ? Et pourquoi cette ouverture se trouverait-elle là si elle devait finir contre une paroi de roc ? Ça ne peut pas être un cul-de-sac. L'air doit bien venir de quelque part. »

Elle avait raison. Dans sa panique, il avait cessé de réfléchir. Il s'obligea à se calmer et rassembla ses pensées. D'ailleurs, il n'y avait pas que l'air qui prouvait le bien-fondé de ce que venait de dire Leïla. Cette ouverture avait été faite de main d'homme, il en était sûr. Elle avait été taillée droite selon des lignes régulières et l'arrivée au sein de la ville semblait logiquement placée. Pourquoi aurait-on creusé un tunnel qui ne mènerait nulle part ? Même si ce n'était qu'un chemin vers le séjour des âmes, il était absurde qu'il finisse en impasse. Les Anciens ne voyaient pas la mort en termes symboliques. Ils plaçaient de la nourriture et des armes dans les tombeaux. Ils envisageaient la vie dans l'au-delà comme une existence physique et non comme une vie spirituelle et désincarnée.

Il entreprit d'examiner le roc en face de lui, passant les doigts à l'endroit où il touchait les parois du tunnel. Son cœur fit un bond : entre le roc et les parois, il y avait un espace. C'était un espace minuscule, de chaque côté, en bas, qui lui aurait à peine permis de passer un doigt. C'était une dalle ou une sorte de porte. Mais de quelles dimensions ! Certaines des pierres utilisées en Égypte pour boucher des passages semblables étaient parfois longues d'une soixantaine de mètres ou plus. Il se rendit compte à ce moment-là que c'était par là que passait l'air.

Il se rapprocha du roc en rampant et poussa de toutes ses forces. Rien. Il n'arrivait pas à trouver un appui, ainsi allongé dans le tunnel. Il se glissa de côté et se serra entre les parois. Il parvint à appuyer un pied à un endroit où la pierre était moins lisse et poussa à nouveau. La pierre crissa en frottant contre la paroi. Il mit ses doigts dans le petit espace en dessous : il s'était élargi, d'à peine quelques millimètres mais il était sûr de sentir une différence. Il savait désormais qu'il était possible de faire bouger la dalle.

« Je suis arrivé à la faire bouger, cria-t-il.

– Économise ton souffle ! répondit Leïla, continue de pousser ! »

Le sol trembla et une autre partie du tunnel s'écroula. David poussa de nouveau, serrant les dents. La pierre produisit le même bruit. Une lueur apparut à travers l'interstice. Il redoubla d'efforts, la pierre bougea encore, laissant deux rayons de lumière pénétrer dans l'obscurité. Il entendait le grondement de la ville qui s'écroulait. Iram était en train de se désintégrer. Il produisit un nouvel effort, les muscles de ses bras et de son dos étaient tendus à éclater. La pierre s'ébranla et oscilla, la lumière envahit le passage. David ferma les yeux, ébloui, puis les rouvrit prudemment.

Il se trouvait face à une chambre aux murs de pierre, basse de plafond. C'était l'ultime secret d'Iram, un secret si bien gardé au long de ces siècles que personne n'en avait jamais soupçonné l'existence. Depuis deux millénaires, David était le premier à poser les yeux sur ce spectacle. La chambre était éclairée par des puits de lumière dans le plafond, taillés de façon à ne pas laisser passer la pluie. Mais David ne regardait pas le plafond, ce n'était pas la lumière qui retenait son attention.

Sur tout le pourtour de la pièce, les rois d'Iram étaient assis sur de grands trônes de pierre. Habillés de fins brocarts, dans des robes richement brodées d'or et de pourpre, les héritiers de Salomon siégeaient là, au cœur de leur royaume dans le désert. Des pierres précieuses et des décorations en fils d'or, des broches d'argent et des bagues d'améthyste étincelaient sous la couche de poussière accumulée par les siècles. Il y avait des coffres en ivoire et des statuettes en bois d'ébène et en cèdre sculptées et peintes. Il y avait des chameaux d'albâtre, des modèles de bateaux du Yémen, des épées de Babylone. Assises sur leurs trônes, les momies royales présidaient leur cour à travers les siècles, visages cachés derrière de pâles masques d'albâtre attachés par des cordelettes d'or, leurs yeux aveugles étaient peints à l'antimoine.

David sortit du passage en rampant et sauta à l'intérieur de la chambre mortuaire. Il vit des silhouettes de gazelles sculptées, des faucons d'ivoire, des démons ailés semblables à ceux de la ville qui mourait sous ses pieds. La lumière lui paraissait faible, maintenant que ses yeux s'y étaient habitués, mais tout brillait à son contact. Il se retourna pour voir la tête de Leïla qui apparaissait par l'ouverture du passage, il vit l'étonnement dans son regard.

Elle descendit et traversa la pièce jusqu'au trône qui se trouvait en face d'elle. Les mains desséchées de la momie et ses vêtements vermoulus n'évoquaient que la mort, mais ce masque, les couleurs de ce tissu antique et le pectoral orné de pierres précieuses renvoyaient l'image d'une splendeur passée. Elle aurait voulu s'agenouiller. La voix de David la tira de sa rêverie.

« Il faut sortir vite, dit-il, tout est en train de s'écrouler autour de nous, et cette pièce risque de suivre d'un moment à l'autre.

– Et comment sort-on ? Cette pièce ne vaut guère mieux que le boyau dans lequel nous étions, c'est plus grand, c'est tout, on y mourra plus confortablement. »

David regarda autour de lui, désespéré. Il devait y avoir une solution.

« Nous sommes ici au sommet de la ville, dit-il, ces ouvertures mènent directement à l'extérieur.

– Mais elles sont beaucoup trop étroites, on ne pourra jamais passer par là !

– Et les âmes des rois ? demanda-t-il. Ces ouvertures ont été taillées pour laisser entrer la lumière et non pour laisser sortir leurs âmes. Le tunnel que nous venons de traverser était le seul lien entre cette chambre et le reste de la ville, pour autant que je puisse en juger. Mais al-Shami rapporte qu'il y avait des douzaines d'ouvertures semblables. Celle que nous venons d'emprunter était sûrement un artifice conçu pour ressembler aux autres mais servant en fait à apporter ici les dépouilles royales. C'est pour cela que la dalle de pierre au bout du passage s'ouvrait par un système de contrepoids. S'il existe d'autres ouvertures, comme on l'avait dit à al-Shami, pourquoi n'y en a-t-il pas une pour les rois ? Eux aussi doivent pouvoir s'envoler vers les cieux, non ?

– Mais s'il y avait une large ouverture ici, la pluie entrerait en hiver.

– À moins qu'elle ne soit recouverte. »

Ils se mirent à sonder le plafond, cherchant fébrilement un indice d'ouverture. Ils entendaient des bruits menaçants venant de dessous leurs pieds. Soudain le sol se souleva au centre de la pièce. Une fissure apparut qui s'élargit rapidement. L'un des rois s'effondra en un tas d'ossements et d'or terni. Le masque tomba du visage d'un autre, révélant le visage ordinaire de la mort. La pièce se mit à vibrer.

Ils inspectèrent la surface du plafond centimètre par centimètre. Elle paraissait parfaitement lisse, intacte. On y avait peint en or et en argent des motifs géométriques.

« Là ! » cria David.

Son regard expérimenté avait repéré les fines lignes rectangulaires qui marquaient l'ouverture. Leïla se précipita à ses côtés.

« Comment l'atteindre ?

– Les coffres, vite ! »

Ils saisirent les meubles de la chambre mortuaire et en firent une pile précaire. David était le plus grand des deux, il monta le premier.

Il y avait eu une poulie à l'origine mais la corde avait pourri depuis longtemps. Du plat de la main, David donna plusieurs coups violents sur la trappe. Elle refusa de bouger.

« Le contrepoids ! cria Leïla. Il est là en bas. »

Un morceau de corde y était resté attaché, qu'elle ramassa et passa à David. Une violente vibration secoua la pièce. Un trône vacilla, envoyant son occupant au centre de la pièce. Sa tête roula sur le sol et s'arrêta aux pieds de Leïla.

David se tenait sur la pointe des pieds, passant la corde à travers l'anneau auquel elle avait été attachée à l'origine. Il risquait à tout moment de perdre l'équilibre. Une nouvelle secousse ébranla la pièce. Il vacilla un instant puis retrouva une position un peu plus stable. La corde passa à travers l'anneau, et il fit un nœud. La trappe bougea avec une lenteur exaspérante. Soudain une autre fissure apparut sur le sol, s'élargissant rapidement tandis que la pièce se fendait en deux.

« Saute ! cria David, saute, bon Dieu ! »

Terrifiée, prise de vertige, elle regardait la fissure et vit le gouffre immense sous ses pieds. Entre David et elle, le fossé s'élargissait à chaque instant.

« Saute, Leïla, saute ! »

Elle ferma les yeux et fit un bond en avant, atterrissant à une dizaine de centimètres du rebord. David lui tendit le bras pour l'aider à monter. Il était sur le toit d'Iram, au sommet le plus haut de cette ville bâtie dans le roc. La pile de coffres vacilla et s'écrasa au sol. Leïla resta accrochée au bras de David. Il trouva un appui solide et la hissa jusqu'à lui.

Enfin parvenus au jour, ils restèrent immobiles à écouter Iram qui mourait en dessous d'eux. Dans le lointain, à l'autre bout du plateau, toute une section s'effondra, laissant un trou de plus d'une centaine de mètres de circonférence.

« Il faut quitter ce rocher, dit David. Tout va s'écrouler. »

Ils commencèrent leur lente descente, tâtonnant pour trouver des prises. La montagne semblait être vivante, poussant des hurlements dans son agonie, tremblant de temps à autre comme un animal malade. S'ils glissaient, c'était la mort certaine.

Ils eurent l'impression que la descente avait duré des heures entières, alors qu'elle n'avait pas pris plus d'un quart d'heure. Ils arrivèrent enfin en bas, trop fatigués pour avancer, ils avaient mal partout, leurs muscles étaient brûlants comme s'ils avaient pris feu, ils saignaient par endroits. Ils savaient qu'ils devaient s'éloigner de la montagne avant qu'elle ne s'écroule complètement mais ils étaient incapables de bouger ou même de parler. Ils se mirent à l'abri au pied d'un pilier, dans l'illusion que l'ombre suffirait à les protéger. Au-dessus d'eux, Iram geignait, grognait, tonnait.

Leïla sursauta. Elle entendit une voix.

« *Was gibts ? Was geschiecht ?* »

Elle releva les yeux. Un garde se tenait devant eux, sur son chameau. Stationné à un poste d'observation éloigné, il était le dernier à être revenu après avoir entendu l'immense fracas.

David se leva, prêt à se jeter sur le nouveau venu. Le garde le regarda, puis il tourna son attention vers Leïla.

« *Wer sind Sie ?* » demanda-t-il. *Was machen Sie hier ?* »

Il saisit sa mitraillette et les mit en joue.

« Qui êtes-vous ? demanda-t-il de nouveau, en arabe cette fois. Que faites-vous ici ? »

Presque au même instant on entendit une gigantesque explosion, suivie d'un grondement sourd dont le volume enflait à une vitesse incroyable. Les piliers tout autour d'eux se mirent à trembler violemment. Le garde releva les yeux, terrifié. David tira deux coups de feu à travers la poche de sa veste et regarda le garde s'affaler.

Ils se mirent à courir. Iram était agitée par ses dernières secousses. Autour de la montagne, des groupes d'hommes se formaient confusément et s'interpellaient. Personne ne remarqua leur présence. Ils continuèrent jusqu'à ce qu'ils atteignent une sorte de puits où ils se réfugièrent. Ils balayèrent la plaine du regard, observant ce qui se passait au-delà des piliers et des statues ailées. Iram agonisait. Les colonnes cédaient sous le poids des pierres, les plus fines s'écroulèrent en premier, suivies par les plus solides et enfin des sections entières de la ville tombèrent en ruine. On aurait dit une manifestation de la colère divine. Les murmures dans la nuit, les ailes sombres, la musique de la mort violente, là maintenant, parmi les rochers rugissants et les piliers gigantesques qui s'effondraient. Une légende s'en retournait à la poussière et au sable. David songea à Samson à Gaza, dans le temple de Dagon, aux colonnes qui se brisaient et aux Philistins écrasés par les pierres. Il entendait les rugissements d'Iram, songeant aux rois dans leur chambre secrète qui tombaient en poussière, aux trésors de la ville, à la bibliothèque, au temple et à l'Arche. Il détourna son regard et se serra contre Leïla, plein d'amertume, au milieu de ce puits nauséabond dans lequel ils avaient trouvé refuge.

53.

David et Leïla passèrent la nuit dans le puits. Quand ils en sortirent au matin, la plaine était déserte. Iram n'était plus qu'un amoncellement de rochers d'où s'échappaient çà et là quelques flammes et de rares colonnes de fumée. Ils trouvèrent un chameau abandonné, sans doute la monture du garde que David avait tué la veille, et découvrirent une mare, ainsi que de la nourriture dans les sacs de selle du chameau, assez pour deux ou trois jours en faisant attention. Il leur restait aussi un peu de l'eau et de la nourriture que Leïla et Scholem avaient prises dans la cuisine à Iram. Leïla repensa à la jeune fille enfermée dans le placard : avait-elle compris ce qui se passait quand le monde s'était écroulé sur elle ?

C'était comme une force supérieure qui les poussait à continuer : il eût été si facile de s'allonger dans le sable et d'accepter que la fin d'Iram soit leur propre fin. Ils se relayaient sur le chameau, se dirigeant droit vers le nord. Tout cela leur semblait inutile, mais que pouvaient-ils faire d'autre ?

La nuit, ils se serraient l'un contre l'autre, blottis contre le chameau. Leïla songea aux nuits glaciales qu'elle avait passées dans le désert avec Scholem, au désespoir et à l'amertume qu'il avait ressentis. Elle aurait voulu serrer David contre elle, toucher son visage et ses mains, se convaincre qu'il était bien là. Elle aurait voulu faire l'amour avec lui mais elle avait peur, au milieu des sables froids et stériles. Elle ne lui répéta pas la déclaration d'amour faite à Jérusalem, et David n'y fit pas allusion. Pensait-il que c'était la peur et l'insécurité de ces derniers jours passés à Jérusalem qui l'y avaient poussée ? Et penserait-il, si elle lui faisait de nouveau part de son amour pour lui, que ce n'était pas elle qui parlait, mais les sables et la peur de la mort ?

David l'observait parfois quand elle marchait devant lui, silhouette solitaire sous un soleil pâle, minuscule par rapport aux dunes gigantesques. La nuit, il la désirait mais était retenu par quelque chose d'indéfinissable. Sa passion s'évanouissait dans le froid et l'obscurité.

Ils parlaient par moments suivis de longues périodes de silence.

À moins de rencontrer des bédouins ils allaient mourir là, et même si cette rencontre avait lieu ils craignaient de ne pouvoir arrêter ce qui se préparait.

Ils s'allongèrent dans l'obscurité cette nuit-là, se tenant la main comme des amants, frissonnant de froid de temps à autre, impuissants à prendre la mesure de leur amour dans ces terres lointaines et désertées. Nul rapprochement ne semblait pouvoir compenser l'immensité des sables.

« Pourquoi es-tu venue, Leïla ? Tu étais libre. Pourquoi t'es-tu remise dans un piège ? »

Elle lui parla de la pellicule qu'elle avait trouvée et des photos du mufti.

« Al-Husayni était recherché bien avant son séjour en Allemagne, dit-elle. Pendant les années vingt et trente, il avait organisé des émeutes contre les Juifs de Palestine ainsi que des attaques contre les biens juifs. Il est devenu l'homme le plus puissant de la région, président du Conseil musulman, chef du Comité arabe. Ambitieux et avide de pouvoir, il ne tolérait que personne se mette sur son chemin. Il ne tuait pas seulement des Juifs, ses hommes tuaient aussi les politiciens arabes qui s'opposaient à lui, ou des gens qui avaient simplement des opinions modérées. Des dizaines d'innocents furent assassinés, des familles entières fusillées ou battues à mort. J'ai eu dix membres de ma famille abattus par les tueurs du mufti.

« Je savais qu'il était mort, mais quand j'ai appris qu'il avait pris part à... tout ça, je n'ai pas pu rester à Jérusalem. Il y avait comme un message, le destin ou quelque chose comme ça. Je suis musulmane, on m'a élevée dans la croyance au destin, à la volonté de Dieu. Je me souviens encore de la façon dont mon père en parlait, quand nous étions enfants. Il nous montrait sa photo, puis des photos de mes oncles et de mes cousins morts à cause de lui. Ce que les Juifs nous ont fait ensuite n'était rien comparé à ce que le mufti nous infligea alors. Il montait les Arabes les uns contre les autres. Je ne sais pas, David, mais je n'arrive pas à comprendre comment on peut avoir tant de haine. »

Le ciel était clair. Une étoile filante traversa l'obscurité.

« Ça valait la peine ? » demanda-t-il.

Elle releva la tête.

« Aller à Iram, savoir ce qui s'y trouvait, c'était là ce que tu voulais ? »

Elle secoua la tête.

« Non. J'ai compris longtemps avant mon départ que je ne partais pas pour retrouver al-Shami. J'y allais pour toi. C'était plus important pour moi que de venger ces morts d'il y a longtemps. Tu me dis qu'al-Shami est mort, enseveli parmi les rocs. Mais tout cela ne veut rien dire pour moi. Et même si je l'avais tué de mes propres mains, cela ne voudrait quand même rien dire. Certains crimes sont si anciens que la vengeance n'a pas de sens.

– Les bédouins pensent différemment. »

Elle approuva d'un signe de tête.

« Oui, les bédouins pensent différemment. Mais ils portent leur passé dans la tête et le maintiennent autour de leurs feux de camp. Nous, nous avons des livres, des films, des journaux, nous écrivons des histoires, nous les révisons, nous choisissons, nous éditons, nous corrigeons. Comment puis-je savoir ce qui s'est passé dans les années trente ? Cinquante ans avant ma naissance ?

– Alors tu ne crois en rien, Leïla ? »

Elle regarda tout autour d'elle, les pierres, le sable, le chameau qui s'agitait, David.

« Non, dit-elle, plus maintenant. »

6

Nous tissons les destinées du guerrier,
Tant qu'il garde son courage.
Nous ne le laisserons pas mourir,
Les Walkyries ont le pouvoir de choisir leurs victimes.

La Saga de Njall.

54.

Le printemps était venu plus tôt cette année-là et à Jérusalem les fleurs commençaient à s'ouvrir. Sur le mont des Oliviers le vert hivernal des cyprès était parsemé de taches de rouge et d'or. L'odeur du jasmin parfumait l'atmosphère. Le soleil de la fin de matinée brillait sur les dômes dorés de l'église de Marie-Madeleine et de la Coupole du Rocher juste en dessous.

David et Leïla remontaient l'avenue Herzl vers l'appartement d'Abraham Steinhardt. À trois jours de marche d'Iram, ils avaient trouvé un campement de bédouins. Le cheikh les avait lui-même escortés jusqu'à une base d'exploration pétrolifère de l'Aramco, à quatre jours de voyage au nord, et avait persuadé les ingénieurs qui y travaillaient de les faire sortir d'Arabie saoudite sans se faire repérer. Le camp disposait d'un petit avion, un Cessna 414, et le pilote les avait emmenés jusqu'à un endroit près de Haql à la frontière jordanienne. Ils avaient traversé la frontière sans rencontrer de difficultés et s'étaient mis en route vers Akaba. Leïla y avait de la famille, elle savait que ces gens ne poseraient pas de questions. On leur avait fourni des vêtements et de l'argent et on les avait fait traverser le golfe d'Akaba tard dans la nuit jusqu'à Eilat. De là ils avaient pris un *sherut* jusqu'à Jérusalem. Par une chance incroyable, personne n'avait demandé à voir leurs papiers.

Steinhardt vivait dans un immeuble moderne près de la gare routière de Jérusalem. Ils arrivèrent juste après midi, avec un peu de chance ils le trouveraient en train de déjeuner. Ils lui apportaient un cadeau, une bouteille de calvados. Leïla avait vidé son compte en banque le matin, ils avaient autant besoin d'argent que de chance.

Ils montèrent au quatrième étage. David frappa à la porte, trois fois de suite, c'était le vieux code établi avec Leïla. Silence. Il frappa de nouveau, plus fort cette fois : toujours rien.

« Qu'est-ce que tu crois qu'on devrait faire ? demanda-t-il, je pourrais peut-être appeler l'université et voir s'il est là-bas.

– Il n'y va presque plus, David. Il donne une ou deux conférences, fait une visite occasionnelle à la bibliothèque du mont Scopus. Il travaille chez lui la plupart du temps.

– Alors attendons. »

La porte en face s'entrouvrit. Quelqu'un les observait, dans l'ombre d'un appartement. Ils entendirent une toux d'asthmatique suivie par un sifflement.

« Vous cherchez Steinhardt ? » demanda le vieillard de derrière sa porte.

Leïla hocha la tête. Il y eut un long silence. Le vieillard n'ouvrait toujours pas sa porte.

« Il est parti », dit-il de sa voix essoufflée. Il reprit sa respiration et ajouta :

« Il est mort… il y a deux semaines. Il est tombé dans l'escalier… ici… s'est cassé le cou. Le pauvre vieux, sa tension était très basse. C'est ce qu'ils disent. Il avait des vertiges. Ils sont raides, ces escaliers. Trop raides pour des vieux comme nous. »

Abasourdis, ils écoutèrent, en silence, la voix du voisin invisible qui racontait ses maux. Il s'arrêta de parler et se remit à tousser, ses poumons crachaient les brouillards, les pluies et les brumes d'un long hiver. Leïla prit la main de David, essayant de retenir ses larmes. Elle regarda l'escalier. Les marches lui parurent dures, ce n'était pas le lit de mort qu'elle se serait choisi.

La porte se referma et ils se retrouvèrent seuls sur le palier. David commença de redescendre tandis que Leïla regardait la porte de l'appartement de Steinhardt, se souvenant du dernier soir qu'elle y avait passé en revenant de chez Scholem. Elle chassa ce souvenir de sa mémoire et se dirigea à son tour vers l'escalier.

Soudain la porte d'en face s'ouvrit de nouveau et une tête apparut. Quelques touffes de cheveux gris sur un crâne chauve. De petits yeux myopes scrutèrent Leïla. Les fines lèvres pâles se mirent en mouvement :

« Êtes-vous Leïla ?

– Oui, dit-elle.

– Et vous, continua le vieillard en s'adressant à David, vous devez être David, David Rosen.

– Oui, je suis David Rosen.

– Attendez, dit le vieillard, j'ai quelque chose pour vous. Il y a vos noms écrits dessus. »

Il rentra dans son appartement en fermant la porte derrière lui. Ils attendirent dans la pâle lumière beige de l'escalier. Leïla se sentait faible. Elle s'assit sur une marche. Ils attendirent un long moment.

La porte se rouvrit lentement. Un long bras en sortit et une main maigre et tordue leur tendit une enveloppe blanche portant son nom et celui de David de l'écriture de Steinhardt.

« Merci, dit-elle d'une voix étouffée.

– Il l'a laissée ici pour vous, murmura le vieillard, il m'a dit que s'il lui arrivait quelque chose je devais vous la donner si vous veniez. »

Il y eut un silence, interrompu par un toussotement.

« Il devait s'en douter. Ils savent parfois. Je veux dire qu'ils savent quand ils vont mourir. »

Un silence, puis un toussotement, une sorte de spasme cette fois, sec, profond.

« Il a écrit ça combien de temps avant sa mort ? » demanda Leïla.

Le vieillard réfléchit.

« Deux jours, dit-il, peut-être trois. Pas plus. Vous pensez qu'il savait ?

– Oui, fit-elle à voix basse, je crois qu'il savait. »

Le vieillard hocha la tête d'un air énigmatique. Il la regarda du coin de l'œil et il ajouta :

« Oui, les vieux savent ces choses-là. »

Sa tête disparut à l'intérieur de l'appartement et la porte se referma avec un bruit triste et léger.

Ils redescendirent et sortirent dans l'air frais du printemps. Il y avait un café juste à côté. Ils trouvèrent une table et s'assirent, encore abasourdis par la nouvelle dont ils venaient de prendre connaissance. Les serveurs et les clients s'agitaient, discutant, passant leur commande et se disputant, mais ils se sentaient loin de tout, dans un cocon de silence et de tristesse, incapables de dire ou de faire quoi que ce soit. La bouteille de calva était devant eux sur la table, symbole absurde de leur douleur silencieuse. Leïla prit l'enveloppe et sortit la lettre. Elle se rapprocha de David et se mit à lire à voix basse. La lettre commençait sans préambule.

Chers David et Leïla,

Si cette lettre vous parvient, c'est que je serai mort. Je prie pour que vous soyez encore en vie, mais je suis très inquiet pour vous. Je suis suivi, j'en suis sûr. Il y avait un homme devant mon immeuble il y a trois jours. Il était encore là hier et aujourd'hui. Il observe et attend je ne sais quoi exactement. Lorsque je sors, il m'accompagne en restant toujours à bonne distance. Je ne l'ai jamais vu derrière moi, mais je sais qu'il est là.

Je crois qu'on a fouillé mon appartement au moins une fois. J'ai pu voir à certains petits signes que quelqu'un était entré. Ils n'auront rien trouvé. J'ai envoyé tous vos papiers, le livre, le journal, les photos et votre traduction chez un ami. Ne vous inquiétez pas, ils y sont en sûreté. Je les ai envoyés par la poste pour que personne ne sache où ils se trouvent exactement. Je vous donne quelques informations sur l'homme à qui je les ai confiés.

Il s'appelle Harry Blandford. Il est anglais mais il vit en Israël depuis 1947. Il s'est converti au judaïsme il y a une dizaine d'années, bien que son respect de la mitzvot *laisse à désirer. Le grand rabbin ne serait pas très content de lui. Je sais que ce n'est pas à moi qu'il revient de porter de tels jugements ! Mais il mange du bacon au petit déjeuner chaque fois qu'il peut s'en procurer, et c'est assez souvent.*

Harry Blandford est un personnage plutôt étrange, mais je n'aurais pas pu trouver quelqu'un de plus sûr en Israël à qui confier vos documents. Il est venu dans ce pays alors qu'il était encore un jeune homme et il n'en est plus jamais reparti. Après la guerre, on lui a confié un poste à l'AG3, le département de l'adjudant général du ministère britannique de la Guerre, chargé d'enquêter sur les crimes de guerre. Peu après, il a été transféré au CROWCASS, le bureau central chargé des criminels de guerre et des agents soupçonnés d'espionnage, il travaillait alors à Paris sous les ordres de Paltrey. Dès 1946, il avait perdu toutes ses illusions, parce qu'il avait compris qu'on ne faisait rien pour arrêter les criminels de guerre nazis, du côté américain comme du côté britannique. Les Russes semblaient être les seuls à vouloir faire quelque chose, et il n'a pas beaucoup de sympathie pour eux, pour d'autres raisons. Il a alors démissionné et trouvé du travail comme journaliste au Manchester Guardian. *En 1947, son journal l'a envoyé en Palestine et l'année suivante, lorsque le pays est devenu Israël, il est resté. Il a continué à travailler comme journaliste, mais en free lance, gardant sa véritable obsession : identifier et traquer les anciens nazis. Il a travaillé avec Simon Wiesenthal et quelques autres en Europe, mais il s'y consacre tout seul la plupart du temps. Il ne gagne pas beaucoup d'argent, et il dépense tout ce qu'il a à compléter ses dossiers et entretenir des correspondances.*

Vous vous demandez peut-être pourquoi c'est à lui que j'ai envoyé vos papiers. Ou vous l'avez peut-être déjà compris. Si ce n'est pas le cas, permettez-moi d'éclaircir la question. Vous avez trouvé un journal écrit par un major SS qui décrit une expédition au Sinaï avant la guerre. Cette expédition était dirigée par quelqu'un qui de toute évidence était très proche de Hajj Amin al-Husayni, qui est devenu plus tard la marionnette du IIIe Reich dans le monde arabe. Je viens d'apprendre par une autre source que le dénommé al-Shami, qui est peut-

être celui qui a enlevé David pour l'emmener dans le Nafud, était l'un des plus proches associés du mufti, avant, pendant et après la guerre. Il est possible que les liens qui existaient en 1935 existent encore aujourd'hui, quels qu'ils fussent. Harry a consacré beaucoup de son temps dans les années cinquante et soixante à essayer de faire arrêter et juger al-Husayni. Il en sait plus là-dessus que n'importe qui. S'il existe des liens entre tous ces événements, il parviendra à les trouver. Le reste dépend de vous.

J'écris tout cela en présumant que vous êtes tous deux en sécurité ou que vous le serez quand vous aurez ces pages entre les mains. L'un de vous au moins. Je n'ai évidemment aucune certitude qu'il en sera ainsi, mais la seule alternative serait de s'abandonner au désespoir, et la vie doit avoir un sens, même si ce n'est que par intermittence. Peut-être Harry trouvera-t-il quelque chose, peut-être le contacterez-vous et peut-être quelqu'un de haut placé vous croira-t-il quand vous raconterez ce qui se passe. Qu'en pense le colonel Scholem ? L'avez-vous convaincu ? Vous trouverez Harry Blandford dans l'appartement 7, 15, rue Nissim Behar dans Makhane Yehuda. Dites-lui que c'est moi qui vous envoie et présentez-vous à lui, il connaît vos noms.

Je confie cette lettre à mon voisin Potok. Ça fait tellement longtemps qu'il est vieux qu'il croit que les jeunes appartiennent à une autre race. S'il m'arrive quelque chose, il ne remarquera probablement même pas que je ne suis plus là. Mais il gardera la lettre, il ne jette jamais rien. Quand sa femme est morte, ils ont dû se battre avec lui pour sortir le corps de l'appartement. Potok a vécu des choses terribles en Russie. J'espère qu'ils ne lui feront pas de mal s'ils viennent pour moi.

Prenez bien soin de vous-mêmes. Si je me retrouve face au Créateur de l'Univers, je l'informerai de ce qui se passe. Il n'y fera sans doute pas attention. Je crois que nous l'ennuyons ou que nous l'agaçons. Il pourrait quand même faire un effort. Ne soyez pas bêtes, soyez gentils l'un avec l'autre. Lorsque vous arriverez à mon âge, rien d'autre ne vous semblera plus important…

Shalom, *Abraham.*

Leïla resta silencieuse et replia la lettre, puis elle la replaça dans l'enveloppe froissée. Le serveur apporta les *kreplachs* et la bière. Ils mangèrent en silence. À la fin du repas, David appela le serveur et demanda deux petits verres. Quand ils furent là, il ouvrit la bouteille de calvados et les remplit. Il regarda Leïla, son visage mince et inquiet, ses yeux fatigués. Il allongea le bras et lui prit doucement la main. Puis il leva son verre.

« *L'chaim*, dit-il, à la vie ! »

Leïla leva son verre.

« À Abraham. »

55.

Malgré quarante ans passés en Israël, Harry Blandford connaissait juste assez d'hébreu pour commander son repas et donner à un taxi les indications pour le ramener chez lui quand il était trop soûl pour rentrer à pied. Il professait le mépris typique d'un Anglais pour toutes les autres langues que la sienne. Quand il était arrivé en Israël, c'était encore la Palestine et l'anglais était la langue commune. Harry Blandford considérait qu'il en était toujours ainsi ; quarante ans à entendre les sons gutturaux et sémites dans les cafés, les bus, les trains et les bars n'étaient pas parvenus à le convaincre du contraire. Au cours des dix dernières années, il n'avait pas arrangé les choses en se coiffant d'une *yarmulka* rouge pour se rendre régulièrement à la synagogue. Il n'était pas un Juif très religieux mais compensait son attitude impie au cours de la semaine en respectant scrupuleusement le sabbat et en se soûlant pieusement à Pourim.

Il reçut David et Leïla dans une pièce si encombrée de papiers qu'ils eurent l'impression de pénétrer à l'intérieur d'un gigantesque placard. Rien n'était épargné, il y en avait sur les chaises, les tables, le sol, le vieux canapé défoncé qui croulait sous des piles de dossiers. Même les portes des armoires avaient été enlevées pour rendre plus aisé l'accès aux étagères. L'appartement sentait la poussière et les vieux papiers. Une simple ampoule électrique accrochée au plafond éclairait le chaos. Un gros chat tigré à moitié endormi regardait tout cela d'un œil indifférent, perché sur le dossier d'un fauteuil.

Harry traversa la pièce, prit le chat dans ses bras et offrit le fauteuil à Leïla.

« Il s'appelle Sammy, dit-il en désignant le chat, un drôle de cochon quand il était plus jeune, il renversait tout le temps mes dossiers. Et il s'en fichait complètement. Mais il a fini par se calmer. »

Il débarrassa un autre fauteuil pour David, puis se plaça en face d'eux, debout à côté de la fenêtre. Une tignasse de cheveux gris mal lavés sortait de dessous sa *yarmulka* qui le faisait ressembler à un cardinal et se dressait selon des angles improbables, comme si ses cheveux essayaient de s'en débarrasser. Il avait le front haut, les tempes blanches ridées par le temps et les longues heures de méditation. Il avait une moustache très anglaise au milieu de son visage rond et rose qui évoquait pour David les majors à la retraite et les bull-dogs. Il portait une vieille veste aux couleurs de son collège, avec de fines rayures et sans coudes. Les rayures de sa cravate étaient assorties à celles de sa veste. Il avait porté cette tenue toute sa vie et il ne s'en séparerait jamais. David remarqua que ses yeux étaient ceux d'un jeune homme, des yeux vifs, intelligents, curieux. Harry Blandford n'était pas un excentrique inoffensif, c'était un faucon, un oiseau de proie, qui partait en chasse pour déchirer sans merci ses victimes.

Il enleva quelques papiers posés sur un vieux fauteuil rembourré et s'installa.

« Alors c'est Abraham Steinhardt qui vous envoie », dit-il.

David lança un regard vers Leïla puis vers Harry Blandford.

« Pas exactement, dit-il, il nous a conseillé dans une lettre de venir vous voir. Malheureusement, Abraham est… mort. Il…

– Oui, je sais, dit Harry, il est tombé en bas des escaliers en sortant de son appartement. C'est un ami commun qui m'a fait part de la nouvelle peu de temps après.

– Je ne crois pas que sa mort était…

– … un accident ? fit Harry en l'interrompant. Je le sais de façon sûre depuis deux semaines. Ces papiers que vous aviez laissés chez lui établissent d'étranges connexions. Il m'a écrit pour me parler des assassinats. Tout cela se tient. Pas complètement, mais suffisamment pour l'instant. Les pistes sont plutôt maigres pour le moment, mais il semblerait que mon vieil ami Hajj Amin soit impliqué.

– Pourquoi ? demanda David.

– Pourquoi le mufti est-il impliqué ?

– Lui ou les autres. »

Harry poussa un soupir et but une gorgée de thé, semblant y prendre autant de plaisir qu'un drogué en train de se piquer.

« Vous voyez autour de vous tous les signes d'une obsession, continua-t-il, et vous vous demandez : "Est-il inoffensif ou devrais-je me méfier ?" Eh bien, fit-il en tapotant sa tasse avec sa petite cuillère ornée de la silhouette d'un apôtre, je ne suis pas inoffensif. J'en ai peut-être l'air mais je peux vous assurer que je ne le suis pas. Je l'ai été au début, bien sûr, rien de plus qu'un excentrique s'adonnant à une passion. Je rassemblais mes informations, j'établissais mes dossiers, j'écrivais mes rapports et je les transmettais à ce qui me paraissait être les autorités compétentes : les administrations alliées en Allemagne de l'Ouest, puis les Allemands eux-mêmes, puis les Israéliens. On me renvoyait des lettres polies dans lesquelles on me répondait que mes informations avaient été classées et "serviraient à une action future" ou même "pour des références ultérieures".

« Je leur ai fourni des dossiers sur des hommes responsables de la mort de milliers de gens. Des commandants d'Einsatzgruppen, des officiers de camps de concentration, des industriels, des généraux de la Wehrmacht, et tout ce qu'ils trouvaient à dire c'était : "manque de preuves". Leur mot clef était "normalisation". Ils voulaient seulement rebâtir l'Allemagne. Ils ne voulaient pas entendre parler des syndicalistes, des socialistes, de tous ceux qui s'étaient dressés contre le régime. Les experts et les gens respectables, c'était tout ce qui les intéressait. Les nazis ont dû bien rire depuis la fin de la guerre. On a fait quelques procès pour la forme, et cela après que le Foreign Office eut remué ciel et terre pour les empêcher, et on a laissé filer les autres à peu de frais. On a ignoré plusieurs millions de morts et on s'est remis au travail comme si de rien n'était.

« Finalement, j'ai remis mes informations à des gens que ça intéressait vraiment, principalement des groupes de jeunes activistes juifs. Et vous voulez savoir ce qu'ils ont fait ? Ils ont posé des bombes devant des portes, ils ont tiré des coups de feu sur des hommes qu'ils n'avaient vus auparavant que sur des photos, ils se sont arrangés pour que certaines personnes aient des accidents mortels. Je sais bien que ce n'était pas grand-chose, mais je suis devenu un homme dangereux. J'aurais préféré une justice supérieure bien sûr, quelque chose de plus propre, de plus ouvert, des procès au grand jour, un véritable règlement de comptes. Eh bien, ça ne devait pas arriver, voyez-vous. Alors j'ai dû me contenter de l'autre solution. Mais ils le savent. Chaque fois que l'un d'eux a un accident déplaisant, ils se passent le mot. Ils s'inquiètent un peu, peut-être même beaucoup. Ils perdent le sommeil pendant une nuit ou deux en se demandant si on ne va pas sonner à leur porte. Ils se mettent à suer à grosses gouttes quand une voiture les dépasse en ralentissant.

– Et ne craignez-vous pas que ça vous arrive à vous aussi, demanda David, que quelqu'un vienne frapper à votre porte ? »

Harry se pencha en avant sur son fauteuil en faisant grincer les vieux ressorts.

« Me prenez-vous pour un naïf, professeur ? dit-il en guise de réponse. Ce n'est pas en me conduisant comme un enfant que j'ai pu rester en vie aussi longtemps. Je vous ai dit que mon métier est de passer des informations. Quand vous fouillez dans un passé d'une certaine sorte, vous en découvrez d'une autre sorte. Il y a des hommes et des femmes qui vous avouent librement avoir eu à faire avec le nazisme. "J'étais jeune, je ne comprenais pas ce que je faisais", ou "je suis resté dans le système pour le combattre de l'intérieur, pour aider à sauver des Juifs". Vous voyez ce que je veux dire. Et il semblerait que ça ne leur pose aucun problème. Dans certains milieux, c'est même un avantage. Mais si ces mêmes gens apprennent que vous avez des informations sur une infidélité conjugale ou une aventure homosexuelle, ou des pratiques malhonnêtes en affaires, ils vous mangent dans la main. À condition, bien sûr, que vous ayez pris la précaution de placer votre information en lieu sûr et en laissant des instructions pour qu'elle soit révélée s'il vous arrive quelque chose. Ces mêmes personnes qui voudraient vous voir mort deviennent vos plus ardents protecteurs, de vrais mères poules couvant leurs petits. Je peux vous assurer, professeur, qu'il y a encore aujourd'hui des gens que le sexe gêne beaucoup plus que la violence et même le meurtre. Un homme avouera plus facilement avoir commis un crime violent qu'une quelconque passion sexuelle. »

Il s'appuya sur le dossier de son fauteuil, vida sa tasse de thé et regarda le fond de la tasse avec une expression de dégoût comme s'il était horrifié par ce qu'il venait de boire. Puis il la reposa.

« C'est le problème des sachets, dit-il, il n'y a pas de feuille au fond de la tasse. C'est plus propre, je vous l'accorde. Plus net. Mais on ne peut pas lire son avenir. »

David lui lança un regard perplexe.

« C'est une vieille coutume britannique, expliqua Harry. On peut voir l'avenir de quelqu'un d'après les dessins que forment les feuilles de thé au fond de la tasse. En tout cas, fit-il tout d'un coup comme s'il se secouait, tout cela appartient à un autre monde et une autre époque. Parlons de choses plus pressantes. Vous êtes venus pour vos documents ?

– Oui, répondit David, est-ce que vous avez pu en tirer quelque chose ?

– Oh oui, oui, oui. Ils sont extrêmement intéressants. Mais il faut dire que je m'intéresse à tout ce qui touche à mon vieux copain Hajj Amin. Il avait toujours quelques tours dans son sac, le cher garçon. Un drôle de salaud. Non, je retire ce que j'ai dit. Il n'est pas drôle du tout. Hajj Amin, la pire des merdes du siècle, froid, calculateur. Il est mort, bien sûr. Il a écopé en 1974 dans sa villa à Beyrouth. Ce n'était pas beau à voir, il paraît, du moins je l'espère. “Mais les crimes des hommes vivent après leur mort”, comme dit le poète, ou quelque chose comme ça. Est-ce que vous pensez qu'il a toujours des amis en circulation qui se livrent à leurs méfaits ?

– Des amis importants, répondit David, qui devraient vous intéresser. Des amis des vieux jours, à Berlin. »

Le vieil Anglais se redressa sur son fauteuil, parfaitement immobile. Il se leva, traversa la pièce jusqu'à la fenêtre et regarda à l'extérieur. Puis il retourna s'asseoir sur le bord du fauteuil.

« Je crois que vous feriez mieux de dire à votre vieil oncle Harry ce que vous savez », dit-il.

David raconta leur histoire et Leïla ajouta quelques détails. Quand ils eurent fini, Harry resta longtemps plongé dans ses pensées. David remarqua pour la première fois le tic-tac d'une vieille horloge dans un coin. Il faisait froid. Leïla frissonna et regarda David. Leurs yeux se rencontrèrent, puis ils détournèrent le regard. L'horloge continuait. Le thé avait refroidi depuis longtemps dans les tasses.

L'Anglais leva finalement les yeux. Il semblait avoir vieilli tout d'un coup, ses épaules tombaient et son visage fatigué avait pris un teint grisâtre.

« Je vois », dit-il. Il n'ajouta rien d'autre. Il voyait bien en effet, il voyait clairement la façon dont les choses devaient se dérouler. Et ce qu'il voyait l'effrayait tellement qu'il en ressentait une sorte de nausée. Il se leva et marcha jusqu'à un bureau dans un coin sombre de la pièce, puis il en revint les bras chargés de vieux dossiers. Il s'assit et les posa par terre à côté de lui.

« Que savez-vous sur les origines du IIIe Reich ? » demanda-t-il.

Ils haussèrent les épaules.

« Une ou deux choses, les faits essentiels, sans doute, répondit David.

– Les faits ne m'intéressent pas. Du moins pas en eux-mêmes. C'est l'atmosphère générale qui retient toujours mon attention. Il suffit de regarder les idées avancées par quelques groupes allemands d'amateurs de sciences occultes pour voir comment certaines transitions s'opèrent : on rêve d'un monde nouveau, et de là on se met à le bâtir. Vous connaissez le prophète Hanisch ? C'était le fondateur d'une religion qui s'appelait le *mazdaznan*. Il professait entre autres que seuls les Aryens de race pure avec les cheveux blonds et les yeux bleus pouvaient être les détenteurs de la vérité. Ça vous rappelle quelque chose ? Et beaucoup d'autres groupes qui se réclamaient des sciences occultes en Allemagne à cette époque tenaient les mêmes théories.

« Même avant le début de la Seconde Guerre mondiale, certaines sectes parlaient de la venue d'une ère nouvelle. Dès les années vingt, les théories millénaristes faisaient fureur. Le Gottesbund Tanatra préparait un Reich qui devait durer mille ans. De même que le groupe des Laurentiens, formé en Saxe. Ils tiraient leur nom d'un homme qui s'appelait Hermann Lorenz. Au cas où ça vous intéresserait, Hermann avait un frère qui s'appelait Heinrich.

« Je m'intéresse aux origines pour le moment. Je n'ai encore que des fragments d'information, mais tous sont révélateurs. D'abord, quand Adolf Hitler vivait à Vienne, il assistait à des conférences sur l'occultisme. Il s'intéressait à l'astrologie, à la graphologie et à tout un tas de théories mystiques. À Munich, il avait rencontré Lanz von Liebenfels et il lisait régulièrement son magazine raciste intitulé *Ostara*. Mais tout cela est un peu vague et secondaire. Hitler ne s'est plus vraiment intéressé aux sciences occultes quand il est arrivé au pouvoir. Mais ce qui est de notoriété publique, c'est qu'en 1919 il est devenu membre du Parti ouvrier allemand. Comme vous le savez certainement, ce parti avait été fondé l'année précédente par un homme du nom d'Anton Drexler. Plus tard, le parti s'est appelé le NSDAP, Parti national-socialiste des ouvriers allemands. Le parti nazi. Les origines du parti de Drexler sont plutôt inhabituelles. Il avait commencé comme un club d'ouvriers fondé par Drexler et un journaliste qui s'appelait Harrer, Karl Harrer. Et ce dernier était un membre d'une organisation d'amateurs de sciences occultes connue sous le nom de Thule Bund. Plusieurs autres membres du NSDAP étaient aux débuts du Parti, et aussi des membres du Bund.

Le club Thule était une branche d'une organisation antisémite baptisée Germanen Order. »

David haussa les épaules et secoua la tête. Il avait déjà entendu tout cela.

« Je ne vois pas…

– … Où ça nous mène ? demanda Harry. Au centre de la question, professeur. À l'essentiel. À votre avis, qui était à la tête, qui était le chef absolu du Thule Bund en Allemagne ? Vous voulez que je vous le dise ? Vous le connaissez. Vous l'avez rencontré. Il s'appelle Ulrich von Meier. »

David se redressa sur son fauteuil. Leïla le regardait fixement.

« Et qui, continua Harry, était le chef du Bund à Berlin ? Un certain Heinrich Lorenz, le frère de Hermann, le fondateur des Laurentiens. Heinrich était un banquier, très riche et très influent. Êtes-vous intéressé par ce que je vous dis ? »

David répondit par un hochement de tête.

« C'est von Meier et Lorenz qui attirèrent mon attention quand je lisais votre traduction du journal, dit le vieil Anglais en suivant son idée. Je connaissais déjà pas mal de choses sur eux et je voulais en savoir plus. Je savais par exemple qu'aucun d'eux n'était jamais devenu membre du Parti, avant ou après 1933. Ils ne détenaient aucune charge officielle ni même de poste important en dehors du Thule, et ils restaient plutôt discrets quant à leur appartenance à ce groupe. Aucun des deux n'était apparenté à qui que ce fût au sein de la clique des dignitaires du Parti nazi. Et pourtant leurs noms réapparaissaient constamment, aux petites réceptions organisées par le Führer, aux week-ends à Berchtesgaden, dans l'entourage de Himmler, aux dîners à la chancellerie du Reich.

« En 1941, les nazis arrêtèrent tous les membres des sociétés occultistes et les déportèrent en camps de concentration. Les théosophes, les anthroposophes, les astrologues, les spiritualistes, ils sont tous partis. À part peut-être quelques voyants qui auront su prédire ce qui allait se passer et qui se sont cachés à temps. Ce qui est plutôt étrange, c'est qu'ils étaient peu nombreux à pouvoir prédire l'avenir. Mais von Meier et Lorenz ont continué leurs activités comme précédemment, ce qui m'a longtemps intrigué. Le Thule Bund avait disparu depuis longtemps bien sûr, mais j'ai des preuves dans mes dossiers pour savoir que von Meier et Lorenz continuaient à professer ouvertement leur intérêt pour les sciences occultes.

On possède des archives sur des séances d'occultisme tenues en présence de Himmler et d'officiers supérieurs SS. Von Meier allait même jusqu'à publier des articles sur la question. Et pendant tout ce temps les gens de son espèce étaient envoyés dans les camps. J'ai toujours cru que von Meier était mort en 1945, car on ne parle plus de lui après cette date. Pas la moindre rumeur, aucune de ces histoires comme celles qu'on a colportées sur Mengele. Et maintenant vous me dites qu'il était vivant il y a quelques jours. C'est extrêmement intéressant. Mais ce n'est pas ce que vous m'avez dit de plus intéressant. Laissez-moi vous dire quelque chose sur von Meier. Il avait une obsession. Tous les articles qu'il a écrits entre la fin des années vingt et le milieu des années trente reviennent sur le même sujet. Il croyait que l'Arche d'Alliance existait et qu'une étude approfondie de textes anciens permettrait de la localiser. Certains de ses articles ont même paru dans des revues universitaires et ils étaient dans l'ensemble plutôt inoffensifs. Mais dans d'autres publications destinées à un public d'amateurs de sciences occultes, dont l'*Ostara* de Liebenfels, il en disait plus. Il avançait que ceux qui découvriraient l'Arche pourraient détruire à jamais l'influence du peuple juif. Les Aînés de Sion, disait-il, exerçaient toujours leur influence grâce à l'Arche. Si on pouvait la leur arracher, ce pouvoir passerait à ses nouveaux détenteurs. Il était donc essentiel pour l'avenir de la race aryenne de retrouver l'Arche.

« En 1936, il arrêta brusquement d'écrire sur ce sujet. L'année où il découvrit Iram. Et l'année où les nazis se mirent à arrêter les membres des sectes. L'année où Hitler a envoyé des troupes sur la rive gauche du Rhin et où il s'est préparé pour la guerre. »

Harry regarda tour à tour David et Leïla.

« Je crois qu'il savait, ou du moins qu'il sentait, que l'Arche se trouvait quelque part dans Iram, mais il ne savait pas où exactement. Je me risquerai même à avancer que le Bund tirait son influence de la croyance selon laquelle ses membres possédaient l'Arche. Ils avaient été à l'origine du parti nazi et ils pouvaient désormais assurer son succès grâce à des moyens occultes. Je ne fais que supposer. Mais je crois qu'une chose est sûre. À partir de 1936, von Meier et son Thule

Bund étaient les véritables maîtres de l'Allemagne, les maîtres cachés du IIIe Reich. »

David se rappela la lettre de Himmler à propos de von Meier : « J'ai été convoqué récemment par le professeur von Meier… Von Meier a transmis ma suggestion au conseil du Bund… On envoie maintenant la majorité des membres du Bund aux États-Unis, et c'est là qu'ils seront envoyés dès la fin des hostilités… Au bout du compte, nous n'avons pas le choix… »

Il leva les yeux. Blandford le regardait fixement. Cet Anglais devenu juif, ce vieillard dans sa *yarmulka* écarlate, piégé par l'histoire comme une mouche dans une toile d'araignée.

« Et il y a encore autre chose », dit-il.

Il regarda David avec des yeux qui en avaient trop vu.

« Il y a quelque chose que je savais déjà mais que j'ai tâché d'ignorer jusqu'à présent. Ça me paraissait hors de propos alors, mais plus maintenant. Von Meier avait un fils. »

56.

Il se faisait tard. Harry Blandford était fatigué. En l'espace de quelques heures, son monde avait été bouleversé, et il tentait de retrouver son équilibre au milieu de ces renversements. Il se leva pour aller faire du thé, se rassit en prenant Sammy sur les genoux et feuilleta vaguement quelques dossiers posés à côté de son fauteuil. Puis il reprit son discours.

« Le garçon est né en 1940, dit-il. Sa mère était la seconde femme de von Meier, une Arabe de Beyrouth qui s'appelait Khadija al-Husayni, une parente de la personne dont nous avons déjà parlé. Par sa mère, Khadija était une descendante directe du Prophète, et portait le nom de la première femme de celui-ci. Qu'une telle femme ait épousé un non-musulman était exceptionnel.

« Khadija mourut peu après la naissance de l'enfant, continua Harry, dans des circonstances très semblables à celles de la mort de la première femme de von Meier : elle s'est noyée lors d'une promenade en bateau sur le lac Sternberg, celui dans lequel Louis II de Bavière s'était également noyé. Sa première femme, elle, était morte en mer en 1937 lors d'une croisière.

« Pendant la guerre le garçon, qui s'appelait Friedrich, resta à Berlin avec son père. Von Meier ne se remaria pas, en tout cas jusqu'en 1945. On racontait beaucoup de choses, bien sûr, mais jamais rien de précis. Je crois qu'il ne manquait pas de compagnie féminine. Sa sœur Julie s'occupa de l'enfant jusqu'à ce qu'elle se fasse tuer au cours d'un raid aérien sur Berlin en 1944. On ne sait pas exactement quels furent ensuite ses déplacements et on l'a retrouvé en Irak où il était sous la protection d'anciens sympathisants de Rashid Ali.

– Excusez-moi, dit David, je ne suis pas très au fait de ces choses-là. De quel Rashid Ali s'agit-il ?

– Al-Ghailani, dit Harry, qui était à la tête d'un coup d'État favorable aux forces de l'Axe, à Bagdad en 1941. Ça n'a duré que très peu de temps et les Britanniques ont repris le contrôle du pays, mais Rashid Ali bénéficiait d'un solide soutien dans la population. Al-Husayni était impliqué dans ce coup d'État mais il avait réussi à s'en sortir et il s'est enfui à Rome avant qu'on puisse lui mettre la main dessus. Notre mufti savait s'éclipser à temps. »

Harry s'interrompit pour manger quelques miettes de gâteau arrosées d'une généreuse gorgée de thé.

« Évidemment, reprit-il, jusqu'à très récemment je ne savais rien de l'existence de ce garçon. Il n'intéressait personne… en tout cas à l'époque. Il a été élevé en Irak par une famille qui avait des liens de parenté avec les al-Husayni. Il prit un nom arabe, coupa tous les ponts avec l'Allemagne et devint un jeune Arabe comme les autres. »

David l'interrompit à nouveau.

« Vous ne m'avez pas dit son nom.

– Oh ! pardon. Je croyais avoir dit que c'était Friedrich. Friedrich von Meier.

– Non, je veux dire son nom arabe. »

Harry sourit, porta sa tasse à ses lèvres et but à petites gorgées.

«Nous y viendrons dit-il, chaque chose en son temps.»

Puis il eut un rot.

«Je vous prie de m'excuser. Où en étais-je? Ah oui... Il fut élevé comme un bon petit Irakien, allant à l'école, s'exprimant en arabe, apprenant le Coran par cœur, lisant des histoires sur Abou Bakr, Umar, Salah al-Din et tout ça. Il avait les cheveux foncés comme ses parents et les traits arabes de sa mère. Tout alla bien jusqu'à ce qu'il atteigne l'âge de dix-huit ans. C'était en 1958, quand le général Kassem prit le pouvoir et établit la république. La famille de Friedrich était royaliste, du moins elle avait des liens étroits avec Fayçal et la cour. Quand Kassem arriva au pouvoir, ils décidèrent donc qu'il était temps de partir. La plupart choisirent vers l'Arabie saoudite, mais notre jeune garçon avait d'autres idées. Il passa la frontière avec la Syrie et contacta à Damas une autre branche de la famille.

«Il s'inscrivit à l'université de Damas où il fit des études d'ingénieur, mais je crois qu'il n'obtint jamais son diplôme. C'est à ce moment-là qu'il s'est engagé dans une section syrienne des Frères musulmans, une organisation politique fondamentaliste créée en Égypte au début du siècle.»

Leïla prit alors la parole :

«Vous voulez dire l'Ikhwan d'al-Banna?»

Harry répondit par un hochement de tête.

«Il est monté très rapidement au sein du mouvement et en 1965, alors qu'il n'avait que vingt-cinq ans, il était déjà le commandant régional du district de Hama. Mais en même temps il s'affrontait de plus en plus fréquemment à ses supérieurs. Il ne s'intéressait pas autant qu'eux aux questions religieuses, il était surtout un nationaliste arabe qui pensait utiliser l'islam pour obtenir un large soutien populaire. Il y eut quelques incidents et il fut accusé de manquer de respect envers le Prophète. Il penchait de plus en plus à gauche et réclamait une action immédiate contre les membres du parti Baas. Finalement en 1969, il est parti, ou on l'a mis dehors et il a formé sa propre organisation.»

Leïla regardait Harry fixement. Son cœur battait à toute vitesse. Elle connaissait bien la politique arabe. Elle avait deviné qui était le fils de von Meier.

Harry la regarda à son tour avec une expression de tristesse dans les yeux.

« Vous avez compris », dit-il.

Elle hocha la tête.

« Vous savez comment s'appelait ce parti ?

– Hizb al-Qawm al-Watani. Le Parti national du peuple, murmura-t-elle en fermant les yeux.

– Exact », répondit Harry.

Elle rouvrit les yeux.

« Mas'ud al-Hashimi », dit-elle.

David resta pétrifié puis s'écria :

« Je ne peux pas le croire. Je... Je ne peux pas le croire. Êtes-vous sérieusement en train de nous dire que Mas'ud al-Hashimi, le président syrien, est le fils de von Meier ? C'est difficile à avaler. »

Harry poussa un long soupir douloureux.

« Je vous comprends, dit-il. Mais j'espère que vous commencez à vous rendre compte que ce qui se passe sort de l'ordinaire. J'ai d'abord cru comme tout le monde qu'al-Hashimi était un libéral mais j'ai entendu dire par la suite que d'anciens membres du groupe d'al-Husayni avaient été en contact avec son gouvernement. Votre ami al-Shami a été vu à Damas il y a deux mois, et il semble avoir eu un entretien avec des membres importants du cabinet d'al-Hashimi, le général Ahmad Subki et Ibtisam al-Bakri, le bras droit d'al-Hashimi et la personne la plus susceptible de lui succéder s'il arrivait quelque chose au chef de l'État. Alors j'ai posé des questions çà et là, j'ai parlé avec des amis... et j'ai découvert ce que je viens de vous révéler. Cela m'a un peu inquiété, puis j'ai reçu les documents que vous aviez laissés à Abraham. N'essayons pas de savoir si tout cela est logique ou s'il ne s'agit là que de folie pure. Tout est exactement comme je vous l'ai dit. Al-Hashimi est le fils de von Meier. C'est simple. Ce n'est peut-être qu'une coïncidence, mais il y a peut-être là une signification profonde. C'est ce que j'aimerais découvrir. »

David jeta un regard de côté à Leïla. Harry avait raison. Dans un monde où tout était absurde, c'était pure folie que de s'obstiner à chercher un sens.

« Je crois que le moment est venu de montrer à Harry les papiers que tu as trouvés », dit-il à Leïla.

Harry le regarda, étonné :

« Il y en a d'autres ? »

David hocha la tête.

« Voilà », dit Leïla en sortant les documents qu'elle avait trouvés dans l'avion au milieu du Nafud. Elle les passa à Harry. Ils étaient froissés et sales, endommagés par les années passées dans l'épave de l'avion puis par le traitement qu'ils avaient subi par la suite dans la djellaba de Leïla ou dans son sac.

Harry les déplia sur le dossier qu'il avait placé sur ses genoux. Il les examina attentivement puis leva les yeux vers Leïla.

« Où les avez-vous trouvés ? demanda-t-il.

– Dans un avion qui s'est écrasé près d'Iram dans le désert. Il se trouvait là depuis la fin de la guerre. C'était un avion allemand. Il y avait des cadavres à l'intérieur. Nous en avons reconnu deux par leurs vêtements. L'un était celui de Hitler et l'autre celui de sa maîtresse, probablement Eva Braun. Les documents étaient sur un bureau à l'arrière de l'appareil. Je ne les ai pas tous emportés, juste quelques-uns. À Iram, Chaim les a lus et m'en a traduit la plus grande partie.

– Vous dites que Hitler était dans l'avion ?

– Oui.

– Adolf Hitler ?

– Oui.

– Vous en êtes sûre ?

– Chaim m'a dit qu'il était habillé comme Hitler. Mais ce n'était qu'un squelette, nous nous sommes peut-être trompés. »

Un profond silence s'abattit sur la pièce. Quand Harry parla sa voix avait changé.

« Je vois. »

Il ne dit rien de plus et se plongea dans les documents. Il affectait de ne pas parler l'allemand mais le pratiquait avec aisance. Il ne posa pas de question, ne fit pas de commentaire mais Leïla voyait son visage changer de couleur pendant qu'il lisait. Il lut tous les papiers une première fois puis recommença depuis le début. Quand sa lecture fut achevée, il resta immobile, les yeux rivés sur les papiers qu'il avait sur les genoux, comme si des fantômes venaient d'envahir la pièce.

Personne n'osait prendre la parole. L'atmosphère était lourde, tendue. Finalement, ce fut Leïla qui rompit le silence.

« Il n'y a qu'une chose que nous ne sommes pas parvenus à comprendre. Chaim disait qu'il n'en avait pas entendu parler, mais j'avais le sentiment qu'il avait reconnu quelque chose là-dedans, quelque chose qui l'effrayait. Je parle des papiers dans le classeur bleu, ceux qui contiennent une liste de noms et de numéros. Vous comprenez ce qu'ils veulent dire ? »

Il la regarda. Elle n'avait jamais vu un tel regard, chargé d'une telle colère, crut-elle. Puis elle comprit que c'était de la peur à laquelle se mêlait une effrayante tristesse.

« Oui, dit-il, je crois savoir ce que ça veut dire. Et si je vois juste, ces papiers rendent le reste inoffensif par comparaison. J'ai entendu des rumeurs là-dessus pendant des années, j'en avais bien aperçu des signes, mais j'avais toujours refusé de le croire. Maintenant je ne sais plus. »

Leïla remarqua que sa main tremblait.

« En janvier 1944, continua-t-il, le haut commandement SS créa un détachement spécial avec des hommes choisis dans les meilleures unités stationnées en Allemagne et à l'étranger. Ils venaient pour une large part des Einsatzgruppen, les commandos de la mort qu'on utilisait en Europe de l'Est pour la politique d'extermination. Ils étaient tous très jeunes, aucun d'entre eux n'avait plus de dix-neuf ans, et formaient un régiment qu'on appelait les Walkyrie Standarte. Himmler devait les approuver personnellement et surveillait lui-même leur entraînement. Malheureusement, personne ne sait en quoi consistait celui-ci. Aucun ne fut fait prisonnier après la guerre et personne ne sait pourquoi. Tout ce que nous savons c'est qu'ils étaient divisés en quatre groupes, Walkyrie I, Walkyrie II, etc. On les envoyait dans les quatre Ordensburgen, les châteaux de l'ordre SS, Sonthofen, Crössinse, Vogelsang et Marienburg. On dit qu'ils bénéficiaient de privilèges et qu'ils étaient logés à part des autres hôtes. Ils restaient dans les Ordensburgen pendant plusieurs mois. Personne ne sait ce qui se passait durant leur séjour et ce qu'ils devenaient après leur départ. Toutes les archives sur eux s'arrêtent après novembre 1944.

« Et là, continua Harry en prenant les feuilles agrafées, il y a la liste complète des membres des régiments Walkyrie. Cela n'a qu'un intérêt relatif, c'est ce qui suit qui m'inquiète. Les nombres sont faciles à interpréter. La première partie correspond à une date : 9 décembre 1944, etc. La seconde section commence par une lettre qui est une abréviation pour un camp de concentration : A pour Auschwitz, D pour Dachau, BE pour Belsen. Les numéros correspondent simplement aux numéros des prisonniers des camps, celui qu'ils tatouaient sur les bras des gens. Le W à la fin fait de toute évidence référence à Walkyrie et bien sûr, Walk I et Walk II sont les numéros des unités. »

Harry se tut un instant et ferma les yeux, comme s'il souffrait, puis il les ouvrit à nouveau.

« Je crois que ces jeunes gens ont disparu dans les camps, et qu'ils y étaient prisonniers et non gardiens. On a voulu les placer là dans un but que je ne peux que supposer.

– Quel aurait été ce but ? demanda David.

– Leur donner de nouvelles identités irréprochables. Ils seraient revenus à la vie après la fin des hostilités. Ils auraient pu renaître dans un monde nouveau, avec des noms nouveaux et une histoire nouvelle.

– Pourriez-vous prouver ce que vous avancez ? »

Harry fit un signe négatif de la tête.

« Non, ce ne serait pas facile. Mais il y a quelqu'un que je voudrais vous présenter. Cela fait des années qu'il me parle de ce sujet et je n'ai jamais voulu le croire. Il n'y avait pratiquement aucune preuve à l'appui de ces théories. Mais ça… – il brandit les feuilles qu'il venait de lire –, voilà qui est plus qu'une preuve. C'est quelque chose de concret, quelque chose qu'on peut interroger. Je vais m'y mettre dès ce soir.

« En attendant, continua-t-il, abordons quelques questions pratiques. Où logez-vous ? »

David haussa les épaules.

« Nulle part. Nous ne pouvons pas retourner à mon appartement ou à celui de Leïla, ils viendraient nous y chercher.

J'avais pensé qu'on pouvait prendre une chambre dans un hôtel.

– Pas besoin, répondit Harry, restez ici, au moins pour cette nuit. Je veux pouvoir vous contacter rapidement. Il y a encore beaucoup de choses dont nous devons parler. Je n'ai pas beaucoup de place ici, mais si vous êtes fatigués, vous dormirez sans trop de difficulté. J'ai un vieux lit de camp quelque part. On pourra le mettre dans la chambre à coucher et on se disputera plus tard pour savoir qui dort où. Mlle Rashid peut dormir ici avec Sammy, il n'y verra pas d'inconvénient. Vous voyez cette chose, là... »

Il désignait un meuble recouvert et difficilement reconnaissable, envahi de papiers.

« Ça s'appelle un sofa. Quand on le débarrasse de tout ce qu'il y a dessus, ça peut être à peu près confortable. Je vais chercher des couvertures. »

Comme Harry s'apprêtait à repartir, David l'appela.

« Harry, dit-il, il y a une dernière chose que je voudrais vous demander. Avant que nous quittions Jérusalem, on parlait beaucoup d'une visite d'al-Hashimi ici. Il devait y avoir des projets de conférence. Il allait signer un traité de paix, est-ce que tout cela a abouti ? »

Harry se retourna.

« Comment ? Vous n'êtes pas au courant ?

– Au courant de quoi ?

– Tout le monde en parle. On ne peut pas y échapper, dans les journaux, à la télévision... Il arrive à Jérusalem le 3 mars, pour signer le traité prévu. C'est-à-dire dans quatre jours. »

57.

Il y avait longtemps que Dieu n'avait pas souri. Il n'avait peut-être d'ailleurs jamais souri. Mais Marcus Bleich attendait toujours. Il était né patient et la vie lui avait enseigné toutes les façons d'être patient. Il mourrait patient.

Il vivait, ou plutôt il passait son existence dans une seule pièce au dernier étage d'une tour dans le quartier Romena. Il vivait là depuis plus de quarante ans, pratiquement depuis son arrivée en Palestine après la guerre. Il lui fallait vingt minutes tous les matins pour descendre jusque dans la rue, et quarante minutes chaque soir pour remonter. Il respirait difficilement et souffrait de la poitrine. Ça n'avait pas toujours été comme ça. Certains jours, il restait au lit toute la matinée, redoutant les escaliers, n'ayant pour seule envie que de passer là toute la journée. Mais il savait que s'il cédait à ce désir, ce serait pour lui le début de la fin, il resterait dans sa chambre le lendemain et le jour suivant, jusqu'à ce qu'il ne quitte son logis que pour aller au cimetière. Les services sociaux lui avaient promis depuis des années un autre logement au rez-de-chaussée d'un immeuble moderne, il attendait, prenant la chose comme tout : une leçon de patience.

Il se rendait à la *shul* presque tous les jours, puis de là dans une sorte de club où il jouait aux échecs ou au backgammon, et déjeunait d'un repas insipide. C'était sa vie. La vie consistait-elle en autre chose que s'habituer ? Il n'avait pas de famille, à part les quelques personnes qu'il avait laissées derrière lui en Europe et d'autres qui étaient parties pour le Goldener Medineh. Aucune n'était un proche parent et il ne savait que très peu de chose de leurs vies. De toute manière cela ne l'intéressait pas. Il y avait eu un mariage, et des enfants aussi, mais il y avait très longtemps de cela. Les quelques souvenirs de cette époque, son unique trésor, étaient posés sur sa table de nuit : une vieille photo abîmée, un peigne, une boucle de cheveux, une vieille lettre scotchée là où elle s'était déchirée à force d'être dépliée et repliée. Il touchait ces objets tous les soirs avant de s'endormir et ils étaient ce qu'il voyait en premier à chaque réveil.

Ils le trouvèrent au club, jouant aux échecs avec un autre vieillard. Il était maigre et courbé comme le dos d'une vieille cuillère. Ses vêtements étaient usés et tachés, il ne s'était pas rasé depuis plusieurs jours.

Harry s'avança jusqu'à lui et le salua, s'adressant à lui en allemand avec un fort accent anglais.

« Bonjour, Marcus, dit-il. Vous vous souvenez de moi ? Harry Blandford, l'Anglais avec lequel vous avez eu quelques conversations, en 1975 ? C'est Salomon Pinkes qui nous avait présentés. Nous avons parlé… du passé. »

Marcus hocha la tête. Oui, il s'en souvenait. Harry l'avait écouté alors, on ne pouvait pas en dire autant de la plupart des gens. Il ne l'avait pas cru, bien sûr, ou il avait conclu qu'il avait mal interprété ce qu'il avait vu, mais il n'avait été ni le seul ni le premier à se montrer incrédule.

« J'aimerais vous parler de nouveau, dit Harry, si vous avez le temps. Je suis venu avec des amis qui aimeraient entendre votre histoire.

– Si j'ai le temps ? répondit Marcus, mais je n'ai rien d'autre à faire. »

Il se pencha vers son partenaire et lui demanda s'il lui en voudrait d'abandonner la partie.

« Pour une fois que je gagne ! grogna l'autre.

– Allez, allez, j'attendrai. Je vous battrai plus tard. »

Marcus les emmena dans une petite pièce du club où ils pouvaient discuter sans être dérangés. Cette pièce, comme le reste du club dont elle faisait partie, possédait cette gaieté sinistre typique de ce genre d'endroit : une peinture jaune éclatante, des photos représentant de splendides paysages dans des pays lointains qu'aucun des vieillards ne visiterait jamais, des fleurs en plastique dans des vases en plastique sur des tables parsemées de brûlures de cigarettes, des chaises rouges en formica sur lesquelles on ne pouvait jamais se détendre confortablement.

Ils parlèrent de choses et d'autres pendant un moment, n'abordant aucun sujet important, pour laisser à Marcus le temps de faire connaissance avec les nouveaux visiteurs. Il ne les quittait jamais des yeux, comme s'il les jaugeait. Diamantaire de profession, il avait d'abord pratiqué en Allemagne, puis en Israël, jusqu'à ce que sa vue devienne trop faible et que ses mains perdent leur précision. Depuis, il avait vécu de sa maigre retraite comme une personne en trop dans ce pays plein de promesses. Mais si ses yeux n'avaient plus la force et la précision nécessaires pour tailler des diamants, ils lui permettaient encore d'évaluer les gens qu'il avait devant lui. Personne n'avait jamais cru le récit de ce qu'il avait vu à Dachau, mais il savait au plus profond de lui-même qu'il ne s'était pas trompé.

Harry aborda enfin le sujet qui les avait amenés.

« Marcus, dit-il, la dernière fois que nous nous sommes rencontrés nous avons parlé de beaucoup de choses. Vous m'avez donné de précieuses informations : les noms des gardes de la Wachtruppe, des descriptions d'officiers SS, des détails sur des foules d'incidents. Je ne vous ai jamais remercié convenablement pour tout cela. Je viens le faire maintenant. Ce que vous m'avez dit m'a beaucoup aidé. Aujourd'hui, j'ai de nouveau besoin de vous. La dernière fois, vous m'avez parlé de… de prisonniers qui n'en étaient pas. À l'époque, je vous avais dit que je croyais effectivement que vous aviez bien vu tout cela, mais que votre interprétation était sans doute fausse. Je regrette maintenant d'avoir porté ce jugement. J'aurais dû être plus prudent, mais j'avais énormément de choses à faire à ce moment-là et je me suis consacré à un autre problème.

« Je pense avoir aujourd'hui la preuve que vous aviez raison. C'est Leïla et David qui me l'ont apportée. Pardonnez-moi si je ne vous dis pas où et comment ils l'ont trouvée. Disons qu'elle est authentique et… troublante. J'aimerais que vous leur répétiez ce que vous m'aviez dit. Leïla ne parle pas l'allemand, mais nous lui traduirons votre récit. »

Un bref silence suivit tandis que Marcus observait tour à tour David et Leïla.

« Très bien, dit-il, mais il est possible que vous ne me croyiez toujours pas. »

Il respira aussi profondément qu'il le pouvait, attendit et retint son souffle, fermant les yeux pour tout revoir : les baraquements, les tours, les fils de fer barbelé couverts de givre, les oiseaux affamés.

« Il fait froid dans les camps, dit-il. Même en été, tout est comme prisonnier du froid, glacé. Mais cet hiver-là avait été le pire. L'eau avait gelé, dans les flaques d'eau de pluie et dans les robinets mais aussi sur la moindre trace d'humidité. Les baraquements étaient humides, alors les murs avaient gelé, les habits… absolument tout. Les gens mouraient de toutes les façons possibles et imaginables. Ce qui n'était pas décrété était inventé par les gardes et quand ils ne trouvaient rien à inventer, le froid et la maladie s'en chargeaient.

« Mais vous savez déjà tout cela, bien sûr. Tout le monde le sait ou pense le savoir. Et c'est ça qui ne va pas, on croit savoir et pourtant on ne sait rien.

« On avait perdu la notion du temps. C'était l'hiver, c'était tout ce qu'on savait. Et on voyait bien que la guerre tournait mal pour eux. Ils essayaient de nous le cacher, mais ça se lisait sur leurs visages. Et la tuerie ne s'arrêtait jamais, elle s'intensifiait, même. C'est difficile à dire, il y en avait tellement.

« Mais vous voulez que je vous parle de ce que j'ai vu cet hiver, je vais essayer. J'étais dans le baraquement 19, bloc 36. Nous étions plus de quatre cents dans ce baraquement à l'époque, alors qu'il était conçu pour quatre-vingts. C'est devenu pire par la suite, quand ils ont amené des gens de l'Est venant des camps libérés par les Russes. Des gens mouraient chaque jour. Et on voyait apparaître de nouveaux arrivants, bien que moins souvent.

« Un jour, ça devait être en décembre, ils amenèrent sept nouveaux dans notre baraquement. Dès le début, j'ai senti qu'il y avait quelque chose qui n'allait pas. En apparence ils étaient exactement comme nous, crâne rasé, uniforme rayé, numéro tatoué sur l'avant-bras. Mais il y avait quelque chose de bizarre, à bien les regarder. Ils avaient l'air perdu, désorienté, effrayé, mais on avait l'impression qu'ils jouaient un jeu, qu'ils étaient comme des acteurs. Je les ai surveillés de près tout en restant discret, et je ne mis pas longtemps à remarquer qu'ils se retrouvaient de temps à autre, sans former un véritable groupe. Ils se voyaient deux par deux, ou au maximum on en voyait trois ensemble, mais ce n'étaient jamais les mêmes qui se retrouvaient entre eux. Mais on ne voyait jamais que ces sept-là dans ces petits regroupements. Vous me suivez ?

– Oui, répondit David, mais je ne comprends toujours pas bien ce qui a attiré votre attention sur eux.

– Je ne le sais pas exactement moi-même, dit le vieillard. À ce moment, j'avais passé dans le camp plus de temps que la plupart des autres. J'étais jeune et plutôt en forme. J'avais appris à jouer le jeu, à survivre. J'avais peut-être une sorte d'instinct de l'endroit et des gens qui s'y trouvaient. Écoutez, vous voyez les photos qui existent, les gens y sont tous pareils, les visages maigres, les yeux exorbités, les bras comme des bouts de bois, leurs crânes rasés, tous à se tenir là et à regarder vaguement la caméra. Ou les corps dans les fosses comme des masses de chair indistinctes. Mais nous, nous pouvions faire des distinctions. Quand quelqu'un arrivait au camp, je savais immédiatement combien de temps il survivrait. Quand certains arrivaient, c'était comme s'ils étaient déjà morts, comme s'ils avaient la volonté de mourir. D'autres avaient ce qu'il fallait pour survivre. La clef de tout, c'était la coopération. Si un homme se montrait égoïste et ne pensait qu'à lui-même, s'il refusait de partager sa nourriture ou un outil qu'il avait trouvé par exemple, on savait qu'il ne tiendrait pas longtemps. Quand vous aidiez les autres, ils vous aidaient. Et le moment venait toujours où vous aviez besoin d'aide. Ce n'était pas tant la force ou la faiblesse que les qualités humaines qui faisaient un survivant.

« Au bout du compte, c'était la seule distinction qui avait de l'importance. Ce n'était ni le courage, ni l'endurance, ni l'arrogance, ni rien de tout ça, c'était une sorte de capacité à pouvoir tout supporter, ni plus ni moins. Et le désir de partager.

« Or ces hommes n'avaient rien de tout cela et en même temps on voyait qu'ils n'étaient pas près de mourir. Ils donnaient l'impression de ne se soucier de rien, comme s'ils étaient sûrs de survivre. Ça se voyait à des détails. Les survivants étaient ceux qui s'assuraient de recevoir la nourriture à laquelle ils avaient droit. Ils la partageaient bien sûr, avec un malade ou quelqu'un qui s'était fait tabasser ce jour-là, mais avant toute chose, il fallait obtenir sa ration. Dès le départ. Si vous vous la laissiez prendre il y en avait toujours pour y voir un signe de faiblesse. Mais eux, je n'en ai jamais vu un seul se battre pour de la nourriture ou affirmer son droit à un morceau de pain ou pour obtenir une ration supplémentaire. Ils maigrissaient de plus en plus, ils devenaient aussi maigres que nous, mais plutôt comme des hommes qui ne seraient faits que de muscles. Ils recevaient plus de nourriture que nous et elle était plus saine, ils ne prenaient pas de poids, ils en retiraient de l'énergie. J'en étais sûr. Après quelques semaines j'en avais acquis la certitude.

« Une nuit, j'ai décidé d'observer l'un d'eux. J'étais convaincu qu'on lui apporterait de la nourriture au cours de la nuit, vous voyez. C'était le seul moment où on pouvait le faire sans être remarqué. Je restai éveillé jusqu'au petit matin. Tout était sombre, j'étais sur le point d'abandonner, il faisait un froid glacial, je risquais de m'endormir à tout moment. Mais ça a fini par marcher. Celui que j'observais s'est levé de sa banquette, c'était celle du haut, et il s'est dirigé silencieusement vers la porte. Il a trébuché sur quelques prisonniers qui dormaient, mais personne ne l'a vraiment remarqué. Ça arrivait, quand les gens sortaient pisser.

« Je décidai de le suivre, bien que ce fût imprudent. Il aurait pu me voir, ou je risquais de me perdre dans le noir et de ne pas retrouver le chemin de ma banquette. Ce qui aurait pu être grave. D'une certaine manière je ne m'en inquiétais pas, ce qui m'intéressait, c'était de comprendre ce qui se passait.

« C'était extrêmement dangereux. Il y avait des règles très strictes, et l'une était qu'il fallait rester dans les baraquements la nuit. Si j'avais été vu, ils m'auraient abattu immédiatement. Ils ne posaient pas de questions. Mais je n'eus pas à aller bien loin. Le ciel était couvert, ce qui augmentait la difficulté de ma tâche, mais en même temps l'obscurité me dissimulait. Il s'éloigna du baraquement et quand il fut à bonne distance, il siffla discrètement deux fois de suite. Une minute s'écoula. Il ne bougeait pas, il restait là à attendre. Je ne quittai pas ma cachette. L'instant d'après, je vis un garde émerger entre deux baraquements, s'avancer vers lui et lui donner quelque chose. Puis il se mit à boire et à manger. Ils échangèrent quelques paroles à voix basse, mais je n'arrivais pas à distinguer ce qu'ils disaient. Ils restèrent là une dizaine de minutes, puis il rendit quelque chose au garde, alors je me glissai à l'intérieur du baraquement et retournai jusqu'à ma banquette. Deux minutes plus tard il entra et alla voir ses amis l'un après l'autre. Je supposai qu'il leur apportait la nourriture que lui avait donnée le garde. »

Le vieillard s'interrompit comme s'il s'attendait que David lui pose une question.

« Est-ce que vous avez déjà raconté ça à quelqu'un ? » demanda celui-ci. Il croyait à cette histoire.

Marcus secoua la tête.

« Non, pas à cette époque. Je vous ai déjà dit que j'étais de ceux qui survivent. Et survivre, ça consistait surtout à ne pas attirer l'attention. Il ne fallait rien dire, surtout de ce qui paraissait dangereux. Ce que j'avais vu aurait pu paraître d'une certaine valeur à quelqu'un. Ils auraient dit à un kapo que je savais quelque chose, pour obtenir un bol de soupe il y avait des gens comme ça. En fait, ils se seraient fait tuer en même temps que moi, mais il y avait des gens stupides qui n'y pensaient même pas. Seuls ceux qui étaient faits pour survivre pensaient à l'avenir... et ils gardaient pour eux ce qu'ils savaient.

– Et la résistance dans les camps ? demanda David, est-ce que vous n'auriez pas pu le leur dire ?

– Je ne les connaissais pas. Je ne savais même pas à l'époque qu'ils existaient. Si j'avais su... oui, je leur en aurais parlé.

– Et après ça, est-ce qu'il s'est passé autre chose ?

– Oui, répondit Marcus. J'y arrive. Mais d'abord il y a eu d'autres signes prouvant qu'il y avait quelque chose d'anormal. On m'avait assigné un travail à faire avec eux. On devait aller creuser des fossés tous les jours. Je ne savais pas pourquoi. On était sévèrement puni si on tirait au flanc. Les gardes étaient particulièrement durs avec notre détachement. Il y avait plusieurs morts par jour... Ceux qui ne faisaient pas le maximum étaient battus à mort. J'en ai vu s'écrouler d'épuisement ou simplement s'arrêter de travailler et attendre que les gardes viennent les battre pour en finir une fois pour toutes. Eh bien, ces deux-là, on ne pouvait pas dire qu'ils tiraient au flanc mais ils ne travaillaient pas vraiment non plus. J'ai vu des gens se faire fouetter alors qu'ils travaillaient plus dur, mais personne n'a jamais porté la main sur ceux-là. Sauf une fois, c'était un garde qui s'en était pris à tout un groupe, et l'un d'eux se trouvait au milieu. J'ai tout observé. Le garde l'a fait tomber en le frappant, puis il lui a donné des coups de pied. Mais il se retenait, je pourrais en jurer. J'ai souvent vu des gardes donner des coups de pied. Chaque coup faisait mal. Ils aimaient ça, c'était une sorte de jeu. Mais celui-là laissait son homme échapper aux coups. J'en avais assez vu avant qu'un autre garde me frappe à mon tour pour avoir négligé mon travail.

« Après ce qui s'était passé pendant la nuit, je décidai de faire connaissance avec l'homme que j'avais suivi. Ce n'était pas facile. Ce n'était jamais facile dans le camp, mais j'ai persévéré. Il m'avait dit qu'il s'appelait Gershon, Gershon Neusner. Il était originaire de Baden-Baden, disait-il, mais il s'était échappé en France avec sa famille avant la guerre et ils avaient vécu cachés jusqu'à ce qu'il se fasse prendre. Il ne savait pas où sa famille était partie. C'était tout ce qu'il avait voulu me dire au début.

« Mais je m'arrangeais pour que nous nous retrouvions ensemble, je lui posais des questions. Et d'après ses réponses je compris qu'il ne voulait rien révéler. Je lui racontai que j'avais de la famille à Baden-Baden et je lui demandai s'il les connaissait. C'était un mensonge, évidemment, je ne connaissais personne là-bas. Mais je voulais le tester. Il répondait toujours non, il n'avait jamais entendu parler de cet oncle ou de ce cousin. Mais un jour, je lui dis qu'il avait certainement entendu parler d'Élie Schumacher, le chanteur de la grande synagogue, celui qui était si connu. Oh oui, bien sûr, m'avait-il répondu, il se souvenait bien de lui. Il l'avait entendu chanter le Kol Nidre à Yom Kippour dans son enfance. Il n'aurait pas dû dire ça, il n'y a jamais eu de chanteur du nom de Schumacher à Baden-Baden. Élie Schumacher était le nom du vieux chanteur à la synagogue où j'allais à Brême.

« J'étais désormais sûr que Neusner mentait, et je lui tendis encore quelques pièges. Je lui parlai de religion, je voulais savoir s'il était vraiment juif, vous voyez. Je faisais allusion à des passages du Talmud que j'avais complètement inventés. Il ne me contredisait jamais, il m'a même dit un jour : “Ah oui, je me souviens de ce passage.” Je faisais des fautes d'hébreu tellement graves qu'un Juif cultivé m'aurait immédiatement corrigé, mais il ne remarquait jamais rien. »

David prit à nouveau la parole.

« Est-ce que vous le lui avez dit ? »

Marcus secoua la tête. Une mèche de cheveux blancs lui tomba sur la tempe. Il se recoiffa d'un geste de la main.

« Non, le risque que je prenais était bien assez grand comme ça. Si j'avais même sous-entendu qu'il était un imposteur, il m'aurait immédiatement tué. J'en suis sûr.

– Pourquoi ne l'a-t-il pas fait ? Vous lui posiez beaucoup de questions, vous l'abordiez sans arrêt. Cela ne suffisait-il pas à l'inquiéter ? »

Marcus sourit en laissant apparaître des dents qui auraient fait frémir un dentiste.

« Je ne connais pas la réponse à cette question. Je crois que d'une certaine manière, il m'aimait bien. J'y ai souvent pensé depuis. C'est drôle, mais je crois qu'il trouvait la vie dans le camp encore plus difficile que nous. »

Il vit l'expression sur le visage de David et leva la main.

« Attention, comprenez-moi bien. Il mangeait convenablement, on ne le battait jamais, tout cela lui rendait la vie plus facile. Mais malgré tout, il lui fallait vivre là. Pourtant je suis convaincu qu'il aurait pu s'en aller quand il le voulait. Nous, nous n'avions pas le choix. Nous savions que nous allions rester là jusqu'à la mort. Mais pour lui et ses amis, c'était un choix qu'il fallait refaire chaque jour. Nous essayions de nous donner la volonté de survivre, et eux simplement la volonté de se trouver là. Et je crois que Neusner avait besoin d'amitié, même venant d'un Juif. Peut-être même, surtout si elle lui venait d'un Juif. Vous ne comprenez peut-être pas. »

David secoua la tête.

« Si, je crois comprendre, dit-il.

– Merci. »

Il marqua une pause avant de reprendre.

« Il n'y a pas grand-chose d'autre à raconter. Après ça, ils ont amené les prisonniers qui venaient de l'Est. Et quelques mois plus tard, ils sont devenus complètement fous. Ils tuaient, ils tuaient, comme si on devait tous disparaître le plus vite possible. On savait qu'il se passait quelque chose. C'était la dernière offensive contre l'Allemagne, bien sûr. Mais ça, on ne le savait pas alors. À cette époque-là, ils ont dépassé toutes les limites de la folie, avec leur obsession de mener à bien leur programme d'extermination, même s'ils savaient qu'ils étaient perdus, et que d'ici quelques semaines tout serait fini.

« Puis ce fut bel et bien fini. Les Américains sont entrés dans le camp et nous sommes passés du statut de prisonniers à celui de réfugiés. J'ai été envoyé dans un camp de la Croix-Rouge à Hanovre. Je ne sais pas où ils ont envoyé Neusner et ses amis. Je ne les ai jamais revus. »

Il s'arrêta quelques instants puis ajouta à voix basse :

« À part une fois, il y a à peine quelques années. »

Harry sursauta. Il n'avait jamais entendu cette partie de l'histoire.

« Vous ne m'aviez pas dit ça ! » s'exclama-t-il.

Marcus sourit à nouveau de ses dents pourries.

« Non, dit-il, c'était après notre rencontre. Quelques années plus tard.

– Pourquoi n'êtes-vous pas entré en contact avec moi ?

– Je ne sais plus. Je ne suis pas sûr, il y a si longtemps.

– Vous n'êtes pas sûr que c'était lui ?

– Non, ça, c'était bien lui. Mais je n'étais pas sûr de bien comprendre ce qui se passait. Ça paraissait absurde de le voir comme ça.

– C'était ici, à Jérusalem ? »

Marcus fit un signe de tête affirmatif.

« Sur le boulevard Jabotinsky. Je marchais, je marchais plus facilement à cette époque, mon problème de poitrine est plus récent, et c'était en été.

– Il faisait jour ? Vous l'avez vu en plein jour ?

– Oui, oui. Oh, c'était bien lui. Je n'en étais pas absolument sûr au début. Il était beaucoup plus vieux mais il n'avait pas tellement changé.

– Et qu'est-ce que vous avez fait ? Vous lui avez parlé, vous êtes allé vers lui ? »

Marcus secoua la tête.

« Non, il... Je n'en étais pas sûr alors, je voulais en avoir le cœur net. Je l'ai suivi. Je ne crois pas qu'il m'ait vu. Il n'est pas allé très loin, juste à Giv'at Oren, et il est entré dans une maison. C'était sa maison.

– Comment le savez-vous ?

– Il y avait son nom sur la porte, sur une petite plaque. En la lisant, j'ai compris que je ne m'étais pas trompé. C'était bien lui.

– Gershon Neusner ? C'était ce nom-là ?
– Oui, dit Marcus, Gershon Neusner. »

Il regarda Harry droit dans les yeux. On aurait pu avoir l'impression qu'il était en train de faire une blague, comme si ce nom avait quelque chose d'amusant. Puis ses yeux semblèrent se rembrunir, comme s'il était gagné par un doute intérieur. Il ouvrit la bouche pour parler puis la referma avant d'avoir proféré la moindre parole.

« Oui », demanda Harry, sentant qu'il y avait là quelque chose de plus à apprendre.

« Son nom, dit Marcus. Ce n'était pas tout. Il avait un titre. Ce n'était plus simplement Gershon Neusner, mais général Gershon Neusner. »

Ils le regardèrent tous. Ils venaient enfin de reconnaître le nom.

« Mon Dieu ! » fit Harry d'une voix presque inaudible.

58.

Ce qui est perdu le reste à jamais, le silence se cache derrière le silence. David se tenait avec Harry et Leïla dans la lumière diffuse de Yad Vashem sur Har Hazikarron, la montagne du souvenir. Ils étaient dans Ohel Yiskor, un hall carré avec un toit en forme de tente et un mur de larges pierres arrondies. Une ouverture étroite entre les murs et le toit laissait passer une faible lumière. Le sol était fait de dalles de pierre noire posées à intervalles réguliers, sur lesquelles étaient écrits en caractères hébreux et romains les noms de vingt et un lieux en Allemagne et en Pologne. Les noms étaient inscrits là, dans la pierre, austères, le mémorial le plus sinistre dédié au plus sinistre des souvenirs : Belsen, Chelmno, Auschwitz, Majdanek, Bergen-Belsen, Dachau…

Marcus Bleich leur avait demandé de venir là pour lui, avant de commencer leur travail à l'Institut d'Études sur l'Holocauste qui se trouvait également à Yad Vashem. Il ne se rendait jamais lui-même au mémorial. Comme les autres survivants, il portait son propre mémorial en lui, chaque jour de sa vie.

C'était le début de l'après-midi quand ils quittèrent Ohel Yiskor pour se rendre à l'Institut, un bâtiment de grès peu élevé qui se trouvait cinq cents mètres plus bas sur la colline. On les y attendait, Harry avait téléphoné dans la matinée pour demander de l'assistance à propos d'une question urgente. Il rendait de fréquentes visites à l'Institut, le personnel l'appréciait et le respectait. Mais ses visites n'étaient jamais officiellement enregistrées et on ne le connaissait sous aucun titre. Si quelqu'un était venu demander des renseignements sur lui, on lui aurait répondu qu'il n'était jamais venu et que l'Institut et ses membres ne l'avaient jamais aidé dans ses travaux.

Une petite femme mince qui approchait des soixante-dix ans vint à leur rencontre. Katje Horowicz. Elle était le deuxième survivant qu'ils rencontraient ce jour-là. Elle avait survécu parce qu'elle avait été jolie dans sa jeunesse et elle portait encore les cicatrices que lui avait values sa beauté. Leïla remarqua presque immédiatement qu'elle portait un numéro tatoué sur le bras gauche, qui apparaissait quand la manche de son cardigan de laine se relevait.

Katje tendit la main à Leïla sans attendre que Harry fasse les présentations. Elle avait toujours été d'une nature impatiente et cette impatience augmentait avec l'âge. Depuis qu'elle avait été libérée du camp de concentration, elle avait toujours vécu comme si le temps lui manquait et avait passé chaque jour comme s'il eût été le dernier. Elle n'aurait pas su vivre autrement.

« Je m'appelle Katje Horowicz », dit-elle. Elle parlait l'anglais couramment avec un très fort accent. « Je suis l'assistante du directeur de l'Institut. Vous devez être Mlle Rashid. Je crois comprendre que vous étiez une étudiante d'Abraham Steinhardt. Bon. Très bien. J'aimais beaucoup Abraham. C'était un homme très sensé. Comme vous, apparemment. »

Leïla se sentait mal à l'aise sous le regard direct de son interlocutrice, comme si elle était jaugée. Et Katje l'observait attentivement, en effet, bien qu'elle n'en fût pas elle-même consciente. Leïla était la première Palestinienne à pénétrer dans l'Institut, et sa présence troublait la vieille femme malgré ses manières brusques et son air d'être sûre d'elle-même. L'instant d'après, Katje se retourna et serra la main de David.

« Professeur Rosen ? Enchantée de faire votre connaissance. Qu'est-ce qui amène ici un archéologue ? Nous ne sommes tout de même pas si vieux que ça ? Ou est-ce que fouiller parmi les tombes à longueur de temps vous aurait rendu morbide ? »

David regarda l'entrée peinte de couleurs vives.

« Cet endroit ne me paraît pas si morbide. »

Katje fit un signe de tête négatif.

« Non, l'endroit est plutôt gai. Il le faut pour que nous ne soyons pas déprimés, quand on travaille ici tous les jours. Toute la morbidité est dans ce que l'endroit renferme de connaissances, dans son existence même. Mais passons aux choses sérieuses. Je ne dirai pas bonjour à Harry, je le vois bien assez souvent comme ça. »

Ils passèrent une porte grise fermée à clef et ils pénétrèrent dans un couloir éclairé. Derrière les murs, on entendait le bruit de machines. Katje leur montrait le chemin tout en s'entretenant avec Harry de leurs amis communs.

La pièce dans laquelle elle les fit entrer était pleine d'ordinateurs. Tout était d'une propreté clinique, à des années-lumière des camps de la mort dont les horreurs étaient classées et répertoriées dans la banque de données de l'ordinateur central.

« Qu'est-ce que tu amènes, Harry ? demanda Katje quand ils s'assirent à la table au centre de la pièce.

– Quelques numéros », répondit Harry en sortant une pile de documents de sa serviette. Ce n'étaient pas les originaux qui avaient été découverts dans l'avion, car il ne voulait pas encore les montrer, mais simplement une copie faite la veille au soir.

« Des numéros ? Tiens, ça nous changera. »

D'habitude ils recevaient des listes de noms. Elle lui arracha le papier des mains.

« Eh bien, dis donc, qu'est-ce que c'est que ça ? Ça va prendre des jours à examiner, tout ça. »

Harry secoua la tête.

« Non, je ne crois pas. Ou on comprendra immédiatement ou on ne comprendra rien du tout. Essaies-en quelques-uns et on verra. Tu sais bien que je ne te ferais pas perdre ton temps, Katje. »

Elle grommela puis se tourna vers David et Leïla, assis l'un à côté de l'autre à un bout de la table.

« Est-ce que Harry vous a expliqué ce que tout cela signifiait ? »

Ils répondirent par un signe de tête négatif.

« Typique ! Cet idiot croit que ces machines font des tours de magie. On appuie sur une touche et hop, voilà l'information que vous vouliez. »

Elle se tourna à nouveau vers Harry. Il essaya de détourner les yeux. Ils avaient déjà eu cette conversation.

« Écoute, Harry, ce n'est pas aussi simple que ça. Pour qu'un ordinateur te transmette une information, il faut d'abord qu'il l'ait reçue. C'est pas plus difficile que ça. Regarde-moi un peu ces numéros. Qu'est-ce que c'est que ce W, là, au bout ? Depuis quand est-ce qu'on trouve des W ? Tu as trouvé une nouvelle sorte de numéros ou quoi ? Où est-ce que c'est moi qui suis idiote ? Est-ce que je vois clair ou est-ce que c'est quelque chose qu'on n'a encore jamais eu entre les mains ?

– Ne fais pas attention au W, et recherche si les numéros correspondent à quelque chose, je t'en prie. C'est important. »

Elle se retourna vers Leïla et David.

« Permettez-moi de vous expliquer, dit-elle, peut-être que vous, vous comprendrez. Nous gardons ici des fichiers sur les camps, les camps de concentration, les camps de prisonniers, les camps de réfugiés. Nous avons des noms, des numéros, des informations personnelles sur les gardes, sur les SS et sur les prisonniers. En général, ce sont les gardes qui intéressent Harry. Est-ce que vous vous rendez compte de ce que cela implique ? Nous avons accumulé les fichiers complets de CROWCASS, JAG, ACID, l'UNWCC, l'UNRRA, le She'erit ha-Peletah, la Mission de l'Agence juive, l'IRO, l'American Jewish Joint Distribution Committee, et une douzaine de petites agences et de petits comités. Ce qui veut dire que nous avons ici les dossiers de toutes les agences qui ont mené des enquêtes sur les crimes de guerre ou qui ont prêté assistance aux réfugiés. Ça fait beaucoup de fichiers, mais même Harry sait qu'ils sont incomplets. De plus, nous avons un ensemble complet de Fragebogen, le questionnaire rempli par tous les adultes dans la zone contrôlée par les Américains en Allemagne après la guerre. Il y en a plus de treize millions pour la seule année 1945. »

Elle marqua une pause avant d'ajouter :

« Est-ce que vous me suivez ?

– Non, mais continuez, fit David en souriant, nous vous écoutons.

– J'aimerais que Harry écoute, lui aussi. De toute manière, jusqu'à présent je ne vous ai parlé que du plus facile. Établir des dossiers sur les nazis ou les survivants n'est rien en comparaison du travail pour établir un dossier sur les victimes. Nous avons deux millions de noms ici, à Yad Vashem. Mais nous savons qu'au moins cinq millions de Juifs ont été tués, certains dans les camps et d'autres par les SS Einsatzgruppen. Trois millions venaient de Pologne. Tant de familles ont été entièrement exterminées qu'il est impossible de retrouver leurs noms ou leurs identités.

« Après la guerre, les Alliés ont obtenu les fichiers des camps, mais très peu sont complets. Les SS ont détruit tout ce qu'ils ont pu avant de se rendre. Nous avons les registres de certains camps et les *Tötenbücher*, les “Livres de la Mort”, mais c'est un peu comme un puzzle auquel il manquerait la plupart des pièces. Les prisonniers étaient d'abord regroupés dans des camps de réfugiés avant d'être tués, et là, nous avons la plupart des informations. Il y avait huit millions de réfugiés dans les camps à la fin de la guerre. Six millions d'entre eux furent rapatriés à la fin de 1945. Après, tout devient plus compliqué. Les survivants juifs commencèrent à se rendre dans les camps de réfugiés en Allemagne. Certains avaient vécu cachés, d'autres étaient dans la résistance, et un certain nombres avaient réussi à se faire passer pour aryens. Qui était qui ? Quel registre pouvait-on établir dans cette confusion ? Vous suivez quelqu'un jusqu'à un certain point, puis il apparaît ailleurs, disparaît, et on ne trouve plus sa trace. Les Alliés savaient qu'il y avait des nazis parmi les réfugiés. Les gens utilisaient des faux noms, oubliaient leur vrai nom, utilisaient pour les noms d'Europe de l'Est des orthographes spéciales, un peu trop compliquées pour les GI's chargés d'établir les listes.

« Alors, vous voyez, personne ne va s'amuser à ramasser les morceaux qu'on a laissés derrière au cours de cette guerre. Et voilà que Harry m'apporte ces numéros et se met à attendre un miracle. Est-ce moi qui suis folle ou lui qui a perdu la tête ?

– Katje, fit Harry d'une voix posée. Tu n'as pas besoin de parler tant. Ils comprennent, et moi aussi je comprends. Nous comprenons tous. Mais je t'en supplie, essaie de faire ce que tu peux. Je te jure que c'est important. Envoie ces numéros dans ta petite machine et voyons ce qu'il en ressort. »

Elle poussa un soupir, ramassa les papiers, et s'installa devant une console. Elle tapa ses instructions puis elle envoya le premier des numéros. En moins d'une seconde la réponse s'afficha sur l'écran :

INFORMATIONS SECRÈTES
APPUYEZ SUR ENVOI

Katje regarda Harry, fronça les sourcils et, agacée, tapa de nouveau son code personnel. Un message apparut sur l'écran :

CODE REFUSÉ

« Quoi ? s'exclama-t-elle. Une restriction ? J'ai accès à toutes les informations qui se trouvent ici. »

Katje sentit la colère monter et tapa une série de numéros. Le même message apparut chaque fois sur l'écran. Arrivée au dixième numéro, elle repoussa sa chaise avec un juron, se leva et fit face aux autres.

« Il y a quelque chose qui ne va pas, dit-elle. On me refuse sans raison l'accès à la banque de données de l'ordinateur central. Il n'y a que deux catégories d'accès ici. Les membres de l'Institut ont accès à toutes les informations et les visiteurs qui viennent chercher des renseignements n'ont qu'un accès limité, qui d'ailleurs est plutôt étendu. Mais j'ai entré mon code comme lorsque je veux des informations pour mon propre usage, je fais toujours comme ça pour Harry. Et ça n'est encore jamais arrivé.

– Quelles sont les informations auxquelles l'accès est généralement limité ? » demanda David.

Katje haussa les épaules.

« Ça dépend, des détails personnels sur les survivants ou leurs familles, des rapports qui ne sont encore qu'à l'état de spéculations, des preuves provenant des *Spruchkammern*, les tribunaux allemands de dénazification.

– Est-il possible que ces papiers renvoient au type d'information dont l'accès est limité et que quelqu'un l'ait mal programmé, de telle sorte que l'accès soit totalement barré ?

– Ça ne devrait pas arriver. Si c'est le cas, personne ne pourrait jamais retrouver ces informations. Non, l'ordinateur ne reçoit et n'accepte que des codes d'un certain type, qui rendent ce type d'erreurs impossibles. Je vais demander à Saül de venir, peut-être aura-t-il plus de succès. »

Saül Bernstein, le directeur de l'Institut, était un Américain d'origine allemande, d'un certain âge, qui s'était battu avec les forces alliées après s'être échappé de l'Europe occupée. Arrivé en Israël dix ans auparavant, il avait pris en charge Yad Vashem.

Harry secoua la tête.

« Non, Katje. Il n'y arrivera pas non plus, pour le moment en tout cas. Et je crois qu'il vaut mieux informer le moins de monde possible. »

Elle lui lança un regard inquisiteur.

« Je vois », dit-elle enfin. Puis elle reprit d'un ton coupant :

« Je crois qu'on ferait mieux de s'asseoir et que l'un de vous m'explique de quoi il s'agit exactement. »

Ils s'assirent et David se mit à expliquer. Pendant un très long moment.

59.

Il faisait froid dans la petite pièce, et il n'y avait aucun confort. Assis dans un fauteuil, Marcus Bleich regardait fixement le mur devant lui. Dehors il faisait nuit et les étoiles écoutaient l'obscurité, au loin, dans l'espace. Marcus n'avait pas conscience de leur présence, il avait passé des heures dans cette position, fixant le même point en face de lui. Il se revoyait dans les camps à creuser, suer, souffrir et survivre. Tout autour, le fil de fer barbelé formait un système compliqué, comme les cercles vicieux dans lesquels sa vie se perdait.

Il se protégeait par son silence du froid et de l'obscurité. Une petite flamme brillait sur une table basse près de la fenêtre, accentuant encore l'obscurité environnante. Il n'y songeait pas plus qu'au reste. Seule l'obscurité comptait, maintenant. L'obscurité et cet homme dans le camp, Neusner. D'une certaine manière, et sans qu'il s'en rendît compte lui-même, Neusner avait vécu enfoui dans sa mémoire tout au long de ces années, comme un mort vivant attendant d'être réveillé et de revêtir ses habits de chair. Lorsqu'il l'avait aperçu, un processus d'alchimie s'était déclenché. Sa conversation ce matin-là avait été comme un élixir enfin distillé. Neusner était de nouveau vivant et dangereux. Son existence même menaçait Bleich. Neusner était devenu d'une étrange façon l'incarnation même du camp.

Le vieil Anglais n'avait rien dit sur les raisons de sa visite. Mais Marcus savait qui il était et ce qu'il faisait. Marcus devinait ce qui se passait, même s'il ne savait pas ce qu'il y avait au-delà. Il frissonna. Il n'avait plus longtemps à attendre jusqu'à ce qu'il aille rejoindre Marta et les enfants et les autres damnés. Au cours de toutes ces années, il n'avait cherché aucune vengeance, il n'avait fait payer aucun des crimes dont il avait été la victime. Il n'aurait pas su par où commencer. Et voilà que maintenant, ici, à Jérusalem, un Anglais venait fouiller dans ses souvenirs. Ici, à Jérusalem, le Diable rôdait.

Il se souvint d'un événement précis dans le camp, la pendaison d'un garçon de dix ans qui avait volé de la nourriture pendant une attaque aérienne. Ils avaient aligné les autres prisonniers pour les forcer à regarder. Marcus se souvint tout d'un coup, comme s'il s'était agi d'une chose importante, que Neusner était tout près de lui ce jour-là, dans la rangée devant la sienne, à cinq rangs de la potence. Il avait vu la nuque de Neusner et, il s'en souvenait parfaitement maintenant, il avait voulu voir son visage, voir son regard au moment où ils tueraient le garçon. L'enfant fut parcouru d'un frisson, debout sur sa boîte tandis que le commandant lisait la sentence, citant la loi sans omettre les numéros des articles et des paragraphes. Marcus aurait voulu voir les yeux de Neusner, mais comme tout le monde il regardait le garçon, espérant qu'il ne tomberait pas.

Au moment où ils avaient renversé la chaise et la boîte d'un coup de pied, il avait ressenti une telle rage et une telle pitié qu'il aurait voulu hurler et avait dû se retenir de toute la force de sa volonté de survie, car ce cri lui eût été fatal. La boîte alla s'écraser un peu plus loin et le garçon tomba comme une pierre. Il mit longtemps à mourir. Ils étaient passés devant en rang alors qu'il était encore en vie, et Marcus avait juré, en regardant dans les yeux l'enfant agonisant, qu'il se vengerait un jour. C'était cette mort en particulier qui l'avait poussé à faire ce serment.

Mais lorsqu'il avait quitté le camp pour venir en Palestine, sa soif de vengeance s'était apaisée, lui laissant la gorge sèche et de temps à autre un arrière-goût dans le palais qui perdait de son âpreté avec les années. Il n'avait rien fait, rien dit. Il avait essayé de se convaincre qu'il n'aurait éprouvé aucun plaisir à la vengeance. Il y avait eu les divers rapports des procès de Nuremberg et toute cette excitation quand on avait amené Eichmann à Jérusalem. Mais rien de tout cela ne l'avait vraiment touché.

Mais aujourd'hui… Aujourd'hui, c'était différent. Aujourd'hui, il avait honte. Il avait vu Neusner à Jérusalem et il n'avait rien dit. Il s'était enfermé dans sa chambre, il avait fermé les yeux et s'était bouché les oreilles. Il ne savait toujours pas qui était vraiment Neusner ou ce qu'il avait fait, mais il savait que l'Anglais le recherchait.

Il se leva et traversa la pièce, se pencha, tâtonna sous le

lit et en sortit un paquet qui y était resté pendant des années, amassant la poussière et les toiles d'araignée. Il se releva lentement et plaça le paquet sur le lit, puis entreprit de le défaire. Le tissu était un vieux drapeau israélien – l'étoile de David était un peu passée – déchiré et mité. C'était un drapeau du Palmakh qui avait flotté sur Hébron en 1949. Il avait appartenu à Yaakov, un ami qui était venu avec Marcus en Israël directement du camp de réfugiés où ils s'étaient rencontrés, tous deux avaient fait partie de l'Aliyah Bet, le mouvement d'immigration clandestine en Palestine. Yaakov était mort dans les combats pour Hébron, et le drapeau avait été récupéré par un de ses camarades du Palmakh qui avait combattu à ses côtés et l'avait ensuite donné à Marcus.

Il sortit le revolver de Yaakov d'entre les plis du drapeau, un Webley 45, lourd et difficile à manier, avec ses mains qui n'avaient pas l'habitude des armes. Il savait qu'il y avait encore six balles dans le chargeur, plus qu'il n'en fallait pour le travail qu'il voulait accomplir.

Il mit son manteau et son écharpe et rangea le revolver dans sa poche. Il regarda tout autour de lui dans la pièce et son regard s'attarda sur la photo à côté du lit. Instinctivement, il alla jusqu'à la table de chevet et porta la photo à ses lèvres.

Il faisait froid au-dehors, un froid pénétrant qui entrait dans les poumons et donnait l'impression qu'il allait s'infiltrer jusque dans vos veines. Marcus marchait avec son écharpe sur sa bouche. Les rues étaient pratiquement désertes bien qu'il ne fût que neuf heures. Il descendit jusqu'à la place Nordau puis au coin du boulevard et dans Zalman Shazar où il s'arrêta à côté d'un abribus. Il n'y avait personne. Il caressait le revolver dans sa poche, solide comme la colère qui venait de renaître en lui.

L'autobus mit une demi-heure à arriver, mais il ressentait à peine le froid. Il était désormais dans un autre monde, le monde du camp, il était devenu insensible au froid de l'hiver.

Un quart d'heure plus tard, Marcus descendait au premier arrêt sur Tchernichovski dans la partie ouest de Giv'at Oren, un quartier moderne au sud-est de l'Université. Ha-Poretzim n'était qu'à quelques rues de là, mais Marcus marchait lentement, comme toujours. Quelque chose lui disait qu'il n'avait pas besoin de se dépêcher, que Neusner serait là, comme s'il attendait sa visite.

C'était une maison basse en retrait par rapport à la rue, tout y paraissait calme. Il y avait des lumières dans la pièce du haut. Mais en quelque sorte Marcus ne voyait pas la maison. Il regardait à l'intérieur de lui-même et il voyait un baraquement de béton d'où sortait une lumière pâle se reflétant sur la neige. Il ressentit des frissons de peur tandis que sa main poussait la porte d'entrée. Une voiture passa derrière lui et s'enfonça dans la nuit. Il s'immobilisa tandis que les phares arrivaient à sa hauteur, puis poussa la grille du jardin et entra. Il ne s'était même pas encore demandé comment il entrerait dans la maison. Mais maintenant tout semblait simple et évident.

Il marcha jusqu'à la porte d'entrée. Il y avait une sonnette juste à côté d'une petite mizouza dans un cadre. Il appuya en pressant fort avec ses doigts. Il entendit une sonnerie lointaine étouffée et musicale, puis un bruit de pas. Une lumière s'alluma.

Gershon Neusner n'avait pas vraiment changé depuis le jour où il l'avait suivi jusque chez lui.

« Oui ? » demanda Neusner, surpris par ce vieillard dans un pardessus taché qui se tenait à sa porte comme un clochard.

Marcus regarda Neusner sans un mot. Il ne s'était pas trompé, c'était bien le même homme.

« Gershon, dit-il finalement, je veux te parler, fais-moi entrer. »

Neusner fronça les sourcils. Pourquoi ce vieillard lui parlait-il en allemand ? Qui était-il ?

« Vous me surprenez, dit-il, vous connaissez mon nom, mais je ne crois pas connaître le vôtre. »

Le général était vêtu d'une élégante robe de chambre en soie. Il avait l'air en excellente santé pour son âge. Ses yeux étaient clairs, sa peau ferme et bronzée, il se tenait très droit. Deux vieillards sortis du même camp, du même baraquement et pourtant… un monde les séparait.

Marcus respirait difficilement. Même avec l'écharpe il ne pouvait empêcher l'air glacial d'entrer dans ses poumons fragiles.

« Tu me connais », dit-il. Il lui était extrêmement douloureux de parler.

Neusner ressentit au fond de sa poitrine un sentiment semblable à la peur. Qui était ce vieillard ? Que voulait-il ? Il regarda ce visage ridé, ces yeux chassieux, ces joues creuses. Une image lui traversa l'esprit avant de disparaître immédiatement comme un fantôme.

« C'est toi », murmura-t-il. Bleich le curieux, Bleich qui posait des milliers de questions. Il avait voulu l'envoyer au four mais Schultz l'en avait dissuadé. Bleich pouvait s'avérer utile, disait-il, son amitié pouvait lui donner plus de crédibilité. Gagne sa confiance, avait dit Schultz, fais en sorte qu'il te croie et si on te pose des questions par la suite il se portera garant pour toi. C'est étrange, songea Neusner, comme il y a peu de différences entre Bleich jeune et Bleich vieux. C'était l'âge qui les séparait plutôt que la faim et la souffrance.

« Tu es seul ? » demanda Marcus d'une voix sifflante, serrant le revolver dans sa main.

Sans réfléchir, hypnotisé par ce fantôme qui venait de resurgir de son passé, Neusner répondit par un signe de tête affirmatif.

« Tu n'as… pas de femme ? Pas d'enfants ?

– Il n'y en a plus qu'un qui vit avec moi. Mes enfants ont quitté la maison maintenant. Ma femme est avec le plus jeune en Allemagne, elle rend visite à de la famille. »

Neusner se tut. Que devait-il faire ? Que signifiait cette réapparition ?

« Tu devrais entrer, dit-il, il fait froid dehors. »

Ça ne voulait peut-être rien dire, ce n'était peut-être qu'une coïncidence. Il était possible que le vieillard ait découvert qu'il vivait ici, qu'il ait deviné que c'était son vieil ami du camp et qu'il ait décidé de lui rendre visite. Ou peut-être que Bleich était dans une situation difficile et qu'il avait besoin d'aide, il aurait donc songé qu'il en trouverait auprès d'un général… même un général mal payé de l'armée israélienne.

Marcus s'avança dans l'entrée et attendit que Neusner refermât la porte. Il se rappela son premier jour dans le camp, les grilles qui se fermaient derrière eux. Neusner se retourna en souriant, comme s'il ne s'agissait après tout que d'une visite anodine d'un vieil ami.

« Je t'en prie… Marcus. Allons dans mon bureau, il est au rez-de-chaussée. »

Il avait eu du mal à se souvenir du prénom de Bleich. Il lui indiqua le chemin jusqu'à son bureau, une petite pièce tapissée de livres avec des photos sur les murs, une pièce intime avec des fauteuils en cuir et des carafes de cristal remplies d'alcools. Marcus songea à sa petite chambre qui n'était pas plus grande que ça, à son lit bas et inconfortable, à son unique chaise et à son unique photo.

« Donne-moi ton manteau, dit Neusner en tendant le bras.

– Non, merci », répondit Marcus.

Il gardait la main dans sa poche.

« Comme tu voudras, répondit Neusner. Mais assieds-toi, au moins. Tu dois être frigorifié. Un verre te réchauffera. Qu'est-ce que tu prends ?

– Non, merci », répéta Marcus.

L'air chaud s'était infiltré dans ses poumons, lui permettant à nouveau de respirer.

« Si ça ne te dérange pas, dit Neusner, je crois que je vais en prendre un. Ça m'a fait un choc de te voir là. Comme un fantôme. »

Il essaya de sourire. Impossible. Il songea que cette petite réunion ressemblait bien peu à des retrouvailles entre vieux amis. Sa main trembla légèrement quand il enleva le bouchon de la carafe pour se servir une dose généreuse de cognac. Quand il se retourna, il vit que Bleich était toujours debout, immobile, à la même place, à le regarder fixement.

« Eh bien, j'ai été surpris, je ne savais pas que tu vivais en Israël. Depuis combien de temps es-tu arrivé ici ?

– Depuis 1946 », répondit Marcus. Le nom d'Israël dans la bouche de cet homme…

« Ça c'est incroyable, fit Neusner. Je suis arrivé la même année, je suis venu sur le *Hannah Szenes* à la fin de quarante-cinq et je me suis immédiatement engagé dans la Haganah. Je vis à Jérusalem depuis 1955. Je n'avais pas la moindre idée que tu étais là. Et nous étions si près l'un de l'autre pendant

tout ce temps. Ça fait combien de temps que tu es à Jérusalem ?
– Presque la même chose. Je suis venu en cinquante-sept, de Rosh Pina. »

La conversation commençait à prendre un tour plus cordial, comme une réunion de vieux collégiens.

« Où est-ce que tu as vécu exactement ? Qu'est-ce que tu as fait pendant tout ce temps ? »

Marcus caressa le revolver dans sa poche.

« Quand as-tu appris que j'étais ici ? demanda Neusner.
– Il y a quelques années. Je t'ai vu dans la rue. Je t'ai reconnu mais tu ne m'as pas remarqué. Je t'ai suivi jusqu'ici, jusque chez toi. Ton nom était sur la porte. J'ai su que c'était toi.
– Mais pourquoi est-ce que tu ne t'es pas manifesté plus tôt ? Pourquoi attendre si longtemps ? »

Que voulait ce vieillard dans son manteau miteux et ses chaussures usées ? De l'argent ? un travail ? Et pourquoi se tenait-il là comme ça, les mains dans les poches ? Il aurait dû l'envoyer à la chambre à gaz. Il n'y avait pas de chambre ici, pas de fours, pas de cheminées. Un jour peut-être, mais pas pour le moment, pas de son vivant.

« Je n'avais rien à te dire, répondit Bleich.
– Et maintenant, qu'est-ce que tu as à me dire ? »

Marcus aurait voulu crier « rien » et en finir tout de suite. Il n'était pas venu pour parler mais pour agir. Mais sa main refusait de bouger, le revolver était comme une pierre au fond de sa poche.

« Qui es-tu ? » demanda-t-il. Sa propre voix lui paraissait lointaine, comme dans un rêve. Il revoyait le jeune garçon sur l'échafaud, tremblant de froid ou de peur.

« Qui je suis ? »

Au cours de toutes les années qui avaient suivi son arrivée en Israël, personne ne lui avait posé cette question.

« Tu sais très bien qui je suis, dit-il. Je suis Gershon Neusner. Tu m'as reconnu toi-même. Le même Gershon Neusner qui était avec toi dans le baraquement 19. Pourquoi me poses-tu cette question ? »

Marcus secoua la tête.

« Tu ne t'appelles pas Neusner, dit-il à voix basse. Quel

est ton vrai nom ? Tu peux me le dire maintenant, le passé est si loin. Nous sommes seuls. Je ne le dirai à personne.

– Qu'est-ce que c'est que ces absurdités ? » protesta Neusner.

Il avait presque bégayé dans la hâte qu'il avait mise à répondre. Ainsi Bleich avait compris depuis le début. Il s'en était bien douté. Voici qu'il payait l'imprudence qu'il avait commise en épargnant cet homme. Mais qu'est-ce qui l'amenait aujourd'hui ? Et pourquoi gardait-il ses mains enfoncées dans ses poches ? Que cachait-il ?

« Ce ne sont pas des absurdités, répliqua Marcus calmement, il n'y a plus d'absurdité ici. C'en est fini depuis longtemps des absurdités. Nous étions des enfants, ne t'en souviens-tu pas ? Des enfants dans des corps d'hommes. Mais tu savais des choses que le reste d'entre nous ne savait pas. Tu n'étais pas des nôtres. Toi et tes amis qui sont arrivés en même temps que toi. Ils sont tous repartis, pas vrai ? Absolument tous. Pas un seul d'entre vous n'est mort dans le camp. Et vous étiez combien en tout ?

– Je ne sais pas de quoi tu parles », cria Neusner.

Il s'était mis à trembler. Qui d'autre savait ? À qui Bleich avait-il parlé ?

« Ça ne fait rien », dit Marcus en sortant le revolver de sa poche. Il était toujours aussi lourd mais il ne donnait plus l'impression d'être un fardeau. Il le leva lentement et mit l'homme en joue. Instinctivement, Neusner fit un pas en arrière et se cogna à la table sur laquelle étaient posées les carafes. Le verre tinta tandis que la table tremblait.

« Marcus, qu'est-ce que tu fais ? Explique-moi ce qui ne va pas, mais pour l'amour du ciel range ce revolver. »

Pour la première fois, Neusner regarda Bleich droit dans les yeux et il n'y vit rien de rassurant.

« Tu te rappelles le garçon qu'ils ont pendu ? demanda Marcus. Il avait dix ans. Ils l'ont fait monter sur une boîte puis ils ont donné un coup de pied dedans pour la faire tomber. On dit qu'il a mis une demi-heure à mourir. »

Neusner secoua la tête.

« Tu étais juste devant moi et tu regardais.

– Je ne m'en souviens pas. Je suis désolé. Il y a eu tellement de morts.

– Pas comme celle-là. » Marcus secoua la tête. « Pas comme celle-là. »

Il regarda Neusner dans les yeux, des yeux bleus, doux et menaçants et il savait qu'il fallait tirer. Pour le jeune garçon. Il tenait fermement le revolver. Il se sentait calme maintenant, il ne s'était jamais senti aussi calme de toute sa vie. Le revolver semblait avoir perdu son poids, il était léger, comme s'il ne tenait rien du tout. Il appuya sur la détente.

Rien ne se passa. Neusner avait fermé les yeux. Il entendit un déclic mais le coup refusa de partir. Marcus appuya encore une fois. Rien. Il se mit à tirer frénétiquement, appuyant encore et encore. Rien ne se produisit que ce petit bruit métallique. Le sang lui monta à la tête, il en ressentit comme un vertige.

Neusner rouvrit les yeux. Il vit le vieillard qui se tenait devant lui, essayant désespérément de faire feu avec son revolver inutilisable. Il reprit sa respiration et s'avança vers lui, tendit le bras et mit la main sur le canon.

« Marcus, donne-moi cette arme. »

Les doigts de Marcus se desserrèrent et Neusner prit le revolver, comme un professeur en train de confisquer un jouet. Les yeux de Marcus s'emplirent de larmes. Il regarda Neusner, il semblait flotter devant lui, il revit le jeune garçon se balancer au bout de sa corde, le sang lui monta au cerveau, la pièce tourna tout autour de lui, l'obscurité l'entoura, la chaise et la boîte tombèrent sous ses pieds.

Neusner le rattrapa et l'amena jusqu'au fauteuil. Il défit le manteau du vieillard et lui prit le pouls, qui battait faiblement. Il se redressa et traversa la pièce jusqu'à son bureau. Il posa le revolver et décrocha le téléphone. Quelqu'un répondit à l'autre bout de la ligne.

« Heinrich ? dit-il, c'est Walther. Écoute. On risque d'avoir des ennuis. Je ne peux pas te l'expliquer maintenant, mais viens immédiatement… Et amène Paul. Je vous attends d'ici une demi-heure. »

Il raccrocha sans attendre une réponse puis se retourna et se dirigea vers le vieillard affalé sur le fauteuil. Il l'observa pendant un long moment, pensif, perdu dans ses souvenirs. Et soudain tout lui revint. Le jeune garçon debout sur sa boîte. Il avait parié avec les autres pour savoir combien de temps l'enfant mettrait à mourir, et il avait gagné une cigarette de chacun de ses camarades.

60.

Ils retournèrent à l'Institut tard le même jour. Katje pensait pouvoir surmonter les difficultés que présentait l'ordinateur si on lui en donnait le temps, mais elle voulait y accéder quand il n'y aurait personne dans les parages. De toute manière, elle travaillait souvent seule dans la salle des ordinateurs tard le soir, et les gardiens considéraient sa présence comme normale. Pendant leur ronde, elle fit entrer Harry, David et Leïla par la porte de derrière. Katje prit place devant un écran et vérifia le système.

« Pas de problèmes, dit-elle, passez-moi cette liste. »

Elle tapa le premier numéro : D 7139 W

Le message apparut immédiatement sur l'écran

INFORMATIONS SECRÈTES
TAPEZ VOTRE CODE PERSONNEL

Elle suivit les instructions.

CODE REFUSÉ

« Vous feriez mieux de vous asseoir, dit-elle en relevant les yeux, ça risque de prendre un bon moment.

– Est-ce que c'est risqué ? demanda David. Est-ce qu'on a saboté le système ?

– Il faut croire, oui. Sinon pourquoi bloquerait-on des informations sans placer une alarme ?

– Et cette tentative ? Va-t-elle déclencher une alarme ? »

Katje secoua la tête.

« Je ne crois pas. L'ordinateur va bloquer et enregistrer le code et la demande, mais ça n'a pas d'importance à moins que quelqu'un vérifie tout ce qui est entré. Asseyez-vous, vous me rendez nerveuse. »

Le temps semblait s'écouler avec une lenteur effroyable. Assise devant l'ordinateur, Katje pressait des touches, lisait des messages, tapait des instructions. Quarante minutes plus tard, elle s'appuya au dossier de sa chaise et poussa un profond soupir.

« J'ai demandé à l'ordinateur les cent vingt-huit mots de passe qu'il contient. Aucun ne marche. J'ai essayé de contourner la difficulté mais tout ce que j'ai réussi à faire, c'est déclencher une alarme ou deux. Elles ne se déclencheront sans doute pas dans ce bâtiment. Mais si quelqu'un reçoit ces signaux, nous ferions mieux de ne pas rester ici trop longtemps.

– Combien de temps pensez-vous qu'il nous reste ? demanda David.

– C'est impossible à dire. Tout dépend de la rapidité avec laquelle ces gens vont réagir. Mais quelqu'un pourrait être là dans cinq minutes.

– Est-ce qu'il y a un autre moyen de parvenir aux informations dont nous avons besoin ? »

Katje secoua la tête.

« J'ai essayé tous les moyens en ma connaissance. C'est un des systèmes les mieux gardés que j'aie jamais rencontrés. Il faut vraiment que quelqu'un veuille nous empêcher d'y accéder.

– Et les noms ? demanda Leïla. Les noms sur la liste. Est-ce que ça marcherait ?

– Essayons », dit Katje.

David lui passa la liste, elle alla s'installer au clavier et tapa le premier nom : ADLER, F.

L'écran s'illumina : AUCUNE INFORMATION NE CORRESPOND À CETTE DONNÉE.

Elle essaya le même nom suivi par le code entre parenthèses : ADLER, F. (WALK. III).

Le même message apparut : AUCUNE INFORMATION NE CORRESPOND À CETTE DONNÉE.

Elle tapa alors toute la ligne : ADLER, F. (WALK. III) : 12944/D 7139 W.

Même réponse.

Elle renversa l'ordre et mit les chiffres en premier puis elle essaya d'utiliser le nom comme mot de passe, mais l'ordinateur le refusa.

« Nous avons déclenché un autre signal d'alarme », dit Katje.

Elle ne semblait pas ressentir la tension qui montait dans la pièce, comme si tout cela n'était qu'un jeu qu'elle se souciait peu de perdre ou de gagner.

« Est-ce qu'il y a un autre moyen de trouver le mot de passe ? demanda Leïla.

– Pas dans le temps qui nous reste. C'est sans doute un code tout à fait arbitraire, au moins aussi arbitraire que ces chiffres eux-mêmes.

– Qu'est-ce que vous avez dit ? demanda Leïla d'une voix tendue.

– J'ai dit que c'était sans doute arbitraire.

– Non, après.

– … au moins aussi arbitraire que les chiffres eux-mêmes.

– Mais la signification de ces chiffres n'est pas du tout arbitraire, dit-elle. La première partie correspond à une date, puis il y a une lettre pour le camp, et le numéro du prisonnier, et enfin il y a la lettre W. Ça, c'est la seule chose qui ne change jamais. »

Elle reprit son souffle. Elle venait de comprendre ce qu'impliquaient ses paroles.

« Tapez "Walkyrie" », dit-elle à voix basse.

Katje se tourna vers l'écran et obtempéra. L'écran s'illumina.

ACCÈS AUTORISÉ

Katje s'appuya au dossier de sa chaise.

« Nous avons trouvé le mot de passe », dit-elle.

L'atmosphère sembla se détendre. Harry serra le bras de Leïla et elle lui renvoya un sourire. Ils avaient réussi.

« Tapez le premier numéro », dit Harry.

Cette fois, la réponse fut totalement différente. Les informations se succédèrent sur l'écran. Chaque lettre était comme un minuscule fantôme verdâtre que l'étrange monde caché des circuits d'ordinateurs avait fait resurgir. Et, en effet, ils voyaient resurgir les fantômes d'un passé lointain qui redevenaient avec chaque information des êtres de chair :

ADLER, FRIEDRICH, ARTHUR
NÉ; DÜSSELDORF 7/12/26
JUNGVOLK; 1936-1940
HITLERJUGEND; 1940-1942
SS STANDARTE WALKYRIE II:1942
ORBENSBURG SONTHOFEN 1943
DACHAU KL 12/9/44
NOM OPÉRATIONNEL: MOSHE ABRAMS
NUMÉRO KL: D 7139 W
CAMP DE RÉFUGIÉS DE MAUTENDORF 1945-1946
ARRIVÉ HAIFA PALESTINE 2/11/46
HAGANAH 1947-1949
DIRECTEUR ENTREPRISE IMPORT-EXPORT
TEL AVIV 1949
MEMBRE DE LA BRANCHE DE L'HISTADRUT
(FÉDÉRATION TRAVAILLISTE) 1955
SECRÉTAIRE DU TEL AVIV HISTADRUT 1957
MEMBRE DU PARTI MAPAI 1958-1968
MEMBRE DU PARTI TRAVAILLISTE ISRAÉLIEN 1968
ÉLU À LA KNESSET 1970

Et il y avait d'autres informations.

« Est-ce qu'on peut imprimer toutes ces informations ? demanda David.

– Bien sûr. »

Katje appuya sur une touche et une imprimante se mit en marche immédiatement sur la gauche, recouvrant des feuilles entières de lignes d'informations. À cet instant, ils entendirent un bruit de voitures à l'extérieur, suivi par celui de portes s'ouvrant et se refermant. Puis des pas sur le gravier.

« Il faut partir, cria Katje.

– C'est impossible, protesta David qui sentait le désespoir l'envahir.

– Nous avons à peine commencé. Il nous faut plus d'informations, bon Dieu !

– Essayez de faire tout ce que vous pourrez pour les retenir, dit Katje, faites une barricade devant la porte. Nous sortirons par la fenêtre quand nous aurons fini. Vite ! »

David et Leïla se mirent à pousser un placard contre la porte.

Katje se tourna à nouveau vers son clavier et se mit à taper à toute vitesse. La machine répondit immédiatement :

DOSSIER WALKYRIE DISPONIBLE
TAPEZ LES INSTRUCTIONS

« Voilà le dossier, dit Katje, mais même avec une imprimante rapide nous n'aurons jamais le temps de tout recopier. »

On courait dans le couloir. Le placard était bien à sa place derrière la porte. David et Leïla en ajoutèrent un autre.

« Est-ce qu'on est obligé de tout imprimer ? fit Harry d'une voix pressante. Il n'y a pas un moyen de sortir tout le système ?

– Je pourrais le transférer sur une disquette, à moins que... »

Elle fit demi-tour sur sa chaise.

« Vite, cria-t-elle, apportez-moi une disquette du bureau qui se trouve juste derrière vous. »

Des bruits de voix résonnaient à l'extérieur, quelqu'un frappa lourdement à la porte.

Les doigts de Katje coururent sur le clavier à la vitesse de l'éclair. Un message apparut sur l'écran :

PISTES 5 ET 7 LIBRES
INTRIDUISEZ LE NUMÉRO REQUIS
POUR LA BANDE MAGNÉTIQUE

Elle appuya sur le numéro 5 puis se leva de sa chaise et prit la bande entre les mains de Harry.

Une des vitres de la porte vola en éclats.

« Ouvrez ! Police ! Ouvrez cette porte immédiatement ! »

Katje trouva la bonne piste. Elle était nerveuse et ses doigts tremblaient tandis qu'elle essayait d'introduire la bande magnétique.

Un coup de feu fut tiré en l'air, à travers la vitre cassée. David courut dans un coin de la pièce où se trouvait une grosse boîte de métal, et avec l'aide de Leïla, il la hissa au-dessus des meubles pour bloquer l'ouverture.

La bande se mit en place. Katje se précipita vers son clavier et tapa les dernières instructions nécessaires.

RECOPIEZ DOSSIER WALKYRIE SUR BANDE
PISTE 5

L'ordinateur produisit un léger ronronnement tandis que la bande se rembobinait. C'était fini. Elle se leva et récupéra la bande magnétique.

On entendit un bruit de fracas à la porte. Les hommes dans le couloir donnaient de grands coups d'épaule pour enfoncer la barricade. La serrure céda et les meubles bougèrent légèrement. Quelqu'un glissa le canon d'une mitraillette dans l'ouverture et se mit à tirer furieusement. Les lampes et tout l'équipement du bureau furent fracassés, mais les coups de feu n'atteignirent personne.

« Tenez, dit Katje à bout de souffle en remettant la bande entre les mains de Harry. Filez, je vais les retenir le plus longtemps possible.

– Ne fais pas de folies, Katje ! » protesta Harry. Mais elle l'interrompit, furieuse.

« Je t'en supplie, Harry, je sais ce que je fais. Je suis la sous-directrice de cet institut. Je les ferai parler pendant que vous partirez avec la bande. Pour l'amour du Ciel, ne discute pas, nous n'avons pas le temps. »

David sortit le premier à contrecœur, tirant le revolver de sa poche, prêt à tirer. Il se hissa sur le rebord de la fenêtre et sauta à l'extérieur.

Un énorme bruit se produisit juste derrière eux. Les deux meubles tombèrent sur le côté. Une voix cria des ordres incohérents. Harry se précipita vers la fenêtre et David l'aida à sortir, puis il se retourna et se pencha à travers la fenêtre du côté de la pièce.

« Leïla ! cria-t-il, couche-toi ! »

Il leva son arme et tira en direction de la porte.

« Maintenant, Leïla, dépêche-toi ! »

Elle se mit à courir, David l'attrapa par le poignet et la hissa jusqu'à lui.

Derrière eux, la porte venait de céder. Sans attendre de voir la suite, ils prirent la fuite dans l'obscurité.

61

Il se retrouvait en enfer, ou plutôt l'enfer se réveillait en lui, il ne savait plus exactement. L'enfer devait se trouver quelque part, ce n'était pas une condition, ou une abstraction ou un rêve, l'enfer avait une taille, une forme, des dimensions, des couleurs, des lumières et des sons. Surtout, l'enfer était habité par la douleur, une douleur rouge et insondable. Ils l'avaient ramené dans le camp. Il n'aurait jamais pensé que c'était possible, mais aucun doute : il était bien là. Avec toutes les odeurs et les bruits d'autrefois, et pourtant il se sentait seul, terriblement seul. Dans le camp il avait été entouré d'autres personnes et c'était avec elles et grâce à elles qu'il avait survécu. C'était dans la nature même de l'endroit, on ne survivait pas tout seul. Mais ici, c'était comme si le camp avait été recréé uniquement pour sa destruction.

Neusner se pencha au-dessus de Marcus Bleich. Le vieillard était allongé sur un lit couvert de draps blancs dans la cave de la maison de Schultz. Schultz avait insisté pour qu'on le sorte immédiatement de chez Neusner. D'autres avaient pu apprendre où Bleich s'était rendu, ils avaient pu l'y suivre. Il leur fallait du temps et un endroit sûr pour tirer du vieillard tout ce qu'il savait. Schultz avait préparé depuis longtemps une pièce dans sa cave au cas où une semblable occasion se présenterait. Elle s'était avérée utile plus d'une fois. Secrète et insonorisée, cette pièce offrait un environnement idéal à une confrontation entre bourreau et victime. Il y avait des outils et des produits chimiques, un lavabo, des serviettes propres et même une douche si l'affaire se révélait plus salissante que prévu.

Bleich était tombé dans une sorte de coma, bien qu'il donnât l'impression d'être toujours conscient. Il semblait insensible aux questions et aux coups, comme si son esprit s'était retiré dans un monde à part. Mais il fallait absolument qu'ils parviennent à communiquer avec lui. S'il avait été seul, il n'aurait jamais osé venir confondre Neusner, du moins était-ce ce que pensait ce dernier. Bleich avait senti quelque chose d'anormal et ce depuis le camp, il savait que Neusner vivait à Jérusalem depuis plusieurs années et il n'avait rien fait... Quelque chose avait forcément déclenché cette visite. Et il y avait eu le signal d'alarme à l'Institut Yad Vashem. Quelqu'un avait essayé d'avoir accès au dossier Walkyrie, alors que l'on n'était qu'à quelques jours de Ragnarok. Et puis il y avait eu cette rumeur que quelque chose était arrivé à Iram. Ce vieillard n'était rien du tout, mais il y avait peut-être d'autres personnes beaucoup plus dangereuses.

Heinrich Schultz s'éloigna du lit et s'approcha de Neusner.

« Il est conscient, mais il ne sait pas où il est. Il marmonne des paroles en allemand. Je crois qu'il parle de Dachau. Je crois qu'il s'imagine qu'il est de retour là-bas. Il est peut-être en train de revivre sa première expérience, ou il croit qu'il est de nouveau déporté, que tout recommence.

– Bien », aboya Neusner. Si Bleich se croyait au camp, on allait s'en servir pour l'interroger, il allait faire tâter de nouveau de l'enfer au vieillard.

« *Wie ist Ihr Name ?* »

Pas de réponse.

« *Wie ist Ihr Name ?* »

Neusner leva une main et gifla le vieillard à la volée. Puis il répéta sa question.

« Comment vous appelez-vous ? »

Pas de réponse. La main s'abattit de nouveau.

« *Antworten Sie !* »

Pas de réponse. Une autre gifle. Bleich finirait bien par se souvenir. Les questions, les coups. Neusner appela Heinrich qui se tenait de l'autre côté du lit à regarder.

« Aide-moi à le mettre debout », ordonna-t-il.

Schultz s'approcha. Ils tirèrent Bleich de dessus le lit et l'obligèrent à se mettre debout, titubant.

« Tiens-le », fit Neusner.

Schultz soutenait le vieillard par-derrière. Il fallait que Bleich se souvienne. Neusner se mit à réciter des numéros, une longue liste de numéros qu'il inventait au fur et à mesure. Le vieillard vacilla. La mémoire lui revenait.

Il était à l'appel du matin, ou était-ce le soir ? Il ne savait pas exactement, c'était sûrement le matin, car il venait de sortir du lit. Il devait être malade, sinon, ils ne l'aideraient pas à se tenir debout. C'était le moment le plus dangereux de la journée. Pendant l'appel.

« *Siebentausendachthundertsechsundfünfzig.* »

C'était son numéro, celui qu'il avait tatoué sur le bras. Il fallait répondre, sinon, ils penseraient qu'il manquait à l'appel. S'il ne répondait pas immédiatement, il était comme mort.

« *Hier !* » cria-t-il.

L'homme qui se tenait derrière lui desserra son étreinte, il s'écroula.

« Remets-le sur le lit », ordonna Neusner.

Il cracha au visage de Bleich.

« *Stehen Sie auf !* » hurla-t-il.

Bleich sursauta mais il était incapable d'obéir. Il ne pouvait pas bouger. Il aurait voulu faire un mouvement, il essaya désespérément de se lever mais ses membres ne lui obéissaient plus. Il était vidé, il ne pouvait que rester là, allongé, et brisé.

« Levez-vous ! »

La voix de Neusner résonna à ses oreilles, il ressentit un coup d'une extrême violence sur la joue, puis encore un coup et encore un autre. Il n'arrivait pas à croire que l'on puisse assener des coups avec une telle brutalité, que l'on puisse infliger de la douleur avec une telle sauvagerie. Il fallait se lever. Sa vie en dépendait.

Neusner se pencha au-dessus du vieillard et murmura à Schultz :

« Jusqu'à quelle température peux-tu faire monter cette chaudière ?

– Elle peut monter très haut.

– Alors augmente, mais laisse quand même la porte ouverte. »

Puis il hurla aux oreilles de Bleich :

« Tu es malade, vieillard. Nous n'avons pas de place pour les malades, ici, à Dachau. Ce n'est pas une maison de repos ici, c'est un camp de travail. Si tu ne peux pas travailler, tu n'as pas ta place ici. Tu n'es qu'un fardeau, grand-père. Il va falloir se débarrasser de toi. »

Schultz avait déjà ouvert la porte de la vieille chaudière à pétrole à l'autre extrémité du sous-sol. Il ajouta du pétrole et régla la température. Des flammes jaunes et rouges se mirent à s'élever. La chaleur envahit la pièce.

Neusner obligea le vieillard à tourner en rond dans la pièce après lui avoir fait enlever ses vêtements, le traînant comme s'il était déjà mort.

Dans le sous-sol, la chaleur devenait insoutenable. Les tuyaux qui partaient de la chaudière pour arriver dans la pièce donnaient l'impression qu'ils allaient éclater sous l'effet de la chaleur. La porte de la chaudière était grande ouverte.

Il se rappela les fours, il était passé devant plus d'une fois, en frissonnant. L'hiver, les gardes plaisantaient en disant aux prisonniers : « Si t'as froid, tu peux toujours te réchauffer là-dedans. »

Il y avait un homme devant lui. Il se souvenait de lui. Gershon. Et pourtant ce n'était pas Gershon. C'était quelqu'un d'autre, quelqu'un qui s'était déguisé en Gershon. Un dibbuk, un esprit malin était entré dans son corps et prétendait être Gershon. Mais Gershon était en fait lui-même le dibbuk, il s'en souvenait maintenant.

Le dibbuk le saisit par les épaules. Il sentait cette chaleur effrayante derrière lui, il en sentait le goût sur sa langue. Il pouvait à peine respirer. Le poids de cette chaleur était insupportable.

« Tu peux encore échapper au four, dit le dibbuk. Dis-moi simplement qui t'a envoyé, et qui sait qui je suis. C'est tout ce que je veux savoir, après tu pourras partir. Tu pourras dormir. Tu dormiras aussi longtemps que tu voudras. Donne-moi un nom. Un seul nom, c'est tout ce que je te demande. »

Ça n'avait jamais été aussi simple, songea Marcus. Ils voulaient le coincer, ils voulaient savoir son propre nom.

« Walther ! » C'était Schultz qui venait de parler. « Tu vas le tuer ! Il s'affaiblit de plus en plus, sa respiration devient difficile, il ne va pas tenir le coup. Et après ce sera foutu. Si tu veux en tirer des renseignements, maintiens-le en vie, bon Dieu !

– Tu ne vois pas qu'il est en train de craquer ? Il sait que je suis ici, il m'entend, il comprend ce que je lui dis. Encore une minute, c'est tout ce qu'il faut, juste une minute.

– Laisse-le tranquille, Walther, ramène-le sur le lit, ou il va nous claquer entre les doigts. »

Les dibbuks se disputaient à son propos. Il entendait leurs voix semblables à des cris d'oiseaux aigus.

« Comment s'appelle-t-il ? Qui est cette personne qui me recherche ? »

Le dibbuk Gershon le secoua. Puis il se mit à trembler tout seul. Tout son corps tremblait comme si l'esprit malin était déjà entré en lui. Son corps était secoué de spasmes. Il était devenu comme du verre, fragile, transparent comme la lumière de la forêt. Il était en train de tomber. Il allait se casser en mille morceaux. Le dibbuk s'était reculé.

Il s'écrasa sur le sol. Le sang continuait à sortir de sa bouche.

« Il est mort, dit Schultz à voix basse. Je t'avais dit que tu le tuerais. »

Neusner ne répondit pas. Sa chemise était tachée de sang et de bile. Il allait falloir brûler le corps, en effacer toute trace. Il leva les yeux vers Schultz.

« Je veux qu'on m'amène cette femme, dit-il. Dis-leur de venir ici dès qu'ils en auront fini à l'Institut. Je me charge de la faire parler. Tu peux compter là-dessus. »

62.

Ils retrouvèrent la voiture là où ils l'avaient laissée sur Har Hazikkaron, près de l'entrée de Yad Vashem, et partirent sans attendre pour voir qui sortirait du bâtiment. Ceux qui étaient venus les chercher n'étaient certainement pas ceux qu'ils voulaient rencontrer. Neusner et les autres, quels qu'ils fussent, étaient restés cachés pendant trop longtemps pour risquer de se montrer à découvert. Ils étaient ailleurs, à observer et à attendre. Les hommes qui étaient venus à l'Institut n'étaient sans doute que des tueurs à gages. Ou peut-être même était-ce bel et bien la police venue empêcher une infraction aux règles de sécurité. Mais si c'eût été le cas, pourquoi n'avaient-ils pas effectué de sommations avant d'ouvrir le feu ?

Personne ne parla pendant le retour. Harry tenait la disquette dans sa main. Il priait pour que Katje n'ait pas commis d'erreur dans la frénésie des dernières minutes et que les informations aient été correctement recopiées. Surtout il priait pour que Katje ne soit pas en danger. Il la connaissait depuis si longtemps et ils s'étaient si souvent chamaillés qu'il en avait oublié à quel point elle lui était chère. Il se rendait compte qu'il l'aimait sans même le savoir.

Leïla regardait la rue déserte et mal éclairée. David avait fait un détour pour éviter les quartiers plus peuplés jusqu'à ce qu'ils rentrent dans la ville par Qiryat Shmu'el. L'université hébraïque se trouvait quelque part sur la gauche, dans le lointain, cachée par l'obscurité, tandis qu'à droite Bayit We-Gan formait une ligne de lumières incertaines et hors de portée. Elles semblaient aussi éloignées que les étoiles scintillant dans le silence. La rue était vide, personne ne les suivait. Rien. Puis Leïla aperçut du coin de l'œil une forme blanche et froide : il neigeait.

Quand ils arrivèrent à Makhane Yehuda, la neige tombait sérieusement. Les rues perdirent leur aspect sale et grisâtre pour se parer d'un voile épais, somptueux. Le printemps parut soudain lointain.

Une fois dans l'appartement de Harry, David se montra taciturne et peu communicatif. Harry prépara du thé comme précédemment, mais avec des gestes mécaniques et il ne fit pas de remarques quand ses invités lui demandèrent de ne pas mettre de lait dans leurs tasses. Sammy vint se blottir sur ses genoux comme d'habitude mais le vieil homme semblait ne pas prêter attention à sa présence. Leïla buvait son thé en silence. David ne tenait pas en place. Les événements de la soirée agissaient sur lui comme un poison lent qui l'épuisait totalement. Il était sombre et irritable, plein du désir de prendre sa revanche sur ces gens. Mais comment se venger sur des ombres ?

« Je sors, dit-il soudainement, et il se dirigea vers la porte.

– David... » Leïla se leva.

« Je t'en prie, je veux être seul quelques instants. »

Il ouvrit la porte et partit. Il neigeait toujours et en moins d'une minute il fut recouvert d'un manteau blanc et froid. Le bruit de ses pas était étouffé. Il se dirigea vers la route principale à l'ouest de Makhane Yehuda. Sacher Park s'étendait au-delà, un espace sombre vers lequel les flocons blancs dérivaient, légers et inexorables.

Il traversa la rue et entra dans le parc. La Knesset était à sa gauche, ainsi que d'autres bâtiments officiels, hors de vue. Mais il avait besoin d'espace pour marcher. La neige avait effacé tous les chemins et il ne restait plus aucune indication quant à la direction à suivre. Il marchait en ligne droite sans se soucier d'où il allait. Il avait l'impression qu'un vent glacial soufflait dans son esprit. Des images passaient devant ses yeux avant de disparaître aussi vite qu'elles étaient venues, comme les flocons qui l'entouraient de toutes parts : l'homme à Tell Mardikh hurlant de douleur, l'explosion chez ses parents, les corps à Saint-Nilus, al-Shami, von Meier, Talal dans les ombres d'Iram, Abraham tombant dans l'escalier, Chaim Scholem abattu. Toutes ces images tourbillonnaient dans sa tête.

Il entendit une voix qui appelait son nom puis une main se posa sur son épaule. Il sursauta avant de réaliser qu'il se trouvait là tout seul au milieu d'une tempête de neige à regarder dans le vide.

« David. »

Leïla lui tendait quelque chose.

« Mets ça, tu vas attraper froid. »

C'était un manteau qui appartenait à Harry. Leïla passa sa main sur ses épaules pour enlever la mince couche de neige qui s'y était déposée puis elle l'enveloppa dans le manteau. Dans l'obscurité, il pouvait à peine la voir. Sa tête se mit à tourner comme s'il était pris dans un maelström. Il s'appuya maladroitement sur elle.

« J'ai froid », dit-il.

Sans répondre, elle l'effleura légèrement et l'attira contre elle, fixant l'obscurité par-dessus son épaule, se serrant contre lui. Elle caressait sa main de ses doigts glacés. C'était comme s'ils venaient de créer ensemble un monde minuscule qui n'appartenait qu'à eux, dans lequel ils se protégeaient du froid et de la nuit. Il posa un baiser sur son front, puis il baissa la tête jusqu'à ce que ses lèvres rencontrent les siennes.

« J'ai failli te perdre, dit-elle. Quand tu es entré dans ce parc. J'ai pu te suivre grâce aux lumières, après il n'y en avait plus. »

Elle prit son visage entre ses mains.

« Qu'est-ce que j'aurais fait si je ne t'avais pas trouvé ? »

Il resserra son étreinte en guise de réponse, regardant dans l'obscurité, il ne voyait plus que la neige qui tombait en cascade dans l'air glacial. Leïla était devenue l'obscurité entre ses mains, la nuit était devenue chair, l'air et la neige étaient devenus sang. Leïla frissonna, elle commençait à souffrir du froid.

« Il vaut mieux rentrer, dit-elle, Harry est resté seul bien assez longtemps. »

Ils retournèrent jusqu'à la rue principale en se tenant le bras et atteignirent la rue Nissim. Harry les attendait. Il les obligea à se changer immédiatement, sortant des serviettes d'une vieille commode. Lorsqu'ils se furent séchés, il les fit asseoir à côté du feu et leur servit du thé brûlant. L'aube approchait et ils étaient tous épuisés.

« Il faut partir au lever du jour, dit Harry. Katje ne parlera pas, j'en suis sûr. Mais on m'a vu là-bas, hier. Ils feront rapidement le rapprochement et seront ici en un rien de temps. Et je ne crois pas que ma police d'assurance soit très utile avec ces gens-là, quels qu'ils soient.

– Où aller ? » demanda David.

Il était fatigué. Il avait l'impression qu'il avait couru sans arrêt depuis le mois de novembre.

« Nous devons rester à Jérusalem si possible, dit Harry. Je veux faire imprimer et recopier dès demain le contenu de cette bande, et mettre la copie avec mes autres trésors. En soi ça ne prouvera rien, mais les gens qui me connaissent sauront que ces informations sont authentiques. »

Il marqua une pause. Le problème – il le savait bien – était que ceux qui le croiraient étaient précisément ceux qui n'avaient aucun pouvoir pour agir en conséquence. Lorsque Harry avait évoqué les personnes qui le croiraient, David avait songé à quelqu'un en particulier chez qui il pourrait trouver refuge en toute confiance. Son plus vieil ami en Israël était un archéologue du nom d'Etan Benabu. Il avait épousé une camarade de classe de David, Beth Isaacs, de Chicago, et partageait désormais son temps entre l'université hébraïque où il enseignait, ses enfants, et ses livres. Etan était l'un des archéologues les plus étranges et les plus attachants que David eût rencontrés.

« Harry, dit David, je crois connaître quelqu'un d'assez fou pour nous héberger tous les trois sans avoir été contacté à l'avance. Et peut-être même assez fou pour croire à notre histoire.

– Comment s'appelle-t-il ? »

David marqua un silence puis répondit avec un sourire :

« Damien. Damien Wise. »

Harry releva les sourcils.

« J'ai entendu parler de lui, dit-il.

– Cela ne m'étonne pas. »

Etan Benabu s'était trouvé un passe-temps des plus extraordinaires. Il avait écrit sous le nom de Damien Wise trois ou quatre livres et Dieu sait combien d'articles du genre *Les Vaisseaux spatiaux des dieux*, s'appuyant sur des faits archéologiques pour « prouver » que les envahisseurs venus de l'espace étaient arrivés sur la Terre des milliers d'années auparavant. Puis il avait publié plusieurs ouvrages sous son vrai nom pour contredire ses propres livres.

Ils passèrent le reste de la nuit à mettre en ordre les papiers de Harry pour les emporter. Il savait que quelqu'un viendrait d'ici peu et mettrait l'appartement sens dessus dessous pour retrouver la bande et il y avait là trop de documents dangereux. Mais comme ils fouillaient dans ses dossiers, Harry se montrait de plus en plus agacé. Il vivait dans un désordre total mais ne supportait pas qu'on vienne y mettre la main.

David téléphona à Etan juste avant huit heures. Il lui parla cinq minutes et raccrocha. Il n'y avait pas de problème, les Benabu les recevraient aussi longtemps qu'il faudrait.

Dix minutes plus tard, ils descendirent leurs bagages dans la voiture, installèrent Sammy dans son panier d'osier puis se mirent en route.

63.

Les Benabu vivaient dans le quartier des artistes de Yemin Moshe, juste à l'ouest de la Vieille Ville. David les conduisit directement le long de Yafo. Jérusalem leur apparut comme une autre ville, empesée, blanche et silencieuse ; les maisons semblaient très convenables sous leur manteau de neige. La Vieille Ville se dressait sur la gauche, avec ses murs crénelés, étincelants. Au-delà, le sommet de la montagne de Sion était couvert de glace.

La femme d'Etan, Beth, les reçut à la porte de leur appartement. Elle était menue, avec des traits réguliers et délicats, et une expression calme et réfléchie. Elle affrontait le monde de ses yeux verts et pensifs. Il y eut un long silence tandis qu'elle observait David en souriant et qu'elle se faisait à l'idée qu'il était de retour.

« Ça fait bien longtemps, David, dit-elle au bout d'un moment.

– Trois ans.

– Tant que ça ? »

Elle poussa un soupir.

« Présente-moi tes amis, David.

– Bien sûr. Voici Leïla Rashid, Harry Blandford. Et ça c'est Sammy.

– Bonjour », fit Beth en leur tendant la main. Sammy la regarda d'un air menaçant.

« Moi, c'est Beth. Entrez, Etan vous attend. »

Etan Benabu avait quarante ans et l'air d'en avoir tout juste trente, il se comportait comme un adolescent qui essaie d'aller voir en cachette des films pornos. Il était universitaire, père de trois enfants, mais préférait rester lui-même un enfant. Damien Wise était son double, le romantique visionnaire qu'il aurait aimé être mais que sa position à l'université et sa rigueur intellectuelle mettaient hors de sa portée, sauf dans les pages de livres de poche aux couvertures tapageuses. *Les Mystères du passé enfin résolus*, lisait-on en dessous du titre. Mais pour chaque mystère « résolu » par Damien, Etan en faisait surgir dix autres.

Les présentations faites, Beth les fit entrer dans la cuisine, où elle avait disposé un petit déjeuner sur la table.

David reçut comme un choc l'atmosphère familière de cet appartement. Il était si plein des souvenirs de leur amitié, de leurs joies, des bons moments qu'ils avaient passés ensemble, qu'il ne parvenait pas à faire le rapport entre sa présence dans cet endroit et la raison qui l'y amenait. Les événements monstrueux dans lesquels ils s'étaient trouvés impliqués avaient leur place dans de sinistres rues sombres et des déserts balayés par les vents et non dans l'atmosphère chaleureuse de l'appartement d'un ami. Il se prit à penser qu'il n'avait pas été très sage de venir se réfugier là.

Les enfants des Benabu étaient à l'école, et ils purent parler librement. Après une conversation générale qui permit à chacun de mieux se connaître, ils s'entretinrent des raisons qui poussaient David à demander refuge à ses amis. David décrivit lentement et laconiquement, sans toutefois omettre le moindre mort, les événements des mois passés. David avait l'impression que sa voix venait de très loin. Pourtant, il trouvait un réconfort à leur raconter son histoire. Quand il eut fini, tout le monde resta silencieux un long moment.

Leïla disposait d'un code personnel pour l'ordinateur central de l'université hébraïque. Elle prendrait un risque en l'utilisant mais à bien y réfléchir ce risque était minime et cela en valait la peine. Tandis que Harry restait chez les Benabu pour mettre ses papiers en ordre et faire connaître sa nouvelle maison à Sammy, David accompagna Leïla sur le campus.

Après une courte attente, un terminal avec une imprimante se libéra et ils se mirent au travail. Leïla tapa son code et fut soulagée de voir qu'il était toujours valable. David introduisit la bande et Leïla en fit imprimer tout le contenu. Ils regardèrent l'imprimante sortir les noms et les biographies des hommes du dossier Walkyrie. L'opération prit toute une heure. Les noms sortaient, comme un catalogue sans fin des forces du mal. Vingt ou vingt-cinq pour cent de ces hommes étaient morts, certains dans les camps. Certains n'avaient pas fait grand-chose et ne présentaient que peu d'intérêt pour David et Leïla. Mais les noms et les identités des autres faisaient apparaître les événements des mois passés comme presque anodins. Comme les noms continuaient à se succéder sur le papier, ils eurent la révélation de l'ampleur et de la gravité du complot qui se préparait.

Ces noms appartenaient dans leur grande majorité à des hommes vivant en Israël. Neusner n'était pas le seul militaire de haut rang, Abrams n'était pas le seul politicien. Il n'y en avait pas moins de six qui occupaient des postes importants dans les services de renseignement israéliens, six d'entre eux étaient au Mossad, quatre au Shin Bet. Il y avait trois éminents universitaires, des hommes dont les opinions avaient un poids immense sur la politique du pays. Cinq d'entre eux avaient des postes de premier plan dans la police, et deux au service des douanes. Plus d'une douzaine de ces personnages jouaient un rôle dans l'industrie et le commerce. Il y avait huit banquiers et quinze hauts fonctionnaires, tous tenaient des positions de pouvoir.

Beaucoup d'entre eux s'étaient arrangés pour arriver en Palestine avec un avenir assuré. Beaucoup avaient appartenu aux comités du She'erit ha-Peletah, l'organisation centrale des réfugiés juifs dans la zone américaine en Allemagne après 1946. D'autres avaient joué des rôles importants dans le mouvement d'immigration clandestine, ils avaient aidé de nombreux Juifs à fuir l'Europe vers la Palestine occupée avant de s'y rendre eux-mêmes. Quelques-uns d'entre eux avaient participé aux combats pour l'indépendance. Personne n'avait donc jamais mis en doute leur crédibilité ni contesté la place qu'ils occupaient dans la société israélienne.

Mais les noms ne s'arrêtaient pas là. Quand en 1948 le gouvernement des États-Unis avait adopté le Displaced Persons Act, autorisant les réfugiés de l'Europe d'après-guerre à entrer en Amérique, presque une cinquantaine de membres des Walkyries avaient suivi le mouvement. David ne reconnut que quelques-uns des noms américains imprimés par l'ordinateur mais ces quelques noms suffirent à l'angoisser. Partout où ils s'étaient rendus, les membres du groupe Walkyrie avaient accompli leur tâche jusqu'au bout, s'infiltrant au cœur des sociétés qui les recevaient.

Quand l'ordinateur eut achevé, ils emportèrent toutes les pages jusqu'à une photocopieuse et en firent trois copies avant de quitter le laboratoire. Ils photocopièrent également les documents que Scholem et Leïla avaient trouvés dans l'avion. Tous ces papiers pesaient comme du plomb dans leurs sacs. Quand il avait été conduit à Iram, David n'avait pas mesuré l'ampleur des événements dans lesquels il se trouvait impliqué. C'est dans l'austérité de la salle des ordinateurs qu'il avait saisi les dimensions véritables de l'irrationalité moderne. Mettre tant de talent et de ressources dans ce qui finalement pouvait être un plan d'une stupidité totale, détruire ce qu'on avait construit à partir du tas de cendres laissé par un conflit dément lui semblait la plus grande folie qu'il ait jamais rencontrée. Ils s'arrêtèrent deux fois sur le chemin du retour à Yemin Moshe. D'abord chez un avocat, Van Leer et Wassermann dans King George, et ensuite à la branche principale de la banque Leumi. Ils déposèrent une copie scellée de la liste de noms et des autres documents à chacun de ces endroits et laissèrent des instructions chez l'avocat pour que si David, Leïla et Harry Blandford ne se présentaient pas en personne au bureau tous les trois jours, le contenu du paquet soit envoyé simultanément au Shin Bet et au Mossad. Il était presque midi quand ils eurent fini leur travail. Ils prirent des chemins détournés pour retourner chez les Benabu en faisant bien attention à ne pas être suivis.

Quand Leïla sortit de la voiture, David lui tendit le sac qui contenait la première copie et les originaux des documents trouvés dans l'avion.

« Mets toutes ces choses en sécurité jusqu'à ce que je revienne, d'accord, Leïla ? demanda-t-il.

– Je ne comprends pas, répondit-elle. Où veux-tu aller ?

– Je veux porter ces papiers à quelqu'un qui peut en faire quelque chose. Il faut agir vite. Cette conférence de paix doit se dérouler dans deux jours. Il faut avertir les gens qui doivent y prendre part au cas où les membres du complot auraient prévu quelque chose.

– Et qui as-tu l'intention d'aller voir ? Qui écoutera ton histoire ?

– Ils m'écouteront… quand ils verront ça. »

Il donna une petite tape sur le sac qui contenait le troisième jeu de copies.

« Je veux aller avec toi, David. Tu ne devrais pas y aller seul. Au moins, en étant là, je pourrai leur confirmer ce que tu leur diras, je te soutiendrai.

– Non, je ne crois pas, mon amour. »

C'était la première fois qu'il l'appelait ainsi.

« Je veux voir quelqu'un au Mossad, un collègue de Chaim. Il me connaît et je crois qu'il me croira. Du moins juste assez pour regarder la question de plus près. Ça pourrait compliquer les choses si tu te trouvais avec moi. Tu sais qu'ils ont un dossier sur toi. Et la dernière information qu'ils ont dû y mettre est que tu étais chez Chaim à la veille de sa disparition. »

Il la regarda, éprouvant un besoin irrésistible de la toucher.

« Je t'en supplie, dit-il, laisse-moi faire ça seul. Ça ne prendra pas longtemps, je reviendrai vite, je te le promets. »

Elle ne dit rien. Elle se souvint du moment où il lui avait parlé de la même façon après l'avoir déposée à al-Arish puis être reparti vers Jérusalem. Ça semblait si loin.

David roulait lentement comme si, enfin passé à l'action, il était incapable de continuer. Il aurait voulu sortir de cette position dans laquelle il s'était lui-même placé, mais il était comme entraîné par un tapis roulant, emporté inexorablement vers une sombre conclusion.

Il gara la voiture à proximité des bureaux du Mossad où Scholem avait travaillé. L'homme qu'il voulait voir s'appelait Arieh Kahan, de la section D. C'était l'ancien lieutenant de Scholem, un homme que David connaissait bien et en qui il pouvait avoir confiance. Dans le foyer à l'entrée des bureaux, il s'approcha de l'officier de service. La sécurité paraissait relâchée, mais David savait que c'était une fausse impression, que personne ne pouvait entrer sans l'inspection la plus minutieuse. Quelqu'un qui essaierait de forcer le passage, un terroriste de l'OLP par exemple, ne pourrait pas aller plus loin que les premières marches de l'escalier. Dans l'ombre, il y avait des armes et des yeux attentifs.

David demanda à voir Arieh Kahan mais on lui répondit qu'il était absent ce jour-là. Désirait-il parler à quelqu'un d'autre ? Il hésita. Arieh le connaissait et aurait écouté son histoire. Il ne connaissait pas assez bien les autres officiers pour tout leur raconter.

« Est-ce qu'on ne pourrait pas joindre Kahan chez lui ? demanda-t-il. C'est très important. Dites-lui que c'est de la part de David Rosen et que j'ai des nouvelles du colonel Scholem. Il viendra immédiatement.

– Désolé, répondit l'officier derrière le bureau, mais le capitaine Kahan est en permission quelque part en Galilée, et je ne crois pas qu'il soit joignable. Il ne devrait pas revenir avant le week-end. »

Quelqu'un prit la parole juste derrière David.

« Excusez-moi », dit-il.

C'était un homme d'une cinquantaine d'années, qui lui paraissait familier. David songea qu'il l'avait vu au cours d'une précédente visite.

« Je n'ai pas pu m'empêcher d'entendre ce que vous disiez. Vous avez parlé du colonel Scholem. Voulez-vous parler de Scholem de la section D ? »

David hocha la tête.

« Vous avez des nouvelles ?

– Oui, et elles ne sont pas bonnes, malheureusement. »

Le visage de l'homme s'assombrit. Il avait de grands yeux fatigués.

« Je vois, dit-il. Pourriez-vous me dire ce que vous savez ? Je m'appelle Rabin, major Rabin. J'ai été mis à la tête de la section D depuis la disparition de Scholem. Nous avons été très inquiets à son sujet. Attendez, vous dites que vous vous appelez Rosen ?

– Oui, David Rosen.

– N'êtes-vous pas ce professeur américain qui a eu tous ces ennuis en Syrie ? »

David répondit par un signe de tête affirmatif.

« Dans ce cas, il faut absolument que nous ayons une discussion. J'ai travaillé sur votre cas et je crois avoir découvert une ou deux choses. Si je peux vous être utile sur la question dont vous vouliez vous entretenir avec Kahan, je serai heureux de vous apporter mon aide. Voulez-vous monter dans mon bureau ? »

David accepta. Que faire d'autre ?

David fut fouillé par l'officier de garde et on enregistra l'heure de son arrivée. Puis Rabin lui montra le chemin à travers un escalier et un couloir peint d'une couleur vert olive qui ne couvrait que la moitié inférieure du mur. Son bureau était au bout d'un couloir. David se rappela que le bureau de Scholem n'était pas loin. Il y avait une odeur de poisson dans l'air qui parut tout à fait absurde à David.

Le bureau était minuscule, avec juste assez de place pour une table et deux chaises. La fenêtre donnait sur un mur. Une des vitres était fêlée. Rabin appuya sur un vieil interrupteur circulaire dans une boîte métallique et une ampoule éclaira la pièce d'une lumière jaunâtre.

« Asseyez-vous, professeur », dit Rabin, qui s'était mis à parler en anglais.

David prit place. Il se sentait fatigué. Tout ce qu'il voulait, c'était trouver quelqu'un qui le déchargerait de toute l'affaire et lui dirait : « Reposez-vous, on s'en charge. »

« Bien, dit Rabin, dites-moi tout ce que vous savez. Nous avons reçu l'information que Scholem a été suivi par une terroriste arabe du nom de Leïla Rashid. Il a donné un coup de fil à son assistant, Kahan, l'homme à qui vous vouliez parler, puis est revenu au quartier général pour interroger un suspect du nom de Hasan Bey. Il est reparti juste avant minuit, et personne ne l'a plus revu. »

David prit sa respiration et raconta ce qui s'était passé par la suite. Il parlait lentement, apportait tous les détails que Leïla lui avait racontés. Rabin l'écoutait avec un intérêt croissant, l'interrompant de temps à autre pour poser une question ou clarifier un point obscur.

« Vous dites qu'Iram a été détruite ? » dit Rabin quand David eut atteint la fin de la première partie de son récit.

« Oui, je ne crois pas qu'il y ait eu des survivants. Ça me paraît impossible, sauf les quelques habitants qui se trouvaient à l'extérieur avec Leïla et moi-même, bien sûr.

– Dieu merci, dit Rabin, bien qu'il semblât à David que quelque chose l'inquiétait. Au moins ces gens dans le Nafud sont finis. Je suis triste d'apprendre la mort de Chaim. Mais sa mort aura... servi à quelque chose, vous ne croyez pas ? »

David hocha la tête. Si tant est qu'une mort puisse être utile à quoi que ce soit.

« Oui, dit-il, mais je crains que toute cette affaire ne s'arrête pas là. Les gens du Nafud sont finis, mais ils ont des acolytes ailleurs. Et ces derniers sont au moins aussi dangereux que ceux qui se trouvaient à Iram. »

David souleva le paquet de documents qu'il avait apporté et le posa sur le bureau devant lui. Rabin se raidit sur sa chaise. David remarqua qu'il avait les yeux verts. Son visage ne trahissait pas ses émotions, mais un léger tic sous le coin de l'œil gauche révélait sa nervosité.

« Est-ce que vous croyez ce que je viens de vous dire ? » demanda David. Il se rendait compte, maintenant qu'il avait exposé l'essentiel de son histoire, qu'elle paraissait tirée par les cheveux. Rabin pensait peut-être qu'il l'avait inventée ou qu'il avait perdu le contact avec la réalité. Rabin hocha la tête.

« Oui, dit-il, je vous crois. J'ai travaillé pour le Mossad pendant presque toute ma vie. Et j'ai déjà entendu des histoires presque aussi étranges que la vôtre, croyez-moi. Des ex-nazis, des néo-nazis. Pour la plupart des gens, ils ne représentent qu'un souvenir ou des personnages de roman. Mais pas pour nous, je peux vous l'assurer. Ils existent réellement, ce sont des êtres en chair et en os, et ils sont souvent très dangereux. Voyons maintenant ce que vous avez apporté. »

David lui expliqua brièvement en quoi consistait la liste Walkyrie et comment il l'avait découverte. Il montra la copie à Rabin et parcourut le dossier jusqu'à ce qu'il trouve les noms des hommes qui appartenaient au Mossad. Sans un mot, il les désigna à Rabin. Le major ne disait rien. On lisait la surprise et l'horreur dans son regard. Son tic à l'œil gauche s'accentuait. Il examina le dossier page après page puis se pencha sur les autres documents que David avait apportés. Une demi-heure passa. Finalement, il releva la tête et regarda David.

« Est-ce que je peux garder ces documents, professeur ? »

David hésita.

« Je peux vous assurer, dit Rabin, qu'ils sont en sécurité entre mes mains. Je ne les montrerai à personne d'autre pour le moment. Mais j'ai besoin de les étudier de plus près. Où sont les originaux ?

– Ils sont... en lieu sûr », répondit David. Il préférait rester prudent. Les originaux étaient leur seule garantie. Il avait confiance en Rabin mais il savait qu'il travaillait pour le Mossad, qui n'hésiterait pas à s'emparer des originaux s'il le jugeait utile.

« Je ne voudrais pas insister, professeur, mais ne croyez-vous pas qu'il serait plus sûr que nous les détenions ici ?

– Je ne peux pas y accéder pour le moment, mentit David, mais je les mettrai à votre disposition en temps voulu.

– Je l'espère, fit Rabin, visiblement agacé par le refus de David. Si nous devons établir un dossier, ces documents nous seront indispensables. Mais tout d'abord il nous faudra des preuves concrètes. Tout cela n'a aucun poids devant un tribunal.

– Et le dossier Walkyrie ?

– Un faux, que vous avez inventé de toutes pièces.

– Et le dossier sur l'ordinateur de l'Institut ?

– Je crois que vous vous rendrez vite compte qu'un tel dossier n'existe plus. Et vous ne trouverez pas non plus de preuve qu'il ait jamais existé.

– Mais pourquoi ferais-je une chose pareille ? Pourquoi inventerais-je cette histoire ?

– La mort subite de vos parents vous aura fait imaginer toutes ces choses. Peut-être qu'Iram a vraiment existé, ce qui vous aura plongé plus profondément encore dans votre délire, vous y aurez trouvé une justification.

– Est-ce que c'est ce que vous pensez ? » demanda David.

Rabin secoua à nouveau la tête.

« Non, je crois à votre histoire. Mais un avocat habile la

démonterait sans difficulté. Nous n'avons aucune preuve, à part les papiers que vous avez trouvés dans l'avion. Mais ils ne concernent qu'Iram, ils ne désignent pas des personnes réelles détenant des postes d'influence dans ce pays ou aux États-Unis. Nous allons affronter des gens puissants, professeur Rosen. Je ne sais pas si vous comprenez bien ce que cela veut dire. Les universitaires mènent une vie préservée. Je ne veux pas avoir l'air de vous donner des leçons, mais... certaines réalités de la vie politique se font rarement sentir dans le monde de l'université. Je peux vous assurer que si vous approchez un tribunal avec les preuves que vous m'avez apportées aujourd'hui et rien de plus, c'est vous qui risquez de vous retrouver en prison pour diffamation. Ils parviendront facilement à vous mettre le dos au mur. Et encore, si seulement vous arrivez à convaincre un tribunal d'entreprendre une procédure. Si vous voulez mon opinion, à moins d'aller droit au but immédiatement, les informations que vous détenez ne verront même jamais le jour. »

Rabin se tut et referma le dossier. Il espérait s'être montré convaincant.

« Alors je vous en supplie, reprit-il, soyez franc avec moi. Y a-t-il autre chose que vous ne voulez pas me révéler pour une raison ou une autre ? Si c'est le cas, vous feriez mieux de tout me dire. C'est moi qui serai responsable de cette enquête, et je peux vous dire tout de suite que ce sera plutôt compliqué. Et dangereux. J'aurai besoin de toutes les preuves sur lesquelles je pourrai mettre la main, même si elles vous paraissent totalement insignifiantes.

– Je vous assure qu'il n'y a rien d'autre.

– Alors il va falloir que je le découvre moi-même, dit Rabin en souriant.

– Sauf... », dit David en hésitant.

Rabin se pencha en avant.

« Oui ?

– Je ne voulais pas vous le dire. Du moins pas pour le moment. Je n'en ai aucune preuve et ça paraît encore plus fou que tout le reste...

– Allez-y.

– Le... le nouveau président syrien, Mas'ud al-Hashimi,

n'est qu'à moitié arabe. Son père était allemand. » David s'interrompit pour reprendre sa respiration. « Son père s'appelait Ulrich von Meier. »

Rabin ne dit rien. De petites gouttes de sueur apparurent sur son front.

« Continuez », dit-il, d'une voix nerveuse.

David lui apprit tout ce qu'il savait. Il aurait aimé connaître les sources de Harry sur cette information.

« Où avez-vous appris cela, professeur ? demanda Rabin.

– C'est Harry qui me l'a dit, Harry Blandford. Il ne m'a pas dit d'où il le tenait, mais il était sûr de ses sources et je l'ai cru.

– Oui, oui, bien sûr. Avec tout le reste, ça paraît un peu dur à avaler.

– Ce qui m'inquiète, dit David, c'est la signature de ce traité de paix dans deux jours. Je crois qu'il va se passer quelque chose. Al-Shami m'avait dit qu'ils s'étaient préparés pour quelque chose qui devait se dérouler ici à Jérusalem. Est-ce que vous ne pourriez rien faire pour empêcher cet événement ? Le repousser jusqu'à ce que nous en sachions plus ?

– Vous avez raison, dit Rabin, transpirant toujours, je vais faire tout ce que je peux. Mais n'espérez rien. Cette conférence est de toute première importance. Il est peu probable qu'ils l'annulent simplement parce que je le leur demanderais, en tout cas pas si je ne leur apporte pas de preuves définitives, et ça, nous n'en avons pas. Et si je leur dis tout ce que je sais, l'enquête tombe à l'eau. Il faudra que j'invente une menace pour empêcher cette conférence. Ça ne devrait pas être trop difficile. Mais vous, professeur, vous devez me promettre de ne pas commettre d'imprudences d'ici là. Nous ne pouvons pas nous permettre de mettre cette opération en danger à ce stade. Vous me comprenez ? »

David répondit par un signe de tête.

« Très bien, fit Rabin. Dites-moi maintenant où vous êtes logé pour que je puisse vous contacter à tout moment.

– Je suis... »

David avait failli parler des Benabu. Mais ils auraient deviné que Leïla et Harry se trouvaient à la même adresse et Leïla faisait toujours partie des personnes recherchées. Et ils pouvaient également décider que les activités qu'ils menaient ensemble pouvaient représenter un danger. Il ne connaissait pas assez bien Rabin pour lui faire entièrement confiance, il était possible qu'il les mette tous en résidence surveillée. C'était ainsi qu'agissaient les agents de renseignement.

« Je suis à l'université, dit David. Vous pourrez me contacter là-bas, à la résidence Rabbi Aqiva.

– Très bien. Je vous ferai signe dès que j'aurai examiné ces documents. J'en prendrai bien soin, ne vous inquiétez pas. Mais j'aimerais que vous m'apportiez les originaux que vous avez trouvés dans l'avion pour que nos experts les étudient. »

David hocha la tête. Une chose à la fois, pensa-t-il. Rabin l'accompagna jusqu'à l'entrée du bâtiment et lui fit signer le registre. Quand David fut sorti, il se tourna vers l'officier de service et dit :

« Veuillez faire suivre le professeur Rosen, je veux son adresse le plus tôt possible. »

Il remonta les escaliers et traversa le couloir jusqu'à son bureau.

64.

Avant de démarrer, David attendit d'avoir la certitude que Rabin l'avait fait suivre. Il eût été surprenant que personne ne le file. Il avait peut-être mené l'existence préservée d'un universitaire, mais avait perdu ces derniers mois beaucoup de ses illusions. Heureusement, Jérusalem est sans doute la ville du monde où il est le plus difficile de suivre quelqu'un, après Fez, Le Caire, Istanbul et Bombay. David connaissait une bonne douzaine d'endroits où il pourrait fausser compagnie sans trop de difficulté à son poursuivant. Il laissa la voiture à la porte de Damas et s'enfonça dans la Vieille Ville à travers les rues sinueuses du quartier arabe. Au bout d'une demi-heure, il constata qu'il n'était plus suivi. Il ressortit par la porte de Jaffa et entra dans les bureaux de l'InterRent où il loua une Volkswagen.

Il partit vers l'ouest le long de la route principale qui menait à Tel Aviv et roula sans s'arrêter pendant une dizaine de kilomètres. Pas de doute. On avait perdu sa trace. Il rentra alors en ville et se rendit directement chez les Benabu. Leïla l'attendait. Harry était allé se coucher, trop fatigué. Beth était allée chercher les enfants à la sortie de l'école pour les emmener chez leurs grands-parents à Petah Tikva. Etan était dans son bureau et lisait les papiers que David avait laissés. Un calme absolu régnait sur le grand appartement, comme enveloppé dans le silence matinal. Sans échanger une parole, sachant d'instinct que le moment était venu, David et Leïla se dirigèrent vers la chambre de celle-ci.

Ils s'assirent au bord du lit, nerveux, craignant de se toucher. On entendait le bruit d'une radio à l'extérieur. Le son montait puis s'atténuait par intermittence comme si un orage lointain gênait la transmission.

David prit la main de Leïla. Les volets étaient baissés mais une douce lumière de fin d'après-midi s'infiltrait par les interstices et striait le dessus du lit. Leïla regarda David et la lumière descendit le long de son corps. D'infimes grains de poussière dansaient dans le soleil. Leïla lâcha la main de David et retira lentement son pull-over. L'un de ses seins était dans l'ombre, l'autre était inondé de lumière. Elle se tourna vers David.

« J'ai longtemps attendu ce moment, dit-il, mais maintenant, j'ai peur. »

Elle hocha la tête et tendit les mains.

« Moi aussi », murmura-t-elle en le serrant dans ses bras. Il l'attira contre lui et posa sa joue contre son ventre. Sa peau était douce et parfumée, chaude, délicate.

La musique se tut. Le silence emplit la pièce tandis que David attirait Leïla sur le lit. Leurs lèvres se joignirent et la chambre se désintégra en une multitude de fragments d'ombre et de lumière. Elle l'aida à se déshabiller puis le serra contre sa poitrine, le sentant entrer en elle sans une parole. Autour de lui tout avait disparu tandis que son corps se fondait dans le sien.

Après un repas copieux que Beth leur avait préparé ils

passèrent au salon pour discuter de ce qu'il fallait faire. Harry prit la copie que David et Leïla avaient rapportée de la bibliothèque.

« Est-ce le seul exemplaire dont nous disposons ? » demanda-t-il.

David secoua la tête et expliqua ce qu'il avait fait des autres copies. Puis il raconta sa visite au Mossad et sa conversation avec Rabin.

Harry resta silencieux pendant un moment avant de prendre la parole.

« Vous avez bien fait, dit-il enfin, c'eût été un trop grand risque de tout garder sur soi. Mais je crois que malheureusement Rabin a raison. Ces papiers ne sont pas une preuve suffisante. Et on peut être sûr qu'ils auront effacé toute trace du dossier Walkyrie de l'ordinateur de l'Institut. En plus, je suis prêt à parier que personne à l'Institut ne savait que ce dossier se trouvait dans leur banque de données.

– Pourquoi l'auraient-ils gardé là ? demanda Leïla.

– C'est une question que je me suis posée, dit Harry, et je crois que la réponse est évidente. Tous ces numéros devaient être classés quelque part à l'Institut puisqu'ils avaient été rassemblés à partir de listes établies par les Alliés et les organisations de secours aux réfugiés, celles dont Katje vous a parlé. S'ils avaient retiré les numéros, ils auraient attiré l'attention. Il était plus facile de regrouper tous les numéros finissant par le code W sous un seul et même dossier et d'en bloquer l'accès, et il n'y avait que peu de chances que quelqu'un cherche les numéros finissant par un W pour les regrouper. Et comme le dossier n'était accessible qu'à eux, ils pouvaient s'en servir pour classer des informations sur les membres de leur groupe.

– Et vous pensez que Rabin a raison, fit David en l'interrompant, cette liste ne suffira pas à convaincre ?

– Exact, répondit Harry. Vous auriez très bien pu fabriquer ces documents. Nous avons les papiers trouvés dans l'avion, bien sûr. Avec ça, je crois que, avec du temps, on pourrait convaincre quelqu'un de plus haut placé que Rabin. Mais nous ne pouvons pas compter sur le temps. Même en supposant que Rabin ait contacté des gens influents, ceux-ci devront à leur tour en persuader d'autres avant qu'une action sérieuse soit entreprise. Nous avons affaire à des gens puissants, et il ne faut pas se faire d'illusions : nous n'avons plus l'avantage de la surprise. Depuis la nuit dernière, ils savent que quelqu'un est à leurs trousses. Ils sont déjà passés à l'action et disposent sans doute de nombreux systèmes de secours pour parer à une éventualité comme celle-ci. Dès qu'ils seront certains que quelqu'un détient le dossier Walkyrie, ça va aller vite. Inutile de vous dire qu'ils se montreront sans scrupules. À ce stade, ils peuvent se permettre d'éliminer les gens sans prendre trop de précautions. Tant qu'on n'établira pas de rapport avec eux, ils pourront tuer n'importe qui pour se couvrir. Même si nous allions au sommet de la hiérarchie politique, il n'est pas sûr que nous parvenions à déclencher quoi que ce soit.

– Mais vous détenez les documents ! protesta Etan.

– Cela ne suffit pas. Je poursuis les nazis. Si je présente une liste mettant en cause des dirigeants de ce pays, cela revient à demander à des gens comme ton cousin d'incriminer leurs amis, des gens qu'ils ont connus dans les camps ou pendant la guerre d'indépendance. Des hommes irréprochables, de bons Juifs, des pères de famille respectables.

« Écoute-moi, Etan. Le projet Walkyrie était le plan le plus subtil que les nazis aient jamais inventé, parce qu'il a fait de leurs victimes des collaborateurs et des protecteurs. Si je désigne du doigt ces hommes comme étant d'anciens nazis, je me trouverai confronté à des dizaines d'Israéliens qui viendront témoigner pour eux et diront que je ne suis qu'un vieux fou emporté par ses obsessions. Je suis anglais et vous savez ce que ça veut dire ici. Nous avons fait des choses horribles aux Juifs et ils ne l'ont pas oublié. Certains de ceux qui sont sur cette liste sont entrés en Israël en forçant le blocus anglais. Ils ont même sans doute aidé d'authentiques réfugiés à entrer dans le pays alors que les Anglais voulaient les renvoyer dans des camps. Et voilà que je les accuse d'être des nazis. »

Ce fut Beth qui l'interrompit.

« Mais si vous parveniez à réunir des preuves irréfutables, susceptibles de convaincre les plus sceptiques d'entre tous ? Iriez-vous voir Ben ? »

Harry la regarda en silence pendant quelques instants avant d'acquiescer.

« S'il s'agissait de preuves irréfutables, oui, sans aucun doute. Mais où croyez-vous que nous allons nous les procurer avec le temps qui nous reste ?

– Vous avez dit tout à l'heure qu'ils allaient venir chez vous. Allez les y attendre et suivez-les. Ils vous mèneront eux-mêmes à la preuve que vous recherchez. »

65.

Les deux hommes hésitèrent en sortant de la maison puis tournèrent à gauche et descendirent le long de la rue. David les regarda marcher jusqu'à la Volvo noire garée à une centaine de mètres. Il était au volant de la Volkswagen de l'autre côté de la rue. Lorsqu'il vit que les deux hommes étaient montés dans leur voiture et lui tournaient le dos, il démarra, les laissa s'enfoncer dans la circulation du petit matin, il les suivit après avoir laissé passer cinq ou six voitures.

Il était allé directement à l'appartement de Harry et s'était assuré que personne n'y était encore venu, puis avait passé toute la nuit dans la voiture à surveiller l'entrée du bâtiment. Les deux hommes étaient arrivés juste après cinq heures, un grand et un autre, de taille moyenne, mais David n'avait pas pu distinguer leurs visages dans l'obscurité. Ils étaient restés presque trois heures à l'intérieur.

Ils n'étaient apparemment pas pressés et David fit attention de ne pas trop s'approcher. Ils se dirigèrent tout d'abord vers le nord avant de tourner à gauche sur Nordau, pour descendre jusqu'à Herzl avant de prendre la direction de Yafe Nof au sud. La circulation était de moins en moins dense, il devenait difficile de suivre discrètement la Volvo. David devait laisser un espace si grand entre sa voiture et celle des deux hommes qu'il craignit à plusieurs reprises de les perdre de vue. Mais ils finissaient toujours par réapparaître devant lui sur la route. Malgré le soleil, la neige n'avait pas complètement fondu. Les pneus donnaient l'impression qu'ils allaient s'enflammer sur le goudron. De chaque côté, les bâtiments se faisaient plus clairsemés, on approchait de Yad Vashem. Était-ce là qu'ils se rendaient? David regarda sur la droite, le mont Herzl était couvert de givre. La Volvo tourna à gauche en arrivant au carrefour et prit la rue qui menait à Qiryat Ha-Yovel. Ils s'arrêtèrent devant une grande maison sur Zangwill, pas loin du Jérusalem Sports Club. David les dépassa sans même un regard et tourna pour entrer dans le club. S'ils l'avaient repéré, le voir entrer là apaiserait leurs craintes. Dans son rétroviseur, il vit les hommes pénétrer dans la maison. Quand la voie fut libre, il ressortit du club et gara sa voiture un peu plus loin dans une rue perpendiculaire. C'était un quartier calme, moderne, respectable, de toute évidence le propriétaire de cette maison était un personnage important. David se demanda quel était son nom sur la liste.

Il passa lentement devant la maison en l'observant attentivement. Elle était un peu en retrait par rapport à la rue et il y avait un petit jardin devant. Une allée étroite menait à la porte d'entrée et contournait la maison jusqu'à l'arrière. Il eût été trop difficile d'approcher directement par la façade, il y avait trop de fenêtres et nulle part où se cacher. Il alla jusqu'à Tora wa-Avoda. Un large chemin goudronné menait à la cour d'une école qui donnait ensuite sur un vaste espace au bout duquel se dressait une rangée de maisons, dont celle qui l'intéressait.

La rue était déserte, les enfants étaient en classe et leurs parents étaient chez eux ou au travail. David sauta par-dessus les fils de fer et marcha lentement jusqu'au mur. Il savait quel était le mur qu'il lui faudrait escalader, la maison était la seule à posséder un toit vert et deux antennes de télévision. Il n'y avait apparemment pas de système de sécurité. Il décida de risquer le coup.

David n'eut aucun mal à franchir le mur et se retrouva dans un grand jardin parsemé de buissons et de parterres de fleurs. Il se laissa tomber doucement sur le sol et se recroquevilla, prêt à bondir au moindre danger. Un chien aboya brièvement. À toutes les fenêtres de ce côté-ci de la maison, les rideaux étaient tirés. David s'approcha en se dissimulant derrière les buissons, sans savoir exactement ce qu'il allait faire. Il valait mieux attendre la nuit pour pénétrer dans la maison, songea-t-il, mais il allait tout de même profiter de sa présence pour inspecter les lieux.

Il observa le dos de la maison pendant un bon moment, mais n'aperçut pas le moindre mouvement aux fenêtres et personne n'emprunta la porte de derrière qui se trouvait juste à sa gauche. Il n'y avait pas de système d'alarme contre les cambriolages, il pensa qu'il serait facile d'entrer. Puis il aperçut une lumière qu'il n'avait pas remarquée, s'échappant d'une fenêtre du sous-sol. Gagné par la curiosité, il se glissa jusqu'à l'ouverture qui faisait environ cinquante centimètres de long sur vingt de large. Il s'allongea sur le sol et regarda à l'intérieur.

Une simple ampoule électrique illuminait une scène sinistre. La pièce était assez grande et devait faire la moitié de la surface totale de la maison. Les murs étaient blancs et le sol consistait en une chape de béton. Çà et là, des taches d'humidité souillaient la blancheur des murs. L'ampoule ne parvenait pas à éclairer les coins de la pièce, où se blottissaient des ombres menaçantes. Il y avait une grande chaudière dans un coin, et encore autre chose que David prit pour le moteur d'un système d'air conditionné.

Il y avait cinq hommes dans la pièce, les deux qu'il avait suivis et trois autres. Le troisième homme était maigre et usé par les années, avec de longs cheveux gris sale en mèches désordonnées, coiffés en arrière pour recouvrir un crâne dégarni, son cou était noueux et ses veines apparaissaient sous la peau. Ses yeux étaient comme hallucinés, et son visage était couvert de rides. Le général Gershon Neusner se tenait à côté de lui. David le reconnut grâce aux photos qu'il avait vues maintes fois dans le *Jerusalem Post*. Le cinquième homme tournait le dos à David, mais sa silhouette avait quelque chose d'étrangement familier.

Ils parlaient d'un air grave. Malgré un calme apparent, l'homme maigre semblait de plus en plus agité, sans doute à cause de la nouvelle que ses amis étaient arrivés chez Harry pour découvrir que l'oiseau s'était envolé. David percevait leurs voix et comprit qu'ils discutaient de la conduite à suivre, mais il ne pouvait discerner ce qu'ils disaient. Neusner était celui qui parlait le moins mais tout le monde lui prêtait attention dès qu'il prenait la parole. David aurait aimé entendre ce qu'ils avaient décidé mais c'était impossible depuis sa position. Fallait-il essayer d'entrer dans la maison et écouter à la porte du sous-sol sans être vu ? L'idée lui parut dangereuse et inutile et il continua d'observer.

Tout à coup, les hommes se séparèrent comme s'ils venaient de prendre une décision. Les deux inconnus qu'il avait suivis se dirigèrent vers l'escalier. Il put alors voir, derrière l'endroit où ils s'étaient tenus, un lit d'hôpital blanc d'une propreté impeccable, mais au milieu du lit il y avait quelque chose d'informe d'une couleur rougeâtre. David eut tout d'abord du mal à discerner de quoi il s'agissait exactement, mais il lui semblait évident que ce n'était pas une forme humaine. Regardant plus attentivement, il comprit soudain avec un frisson d'effroi que cette chose allongée sur le lit était ce qui restait du corps de Katje Horowicz. Il se sentit pris de nausée et se détourna pour vomir. Il s'agenouilla sur la neige à côté de la fenêtre, tremblant de la tête aux pieds. Il pouvait à peine deviner les sévices qu'on lui avait infligés et pria pour qu'elle fût demeurée inconsciente tout le temps de son supplice. Même après ce qu'il avait vu à Saint-Nilus et à Iram, il avait du mal à croire qu'un être humain puisse infliger de telles souffrances à un autre.

Quelques minutes plus tard, il se força à reprendre ses esprits et regarda de nouveau à travers la fenêtre. Il voulait voir le visage du cinquième homme, celui qui lui avait tourné le dos jusque-là. Il essayait autant que possible de ne pas regarder vers le lit. Pourquoi ne recouvraient-ils pas le corps ? Puis, du coin de l'œil, il s'aperçut que celui-ci bougeait encore : elle était toujours vivante.

L'homme qui lui tournait le dos sortit quelque chose de sa poche et s'approcha du lit. C'était un revolver. Il le posa contre ce qui avait été la tête de Katje et tira. David entendit l'explosion, vit la masse informe sur le lit secouée par un spasme avant de s'immobiliser complètement. Il remit le revolver dans sa poche et se retourna pour faire face à ses complices. David avait déjà vu ce visage. Il l'avait vu la veille : c'était Rabin, le major du Mossad à qui il avait remis la copie du dossier Walkyrie et les autres papiers.

La liste de noms du dossier Walkyrie était donc incomplète. Il y en avait d'autres.

66.

David aurait été incapable de dire comment il s'était enfui de la maison en sautant par-dessus le mur et comment il avait retrouvé sa voiture, puis était parti en trombe, manquant de renverser un jeune garçon à bicyclette. Il s'enfuyait à toute vitesse comme poursuivi par le démon. Mais personne ne le suivait, la rue était pratiquement déserte. Il avait eu le temps de retourner à Giv'at Oren avant de retrouver son calme. Cinq minutes plus tard, il se garait devant la maison des Benabu et éteignait le moteur. Il avait décidé ce qu'il allait faire.

Etan lui ouvrit la porte et comprit immédiatement que ça n'allait pas. Ils allèrent tout droit au salon. Beth et Harry étaient assis devant une table basse et buvaient du thé. Harry se leva comme David entrait dans la pièce.

« David, nous étions inquiets à votre sujet.

– C'est ce que je vois, rétorqua David d'un ton agressif.

– Je t'en prie, David, ne sois pas injuste, dit Beth en se retournant. Harry était très inquiet et moi aussi. Mais nous ne pouvions rien faire.

– Je suis désolé, fit David, je suis sur les nerfs. Est-ce que je pourrais avoir quelque chose à boire ? Quelque chose de fort. »

Beth lui lança un regard et s'aperçut que ses mains tremblaient.

« Oui, bien sûr », dit-elle.

Elle interrogea Harry et Etan du regard puis se dirigea vers une petite table dans un coin de la pièce et lui servit une dose généreuse de whisky.

« Où est Leïla ? demanda David.

– Tout va bien, dit Harry, il n'y a pas à s'inquiéter. Je vais tout vous expliquer dans un instant. Mais dites-nous d'abord ce qui vous est arrivé. Pourquoi êtes-vous si agité ? Et pour l'amour du Ciel, asseyez-vous. »

David s'assit et Beth lui apporta son verre. Sa main tremblait toujours pendant qu'il leur racontait ce qu'il avait vu sans révéler exactement, pour épargner Harry, ce qui était arrivé à Katje. Harry resta silencieux quand David eut fini. Il aurait voulu demander ce qui s'était passé exactement mais quelque chose dans l'attitude de David le retenait.

« Et Leïla ? demanda David.

– Après votre départ elle a eu une idée, dit Harry. Nous parlions de demain et de la signature du traité. Il y avait un article ce matin dans le *Jerusalem Post*. Apparemment, il est prévu qu'al-Hashimi passe la nuit à Jérusalem, dans une résidence particulière quelque part en ville. On ne dit pas où exactement, bien sûr. Demain matin, il ira à la Coupole du Rocher à onze heures, pour prier et rencontrer la délégation égyptienne, ainsi que certains notables arabes. Après un bref discours, il sera conduit à la Knesset où il s'adressera au parlement israélien ainsi qu'à un certain nombre de diplomates invités pour l'occasion. Il devrait ensuite signer le traité, serrer des mains et rentrer à Damas. Tout cela semble assez simple. On n'a même pas prévu de banquet. Tout sera rapide et sans fioritures.

– Et alors ?

– Alors Leïla a pensé que l'un d'entre nous devrait essayer de l'approcher ce soir au cas où nous pourrions apprendre quelque chose. Elle travaillait autrefois comme interprète arabe-hébreu pour le gouvernement. Elle croit pouvoir apprendre qui sera l'interprète d'al-Hashimi, et si c'est l'un de ses vieux amis elle pourra peut-être prendre sa place.

– Et à quoi ça servira ? Il sera totalement impossible d'approcher sa résidence. »

Harry secoua la tête.

« Elle pense que c'est possible. Elle dit que c'est tout à fait habituel dans un cas comme celui-ci. Elle l'a déjà fait dans le passé. Il parlera en arabe, mais il y aura à la Knesset des gens qui ne parlent que l'hébreu. Il voudra revoir son discours avec son interprète, pour éviter toute possibilité de malentendu. Puisqu'il n'arrive pas avant ce soir, il aura sans doute besoin de son interprète dans sa résidence après le dîner. »

David était inquiet. Elle prenait un risque énorme.

« Et que se passera-t-il s'ils la reconnaissent ? demanda-t-il.

– Elle y a pensé, elle est allée acheter une perruque et des lunettes. Et de toute manière, il n'y a que très peu de chances pour qu'il se trouve là quelqu'un qui la connaisse.

– J'aurais préféré qu'elle attende mon retour avant de partir comme ça », protesta David.

Il avait la prémonition qu'il ne la reverrait jamais.

« Si elle revient, dit-il en se levant, dites-lui de m'attendre ici. Je vous en supplie. Je veux la voir.

– Où vas-tu ? demanda Beth.

– Chez Neusner, répondit David. J'ai songé en quittant l'autre maison que si Neusner s'y trouvait, on pouvait essayer d'entrer chez lui sans trop de risques. Si j'arrive à mettre la main sur un seul document prouvant une relation entre lui et le dossier Walkyrie, il sera possible d'agir ce soir avant même le début de la conférence. »

Il se tourna vers Harry avant d'ajouter :

« Avez-vous la copie du dossier Walkyrie ? Je veux l'adresse de Neusner. »

Etan se leva.

« Je vais la chercher », dit-il, en se dirigeant vers son bureau.

David ne tenait plus en place, il était incapable de rester assis et de se reposer.

« Je vous demande pardon d'avoir été aussi grossier en arrivant, Harry, dit-il. Mais j'ai été très choqué par la mort de Katje. D'autant plus qu'il était inutile de l'impliquer là-dedans. Tant de personnes sont mortes qui n'avaient rien à voir avec tout ça.

– Ce n'est pas vrai, dit Harry en secouant doucement la tête. Il n'y a pas de témoins innocents. Personne ne peut rester à l'écart d'une telle affaire. Dire : “Je ne veux pas me mêler de ça”, c'est déjà être coupable.

– Il a raison, David, fit Beth. Je préférerais ne pas être

impliquée dans tout ça. J'ai des enfants, des parents. J'ai peur pour Etan. Mais je ne vois pas non plus comment je pourrais faire marche arrière. »

Etan revint avec le dossier. David le prit et trouva les informations correspondant à Neusner. Son adresse à Ha-Poretzim y était clairement indiquée. Il la nota sur un bout de papier avec le numéro de téléphone et referma le dossier.

« Harry, dit-il, pendant mon absence pourriez-vous rechercher le nom de la personne qui habite la maison de Zangwill ? C'était au soixante-treize. »

Harry prit le dossier et se mit à chercher immédiatement.

« Faites bien attention, David », dit-il, mais ses pensées à ce moment-là étaient avec Katje Horowicz.

Beth accompagna David jusqu'à la porte.

« Soyez prudent, David, dit-elle, ne prenez pas de risques inutiles. »

Il alla jusqu'à sa voiture puis se retourna pour regarder Beth qui se trouvait debout à la porte. « Il n'y a pas de témoins innocents », avait dit Harry. Que serait-elle d'autre s'ils venaient chez elle la tuer ? Il ouvrit la portière et se mit au volant.

67.

Il n'y avait pas un bruit dans la maison de Neusner. David resta à observer pendant quelques instants, mais ne détecta pas le moindre mouvement. Le journal du matin avait été apporté mais on l'avait laissé là. Il gara la voiture un peu plus loin dans la rue. Il y avait une épicerie juste à côté, qui faisait le coin avec Kovshe Qatamon. Il entra, décrocha le téléphone et se mit à composer le numéro. Il entendit la sonnerie à l'autre bout de la ligne, mais personne ne répondit. Pour ne laisser aucun doute, il refit le numéro. Toujours pas de réponse. Il raccrocha et sortit du magasin. La neige s'était mise à fondre par endroits, mais il faisait toujours froid et le sol était glissant.

Il songea que Neusner était allé chez Harry ou qu'il avait demandé aux deux hommes que David avait vus de lui rapporter les dossiers. Tant qu'ils seraient à Zangwill, il n'aurait rien à craindre ici.

Il entra plus facilement qu'il ne l'avait espéré. Les généraux israéliens se contentaient peut-être de leur popularité pour se protéger des cambrioleurs. David vit une fenêtre restée ouverte à l'arrière de la maison, et il put s'introduire sans difficulté, se retrouvant dans une grande chambre à coucher meublée avec goût, au milieu de laquelle trônait un lit qui paraissait particulièrement confortable. Il s'était attendu à quelque chose de plus austère, plus en harmonie avec l'éthique SS et le désir de former des élites capables d'endurer les conditions les plus difficiles. Il alla jusqu'à la porte à pas feutrés, l'ouvrit et se trouva face à un couloir sombre. Tout était silencieux. Il y avait un interrupteur sur le mur à côté de la porte. Il alluma la lumière et vit juste en face de lui un immense tableau d'un impressionniste accroché au mur. Il représentait une scène parisienne dans un jardin public en été par un chaud après-midi. S'approchant, il vit que c'était un original et, à en juger par la signature, ce tableau avait dû coûter une fortune. De toute évidence, Neusner ne s'était privé de rien. D'où lui venait cet argent ? Il était visiblement plus riche qu'un simple général israélien.

David inspecta l'une après l'autre les pièces à l'étage. Il y avait cinq chambres à coucher, deux salles de bains, une petite salle de télévision et une penderie. Neusner avait des enfants, deux filles et un garçon. Deux avaient déjà quitté la maison mais David songea que le troisième, une petite fille d'une dizaine d'années à en juger d'après sa chambre, vivait toujours là.

Pendant tout le temps qu'il était resté dans cette chambre d'enfant pleine de jouets et de posters de chanteurs, il avait repensé à la chose allongée sur le lit dans l'autre maison, cette chose qui avait été Katje Horowicz. Il frissonna d'horreur et retourna au rez-de-chaussée. La deuxième pièce dans laquelle il entra était un bureau, une pièce calme pleine de livres rangés sur des étagères, avec des sièges en cuir et des cuivres accrochés au mur. David alluma la lampe du bureau. Tous les livres avaient trait à l'histoire militaire, il y en avait en hébreu, en anglais, en allemand et en français. Ils avaient été reliés en cuir et les titres étaient inscrits en lettres d'or. Chacun de ces volumes semblait contredire son contenu par le luxe de son apparence ; ils étaient la voix silencieuse des grands massacres de l'histoire.

David examina les documents sur le bureau, puis sur les rayonnages tout autour. Au fur et à mesure qu'il fouillait, sa tâche lui paraissait de plus en plus vaine. Pourquoi Neusner garderait-il chez lui des documents compromettants ? Mais pouvait-il les mettre ailleurs ? Le temps passait et David commençait à s'inquiéter, tout ce qu'il trouvait lui paraissait totalement innocent.

Il conclut qu'il devait y avoir un coffre-fort quelque part, mais il n'y en avait aucun sur le mur. Il regarda derrière les tableaux et les photos en face du bureau. Rien. Il allait céder au désespoir, réalisant qu'il n'aurait jamais le temps d'inspecter la maison de fond en comble, quand il se souvint d'une règle essentielle en archéologie : c'est sous le sol que l'on découvre des trésors cachés et non pas dans les murs, parce que les murs s'écroulent tandis que les sols restent le plus souvent intacts. Il se mit à rouler les tapis persans.

Le coffre était à côté du bureau. Il souleva une section du plancher et vit la porte au milieu de laquelle se trouvait un cadran rond avec des chiffres et des lettres. Il retourna vers le bureau pour trouver un agenda ou un carnet susceptible de contenir la combinaison. Impossible. Il savait qu'il ne pourrait jamais deviner les bons numéros et il n'y avait aucun moyen mathématique d'y arriver. Pour un apprenti cambrioleur, il était plutôt mal équipé. Pouvait-il s'attendre sérieusement à trouver comme ça la preuve dont il avait besoin, laissée à la portée du premier venu ?

C'était sans espoir. Il fallait partir, aller chercher une perceuse ou des explosifs et revenir. Ce qui voulait dire qu'il était incapable de faire quoi que ce soit pour empêcher la réunion du lendemain. Mais il n'avait pas d'autre choix et, après tout, il était possible que rien ne se passe le lendemain, que la visite ne serve qu'à enclencher un processus. Mais il aurait aimé pouvoir en être sûr.

Il se mit à ranger le bureau aussi vite que possible, remettant en place les piles de papiers, déroulant les tapis, rangeant les chaises. Il agissait mécaniquement, comme un homme qui vient d'être battu mais continue à s'agiter. Quand il eut fini de remettre le bureau en ordre, il ramassa la photo de Neusner. Ses yeux froids le regardaient fixement comme s'ils se moquaient de son échec. Le général portait une chemise kaki et il souriait, confiant, les bras croisés sur la poitrine. David essaya de se le représenter alors qu'il était encore jeune, faisant le serment des SS.

*Ich schwöre Dir, Adolf Hitler, als Führer und Kanzler des Deutschen Reiches, Treue und Tapferkeit. Ich gelobe Dir und den von Dir bestimmten Vorgesetzen Gehorsam bis in den Tod, so wahr mit Gott helfe *.*

Puis il l'imagina à Dachau, ce maître qui jouait les esclaves, exprimant par ses yeux gris une humilité que son cœur n'avait jamais ressentie. Ces chiffres tatoués sur son avant-bras n'étaient qu'une farce, comme ces tatouages de foire qui se veulent des témoignages d'amour éternel. Il éteignit la lampe et le visage disparut.

Il allait atteindre la porte quand une idée lui traversa l'esprit. Quelques secondes passèrent, puis il se retourna et alla tout droit vers le bureau. Il ralluma la lampe et regarda encore la photo. Les chiffres étaient trop petits et trop difficiles à lire, mais il se souvint d'avoir vu une loupe dans un des tiroirs. Il les ouvrit hâtivement : la loupe était dans le quatrième. Il la mit devant la photo. Les numéros suivants apparurent : D 7932 W.

Il s'accroupit, releva le tapis encore une fois. Retenant sa respiration il se mit à tourner le cadran. Il tira sur la poignée, la porte ne bougea pas. David se sentit à nouveau abattu. C'était pourtant une idée si simple, évidente. Puis il se rappela l'organisation des chiffres sur la liste du dossier Walkyrie. Il ne pouvait pas se souvenir exactement du numéro de Neusner, mais il savait qu'il était arrivé à Dachau en décembre

* Je te jure, Adolf Hitler, Führer et Chancelier du Reich allemand, fidélité et courage. Je jure obéissance jusqu'à la mort aux officiers que tu nommeras. Que Dieu m'aide dans cette tâche.

1944. Il suffisait désormais d'essayer toutes les dates possibles de son arrivée. Il commença par 11244-D 7932 W.

Gershon Neusner était arrivé à Dachau le 12 décembre. À la douzième tentative, la porte s'ouvrit comme si David venait de lui murmurer « Sésame, ouvre-toi ». Il tendit les bras et en sortit une pile de papiers puis une autre et encore une autre. Il emporta le tout sur le bureau, et défit la ficelle qui retenait le premier paquet d'une main tremblante.

Il trouva d'abord une lettre de recommandation signée de Heinrich Himmler. Des lettres d'Ulrich von Meier, provenant d'Iram. Une photo d'une vingtaine de SS, parmi lesquels il reconnut le jeune Neusner. Une photo grotesque et d'une certaine manière obscène de Neusner en train de se faire circoncire par un médecin SS, souriant à pleines dents à côté d'une affiche sur laquelle étaient imprimées une caricature et une légende antisémites. Il y avait des lettres d'autres membres du régiment Walkyrie, informant Neusner de leurs mouvements, de leurs entreprises et de leurs projets, ils lui demandaient également de ses nouvelles. Une liste des membres du régiment actifs en Israël. Des insignes SS, certains anciens, d'autres d'une facture plus récente, il y avait également les feuilles de chêne et l'étoile qui indiquaient qu'il avait eu le grade d'Oberstgruppenführer, l'équivalent de son rang de général dans l'armée israélienne. Il y avait des médailles, anciennes et nouvelles, dans des boîtes en carton.

Neusner avait signé son propre arrêt de mort. Était-ce par orgueil, par nostalgie, ou simplement par défi ? Il eût été impossible de le savoir, mais il avait pris un risque inimaginable en entrant en Israël avec ces documents. Si David pouvait transmettre ne serait-ce qu'un ou deux de ces objets aux autorités compétentes, c'en était fini de Neusner et de ses acolytes. Il était peu probable qu'on apprenne jamais ce qui s'était vraiment passé : l'ampleur de cette conspiration, si elle était rendue publique, ne ferait que détruire le moral de la population. Et les Israéliens avaient particulièrement besoin de voir leur moral remonter plutôt que de voir se développer un nouveau sentiment d'insécurité.

Il ouvrit le second paquet, il y avait encore d'autres lettres, écrites en arabe avec une traduction en allemand agrafée.

David les feuilleta rapidement. Certaines dataient de plusieurs années et elles étaient toutes signées de la même main : ‘Abd al-Jabbar al-Shami. Il prit la plus récente, qui datait de deux mois.

Cher Walther,

Lors de notre dernière entrevue, nous avons décidé que je devais examiner la situation à Damas. J'y suis depuis maintenant deux semaines et je me suis assuré que tout était en règle. Al-Hashimi est très populaire, il n'y a qu'une opposition très faible à son gouvernement, et nous pourrons la contrôler sans aucune difficulté. Le projet de traité de paix se poursuit comme prévu. Plusieurs éléments y sont violemment opposés, bien sûr, mais je m'en suis entretenu avec al-Hashimi et il m'a assuré que l'on s'occuperait de ces contestataires.

J'ai vu le général Subki et Ibtisam al-Bakri. Subki a été nommé général en chef du secteur de Golan comme prévu et il commande désormais trois divisions. Faites savoir à Heinrich Schultz que les services de renseignement israéliens doivent croire qu'il s'agit de la cinquième, de la neuvième et de la quatorzième divisions, actuellement stationnées entre Kuneitra et Butmiya. D'ici le 1er mars, Subki les aura remplacées par trois divisions d'élite venant de la frontière irakienne, comprenant les régiments Intisar, 'Anaza et Sayyaf de Baalbek et Alep.

Le 3 mars à onze heures le général Subki fera avancer ses troupes jusqu'aux positions stipulées par le traité, tandis qu'al-Hashimi commencera son discours à la Coupole du Rocher. Des observateurs internationaux pourront constater que l'armée syrienne s'est avancée aux nouvelles frontières prévues par l'accord de paix signé l'après-midi même.

À onze heures trente, quand al-Hashimi aura terminé, mais juste avant que Schultz n'agisse, votre quartier général sur le Golan apprendra par vos services secrets depuis Alep que les troupes syriennes se dirigent vers des territoires sous contrôle israélien. Vous enverrez deux bataillons pour prévenir une éventuelle attaque. Vous informerez vos officiers que Jérusalem est tenu au courant des événements mais nous ferons en sorte que votre message soit intercepté. À onze heures quarante-cinq, vous recevrez un message selon lequel les forces syriennes ont lancé un assaut sur les postes avancés israéliens juste au sud de votre position. À ce moment, il faudra que tous vos moyens de communication soient coupés. Mausbach me dit qu'il peut arranger cela sans trop de difficulté. À onze heures cinquante, vous ordonnerez à vos hommes de passer à l'attaque. Quand les deux armées auront échangé des coups de feu, Mausbach rétablira les moyens de communication.

De là, tout devrait se passer selon le plan que nous avons établi ensemble en décembre. Assurez-vous que Hacker, Wüstenfeld et Thiess sachent exactement ce qu'ils ont à faire. Je tiens absolument à ce que Wüstenfeld soit à cent pour cent certain que les armes atomiques israéliennes seront neutralisées. S'il ne peut pas nous en donner la garantie, nous devrons nous rabattre sur le plan B, mais comme vous le savez déjà je préférerais éviter le retard que cela nous causerait. Al-Hashimi est peut-être populaire mais son contrôle des affaires du pays n'est pas suffisamment assuré pour que nous puissions perdre du temps. Si nous échouons le 3 mars, il se peut que nous n'ayons pas une seconde chance.

Il est indispensable de se tenir à l'emploi du temps établi. Une fois que Schultz sera passé à l'action, il n'y aura plus moyen de revenir en arrière. Les Israéliens doivent apparaître dès le départ comme les agresseurs. Al-Bakri contrôlera tout ce qui doit se passer à Damas dès onze heures trente, mais il est vital que les troupes syriennes occupent une large portion du territoire israélien avant que d'autres forces arabes entrent en guerre. Cette invasion sera moralement légitime mais si elle n'est pas suivie par l'occupation du territoire elle ne sera d'aucune valeur dans les négociations. Il nous faut un territoire assez grand pour offrir des concessions aux Jordaniens et à l'OLP à l'est pendant que nous garderons toutes les autres régions. Il faudrait au mieux garder le contrôle de toutes les régions habitées par des Juifs, puisqu'ils nous seront indispensables comme esclaves pendant la première phase d'occupation et de syrianisation.

Comme vous le savez peut-être, Ulrich von Meier s'est penché de plus près sur la question de la légitimité. Il pense que notre meilleur argument sera de contrer les revendications sionistes sur la région qui ne sont fondées sur rien d'autre que les textes bibliques. Il pense avoir découvert dans certains documents trouvés à Ebla l'existence d'une occupation antérieure de la Palestine par la Syrie. Lors de sa dernière communication, il m'a signalé la présence actuelle en Israël d'un expert sur les questions éblaïtes. Il pense qu'il serait possible de le persuader de rassembler les références à l'hégémonie syrienne sur la région qui se trouvent dans ces textes. Il veut que je le fasse venir à Iram.

Comme je vous l'écrivais dans ma dernière lettre, nos deux plus gros problèmes seront la justification de nos actes et le contrôle du territoire. J'ai eu des nouvelles de Schneider à Washington, il y a quelques jours. Ses associés et lui-même sont plutôt optimistes quant à la position du lobby arabe aux États-Unis, et il pense que la position des sionistes s'est considérablement affaiblie au cours des dernières années. Ce ne sera pas facile, bien sûr, mais si nous parvenons à réussir notre conquête sans trop verser de sang, il pense que les Américains prendront la chose comme un fait accompli. Le lobby juif va s'agiter dans tous les sens, c'est certain, mais les gens ne le voient plus du même œil depuis l'affaire du Liban et ils rencontreront plus d'une difficulté pour redresser la situation. Les politiciens américains récupéreront par des marchés avec le monde arabe les votes juifs qu'ils auront perdus. Il sera essentiel de nous montrer dès le début pro-occidentaux et anticommunistes. Notre victoire sera vue d'un œil plus favorable. En fait, le monde entier considérera bientôt que nous leur avons rendu service. Si un contrôle syrien met fin à toutes les tensions dans la région, il n'y a pas de raison pour que tout le monde, y compris les Soviets, ne nous soit pas reconnaissant.

Mais il sera beaucoup plus difficile de contrôler les Juifs. Vous connaissez les Israéliens mieux que moi et je crois que vous avez raison quand vous dites qu'ils se battront jusqu'au dernier plutôt que de tomber aux mains de l'ennemi. Soyez prudent quand vous établirez des camps d'internement. Nous ne pouvons pas nous permettre de donner mauvaise impression, sinon nous perdrons la sympathie des gens que nous voulons mettre de notre côté. Il ne faut même pas parler de camps de concentration. Les prisonniers doivent être exclusivement des terroristes, et il faut que chaque prisonnier soit passé en jugement. Les camps de travail doivent être surveillés avec discrétion et ressembler autant que possible aux kibboutzim déjà existants.

Il faudra bien sûr transférer un certain pourcentage de la population. Serait-il possible de s'en entretenir plus longuement une fois que nous aurons établi notre contrôle ? J'aimerais mettre sur pied un projet pour ramener les réfugiés palestiniens des camps et de la bande de Gaza pour les réinstaller à la place de colons juifs qui ont accaparé ce qui était de toute évidence des terres arabes avant 1948. Ce sera un bon départ. J'aimerais autant que possible que les Juifs restent sous juridiction arabe, ils pourraient nous créer des problèmes si on les autorisait à partir pour l'Europe ou les États-Unis où ils pourraient se regrouper avec d'autres Juifs et rassembler leurs forces.

Pour l'instant, l'essentiel est de s'assurer que tout sera en place pour le 3 mars. Il ne faut pas qu'il y ait la moindre bavure. Vos associés dans l'armée de l'air doivent s'assurer que l'opération de sabotage se déroule sans obstacle, sinon nous risquons d'avoir des problèmes. Si vous continuez à penser que c'est là le point le plus délicat du plan, tâchez de faire quelque chose tant qu'il en est encore temps. Je sais que vous n'êtes pas entièrement satisfait des jeunes gens qu'on vous a envoyés récemment d'Iram, mais j'ai travaillé avec d'autres jeunes hommes de la ville pendant plusieurs années, je vous promets qu'ils sont bien entraînés et que vous pourrez compter sur eux. Ils ont besoin de temps pour s'adapter à leur nouvel environnement, c'est tout.

Je vous verrai avant mon départ pour Iram. Si seulement Hajj Amin était encore parmi nous pour voir ce jour ! En son nom, je vous dis : Cette année à Jérusalem.

'Abd al-Jabbar al-Shami.

David resta abasourdi par ce qu'il venait de lire, c'était comme s'il avait reçu du plomb dans l'estomac. Il aurait voulu ne pas y croire, douter de chaque mot, mais comment nier l'existence de ce qu'il avait sous les yeux? Il sentait déjà l'odeur du sang qui allait couler, et il savait ce qui allait arriver si Neusner et al-Shami réussissaient. Après la disparition d'Israël, il n'y aurait plus de refuge nulle part. L'antisémitisme se réveillerait en France, en Allemagne, en Grande-Bretagne, aux États-Unis. L'extrême droite avait déjà gagné du terrain, il suffirait de très peu de chose pour confirmer cette poussée. Personne ne viendrait les aider. La disparition d'Israël serait un soulagement pour les puissances occidentales. Elles se retrouveraient libres de se montrer aimables envers les gros producteurs de pétrole. Il n'y avait eu que quelques personnes pour avoir le courage de s'insurger contre ce qui se passait en Allemagne avant la Seconde Guerre mondiale tandis que les gouvernements et les Églises faisaient la sourde oreille. Tout allait se dérouler de la même façon. Ils entendraient parler des camps et prétendraient qu'ils n'existent pas. Les témoins seraient accusés d'exagérer, exactement comme leurs prédécesseurs. On implorerait les gouvernements de laisser entrer les réfugiés dans leur pays et ils répondraient en imposant des quotas très stricts ou en fermant totalement leurs frontières. Avec le taux de chômage que connaissaient les pays industrialisés, l'arrivée massive d'une main-d'œuvre compétente et éduquée serait très impopulaire dans n'importe quel pays.

Enfin soutenue par un État, l'organisation Walkyrie gagnerait en puissance. Elle s'étendrait jusqu'à avoir sous sa coupe les dirigeants de nombreux pays. David frissonna d'effroi. Au début des années trente, personne n'avait imaginé ce qui allait se passer dans la décennie suivante. Et les gens disaient aujourd'hui : ça ne peut plus se reproduire. Vraiment? Il savait que l'histoire pouvait se répéter et que si l'on ne faisait rien c'était exactement ce qui allait arriver. Il n'y aurait plus de drapeaux noirs, de croix gammées et de bottes. La nouvelle génération de fascistes serait formée à un nouveau style, une nouvelle mode. Ils avaient compris les erreurs passées. David savait qu'ils étaient bien là, à attendre, que le SS qui sommeille au fond de nous tous était là, prêt aux actes. C'était comme une marée dans le sang de l'humanité, et si l'on ne faisait pas tout pour la contenir et l'empêcher de remonter, elle déferlerait de nouveau.

Il entendit un bruit juste derrière la porte. Absorbé dans ses pensées et la lecture des documents qu'il avait découverts, David ne s'était pas rendu compte que quelqu'un était entré dans la maison. Il percevait des voix d'hommes chuchotant entre eux. Il regarda tout autour de lui, paniqué. Il n'y avait pas de fenêtre dans la pièce ; il jeta un regard sur les papiers éparpillés sur le bureau. Il fallait à tout prix les remettre en bonnes mains. Presque sans réfléchir, il les rassembla en un tas qu'il jeta dans le coffre-fort sous le plancher, puis il referma la porte. Il replaça la trappe qui cachait le coffre-fort et déroula le tapis. Puis il retourna s'asseoir au bureau, décrocha le téléphone et composa un numéro.

68.

La porte s'ouvrit. Gershon Neusner se tenait dans l'embrasure à côté de Rabin. L'homme maigre qui se trouvait avec eux dans la maison de Zangwill restait à quelque distance derrière eux. David se demanda une fois de plus qui il était.

« Qui êtes-vous ? Qu'est-ce que vous fichez là ? » cria Neusner.

Rabin se pencha à son oreille et murmura quelque chose. Neusner changea d'expression : la colère qui s'était soudainement emparée de lui fit place au calme.

« Je vous prie, fit-il d'une voix plus onctueuse, de reposer ce téléphone, professeur Rosen. Si vous avez quelque chose à raconter, il vaudrait mieux que ce soit à nous. J'aimerais savoir ce que vous croyez que nous faisons, mes amis et moi-même. »

David posa le téléphone sans rien dire.

Neusner poussa un long soupir.

« Vous êtes tellement imprévisible, professeur. Je veux

simplement savoir ce que vous faites ici. Qu'y a-t-il de si grave à cela ? »

David se sentait vaincu. Ils l'avaient toujours rattrapé, comme si un dieu déchu les protégeait pour les mener à la victoire finale.

« Malheureusement, dit Neusner, vous êtes venu ici à un moment difficile. J'attends de la visite d'un instant à l'autre. Vous ne pouvez pas rester. »

Il se tourna vers Rabin et ajouta :

« Pouvez-vous vous occuper de lui ? »

Neusner s'adressa à nouveau à David :

« Je crois que vous connaissez déjà le major Rabin. Il m'a dit que vous aviez eu une intéressante conversation hier. Mais vous ne connaissez pas ce monsieur juste derrière lui. Permettez-moi de vous présenter le colonel Isserles, le supérieur du major Rabin. »

Neusner et Rabin s'écartèrent pour laisser entrer Isserles. Il lança un rapide regard vers David puis se tourna vers Neusner.

« Que voulez-vous qu'on fasse de lui ? demanda-t-il.

– Je veux savoir qui sont ses associés, outre Blandford. Je veux connaître leurs mouvements. Je veux savoir à qui il a donné les copies du dossier et toutes les garanties qu'ils auront prises pour se protéger et protéger les informations qu'ils détiennent. Essayez de savoir surtout ce qui pourrait mettre en danger les opérations prévues pour demain.

– Je ne peux pas l'amener chez moi, dit Isserles. Il s'y est passé trop de choses lors de ces derniers jours.

– Bien, pourquoi n'iriez-vous pas dans une des chambres d'interrogatoire au Mossad ? Vous avez tout ce qu'il vous faut là-bas.

– Il y a une pièce près de mon bureau que l'on n'utilise qu'en cas d'urgence. J'ai les clefs sur moi. »

Rabin s'approcha de David et sortit un gros revolver de sa poche.

« Veuillez vous lever, professeur, dit-il. Nous allons faire un court voyage. »

David obéit. Il regarda la photo de Neusner sur le bureau, les numéros tatoués sur son bras, puis il regarda l'homme qui se tenait devant la porte. Il aurait suffi d'un dernier effort pour battre Neusner. David en était sûr, comme il était sûr qu'il n'aurait plus l'occasion de fournir cet effort.

Il fit un pas vers Rabin, en se demandant s'il ne devait pas au moins essayer. Rabin perçut sa détermination, il vit son corps se contracter, prêt à bondir. Levant le bras, il frappa David en plein visage avec son arme, le faisant trébucher en arrière contre le bureau. David cracha du sang et sentit qu'il avait perdu une dent. Rabin s'avança pour lui assener un autre coup.

« Laisse-le, dit Isserles. On s'occupera de ça plus tard. Je veux qu'il arrive intact. »

Il saisit le bras de Rabin pour le retenir. Isserles était le genre d'homme qui peut contenir sa violence pour s'y adonner plus furieusement par la suite. Comme Neusner qui restait impassible à côté d'eux, il se contrôlait toujours parfaitement.

Rabin aida David à se relever et lui tendit un mouchoir, que David porta à ses lèvres avec une grimace. Sa dent était cassée. Il en restait une partie dans la gencive qui lui faisait extrêmement mal.

Isserles et Rabin l'accompagnèrent à l'extérieur. Neusner les regarda partir, toujours impassible. Une Volvo noire était garée dans le tournant, on le fit asseoir à l'arrière à côté de Rabin qui dirigeait toujours le canon de son arme vers lui, à travers la poche de son manteau. Isserles se mit au volant.

Giv'at Oren n'était pas très loin du centre ville. Ils s'arrêtèrent au coin de Haneviim et de Shivte Israel.

« Descendez lentement », dit Rabin en agrippant le bras de David.

David ouvrit la portière et glissa le long de la banquette. Il se leva difficilement alors que Rabin le tenait toujours. Comme Rabin se penchait pour sortir, David décida que c'était le moment ou jamais. Il se jeta en arrière, repoussant contre la voiture Rabin qui s'affala. David se mit alors à courir à toute vitesse vers un vieux rabbin qui menait un groupe de jeunes garçons à l'école.

« Reb Katzir ! » cria-t-il en se précipitant vers le vieillard et en écartant les écoliers. Il entendit un cri derrière lui et vit que Isserles s'était lancé à sa poursuite suivi par Rabin. David attrapa le rabbin et le serra contre sa poitrine comme s'il venait de retrouver un vieil ami dont il avait perdu la trace depuis de longues années.

« Rebbe, murmura-t-il à l'oreille du vieillard d'une voix paniquée, pour l'amour du ciel, aidez-moi. Ces hommes veulent me tuer. Faites semblant de me connaître. »

Tout se joua en quelques secondes. David pensa que le vieillard n'avait pas saisi, puis il l'entendit demander à voix basse :

« Votre nom ? Il faut que je sache votre nom. »

Isserles arrivait, il était presque déjà sur lui, se frayant un chemin à travers les écoliers effrayés.

« David ! cria le rabbin, mon vieil ami ! »

Et il serra David dans ses bras. Isserles hésita. Rien ne l'avait préparé à ça. Rabin arrivait derrière lui le pistolet à la main. Il avait perdu la tête. Il était désormais prêt à tout.

Le vieillard vit Rabin brandir son arme.

« Mettez-vous derrière moi », murmura-t-il à David. Puis il cria en direction de Rabin :

« Il y a des enfants ici, rangez cette arme ! »

Rabin fit feu, atteignant le vieillard en pleine poitrine.

Les jeunes garçons se mirent à hurler, les gens dans la rue se retournèrent. Quelqu'un approchait en courant. Le vieillard tomba dans les bras de David, il y avait du sang sur son kaftan. David releva les yeux et vit Rabin immobile au milieu de la rue, pétrifié par le bruit de la détonation. Isserles lui arracha l'arme des mains et mit David en joue. Lui aussi était prêt à tout maintenant.

« Fuyez ! » dit le rabbin à David, d'une voix faible.

David hésita et Isserles appuya sur la détente, l'atteignant à l'épaule gauche. Des gens se mirent à crier. Le rabbin poussa un gémissement et cracha un long filet de sang écarlate qui coula le long de sa barbe. David le lâcha et se mit à courir. Une autre balle le manqua de peu et alla s'écraser contre le mur juste à côté de lui, faisant voler des petits éclats de pierre. Il trouva une ouverture et s'y enfonça.

Il entendait derrière lui les pas d'Isserles, tourna dans une autre rue puis une autre. Il était arrivé à Me'a She'arim au milieu d'une foule vêtue de kaftans et coiffée de chapeaux noirs à larges bords. Il était désespéré, son épaule lui infligeait de terribles douleurs et sa dent ne lui laissait aucun répit.

Il était parvenu à semer Isserles. Les gens le regardaient étrangement mais il restait parmi eux, protégé par la foule. Il retourna dans la rue où il avait brièvement habité à son retour du Sinaï, n'empruntant que des passages peu fréquentés, et resta un long moment devant la porte de l'immeuble à observer la rue. Une demi-heure plus tard, toujours pas de signe de Isserles. Le sang qu'il avait perdu l'avait affaibli. La balle lui avait traversé l'épaule, il fallait qu'il reçoive des soins.

Il monta l'escalier d'un pas hésitant et alla frapper à la porte du vieux rabbin qui vivait au-dessus de son appartement, se rendant compte tout à coup qu'il ne savait même pas son nom. Il entendit des pas traînants, puis la porte s'ouvrit. Le vieillard apparut dans l'embrasure de la porte et regarda, immobile, David couvert de sang et grimaçant de douleur.

« *Riboyne Shel O'Lem* », s'exclama-t-il avant de tendre la main à David pour l'aider à entrer. David essaya de dire quelque chose, mais sa bouche lui faisait trop mal.

« Ne parlez pas, marmonna le vieillard en l'emmenant jusqu'à une banquette à l'autre extrémité de la pièce. On parlera plus tard. »

Il aida David à s'asseoir et lui releva les jambes pour qu'il puisse s'allonger.

« Vous êtes bien monsieur Lévi ? Qu'est-ce qui vous est arrivé ? »

David fit un effort pour parler mais le rabbin posa son doigt sur ses lèvres.

« Vous ne devriez pas parler. Excusez-moi, je ne devrais pas vous poser de questions. Je vais aller chercher un docteur. Ne parlez pas. Répondez-moi par un signe de tête. »

David hocha la tête. Le vieillard sourit puis fronça les sourcils et se dirigea vers la porte. David le regarda sortir après avoir touché la mizouza, en marmonnant des prières. Il fut pris de nausée, il parvint à se redresser avant de vomir un épais liquide chaud et amer qui semblait lui déchirer la poitrine. Son front était couvert de sueur. Il allait s'évanouir, ce qui eût été un soulagement. Mais il ne pouvait pas se permettre de s'abandonner, du moins pas encore. Il fallait tenir.

Pendant tout ce temps, son esprit était hanté par le souvenir des phrases qu'al-Shami avait écrites à Neusner, comme si un disque rayé tournait dans sa tête : « L'invasion sera moralement légitime... Nous devons contrôler un territoire suffisamment grand... nécessaire de contrôler toutes les régions habitées par les Juifs... le contrôle sera plus difficile... Les camps de travail devront être surveillés avec discrétion... cette année à Jérusalem... »

Le rabbin revint dix minutes plus tard avec un docteur. Un jeune religieux dont la sacoche et le stéthoscope juraient avec ses *pe'ot* et son kaftan.

« Qui vous a fait ça ? demanda le docteur en aidant le rabbin à nettoyer le sang et les vomissures. Quand est-ce arrivé ?

– Il ne peut pas parler, docteur, dit le rabbin. Ne l'obligez pas à parler. Donnez-lui quelque chose pour calmer sa douleur et le faire dormir. »

David lança un regard paniqué vers le médecin et secoua violemment la tête. La douleur éclata dans son corps comme des feux d'artifice dans la nuit.

« Non, murmura-t-il, pas dormir... je dois... rester éveillé... Il faut... me croire... c'est très important... c'est une question... de vie ou de mort... Je vous en supplie. »

Le docteur fit un signe de tête négatif.

« Vous êtes blessé, vous avez perdu beaucoup de sang. Vous devez dormir ne serait-ce que quelques heures. Je vais vous donner quelque chose qui calmera la douleur et vous aidera à vous détendre. Vous vous réveillerez dans deux ou trois heures et vous vous sentirez beaucoup mieux, je vous le promets. Vous ne pouvez rien faire dans cet état, même si c'est très important.

– Mais il n'y a pas le temps ! » protesta David.

Il essaya de se relever mais eut l'impression de tomber dans un trou noir. Le docteur le repoussa contre le lit.

« N'essayez pas de vous redresser. Détendez-vous. »

Il mit la main dans son sac et en sortit une seringue. David le regarda, implorant, mais il n'avait plus aucune force. Le docteur releva la manche de sa chemise et lui plongea la seringue dans le bras. L'obscurité revint et des bras doux et chauds l'enserrèrent.

69.

Quand David se réveilla, il comprit qu'il était allongé sur un lit. Il ne savait absolument pas où il se trouvait et dut faire un effort pour contenir son angoisse Il se souvenait du bureau avec Neusner et les autres, il savait qu'il allait être interrogé, il se souvenait également du trajet en voiture à travers Jérusalem. Puis la suite lui revint à l'esprit. Il souffrait d'un horrible mal de tête et sa bouche lui infligeait de terribles souffrances. Il se tourna sur le côté et aperçut quelqu'un assis sur une chaise à côté de lui. C'était le vieux rabbin. David se souvint de son nom, c'était Gershevitch.

Le vieillard le regardait sans sourire. Il se leva, se dirigea vers la porte, ouvrit et appela. Quelques instants plus tard, le jeune docteur apparut dans la pièce.

« Il s'est réveillé, dit Reb Gershevitch à voix basse.

– Je vois. »

Le docteur traversa la pièce et examina David en silence.

« Comment vous sentez-vous ? demanda-t-il enfin.

– Pas très bien », répondit David. Il parlait d'une voix enrouée, et se rendait compte que sa gorge était extrêmement sèche.

« J'ai mal à la tête, et à la dent, celle que je me suis cassée.

– Je vais vous faire une injection, dit le docteur.

– Je ne veux pas dormir.

– Ne vous inquiétez pas. Vous avez assez dormi pour le moment. Il faut que vous puissiez dormir convenablement cette nuit.

– Quelle heure est-il ? » demanda David. Il redevenait conscient que le temps pressait.

« Sept heures passées », répondit le docteur.

Il ne souriait pas, lui non plus. David croyait se souvenir qu'il lui avait pourtant souri quelques instants auparavant.

« Qu'est-ce qui se passe ? demanda David. Quelque chose ne va pas ? »

Le docteur hocha la tête.

« Effectivement », dit-il.

David se demanda s'il était déjà arrivé quelque chose. Neusner avait-il décidé d'avancer l'heure de l'action ? Avait-il reçu de nouvelles instructions de Damas ?

Le docteur se pencha et ramassa un exemplaire de *Ma'arev*, un journal qui paraissait le soir à Jérusalem.

« Après mon départ j'ai dû rendre visite à d'autres patients. Mais il y a à peu près une demi-heure j'ai décidé de revenir voir comment vous alliez. Et voilà ce que j'ai vu chez un marchand de journaux. »

Il tendit à David le journal plié de façon qu'il puisse voir le gros titre de la première page. David se releva sur le lit et cette fois le docteur ne fit rien pour l'en empêcher. Tout d'abord, David vit cinq photos. Sur la première, son propre visage le fixait. Combien de temps auparavant cette photo avait-elle été prise ? Cela faisait trois ans, le Mossad avait demandé une photo récente pour établir son dossier. Il reconnaissait son vieux costume et sa cravate. Il y avait, juste à côté de la sienne, une photo de Harry Blandford qui avait dû être prise dix ou douze ans auparavant mais il était encore parfaitement reconnaissable. La troisième photo était en dessous de celle de David. Il ne reconnut pas immédiatement de qui il s'agissait, puis il se rappela et comprit : c'était le vieux rabbin que Rabin avait abattu dans la rue. On lisait son nom sous la photo : rabbin Avram Wise. Un peu plus bas sur la même page se trouvaient les photos de Rabin et Isserles. Et au-dessus des photos, ce gros titre :

LA CHASSE À L'HOMME EST ENGAGÉE DANS JÉRUSALEM
POUR RETROUVER L'ASSASSIN DU RABBIN

David eut une sensation de vertige. Son estomac se contracta, il éprouva une horrible envie de vomir. Il pencha la tête en avant et respira profondément.

La nausée passa et il se mit à lire.

On commence à connaître des détails sur la fusillade tragique qui s'est déroulée cet après-midi sur Haneviim. Peu après trois heures, un terroriste du nom de David Rosen, escorté par deux officiers du Mossad, le colonel Ephraim Isserles et le major Moshe Rabin, a profité d'une seconde d'inattention. Rosen, qui ne portait pas de menottes, a arraché le revolver du major Rabin avant de lui en porter un coup et de tenter de s'enfuir. Le colonel Isserles s'est lancé à sa poursuite sans pouvoir utiliser son arme de peur de blesser des passants. Gêné dans sa fuite par un groupe d'écoliers qui sortaient d'une yeshiva, alors que le professeur tentait de l'arrêter, Rosen s'est servi de son arme et a tiré sur le rabbin Avram Wise. Le colonel Isserles a tenté de rattraper Rosen mais l'a perdu de vue dans la foule de Me'a She'arim.

Rosen, qui est âgé de trente-quatre ans, est professeur dans une université américaine et est connu pour entretenir des liens étroits avec des organisations palestiniennes comme le FPLP. Interrogé cet après-midi, le colonel Isserles a déclaré que Rosen était soupçonné de faire partie d'un complot organisé par l'OLP pour empêcher la signature du traité de demain avec le président al-Hashimi. Un deuxième suspect, Harry Blandford, de nationalité britannique et résidant à Jérusalem, est toujours recherché par la police.

Les deux hommes sont armés et dangereux. Il est demandé au public de se tenir à distance et d'informer immédiatement les autorités si quelqu'un les voit. Quiconque serait au courant des mouvements de Harry Blandford est prié d'en informer le commissariat de police le plus proche.

La victime, le rabbin Wise, était connue et appréciée à Me'a She'arim…

David fut incapable d'en lire plus. Il posa le journal sur le lit. Quand il releva les yeux, il vit que le rabbin Gershevitch s'était approché.

« Est-ce vrai ? » demanda Gershevitch.

David le regarda droit dans les yeux, comme s'il essayait de comprendre comment le vieillard le percevait, lui, l'assassin, le terroriste. Il fit un signe négatif de la tête et ressentit en même temps une terrible douleur dans la dent.

« Vous n'avez pas tué cet homme ? Avram Wise ? »

David secoua à nouveau la tête, à plusieurs reprises.

« Vous savez qui l'a tué ?

– Oui.

– Est-ce cet homme ? Blandford ?

– C'était Rabin, fit David en secouant doucement la tête, le major du Mossad. »

Gershevitch regarda le docteur.

« Pourquoi aurait-il fait une chose pareille ? demanda celui-ci.

– Il était en train de me tirer dessus, répondit David. J'étais juste à côté du rabbin. La balle m'a manqué et atteint Rabbi Wise.

– Pourquoi vous tirait-il dessus ? Est-ce que vous étiez en train de fuir, comme on le lit dans le journal ?

– Oui », répondit David.

Tout était si difficile à expliquer, comment leur faire comprendre la vérité ?

« Alors vous admettez être un terroriste ? »

C'était le docteur qui avait parlé, cette fois. Sa voix était dure et glaciale.

« Non, fit David avec un soupir. Je travaillais pour le Mossad, pas pour l'OLP. Isserles et Rabin, ces deux hommes dont ils parlent dans le journal, ils travaillent aussi pour le Mossad, mais en fait ils appartiennent à un autre groupe. C'est difficile à expliquer.

– Comment voulez-vous que nous vous croyions ? Si vous dites la vérité, la police s'en rendra certainement compte. Vous devez bien comprendre que je suis obligé d'aller les voir. »

David ferma les yeux. Il fallait trouver une solution. Il regarda le docteur. Si cet homme refusait de le croire, c'était la guerre.

« Et les enfants ? demanda David. Ils ont vu l'incident. Pourquoi est-ce que personne ne leur demande rien ? »

Le docteur lança un regard vers Gershevitch.

« Ça aiderait à clarifier les choses », dit-il.

Il se tourna de nouveau vers David.

« La seule raison pour laquelle je ne suis pas encore allé voir la police vient de ce que le journal ne mentionne pas votre blessure à la bouche. Et aussi parce qu'ils disent qu'Isserles n'a pas voulu se servir de son arme dans la rue, mais Rabbi Gershevitch affirme que vous n'étiez pas armé en arrivant ici. »

Il marqua une pause et il ajouta :

« Je vais voir si je peux trouver un des écoliers qui se trouvaient avec Rabbi Wise cet après-midi.

– Il vaut mieux que vous restiez ici, dit Gershevitch. Ils me connaissent bien à la yeshiva. Je connais les parents de plusieurs de ces garçons. Ils me feront confiance. Surveillez notre ami. Je ne m'absenterai pas longtemps. »

Le docteur resta avec David. Aucun des deux ne parla. David ferma les yeux et essaya de se reposer, mais son mal de tête et les pensées qui lui traversaient l'esprit ne lui accordaient aucun répit.

« Est-ce que je pourrais avoir quelque chose pour calmer la douleur ? » demanda-t-il.

Le docteur se leva.

« Bien sûr. Excusez-moi. J'avais oublié. »

Il ouvrit sa sacoche et sortit des médicaments.

« Prenez-en deux, dit-il. Ils agissent très rapidement et leur effet se prolonge une heure ou deux. »

Il regarda David qui prenait ses médicaments en buvant de petites gorgées d'eau. Il fallait qu'il soit sûr de ne pas se tromper. Son instinct le poussait à croire David, mais il fallait en être absolument certain. Ce n'était pas une affaire à prendre à la légère.

Gershevitch revint une demi-heure plus tard en traînant un garçon d'une dizaine d'années, visiblement effrayé. L'enfant marchait derrière, tenant la main de Gershevitch. Les événements de la journée l'avaient perturbé. Et maintenant Rabbi Gershevitch voulait qu'il identifie un homme. Il faisait confiance au rabbin mais se sentait perdu.

David remarqua qu'il avait les yeux rouges et qu'il avait pleuré. Le docteur se leva et se dirigea vers lui pour essayer de le rassurer.

« Voici Nachum, dit Gershevitch. Son père et sa mère m'ont permis de l'emmener ici avec moi. »

Puis s'adressant au jeune garçon il ajouta :

« N'aie pas peur, Nachum. Tu n'as rien à craindre ici avec moi. Je veux simplement que tu nous dises si tu reconnais l'homme qui est allongé sur le lit. Est-ce que tu l'as déjà vu ? »

Le jeune garçon regarda longuement David, comme pétrifié, puis il détourna les yeux et hocha la tête.

« Tu l'as déjà vu ? » demanda le docteur.

Le garçon hocha de nouveau la tête.

« Est-ce que tu peux me dire où tu l'as vu ?

– À Haneviim », murmura le garçon d'une voix presque inaudible.

Gershevitch se pencha pour mieux entendre.

« Quand ? demanda-t-il.

– Aujourd'hui, répondit l'enfant. Cet après-midi quand Rabbi Wise a été tué.

– Je vois », dit Gershevitch.

Il y eut un silence. Puis il reprit :

« Est-ce que c'est cet homme qui l'a tué ? » demanda-t-il enfin.

Le garçon fit de la tête un signe négatif. Gershevitch releva les yeux et regarda le docteur.

« Est-ce que tu as vu qui a tué Rabbi Wise ? Je suis désolé de te demander tout ça, mais c'est très important. »

Le jeune garçon hocha la tête.

« Oui, dit-il.

– Est-ce que tu le reconnaîtrais ? »

Gershevitch sentit la main du garçon se raidir dans la sienne.

« Ne t'inquiète pas, fit-il d'une voix rassurante. Il n'est pas ici. Mais j'ai des photos que j'aimerais te montrer. »

Le docteur prit le journal et le mit sous les yeux du garçon.

« Était-ce l'un de ces hommes ? » demanda-t-il.

Sans la moindre hésitation, le jeune garçon désigna la photo de Rabin.

« C'est celui-là, dit-il.

– Est-ce que tu peux nous dire ce qui s'est passé ? demanda le docteur.

– Oui, fit le jeune garçon en reprenant un peu confiance. Nous marchions avec Rabbi Wise, quand cet homme – il désignait David du doigt – est venu vers nous en courant. Il a parlé avec le rabbin. Je ne sais pas ce qu'il a dit, mais le rabbin lui a dit *shalom*, et il l'a embrassé comme s'il le connaissait. Puis l'autre homme, celui qui est dans le journal, est venu en courant. Il avait un revolver. Il l'a relevé et il a tiré. La balle a atteint Rabbi Wise et il est tombé par terre. Alors l'homme qui est dans le lit s'est enfui. Puis un autre homme est venu, il a ramassé le revolver de l'autre et il a couru après l'homme qui est dans le lit. »

Le docteur désigna David d'un geste de la main.

« Est-ce que cet homme avait une arme ? Est-ce qu'il a tiré sur quelqu'un ?

– Non, je n'ai pas vu qu'il avait une arme. C'était l'autre homme qui avait une arme.

– Je vois, dit le docteur en regardant Gershevitch.

– Est-ce que j'aurai des ennuis ? demanda le garçon.

– Des ennuis ? fit Gershevitch. Pourquoi est-ce que tu aurais des ennuis ?

– Parce que je suis venu ici. Je n'avais pas le droit de parler. L'homme a dit qu'on ne devait parler de ça à personne. »

Gershevitch et le docteur échangèrent un regard.

« De quel homme s'agit-il ? demanda le docteur.

– Je ne sais pas qui c'était. Il est venu à la yeshiva tard cet après-midi. Il nous a tous rassemblés, tous ceux qui étaient avec Rabbi Wise, et il nous a dit qu'il avait reçu l'ordre de nous interdire de parler de ce qui est arrivé aujourd'hui. Je crois qu'il était de la police mais je ne suis pas sûr. Il était très grand. Il nous a fait très peur.

– Ça ne fait rien, dit Gershevitch. Tout ira très bien, tu n'auras pas d'ennuis, je te le promets. Allez, viens. Je vais te raccompagner chez tes parents. »

Le jeune garçon se tourna vers David.

« Vous allez bien ? demanda-t-il. Est-ce qu'ils vous ont aussi tiré dessus ? »

David essaya de sourire.

« Oui, dit-il, ils m'ont tiré dessus, mais je vais mieux maintenant. Le docteur s'est occupé de moi.

– Tant mieux, répondit l'enfant. J'espère que vous allez guérir. »

Quand Gershevitch et le garçon furent partis, le docteur s'assit à côté de David sur le lit.

« Je vais devoir vous laisser bientôt, dit-il. J'ai des patients gravement malades à voir. Je crois que tout ira bien une fois qu'on se sera occupé de cette dent. »

Il s'interrompit et poussa un soupir avant d'ajouter :

« Mais cela ne vous sera sans doute pas très agréable. »

David secoua la tête.

« Je vais voir ce que je peux faire. Il faut que je trouve quelqu'un en qui je puisse avoir confiance. Comptez-vous rester ici ? Vous serez en sécurité, du moins pour le moment.

– Non, répondit David, je ne peux pas rester, j'ai des choses urgentes à faire. Je ne peux pas vous expliquer de quoi il s'agit, mais il faut me croire.

– Je vous crois, dit le docteur, puis il demanda : Votre ami, l'Anglais, est-ce qu'il est en danger ?

– Oui, répondit David, mais je pense qu'il n'a rien à craindre pour le moment. Après-demain, tout cela n'aura plus la moindre importance. Si je ne parviens pas à faire ce que je dois faire, nous serons tous en danger. Vous, Gershevitch, le jeune garçon qui est venu ici tout à l'heure, tout le monde. »

Le docteur ne répondit pas. Il comprenait à la voix de David que la situation était grave.

« Est-ce que je peux faire quelque chose ? demanda-t-il.

– Non, répondit David, vous seriez obligé d'expliquer comment vous avez reçu certaines informations. Ce serait trop long.

– Je peux au moins vous aider à supporter la douleur. »

Il mit la main dans sa sacoche et en sortit un flacon.

« Prenez-en deux chaque fois que vous en aurez besoin.

Essayez de ne pas en abuser, mais si c'est nécessaire pour tenir le coup… »

Il posa le flacon sur la petite table de nuit. Gershevitch arriva quelques minutes plus tard.

70.

Après le départ du docteur, David se rendit compte qu'il ne connaissait même pas son nom.

« Yaakov Gaster, lui dit Gershevitch plus tard. Il est jeune mais il comprend très bien notre façon de vivre et de penser. On peut lui faire confiance.

– Et vous ? Pourquoi n'êtes-vous pas allé directement à la police quand vous avez vu l'article ?

– La police ! Les journaux ! grommela Gershevitch. Ça doit être la première fois que je lis le journal. Et ce qui s'est passé ne fait que me confirmer ce que j'ai toujours pensé, ils ne font que raconter des mensonges. Quant à la police, elle est pour les sionistes, pas pour nous. »

David comprenait ce qu'il voulait dire. Pour les ultra-orthodoxes, l'État d'Israël, ses lois, ses institutions ne sont qu'un blasphème. Pour eux, il ne peut pas y avoir d'État d'Israël avant la venue du Messie. Ils préféraient la prière aux sirènes de voitures de police.

« Vous m'auriez quand même hébergé, pensant que j'avais tué un rabbin ? »

Gershevitch poussa un soupir.

« Non, dit-il, un crime mérite d'être puni. Mais je serais allé voir d'autres personnes pour leur demander conseil. Et maintenant, je suis content de ne pas l'avoir fait.

– Moi aussi. Très content. »

Rabbi Gershevitch lui sourit.

« Vous devriez vous reposer maintenant. Vous avez passé une drôle de journée. »

David secoua la tête.

« Tout à l'heure, peut-être, mais c'est impossible pour le moment. Je vous en supplie, ne m'y obligez pas. Je dois me lever, il faut que je passe deux coups de téléphone importants. Est-ce que vous pouvez m'aider à trouver un téléphone ? »

Le vieux rabbin poussa un soupir.

« Mon gendre a un téléphone. Ils ont des enfants et ils me disent qu'ils ont besoin d'avoir un de ces appareils en cas d'urgence. Vous pourrez l'utiliser, mais il faut d'abord que je vous trouve des habits convenables. Quand je vous ai connu, vous portiez des vêtements respectables. Vous aviez des *pe'ot* et une petite barbe. Vous portiez une *yarmulka*. Un peu fantaisiste, peut-être, mais c'était quand même une *yarmulka*. Et maintenant… Maintenant, vous avez l'air d'un goy. Mon gendre est à peu près de votre taille. Il va falloir vous habiller comme un Juif. Un Juif avec un pansement à l'épaule. Ça ira ?

– Oui, répondit David en souriant. Ça ira très bien. »

David téléphona aux Benabu de l'appartement du gendre de Gershevitch. Ce fut Etan qui répondit.

« David ! Où es-tu ? Que se passe-t-il ? Nous avons vu les journaux et nous sommes fous d'inquiétude. Est-ce que tu sais ce qu'on raconte sur toi ?

– Oui, je sais. J'ai aussi vu l'article. Mais tout va bien pour le moment, je suis en sécurité.

– C'est vrai ce qu'ils disent ? Que tu as tué…

– Non, c'est Rabin qui a tué le rabbin. Il l'a abattu en essayant de me tirer dessus.

– Nous étions sûrs que c'était un mensonge. Harry a trouvé Isserles sur la liste. Il s'appelle Schultz de son vrai nom. Il était avec Neusner à Dachau. Harry pense que ça devient trop dangereux, qu'il faut te retirer de cette affaire.

– Passe-le-moi ou appelle Leïla, je voudrais lui parler. »

Il y eut un bref silence à l'autre bout du fil, puis Etan reprit la parole.

« Harry est ici, je te le passe. »

Harry parlait d'une voix tremblante qui trahissait sa nervosité.

« Dieu merci, vous êtes sain et sauf, David. Que se passe-t-il ?

– Écoutez bien, Harry, c'est très important. Je suis allé chez Neusner cet après-midi. J'y ai trouvé un coffre-fort plein de documents. Il y a là toutes les preuves qu'on peut désirer. Mais Neusner est arrivé avec deux de ses acolytes et ils m'ont découvert. C'était Isserles et Rabin, les deux hommes que vous avez vus dans le journal. Rabin est celui que j'ai vu hier. Ils m'ont reconnu immédiatement, mais j'ai eu le temps de remettre les documents à leur place avant qu'ils ne s'en rendent compte. Ils ne savent pas que je les ai vus.

« Harry, il faut faire venir quelqu'un dans cette maison pour qu'il voie ces documents. Quelqu'un en qui on peut avoir confiance. Il y a toute une série de lettres envoyées de Syrie et signées de la main d'al-Shami. J'y ai vu tous les détails d'un grand complot pour envahir Israël, qui commence demain. Juste après la signature du traité. »

Un long silence suivit les paroles de David avant qu'il n'entende à nouveau la voix de Blandford.

« Doux Jésus, murmura-t-il, laissant le chrétien en lui refaire surface. Où avez-vous vu ça ?

– Tout est dans les lettres, Harry. Elles contiennent absolument toutes les informations. C'est la dernière qu'il faut lire, elle date d'il y a à peu près deux mois.

– Vous êtes sûr ?

– Je l'ai lue moi-même, il n'y a pas d'erreur possible.

– Où se trouvent ces documents, David ?

– Dans le bureau de Neusner, à gauche du bureau sous le tapis. Il y a une trappe qui cache le coffre-fort. La combinaison est le numéro de code de Neusner dans le régiment Walkyrie. Vous le trouverez dans la copie du fichier. Il faut prendre le numéro complet, avec les dates et les lettres, tout.

– Je comprends, je le trouverai.

– Bien. Mais faites très attention quand vous irez chercher de l'aide. Si l'on vous arrête, il nous faudra des jours avant que nous puissions faire quelque chose. Et encore si Isserles et ses petits copains ne vous attrapent pas. Nous ne pouvons pas nous permettre de perdre tout ce temps. Je pense que c'est Leïla qui devrait essayer d'établir un contact. Est-ce que je pourrais lui parler ? »

Il y eut un silence.

« Désolé, David, elle n'est pas ici.

– Où est-elle ?

– Elle... elle a téléphoné il y a environ deux heures. Elle s'est arrangée pour être l'interprète d'al-Hashimi demain. Ce qui veut dire qu'elle doit passer la soirée à travailler. Elle est en ce moment dans sa résidence. Tout ce qu'elle sait, c'est qu'elle se trouve quelque part dans Jérusalem. Les services de sécurité ne l'autorisent pas à partir. Elle quittera la résidence en compagnie d'al-Hashimi demain matin, c'est la procédure habituelle. »

David sentit un froid glacial le parcourir.

Il allait devoir agir seul.

« Harry, si elle téléphone, dites-lui de laisser tomber, qu'elle dise qu'elle est tombée brutalement malade, n'importe quoi, mais qu'elle sorte de là. Je vous rejoins d'ici peu, attendez-moi. »

David reposa le téléphone. Ses mains tremblaient. Il poussa un soupir et se leva.

Rabbi Gershevitch et son gendre l'attendaient dans la pièce à côté. Ils relevèrent la tête en l'entendant entrer.

« Il faut que je parte, Rabbi », dit David.

Gershevitch quitta sa chaise et s'avança vers lui.

« Vous êtes malade, vous devez vous reposer. Vous avez fait tout ce que vous pouviez, laissez quelqu'un d'autre se charger d'achever cette tâche.

– J'aimerais bien que ce soit possible, mais je n'ai pas le choix. Si je reste ici à attendre, il se passera quelque chose de terrible. Des innocents vont mourir. J'ai peur, Rabbi, j'ai peur pour moi-même, pour vous, pour nous tous.

– Est-ce que d'autres gens se feront tuer ?

– Beaucoup d'autres. Ce sera encore une fois l'Holocauste. Toute cette obscurité. Et cette fois ce sera pire. J'ai vu des choses, *rebbe*, des choses terrifiantes. J'ai vu ce que mes parents ont vu et ce que vous avez vu. Des documents avec des svastikas, des insignes avec des éclairs… »

Le vieillard se mit à frémir.

« Ne parlez pas de ça ! » dit-il.

Il avait parlé d'une voix sévère, comme pour rabrouer un enfant qui parlerait légèrement de la mort au cours d'un enterrement. Il regarda tout autour de lui, posa son regard sur son gendre, sur une série de photos sur une table basse. Sa fille et ses petits-enfants. Il les regarda longtemps.

« De quoi avez-vous besoin ? demanda-t-il finalement.

– Il me faut une voiture, répondit David. Il faudrait que quelqu'un me conduise chez des amis. Je ne peux pas prendre un taxi, ce serait trop risqué, on pourrait me reconnaître. »

Le gendre se leva.

« J'ai une voiture, dit-il, je vous emmène. Où voulez-vous aller ? »

71.

L'idée s'était formée dans l'esprit de David alors qu'il était allongé sur le lit à attendre que Gershevitch revienne avec le jeune garçon. Elle lui paraissait complètement folle. Tout reposait sur un plan qui aurait pu n'être rien de plus qu'un de ces canulars dont Damien Wise avait le secret. Sans prendre le temps d'expliquer ce qui lui était arrivé, il demanda à Etan à le voir dans son bureau. Dès qu'ils furent assis, David alla droit au but.

« Etan, fit-il, tu m'as dit la dernière fois que nous nous sommes vus que tu connaissais un accès secret à la Coupole du Rocher, un chemin que personne n'avait encore découvert. Était-ce une exagération à la Damien Wise ou est-ce que tu disais la vérité pour une fois ? »

Etan le regarda d'un air peiné.

« David, m'as-tu jamais entendu dire un mensonge ? Wise ne dit que la vérité, c'est ce qu'il en fait qui pose des problèmes. »

Il marqua une pause avant d'ajouter :

« Oui, il y a une entrée secrète. Je me la réservais pour mon prochain livre : *Les Secrets des croisés*. Ça devait être une grande révélation. Tu ne vas pas tout gâcher, j'espère.

– Je crois malheureusement que j'y suis obligé, Etan. Est-ce que quelqu'un d'autre connaît ce passage ?

– Ça m'étonnerait. Je l'ai découvert juste avant ta dernière visite. Tu connais les grottes à côté de la porte d'Hérode, celles qu'ils appellent les carrières de Salomon ou les grottes de Zedekiah ? »

David hocha la tête. Il connaissait l'endroit pour s'y être rendu lui-même.

« On dit que c'est là que Salomon a trouvé les pierres pour construire son temple. Pour les francs-maçons, c'est l'origine de leur ordre. C'est comme tu vois un sujet rêvé pour Damien Wise. Les carrières s'étendent sur à peu près cinq cents mètres sous la Vieille Ville, mais il paraîtrait que certaines galeries annexes vont beaucoup plus loin. J'ai lu quelque part que les croisés, ou pour être plus exact les templiers, s'étaient livrés à des fouilles sous le mont du Temple. Est-ce que tu savais ça, David ? »

David sourit.

« Oui, dit-il, je le savais, et j'ai même entendu parler du Rouleau de Cuivre. »

Le Rouleau de Cuivre était un des documents de la mer Morte découverts à Qumran. Il mentionnait l'existence de lingots d'or, de vases sacrés et de nombreux autres trésors, et aussi de vingt-quatre caches sous le Temple de Jérusalem, c'est-à-dire sous le site de l'actuelle Coupole du Rocher.

« Quel dommage, dit Etan, je voulais t'en faire la révélation.

– Désolé, mais c'est déjà fait. Continue toujours ton histoire de templiers.

– Ah oui, les templiers. Eh bien j'ai pensé qu'ils avaient peut-être essayé de creuser dans les carrières, surtout s'ils croyaient qu'il existait un lien avec Salomon, et j'ai obtenu la permission d'aller voir moi-même. Pas une véritable fouille, j'avais juste une truelle et une lampe de poche. Mais j'ai quand même trouvé ce que je cherchais. Tout avait été muré consciencieusement, bien sûr, mais je suis parvenu à pratiquer une ouverture, je l'ai évidemment refermée par la suite. C'était un long tunnel qui traversait tout l'ancien emplacement du temple sous le Rocher.

– Et tu penses que ce sont les templiers qui l'ont creusé ?

– Oh non, c'est beaucoup plus vieux. Mais il y avait des signes croisés sur les murs. Je crois en revanche que ce sont eux qui l'ont muré.

– Où est-ce qu'il aboutit ?

– À l'intérieur de la Coupole. Tu n'as pas l'intention d'y aller demain, David ? »

David répondit par un signe de tête affirmatif.

« Est-ce que je peux te demander pour quelle raison ?

– Je vais tuer al-Hashimi. C'est la seule solution qui nous reste. Nous n'avons pas le temps d'en trouver une autre. C'est la seule façon de tout arrêter. »

Etan respira profondément.

« Très bien, dit-il enfin, je ne pose plus de questions. Est-ce que je peux me rendre utile ?

– Il y a trois choses que tu peux faire, Etan. Je veux que tu m'aides à trouver la sortie du tunnel. Ensuite que tu aides Harry à aller chercher les documents chez Neusner. Et que tu me prêtes ton fusil. »

Comme tous les hommes de son âge en Israël, Etan était réserviste et faisait quarante-cinq jours de service militaire chaque année. Il y avait toujours une arme à feu chez lui en cas de mobilisation d'urgence.

Il se leva et alla à la fenêtre. Dehors il faisait nuit.

« D'accord, David, fit-il. Tu peux prendre le fusil, je t'accompagnerai au bout du tunnel. Il s'enfonce profondément sous le roc et ressort dans la petite grotte qu'on appelle le Puits des Ames. Est-ce que cela peut t'aider ? Tu penses pouvoir y arriver ? »

David se mit à réfléchir. Le Rocher était un large monticule presque rectangulaire, se dressant en plein milieu du bâtiment qui formait un octogone. On disait que c'était le roc sur lequel Abraham avait préparé le sacrifice de son fils Isaac et depuis lequel Mahomet était monté au ciel sur la créature ailée qui se nommait Buraq. De nombreux savants pensaient que la grotte en dessous avait été le saint des saints du temple, l'endroit même où s'était trouvée l'Arche.

« Je ne sais pas, dit David, j'aurai besoin d'un plan de la mosquée. Est-ce que tu as quelque chose ?

– Bien sûr, juste une minute, je crois qu'il y en a un là-bas. »

Il ne lui fallut pas plus d'une minute pour trouver le livre qu'il cherchait, un énorme volume vert, le premier tome de *L'Architecture musulmane des premiers siècles* de Cresswell. Il fit de la place sur le bureau et posa le livre. Il y avait un plan du bâtiment dans le premier chapitre.

« Regarde, dit Etan, en montrant le croquis des escaliers sur le côté sud. C'est ici que tu vas sortir du tunnel. Et ensuite ?

– Ça dépend de l'endroit où al-Hashimi se trouvera. Il peut se mettre n'importe où pour prononcer son discours, ce foutu bâtiment est parfaitement rond. Mais il serait plus logique qu'il s'oriente vers un des côtés. Je penche pour le côté ouest. C'est l'entrée habituelle face au Mur des lamentations. Ce qui permettrait aux gens de regarder vers l'est, avec toute la valeur symbolique que cette position implique, même à Jérusalem.

« Bon. Considérons qu'il se tiendra sur le côté ouest. Al-Hashimi fera face à la porte, tournant le dos au pilier central. Il y aura une estrade ou une sorte de piédestal. Si j'arrive au sommet du Rocher, je pourrai ramper par-dessus la balustrade. Je crois me rappeler que le dessus du Rocher est plat. Il n'est pas très éloigné du sol, je devrais être invisible là-haut en m'allongeant. Ces choses-là, ce sont des plaques de métal entre les piliers, non ?

– Exact.

– Alors je tirerai à travers les plaques. Ça devrait marcher. »

Etan écoutait d'un air sceptique, mais il garda le silence.

« Quand pouvons-nous y aller ? demanda David.

– Les carrières sont ouvertes aux visiteurs à partir de huit heures et demie. Il n'y aura encore personne à cette heure au mois de mars, mais je préférerais ne pas faire d'ouverture dans ce mur s'il y a des risques qu'on nous surprenne. Je crois qu'on devrait y aller vers six heures. Ça nous donnerait le temps de rentrer, trouver notre chemin et refermer l'ouverture derrière nous. »

Etan se leva et ajouta :

« Et maintenant, tu devrais aller te coucher. Tu as besoin de sommeil. »

David leva les yeux vers son ami. Quand tout cela sera-t-il fini ? se demanda-t-il.

72.

David rêva du désert. Il se réveilla en sueur, incapable de dire si c'était sa bouche ou son épaule qui le faisait le plus souffrir. C'était un rêve froid, sinistre, hivernal.

Il était cinq heures. David se sentait épuisé. Son court sommeil ne l'avait pas reposé. Il se leva et traversa la chambre sur la pointe des pieds. Etan et lui s'étaient donné rendez-vous à cinq heures et demie dans la cuisine. Il tenait à la main le fusil d'Etan qu'il avait gardé dans sa chambre toute la nuit. Il alluma la lumière, s'assit et s'assura du bon fonctionnement du fusil, le chargeant et le déchargeant à plusieurs reprises. Il savait qu'il lui faudrait l'essayer un peu plus tard, pour s'adapter à la ligne de mire. Il savait qu'il n'aurait qu'une chance, ou deux coups tirés l'un après l'autre. Deux balles pour empêcher les ténèbres de revenir.

C'était surtout son bras gauche qui l'inquiétait. Son bras droit était encore douloureux, mais il pouvait appuyer sur une détente sans aucun problème. Il lui fallait épauler la crosse, mais l'épaule gauche menaçait de céder à tout moment. Il était vital de trouver une position qui lui permette de supporter le poids de l'arme. Il avait suivi un entraînement avec le Mossad, mais cette période de formation avait été très brève et il était loin d'être un tireur d'élite.

Beth ouvrit la porte sans que David la remarquât. Elle resta dans l'embrasure à le regarder avec des yeux tristes et rêveurs. David leva la tête et leurs regards se croisèrent. Il connaissait Beth depuis de nombreuses années. Ils étaient sortis ensemble à l'école, avant que « l'homme de l'espace » – ainsi qu'ils avaient surnommé Etan – ne fasse son apparition. David essaya de sourire, mais ses lèvres restèrent immobiles. Elle vint s'asseoir à côté de lui.

« Tu as décidé d'aller jusqu'au bout, David ? »

Il hocha la tête.

« Etan m'a tout raconté hier soir. Ce matin, en fait. J'aimerais que tu n'aies pas à faire ça.

– Moi aussi, répondit David d'une voix calme.

– Et il n'y a pas d'autre solution ? »

Il fit non de la tête.

« J'ai toujours détesté les armes, David. Déjà quand j'étais petite fille j'en avais peur.

– Moi aussi j'en ai peur, dit-il. Tu ne te rappelles pas quand nous allions ensemble aux manifestations pour la paix. Je haïssais la guerre… et je la hais toujours. C'est une façon stupide de régler les problèmes. J'irais encore à ces manifestations s'il y en avait. Mais ça, ce n'est pas la guerre, Beth. C'est pire dans un sens. Nous en sommes au point où nous n'avons plus le choix. Si je ne tue pas cet homme aujourd'hui, beaucoup de gens mourront, peut-être des millions. Ce n'est pas comme lâcher une bombe atomique sur Hiroshima pour détruire un ennemi déjà battu. Les gens auxquels nous nous attaquons maintenant disposent de toutes leurs forces et ils représentent un danger mortel. »

Ils entendirent un bruit à la porte, Etan entra et vint s'asseoir. Beth se mit à préparer un petit déjeuner léger, surtout parce qu'elle avait besoin de faire quelque chose, car personne n'avait faim. Quelques minutes plus tard, Harry vint les rejoindre avec Sammy dans les bras.

À six heures moins le quart, ils décidèrent qu'il était temps d'y aller. Les adieux furent brefs. Tout le monde était tendu.

« Prenez ça, David, dit Harry en retirant le pendentif qu'il avait autour du cou. Ça vous portera chance. Je l'ai depuis des années. »

C'était un *magen David* vieux et terni. David se souvint de l'étoile qu'il avait achetée à son père tant d'années auparavant. Il se mit le pendentif autour du cou sans un mot.

Ils arrivèrent rue du Sultan-Soliman juste après six heures. Il y avait un petit jardin et au fond une porte grillagée dont ils n'eurent aucun mal à forcer la serrure. Personne ne pouvait s'imaginer que quelqu'un essaierait un jour d'entrer là clandestinement : il n'y avait que du rocher à voler. Ils refermèrent la porte derrière eux et s'enfoncèrent le long du premier passage ; la lumière de leurs torches électriques jouait sur les parois usées. David avait presque l'impression de se retrouver à Iram et éprouvait de nouveau cette sensation d'étouffement dont il avait été victime au cours des derniers moments de son évasion. Ils descendirent le long des galeries tandis que leurs pas résonnaient dans l'obscurité. Etan marchait devant en les éclairant de sa lampe, les murs et le plafond ressemblaient à un gigantesque cône de glace.

Le pan de mur que Etan voulait retrouver se situait au fond d'un des passages les plus longs, dans lequel les touristes n'entraient que rarement. Le tunnel avait été habilement dissimulé par des pierres taillées de façon à ressembler à celles de la carrière. Il avait fallu un œil aussi exercé que celui d'Etan pour remarquer une seule pierre mal posée. Ils tirèrent les pierres pour découvrir par l'ouverture un gouffre d'obscurité où ils sentirent une faible odeur de clou de girofle et de coriandre. Après avoir passé l'ouverture qu'ils venaient de pratiquer, échangeant une obscurité pour une autre plus profonde encore, ils replacèrent les pierres de façon que l'entrée du tunnel passe inaperçue.

Ils progressèrent difficilement le long du tunnel étroit et bas de plafond les obligeant à marcher accroupis et même à ramper par endroits. Plus que jamais, David se remémora le cauchemar vécu à Iram, l'horreur dans le couloir du monastère et la terreur en se réveillant dans l'ossuaire. Il avait lu un jour dans la Mishna que le Temple se dressait juste au-dessus de *tehom*, les eaux du chaos sous la terre, et tandis qu'il rampait dans le noir, il avait presque l'impression de les entendre gronder, même s'il savait que ce n'était que le sang qui battait dans ses tempes. Il avait pris moins de médicaments contre la douleur parce qu'il avait besoin d'être en alerte, et ses douleurs au bras, à l'épaule et dans la dent devenaient à peine supportables. Il avait mal dans toute la bouche, il ne sentait plus sa joue. Il était tenté de prendre les médicaments qui l'auraient soulagé, mais se forçait à résister. Il en prendrait un une demi-heure avant le moment d'agir. Plus tôt, il risquait de perdre sa lucidité.

Le tunnel fut soudain bouché par un mur. Etan lui fit signe de regarder au plafond. Il y avait une dalle de pierre dans la voûte.

« Ce passage mène directement à l'intérieur de la grotte, dit Etan. L'autre côté de cette pierre s'harmonise parfaitement au reste du sol de marbre. Et personne n'a jamais soupçonné que cette dalle de marbre pouvait être soulevée.

– Est-ce qu'on peut la pousser facilement ? demanda David.

– Oui, je l'ai fait moi-même. J'ai dû venir ici un jour férié quand il n'y avait personne dans la grotte.

– Ça va faire du bruit ?

– Pas si nous le faisons ensemble. Tu veux monter voir ce qui se passe ? »

David hésita avant de répondre par un signe affirmatif de la tête.

« Oui, dit-il, il est juste sept heures, ça doit être encore assez calme. »

Ils poussèrent ensemble, de façon à faire basculer la dalle sur un côté. Avec l'aide d'Etan, David se hissa à l'intérieur de la grotte et alluma sa torche électrique un instant pour pouvoir se repérer. Les murs blanchis à la chaux brillèrent un bref instant. Il alla jusqu'au pied de l'escalier et regarda au-delà. Des lampes avaient été allumées dans la Coupole même. Il monta encore un peu, et entendit des voix et le bruit de meubles qu'on était en train de déplacer. Une seconde plus tard, il s'accroupit tandis qu'il entendait des pas qui se rapprochaient sur le balcon intérieur. Il remonta sur les premières marches. Il y en avait onze en tout. Les trois dernières allaient au-delà de la balustrade qui entourait le Rocher. Il monta encore un peu plus haut et se hissa sur le rebord de la balustrade, assez large pour le soutenir à cet endroit, puis il rampa jusqu'au roc. Ombre dans la faible lumière, il parvint à avancer sur la surface plate du roc et atteignit un long creux entre sa partie centrale et la balustrade du côté ouest. De là, il pouvait voir des hommes disposant des chaises en demi-cercle. D'autres lumières plus fortes brillaient au-delà des écrans de métal richement ornés. Satisfait de ce qu'il venait de découvrir, il retourna jusqu'à l'escalier. En moins d'une minute, il était dans le tunnel avec Etan.

« Ça va bien se passer à l'ouest, comme tu le pensais, dit David. J'arrive jusqu'au roc sans difficulté mais je pourrais avoir un problème quand ils allumeront toutes les lumières. Si je pensais pouvoir rester là-bas sans me faire repérer, je m'y posterais immédiatement, mais il se peut qu'ils vérifient la sécurité avant que les choses commencent. Le mieux sera quand ils seront tous assis.

– Ça te laisse très peu de temps. »

David hocha la tête.

« Qu'est-ce qu'on fait maintenant ? demanda Etan.

– Rien. On attend. Il faut que j'ajuste la ligne de mire de ce fusil. Je retourne dans le tunnel m'entraîner un peu. »

David emporta le fusil et des munitions, il rampa sur une trentaine de mètres à l'intérieur du tunnel et plaça une boîte en carton qu'il avait apportée pliée. Il se mit à la distance à laquelle il pensait devoir tirer, et il entreprit d'ajuster sa ligne. Les conditions étaient loin d'être idéales. Chaque fois qu'il tirait, il devait ramper jusqu'à la cible pour voir s'il l'avait atteinte. Il parvenait à voir celle-ci assez clairement avec sa torche électrique, mais le rayon de lumière le long duquel il devait viser lui faisait mal aux yeux. Finalement, il fit mouche à plusieurs reprises, mais son bras gauche le gênait de plus en plus. Il retourna s'asseoir aux côtés d'Etan et la longue attente commença. Ils entendaient des bruits étouffés, mais personne ne vint voir ce qui se passait dans le Puits des Ames.

Le temps n'avait jamais passé si lentement. Les minutes se traînaient interminablement. Neuf heures. Dix heures. Complètement recroquevillé dans ce petit tunnel, David craignait que son bras ne finisse par s'engourdir, aussi faisait-il quelques mouvements de temps à autre en tâchant d'ignorer sa douleur.

À onze heures moins le quart, David grimpa dans la grotte.

« Bonne chance », murmura Etan.

Une voix dans l'obscurité, et d'autres voix, lointaines. La grotte était froide et sombre. Il entendait sa propre respiration tandis qu'il restait là à essayer de se donner du courage et se demanda s'il était vraiment dans le Saint des Saints, s'il n'était pas en train de commettre le plus grand des sacrilèges. Aucun Juif orthodoxe ne pénétrerait dans cet endroit.

Il s'avança prudemment jusqu'au pied de l'escalier. On avait allumé les lumières tout autour du bâtiment, des chandeliers se balançaient dans les galeries. Les voix semblaient provenir de la partie ouest du bâtiment. Il monta les marches une à une, s'arrêtant à chaque pas pour s'assurer que personne ne s'approchait. Arrivé au sommet, il se hissa sur la balustrade et se laissa glisser sur le roc. Le fusil était lourd. Rampant jusqu'à l'autre extrémité du roc, il se posta dans un creux sur la partie ouest, s'agenouilla à côté de la balustrade et observa.

Il put distinguer, à travers les plaques de métal entre les trois piliers, des hommes assis face au roc. D'autres se tenaient debout tout autour. Certains parlaient dans des talkies-walkies avec de grands gestes. David aperçut une petite estrade face à laquelle on avait placé un pupitre, juste en face du pilier central, exactement comme il l'avait prédit. Un deuxième micro avait été disposé à la droite du pupitre.

Il y avait des lumières partout. En plus du vieux chandelier accroché au plafond par des chaînes, on avait dressé de chaque côté de grandes lampes qui illuminaient l'espace entre les grilles et la balustrade derrière laquelle David s'était accroupi. David n'osait pas s'y avancer, on aurait vu le moindre de ses mouvements. Il était entouré d'hommes aux yeux entraînés, des hommes armés postés à intervalles réguliers, qui avaient appris à ne jamais relâcher leur attention. Et qui ne se laisseraient pas bercer par le calme ambiant.

David perçut une soudaine agitation derrière les rangées de chaises. Il était onze heures. Les Syriens revenaient de la mosquée d'Aqsa où ils avaient prié avec des membres de la délégation égyptienne et des représentants de la communauté arabe en Israël. Les gens assis, diplomates ou journalistes, se levèrent pour applaudir al-Hashimi à son entrée avec le président israélien. David vit qu'une immense concession avait été faite, pour permettre au président d'être présent à cette réunion avec certains membres du gouvernement israélien. Il se souvenait du scandale qu'avait provoqué en 1986 la visite de députés israéliens à la mosquée d'Aqsa.

Les nouveaux arrivants s'installèrent tandis qu'al-Hashimi se dirigeait immédiatement vers le pupitre. En voyant une femme s'avancer jusqu'au deuxième micro, David sursauta, c'était Leïla. Le murmure de la salle se tut, le silence emplit l'endroit. Le moment était historique.

La situation était catastrophique : Leïla était en plein sur sa ligne de mire et il n'y avait pas d'autre angle qui lui aurait permis d'atteindre al-Hashimi. Si David se déplaçait sur la droite, son champ de vision était bloqué par le pilier, vers la gauche, l'aile de la porte allait dévier son tir. Il fallait qu'il tire à travers l'ouverture étroite qu'il avait juste en face de lui, il n'y avait pas d'autre solution. Ou plutôt il y en avait une, mais il ne voulait même pas l'envisager. Cette solution consistait à tuer Leïla en même temps qu'al-Hashimi. Ils se tenaient assez près l'un de l'autre pour qu'une balle la traverse avant de le frapper. Si la première balle ne tuait pas al-Hashimi, il aurait une chance de tirer un second coup de feu, peut-être un troisième s'il se trouvait immobilisé. L'essentiel était de le mettre hors d'état de nuire, mais pour cela il fallait prendre le risque de tuer Leïla. C'était une idée insupportable.

Il entendit un grésillement de micro et la voix d'al-Hashimi parlant en arabe. Il marquait des pauses fréquentes pour permettre à Leïla de traduire ses paroles en hébreu et en anglais. David écoutait sans comprendre les mots qu'elle prononçait et souffrait de reconnaître ce ton qui lui était si familier. Il se souvenait du timbre de sa voix deux jours auparavant après qu'ils avaient fait l'amour et qu'elle se blottissait contre lui en lui répétant combien elle l'aimait. Il serra les dents.

« Messieurs, dit al-Hashimi, ce jour restera gravé dans les annales de l'histoire. Nous nous réunissons ici, dans le plus sacré des lieux saints, pour parler de paix. Le rocher sur lequel Abraham s'apprêta à sacrifier son fils se dresse derrière moi. Le prophète fit son ascension au ciel depuis ce même endroit, quand Dieu le porta de La Mecque à Jérusalem en une seule nuit. Le temple de Salomon était bâti sur ce rocher, et plus loin l'endroit où il plaça l'Arche d'Alliance. Dans le second temple bâti sur les ruines du premier, Jésus-Christ fut béni par Siméon alors qu'il n'était encore qu'un enfant, puis il enseigna ici et y fit des miracles quand il atteignit l'âge adulte. »

David allongea le bras et se mit en position. Leïla allait certainement finir par bouger. Son épaule lui faisait mal mais les anabolisants commençaient à agir. Il mit la crosse contre son épaule droite et tint le canon immobile de la main droite.

« Mais Jérusalem est devenue un lieu de discorde, le symbole d'une longue mésentente, continua al-Hashimi. Les Juifs l'appellent Yerushalayim et la revendiquent pour eux. Les Arabes l'ont nommée al-Quds et veulent la reprendre. »

David regarda à travers le viseur. Il n'était pas réglé et l'image était trouble. Leïla apparut si proche qu'il eut l'impression qu'il aurait pu la toucher en tendant la main.

« Depuis de nombreuses années les gens parlent de la paix, ils écrivent sur la paix, ils prient pour la paix. Et elle nous semblait plus éloignée que jamais. Car l'homme n'est pas capable de faire la paix de lui-même. L'homme a besoin de la guerre, de la lutte, du conflit. Seul Dieu peut apporter la paix. »

David passa la main le long de son fusil, sur le bois poli et l'acier glacial. L'image de Leïla était toujours devant lui comme une icône. Il abaissa la lunette à la hauteur de son cou. La tête d'al-Hashimi était juste derrière. Il mit le doigt sur la détente. Il n'avait pas le choix. « Pardonne-moi », pensa-t-il. Mais son doigt refusait de bouger, il ne pouvait pas, c'était physiquement impossible. Il abaissa son fusil.

« Je ne suis pas un prêtre, continua al-Hashimi, loin de là, je suis un homme politique, ce qui m'oblige à d'innombrables compromis avec les valeurs morales qui sont les miennes. Certains d'entre vous qui m'écoutent comprendront ce que je veux dire. Je suis venu au pouvoir à la suite d'un coup d'État. Je n'en suis pas fier, mais j'ai juré en arrivant au pouvoir que je dirigerais le pays pour le bien de mon peuple ou que je me retirerais. J'ai juré que je me montrerais un homme de paix. Je suis venu ici aujourd'hui pour honorer mon serment.

« Je suis arabe par ma mère, continua-t-il, mais mon père était un Juif, un Juif allemand qui avait changé de nom pour dissimuler son identité parce qu'il avait peur. Je l'ai appris il y a seulement quelques années, mais ma vie en a été changée. Je viens de deux peuples qui se sont livré une lutte sans merci. Je voulais revendiquer mon double héritage, mais comment le pouvais-je ?

« Toutefois, il m'est possible de le faire aujourd'hui. Je suis venu faire la paix au nom d'un même dieu et d'un même ancêtre, Abraham. Que cette paix soit éternelle. Que l'on sache que tous ceux qui s'opposent à cette paix se moquent de Dieu et de leur ancêtre Abraham. Il n'y a ni honte dans la paix ni déshonneur dans la réconciliation. »

David reposa son fusil. Il ne comprenait plus. Était-il possible qu'il se fût trompé ? Al-Hashimi était-il vraiment venu faire la paix ? Von Meier avait-il vraiment été juif ? Cela aurait expliqué son obsession de l'Arche et d'Iram. Et si al-Hashimi était sincère, y avait-il réellement complot ? David se rendit compte en un éclair que rien ne prouvait qu'al-Hashimi faisait partie du complot orchestré par al-Shami et Neusner. Al-Hashimi n'était que leur instrument inconscient. Ils voulaient détruire le traité de paix en déclenchant une guerre et il fallait que quelque chose de grave survienne pour que cette guerre ait lieu.

Al-Hashimi descendit de l'estrade. David ne savait plus que penser. Schultz ou Isserles allaient faire quelque chose. Mais quoi ? Il regarda à travers la petite ouverture et vit Leïla qui suivait al-Hashimi. Puis il vit qu'elle mettait la main dans la poche et en sortait un objet. C'était un petit pistolet. Elle ne croyait pas à ce qu'avait dit al-Hashimi. Elle allait le tuer !

David sauta sur ses deux pieds et se mit à crier :

« Leïla, pour l'amour du ciel, Leïla, il dit la vérité. Ce n'est pas lui, c'est Neusner ! »

Leïla se retourna, effrayée, cherchant d'où venait la voix de David. Il voyait le métal scintiller dans sa main. Al-Hashimi se tourna vers elle.

Quelqu'un sortit de la foule en poussant tout le monde, c'était un homme en uniforme israélien. Il leva un revolver, le dirigea vers Leïla et tira deux coups de suite. Les balles lui traversèrent la tête. Son corps fut agité par un spasme et elle s'écroula sur le sol. Un poudrier s'échappa de sa main – et non un pistolet – pour venir heurter la balustrade avec un bruit métallique.

Al-Hashimi se précipita vers Leïla. Et à ce moment-là, David comprit exactement ce qui se passait, comme si la scène se déroulait devant lui au ralenti. L'homme en uniforme qui était toujours là, le pistolet à la main, c'était Isserles : Schultz. David entendit les paroles d'al-Shami qui lui revenaient du fond de l'obscurité : « Quand al-Hashimi aura fini, mais juste avant que Schultz n'agisse… une fois que Schultz aura agi… » Il regarda Schultz de nouveau. Celui-ci levait de nouveau son arme, il ne visait pas David, mais al-Hashimi.

C'était donc ainsi qu'ils voulaient légitimer l'invasion : un colonel israélien allait tuer le président syrien en même temps que l'armée israélienne attaquerait les troupes syriennes en train de se retirer. Et à la fin de la guerre les Syriens, sous un nouveau chef choisi par al-Shami, seraient couverts de gloire, ils seraient considérés comme le parti du droit. David mit son fusil contre son épaule et grimaça de douleur. Schultz était dans sa ligne de mire. Tout le monde regardait al-Hashimi qui se penchait sur le corps de Leïla. David fit feu. La balle atteignit Schultz en plein front. Il fut agité par un soubresaut; tenant toujours son revolver, il appuya sur la détente, la balle ricocha contre un pilier avant de se perdre. Puis il tomba au milieu de la foule. Un soldat armé apparut à la porte, suivi par un second.

« Sors de là, cria-t-il en hébreu, sors de là où je te fais sauter la tête ! »

David leva les mains en l'air et s'avança vers la balustrade, entouré d'hommes pointant leurs armes vers lui. Il enjamba la balustrade, sauta sur le sol et, les mains derrière la tête, se dirigea vers la porte. Il fut violemment empoigné tandis que les soldats se mettaient à la recherche d'un éventuel complice.

David fut amené au centre du bâtiment, on le poussa vers la porte ouest. Il vit al-Hashimi, entouré de gardes du corps, qui le regardait passer, puis il aperçut Leïla couverte de sang, immobile comme dans sa mémoire, tandis que le sang continuait à couler de sa tête comme pour une libation. Sa perruque était tombée et ses cheveux étaient inondés de sang. Quelqu'un s'avança vers elle et recouvrit son corps d'un manteau.

On le fit sortir dans la lumière du soleil. Les nuages s'étaient dispersés et un ciel bleu recouvrait Jérusalem. Les cloches d'une église sonnaient l'angélus sur le mont des Oliviers. Avant d'être poussé à l'arrière d'une voiture aux vitres fumées, David se retourna pour regarder la Coupole du Rocher. Les tuiles bleues et blanches scintillaient, on eût dit que la Coupole était couverte d'or. Mais il ne voyait rien que du sang ruisselant de son sommet, rouge et chaud comme du vin qui vient d'être passé. Une main ferme le saisit par le bras pour le faire entrer dans la voiture. Il se tourna pour regarder l'homme qui le tenait. Il ne le connaissait pas, mais il remarqua un numéro tatoué sur son avant-bras, juste au-dessus du poignet. C'était un numéro comme tous les autres, sauf qu'il se terminait par un W. Le regard de l'homme était sinistre. David essaya de résister mais les hommes qui l'entouraient l'entraînèrent plus loin. Le sang tiède ruisselait partout autour de lui, sur les coupoles, les clochers, les maisons, les rues de Jérusalem, comme une eau de baptême. David poussa un cri. On le tenait de toutes parts, on le poussait dans la voiture. Le soleil, le sang et le ciel bleu disparurent.

Postface

Que rapportent-ils d'Israël, de Palestine, de Terre sainte, tous ces voyageurs, toutes ces générations de pèlerins ? Les sages s'en sont retournés chez eux, après avoir vu la vie et la mort comme dit Eliot. Les Romains ont emporté ce qui devait détruire leur empire : des marteaux, des clous, des fouets, les instruments d'un pouvoir violent. Muhammad est retourné une nuit à La Mecque sur Buraq, après avoir vu Dieu et les prophètes, dans un ciel aux sept voûtes, parsemé d'étoiles. Les croisés sont revenus chargés d'or, des rêves et des souvenirs d'un royaume perdu de la mer.

Aujourd'hui les touristes rentrent chez eux avec un bronzage et des souvenirs de mauvais goût, des chameaux en bois, des chandeliers, des vases. Les chrétiens rapportent de l'eau de la mer de Galilée, les bruits et les odeurs de la Via Dolorosa, cette rue dont les pieds du Christ ne foulèrent jamais les pavés. Les Juifs, ces maîtres de l'exil, remportent une partie d'eux-mêmes et en laissent une autre derrière eux. Les adeptes du baha'isme laissent derrière eux les pétales de fleurs qu'ils déposent devant leurs autels. Les musulmans deviennent tous palestiniens dans l'âme comme nous sommes devenus juifs, et repartent les larmes aux yeux : ce sont eux maintenant qui pleurent Jérusalem et prient pour la retrouver.

Et nous, les athées ? Y a-t-il en ces lieux quelque chose pour nous ? Oui. Une seule chose : le spectacle de ces dalles de pierre noire sur le sol de Yad Vashem, la sonorité des noms des camps de la mort qui résonnent à nos oreilles : Auschwitz, Chelmno, Majdanek, Bergen-Belsen, Dachau. Il en sera toujours ainsi. Il en sera toujours ainsi.

Remerciements

Je voudrais remercier les nombreuses personnes et les institutions qui m'ont assisté dans la rédaction de ce livre. Il n'aurait jamais vu le jour sans ma femme Beth ; son amour, sa patience mise à rude épreuve, ses merveilleuses idées, son sens du style m'ont soutenu dans les moments les plus difficiles. De nombreuses personnes m'ont assisté au cours de la genèse de ce livre : Adrien Zackheim, Patrick Filley, John Boothe et Patricia Parkin, tous m'ont aidé dans les nombreuses transformations que le texte a subi. John Dore m'a été d'une aide précieuse pour tout ce qui touche à l'archéologie. Graham Harvey et le professeur John Sawyer m'ont évité de nombreuses erreurs sur Israël. Jeffrey Simmons a fait tout ce qu'un agent peut faire et plus encore. Merci pour tout.

Daniel EASTERMAN.

Composition réalisée par
INFOPRINT à l'île Maurice

IMPRIMÉ EN FRANCE PAR BRODARD ET TAUPIN
Usine de La Flèche (Sarthe).
LIBRAIRIE GÉNÉRALE FRANÇAISE - 6, rue Pierre-Sarrazin - 75006 Paris.
ISBN : 2 - 253 - 07645 - 7

30/7645/2